梧桐新语

《盐田文艺》文学精品系列之《小说卷》

蒋祖逸　王玉祥　主编

中国文联出版社
http://www.clapnet.cn

图书在版编目（CIP）数据

梧桐新语 / 蒋祖逸，王玉祥主编 . -- 北京：中国文联出版社，2018. 5

ISBN 978-7-5190-3638-6

Ⅰ. ①梧… Ⅱ. ①蒋…②王… Ⅲ. ①短篇小说—小说集—中国—当代 Ⅳ. ①I247. 7

中国版本图书馆 CIP 数据核字（2018）第 102081 号

梧桐新语

作　　者：蒋祖逸　王玉祥

出 版 人：朱　庆

终 审 人：奚耀华　　复 审 人：蒋爱民

责任编辑：胡　笋　贺　希　　责任校对：傅泉泽

封面设计：中联华文　　责任印制：陈　晨

出版发行：中国文联出版社

地　　址：北京市朝阳区农展馆南里 10 号，100125

电　　话：010-85923039（咨询）85923000（编务）85923020（邮购）

传　　真：010-85923000（总编室），010-85923020（发行部）

网　　址：http：//www. clapnet. cn　　http：//www. claplus. cn

E - mail：clap@ clapnet. cn　　hus@ clapnet. cn

印　　刷：三河市华东印刷有限公司

装　　订：三河市华东印刷有限公司

法律顾问：北京市德鸿律师事务所王振勇律师

本书如有破损、缺页、装订错误，请与本社联系调换

开　　本：710×1000　　1/16

字　　数：458 千字　　印　张：25. 5

版　　次：2018 年 5 月第 1 版　　印　次：2018 年 5 月第 1 次印刷

书　　号：ISBN 978-7-5190-3638-6

定　　价：78. 00 元

编 委 会

序

我的面前放着《盐田文艺》文学精品系列丛书“小说卷”之《梧桐新语》的文稿。望着厚厚的文稿，我内心充满了感动。在商品经济社会滚滚红尘中，在盐田尚有一群人对文学创作依然持有这份热情和执着，难能可贵。

写作，也许无法改变我们的命运，也许不能提高我们的生活质量，甚至让我们的生活更加窘迫，但写作能让我们的生活充实，生命充满张力。余秀华，一个农妇、一个残疾人，因为有了诗歌创作，她的生命才如此芬芳。

热爱写作的人，一定是一个热爱生活的人。文学作品大致分两种，一种是歌颂美好生活，一种是抨击丑恶现象。只有对真善美充满了浓浓的渴望，才能对假恶丑产生深深的憎恶。心中有朝阳，才能春光明媚、风和日丽。

春江水暖鸭先知，热爱写作的人能比常人预先感知生活的律动。米兰·昆德拉说：“小说考察的不是现实，是存在；存在不是即成的东西，它是人类可能性的领域，是人可能成为的一切，人可能做到的一切。”大若家国情怀，文明探求，小若男女情愫，微闻思忖，最动人的诗句，终归是描写生活，提供可能。当一个人选择了阅读或写作时，其思想形态和指向，就与众不同了。

搞文学创作的人，也应该是一个纯粹的人，作品即人品。搞创作，要有一份坚守。要耐得住寂寞，顶得住诱惑，经得起挫折，受得了折磨。要有“衣带渐宽终不悔，为伊消得人憔悴”的韧劲，才能有希望到达花开的彼岸。正如著名作家张炜所说：“书是什么？书是真正的人才有的心事，是他的副本，是他滚烫的身影。”

《盐田文艺》小说创作队伍林林总总，有韩少功这样的中国文坛大咖，有退休老干部、语文教师、中小学生，也有辖区的家庭主妇，真的是“红了樱桃，绿了芭蕉”。《盐田文艺》刊登的作品有的被报刊连载，有的被《小说选刊》选用，有的被收入《中国短篇小说年鉴》。其影响不断扩大,也得到了上级主管单位、媒体和同行的认可,创刊以来,连续四年被评为深圳市“优秀文学内刊奖”。

结集出版,不是我们文学创作的终极标靶,而是对过去五年的一个回顾,一个总结;对未来五年的一个号角,一个新的里程碑。并以此,向盐田区建区20周年献礼!

是为序。

深圳市盐田区委常委、宣传部长　董秀

目　录
CONTENTS

山那边的事

韩少功*

上访户

四海在镇上开过赌场，贩过假酒和假药，用乡亲们的话来说，是“半个身子已进牢门”的货。但他每次事发以后，不知为何都能哼着小调回村，可见他手眼通天，脚路很宽，不是一般的角色。

有一次，他与同伙去北京赌，输光了皮帽子和花领带，连回家的车票钱也没有，情急之下给县政府打一电话，称自己冤情太深，没办法，想不通，得去天安门讨个说法。这一电话吓得县政府赶快派人急飞北京，找到他，稳住他，拉入宾馆吃住，说天安门有什么好看的，不如去八达岭吧。这样，长城一日免费游之后，他接过干部塞来的车票，又免费坐车回了家。这一路，算是官家“维护稳定”有惊无险，但省下了车费的四海并不领情。他哼了一声，说看在乔县长的面子上，算了，以后再说。

似乎以后他去日本或美国再赌，就不会这样便宜乔县长了，一个八达岭景区和几个盒饭是糊弄不了他的。

学校里欲建一幢教学楼，是国家财政工程，由县里大牌施工单位承建。四海来到现场，背着手这里看看，那里瞧瞧，一副检查工作的模样，然后找到经理，喷出一圈烟，说有饭得大家吃，要分点业务干干。对方不认识他，见他人瘦毛长，鸦片

---

* 湖南人，中国作家协会主席团委员，原海南省文联主席，海南省文联作协党组书记。代表作：短篇小说《西望茅草地》《飞过蓝天》，散文《山南水北》等。作品被翻译成多国文字出版，获多种文学大奖。

鬼模样，一直不拿正眼看人，领口积有黑黑的油泥，没怎么理他。

他冲着对方的背影大吼："给你脸，你不要脸喃？你去周围打听打听，你四爷是讨饭的吗？"

这一天，工地上一辆小推车不翼而飞。水管没水了，胶皮管不知被谁割去一截，推土机也开不动了，油箱里不知何时被人抽吸一空。好容易，机手再买来一桶油，重新发动了机器，但轰轰轰地还未开进工地，发现三个陌生汉子坐在那里玩扑克，一根草绳挡住道口，对机器声充耳不闻。

机手上前递烟："有话好好说。我们是包工的，耽误不起。"

"我们本地人要饿死了，那又怎么办呢？"汉子中有人冷笑。

机手找来经理。经理再次见到鸦片鬼，知道对方绝非善鸟，便掏出手机找乡政府。不料接电话的人都怕沾包，这个说要接老婆，那个说要看牙医，还有的要去检查森林防火，一个个比老鼠溜得还快。只有一个新来的小王不知深浅，让四海接电话，令他赶快走人，否则以车匪路霸论处。不过，这小王犯下一个低级错误。他本是想教训对方不要学坏，但嘴上一急，溜出一个比方："人家得了癌症，你也要跟着得癌症吗？"事后他才知道，四海的母亲前不久正好是死于癌症。

上天有眼，给了四海一个大好战机。他顿时怒发冲冠，跳脚骂娘，顺手操一把柴刀，带着一伙人打上门去，一路走一路还打电话四处叫人，其孝子声威咄咄逼人，其人间正气浩浩荡荡——胆敢咒我老母，不想活了吗？老子就要割你舌头！拍死你这个绝代根！

一伙人冲到乡政府，高声大气，捶门打户，到处搜捕逮人。"姓王的，出来！""出来！""出来！"……一位乡干部请他们坐，结果是椅子被踢翻。另一位乡干部请他们喝茶，结果是茶水泼在对方身上。乡政府的牌子也被摘下，被他们一通狂踩，又给挂到附近一个猪栏房去了。闹到最后，四海不但要灭了绝代根，而且强烈要求政府赔偿损失，报销他家的医疗费和丧葬费。

"赔！"

"赔钱！"

"赔五万再说！"

……

起哄者七嘴八舌，其声浪差点儿把乡政府的屋顶挤爆。

贺乡长倒是沉得住气。他当时正在农电站查账，听到一个又一个电话告急，冷笑了一声："怕什么怕？胯里都没夹卵子吗？刚出牌就打什么大鬼？"

这后一句的意思是，他这张大牌得等一等再出手，准备最后一举抠底，眼下不用急。

直到傍晚，四海带来的一伙人有点乏了，加上有的要去喂猪，有的要去下网，还有的惦记着某张牌桌，已走得七零八落，贺乡长才出现在乡政府门前，把闹事者的面孔一一细看。在他到来之际，一辆小推车，一条胶皮管，还有满壶柴油，也被他派出的几个人，从四海家一举收缴归案——包抄后路的打法应该说战果不错。

“你说他咒你老母，没有录音。我说你破坏国家建设，铁证在此。你说这事是我来办，还是交法院去办？”他冲着四海点点头。

四海有点慌，然后说：“今天不被你整死，反正也要被你饿死。那我今天就死给你看，看你的血多还是我的血多！”

“想吃我的豆腐？”贺乡长一瞪眼，“我贺麻子是被吓大的吗？来，我先让你三刀，哼一声我就不姓贺。告诉你，你搞死我没关系。我的头发是上级政府一根根数过的，少一根都要找你算账。我的骨头是上级政府一根根量过的，少一寸也要拿你补齐。我家十八代出一个乡长，有面子，有成绩，够本了。我被你搞死，肯定是烈士，上报纸，上电视，追悼会一开，几百人来吊香，鞭炮把天都炸烂。父母孩子都会有政府养，不用我操半点心。你呢，搞死我以后，只有一副大手表让你戴，只有一粒花生米请你吃。你会死得连狗屎都不如。你一分钱也得不到，你兄弟姊妹还做不起人，你爹妈还要骂不孝之子。你信不信？”

四海没这样算过，一时语塞。手下人见形势有变，忙上前劝解，把他赶快拉走。但他临走时不想失威，又吐痰，又跺脚，口口声声要把乡政府一把火烧了，要把你们一个个都打得不敢出门。

“好，你等着，我明天就去北京，去天安门！”他最后这一句似乎更有威胁性。

“伢子，你快去！”乡长追上去大喝，“中国960万平方公里，到处都有粪渣子，我这里粪渣子最多，最臭，最熏眼睛。你最好告到联合国。知道联合国怎么去吧？隔了一个太平洋，你游是游不过去的，筏子是撑不过去的。你最好先去拆了屋，多备点盘缠。”

四海事后是否去北京，是否去了联合国，好像没有下文。去联合国是往南还是往北，得走水路还是旱路，也被一些老人议论了许久。

倒是贺乡长余怒未消，一心清理门户，定要把那一颗老鼠屎开除党籍——那位四爷还真是爷啲，十多年前居然混入党内，也太不像话了吧？光凭他这一次把政府招牌挂到猪栏前，就不能不好好修理一下。

不料，干部们对这一建议多是含糊，这个说要接老婆，那个说要看牙医，还有的要去检查计划生育，还是一个个比老鼠溜得都快。乡长好容易叫回他们，逼他们点下头来,没料到村民们那里又炸了锅。

“党员好歹是一根绚。要是这根绚都没了,那个牛魔王还能管得住?”

“你们有本事就管好自己的人,管不好的放出来害群众,太不义道了吧?喂喂喂,还是留下来害你们自己吧。”

“你要是把他搞出来,那就把我们都搞进去。不能让他坏了我们群众的名声!”

“你们这是逃避责任,你们来一个开除,脱离父子关系,以后不承担责任了。你们说执政为民,到头来就是赖账,就是躲奸,就是甩包袱嘛?”

“口是心非,说一套做一套,才见过你们这号人!”

……

贺乡长这一天还没进村,被几个村民堵在路口,听到这一堆七嘴八舌,额上冒出了大汗。他现在就是浑身长嘴,也没法说清整理党务的必要,没法让这些以前多次告状的受害者,被四海偷过树、偷过谷、偷过鸡鸭的乡亲,相信这正是还他们一个公道,正是迟到的正义。他也没法让一位妇人相信他的好心,不再把唾沫星子射过来。

他面红耳赤,结结巴巴,只好跨上摩托溜之大吉,一不小心,栽入路边的乱刺蓬,飞出去的手机也摔成几块。他爬起来时咬牙切齿,冲着随行的小秘书大骂:“你要搞死我嘛?”

这句话好像骂得没什么道理。

“捉起来没见卵子,放下去又要爬背。什么东西!”他又骂了一句,意思更加难以理解了。

乡村英文

玉梅是一个热心女人,与左邻右舍处得很热闹的。她家门前有一块水泥坪,遇到邻家的金花来借坪晒谷,二话没说,满口答应,当下把自家柴垛移开,把落叶和鸡粪扫净,让出一片明净的场地。

她还兴冲冲地忙前忙后,将自家的大堂屋腾空,以便傍晚时就近收谷入门,避开露水和雾气,好第二天再晒。

不料,她不知因何事上火,第二天一大早就立在坪前高声叫骂。先是骂鸡:“养不亲的货嘛?吃了老娘的谷,还要上灶拉屎怎么的?就不怕老娘扭断你颈根、拔你的毛?”接着骂狗:“你贱不贱?老娘请你来了吗?老娘下了红帖,还是发了轿子？这不是你的地方，你三尺厚的脸皮赖在这里，有本事就死回去发你的瘟嘛！”最后还骂到树上的鸟：“你才是个贼，老不死的贼！你上偷瓜，下偷菜，偷惯了一双爪子还贼喊捉贼。有本事你就到法院去告，就十八路人马来抓嘛。阴计烂肚的，算哪门本事？”……

她骂得鸡飞狗跳日月无光。远处的金花听得心疑，脸渐渐拉长了，上前来问：“玉梅姐，你骂谁呢？”

玉梅没好气地说：“谁心中有鬼，就是骂谁！”

“没……没什么人得罪你吧？”

“谁得罪了，谁知道！”

这就等于把话挑明了，把脸撕破了。

金花扭歪了一张脸，咚咚咚大步离去，叫来两三个帮手，一担担地把稻谷搬走。她的尖声也在篱笆那边隐隐传来：“……以为没有她一块坪，我就只能吃糠拌饭吗？神经病，脑膜炎，一大早踩了猪粪吧？”

帮手中的一位，后来私下问玉梅姐，到底发生了什么事。玉梅开始不说，实在气不过，才道出心中悲愤。原来她早上见天气不错，打算帮那妖婆子搬谷入坪摊晒，一心做点好事嘛。却发现谷堆上画有暗号，是一些弯弯曲曲的沟痕，顿时就气炸了肺：呸，什么意思嘛？留暗号不就是防贼吗？留在她家屋里不就是防她吗？怕她认出来，居然不写汉字，还写成了英文，就是电视上那种洋字码……你王八蛋嘛，也太小看人了！她玉梅别说有吃有穿，就算穷，就算贱，就算讨饭，也不会稀罕你几粒谷吧？

冤仇就这样结下了。金花事后不承认什么暗号，声称对方血口喷人，居然诬她写洋字码，为何不说她写了蝌蚪文呢，写了蚂蚁文和蜘蛛文呢？天地良心，她要是写得了洋文，还会嫁进这个倒霉的八溪峒，还会嫁给一个烂瓦匠，还会黑汗横流地晒谷？……但此事真相已没法澄清，因谷堆已散，谷堆上到底有没有暗号，有没有英文，旁人无法证实了。

两家断了往来，连鸡鸭也不再互访。一旦它们悄悄越界，必有来自敌方的石块，砸得越界者惊逃四散。一些妇人曾经想从中调解，但怎么也说不通，只能摇头叹气。

据玉梅说，那贼婆子曾经送给她一条花裤，说她个子矮一点，穿着正合身，给她穿算了。她以前还满心欢喜，现在算是想明白了：那哪是安什么好心，不就是嘲笑她的个头矮，要当众揭她的疮疤吗？

玉梅还说，那贼婆子曾经约她进城去看戏，抢先掏钱给她买了车票和戏票。

她以前一直心怀感激,现在也算是想明白了:那哪是什么看戏?不就是要显摆自己有钱,显摆娘家有人发了财并且让她沾光,要当众戳她的痛处吗?

……

往事历历在目,件件滴血,桩桩迸泪,眼下都被玉梅想得恍然大悟,反正什么事都往心里堵。而且越是有人来劝和,越给她增加了思前想后和悲愤重温的机会。一听到金花家那边狗叫,更是气不打一处来。那可能是发情的叫,是挨打的叫,是赶山猫或野兔的叫,但在玉梅听来都是狗仗人势,叫得这么猖狂和歹毒,吓白菜啊?她把那条花裤找出来,嚓嚓嚓地剪成碎片,一把碎片朝篱笆那边摔过去。

数日以后,住在山坳里的公公找来了,什么话也不说,要玉梅跟着走一趟。她来到了公公家的谷仓,顺着老人的手看去,发现那里的谷堆表面也有一些弯弯曲曲的沟痕,与她不久前见到的完全一样。谷仓前有两三只地鳖虫,大概是爬过谷堆,留下沟痕,已被踩死,散发出一种刺鼻的酸腥味。

公公嘟哝了一句,听不太清楚。

但媳妇捂住嘴,愣住了,冒出一张大红脸。

她低着头回了家。去菜园里锄草,顺手把金花家的两块地也锄了。去扎稻草人赶鸟,也顺手在金花家的田边戳了一个。去撒谷喂鸡,见邻家的鸡过来了,也不会再次厉声驱赶,让两窝鸡快快活活地啄在一起。

但金花没见到这一切,而且她那扇门一直紧闭,悄无声息。玉梅事后才得知,收完稻谷后,金花就外出打工了,去了很远的北方。

第二年,金花没有回来。

第三年,金花还是没有回来。

第四年的一天,人们悄悄传说,可怜的金花姑娘回不来了,不久前在一次工厂的火灾中已不幸遇难。丈夫怕她婆婆和女儿伤心,迟迟没有说破。不过,她女儿后来上学时骑的那辆红色跑车,玉梅知道,大家也知道——是用一个女人的赔命钱买的。女儿不知道这个来由,骑车飞驰时经常放声大笑。

夜

葛　亮*

他无法确定看到她的时候,嘴角是否抽搐了一下。她站在广场的角落,用倦怠的眼光扫视路人。她身上猩红色的裙子已经褪成了不新鲜的颜色,好像沾上了煮熟的鸡血。她的小腿抖动着,他几乎听得见她的高跟鞋在路牙上击打出的鼓点。路灯底下,知情与不知情的人,从她身边走过去,饶有兴味,或者不经意地向她看一眼,走过去。

一个男人走过来,踌躇了一下,终于接近了她。她也踌躇了一下,轻轻扭动了身体,靠近那个男人。他们挨在一起,说着话。他看出来,那男人其实已经很老了,头发染过,发尾的地方被洗得发黄。然而,男人走开了。又一个骑着电动车的人在她身旁停下来,她又靠上去。一分钟后,她坐在了电动车的后座上。他放心地叹了一口气。

电动车向他的方向开过来。他有些紧张,昂然地将头抬起来。车在他身旁飞驰而过。这时候他看见她的眼睛,似乎向他这边转动了一下,是漠然的样子。她已经不记得他了。

他笑一笑,想起那夜的事情。他想,那天的雪其实下得很蹊跷。

有很多理由让一个人烂醉,情是其中一种。这本是个俗套的理由,但是,假使你一定要烂醉,这是最让人信服而心生同情的一个。所以,那天他当着一桌子人的面,口齿迟钝地讲他的情史,没有一个人会感到突兀。他是个正常得让人生疑的人。他的失态让所有人心中释然。他闷下一口二锅头,清清楚楚地说:"我最后悔的是没在她结婚前做了她。"他竖起指头,做了一个极其下流的手势,配合身段,

---

* 南京人,现居香港,香港大学中文系博士。曾获香港书奖,台湾联合文学小说奖首奖、国家图书奖、代表作:《朱雀》《北鸢》。

肆虐地笑,对着桌上一个年轻的女人。女人的脸如他意料地红了。大家都觉得对他的敷衍到了极限。他旁边的人扶住了他,告诉他醉了。他清醒地摆出了一个醉汉应有的笑容,对着那男人爆了一句粗口。男人尴尬地坐下去。他想,都是些尿人。平日里给人当尽了孙子,唯独这时候,可以给人脸色看而不计后果。

他这样想的时候,听见隔壁的房间响起了剧烈的争吵。接着是桌椅翻飞的声音。他听到一个成年男人的身体撞击在墙上发出的沉闷钝响。他想,隔壁在作着一场战斗啊,男人的战斗。没心机的肉搏,动物一样直白的。他希望中间这堵墙轰然倒下,他就可以加入了这场战斗,血头血脸地战死。

这时候,他听见桌上的人说,别吃了,送他回去吧。两个人将他扶起来,他真正感到艰难了,好像断了筋骨的拉线木偶。他努力使自己还摆出威严的样子。但是,他使出全部的气力,只够将手中的二锅头瓶子握得紧紧的。他们试图把它拿下来,但是没有办法。

当他被搀扶着到了外面的时候,凛冽的风吹过来。他有些明白,粗暴地将周围的人推开。他们围拢来,他再推开。到了后来,他们几乎不能够接近他了。他眼睛里红着,好像两块灼热的铁,时刻要喷溅出火。

他们将他塞进一辆出租车,告诉司机他的地址。

车开到郑园西路的街角。他狠命地敲打车窗。他跳下车来,剧烈地呕吐。司机探出头,见他无力地挥一挥手。车开走了。他站定,看着地上的污迹,暗白的底色上是肮脏的一摊。

这白突然明亮起来,在路灯底下放射出晶莹的光,他这才意识到:下雪了。

这是这城市少有的一场雪。有了雪的规模,真的是一片一片的。因为气流的作用,在空中有了短暂的停顿,从容而美丽。真是一场好雪,他由着自己瘫软下来,躺下来。一些雪飘在他的脸上,瞬间融化。他闭了眼睛,觉得是一些冰凉的唇在吻着自己。

他想,不会就这么死过去吧。他挣扎着坐起来,打开手里的二锅头瓶子,呷了一口,火烧火燎。酒是叫人醉的,这时候却提醒着他的意识。这算是怎么回事呢。他又使劲地灌了一口,然后将瓶子远远地丢出去。瓶子打了个滚,在雪里画出一道圆润的弧。他一边抑制着反胃,一边痛苦地想,这算是怎么回事呢。

他看见远处那棵粉色的树。他不相信,揉了揉眼睛。那树依然是粉色的,从树冠到树干,像是漆黑的夜里无端绽放出的一朵大花,美得触目。他努力地看,终看清楚。树后面有一爿小店,是间洗头房。门口的灯箱,慢条斯理地旋转着,粉色的光芒将树笼罩住了。他盯着灯箱看了许久,不知哪里来了一股力量,站了起来,像一个求生的人，迎着粉红的颜色走过去。

快要走到的时候，脚底一软，他终又倒下。这一回，他再也积聚不出气力。他喘息了一下，感到身体毛茸茸地痒，不再听使唤，似乎要融化在冰冷的雪地里了。他徒劳地向粉红色的方向看一眼，又看一眼。

这时候，洗头房里隐约走出了一个影子。影子蹲下来，是个年轻女人。他并没有看见她的模样，他抬不起头来了。但是，他看到她穿的猩红色短裙和裙下的底裤，白的。他挣扎了一下，对着影子弹动一下指头，没有说出话来。女人站起身进了屋，拿起一只铁钩子，要将卷闸门拉下来。这是打烊的标志。他有些急，嘴里胡乱喊了句什么，努力地向着门的方向翻滚了一下，再也动弹不得。

他醒过来的时候，看到了陌生女人的脸。女人也看着他，目不转睛地，似乎已经这样看了很久。他发现自己躺在沙发上，盖着被子，被子上又裹了一件军大衣。军大衣的领子上散发着浓郁的头油味。他试着要坐起来，然而动一动，头仿佛就痛得要裂开。女人说："你醒了。"是重浊的城郊口音。女人放下手上的毛线活，去了房间的一角。她拧了把热毛巾，扶了他起来，递给他一杯热茶，说："慢慢喝，压压胃。钱包、手机都在枕头底下。"他喝了一口茶，想对她说些感激的话。一开口，却排山倒海似的吐了。其实只吐得出一些酸水，要命的是，吐到了她的裙子上。她跳了一下，嘴里说："要死。"

他有些羞惭，她迅速地将眉头舒展开，对他笑了一下。为了不让污秽流下来，她轻轻兜起裙裾，勉强地迈了步子，向洗手间走过去。她的底裤露出来，将臀部紧紧包裹，挤出了两个诱人的半球。他皱了皱眉，又笑一笑。

她出来的时候，下身换了条黑色的尼龙裤。他认出这是条男式的秋裤，因为前面开了裆。她似乎有些不好意思，无措地拽着裤腿。这是条很旧的裤子，右侧有一个被香烟烫出的小洞，露出了大腿皮肤的颜色。他猜想着这裤子的主人跟她的关系，又厌恶地笑一下。

她递了刚才的茶给他，他喝了，觉得稍稍舒爽一些。他开始有精神打量这个房间。这里并没有什么，落了所有洗头房的俗套。天花板镶着廉价的石膏条，落了灰的窗纱，造出一点点过了气的奢华气息。墙壁上贴着主题暧昧的巨幅照片。一面大而无挡的镜子是少不了的，正对着他。他在镜子里看到自己，死人一样的脸色，却生动地挂着无赖的笑。这一切都笼在粉红色的光线里，他是，她也是。她盘腿坐在按摩椅里，神情专注地织毛衣，针法熟练。她披着大红的夹袄，脸色姣好。这一刻，他才觉出了她的美。粗劣的化妆品将她的面孔勾勒得面目全非，神情却是少女的。有一种认真，几乎称得上是娴静。他在心里动了一下。抛弃他的女人,也长着一张娴静的脸。他叹了口气 。

他问她:“你卖不卖?”

她愣一愣,听懂了。犹豫地看他一眼,点点头。

他问:“多少钱?”

她答:“一次一百,包夜三百,全活加五十。”

说得过分流利,好像在背乘法口诀表。他说:“不便宜啊。”

她抱歉地笑了,说:“老板定的价。”

他说:“行,包夜加全活吧。”

她张了口,认真地问:“你身体吃得消吧。”

他不置可否,并非对自己酒醉后缺乏信心,而是因从未有做嫖客的经验。

他很老练地拍一拍沙发扶手,大声说:“试试,试过才知道。”

她又迟疑了一下,走过来,脱了夹袄钻进他的被窝。她里面只有件单薄的内衣。他觉得她的身体有些冰手,皮肤上冒着细密的鸡皮疙瘩。他问:“冷了怎么不多穿点?”

她轻轻吸了下鼻子,说:“没衣服了,给你盖着呢。”

他看了看膝上的军大衣,心里漾起了奇异的温暖感觉。这让他倏然有些不适。

他将搂着她的胳膊紧了紧,问:“你老板让你留人在店里过夜吗?”

她摇摇头,说:“让他知道就惨了。天太冷了,他们都回家了,只留下我一个看门。”

他不信似的:“那你又把我弄进来。”

“不管你,难道让你醉死在外头。死在我们门口,多不吉利。”

他冷笑一下,说:“不是你自己想捞外快吧。”

她的身体在他怀里僵了一下。两个人都沉默下去。突然,他觉出她的肩在他怀里轻微地颤动,他摇一摇她,她颤得更加厉害。他将她翻过来,看到她脸上的妆已经被泪水花得不成样子。她成了一个丑陋的女人。他伸出手,抹她的眼睛,为她止住哭泣。

他一点点地吻她,吻到唇的时候,她却将头偏开去。她任由他无声地脱去衣服。他将她的连裤袜慢慢地剥下来,看她暴露在眼前。他想,她的身体真好。

然而,他却没有办法。他疲软得像一块黏腻的口香糖。她的帮助让他更为力不从心。又一轮的努力之后,他们对视,同时互相抱歉地笑。他说:“算了。”

他又将她搂在怀里。她的身体这时候是温热的了。混了脂粉的气息,散发出丰熟的香。他感觉到她的乳在他胸前膨大起来。她的身体膨胀了，似乎要将他包裹住。然而，他们都沉默着，不再做什么。他在这个姿势里又沉沉地睡去了。

他再醒过来，天已微亮，窗纱后面是模糊的白。这时候她推门进来，脸上是兴奋的神情。

外面，雪好大。在老家从来没见过这么大的雪。她将手上的东西搁下，使劲地拍打身上的军大衣。她对着手心哈了一口气，揉搓双颊上的两块红，好像个欢乐的村姑。

他见她蹲下身，打开一只小煤气炉，将买来的牛奶倒进饭盒加热，又在泡面杯里注了开水。她做这些是很利落的，做完了，她转过头，恰迎着他的目光。她眼睛躲闪了一下，回了头，盯着那煤气炉子看。他听见她轻轻地说："起来吧，喝了牛奶，喝了就有力气走了。"

他们两个，不再说话，一同注视着炉上的牛奶，用期待的眼神。

牛奶咕嘟咕嘟地冒泡时，他已经穿好了衣服。她看一看，笑了。走过来，帮他将窝住的衬衫领子翻出来，用手抚平。

他突然攥住了她的手。她轻轻抽出来。

他喝着牛奶，看她挑起一根面条，往嘴里送。

他喝完了，站起身，然后掏出一些钱，放在桌子上。他说，我走了。她并没有抬头，继续吃那杯泡面，发出呼哧呼哧的声响。

他走出去，外面是白茫茫的一片，雪真的很大。

恋上你的床

吴　君*

取钥匙的时候，苏卫红看见阿娣正立在门前，背后是那扇生了锈的铁门。她还是那样，不说话，只对着苏卫红傻笑，露出一口白净的牙齿。

“怎么不开门进去呢，外面这么大的风。”苏卫红说。阿娣一直都有家里钥匙。

听了这话，阿娣也不说什么，还是傻傻地笑，并伸出了一只手。

阿娣作为女孩子长得不算好看，主要是额头和下巴都比较短，最好看的地方是她笑的时候露出的那排细小的牙齿。这样的牙齿配上瘦小的身子，总像个还没发育的孩子。如果她自己不说年龄，别人看不出她已经20岁了。

苏卫红知道阿娣等在门口帮她提东西。过去一直都是这样。阿娣把苏卫红手里的塑料袋接过去。整个身子贴着墙壁，让苏卫红先进，自己在后面跟着。这种感觉苏卫红很受用，又像回到了做演员的时候，总有很多人鞍前马后跟着。铁门“咣当”响过，两个人一前一后上了台阶。苏卫红的家在八楼。每次爬到一半，停在楼梯上，她都想发火。丈夫当初不听她的劝告，图省钱，挑了这样一个地方，还当成宝，理由是空气好，物价便宜之类。几十米以外就是80年代村里盖的各种厂房，租给了香港人、台湾人做来料加工。看到周围的环境，苏卫红就觉得窝囊，感觉自己活在垃圾堆里，后悔不如当初嫁到香港去。可这一切又能怪谁呢，苏卫红心里很烦。好在后来阿娣来了，总是在楼下等她一起走，除了帮她提东西，两个人还能说说话。这样一来，楼道就显得没那么黑，八楼也不觉得有多么高了。

有一次，买菜回来的阿娣对苏卫红说：“大嫂，有一件衣服特别适合你这种中

* 女，深圳作协副主席，中国作家协会会员，广东省文学院签约作家。代表作《亲爱的深圳》获中国首届小说双年奖，并被中央电视台改编成电影，在国内及北美地区放映发行。著有长篇小说《我们不是一个人类》、中篇小说集《不要爱我》等。

年人。”阿娣去的是六约市场,那里除了有米有菜,还有一些便宜的衣服和女工们喜欢的毛线。因为到处都是年轻的女工,苏卫红才30多岁,就被这些外来妹说成了老人,每次买菜都是被阿姨、阿姨叫着。现在听阿娣又说她是中年人,苏卫红心里很不舒服,脸上露出不悦:“你不能到其他市场吗?难道深圳只有那个地方才卖菜吗?”

阿娣低下头,不说话。类似的话,苏卫红已经说过多次。可她还是喜欢去六约市场。市场开在工业区里,东西便宜。更主要的是阿娣愿意看见那些同龄的女工们。她们的普通话还有那种无拘无束的打闹都吸引着当时还不能入厂的阿娣。

每次听了牢骚,丈夫都不作声。外地人多了,房价越来越离谱,他们只能住在城市的边上。起初的时候还可以听到青蛙的叫声和遇见几只大摇大摆行走在人行道上的母鸡,确实有点浪漫的意思。可现在只能听见女工们上下班叽叽喳喳的说话声,见到从空中飞下来的垃圾袋和饭盒。尤其是晚上11点之后,是下班的时间,女工们的声音汇成翻滚的大水,冲击着苏卫红越来越脆弱的神经。

失眠的晚上,苏卫红会冒出一句狠的:“为什么不用铁丝网把工业区隔开呢?让她们永远也不要出来。”社会治安最不好的时候,她晾在天台上的衣服和被子转眼就没了。还有去年的中秋,一条街挤满了工人,黑压压的一片,空气仿佛要爆炸。苏卫红想走到对面买点急用的东西都困难。

外地人来了之后,把深圳关外弄得一塌糊涂。她是深圳本地人,优势不仅越来越少,反而成了劣势。比如有人说,你们的普通话说得不好,作为演员,这可是基本功啊。外省人越来越多,都去追超女、追流行歌曲,古老的粤曲没人听了。团里的人个个都有怨恨,当然都在抗拒讲普通话。还有,领导经常这样说,大学生全是外面来的。言下之意,是本地人文化程度偏低,等等。这一切,让苏卫红觉得风光不再,今非昔比,再也不像十年前,只需用国语和粤语就把人分出等级。那时,她当然属于上等人,所以有理由不学国语。对着那些讲国语的人,她的眼皮甚至都可以不抬一下。

“你看看,我们现在反倒被这些打工妹挤到城边上住了,我看早晚有一天会是无家可归。”这是她对丈夫发牢骚时说的话。

阿娣是苏卫红老公的表妹,老家在广东韶关粤北的边远山区。看着村里那些人个个都跑到深圳、东莞去打工,本来就学习不好,就更不想读书了。没到办身份证的年龄,还不能马上进工厂,初二刚开学,就跑来深圳帮做演员的表嫂苏卫红带孩子。苏卫红比较放心阿娣做事,虽然没什么文化,手脚却干净,从来不贪心。做事有些慢,分不清主次,可对她和孩子非常上心。

孩子被送进贵族学校的第二天，她就提出要去外面打工。苏卫红知道，阿娣最终的目的还是想进工厂，所以就没拦着也没劝。临走的时候，苏卫红对她说："没事就回到家里来住，也好改善一下伙食。"言下之意是让阿娣有时间回来帮忙做做家务，也陪她说说话。

阿娣明白苏卫红的想法，当然也应了下来。

当年，苏卫红高中没毕业就被招进县粤剧团，早早拿了干部工资，让很多人羡慕。想不到一下子世界就变了。一会儿是建特区，一会儿是逃港的人回来办工厂。到了现在，是农村城市化，年近 80 的父母一夜间变成了城市户口。

全世界都开始讲普通话了。除了一些本地的老人，没什么人还愿意听粤剧。多数时间，她也只能拿着工资在家里闲着。一直不觉得寂寞，直到孩子不在家，连阿娣也去了工厂，她才感觉闷得要死。偶尔会跑到团里去教一两个老人唱几句，顺便赚点港币或是一顿无滋无味的早茶。

就是去了单位，也很难见到什么人。即使见了，个个也都是忙着找牌友的老同事。她最多也只是浇浇窗台上面的花儿，擦拭一下挂在墙上的剧照。那是当年自己到香港演出时拍的。有个女议员还上来送花合影留念。

阿娣当然偶尔也回来住，洗衣、拖地、做饭。走的时候，还要顺便把一大袋垃圾带出门扔掉。只是次数越来越少。每次回来都有变化，与苏卫红相反，她的性格变得开朗很多，不再是过去那个只会带孩子、做家务的农村女孩。苏卫红还经常听到阿娣提起一个叫阿焕的人。

"阿焕是重庆城边上的女孩儿。"记得阿娣第一次是这样介绍。

这一次，阿娣换好了鞋就跑进厨房，从阳台上拿出塑料桶，放进三分之二的水，先把袋子里的一条草鱼放进去，接着挽起袖子，开始在水龙头下面洗菜。

苏卫红整个人和皮包一起瘫在沙发里。看着厨房里的阿娣，隔着哗哗的水声，她装作漫不经心地问："阿焕还和你一个车间吗？"

"是啊，她这个人就是怪，两年里，换了几个厂，只有在我们这里待得最久。"

"看起来还是你们厂好一些啊。"苏卫红有点得意。阿娣当时进这个厂是苏卫红托了一个老同事帮忙，连例行的 300 块钱押金也不用交。

"应该是吧，不过，主要是她的活儿做得好，如果她听厂里那些当官的话，可能早就做拉长了。"

"你是说她不怎么听话？"苏卫红正准备给自己换上一双轻巧的拖鞋，扭过脸问。

"是啊，她不在意别人的看法，活得很自信、充实。她不想让自己活得太累，每次有了钱,她会对自己好一点,去唱K,打桌球,观念很新。"

在她眼里,阿娣从来都是那个土里土气的农村女孩,想不到这么短时间内能把这些时髦的词说得如此流利。

阿娣又说:"更主要的是她从来不占小便宜,那些小钱儿她不会放在眼里。还有人想请她吃早茶呢,说了几次,她都不去,宁可睡懒觉,或是一个人到外面跑步。"

"还有这样的人啊。"苏卫红脸色开始有些难看。

"是啊,工厂里就她一个人提出来不加班,厂里给的加班费很高呢,还有一顿免费的消夜,可是她不在乎。"

"噢。"苏卫红答。

"她喜欢花钱扮靓,扮了之后就去外面给人看。我还跟着她去过青少年活动中心溜过旱冰。每次她一上场,就有很多人看,不管是男工还是女工。"说话的时候阿娣一脸自豪,好像威风的那个人不是阿焕而是她自己。

"那是溜得好还是因为人生得靓呢?"苏卫红问。

"都有。北方的女孩子长得就是比我们南方人好看,长得高挑不说,皮肤也白。"阿娣笑着,又说,"最重要的是有气质,那些男的一看到她,眼神就变了,有的人一直守在场外面等,要请她喝啤酒吃田螺,多数都是那些本地男人。"

"有自己的主见,是好事。"苏卫红不冷不热地说。她像过去那样扶住厨房的玻璃门,看着阿娣忙来忙去。没人注意到她的脸已经变得灰白。她甚至觉得自己这次有点沉不住气,不像一个做过演员的人。

准备下米之前,阿娣突然冒出一句:"阿焕总说还是吃面才最有营养。"

苏卫红说:"四川是吃米的地方,当年我演出的时候还去过。不过吃什么那是个人爱好,没有什么好不好。"

"吃面会让人丰满。"阿娣借着拿锅盖把这句话说完。蒸气后面,是她突然绯红的脸庞。

见到苏卫红不说话,阿娣有些不好意思。也许为了掩饰上一句,阿娣又接着说:"她懂的真是很多,我们遇见了什么事都问她,包括刚出台的劳动合同法,她全懂。听工友说,她原来上过卫校呢。卫校应该是中专吧。上一次老板押了几个人工资,要了也不给,还想找理由炒人。就是她教那几个女工怎么去和老板交涉,包括后来她们跑去劳动局告状。最后,钱一分都没少。"

对比过去,阿娣的手脚变得麻利许多,再也不是胡子眉毛一把抓,除了轻重分得清楚,还有的就是对当前大事的了解和评论,与几个月前有了很大的不同。那时候,苏卫红还骂过她,当时她还像个孩子一样不懂事。

想到这儿,苏卫红突然想起什么,站起身,左右打量阿娣。阿娣也发现了,停下手里的活,站在原地。

"你的这儿怎么了?"苏卫红盯紧了阿娣的上半身,她见到了变化。

阿娣脸红了,说:"嘿嘿,是她带我去买的,好贵呀,十二块呢,买了两件换洗。她说女孩子一定要有,平了不好看。"说完,才觉出自己的失误,偷偷看了眼苏卫红平坦的胸部。

苏卫红看着阿娣收拾好了厨房和客厅,又过来拖苏卫红房间的地板,就说:"这几天是回南天,潮湿,没什么灰尘,明天再说吧。"这一晚,苏卫红希望阿娣能留下来,陪她说说话,而不是像前几次那样,做完家务就走。丈夫工作越来越忙,很晚才回来,经常是她一个人留在房子里。

阿娣并没有停下手里的活,甚至连眼皮都没抬一下说:"呵呵,没事,一会儿就能拖完,下次还不知什么时候过来呢。"

"真的要回呀,是不是厂里很忙啊?"苏卫红问。

"也不算太忙。"阿娣显得有些不好意思,笑着说。

阿娣和过去确实有了很大的不同,就连吃饭都比过去少了许多。看着盘子里的菜,苏卫红问:"你不是在减肥吧?"过去,阿娣很少会让猪肉剩下来。

"没有,有人说,我不用减的,再减就没有一点风韵了。"阿娣急着为自己争辩。

"是谁这么胡说啊。"苏卫红终于冷下了脸。她猜得到,又是那个阿焕。阿娣连这样的词竟然也学会了。

阿娣笑着解释说:"是书上说的。"

为了科学育儿,让她好好带孩子,当时,苏卫红想给阿娣补习一下功课,从图书馆找了几本书,拿给她。可每次看了不到两行,她都说困。拿着书睡过去。为了让她长点见识,苏卫红还带着她看过自己的演出。一大包玉米花和一瓶可乐吃完喝完,她的脸还是很困惑,到了后面竟然打上了呼噜。这个世界尽管变化很快,粤剧、物价、街道,包括小区门前的树木都像是变戏法,时时在变,总是让她晕头转向。可有一点苏卫红相信,那就是眼前的阿娣,自己能够控制。

阿娣要出门的时候,苏卫红微笑着道:"如果厂里不加班,她也愿意,你可以带她回家里玩的。"平时苏卫红极少请人到家里,尤其是被工业区包围之后。她觉得自己原来的生活已经被抛弃了。抛弃她的包括单位、高级生活、流行音乐还有人来人往的大街和街上那些年轻的面孔。

"好啊好啊,她肯定愿意。"因为兴奋,阿娣已经出去一半的身体又退回来,因为惊喜一张脸有些变形,额头险些撞上门框,拿在手里的垃圾袋也被突然举起。她根本没有想到苏卫红会发出这样的邀请。

四天不到,苏卫红就见到了阿焕。

苏卫红松了口气。阿焕本人与阿娣描述的还是有很大差别。她长了一双细长眼睛,眼梢微微吊着,皮肤有些发暗。下身穿了一条藏青色牛仔裤。上身则松松垮垮地套了件与阿娣一样的蓝色工装。远远看过去,除了高一些,装束和模样与阿娣没有太大区别。想起阿娣一惊一乍的描述,苏卫红摇头,笑了。觉得阿娣到底还是孩子,真正的世面还没有见过呢。

直到看见这个女孩子走路,苏卫红还是明白了阿娣的话。

走路的时候,苏卫红看见两只细腿迈出的步子很轻,显出水蛇腰,那样的细腰苏卫红曾经有过,用于台上轻舞飞扬,甩动水袖,撩拨台下男人深处的魂魄。

“这就是阿焕。”阿娣兴奋地向苏卫红介绍。伸出的手险些杵到阿焕的脸上。

“你好,经常听阿娣说起你。”苏卫红显得大方、热情。

阿焕只是向苏卫红轻轻地点了一下头,并没有表现出苏卫红预期的受宠若惊或是感激之情,细长的眼睛里没有一丝慌乱和紧张。

倒是阿娣,恢复了农村傻姑娘模样,如同吃了兴奋剂,忙前忙后,比平时话都多,脸庞又变回当年,红红涨涨,闪着贼光,神态里透着讨好和巴结。只是,苏卫红发觉阿娣如此隆重的巴结并不是对着自己一个人。

苏卫红以为,阿娣一个人在厨房里做饭,阿焕会提出帮帮手,比如择菜之类或是陪着说说话。

被称为阿焕的女孩此刻靠在米色长沙发的左侧,腰上斜斜地垫着一个嫩绿色的抱枕,手上有一本从书架上面找来的书。她并没有全神贯注,偶尔会用两根手指撩一下垂到眼前的头发,或是懒懒地舒展一下腰身,顺便轻眺一眼窗外的风景。

下班回来的丈夫也看到了阿焕,他一面换衣服一面问:“那个人是谁啊?”

“你表妹阿娣带来的,我怎么知道是谁,说是工友。”苏卫红声音虽然漫不经心,眼睛却一直在暗中观察丈夫的表情。

“工厂里倒也有这样的。”不知过了多久,丈夫说了这样一句莫名其妙的话,侧过身睡了。

苏卫红失眠了,她的耳朵一直听着外面的动静。里面外面,搅得人心乱如麻。两个女孩,住在对面的这间。那曾是阿娣带孩子住过的房间。每次来,她都还住在那儿。

只听见阿娣一个人的声音,她不停地说话,傻笑,很少听到那个阿焕说什么。

再晚些,苏卫红走出了自己的卧室,她走近对面的房间。门没有关死,苏卫红轻轻打开,看见两个人都已经睡着。阿娣两条腿分得很开,嘴巴也张得非常大,口水像要流出来。而阿焕细长光滑的手指拈着书的一角,紧闭的眼睛仍然透着一些挑衅和轻慢。

发现可乐被喝掉了五六瓶的时候,是第二天。苏卫红从外面练瑜伽回来。那时她们已经回到厂里。

"反正你也不喝,还说过那东西会令人发胖。"丈夫小声安慰正在发火的苏卫红。

"这没错,可是她也不能这样不跟我们打招呼啊。"苏卫红说。

"连这点东西也要打招呼,你请她们过来,就是让她们吃、住的。饭不也吃了吗,这点东西算什么呢,总比过期好,不然不也是送给楼下那些保安、清洁工吗?"丈夫说话的时候,并没抬头。

苏卫红生气了,说:"那一样吗? 什么饭和可乐,根本不是一回事。封好在箱子里,就说明是需要许可才能打开的。谁让她打开的? 这种事你想想就知道,绝对不可能是阿娣。我们家阿娣这么多年从来都是本分守规矩的,那么纯朴,只认识了一个四川的阿焕就完全变了。阿焕是一个北妹,你要明白,她会把你表妹彻底带坏的。"

"没那么严重吧。"丈夫说。

"什么? 不严重,你还这么说,今天你是什么时候出门的?"苏卫红瞪着眼睛问。

"出门的时候她们都起来半天了,阿娣在厨房里面洗碗,那个女的躺在沙发上面看书。"

"什么? 她竟然躺在人家沙发上看书?"苏卫红生气的神态吓着了丈夫。丈夫不再说话,低着头吃饭,最后的碗也是他洗的。

洗澡液、摩丝都被使用过,还有自己的衣柜门也打开过,到了下半夜,这些被苏卫红一一鉴定出。苏卫红觉得自己快要被这个阿焕气疯了。

第二天晚上,苏卫红回到家,阿娣已经把饭做好,正等着苏卫红。

很明显,她的样子小心谨慎,甚至有点不敢抬头看苏卫红的眼睛。

"你要先喝汤吗,嫂子?"阿娣问。

"你吃吧。"苏卫红若无其事地回答。

"厂里明天没什么事,我想把家里的被子洗了,反正也快过年了。"阿娣讨好地说。她猜得到苏卫红还在生气。

“忙就不用了。”苏卫红脸上还是看不出任何表情。

“不忙不忙。”阿娣急着表白说,“我不用加班。”

“怎么,难道你也不想加班了?”苏卫红一语双关。

餐桌上只留下两个人的时候,阿娣才说:“我是怕嫂子生气,就快点过来了,本来也加班,请了假。”

“我生什么气啊,你又没惹我。”苏卫红故意装糊涂。

看见苏卫红的样子,阿娣有些不好意思,说:“其实也没什么,只是昨天她用了你的那些东西,我觉得对不起。”

“我还以为什么事呢,没什么啊,东西买来不就是用的吗。”苏卫红装作什么也没发生一样。

“那就好了,真的还怕你生气呢。我事先都跟她提醒过了,让她注意,我还说了你以前做过演员,还是女主角。”

“那她说了什么?”苏卫红问。

“没说什么,她还是那样吧。”阿娣说。

“还看过我演出的录像吧?”苏卫红把眼神瞟到远处的茶几上面。

“那东西放在桌子上,所以就看了。不过,只看了几分钟,她就关了,说没劲儿。”阿娣显得有些不好意思。

“那种东西的确没什么看头,连我自己都不爱看。”苏卫红笑着说。

倒是阿娣显得有些急,说:“她就是那种人,对什么都无所谓,不在乎,和宿舍里面其他人不太一样。也从来不怕什么。不过她有一点我还是真佩服。上次,有个河南的女孩儿连着几周加班,晕倒了,从头到尾没个人管。就是她背着送进医院,还垫上了200多元。平时看她还是没什么力气,走路都没劲儿,也不怎么爱理闲事。”

阿娣越说越多,说到最后,她发现苏卫红一直盯着她的眼睛。她才开始紧张,由于紧张,话题不得已又拐回昨天。

“工厂里不少人怕欺负,都想办法在外面过上几夜。人家就会认为那人在深圳有亲戚,别人就不敢惹了。呵,现在,别人也不敢惹我。”

“是吗,怎么还有这样的事?”苏卫红说。

“是啊,有的就是厂里面勾结外面的人,偷东西,强迫女孩交朋友,或是公开向人家要钱。”阿娣笑着又说,“她们都羡慕我呢。”当时阿娣进厂的行李还是苏卫红丈夫送过去的,算是给她壮胆。

“呵呵,我的化妆品真的那么受欢迎吗?”苏卫红笑着把话题扭了回来。

“那些东西太高级了,是电视上才有的。当时她只说闻一下,想不到,就忍不住了,还没等我反应过来,她就涂在了脸上,想拦,也来不及了。”

“没事,没事,也不值几个钱的,再说又是你的朋友。”苏卫红装作满不在乎。其实苏卫红的心在疼,那是一个香港票友带过来送给她的,连苏卫红自己都舍不得用。今后不演戏了,这样的东西更是没了。

“另一瓶也打开了,不过她没有动。还说那东西根本没什么用处,丰满是天生的。”

苏卫红脸涨得通红,那是传销产品。用了很长时间,确实没有效果。她想起阿焕工装下面那片鼓起的地方。

“洗澡液的味道很特别,她就是想让人知道,她在外面过了夜,亲戚也是真的。否则还是没人信,她是四川人,不然没人相信她在这个地方会有什么亲戚。这点,我也看不太惯,她有点爱显摆。”阿娣接着说,“她确实爱显摆,有好几次,她带我去唱歌,要走到另外一个工业区,一晚上十五块钱,她也舍得。每次去,她都会化上浓妆,衣服也穿得很有意思,工厂里的人根本想不到她会这样。你想不到吧,她跳的舞才叫好呢,像是专业的,工厂里面的人谁也不会跳那种。”

“男的一定特别喜欢她。”苏卫红装得漫不经心。

“当然,她从来不害怕,大大方方跟人说话,吃东西。不过,工厂里面那些男工,她不太理睬。”停了停,她又冒出一句,“她还会弹钢琴呢。”

“是吗?”苏卫红的眼皮猛跳了两下。

“是啊,不信你去问表哥,他也听到了,当时他正要出门,又返回来,站在门口听了很久。一共弹了两首,前面那首叫《野百合也有春天》,后面那首是《一闪一闪亮晶晶》,我以前听过。前面那首她弹了两遍。因为表哥喜欢听,她又弹了一次。那天表哥走得很晚,我还担心他会迟到,催他快点去上班。他说没事,反正上班就是收房租,没意思。”

在苏卫红不说话的时候,阿娣又说:“谢谢你嫂子,我还以为你会生气呢。”

“没事的,你不说,我真不知道。”苏卫红说。

见苏卫红没有生气,阿娣接着说:“她是让人喜欢的那种人,虽然长得说不上漂亮,却有种说不出来的味道。”说到这里,阿娣开始显得结巴,“本来我不想说的,知道你不生她的气了,我才敢跟你说出来。不说的话,心里还真难受呢。那个上午,她在你的床上躺过一下,不过,最多也就两分钟。只闭了一下眼睛。不知为什么,虽然看了那么多东西,她却说最喜欢的还是这张床。那是临出门前,她说,想感受一下躺在上面的滋味,还说将来她都会实现。”

阿娣说这些话的时候，当然不知道苏卫红手脚已经变得冰凉。到最后，苏卫红感觉自己连呼吸差不多快要停止。

洗过了一个澡，苏卫红变回原来的样子，像是忘记了前面的话和事儿。她一面涂着润手油一面问阿娣："你工厂里广东人多不多?"

"不多啊。"阿娣回答。她根本不知道苏卫红下面要说什么。

"那你可是一个宝啊。"苏卫红说。

"嘿嘿。"阿娣不明白苏卫红为什么说自己是个宝，只好傻笑。

"其实，你应该知道自己的身份，你是广东人，与外省人不同。"苏卫红的样子严肃。

"嘿，反正在厂里个个都是打工的。"阿娣说。

"打工和打工可不一样。如果不是他们外省人跑到我们南方，你根本不会失去尊严成为打工妹。如果不是外省人，说不准，你早就进了一个好单位做干部或者已经嫁人。"

"不会吧。嘿嘿。"阿娣疑惑地看着苏卫红。那一晚，阿娣显得精力有些不集中。

后来的一次，也是两个人吃晚饭，苏卫红对阿娣说："你是广东本地人，如果不是她们跑到这个地方，抢了你的饭碗，抢了你的工作，我敢肯定，你早就有个好工作，早就嫁人了，可现在呢，那些男的，个个都看上了北方女仔，而你呢?"

看着阿娣发呆，苏卫红接着说："总之，人和人不一样，你要记得自己是广东人，世世代代讲粤语。"

"嗯。"刚才还阳光灿烂的阿娣已是一脸茫然。苏卫红此刻爱惜地看着阿娣说："找个时间带你去买两件衣服，不要一天到晚总是穿工装。"

"其实工装也不难看。关键是……"阿娣本来还要说，只是看了一下苏卫红，她像是想起了什么，不再作声。

苏卫红笑着问阿娣："为什么让你住下铺，是不是有人要用你的床呢? 可以经常坐在你的床上做这做那，把你故意压在下面，根本不在乎你的感受。"

阿娣张了几次嘴，最后却什么也说不出。

苏卫红按了按阿娣肩头，站起身，从柜子里拿出一支包装精美的口红。

阿娣显得不好意思，摆着手说："我从来不用这个。"

"你虽然没有她能打扮，可是她没有理由看不起你，要知道我们深圳人为了她们做出了多少牺牲啊。"

"在我眼里你比她好看多了，连你哥也是这么认为，至少比她纯洁。"

“嗯。”阿娣低下头,有些害羞,一双手不知放在哪儿。

“对,你相信嫂子的话吧。”苏卫红说。

不久,阿娣就带着睡衣从工厂过来,准备留下来住一晚。这次,苏卫红已经直截了当提到阿焕:“你不认为她把人背到医院是故意的吗,这样做的好处你知道吗,是不是大家对她的看法不一样了呢,是不是最后,就连老板也有些喜欢她?老板不仅没有批评她,还给她加薪了吧。”

看着阿娣点头,苏卫红接着说:“是啊,还说不想当拉长,最后,她不是更进一步,直接做文员了吗。你呢,阿娣你就不懂得利用,你不懂得利用自己的工友达到个人的目的,反倒像个傻大姐,总是被人利用。”

见阿娣不说话。苏卫红又说:“阿娣,一个人不怕被人打,不怕被人骂,就怕被人从心里看不起。你说说,上一次来这里,你一个人忙来忙去,她连动手帮一下都没有,她有没有想过应该尊重你呢。对,她是觉得你们身份不一样。她分明是不把你放在眼里。在她眼里,你只配当保姆。她用了我那东西根本不算什么,可是她有没有跟你商量,征求你的意见。看不起我算什么,反正我也不认识她。可是,她为什么要看不起你,你有没有好好想过。还有,她凭什么带你出去唱歌,你唱过没有,对呀,你肯定一首也没有唱过。为什么不选择别人而单单选择你,她为什么要这么残忍地对待一个善良的女孩呢。不就是认为你长得不如她,可以使她显得更漂亮吗?”

看到阿娣的眼里已经有了泪水,苏卫红接着说:“阿娣你长得也许不如她,可那不是你的错,谁知道你的心比谁都好,不是她那样的人。如果不是她这样使唤着,作践你,你早该谈朋友了,而不是像现在,连个男朋友都没有。她一个外省人,凭什么要这样欺负我们广东人。”

昏暗的灯光下,阿娣的泪水再也忍不住。

只喝了半碗汤,阿娣就说要回去了,说第二天还要上早班。她甚至连平时要洗的碗都忘记了。

这一晚,苏卫红愉快地哼着粤剧,自己收拾碗筷。

时间又过去了很久。苏卫红被热爱传统文化的港澳同胞邀请到泰国转了一圈。回来的时候,剧团办公的地方都变了,租给了律师事务所和旅游公司,还有一家职业介绍所,租金用于给大家发工资和奖金。苏卫红站在单位门前发了会儿呆,直到见到有陌生人出来看,才离开。路上接到了团长一个电话,他说自己也正在办理退休手续。退休之前为大家办了两件实事,一是准备请全团的人到海边吃顿海鲜,请苏卫红别扫兴要准时到;另外一件就是免费请团里的演员参加楼下举办的普通话培训班。他说已是大势所趋,我们不要被时代抛下。普通话不过关,曾经让他很烦,也被领导批评过太顽固、太守旧。

到家时,天已经黑了。街上亮起了路灯。路灯的颜色比过去柔和了许多,这是苏卫红的发现。工厂还在加班,除了机器的轰鸣,听不见女工们说话的声音。铁门前,苏卫红最后一次见到了瘦小的表妹阿娣。她手里正拎着一只硕大的编织袋,里面应该装着行李和衣服。这个样子,很明显是刚刚辞了工。

"怎么还不进门呢?"苏卫红忍住自己的难过,笑着问。

"她昨晚被送进医院了,伤很重。当时,她反抗,不同意。"阿娣用低低的声音说。

"怎么回事啊?"苏卫红知道她说的是阿焕。已经久违了,她离开这个话题快有半个多月时间。这期间她与同事在为工资和今后的退休金在哪儿领取忙碌和哭泣,再到后来是外出。

"怪我,下晚班回来太困了,衣服晾在外面,急着去收,回来的时候忘记锁门,有人就跟了进来,那两个人想要强奸她。"阿娣拖着哭音。

苏卫红愣住了:"太可怕了。"

本来那个人是对着我,我住在下铺。可我害怕啊,想也没想,就指着她的床说:"她漂亮,风骚,身上有很多钱,还是北妹,你们去弄她吧。"

"老天!"苏卫红吃惊地看着阿娣。

阿娣动了情:"她拼命地喊叫还动手和他们扭打。本以为这样的人反正无所谓,到了医院,才知她还是个处女的身子。"

还没等到阿娣说话,哭泣声就从苏卫红胸口发出,虽然眼睛盯着阿娣,脑子却不断闪回两幅画面,先是阿焕的挣扎,最后变成各种各样的门牌。她终于失去了属于自己的那一间。

"别再去工厂了,还是回来吧。那种地方根本不适合我们这些本地人。"苏卫红身体向前靠了靠,想接过阿娣手中的行李。她不愿爬上那漫长的八楼,回到黑暗中。

阿娣没有看苏卫红,而是转身,迅速跑到街上。她站在昏暗的路灯下,大口呼吸着深圳夜晚的空气。

二区到六区

吴　君

郭小改见到我，给了我一个拥抱，哭了。我当时正在关外著名的文化大楼下面，准确说，是在一个天井里。那时候，我正抬头仰望头上正方形的一块天。正方形的天是关外的天。

关外住着来自全省各地小县城的人们，当然，也有一些外省的，比如我和几个自以为是的大学生。这道关，把犯罪分子和缺少自信的人一并挡在深圳外围。有了它，城里人过得越来越好，越来越稳妥，安全指数、幸福指数不断攀升。因为这道关，我们这个地方被称为关外。七公分，指的就是一条铁丝网的宽度。也因为这绵长的铁丝网，许多人，也包括我，没有机会见识深南大道和国贸大厦什么样。

尽管如此，并不会耽误我在两个星期前写信向郭小改抒情。“千万里，我追寻着你……”这是现成的话。我把这首歌词的上半句挪到信里。我知道，这些话，会对郭小改这类人起作用。她是那种冲动的血型。还曾经煞有介事地说，这样的血型适合搞艺术，尤其是纯艺术。

话说回来，郭小改抱着我哭的当口，徐森林带着南方的下午阳光走了进来。他的头发留得像女人，搭在肩头，甚至有几缕温柔地立起在领口处。看见我们这个样，只是傻笑。他傻笑时把嘿嘿的声音也带出来，顺便甩了一下他闪着油光的发丝。这一系列的小动作，让我干燥的眼睛有点湿润。尽管我的脸和身体此刻因动情而显得有稍许僵硬。

估计郭小改的眼泪流完了，我改变了一下身姿。虽然她和我保持一小段距离，但是我们的手还拉着。她盯着我的脸说：“真是想死你了。”

我低下头，泪水终于滴在皮鞋上面。嘟囔一句，“我也是”。没人明白，我在心里期盼着郭小改早日到来。在学校，她是我唯一的姐妹，只有她明白我的艺术理想、人生追求，也真正关心我的终身大事。我知道她此番到来，就是为了改变我人生的。

手挣脱之后，我拖起了地上一个棕色人造革皮包，样子甚至有些夸张。徐森林则跟在后面，扛着两只更大的提包登上了文化大楼台阶。郭小改细长的手上只捏着一个红色小外套。就是这样的一小件东西好像累到了她。此刻，她如同一位受宠的公主，故意发出娇喘，眼睛四下瞄着，而脚步走得无比飘浮。显然她用上了我们都久违的猫步。

上三楼的途中，我们汇聚了很多人的目光。这些人有的站在楼梯上，收起身体多余部分，侧起身子给我们让路，顺便看一眼着装怪里怪气的郭小改和徐森林。也有几个靠在阳台上，互相眨着眼睛，交换着他们的兴奋，就像我们是一群来自北方的猴子。

郭小改才不管这些，自顾自地表现着兴奋和骄纵，用修饰过的发音来说话，用训练过的身姿站着或是原地走动。她把戏剧表演课上学到的东西挥洒得到处都是。倒是徐森林相对得体，他四下看了两遍，在进入我办公室的前一秒钟，站在午后的阴影里，用他那种男人本不该有的樱桃小嘴，横空挤出这样一句："他妈的，这个地方真是太好了。"

"真的吗?"我有些半信半疑，回过头追问。在这个既不是深圳也不是内地的小镇里，我常常觉得每个人都像蚂蚁，被放在了热锅上，至今也没有发现它的好。

"对！绝对是个好地方。相信我们的到来，一定会让它变得更好!"他重申了一次。作为一个男人，他有这样的嘴让我有些不舒服，我甚至想到，如果他留个胡子，把那个部位彻底埋藏起来倒是个好办法。

"如果你们再来晚点，我就回去了。"我嘟囔着，鼻子竟然有些发酸，有了倾诉委屈的意思。因为，我想起自己如今还在打杂。一会儿收发文件，一会儿帮人化妆，有时还要帮着那些上台唱歌的人看包。要知道我才是学表演的。除此以外，还有那些孤独而被人误解的夜晚。比如，我不仅没有去过蛇口，甚至连二线关都没有进过。可就在不久前，有人说在蛇口见过我做那种生意。说得很详细，还说到我当时正在荔枝树下与人谈价钱。有的人还建议，单位应该解聘我。

"所以我们马上就来了，也是祖国在召唤啊。什么都顾不上了，本来不该那么急的，毕竟有些事情还没等处理好。"徐森林对着我说。

"也没啥大事。"听了这话，郭小改意味深长地打了一下徐森林手臂，并与之深情对望。徐森林笑了，不再说什么。用绝对艺术的身段，把手中的行李一件一件分别放在办公室沙发和地上。

此刻，一直坐在椅子上的老何突然站起身。他先是盯着徐森林看了两秒，随后又盯着郭小改看了一秒。

显然,在此之前,我们因兴奋而忘记了他的存在。慌乱中,我只好作了类似补救的介绍。可是声音太小,如同蚊子被粘在灶台上,飞不起来。他像是没听到,先是用了大力,掀翻沙发上面最大件的包裹,并从下面抽出一本被压皱的《关外史志》。随后,挺直身体,用食指轻掠额上面一缕头发,踢开挡在路上的米色皮包,出了门。从头到尾,他的脸上没有发生过一丝一毫的错乱。

"这就是那个老何吗?"木门"砰"地响过很久,徐森林才一脸吃惊地发问。

"是啊,你们应该通过信的。"我故作轻松地对着郭小改说。

郭小改脸色早已变成灰色,她说:"不仅是通信、通电话,上车前还联系过一次呢。他说过两次热烈欢迎。前面一次,后面一次,还主动提出要到广州火车站接我,我说不用麻烦了,反正都是公路。"

"对啊,他现在怎么变成这个样子?"徐森林瞪着一双布满血丝的大眼睛,困惑地说。

"我也不知道怎么回事。他清楚你们今天到,还特意换了一件新T恤。下楼接你们的时候,我还跟他打了招呼,如果不是顾及身份,他差点儿也要去。"

之前是老何给郭小改发出的邀请,邀请信放在郭小改红色小包里,一路上他们经常翻出来看。老何在信里说,虽然是关外,但丝毫不会比深圳里面差。同样可以大有作为,同样可以实现人生理想。来了先试用,很快就调档。他还说,试用也都是形式,走走过场而已,反正是他说了算。

老何是个大个子,刚才的表情停在半空中,谁都可以看得见。猜想他走出门后,已经拐了弯,下了楼,我们才重新有了呼吸。

为打破死一样的沉静,我对着郭小改说:"你怎么瘦了呢?"

过了半晌,她才恢复说话的本领,但声音显得有些飘浮,说:"唉,别提了,一路上什么也不想吃,只想吐。"

"你肯定晕车了。"我说。我当时还是一个小傻子,并不知道郭小改已经怀孕两个多月。

徐森林恢复了笑容,只是笑得有些没力,见了老何,他分明少了刚才的底气,头发从此再也没有甩起来。

无论如何,看见他们,我都觉得亲切,也突然生出踏实,这种感觉来到南方后首次拥有。虽然在这之前我一直反对郭小改和这个男孩子好。尽管他们是老乡,可徐森林为了郭小改就把过去的女朋友甩了,还是难以说服我。就凭这点,我说了他不少坏话。我总觉得他不是真的爱郭小改,而是喜欢郭小改家里的人民币。

郭小改怀了孕还赶过来与我会合，我显得有些不好意思，甚至觉得对不起徐森林，不应该那么急切地催促她。不过，她的确想找到工作，早日实现理想。她说只要可以上台，什么苦都能吃，毕竟演员的生命很短暂。说到这些，她显得有些悲壮。

有了这样的前提，我竟然说出下面的话，似乎是让他们知道，我也受过苦，而这些苦并不算什么，可以熬过来。“之前我在关外快待不下去了，他们都觉得我是一个鸡，而我不是。”

“你当然不是了。”徐森林瞪着一双眼睛吃惊地看着我。我的话前言不搭后语，两个人变得不知所措。其中，郭小改的一只脚错了方向，被玻璃茶几的一角撞痛。

“怎么样才能不像呢，我没办法啊，因为我讲普通话吧。”我只好自问自答。

“讲普通话就是那种人吗？”他们两个人不约而同地问。

“嘿，那种人什么样子？”郭小改没有安慰我，而是好奇地问了这句话，让我感到不快。

想不到，我们见面最先探讨的竟是这类问题。

“那种人喜欢穿黑裙子，化妆、打眼影。”停了一下，我又说，“郭小改，你一定记得不要那样打扮。”没人知道，那样的服装，被我千里迢迢带来并压在箱子最底层。那是我最后一次上台，饰演江姐时穿的，花了我整整200多块钱，而当时我还只是个穷学生。

郭小改愣住了，随后她的表情有些夸张地说：“我们北方女孩都爱穿那样的服装啊，黑色才会令人高贵、神秘、雅致，这可是老师说的。再说了，学表演的，哪个不化妆呢，化妆有什么错。”

这样的问题我也问过，可是我的邻居和同事总是用鼻子哼一下，或是两句话打发我，说：“那有什么办法呢，总之，我们南方人不会那样穿衣服的，再说了，你看我们南方人哪个会去做那种事呢，只有你们那些老乡。”

我曾被这混账逻辑弄得哑口无言。当晚我有了好奇，准备按他们提示，去看看。可是我到哪儿才能找到她们呢，那些我的北方老乡。

众目睽睽之下，我和郭小改、徐森林大谈妓女话题，似乎已经忘记老何带来的不快。生怕别人不知道我们是搞艺术的人一样，我们有意无意间把艺术与鸡婆这样的词高了八度提出来，然后再试着讨论，好像它们之间有什么必然联系。这让楼里变得异常喧哗，每个人都过来看了我们几眼。

第一次发现郭小改是个人来疯。在学校，她有些腼腆，可这个时候她完全不顾自己刚到关外,还是一个外省人的事实,大声地说话,尖厉地笑,甚至变了调。

说话的时候,我们没有一个人看天色,直到听见有人把办公室的门关得很响,才想起,早就过了下班时间。

徐森林也听到了。他用自己那双透着血丝的大眼睛看着来来往往的人,说:"好了,你们两个别再说鸡婆的事了,今晚我们一起吃饭。"他这样说话,让我们两个女生都忍不住笑了起来。

像是受了刺激,郭小改的声音变了调:"还要喝点酒。"

"你还想喝酒啊。"徐森林对郭小改说。

郭小改说:"我高兴,太高兴了,就要喝酒。"

"好,你喝吧,不过少喝些。"徐森林用他粗糙的嗓子笑了一下。然后把放在沙发上的一个皮包斜挎身上,对着我和郭小改说:"走吧,吃啥,今天你们爱吃啥就吃啥。"

"我知道有个大排档,那里的东西最好吃。"说话的时候,我脑子里浮现着线菜、炒田螺和老何的脸。

"好,我们就吃那个东西。"徐森林说。

"线菜?难道长了线吗?"郭小改扮成小姑娘神情,好奇地发问。

我说:"没有,都是这样叫而已。南方和北方有太多不一样,你以后就明白了。"

关上门那一刻,我看见办公室乱七八糟,到处摆着行李和纸箱。又想起老何的脸。那种脸是有意的,显然,他不喜欢大大咧咧招摇过市的人。关键是,郭小改,带着一个北方男人来了,还满不在乎。这样的女孩子还有什么意思呢?很显然,郭小改刚刚踏进关外大地就已经被通知失业。

走在二区到六区的大街上,我们显得轰轰烈烈。因为整条街没有多少人,我们可以并排着说话,一会儿是我因为一句话挤进郭小改和徐森林之间,一会儿是郭小改要打一下徐森林而蹿进了我和徐森林两个人的手臂间,她分别拉着我们两个人的手。

"好了,好了,到了,到了。"这是我来到关外后,第一次敢在大街上放心大胆地说话。

面对与北方完全不同的大排档,徐森林和郭小改先是表现出无所适从,随后是欣喜。徐森林两只手挥舞着,看见什么都好奇,先是背着手去看门前的鱼缸,然后是巡视别桌上的菜肴。有一个吃饭的男人瞪了他一眼,骂了句广东话:"七兴!"就是神经病的意思。

我也抛出一句广东话:“拿菜牌过来!”

“马上到。”不远处,有人用普通话回了句。

一个黑乎乎的菜牌从徐森林的肩上飞过,“啪”的一声丢在三个人面前。

郭小改吓了一跳。我则笑着安慰:“这就是大排档的风格。”然后,继续表现着老到,翻了几页菜单说:“腐乳线菜、炒田螺。”

写菜单的是一个黑瘦女孩,脚下挂了双人字拖,腿像是两只麻秆,不停走动在南方黄昏的小店里。表情很是麻木地问:“要不要下饭的菜?”

还没等我缓过神,那女孩又说:“再加一个咸鱼茄子煲吧。”

“好,就来这个。”我愉快地答。

菜点完了。我在郭小改和徐森林面前表演洗碗筷和工夫茶,也是一个月前学来的。

手被热水烫了,才停。徐森林接过去,说:“算了,我们就用大杯。”

我笑着说:“大杯,你以为在北方喝酒啊?”

“是啊,真蠢,怎么都忘记要酒呢,我们在深圳重逢,我们要让深圳吓一跳,要让深圳因为我们而自豪。”这几句是郭小改用表演腔说的。

此刻,她接过一瓶冰冻的金威啤酒,并用牙咬开了盖子。

徐森林并没有阻止,而是看着她笑。

“你是不是怕呀,我让你看一下这个,你就安心了。”徐森林把我的手强压在一个地方。那是他敞开一角的军用挎包,露出里面几沓分外耀眼的钱。

“那么多啊!”我吓出冷汗。

“是啊,可以把你们那栋楼买下来,你信不信。”他指着不远处那栋淡黄色楼房。那是半个小时前我们待过的大楼,“看那老何还敢不敢对我牛逼哄哄。”说完这句话,徐森林仰起脖子喝掉半瓶啤酒。显然他清楚老何对郭小改进行过面试了,成绩是不合格。

郭小改也曾经在电话里说过要多带个同学。老何当然高兴。显然他以为是女生。

早晨的时候,我是被老何开门的声音给弄醒的。显然昨晚喝太多了。看见我睡在里面,他一点也不奇怪,也不回避。甚至连问一句,你怎么不睡在自己房里或是你来得真早这样的话也没有,就开始了工作——在白纸上排列元旦演出节目。要知道距离元旦还要半年时间。

我的确要和他谈谈,尽管他的眼皮没抬一下。

“你就不能听我说一句吗?”我对着他的脑门说,“昨天你见的那个女的就是郭小改啊，前几天，你不是交代我再去买张办公台吗？”

“哼，他们都能搞文化，就是笑话了。”老何两次发出冷笑。

“之前，你不是同意他们过来，还说让她参加元旦晚会吗？”我盯着他的脸问。

“那是说试用，懂吗，试用包括面试。”他谁也不看地说话。

“你是说她不行？”我问。

“你还真是聪明。”说完这句，他把头再次低下去看演出计划。

我趿拉着鞋一路小跑，爬到六楼宿舍。那里住着为了梦想而来的郭小改和徐森林。我要对他们说的是，必须改变计划，马上联系新的工作，如果不找，很快就有麻烦。毕竟连暂住证都没有，要是查起来，会被拉到樟木头地区，随后，就会被遣送到原地。

敲了半天的门，门才慢慢打开。先是冲出一股隔夜的酒气和腥味，随后是郭小改一张幸福的脸，还有徐森林半裸的身体。

“睡得还好吧？”问话的时候，我的眼睛故意看向别处。

“还行，就是有蚊子。”徐森林已经穿好了衣服，伸着懒腰下了床，看着窗口说。

怎么不想一下我是在办公室住的呢，别说没有蚊帐，大清早就被上司看见蓬头垢面的模样。想到这里，我心里开始不舒服。

郭小改带着三个从“福如楼”酒楼买回的叉烧包和两个糯米鸡进来。不知何时她溜下去买的。

“快去收拾一下吧，别傻愣着。”她拍着我的肩。

拿着牙刷进了洗手间的时候，我突然想起郭小改刚才的样子，还有各种东西的摆放，根本没有离开的意思。他们也许忘记我昨晚是在办公室里面睡的。我甚至不敢回想，光是那些会飞的巨型蟑螂就会把人吓死。

我笑着婉转地提醒：“有没有见到蟑螂啊？”

“哎呀，别提了，快吓死人了！好在有他。”郭小改表情很夸张。

直到第三天，我才透过办公室的窗户看见他们出门的。郭小改的脸显得有些浮肿，显然她夜里哭过，跟在徐森林后面。我知道他们要去找工作了。透过门缝，他们看见了老何以文化站名义发出的通知，毕竟这还是单位的地盘。

想不到的是，他们两个又去喝酒了。也就是在这前一天，老何和我发过脾气，他骂我把这个办公室当成家了。他是文化站长，显然他看见我每天都在这里过夜。

“这一切不是你害的吗，你为什么要他们来呢？你说过要招收大量文化人才。还有，你不是总想我在这里过夜吗，不然的话，你干吗一次次想要和我在沙发上做，还说这样刺激。"我心里压着火，大声回敬了他。

他曾说过北方女孩就适合做鸡，那是我们干得最起劲的时候他说的话。难道都不记得了吗？报到的第七天我就成了他的猎物。可是我仍然没有得到上台的机会。后来，他让我把经常提到的郭小改也叫来，说可以安排工作，两个人都做正式演员。只是没想到她是带着丈夫过来应聘的。

终于，在某天下午，他们找到一家公司上班了，地址在关外的六区。

"是关外最大的一家公司，老板曾经捧红过张曼丽那类三流歌星。"郭小改说。

"谁是张曼丽？"我问。

"就是后来拿了钱和一个小白脸跑的那个女歌星啊，连这个都不知。"她说。

我还是不知道，也没兴趣知道，现在，我只在乎，到了晚上可以好好地睡觉了。

两个人没有说句对不起，只是分别在那里埋头收拾东西。我感觉郭小改的样子分明有些傲慢。

直到喝醉了酒，我们又重新变成了同学。到了最后，徐森林很想找一个人划拳。没法实现的时候，他只好蹲在椅子上，看着我和郭小改傻笑。

"嘿，我看你们还像在学校呢。"他的眼睛开始变细。的确，这样的夜晚让我们不约而同想起了北方和我们的学校。

出门的时候，徐森林给了服务员 20 块钱小费。郭小改对徐森林大手大脚很不高兴，毕竟是花她家里的钱。出门的时候，她故意不理他。徐森林偏要拉着她的手。郭小改就躲着，转了一个圈过来拉我。我们三个并排走在关外五区到六区的路上。走到影剧院门前，我们都站住了，他们要回到自己的新住地，而我要回到我的文化大楼。

她的手轻轻拍了一下我的肩，没说话。直到徐森林在后面赶了上来，看我们，她才说："要不要我们再送一下你。如果需要，也可以让徐森林送你。"说话的时候，她眼睛冷冷地看我，而身体贴紧了徐森林。

"不用了，又不是小孩。对了，还有这个，差点儿都忘记了。"我把一个艺术女神的泥像从包里拿出来，笑着递给郭小改。这是我珍藏的一个礼品。

郭小改看了一眼，客气地说了一声："谢谢。"

再见说完，我跳跃了一下身体，用手去抓悬在头上面的树叶，故意让自己显得潇洒。

直到他们走远，我才停下脚步，街上已经没了路灯，我坐在路边的石阶上。在关外这么久，这竟然是最寂寞的夜晚。

就这样地看着黑暗，听着细风吹着树叶。发现了凉，是秋天的那种凉。这一切让我下定了决心,放下那些不切实际的想法。即使没人与我结婚或恋爱,我也准备找个男人。不想再受郭小改折磨。她分明是在向我显摆她的幸福生活。

只过了五分钟,就听见树下怯怯的一声广东音:“小姐,要做生意吗?”我知道,那应该是个卖鱼人,因为他的身上正散发着海水的味道。

我是在天气开始变冷的某个早晨,听见了徐森林喊我。他让我下楼。不知道发生了什么事,我就快快锁上门下楼。

我问他:“怎么了?”

徐森林又用他那樱桃小嘴笑了一下,然后说:“郭小改受了伤,她被人打了。”

“重不重,到底怎么回事?”我问。

“流产了。”直到这时,他才有了哭的表情。

想不到会发生这种事情。我的脑子“轰”的一声,要知道郭小改多么期待这个孩子啊。“怎么会这样?”

他稳定了一下情绪,才说:“怪她多嘴,去买菜,跟人家讲价,还讲理,把学校的那些东西也用上了,最后就被一帮本地人打了。现在,已经从医院回去了。你肯定想不到,她躺在担架上还想找人理论呢。”

我是带着洗漱用品住过去的,我要陪着她度过这难过的几天。

徐森林说,郭小改在怪他,不和他说话。他也很内疚,毕竟让一个孕妇去市场有点不对。

“你也太粗心了。”我说。

“可你去看看,在关外,哪有男的买菜做家务,我怎么知道最后会这样。”他脖子露出了青筋在为自己争辩。

我生气道:“关外关外,你怎么忘记了自己的来龙去脉,才几天啊,就认可他们的文化。”

徐森林撇起小嘴,停止了说话。

靠在被垛上,看一会他们用来学习广东话的书,我又睡着了。醒来的时候闻到了黄花鱼的香味。

外面的天已经黑了,屋里也没有开灯。他们在走廊里做着晚饭,说着悄悄话。黑暗中,我突然很想抱住他们。“亲爱的同学,有你们在,我在深圳不那么害怕了。”我在心里说。

吃进了一点稀饭之后,郭小改有了一点力气,把事情的来龙去脉讲了一下。

“真可怕啊。”

“是啊,我看他们长得土里土气,与我们老家的农村人一样,想不到真是狠啊。”

“也不一定,李嘉诚还是他们那里人呢,你看人家多斯文啊。”

徐森林把鸡汤端上来的时候,已经是晚上八点。邻家电视里传来香港的整点新闻播报。

郭小改只喝了一点汤,情绪就好了很多。让徐森林递一把汤匙的时候,她明显又在撒娇,两个人的手指有意地相互碰撞。

饭没有吃完,她就趿拉着鞋,一瘸一拐出去了,说是到门口再买一瓶酒,要喝够。留下我和徐森林坐在房间里面说话。

我说:“怎么没看见那个塑像呢?”我指的是艺术女神。

徐森林看了一眼门口,做了一个嘘的手势,指着垃圾桶。我看到那里是一些瓷器的碎片。

屋里重新静下来。听见她在走廊里和一个广东女人打招呼和说笑的声音。其间有个人贼头贼脑地进来看。徐森林和那人笑了笑,没说话。

郭小改回到房间,除了酒,还拿了个塑料袋,里面放着几只焦盐鸭下巴。我接过来,清理了一下前面吃剩的骨头之后,把它们放在桌子的中间。徐森林眯缝着眼睛想着心事,显然他又喝多了。

“没事吧。”我看着郭小改的脚问。

“没事,他们还跟我说话呢。”

“噢,还是少说话,多休息,和本地人有什么好说的。”我嘟囔了一句。

“是啊,全是八婆。”她说。

我笑了一下,没说什么,把椅子上的布垫放好,让她坐下来。郭小改没有坐,先是站着,眼神越发冰冷。她抱着手臂,又站了一会儿,才把买回来的酒打开,并用原来的杯倒好以后,才坐下。脸对着半空说:“外面那些人都在笑话徐森林呢。”

“徐森林怎么了?”我看了一眼坐在一边的徐森林,笑着问。

“他们说徐森林比他们南方人还大胆,让两个老婆住在家里。”郭小改平静地说。

从我的宿舍走到影剧院只需要八分钟。在某个夜晚,我突然想去看场恐怖大片。

整个电影院有五十几号人,间隔很大。每排只坐一两个。到了最后一个变两个,两个变一个。多数是打工妹和本地老男人。我仍是选择前排,这样看电影非常过瘾。铺天盖地,感受不一样,更主要的是我不想看见影院里面那些人。

人还没坐下,灯就熄了,我差点儿被最后一个台阶绊倒。

字幕出来之时,我见到空中突然飞出的一只巨大蝙蝠。它飞了几圈之后才不知去向。

头有些疼痛,摇晃几次,才睁开眼睛。银幕上出现了那些香港的街道和楼房,随后是叼着烟的黑老大和拿着棒子的打手。

不知过去了多久,听见后面有声音传过来。是一个女人的喘息和男人低低的耳语。还闻到了一些腥气。斜视过去,不远处是个光头佬和一位长发女孩叠坐在一起。这样的情景在影院里到处都是。

正想站起来换一个座位,椅子上的玉米花不小心被翻到地下。我看见它们迅速黏在一口痰和口香糖上。

这个鬼地方,让我恶心啊!黑暗里,我对着巨大的银幕发出了叫喊。

散场的时候,灯光如同白昼,人差不多走光了。随着音乐声,我慢慢站起身,离席。接近门口的时候,我被镇住——一个男人流着口水歪坐在椅子上。他的裤链拉了一半,露出一条蓝花的底裤。

是徐森林。

徐森林和电影里的画面在我脑子里交织着。惊慌中,我走进一间满是管道的地下室。出来的时候,看见了郭小改。她平静地站在影院门口。

路灯没有熄灭,温柔地照着我们。两个人的脸庞比平时都要苍白。

我们发现彼此都瘦了,不过谁也没说出来。她没有说话,静静地拉起我的手,手很凉。

经过了六区、五区、四区、三区、二区,终于,我们走到了文化大楼的门前。她抻着脖子仰望着,眼里蓄着泪水。

“看见他了吧?他经常去那里麻痹自己。”告别的时候,郭小改说。

因为小工头,我拒绝听见她后面的话,更不想了解他们的情况,所以不知道他们早已失去工作,差不多已经接近身无分文。

小工头在等我,他约我第二天去商场买衣服。此刻,我只需要一个男人,只要他不嫌弃我。

“你怎么不找她们呢?”我曾经问过他。我指的是一楼那几间发廊里面的女孩子。

“嘿,她们不是正经人,是北方来的鸡,没意思。”他说。正式认识之前,我见过他去发廊玩。

“你怎么想找我呢,你不是有阿珍吗?”那个女孩是个种花的,住在我的隔壁,就是她无意间介绍了我们相识。

“什么阿珍呀，看看她那个样吧，长得像一个妇女。初中都没毕业，除了是一个本地人，什么也没有。”

“人家可是有户口，你还不要吗?”我逗他。

“我是本地人，要那个做什么。只有你们北方妹才对那玩意儿有兴趣。”他说。

“你怎么想起要找我呢？我可是北方人。”我问。

“找你怎么了，因为你长得不像北方人，还有，你是大学生啊，说白了，找你这样的女孩，我有面子。”他答。

没想到，我竟然有点高兴。我也决定和他好。我看见自己正移动脚步，把他引进房间。房间没有客厅，一进门就要看见床，再过去，我肯定有些不自然，此刻我就想让他看见这张大床。

他显然也看见了，但是他不敢直接坐过去，而是坐在门边的椅子上面。这是房间里唯一的椅子。

我很从容地看着他，而他不敢看我，我被自己营造出的局面弄得很兴奋。我希望生活里一直有这样的一些人来找我，让我把时间花在这些事情上，而不去想什么艺术不艺术，理想不理想这样无聊的问题。因为，那些问题总是刺疼我。

小工头再次造访的夜晚，徐森林也来了。

我不知道他来做什么。

像熟人一样，他递烟给小工头，并主动搭话。听说小工头是广东人的时候，他搓着一双大手，而大脸上的小嘴明显地发出抖动。

“抽烟吧，哥们。我喜欢你们这个地方，还有你们本地人。”他的这个态度把小工头也感动了。在徐森林决定回去的时候，小工头竟然也站起身，跟着说要走。

“我老婆打来电话……”小工头之前似乎接过一个电话。

“什么？你的老婆。”小工头的话让我和徐森林都大吃一惊。

不过，很快我就开始轻松。身体？狗屁！给谁不是给，反正这又不是我的老家，没有几个人认识我。

我再也没有了小家子气，对着肌肉发紧的小工头说：“再坐一下，别那么急啊。”说完话，主动给小工头削了只美国苹果。我这样做的另一个目的，是想让徐森林快点离开。

还没等到把这只苹果递到小工头手上，徐森林就站起了身，又点燃烟。他这个样子突然让我觉得他正心事重重。

“郭小改呢?”我问。

“在家里。”他回答。

“在家里做什么啊?”我漫不经心地吃着苹果说。

“她在家里帮你织件毛衣。”他说。

他似乎是一脸阴气,让我感到了害怕。我故作轻松地说:“织毛衣?这都什么年代了。”

很明显,徐森林知道我仍然在生郭小改的气。她说过徐森林有两个老婆那种话之后,我再也没有去找过他们。

“是啊。她经常说你是她的妹妹,让我不要欺负你。不然的话,我早就那个你了,她明白我的心思。”

显然他因为工作问题,人已经完全崩溃。此刻他们的行李摆在六区某个招待所地下室内,房租欠了两天。小工头再次站起身,说要走的时候,徐森林急了,他掐灭了手上的烟,扔在地上,并用脚踱了一下。

“哥们,你别走,是我该走。”这个时候,我竟然意外地发现徐森林的眼里滚出泪花。他接着对小工头说:“你这个笨蛋,怎么不好好陪陪她呢,她是一个多好的女孩子啊,你在全深圳找一找,如果能再找出半个这样的人来,我给你100万。你如果还不想要,我可采取行动啦。她这么好的一个女孩子,大学毕业,在关外,在她工作的场所,被人当成鸡,没人敢娶她,也没有人把正经工作交给她做,到现在为止还只是打杂的,只因为她是个北方人,说普通话。”

徐森林声音和面部在此刻都显得悲壮,只是在某些瞬间,才表现出一丝不应有的破绽。我知道徐森林又是喝醉了酒。因为他走路已经显出了不稳。

“没办法,你们东北人太喜欢喝酒了。”显然小工头并不关心徐森林的话。

“要不,你用车把他先送回去吧,他这个样子我的确有些不放心。”这句话确实是我说的,只是当时还不知道这句话的后果。

“好,好。”小工头高兴地答应了。随后,他把徐森林架到自己身上。我看见两个男人从楼梯上缓慢地下去。

我是天亮前被人拉醒的。房间里亮着吓人的白光,不知何时,几个穿制服的人站在了我的床前,走廊里还站着单位的人。

卖掉小工头的摩托车,据说是临时决定。用徐森林的话说,是他自己送货上门。小工头当时不给,取货的人硬抢,双方才动了手,小工头差点儿丢了性命。

“徐森林有个叔叔,因为这个原因,上面有很多关系,一定能帮助我们实现艺术梦想。”这是郭小改在监狱里给我写信时说的话。她的字体还是那样娟秀。

第一封信没有回应,她显出了绝望。第二封信是这样写的:“你才是真正的骗子,与深圳合谋,骗我们来了。我们曾经豪情万丈,可是至今为止,也还不知道那里的文化到底是什么。”信的最后，重新变回抒情。是那首著名歌词：“千万里，我追寻着你，可是你，却并不在意……”

显然，她曾经希望我帮她快点出来，而她并不知道，失业后，我已经从事一种古老的行业，终于用上了那件心爱的演出服。

演出时间：1995 年秋天。

地点：深圳关外。

骷髅纸牌

吴亚丁[*]

离开家乡很多年后的那个秋天，在北京漂泊奋斗的女孩漂漂突然接到乡下父亲的口讯，说外婆去世了。漂漂从小是外婆带大的。听到这个不幸的消息，她一下子被击倒了，整整病了半个月。一个月后，她失魂落魄地坐火车回家。寒冷的秋风里，外婆的新坟竟已长出细小的草尖。在外婆的坟边，是母亲的坟。她的母亲24年前因生她难产去世而埋葬在这里，现在已杂草丛生。母亲和外婆，生不能长相守，死后仍隔径相望。老实而懦弱的父亲后来娶了拖着两个小女儿的继母。而漂漂从上中学就逃离了家。之后，她已习惯独自飘零。说起外婆，其实漂漂的心里是惦记着外婆的。她平时喜欢玩一种骷髅图形纸牌，就是她外婆留给她的特别礼物。外婆曾经说，那副奇特的纸牌是做海员的外公从海外带回的，是著名的吉卜赛纸牌。外婆觉得不吉利，因为全是吓人的骷髅图。但由于是外公的遗物，外婆便藏而珍之。后来传给母亲，母亲却喜欢。可惜，母亲先外婆而去。现在，外婆也不在了。漂漂只有对着这副纸牌久久发呆，仿佛纸牌上那些形态各异的骷髅，能摇曳生姿，与她神秘低语。在北京的前些日子，她常常感觉不安，便用纸牌算命，疑有大难临头。谁知道出事的，竟然会是她最亲的外婆？现在回到家里，父亲漠然，继母陌生，土屋清冷。现在，天下再没有一个温暖的地方了。

在故乡一周，她几乎不出门玩。幼时女伴，早已嫁作他人妇。土屋家徒四壁，寒风四起。她寂寞地玩着纸牌，有意无意地一次次替自己算命，不免为前途担心起来。她知道自己不适合再待在这个家里。没有了母亲的家，就不是自己的家。深夜，她偷偷擦着眼泪，决定再次离别家乡。

---

* 深圳市作协副主席，当代小说家、编剧，中国作家协会会员，《罗湖文艺》主编。代表作：长篇小说《出租之城》，短篇小说集《一个来历不明的人》等。

父亲的背佝偻着，他沉默良久。女儿从小就不怎么听话。这个，他没有办法。他嗫嚅地问："你为什么又要走？"

漂漂说："女儿大了，就该走了。"

他心里很是难过，不知道怎样表达。就问："难道家都留不住你吗？"

漂漂装作很漠然的样子说："假如我是只风筝，那根线不是还牵在你的手里吗？"

父亲怆然无语。目送女儿再次踏上漂泊之旅。

漂漂到了南方城市深圳。她有个同年出生的女同学叫珍子，在一家外企工作。两个人很要好，珍子一直邀她来，最近更是热情得不得了，似乎比漂漂自己还着急。两个女孩一见面，珍子搂抱着漂漂，亲昵地说："漂漂啊，这座城市的政府正在招聘公务员，我替你报了个名！我瞧着你这么个机灵人儿，为什么只喜欢漂来泊去的？一定得找个稳定的工作才能定住你的神哪。赶快把你的身份证、学历证书和个人材料准备好。"漂漂心不在焉，怔怔地望着珍子发呆。好在珍子又仗义又能干，不由分说，打开漂漂的旅行箱找到需要的东西，径自在烈日下跑了几天，终于办好了手续，还帮她在市考试中心买了一套复习资料。只是，漂漂正给外婆服丧，哪有心思看书？漂漂客居在珍子家里。坐在客厅里，只不停玩那副一直带在身边的纸牌。珍子从没看过那样奇特而恐怖的纸牌，每一张都画着骷髅，很是骇人。

珍子看不顺眼，就想先给一个下马威。她警告说："漂漂你别这么有一搭没一搭地玩这该死的纸牌好不好？世上哪有像你这样的女孩子？我告诉你！虽然你聪明，但这个该死的城市竞争激烈着哩！知道古人怎么说的吗？不成功，便成仁啊！"

"你别诋毁我的纸牌，它珍贵着哪。"漂漂抗议说。漂漂并不想参加考试。在她看来，不管去到何处，自己总是命途多舛。她慢腾腾地在珍子的破茶几上洗牌。可以看得出来，她很爱惜那副纸牌。"成功有什么用？"她眼皮也不抬地说，"再说也不是每个人都想成功的啊。"气得珍子骂道："你这个没出息的家伙！哪有女孩子这样说话的？"漂漂倔强地回嘴道："我爱怎样说话便怎样说话。"珍子见她不讲理，便生气了。她实在不明白，这个奇怪的女伴，为什么独独爱耍那些骷髅头？漂漂也不多加理会她，独自埋首侍弄心爱的纸牌。

没多时，漂漂忽地咧嘴笑了。

珍子问她笑什么。她神秘地问："珍姐，告诉我，为什么急着催我来深圳？"

"我急着催你来？"珍子吃惊地说。

漂漂目光飘忽,只是问:“说啊,说出来啊。有什么见不得人的秘密?”听到“见不得”人三个字,珍子脸色霎时间红了。就说:“呸!我能有什么见不得人的秘密?”

漂漂要挟道:“你要不说,那我说啦!”

珍子不自然地说:“你能说什么?”

漂漂故作神秘地小声问:“你是不是才跟一个男人吹了?”珍子很惊讶地问:“你怎么知道?”漂漂微笑着说:“你忘啦,我能掐会算啊。”说罢扬了扬骷髅纸牌。

珍子当然不相信,她想,哼,她不过是瞎猜的,就说哪有的事啊。漂漂笑吟吟地说:“我就知道,珍姐是想我来陪你解闷嘛。”一席话,把珍子说得脸上发热,便来堵她的嘴。漂漂亲昵地拥着她劝道:“珍姐,你也别太在意了啊。人总会失恋的嘛,除非你不谈恋爱。既然失恋了嘛,总得有个人来安慰安慰是不是啊,不然怎么活下去?”她嬉皮笑脸地说着,珍子脸上就挂不住了,来揪漂漂的长发,喊道:“死女仔,你这是算什么命?只是借着法子来整我。来深圳住我的吃我的,不谢我还不说,竟敢取笑我。”

漂漂哧哧笑,躲着她,只是问:“你承认不承认嘛。”

珍子一想也是,自己的这件事情,并没有告诉过她呀。就停住说:“奇怪!你怎么知道的?还真有这么个人……唉,以前舍不得放弃他,现在一想起那个家伙,我就气不打一处来!根本不想提起他了!”

漂漂得意地说:“哼,现在知道我的厉害了吧?”

珍子满腹狐疑地说:“真是算出来的?”

漂漂将头抬得老高,依然很得意的样子。珍子就急切地说:“要是真的,我们这就出门买彩票去,说不定就发了!”哪知漂漂明朗的脸突然一沉,变成阴沉的冬天了,她冷冷地说:“你掉进钱眼里去了?我最讨厌人一开口就提钱字了。再说,这纸牌算什么都准,就是算钱不准。”珍子也恼了,说:“你当我什么人了?哼,只会自吹自擂,让你来真的又没本事!这算不算玩弄我呀?”一气之下,珍子也懒得理睬她。漂漂一看,她倒真生气了?想了想,只得赔罪。可是珍子虽是个女孩子,但是小脾气若犯了,就算一头壮牛也拉不回来,任她说什么也没用。漂漂去搂她,珍子就挣扎着说:“别的什么都没有用!你还是好好考试吧。这才是你的饭碗。我又不是你的爹妈,不能一直管着你的。”

漂漂便道:“既然这么好,不如你自己考好了。”珍子是个厚道人,虽然生气,听漂漂这样说话,却也着急,就说:“我读书这么笨,哪有你一星半点儿的聪明?再说了,现在好不容易天上要掉馅饼了,你还不赶快去接?真是不识好歹。”

漂漂其实知道珍子对她好，于是答应珍子去考。复习很紧张，时间也不多。但是漂漂仿佛还是很贪玩，不放过任何时间玩纸牌。有时吃饭间隙，漂漂坐在沙发上，也望着纸牌发呆。珍子不由得暗地里替她着急。

但是老天也有遂人愿的时候。半个月后，漂漂参加了考试，竟然十分轻松地通过了初试。面试后不到一个月时间，真被录取了。珍子不无惊讶，捧住漂漂骄傲的小脸，左瞧瞧右看看说："我的天，怎么看不出来你是个天才呢？"

哪知漂漂鼻子里哼一声说："这算什么？还天才哪？你就别挖苦我了。"

"不是天才？那就是鬼才了！"珍子很兴奋地说，"你运气多好啊。这工作多少人梦寐以求？快给家里打个电话，告诉他们这个好消息。"

漂漂打通了家乡的电话。她家里很穷，没有电话，所以只得将电话打到村主任家里。村主任着人去喊父亲。过了五六分钟，父亲来了。电话里，父亲的声音还是很冷漠。她温热的心，一下子就冰冷了。她知道，她和父亲从小一向就缺乏沟通。现在，漂漂更加能够感觉到。漂漂自己也知道，只要一跟父亲说话，自己的声音听起来就不再像是自己的。这发现令她亦很难堪。她沉默一会儿，就说："爸，我考上这里的公务员了。就是在政府里面上班的人。"

父亲初始可能高兴了一下。但是很快的，他又不相信了。漂漂很敏感，仿佛感觉到这些。父亲愣了一下，闷声说："女娃子莫要乱说话！家里人又没指望你当官。"

漂漂皱了皱眉头，就说："真的是考上了公务员呀。"

父亲好像在跟村主任嘀咕。然后在电话里说："你莫要唬我。娃子，你欺负我不懂得，难道村主任也不懂？"

漂漂的泪珠儿在眼眶里转，说："我说的是真话。爸，难道我说什么你都不相信吗？"

父亲叹气说："唉，你这娃子……以后，这电话就不要打了，那么贵，有钱就寄几个回来。"

放下电话，漂漂很难过。珍子也埋怨她，说为什么一件人人高兴的事情，让她一说就弄成这样子？漂漂也无法解释得清楚。她只知道，这个世界，这个冷冰冰的世界其实并没有什么人会惦记着她。这么一想，她的眼泪差一点要落下来。

漂漂开始了正式的公务员生活。她一下子就过上了和以前完全不一样的生活。以前的生活很混乱，现在的生活很规整。以前的她，睡觉睡到自然醒，爱去哪里挎上个小包就去哪里。虽然有时候工作也很累也很苦，可是很快乐，尤其是很自由。她炒老板、老板炒她，很随便。现在，这样特别有规律的生活，她一点也不适应。能够考上公务员，这个漂漂早就知道的，因为她专门为自己算了一次命，算的就是考试能否通过。所以那些令人头晕的复习，漂漂并不太在意。既然命定能够考上，那还有什么好想的？这个世界上，有谁会为一件已经明了或将要明了的事情而全力以赴？如果那个美好的结果必将到来，耐心地等待才是最好的办法。只可惜那些日子珍子不听劝，白白操了那么多的心。当然，她知道珍子心地善良，所以才会去安慰珍子说，考试你就不用担心了。“为什么不用担心呢？”珍子对她的算命之术嗤之以鼻，她不是怀疑，而是不屑，圆睁眼睛反问漂漂：“难道你老爸是市长？哼，你还知道不是呀？还算有自知之明啊！知道不是就好了！还不赶快去好好用功？”

现在漂漂每天准时上班，到点下班。工作忙碌不说，在办公室里竟不能随便说话。漂漂平时是喜欢说话的，她声音动人，口才亦佳。可是，满怀喜悦刚刚上班，便有办公室里大大小小的前辈似乎出于好意，不厌其烦地提醒她，初来乍到，记住要少说话，多做事。是的，机关里是讲究个先来后到的。他们有资格这么提醒她。他们的意思是不是说，你是新人，说那么多话干什么呢？对于这个看法，起初，漂漂并不认同。她想，一个人不说话，长着张嘴干什么用呢？仅仅用来吃饭么？不知怎的，漂漂只要一张嘴，办公室里即刻就会有人提醒她注意这个注意那个……漂漂心里很恼火。那些人，他们又装着很善意很贴心的样子，这让漂漂愤怒不起来。她有一种奇怪的感觉，仿佛只有保持沉默别人才高兴。这样的日子过下来，她立刻就感觉到了沉重，每天活得很累。后来压抑变成了习惯，爱唱歌的鸟儿终于闭上了喉咙。青春年少风华正茂的她，不到几个月，回到家里竟也能够一声不吭，沉默不语，好像老干部一样沉稳。不同的是，她常常趿着拖鞋，满脸的自怨自怜，放纵自己沉迷纸牌。现在，纸牌在她手里竟成了有生命的东西，恍然骷髅还魂，又如魔鬼再世，纤指触处，精灵飞舞……她俨然像香港电影里成竹在胸的赌王了。珍子目击令她头晕目眩又恐怖生疑的这一切，疑惑道：“漂漂呀，别人有了这一份好工作，高兴还来不及呢。你倒好，从前叽叽喳喳的多么开心。现在连一点点老鼠咬东西的声音也没有了。是不是觉得现在讲话要上税了啊？”

漂漂失落地说：“上什么税啊？——有什么好高兴呢？”说话间，手一陡，纸牌哗一声撒了一桌，竟是很整齐很漂亮的排列。

珍子无心喝彩，皱着眉问：“为什么总看见你玩这个？没日没夜的！”

“我也是随便玩玩。”漂漂嘟囔着说，“没想就喜欢上了。”

珍子哼了声。

漂漂知道她不屑，就说：“你不要不信，这是古代吉卜赛玩法。我外婆教我的，很灵的哦。”珍子说:“我看人家也玩,不过只是玩玩罢了,哪像你这么当真?”

漂漂傲然说:“他们? 他们哪能与我相比?”珍子说:“玩纸牌能玩出什么来?”漂漂就说:“能知过去、未来之事。能够让我不安的心情平静下来啊。”珍子不信地说:“这么神乎其神? 算啦,你就吹吧。”漂漂认真起来说:“我怎么是吹呢? 你看,我说不考公务员吧,是因为我早就知道,这一当上公务员,我的日子就难挨了。度日如年呢,你知道吗?”说罢,她黯然神伤。珍子叹道:“哪有你这样说话的? 这么好的工作! 你还度日如年? 你有性格,也别太不合群! 想想看,这个世界上还有别的什么工作,能比得过现在你的这个工作呢?”漂漂心里不服气,便反驳说:“也就未必! 这世界上还是有许多很好的工作的。”珍子想要嘲笑她,就说:“譬如玩纸牌? 你是不是就这样想啊? 漂漂! 工作和玩耍,要分清楚些,你就别总鼓捣那些破纸牌了。”

“什么破纸牌?”漂漂生气地说,“你为什么总要诋毁我的纸牌? 告诉你,它是我外公外婆传给我的最珍贵的东西! 以后别这样跟我说话!”珍子摇头道:“我敢打赌,你肯定走火入魔了。”漂漂固执地说:“我不过是喜欢罢了。你知道吗? 一个人如果真正喜欢一样东西,就什么奇迹都有可能发生的。”她的眼睛,闪着既骄傲又迷幻的光泽。珍子很害怕她这样的目光。她躲开漂漂的眼睛说:“别那样看我! 唉,你一个女孩若真陷得这么深,岂不是太可怕了?”

一日,珍子先下班回家在厨房里做饭。漂漂一脸绯红,神情不自然地闪进来。

珍子惊奇地问:“呀! 今天这么漂亮? 是不是走桃花运啦?”漂漂白了她一眼,局促地说:“去你的! 狗嘴里吐不出象牙。”珍子就笑吟吟地说:“快来帮我洗菜……喂,到底发生什么事情了? 是不是又有很有趣的事情?”漂漂并不回答她,只是低着头,脸涨得更红。

吃饭的时候,漂漂说起发生的事情。原来是他们单位的顶头上司,她的处长今天约她吃饭。珍子很好奇地说:“他长得帅吗?”漂漂生气说:“你有病啊? 为什么不问他有没有老婆? 只是问长得帅不帅的?”珍子笑着说:“这个还有先后次序呀?”漂漂睁着杏眼说:“怎么没有? 他有老婆,我能去吗?”珍子说:“这都什么年头啊,你还在乎这个?”漂漂气呼呼地说:“你想死呀? 不跟你说了。”珍子安慰她说:“说来玩的,你当什么真呀!”

当晚漂漂在家里闷了一夜。次日深夜,珍子在睡意蒙眬中看见漂漂回来。漂漂满脸疲惫,眼睛红红的,好像哭过。她不安的脸色里隐藏着恼怒。珍子起床,跟在漂漂身后,等她安静下来,才知道今晚漂漂是跟处长去吃饭了。因为处长约她吃饭也不是一回两回了,这样推托下去也不是办法。漂漂就想,还是去一次,这样，以后就不会这么多骚扰了。哪知那狗日的处长趁她醉酒，借喂茶来脱她衣裳，情急之下，漂漂吐了他一身……

漂漂回房间休息后，灯光一直亮着。珍子担心她出什么事，就起身去敲门。门一敲就自动开了，漂漂并没有关门。借着台灯，珍子一眼瞥见漂漂正在哭泣。她的眼泪犹如断线的珠子，总擦不完。她低头玩着纸牌，嘴里嘀咕着。珍子诧异地想，她这么难过还有心思玩纸牌？珍子不知发生了什么，可她心疼漂漂。在这个陌生的城市里，漂漂就如同她的亲妹妹一样呢。

“到底发生什么事情了？”珍子问。

漂漂擦着眼泪，呜咽地说：“以后你就会知道的！”

以后会知道什么？珍子从没听过漂漂这样子说话。“你告诉我。”珍子问，她害怕发生什么不祥的事情。漂漂不肯说。珍子就去看她的脸，漂漂的眼睛又红又肿。珍子拿毛巾冲了冷水，替她敷眼睛。漂漂的脸这才闪过一丝柔情。忽然，珍子惊异地在她刚刚睁开的眼睛里——她美丽眼睛的瞳仁里，瞥见一只只骷髅影像舞动、飘荡……仿佛古怪的精灵，漫天飞动。珍子头晕，身体失重，她不能再看下去了，不由得尖叫：“漂漂！”

漂漂回头看了她一眼，安慰说：“珍姐！你不用怕，这是我在施咒！告诉你，这是一种古老的法术，是一种很恶毒的咒术！吉卜赛人的灵异法术全世界有名。外婆说，这是外公传给她的。不过，我从来没有这样试过，因为我一直害怕，不过现在顾不上了！我要试试这异域的魔法，诅咒那些该死的人！”

漂漂年轻的脸愤怒而苍白，眼睛倾泻着仇恨……

第二天下班，漂漂脸色有点憔悴。珍子只想她或许是身子虚，就让她径自回房休息。第三天，漂漂回来，脸色更加苍白。珍子开始担心了，就问她：“你怎么啦，身体不舒服？”漂漂头也不抬回房去了。第四天，漂漂回来，脸上有恐惧的感觉。珍子正想问她，只听漂漂喃喃自语地说：“老天，怎么能够相信？不过是玩纸牌啊，竟然真能够发生？”

珍子一头雾水。漂漂神色茫然说：“他真住院了。”

“谁住院？”

漂漂说：“我们的头儿啊。同事们都去医院看望他去了。”

“啊。”珍子忍不住叫了一声。

漂漂失神地说：“可是我不敢去。唉！我只不过玩纸牌——那只不过是闹着玩的，我的确是诅咒了他，哪里就知道，他竟然真的住院了？我是诅咒过他……第二天他没来上班，第三天同事说他病了，这世界上难道真有奇迹？”

珍子问:“你诅咒了他?”

“是的,我诅咒了他。”

“他就出事了?”

“是啊,他就出事了。”漂漂有些不知所措,“那天我是很生气啊。我咒他出门遇车祸,不得好死——谁知他真遇上车祸!”

“真有这样的事情?”珍子说。突然又看见漂漂的瞳仁里,无数骷髅跳跃飞舞,仿佛向自己扑来……吓得立刻捂住自己的嘴。

半年后,漂漂的处长出院,上班了。珍子问漂漂他怎么样。漂漂说:“就是脚瘸了。”珍子又问:“他现在对你怎样?”漂漂沉默着说:“还好。只是很奇怪,一个人怎么就改不了?他这个人到现在看女孩子时,眼神还是色眯眯的。”珍子问:“他知不知道他的腿瘸跟你有关?”漂漂看了珍子一眼说:“他怎么会知道?”珍子叹口气说:“不知道就好,真替你担心。”

漂漂说:“现在处长经常感慨,他说现在他相信人是有命数的了。真的,运气来时挡不住,人倒霉时喝凉水也塞牙。”漂漂觉得,跟以前相比,他人倒是谦和了许多。

某一天,珍子下班回来,打开门忽然听见房间里漂漂在哭泣。漂漂很长时间没哭过了,也很长时间没有再玩骷髅纸牌。这是应珍子的要求达成的协议,因为珍子害怕。很长时间里,她不能再看见骷髅纸牌,否则幻觉顿生,整个夜晚噩梦联袂而至,黑暗中骷髅横飞,群魔乱舞,令她胆战心惊。当然,夜深人静时,漂漂她自己有没有再独自玩牌,这个珍子也不知道。她没有胆量敢再去偷窥漂漂了。她只是知道,漂飘现在沉默寡言,喜欢长时间独自陷入无尽的冥想之中……

今天漂漂为什么忽然哭泣?珍子心急,跑去问发生什么事。漂漂不回答她,仍然一个劲儿地哭。左问不答,右问也不答。珍子恼了,说:“再不说我就打电话报警了。”漂漂就停止了哭泣,说:“你为什么要这样?人家烦都烦死了,你还要这样整人家!”珍子吃惊地望着她说:“是你整我,还是我整你?像你这样哭个不停,你以为你是林黛玉呀?”漂漂气恼地回嘴道:“我不是林黛玉就不能哭啊?”珍子听了,说:“好好,你就哭吧。我还以为怎么了,原来是喜欢哭啊。”两个女孩子谁也不肯相让,唇枪舌剑的,你一句我一句,打了好一阵子口水战。事后,珍子才知道漂漂的委屈。

这些天漂漂来月经肚子痛。平时只痛一会儿,这次却接着痛了很多天。白天上班,按住肚子伏在办公桌上,一副生病的样子。那些天,她觉得办公室的门很异常,总是关不紧。门缝微开,仿佛总有一只发着幽光的眼睛在偷窥。她觉得难堪又可怖。有人就开始说风凉话了,她气得不行。一时间,机关里好像人人窃窃私语。一天,处长瘸着腿,悄悄问她:“真是得了什么不好意思说出来的病?”漂漂吃惊地说:“什么不好意思说的病啊?”

处长居然皱眉头说:“有人反映了,说你……也许是男女之间的那种事。”漂漂一听,热血直往头上涌:“男女之间?说我有病?天!这样的事会轮到我?”处长又装作宽慰她说:“现在这个年代嘛,许多女孩子不自重啊,一点道德观念也没有,我们对你的成长,还是抱有希望的,你可不要……”

漂漂生气了,喊道:“你说什么呀?”

情急之间,她竟说不出话来。本来伶牙俐齿的她,现在竟然说不出话来。这过的是什么日子啊。一时间,她恨透了这种生活。她不是那样的人,她不是他们想象的那种人。即使这是一个道德沦丧、不可救药的世界,她也不会让自己染上什么难以启齿的病。她知道,那是罪恶而羞耻的病。她决不会让自己这么堕落。啊,他——这个道貌岸然的男人,为什么这样跟自己说话?真是伪君子……没来得及多想,漂漂内心里女孩子那种对自己名誉的本能捍卫,迫使她立刻追问这个男人:“谁说的?你告诉我是谁说这样烂舌头的坏话?”

处长尴尬地说:“这个你就不要问了。你也别太激动,也不是一定有人这样说。当然,即使是有人说,那也是很正常的。不过,有病就得去治疗是不是?”

你才有病哪!漂漂气极。对女孩子说这样难听的话,叫人面子往哪里搁啊?这是莫须有的,是嫁祸于人。她未婚,纯洁,人虽然穷,可是她要活得有气节。

“你才有病,你们才有病!”漂漂愤慨地喊道,气得把病历扔给大家。同事们面面相觑。女同事一般都很同情她,这个瞧瞧,那个安慰几句。男同事不好去翻病历,也不知怎样讲安慰话。漂漂气愤地想,他们当面都不吱声,为何又背后乱讲?下午,平时不怎么能够见到的局长,竟也专门来慰问她,局长很关心地问她:“听说你怀孕了?”她惊愕万分。局长人很和蔼,他看出漂漂的不安和惊讶来,但是他毕竟是大人物,从容不迫,很有风度。他淡淡地说:“年轻人啊,不是还没结婚吗?怎么就怀孕了呢?喜欢新潮嘛也不是不可以。不过,毕竟是政府的公务员嘛,公务员要注意正面形象啊。”这样说着,漂漂羞都羞死了,哪里还有话说?

这个晚上,漂漂痛哭了很久。珍子也是感性的人,跟着她一起难过。结果两人抱头哭成一团。后来,年纪大几个月的珍子先冷静下来,忽然就想到漂漂那个骇人的撒手锏。愤恨着的珍子,也咬牙切齿了。她说:“漂漂,你不是懂得纸牌诅咒术吗?”

“怎么了?”

珍子眼里含着泪说:“我们诅咒他们!”

“你不害怕了?”

珍子的眼睛里闪动着不安,她说:“我是害怕,可是现在我更愤怒。”

“你真的不害怕?”

“在这许多无耻面前,我害怕什么?”

“你真不怕那些骷髅?”

珍子激动了。她不耐烦地喊道:“你快点拿来吧——我们一定要诅咒他们!”

漂漂擦干了眼泪,抬起头来,也是很坚定的模样。是的,她一直在生气,一直在难过。现在,听见珍子的话,她立刻就喊道:“好,我们诅咒!”说罢,起身去拿来她的宝贝骷髅纸牌。

漂漂的手指一沾到纸牌,整个人仿佛就有了生气。她玩牌的动作,潇洒灵活,漂亮如昔,准确如昔。只听得哗的一声,珍子的头脑就一下子轰然炸开。她的眼前,迷蒙一片。整个房间,无数骷髅翻飞,充斥所有空间……

两个阅世未深的女孩子,就这样伏在房间里,眼睛里噙着热泪,疯狂拼写她们对这个讨厌的世界里的某些人,毒蛇般的咒词。

一九七五年的大雪

吴亚丁

一

那是一个漫长而又寒冷的冬天。天空像怨妇的脸,没一天晴朗过。日子过得缓慢而忧伤。一日,父亲忽然将刚读中学的我喊至跟前,说是要回乡下省亲,看望身体欠佳的老祖母。我悄悄望着窗外阴沉的天,有一点儿惊愕。事先,我根本不知道这回事。但是,在我们家里,父亲的话就是命令。去乡下?我满心欢喜,只是,我还要上课呢!我沉默着。

走的那天,在细雨中,我跟着父亲出门。母亲在身后叮嘱着,塞了几只热红薯在小包袱里。在街道阴湿的地面上,我和父亲走了好长一段路,来到城郊的一条泥泞路旁。一辆驶过的破旧的公交车,差点儿溅我们一身泥污。父亲站住了,望着远处。

我怯懦地问:“爸,我们就这样走?”

父亲没有回答。阴冷的风吹着,我里面穿了件薄薄的细毛衣,外面罩的是一件蓝色小棉袄(那年头家里只有这么多的衣裳),竟冷得直打哆嗦。父亲的衣裳更单薄,可他只是皱着眉头,没有说话。

终于来了一辆摇摇晃晃的解放牌货车。在那个年代,这个牌子的货车算是很好的了,可惜太破旧了点儿。货车是敞篷车,车厢里空空的,什么也没有。货车驶到跟前,我看见父亲一直冰冷的脸,挤出了笑容。他的手有点儿不知所措地挥了挥。驾驶室伸出半个结实的脑袋来。噢,那是一个中年男人,他穿着我们这些半大的中学生们很羡慕的蓝色工作服!——哎,真正的工人阶级哪。

那人红红的酒糟鼻子,有点生气,质问道:“不是说好一个吗?”

父亲尴尬地搓着手,赔着笑,小声说:“本来就我一个。但是家母想见孙子,所以就……”

他皱了皱眉头说:“不行!说好一个的……你看看,这么多人,怎么坐?”

父亲哈着腰说:“师傅,求求您,求求您了……”

那人停了片刻,不耐烦说:“算了,先上来吧。”

父亲连忙谦卑地弓着腰,嘴里不断地说着感激的话。

货车驾驶室里恰好可以坐三个人。车子向前驶去。我看着那人不停地换着挡,转着方向盘,心里十分羡慕。他嘴里哈着酒气(他怎么早晨还喝酒啊!),很难闻,可他毫不在意。他厚厚的嘴唇,竟然还叼着一根细细的牙签,正灵活地转动着。我在心里想,做司机多好啊,可以开着庞大而气派的大汽车,随便去自己想去的任何地方哩,长大了我也要当货车司机!我的心里竟忽地闪过这样奇妙的念头,不禁有点激动。还好,父亲没有发现我的想法,他只是望着前方,沉默得有点忧伤。一路上,大人们都没有说话,车内气氛冷冰冰的,像外面的天。我夹在中间,小心翼翼,不敢吭气,只任自己的思绪飞扬。大约过了半个小时,汽车忽地停下。原来,路边站了一位大约20多岁的年轻姑娘,她围着条碎格子头巾,露在外面的漂亮小脸,满是笑,冻得红红的。货车司机转过脸来,对父亲说:“好了,你们去车后面吧。”

父亲一愣,明白了他的意思,连忙说好。他望着那人,哀求的眼神仿佛在询问着他是不是可以让我留在驾驶室,反正驾驶室能坐三个人啊。父亲的意思我明白,他认为我还是个孩子哪。可是,我心里才不这样想。不,我知道我自己已经长大了,我快要是个大人了。是的,我快要是一个男子汉了。

我去看那人的脸,他不耐烦地说:“不!你们,一起去后面!”

新上来的是个漂亮姑娘。他不想我们影响他。这个我知道。父亲没办法,只好带着我下了车。我们爬上车厢。父亲虽然瘦,但是他毕竟是读书人,动作迟缓,爬得比我慢。我站在车厢里,得意地拍着手上的尘土,望着父亲艰难地爬上来。他差一点儿滚进车厢。站稳后,他尴尬地朝我笑了笑,伸出手拢了拢我。然后,我们便站在靠近驾驶舱的地方。那里可以避避风。

这时,我听见那姑娘尖细的声音。

她对司机说:“他们都是谁呀?你让他们到车厢站着,这不是长途吗?得开上一整天哪……大冷天的!人家还是孩子哪!”

那司机说:“别理他们。朋友托付的。真麻烦……只听说那男的,是个大学教授,那孩子是他儿子。”

车又开动,冷风将他们的对话全吹散了。

虽然是上午,可天色晦暗,仿佛黄昏。细雨倒是停了,但是天气依然不好,空气又冷又潮。父亲的头发在风中不停地飘动,他总是努力想整理好,可我知道,这样做其实是徒劳的。因为风是不会停的。只要风不停,他的头发便总会乱。他为什么不明白这个?我在心里摇头。

虽然公路凹凸不平,但是汽车倒是疾驰着,发出很大的声音,仿佛又粗鲁又骄傲。

然而,那时候,我们谁也没有猜想到,在如此恶劣的天气里,竟会在这朗朗乾坤之下,遇上一群明火执仗、公然打劫的强盗!是的,即使像我这样耽于幻想的少年,也从没有想到过。

二

汽车依然朝前奔跑着。临近中午,天色越来越苍茫,父亲的眉头皱得越来越紧。

我问父亲:“爸,我们这是去哪里呀?为什么越来越冷啊?”

父亲摸了摸我的脑袋,问:“你冷吗?”

我裹了裹小棉袄,要强地说:“只是有点冷,不要紧!”

父亲看着我,说:“我们这是向北走,北边总是比南边要冷些的。”

寒冷而迅疾的风将父亲的话撕成碎片。不过,我仍能听清楚。

转过一座光秃秃的山头,天边忽地亮起来。一阵风刮来,我赶紧避开它。头发上却仿佛有什么东西飘落。伸手一摸,湿的。

父亲说:“下雪了。”

我抬头看去,父亲的脸上挂着笑。他凌乱的头发和胡子,竟沾着雪花。哈,下雪啦。我心里喊起来。要知道,我一向喜欢雪。不下雪的日子才冷,融雪的日子也冷,可是下雪的日子却不冷,那是最好玩最有趣的时候呢!只是,我还从来没有站在一辆飞驰的货车上,感受过下雪的乐趣。

雪越来越大。不多时,满天雪花飞舞。那年头,我们在学校里写作文常常用鹅毛大雪这样的词来形容雪之大,今天算是亲眼看见了。不多久,两边的山冈、田野、树林,竟然皑皑一片。最有趣的是,天空中雪花飞动的样子,倒是很像一群又一群白色的蒲公英在空中跳舞。

忽然,货车咔地急停下来。我和父亲差一点儿摔倒。蓦地,只听见汽车前面,一个粗壮的男人用十分粗野的嗓子喊:“他妈的！全都给老子滚下来!”

我抬头望去,天！路两边站了六七个血气方刚的年轻人！他们一副凶神恶煞的模样,每个人都抄着家伙。

父亲示意我别动。他拍打着身上的雪,然后跳下车。我偎靠在粗糙的车厢边,木然地望着货车下面发生的一切。那些人的举止,并不像乡下人,倒是更像城里人。只是,他们有点流里流气。因为,我看见他们中的一个,在驾驶室窗边调戏那位姑娘。

货车司机壮着胆子,拿了只大扳手下车。他虽然强壮,又仗着喝了酒,但是一看对方人多,还是胆怯了。他问道:”你……你们要干什么?!”

“你说哪?”他们当中有人这样问。正好那姑娘发出一声尖叫。那些人一阵哄笑。

货车司机有点慌张,结结巴巴说:“别乱来！——她只是个女的!”

对方说:“有种！你是男的,你来?”

那些人中一个歪戴着棉帽的高个子男人,好像是他们的头儿。他用手指着那姑娘,挥舞了一下。那些人中马上就有一个粗壮的矮个子过来拉她下车。那姑娘拼命哆嗦着,躲闪着,嘴里喊:“不要！不要!”那矮个子顺手给了她一个嘴巴子,恶狠狠地说:“再喊,就强奸了你!”

那姑娘惊恐万分地捂住脸,一丝鲜血从手指里渗透出来。货车司机见状,连忙挥舞大扳手,想要逼退那些人。可是,那些人的木棒比他的扳手长,没两下,他身上已经着了对方几棒子。他号叫着。接着,有人飞起一腿,又踢在他的屁股上,把他踢了个趔趄。然后,几个人一齐上前,按住他,将他的扳手夺过扔到田野里去了。

正呆呆看着,突然有人朝我这边喊:“怎么车上还有人？喂,那个穿白衣裳的家伙,还不下来？不想活了?”

忽地所有的眼睛都朝我这边望来。

难道我后面还有个穿白色衣裳的家伙吗？我好奇地朝后面看去,却怎么也找不着那人。

“说你呢！装什么装?”有人恼怒地大声喊道。

父亲走近来,轻声说:“孩子,下来。”

我连忙爬下车来,抖落身上的雪,露出身上的蓝棉袄。

“原来是个孩子!”有人说。

一个蛮横的声音说:“什么孩子？滚过来!”

父亲立刻站在我面前护住我。他身上的雪抖落在我的眼睛里,弄得我一时什么也看不清楚。他平和地对那些人说:“有什么话跟我说好了。你们没有看见吗?他的确是个小孩子呀!”

那群人忽地有点骚动。我想,他们大概是见有人竟敢顶撞他们,这还了得?

“你不想活了?”有人恶狠狠地说。

我看见,一把虽然生锈却十分锋利的短小的尖刀抵在父亲的心脏旁。几个人不由分说扭住父亲。

不!他是我爸爸!我不顾一切冲上去推开那把刀。

那些人显然惊愕不已。他们没想到,一个小孩子竟敢反抗他们。

“他是干什么的?”那粗壮的矮个子用手里的木棍指指我父亲,问趴在雪地上的货车司机。他的脚正踩在那人身体上。

那司机见状,忙挣扎着说:“其实我都不太认识他,只知道他是个臭老九。你们还是找他算账。行行好,放我走吧!”

“放你走?”粗壮汉子怒目圆睁,“你想死呢,还是想活着?”

“想活!想活!”那货车司机叠声说。他不停挣扎着,但是被狠狠踩住。地上的雪,给蹬得纷飞。

“想活就走人!滚得越远越好!不过,要把车留下来。”那粗汉傲慢地说。

货车司机大惊失色,脸涨得通红道:“这不等于杀了我吗?这车是我们单位的车呀!生要见人,死要见车。不开回去,我还怎么活?”

“要车?命都没了,还要车?”那些人骂着。在纷飞的大雪中,又是踢又是踩,揍得他嗷嗷乱叫。雪地上渗出一片鲜红的血迹印。

父亲见状,急忙喊道:“停!停下!你们怎么能这样做?这和强盗有什么区别?”

刚说罢,就有人狠狠地踹了他一脚。父亲一下扑倒在雪地上。

那歪戴着棉帽的高个子男人摆摆手,那些人停下来。

他说:“我们就是强盗了,又怎么样?”

我心想,糟了,真的遇上强盗了。那从前只在书上才看见过的强盗,现在竟然真的出现在我跟前?我的天,难道强盗就是这个样子?

“你们不是强盗!真正的强盗哪像你们这样的?”我突然说。

那歪戴着棉帽的高个子男人咧嘴笑了,说:“小崽子!嘴巴倒利索。”

他拎着我的耳朵问:“你倒说说,真正的强盗是怎样的?”

我疼得喊起来说:“哎哟!别扯我的耳朵!真正的强盗起码人家也算是绿林

好汉呀！哪有像你们这样的，见人问都不问，就又打又抢的？”

“我们怎么又打又抢啦？”他慢腾腾地问。

呸。我朝地下吐了一口唾沫，讪然说：“这不是明摆着吗？”

那歪戴着棉帽的高个子男人突然对我感兴趣了，他说：“小崽子，很会说话的嘛。谁教的？”

我没好气地说：“没人教我。每个人都有一张嘴，难道你有嘴光会吃，不会说吗？”

“哎！好好！说得好！”他挨我那么近，以至于我都能闻见他身上难闻的烟味和体味。

唉，这家伙！这样一副猪脑子，还能够做强盗吗？当然，当时这话我只是在心里对自己说的。他听不见，否则他还不把我揍扁？

“你爸爸是什么臭老九？”他问。

“这个……我就不知道了。”我说。

还没说完，啪的一声，我头都蒙了。只感觉什么东西打在脸颊上，火辣辣的。

父亲在那边喊了声什么，他们就又打他。

那歪戴着棉帽的高个子男人说：“你敢糊弄我？”

刚才眼睛里冒出许多星星，好不容易才散掉了，我这才看清楚他。我真的不知道什么叫作臭老九嘛。我倔强地说：“只知道我爸爸是老师。”

那歪戴着棉帽的高个子男人鼻子里哼了一声说：“狗屁老师！老师又怎么啦？我最讨厌老师了。”

这时，那个一直没有说话的清秀青年说：“老大，算了吧。人家的确是老师就算了。”

那歪戴着棉帽的高个子男人吐了一口气说：“妈的，我的中学老师对我可一点也不好，总是整我。”

我突然说：“我爸爸可不是中学老师——他是南方大学老师，我爸爸是教授。”

那歪戴着棉帽的高个子男人吃惊地看着我。他的眼睛满是疑惑：“南方大学？真的吗？”

我骄傲地炫耀着说：“当然了。我爸爸不光是老师，还是物理学家。”然后，我就告诉他我父亲的名字。母亲说，爸爸的名字过去可是经常出现在报纸上。这时，我看见他愣了一下。

那些人又问那货车司机我说的是不是真的？那人刚才挨了一顿好揍，此刻趴在地上没好气地嘀咕道：“是又怎样？不过是个臭老九罢了！你看那穷酸样！就算是个什么吊毛物理学家,没钱有个屁用?妈的,不带他上车,就不会害老子倒霉了,呸!晦气晦气!”

粗壮汉子用棍子狠狠地顶了一下他的嘴巴,说:“闭嘴!一句就够了!这么啰唆!”司机疼得又大叫一声。

那歪戴着棉帽的高个子男人看了看周围,突然朝父亲那边挥挥手,吩咐他们放人。那些人疑惑地望着他。他突然就生气了,大骂起来说:“你们这些王八蛋!没听见我说什么吗?放人!”

于是,那些人就将信将疑地松开手放了父亲。这一切,只发生在顷刻之间。父亲还没明白,爬起身来,他有些惊愕,又有些惭愧,舒了舒被反压着酸痛的胳膊。

老实说,我也不明白发生了什么事。我在同学中唯一可以炫耀的,就是我的父亲是物理学家,物理学家就是科学家。当然,那时候我们才刚刚上中学嘛,是有些同学喜欢做科学家。但是我不喜欢,我知道爸爸他很平常,妈妈也常常为了家庭琐事和他吵架。所以,我倒是更愿意做解放军,做工人,做火车司机……我自己刚才还觉得,做个货车司机也蛮好的。不过,我可不知道,做货车司机竟然会在路上遇到强盗!还被人用脚踩着,满嘴满身的鲜血!现在,我对做货车司机的想法,开始有些动摇了。

那些人对货车司机说,想活的话,就起来。他挣扎了一下,仍是站不起来。他们下手太重。父亲走过去,想帮他站起来,但是他拒绝了。他的表情有点厌恶我父亲。是的,我看见他努力躲避着父亲,仿佛父亲是可怕的瘟疫。他的嘴里一直嘀咕着、咒骂着什么,只是因为太远,我没能听清楚。

“你不起来,车怎么开?”有人恼火地喊道。

“哎哟!”一声惨叫。那货车司机又挨了一脚。

三

大雪依然纷纷扬扬下着。

但是此刻,我对空中那些永远飞舞着的漂亮的雪花,已经没有什么感觉了。它们仿佛不在我的眼前飞舞,已经与我无关。现在,他们将那货车司机扔在车厢里。然后,那粗汉无师自通,擅自去开汽车。我十分惊讶地望着他。我的天!他的胆子可真够大!父亲被他们请进驾驶室里。那歪戴着棉帽的高个子男人坐在父亲旁边,靠着窗户。看得出来,现在他对父亲很客气。父亲不肯坐驾驶室,反复推辞,说要跟儿子待在一起。他们就发火了,说:“难道还怕吃掉你儿子不成?再不听的话,就把你儿子扔下汽车!”父亲吓坏了,只好屈从,夹在他们的中间,不时地从身后的椭圆形玻璃窗往后看,笨拙地寻找着我。这时,我就会朝他招招手,表示我的存在。

粗汉好不容易懵懵懂懂地将汽车点着火。又跳下来,问躺在后车厢地上的货车司机还要弄哪里,汽车才会走起来。那货车司机忍住痛,抬起头来,又担心又心疼地说:“大哥!大哥!求求你了,别开了,别开了!你没开过车,会出人命的!会出大事的!”说着竟然喊叫起来。因为,又有人踢了他一脚。

他只得忍着痛,告诉那粗汉怎样开。他们你一言我一语,说得那样不着边际,让我都十分着急。有几次,我甚至想跑到驾驶室去开车。因为我都听明白了,但是粗汉却傻乎乎睁着眼睛,仍是云里雾里。那粗汉肯定不是天才,这是我在心里的话。我还想说,他笨得很哪!他倒是勤快,车门关了又开,开了又关,跑上跑下的,问了不知道有多少遍,才将话听明白。连我都恨不得揍他一顿。后来,货车竟然缓缓动了,却又听见驾驶室里那粗汉大呼小叫,他又不知道现在该怎么办了……我的天!我心提到嗓子眼了。但是,和我一起站在后车厢里的那些人,他们倒是谈笑风生,一点也不担心粗汉。

汽车仿佛喝醉酒似的,摇摇晃晃,开始快起来。我更担心了。后车厢里一片嘲弄笑骂声。他们骂那粗汉说:“这狗娘养的小三子,竟然学会开汽车了!”

谁知才赞美完,车忽地停住了。粗汉刹车也太过分了,车子竟然一下就停住,大家倒成一团。然后,纷纷爬起来,骂骂咧咧。我心想,还早着呢,车不走了,那才麻烦哪。后来,车倒是走了。我也开始佩服起粗汉来。是的,也只有粗汉那样莽莽撞撞的男人才敢贸然去开这庞然大物,他还得有大无畏的精神,视死如归。

或许是路不好,车子摇晃着,颠簸得厉害。我朝前面望去,白茫茫一片大地真干净。货车在大雪中艰难地行进,分不清楚哪是路,哪是雪。也不知道粗汉是怎么驾驶的,车子竟然一个趔趄,一头栽进田里去了。幸好车没翻过去,只是严重倾斜。一群人吓得脸色发白,纷纷跳下来。他们围着汽车看了半天,想等路上其他车辆来拉起来。但是这样严酷的冬天,大路上好半天也没有什么汽车出现。最后,他们决定自己抬上来。这些人力气大,全部出动,连我都成了他们的帮手。大家推的推,抬的抬,连呼一二三,竟然将那庞然大物推上来。谁知汽车一上来,远处就来了一辆大东风牌货车,气得他们大骂起来,如果不是事先没准备,再加上太累,他们恨不得连那辆姗姗来迟的大货车也一块儿劫了。大家喘着粗气,把开车的粗汉骂了个狗血淋头。不过,那以后,粗汉就再也没出什么差错了。

路一直不好,那货车司机躺在车厢里,因太颠簸,痛苦不堪。我不喜欢他,也懒得去看他。后来，我注意到那姑娘了。几个年轻的男人正在拿她寻开心，时不时地有一只手在她的脸蛋上捏一下，或者在她的胸脯上摸一下。她羞得不得了，甚至有点生气，只能忙于招架。

天空依然晦暗，大雪没有停的迹象，越下越大。没多久，后车厢的人，全都是一片白色。只有睫毛下两只眼睛，仍在闪动，仿佛告诉别人那是活的。汽车不时地突然跑起来，然后突然停住，仿佛憋足了劲奔跑，却又戛然停止，大家便哗地一下倒在一起。那些人少不了骂骂咧咧。

有人问那货车司机要烟，货车司机艰难地指了指棉衣口袋。然后，大家就在寒冷的风中互相躲避着点燃香烟。他们竟然也递给了我一支，这让我很兴奋。从来没有人给过我香烟哪！因为我父亲当我是小孩，不允许我抽烟。所以，我摇了摇头，没敢去接。我父亲他虽然坐在前面驾驶室里，可是他总是回过头来寻找我。这些人好笨，他们难道不知道我就在我父亲的监视范围内吗？他们逗我说，如果是男人就一定要抽烟。“你是不是男人啊?”他们问我。看得出来，他们对跟我这个小孩子说话莫名其妙地有点儿兴奋。他们说，你要是再不肯抽，就要扒下你的裤子，看看那里面是不是真的有只小鸡鸡，如果没有，才能放过我。我使劲按住裤子，不让他们扒。我当然不能让他们扒掉我的裤子呀，何况车上还有一个女人哪！最后，没办法，我只好硬着头皮，接了一支香烟。那支烟正冒着袅袅青烟。

这是我有生以来第一次抽烟。我轻轻地吸了一口，然后吐出。不，嘴里并没有烟吐出来。他们笑了，然后告诉我怎样抽。我又深深地吸了一口，一下子呛着了。激烈的咳嗽声中，我看见父亲的脸转过来。啊，我慌忙藏起手中的烟……

汽车就这样，在风雪中不知道走了多久。我们来到一个小镇，在一家小餐厅吃饭。那些人问货车司机要了烧酒和香烟。好家伙，那货车司机实在是个富裕的人！他的烧酒很香，连我都想喝。他竟然还有一条飞马烟！我看见那些人拿他的酒，拿他的烟，这让他流露出既痛苦又绝望的眼神。那些人叫了不知道什么菜，一直招手，喊我们过去吃。但是，父亲死活就是不肯。他和我两个人，靠在汽车旁边，吃母亲带来的红薯。红薯早已经冷了。父亲只是去小餐厅要了一点热开水，然后就着水吃。

那货车司机没法站起来。我有时会吃着红薯，偷偷地跑过去看看他。他的表情很奇怪。他望着那些人拿他的烟抽，拿他的酒喝，拿他看上的女人寻欢作乐，难过得闭上眼睛。只是没多久，他又睁开眼睛，这时，他的呼吸粗重，令我觉得可怕。那些人足足吃了两个钟头，才酒足饭饱地回来了，人人脸色通红。看得出，那是货车司机的烧酒的作用。那姑娘羞答答地也跟在后面，她的脸色开朗多了。

那些人给货车司机带了吃的来,但他不肯吃,他们也就懒得管了。然后又上路。

我一直在想,他们要到哪里去呢?在这样大雪纷飞的天气里,他们该不会把我们随便带到一个陌生的地方,然后把我们杀掉?唉,谁让我们遇上了蛮不讲理的强盗啊!

虽然吃过红薯,但是我仍然觉得冷。雪还是那么大,不一会儿又落满了全身。讨厌的是,抖掉没多久就又满了。我还从来不知道这一路上会有这么大的雪哪,仿佛一生的雪都在此刻下完了。

不知过了多久,我在迷迷糊糊之间,被人摇醒。原来是父亲。天色快要黑了,不知怎的,大雪却停了。父亲说:"孩子,我们到了。"

我们下车的时候,父亲突然回到驾驶室前。他要那歪戴着棉帽的高个子男人下来。可是,那男人并不想下来。但是父亲坚持着,他只好打开车门下来。

"什么事?"他问。

"你们真的不会害他们?"父亲严肃地说。我知道,父亲说的"他们",指的是货车司机和那姑娘。

那人冷漠地说:"关你什么事?"

"你要答应我。"

"为什么?"那人很惊奇,眉毛挑了一下。

"不为什么。他们也是人,你不能害他们。"

父亲和那人的眼神对峙着。旁边那些人却烦了,喊起来说:"再啰唆先杀了他们,你就放心了!"

父亲就又不肯走。那歪戴着棉帽的高个子男人摆摆手,大家停住了话。父亲又说:"师傅大老远的,冒着大风雪,开车送我回家(其实是顺路带我们回家)。我倒是回到老家了,但是他的生命却没有保障,这不公平。"

那歪戴着棉帽的高个子男人就问:"怎样才公平?"

父亲说:"你要保证他们活着。"

那歪戴着棉帽的高个子男人叹了口气,显得有点不耐烦了,说:"好吧。就听你的。我保证他们活着就是了。"

父亲说:"谢谢你。"

然后,他走到后车厢,探过脑袋去看那货车司机并向他表示感谢。那货车司机浑身是雪,和车厢里的雪已混为一体。他气鼓鼓地不理睬父亲。父亲是认真的人,又是懂礼貌的人,就显得有些繁文缛节。那货车司机没好气地说:"你还是赶快滚开！你知道不？老子出门，从来没有遇到过这样倒霉的事情，偏偏带上你就遇上了——你这倒霉的扫帚星！"

他这么骂着，父亲只默默地听着。奈何车上有人不耐烦，飞起一脚踢他。我不明白那些人为什么全喜欢踢人。那人骂道："人家好意向你道谢，你竟骂人？你这样的狗东西，不如死了！"

那货车司机挨踢，痛得大叫。他们说："再喊，将你扔下车去喂野狗了！"他才闭住了嘴。

父亲默然离开。那歪戴着棉帽的高个子男人忽然拦住父亲，说："慢着！你可知道，为什么对你这么客气？"

"为什么？"父亲茫然地问。

那歪戴着棉帽的高个子男人慢悠悠地说："那就告诉你好了。我从小就喜欢上物理课。读中学时，我就一直想做一个物理学家，可惜的是，中学还没毕业，我就下放来了农村。"他摇摇头，脸上竟然显出从来没有过的真诚。

他打量着父亲，说："我从没见过真的物理学家是什么样子，今天才知道，原来就是你这个样子。"

他叹了口气，习惯性地皱着眉头说："你走吧。"

四

那天，我和父亲步行了将近两个小时才回到老家。我们在回家的土路上行走，那是父亲熟悉的路，而我却十分陌生。父亲一直默默不作声。田野里到处是雪，看不出哪里是路，哪里是田。我们慢慢摸索着，空旷的四周，只听见鞋子踩着雪地吱吱的声音。后来有农人赶上我们，我们就跟着他们走。好半天，父亲才开口说："孩子，今天发生的事情你还记得吗？"

"呵，这有何难？我的记忆力可好哪。"我骄傲地说，"当然记得。"

父亲严肃地说："不，孩子，你不记得。"

我有点惊讶，但仍掩饰不住兴奋，就说："爸，我记得可清楚哪。因为，我从来没有遇见过真正的强盗啊。"

父亲沉重地说："他们不是强盗。孩子，你忘了吧。以后你再不要记得今天发生的事情，好吗？"

"忘掉？"我惊讶地问。

"你就当这一切从来没有发生过。"父亲默然说。

我无奈说:“好吧。”

父亲看出我低落的情绪,就说:“不是好吧,是一定要忘记。你不要去记住这些不正常的事……”他变得有些结巴。但是,他低沉的声音,透过飞雪,我还是听得见。

他忧郁地说:“是啊,你还太小,不要去记这些太血腥的事情。”他猛然停住了,疲惫而消瘦的脸上略显歉意。我看得出来,他好像很后悔这样说。

后来,我长大了。几十年来,父亲再也没有同我说起过这件事情。我想,他肯定认为我早已忘记。是的,我也常常以为自己的确忘了。但是,在某些特别的时候,在某些天降大雪的时刻,我总是没来由地心情惆怅。望着窗外纷纷扬扬的大雪,我常常会觉得,我的心又回到1975年的那个冬天……

我不能忘记,1975年的那场大雪。

大　雪

徐　东*

一

雪没头没脑地落下来时,父亲还没能回到家里来。

前天也下过一场不大不小的雪,不过很快就化了,路面上有些湿滑。还好早上路面上的融雪冻上了,所以早早起来的父亲可以骑着他那辆飞鸽牌自行车,驮着用粗柳条编成的装满青菜的驮筐去赶集。

即使路面再难走一些,父亲也是要去的,因为他要赚够儿女的学费。

三个孩子,最大的是儿子,两年前上了北京的一所大学。大女儿一年前也考去了北京。只有小女儿中途退了学,在家里绣花。没黑没白地绣,绣上半个多月完成一件,把娇嫩的手指都磨出了茧子,才换回 100 来块钱。

在乡下赚钱可真不大容易。

父亲也不容易,他要从几十里外的地方进货,又要披星戴月地去集上占摊位。

红的太阳从东方升起来时,赶集的人就渐渐多起来,再过个把钟头便熙熙攘攘地热闹起来。父亲这时也早已调整好精神状态,或蹲或立着,手里掂着杆秤,脸上堆着笑,唱戏般拉长了声音,招呼着顾客。买菜的喜欢父亲那样明朗的笑,喜欢听他生动有趣的拉长了的腔调。父亲和别的卖菜人不同,他年轻时候学过戏,把唱戏的那一套融会贯通到卖菜营生上去了。母亲当年也正是看上了父亲的这份才情,两人才有了这一世姻缘。

那时钱还比较值钱,做生意时为个一分两分钱也会争红了脸。父亲不是那种

---

* 中国作家协会会员,作品散见于《中国作家》《小说月报》《小说选刊》《青年文学》《山花》等。

小气的人，可做生意如果不在乎那些，便很难赚到钱。因此父亲也会争，可实在争不到也就笑笑，并不会因此而耽误生意。通常一个集下来能赚个 10 块 20 块，也是不少了。遇到集上同样的菜多时，不论父亲是个怎么样出色的菜贩子，也还得降价处理。那样赚不了钱不说，有时还会赔钱。好在赔钱的时候不多，父亲心态也好，做生意嘛，有赚有赔，哪能光赚不赔。

北方平原上的大大小小的村庄里，家家户户种着地。那时种地也赚不上钱，除了庄稼会遇到旱涝灾害歉收，粮食也便宜得很。当时麦子六七毛一斤，玉米三四毛。大豆要贵些，能卖到一块二，可一亩地的产量也只有三四百斤。母亲身体不大好，常常生病，吃药打针是常有的事。上了年纪的爷爷奶奶，生个病有个灾的也会花些钱。一年下来，要不是父亲做生意，儿女的学是没法上下去的。

上中学的时候还好，上了大学每学期的学费，两人加起来需要五六千块，对于穷困的家来说，那就是个天文数字。还不算每个月的生活费呢，大都市里什么都死贵的，即便节省着花，见月也需要个三四百块。

哥哥花钱大手大脚一些，妹妹常把生活费省些拿给哥哥。有一个月妹妹只花了 60 块钱，每天只吃馒头和咸菜。缺心少肝的哥哥起初并不知情，还以为妹妹确实花不了那么多。后来知道了，从妹妹同宿舍的女生那儿知道的。那女生家里也很穷，可还是不如妹妹节省，她说，你妹妹可真能省啊，一个月才花 60 块钱！

那时哥哥才认真看了看妹妹，妹妹又矮又瘦，身子单薄得被风一吹就会歪倒，小脸瘦得像刀刃，黄得像是豆芽。这自然是长期营养不良的原因。

哥哥的心痛了，却责备妹妹说："你啊，真是傻！"

回去的路上，哥哥的心里仍在难过，想着想着，眼泪再也藏不住了，就让那泪水肆意流出来。用泪眼看着大街时，大街上的一切都是模模糊糊的，如同沉重的现实被泪水给泡湿了，变得有了感情，有了灵魂。

二

要过春节了，哥哥和妹妹也都放了假。

哥哥为了省路费有些不想回家，想找一份短工赚钱分担父亲肩上山一样沉重的担子。妹妹也想赚钱，她担心来年家里凑不够学费让父母为难。那时家里还没有装上电话，哥哥和妹妹一起打公用电话到村里的商店，把想法说给前来接听的母亲。

母亲生气地说："你们现在还是学生，好好用功读书才是正业，赚钱的事不归你们操心。家里再难，砸锅卖铁都会让你们读下去。你们都给我回来吧，回来咱一家人团团圆圆过个年。你们不回来，这个年谁都过不好。”

哥哥和妹妹只好放弃打工的想法，去火车站买上了站票，挤上哐当哐当响的绿皮火车。绿皮火车见站就停，开得也有些慢，尤其是过春节时车上人挤人，空气凝滞得发酸。在那闷罐子车厢里待上十来个钟头才能到县城，又要花一块钱搭上载客的、腾腾响的机动三轮车到镇上，从镇上还得步行十来里路才能回到村上。

回家的路显得过于漫长，回家的心情又显得特别复杂。有即将见到亲人的喜悦，有对家人身体是否安康的担心，还有着不忍看着家人穿得破破烂烂吃苦受累的难过。虽说父母见着他们时会高兴地笑着，可笑容背后却会有着掩饰不住的忧愁。父母的忧愁是沉重的生活，是在城里上学的他们强加给的。

母亲感到筹钱困难时，总会抱怨他们。可不管怎么说，他们凭着努力考上了大学，还是件大好事。考上大学可不是件容易的事呢，乡下的孩子从小并没有受到太好的教育，头脑并不像城里的一些孩子那样好使，他们所用的办法是下死功夫。哥哥和妹妹年纪轻轻的背都有些驼了，眼睛也近视了，佩戴着玻璃瓶底般的厚镜片。

哥哥和妹妹不想重复父母的命运，心里十分清楚，考大学是唯一出路。他们先后考上了，给父母的脸上增了光。谁不称赞，谁不羡慕呢？家里竟然出了两个大学生呢，不服气的话你们家也出一个让别人瞧瞧？尤其是爱显摆的母亲，老爱在村子里说起在首都上大学的儿女。显摆起来，别人就有些不高兴了，就说，那学又不是免费上的，等着吧，以后可有你们受的罪了！父亲也为儿女骄傲，但不会向人炫耀，他也经常说妻子。为了给儿女上学攒学费，他已忽略了村子里的一些红白喜事和人情往来，引起一些人的不满了，不能在话头上也要把别人都比下去。

哥哥和妹妹回家之前，父亲正在院子里穿着件有破洞的蓝秋衣劈木柴，浑身热腾腾地冒着汗气。家里头的那只老黄狗看着正坐在竹椅上绣花的妹妹。母亲腰间扎着小灰格子的围裙忙活着做饭，她知道儿女就要回来了，不时放下手里的活儿走到外面去看一眼。

哥哥和妹妹提着行李走进院子时，黄狗从地上起来，朝他们走来，用黑湿的鼻子亲热地嗅着他们，一点儿都不陌生。

父亲已停下了手里的活儿，笑着，看着他们。

小妹站起身来，朝着厨房里兴奋地喊：“老妈，哥哥姐姐回来了！”

母亲在围裙上抹着湿湿的手走出来，也笑着，看着他们说：“回来了啊，外头多冷啊，快到屋里去！”

哥哥和妹妹的眼睛湿了,是高兴的。他们说:“回来了,总算回来了。”

哥哥和妹妹是带着繁华都市的印象走进家里,家里头的一切都熟悉,都是属于他们的,没有丝毫的在都市中的那种陌生感。家里的一切仿佛有着醒目的、温暖的光晕,会散发出一种熟悉的、特殊的味道,甚至锅碗瓢盆也在说着无声的话语,让他们感到亲切,让他们想流下些眼泪。

三

父亲天天起早赶集,今天这儿,明天那儿的,总有赶不完的集。今天进莲藕,明天进土豆,也总有卖不完的菜。

儿子在夜里偷偷试过父亲装在驮筐里的菜了。他在学校里还算个体育健将,投标枪时还拿过名次,可他弯腰展臂试了几次却没搬动那驮筐。他是亲眼看着瘦高的父亲能够搬上搬下的,父亲怎能有那么大的力量呢?

吃过晚饭时一家人聊天,儿子突然就想和父亲掰一下手腕,试试父亲有多大的力气。黑瘦的父亲笑着答应了。爷爷奶奶已回里屋去睡了,母亲和大妹小妹在一旁观战。

一开始,两个男人的力量是僵持着的,像是父亲也想看看儿子身体里有了多大的力似的。不过,最终还是父亲败下来了。

儿子感到父亲是故意败下来了,便说:“不算,不算,不要你让我。”

一旁的大妹和小妹也都笑着说:“不算,不算,爹的力量肯定比哥大,不许让,不许让。”

父亲便又笑着,认真支好手臂说:“好吧,咱们再战一个回合。”

两只手,一只粗糙厚实,一只细白单薄,又紧紧握在一起。用力,用力,两个男人都使上了劲儿,谁也没有让谁的意思。不过,十来秒过后还是父亲败了下来,这一次像是真的败了。

母亲有些生气地说:“你爹赶了一天的集累了,都歇着吧。”

大家都不笑了,笑不起来了,除了父亲。父亲咧嘴笑着说:“我是有点儿累了,不累的话你还不是我的对手。”

儿子也说:“我就说嘛,正常的话怎么会掰不过我呢。”

父亲虽然累了,一时却也没有睡意,他想再多了解一些儿女在城里的情况。一家人上了炕,打开了话匣子。可要真正说起来时,儿子却总觉得没有什么好说的,女儿也是。父母不熟悉大城市里的生活,有些话也无从问起。不过,有了口才极好的母亲是冷不了场的,她便说起村子里和家里的一些琐屑的事情。儿子和女儿听得津津有味,可听着听着就听到了父亲打鼾的声音。鼾声有着累极了的酣畅淋漓。

小妹调皮地说:“瞧,老爷子对老妈子的话不感兴趣,睡着了。”

小妹是个胖胖的姑娘,比大哥小六岁,比大妹小四岁,当时也就十五六岁的年龄。上了初中的她学习是极好的,成绩在班里数一数二。只要她读下去,升高中,上大学是不太成问题的。她的记性好,也灵活,父母很疼爱她,总夸她脑子比哥哥和姐姐强多了。

可小妹偏偏就不想上学了。小妹是个懂事的孩子,那时哥哥考上了大学,需要一大笔学费。看着姐姐的学习劲头儿,觉得她不考上大学也是不肯罢休的。父母很难支撑三个孩子上学,不如自己退学做些事情,分担一下家里的困难。另外一个重要的原因是,父母总忙着家里家外的活儿,不太能顾得上身体不大好的爷爷奶奶,她不忍心看着他们吃不上个热饭,身边缺少个照料的人。哥哥和姐姐也都知道妹妹为他们所做的牺牲,曾经为她难过,却也劝不动她再去上学。

小妹是个乐观的人,她笑着说:“一个人有一个人的命,我就是个面朝黄土背朝天的命,我不用你们操心,我开心着呢。”

小妹又是一个爱哭的人,看到父亲在冬天被冻得裂开了血口子的手指,就偷偷抹眼泪。看到爷爷奶奶生病咳嗽时痛苦的样子,也会哭得满眼通红。有回看到带着个小孩来家里讨饭的女人,她也难过,把家里的白面馒头拿了好几个给人家。

母亲有些心疼干粮,就说她:“天底下就你最好心!”

小妹不满地说:“我不用你管!”

四

离过年前一天,大妹和小妹开始帮着母亲准备过年吃的东西。蒸花糕、做馒头、包饺子、炖猪肉、炸鱼干、团丸子,有说有笑的,忙得热火朝天。哥哥的眼里没有什么活儿,一时也帮不上什么忙,走过去看时就成了被取笑的对象。

小妹笑着说:“我看哥只要生着一张嘴会吃就好了,要手啊脚的是个摆设,没啥用!”

大妹说:“就是,你看他背着个手像个来视察的干部,多有派头啊!”

母亲不满地说:“你们别说了,你们哥哥能做的事,你们做不了,过年放两响,你们敢吗?”

小妹说:“谁说不敢呢,只不过是有了他这个当哥的,我们得保持低调罢了,不然什么事都不让他做,就太便宜他了不是?”

哥哥笑笑,也不说什么,转身走出了家门。

他是要去村子里,去田野里转一转,感受感受那乡村的气息。再回到城市里时,可就全都看不到了,只能在回忆中、在梦里重放了。

不大的村子坐落在平原上,横竖不过两条街,也不过四五十户人家。那时家里负担少的、收入多一些的人家盖上了前出岔的五间大瓦屋,但多数人家还住着低矮的平房。

家门前有爷爷早年种下的一棵槐树,已经长得又粗又高了,美中不足的是落光了叶子,也没有槐花的芬芳和嗡嗡唱歌的蜜蜂。槐树脚下是条小河,小时候哥哥和妹妹下河摸过鱼虾,戏过水。如今河里结了透明的冰,看上去也不太厚,不能像小时候那样踩在上面玩耍了。

穿过村子,遇到一两个人,哥哥笑着打了招呼,聊了几句,继续向家后走去。

家后是打麦场,场里麦垛间落着些蹦蹦跳跳的麻雀。哥哥想象着从前麦收季节村子里的人们在场上热火朝天忙活的场景,便忘记了当初的苦和累,觉得比起压力山大的城市,留在乡村也并不是太坏的选择。

麦场边和田野边有落光叶子的树,枝条刺着阴沉的灰色天空,在有些树的枝杈间有醒目的老鸹窝。那是诗意的场景,喜欢写诗的哥哥深深吸着带点儿甜味的清新空气,心里头有了些诗兴。带着那股诗兴,他又走进田里,蹲下身来用手触摸着泥土。泥土被冰冻了一部分,表面的有些却还是松软的。一行行被霜雪打的麦苗,远远望去,青绿的一片。

小麦们安静地期待着一场大雪,以便开春后长得更有劲了。

哥哥拔了一棵,看着小苗灰白的根茎,放在鼻子上闻了闻,又揪净了根上的泥,把麦根放在嘴里嚼了嚼,有股令他喜欢的又苦又甜的味儿。

顺着田间的道路走下去,会遇上一条有宽度的丰收河。那河流过许多田野和村庄,哥哥还小的时候,经常和小伙伴们去河边割草放羊,觉得那是条很大很大的大河。可再次去看时,却又觉得远远算不上大了。

哥哥那些当年一起玩的小伙伴们有几个都结婚了,有的还有了孩子。他们见到哥哥时,多少会觉得哥哥和自己是不一样的人了。哥哥考上了大学,进入了大城市,命运被改变了。哥哥想到他们时却是忧伤的,觉得自己当初所有的努力,不过是为了逃离乡村,多少有些盲目。不过哥哥是不愿意再长久地生活在虽然诗意,却也落后的乡村了。更好的生活,更好的未来在等着他。

眺望着无际的田野，田野间被一些树木围着的三三两两的村庄，哥哥轻轻叹了一声。哥哥在心里盼望着下场大雪，似乎那大雪能够连接城市和乡村，使天地万物都变成白茫茫的一片，那时只感受那冰雪世界的美好就是了，不用再有过多的思考。

向回走时，抬头便又看到那黄白的、线条柔美的村庄，村庄是安静的，正在升腾起一缕缕的青烟。

哥哥想，时间过得真快啊，明天就是大年三十了。

五

父亲仍要赶旧年的最后一个集。

哥哥和妹妹醒来时，父亲已经出发了。

哥哥和妹妹，还有小妹起床后也要去赶集。他们要去集上看看花花绿绿的年货，看看那许多穿着厚棉衣的人，看看他们黑黄的脸，脸上喜洋洋的表情。他们也要和那些认识的和不认识的，但看着都蛮亲切的人走在一起，那样他们便能感受到一种特别的东西。那是种什么东西呢，说不清楚。不过，他们愿意成为热闹集市上的一个小小的部分。

母亲交代过了，他们也要买回些鞭炮、对联之类的东西。兄妹三个答应后就走在去集市的路上了。集市在八里之外的另一个大村子上，去那儿要走一条并不太宽的泥土路。路的两边是树，是河渠，是田野。兄妹三个个头高低不一，迈动的步子很轻快，说说笑笑着，不一会儿就到了集上。

那时集上已经热闹起来。卖花生瓜子的，卖衣服的，卖年画对联的，卖鞭炮礼花的，卖青菜干货的，卖鸡鸭鱼肉的，卖牛羊牲口的，还有斗羊耍猴的。赶集的人们缓缓前行，听着各种吆喝，闻着各种味道，看着路两边的年货。兄妹三人很快买了想要的东西，想着卖菜的父亲该在什么地方，他们要去看看他。

哥哥和两个妹妹想象着，搜寻着父亲的身影，终于找到了。父亲正弯着腰被一些挑挑拣拣的顾客围着，说着些话，不时地为挑好了的人打秤，收钱找钱。面对着形形色色的顾客，父亲脸上的表情也不时变化着，有时和气地笑着，有时又故意板起脸，完完全全投入到生意里去了。三个孩子看了好一会儿，父亲也没有发现。

看着那么多的顾客，父亲有些忙不过来的样子，小妹最先跨到父亲的身边。小妹提醒一位拿了菜还没付钱就要走的中年妇女，大声说："哎，这位大婶子，您还没给钱哩！"

那中年女人脸一红，不好意思地说："瞧我这记性，都忙活晕了。"

说着把手里的钱交给小妹。

小妹帮着父亲收钱，父亲这时也看到了儿子和大妹，对他们笑了一下，也没顾得上说话，他还得忙着。儿子和大妹帮不上忙，也不知怎么帮，就在一旁看着。

年三十的集和往常不一样，只能算是半个集。赶集的人买到想要的东西，便急忙往家里赶了。到了家里要大扫除，贴春联，准备年夜饭。父亲很快卖光了菜，却不能像别人那样回家。他还需要骑车到30里外的县城批发甘蔗。大年初一甘蔗最好卖，有了压岁钱的孩子们都喜欢吃。

兄妹三个听到这个消息，心里都有些失落，有些难过，不过也理解。毕竟春节过后父亲要拿出几千块钱的学费呢，差一点儿也不行。他们帮着父亲收拾好摊子，父亲对他们笑笑，让他们早些回家，便骑上车去了。

回家的路上，兄妹三个都发现了，天空阴得很沉，又没有一丝的风，这意味着要降下一场大雪了。

六

吃过午饭不久，雪便开始不管不顾地落下来了。

那真是鹅毛一样的大雪啊，雪片儿在安静的空气中飘着，密密集集地落向院子，落向房顶上，落向街路，落向田野，似乎也落到全世界去了。

小妹在堂屋的门口忧愁地看着雪花，没有一点儿欣喜的心情，她对身边的哥哥姐姐说："看啊，这雪真是越下越大了，你们说咱爹也真是的，为赚钱都不要命了，下这么大的雪，他可怎么回来啊！"

哥哥不说话，皱着眉头看天。

姐姐也不说话，心里也在难过着。

母亲从厨房走出来看了看外头说："这老天爷下雪也不分个时候，多少人还在外头呢！"

雪，继续落着，静静地落着，漫天漫地的，很快就积了厚厚的一层了。

哥哥忍不住，从屋门口走到院子里，又走出了院子，走到街路上。

大妹伸手触摸着飘落的雪，也跟了出来。

小妹对母亲说："我们去外头看看。"

母亲说："看有什么用，这么大的雪，可别冻着了，这大过年的！"

兄妹三个站在街路上，看着父亲骑车归来的方向。

雪花落在他们的脸上，凉丝丝的，似乎也有了细微的沙沙声。他们的视线被落着的雪挡着，是模糊的，看不了多远。他们心里都在盼着父亲能早些归来。他们都怕雪再大一点，父亲就骑不动自行车了。

在雪中站了许久，身上满是雪花了。

大妹跺着脚，对着落着的雪捶了两下说："雪啊雪，你们就不能停一停再下吗?"

小妹也恨恨地说："以后我再也不喜欢雪了!"

母亲走过来，要孩子们回去，她生气地说："都不要命了? 这冰天雪地的，都在雪里傻站着，有什么用?"

七

父亲批了三捆甘蔗，两捆竖放在驮筐里，一捆横放在驮筐和车座的空隙间。

三捆湿沉的黑褐色甘蔗大约有 200 多斤，父亲小心骑上车时，不断摇摆的自行车一会儿向左，一会儿向右，像匹桀骜不驯的野马，难以驾驭。

40 出头，年富力强的父亲有着高超的骑行本领，他的身体重心压向失重的一侧，很快就让载重的自行车保持住了平衡。

父亲掌着车把，躬身缓缓用着力蹬车前行。

30 多里的路，照说也并不算太远。可刚骑出不到两里路，天上就降起了雪，雪花像精灵一样团团围着骑车的父亲。父亲脚上用了用力，想骑得快一些，他可不想被大雪阻在半路，还要尽快赶回家里过年呢。

可是雪落得越来越紧，越来越密，天地已是白茫茫的一片，看不清虚实了。虽说是公路，可公路上也有不少坑坑洼洼的地方，不小心的话车子会失去平衡，滑倒在地上。

父亲已是小心又小心了，可还是在雪中摔倒了两次了。幸好横放的、高高的甘蔗有支撑的作用，人只落在地上，却没有摔痛。

不过，扶正车身是需要些力量和技巧的。

平时在干地里也就罢了，不过是处理好自行车头轻尾重的问题，可那天结实的、有些上冻的地面上落满了雪，父亲身上的力量找不准方向的话，很容易就滑到空处。

父亲第一次扶车时，人和车都在打滑。经过多次失败，直到冷静下来，慢慢地才掌握了要领。第二次就要轻松多了，不过扶正时又发现横放的甘蔗偏向了一边,父亲只好支起车子重新捆绑。那样一阵折腾,在那么冷的雪天里,父亲的身上便有了湿湿热热的汗。

重新再骑上车的时候,父亲发现天已彻底黑下来,路上的雪也更厚了,使人更不知深浅了,根本没法再继续骑行。他只好从车上下来,用身体靠着自行车车身,一步一步向前走。可载重的自行车轮子没在雪中,需要用大力气推着才能行进。用力推车的父亲又要尽量保持着车的平衡,而脚下的雪也跟着捣乱,时不时会滑上一下,因此每向前走一步都如同是在做着高难度的动作。

走了不一会儿,父亲的棉衣便被汗水浸湿了,黏黏的像是泡在米汤里。更要命的是父亲左脚上的棉鞋在用力的时候开了线,再继续向前走时有半个鞋帮子脱了脚。父亲只好停下来找了根绳子捆住,但没走几步绳子又脱落了。

远远地,村庄中传来放鞭炮的声音,应是下饺子时放的。

父亲想到了家,可家还在十多里之外呢,又累又饿的他心里有些急起来。可大雪一点儿也没有停的意思,反而越下越大了。如果把那些甘蔗放到半路上不要了,单单推着空驮筐就轻快多了。不过父亲又怎么会放弃呢,那三捆甘蔗可是花了不少钱批来的。如果坚持一下运回家里,就能回本,还能赚上三四十块钱呢。

父亲再次停下车,脱掉汗湿的棉衣,塞进驮筐,只穿着一件单秋衣。他蹲下身,重新用绳子绑紧了开裂的鞋子,又站起身用力地紧了紧腰带,然后深吸一口气,再次把冻得麻木的手按在冰冷的车把上,用身体紧紧靠住车身。

那时天光已经彻底暗下来,只能看到满世界模模糊糊灰白的雪。

"走!"父亲给自己加油一般,轻轻喊出那个字。

人和车又在大雪中慢慢移动起来。

八

最初母亲不让孩子们去接父亲,怕接不着,也怕把孩子给冻坏了。她更愿意相信孩子们的父亲能把事办好,不久就能平安地归来。不过,不停落着的雪让孩子们心里越来越没有底,尤其是小妹,她的脸上挂着泪,用手擦了一串,新的一串又滑下来。

哥哥和大妹看着小妹,眼里也湿湿的。

小妹对哥哥和大妹不满了,她哭着说:"都是因为你们,要不是因为你们,爹会在大过年的去批甘蔗吗?批来了又能赚几个钱?城里人吃顿饭的钱都不够!都是因为你们,上什么破大学啊!"

哥哥和大妹知道小妹是无心的，她只是心疼和担心父亲，忍不住埋怨了他们而已。

哥哥望着落雪的天空不吭声。

大妹看着小妹，泪水也涌了出来。

大妹对小妹说："妹，咱不哭了，咱们去接爹回来吧。"

哥哥也说："对，咱们去接！"

已到了该吃晚饭的时候，锅里早烧好了水，馏好了包子和干粮，就等着下饺子了。

天色更暗了，暗得快看不到落着的雪了。

母亲听到孩子们的话，也同意了。

母亲让孩子们穿了厚的衣服，又找来了雨衣和塑料布让他们披上。

哥哥找来了手电筒。

大妹和小妹把锅里热着的包子用干净的棉布包好放在背包里，又用个保温瓶盛了热水也放在背包里。

整理好行装，三个孩子便走进雪里。

走进雪中，雪像是更大了，落得更真实了。

哥哥打着手电筒照路，黄白的电光里，雪花密密麻麻的像是一群发疯的蝗虫。

两个妹妹紧紧跟在哥哥身后。

刚出了大门口，三个孩子便忍不住顶着大雪奔跑起来。

也不敢太快，怕滑倒了。是慢跑，一口气跑出了村庄，跑到了大路上，谁都没有觉着累。他们都想要尽快发现父亲，为他送上吃的喝的，帮他推车子。

跑了大约有三四里地，身上跑出了汗水，可也没有遇到一个可以问一问的人。那时大约所有的人都赶回了家中，和家人一起在吃着香喷喷的年夜饭了吧。

不过，那样的奔跑多好啊，孩子们发现他们从来没有那样爱过父亲，那样的奔跑是在向自己的父亲靠近啊。

在那片灰黑的雪天里，在模糊的路的一端，在手电筒黄白的光柱里，他们终于看到了那个黑黑的影子，那正是他们艰难地推着车的、一步一步挪行的父亲。

父亲并没有想到孩子们会来接自己，看到了他们，听到他们用欢快的、激动的，同时也带着哭腔的声音喊他时，他的心里顿时一热，欣喜地望着孩子，却一句话也说不出来。

哥哥从父亲手中接过自行车把推着车，可自行车很快沉重地倾倒了，再试着去扶时，怎么也扶不起来。

父亲搓搓冻僵的手,从大妹手中接过包子,一大口一大口地吞了两个,又从小妹手中接过保温瓶,喝了口水。

终于,父亲和孩子们一起扶正了车,父亲开口说:“回家!”

接下来,用手扶着车把的父亲已经感到非常轻松了,因为小妹打着手电筒照路,哥哥和大妹在后面正卖力地推着车子。

那时大雪依旧飘飘洒洒地落着,执着地、顽强地、不要命地、满世界地落着。可行在雪中的人,却仿佛没有谁再注意那雪的存在了。

朋霍费尔从五楼纵身一跃

蔡　东*

海德格尔行动筹划了已有半年,总是快成了,到底又没成。周素格透过玻璃窗往外看,大晴天,阳光从无云的天上浩浩荡荡地涌过来,阳台、花坛、泳池,到处积着白亮的光,看得她一阵儿眩晕,转回头来向着室内,眼睛里似蒙上了一层雾翳。

钟点阿姨负责清洁的最后一个地方是厨房,眼看阿姨晾抹布摘围裙了,周素格才下定决心,还是张嘴吧。

她把阿姨拉到卧室里,问:"你再待两个钟头行吗?"

阿姨警觉地扬起下巴,说:"活儿干完了,瓷砖缝都用牙刷来回刷了。"

"再待两个钟头,不干活儿,看电视。"

对方正犹豫着,她补上一句:"这两个钟头也付给你酬劳。"

阿姨朝门外努嘴:"他呢?"

"他不跟我出去,你俩一起看电视吧。"

"你出门办重要的事情?"

周素格点点头:"是,有重要的事情紧着办。"

她走到电梯口,盯着楼层显示器,电梯在 17 楼停了一会儿,动了,每层一顿,她没再等,转身沿楼梯走下来。她步子急促地走出小区,穿过斑马线,进入路对面的公园,找到一张长椅,坐下来。

眼前是一块草地,网球场那么大。她望着草地,心里只有一种感觉,辽阔,太辽阔了。她塌陷进椅子里,身体本来像一把扎紧的线穗,这会儿,倏地全松开了。风是暖润的,阳光从树叶间漏下来,碎碎地落在身上。她向后仰着头,眯起眼睛,

---

* 文学硕士,生于山东,现居深圳。写小说,写艺术随笔。

看到无云的天空像一张干净的没有皱纹的脸。

头顶的树叶,被阳光照耀成半透明的片片琉璃。她呼出一大口浊气,顿觉全身一轻,眼目也清明起来,目之所及,往常混沌沉闷的那一整块绿,活泛跳闪起来了,在初夏澄净的阳光里,各有各的意态。凤凰木、鸡蛋花、垂榕、香樟,她一一辨识了出来。

还有更多的树,绿得深浅不一,叶片形状各异。她有些惭愧,此前,她一直以为它们是同一种树。她沿着被树荫覆盖的小路往公园深处走,细细地看树干上的标识牌,绢柏、大叶紫薇、菩提、黄缅桂、木莲……远处的斜坡上,孤零零长着一棵树,正开着蓝色的花,一种恍恍惚惚的蓝色,花朵聚集在树梢,如一场场梦境般,浮在空气里。她走近了看,这棵树叫蓝花楹,它还有一个更美的名字,蓝雾树。

她倚着蓝雾树坐下,身下的草,在这背阴的地方,绿意更加凛冽鲜明。不远处,一个老太太领着一个三四岁模样的小女孩玩耍,小女孩看起来很不高兴,她一做状要哭,老太太就慌了,把她抱起来轻轻摇晃着。晃一会儿,老太太试探着把小女孩放下,小女孩不依,老太太就蹲下身子藏在灌木丛后,然后猛然露出头来,嘴里发出"叭、叭"的声音,小女孩嘻嘻笑了。周素格看到,孩子暂时得到安抚后,老太太转过身去疲倦地闭上眼睛,很快又睁开,眼皮奋力往上一努。她挤眉弄目,不断露出夸张的表演性的神情。周素格望着老太太,只觉得累,觉得伤心。再远处的花墙下,聚集着成堆的老人和孩子,好像大家聚在一起,度过一个下午就不那么艰难了。照看孙辈的老人大多是胖子,不是源自于单纯享乐的胖,是终日劳累精神紧张暴吃出来的那种胖,她们穿超市开架服装,兼之头发稀疏、一脸横肉,看起来总有些不堪了。周素格知道,她们本来不是这个样子的,她感叹着,把目光从花墙处收回来。

老太太又神秘地消失在灌木丛后,露出头来时,小女孩没有笑。她只好抱起女孩,去了花墙那面。过了一会儿,一个年轻女人走过来,坐在蓝花楹树冠的阴影里,她看起来有些心神不定。很快,她的手机响了。她受了惊吓般从包里翻找出手机,她说:"怎么了,我还在商场,衣服没挑好呢,回不去。"她有些急:"到底怎么了,你说呀。"她说:"你别把孩子送过来了,我回去吧。"

周素格同情地看着年轻女人,电话那边应该是她的丈夫,周素格猜测着,又是一个无比重要的女人,刚出来不到半个钟头,丈夫就通知她,孩子哭了闹了,也可能,没说孩子想妈妈掉眼泪了,就一句话,"你回来看看就知道了",不祥的气息从电话里透出,女人心往下一沉,然而又觉得这情境甚是熟悉,未及辨认清楚嘴里已答应回去了。

年轻女人没有马上回家，女人把自己摊平躺倒在草地上，躺了一会儿才起身离开。

周素格看看表，她也是时候回家了。她走出浓荫，置身于夏日阳光的明亮中，明亮得像歌剧女演员的一长串高音。

路上，她想着美好的蓝雾树，想着发生在蓝雾树旁的两幕小小的悲剧，一步一步地往家里挪。

昨天晚上，她想出去散散步，没什么，就是出去散个步而已。她刚站起身来，他马上也跟着站起来。她看一眼他脸上的表情，即刻判断出，这会儿他不是成年人。她说："你先坐下，别动。"她边往储藏间走，边回头看他，他动作迟缓地坐下了。

储藏间里放着一把椅子，楸木框架，布艺软包的靠背和坐垫，可折叠，最大角度120度，真是一把宽大舒适的座椅。半年前，她找遍家具卖场才寻获到这样一把椅子，她掩饰不住自己的满意，以至于连九五折的折扣都没有要到。她以为自己早就准备好了，准备好做那件事了，工具齐备，具体实施时动作的步骤和要领也烂熟于心，或者说，她在意念中已完成过很多次。她甚至专门为那件事起了个代号，就叫"海德格尔行动"。

她坐在椅子上，椅子含着她，储藏间的杂物含着她。每次在储藏间待久了，看着木架上一层层放好的生活物品，就好像看到了一层层时间，云母片岩一般的时间。小小的杂物间盛放着过往那些有密度有兴致的生活，分类放置的用品，代表着过去某段时期在某个领域的阶段性狂热。她时常在清晨午后的某些时刻讲究仪式感和器具之美：生活中需要这样的时刻，哪怕有些做作，哪怕心知肚明这不是常态。储物格里是软布覆盖的茶具，抽屉里是闲置的烤盘，角落里是蒙尘的长方形塑料盆——她喝茶、烘焙和种菜的残留，那些曾经热烈的过日子的行头。

实施海德格尔行动所必需的工具，被她藏在储藏间最隐秘的地方，一个暗格里，跟她的白玉吊坠、珍珠手串和金饰放在一起。工具说平常也平常，但毕竟不是常见的家庭日用品，托老家的亲戚专门找了寄过来，颇费了番周折。

她抠开木板，往里头看，先看见的不是发光的黄金珠玉，是那件颜色暗沉的工具，一下子就扑到眼睛里。

她已经很久不佩戴首饰了，但始终记得首饰接触身体时的感觉。夏天戴上珍珠时那一瞬间的微凉，冬天热热的白玉坠子从毛衣里拉出来时胸口的虚空。

她抬起手来，准备取出工具。手缓缓地接近柜门时，她看见自己手上的皮肤变柔润了。有光透过玻璃窗，照进幽暗的储藏间，月亮出来了。

她挽起窗帘,重新坐回到椅子上。月光顺着黑暗淌过去,跟那天晚上的月光一样,柔软,轻逸,静静地在房间里漾着。得有十年了吧,那个夜晚,依然清澈地浮在无数个模糊晦暗的日子上面。

那晚,她走进卧房,摁下吸顶灯的面板,灯管沙沙两声还是熄灭了,房里却有光。她走到窗前,发现了天空中的月亮,月光沿着她散开的头发披拂而下。看到手臂上的光,她蓦地愣住了,仿佛是多年来第一次意识到夜晚还有月亮。清光湛湛,融掉了一大片黑夜,月亮周围,是冰环一般的莹白的清朗,接着,才是灰蓝色的夜空。他也走进来,跟她并排站着。她说:“我想起来了,以前读过的古诗都活了,有自己的气息和体态了,我好像一下子能回到古时候,亲眼看见写诗的那些人了。你看看,唐朝的月亮,不也是这一个吗?”他说:“我知道,不用多说了。”他们两人,心领神会,他们两人和月亮,也心领神会。久远古老的月光,雪一样轻盈地落在他们的身体上,又化成了水般流向地面。月亮是痴的,多少年它都没变。他们在月光下并排坐着。她全身松弛,只觉得安详,她在他脸上也看到了踏实和平静。那一刻她确信,他们抓住了一点不变的东西。那是个安全和确定的晚上,每次世界又让她惊惶难安时,只要一想起有过那样一个晚上,她就觉得心里踏实了。总有一些不变的东西。

此刻,她坐在椅子上,为明明没做成的事歉疚着:你想做什么?你想对他做什么?她合上暗格的门板,使劲儿摁了摁,像是要把那个邪恶险峻的念头关在里面,关严了,封死了,直至化成时间的灰。

她走出储藏间,把他从沙发上拉起来,说:“走吧,我们一起散步去。”

他们沿着人工湖的步道散步,月光在湖面的开阔处随水波潋滟地晃荡。他跟在她身后,不像影子,像是长在她身上了,硬石头一般,磨着她,坠着她。

夜里躺在床上,他抓着她的手才能入睡。自从朋霍费尔被发现摔死在小区天井后,他的情况就更糟糕了,清醒的时候越来越少。熟睡时,他依然花着一部分力气攥住她的手,甚至嘟嘟哝哝地,抓起她的手指头来用力吮吸。她夜梦很多。有时候会梦见朋霍费尔,被他揽在怀中,直直向上的尖长耳朵,全蓝的圆睁的眼睛,使得它保持住一副惊奇的表情,相较于雪白细滑的长毛和秀丽的尖脸,他更喜爱它这副惊奇的表情,好像时刻对世界有所发现。还有的时候,她梦见自己坐在飞机上,看到绵延的山向着一条河倾倒下去,流水被压扁,渐渐停驻在河道里,不动了。

第二天,周素格请钟点阿姨在家里多待了两个钟头,她独自一人来到公园,认识了一种叫蓝花楹的树。

“我出门有紧急的事情要办。”周素格眼巴巴地看着钟点阿姨。

钟点阿姨在家里做了三年,名字她总记不住,只记得是姓张。试用的那次,张阿姨做完清洁,和扫帚、拖布一起并立在房间一角,喊准雇主出来检查。当着人家的面,周素格只随意扫了一眼,点头说好。等阿姨走了,她才蹲下去,伸长胳膊往电视柜里头摸,摸到最里面,看不到的地方,还是湿乎乎的,擦过了。谢天谢地,她在心里叫道。她俩年纪应该差不多,但周素格一直叫她阿姨。

阿姨说:“你怎么又要出去办事?是上个月还是上上个月,不是办过了吗?”

“哪能是一桩事呀。你不用干活,就坐在沙发上看电视。咖啡、茶,想喝什么就喝什么。水果、鸡蛋卷、核桃酥、饿了就吃。”

“你出去多久?”

“三四个小时吧!”

“是三个还是四个?”

“四个。”

“那不行,待四个钟头就六点多了,我还要赶回家做晚饭,我男人……”

“这次酬劳加倍。是急事,阿姨,你当帮我个忙吧。”

张阿姨用百洁布猛搓几下人造石台面,抬起头来说:“去吧,你去吧。”

为了节省时间,周素格选择乘坐地铁,转一条线再坐三站,就是博物馆了。

几天前的傍晚,潦草的饭菜又被端到油腻的茶几上,她招呼他过来吃饭。两人一边看电视,一边把食物塞进嘴里。就是填饱肚子而已,他们已很久没有坐在餐桌前,好好吃一顿晚饭了。

本地新闻依旧是高空坠物、涵洞抢劫、孩童出走,节目快结束时才播报了一条文化新闻,她听着听着,猛地抬起头来,盯住了电视画面。屏幕里像透出一道光,另一个世界的新异的光,一下子照亮了接下来黯淡的一日。她站起来在屋里走来走去,越想越兴奋。“兰森。”她脱口叫出了他的名字。

随即,她意识到了什么,脚步放慢了。暮色在这一刻步入房间,她沉默地坐下来,夕照的光犹疑无力地浮动,屋里明明暗暗,抖颤着,悬垂在白日的边缘,不知道什么时候,黄昏转了个身,不见了。天黑了下来。

夜里她睡不着,照例是精骛八极、心游万仞,头脑变得机敏异常。石器时代文物特展,石器时代,石器时代,她在心里默念着这四个字。她已经五十多岁了,却突然想到该去博物馆看看了,突然对石器时代的人的生活发生了兴趣。她也想跟他说说,像以前那样,无论多么复杂幽微的感受,也无论这复杂幽微是用多么破碎的语言表述出来的,彼此总是会意,不住地点头,并用欣赏的眼神看着对方。现在,她的高兴或悲伤,都没法邀请他品鉴了。

到底该怎样摆脱他呢?无数个想法像透明的汽水泡成串地升腾。第二天一大早,她下定决心,实施海德格尔行动。当然,上午一定要对他和善些,要忍住脾气少训斥他。她打算吃过午饭就取出木椅子和粗麻绳,捆住她的丈夫,确保他待在家里不会乱动煤气,也不会跑出去走丢了。她将拥有完整的一下午时间,想着想着,她就笑出声来了。

午饭是精心烹制的,红烧排骨、小白菜炒豆皮、西葫芦鸡蛋饼、海带汤,一一端上餐桌。吃饭的时候,因为知道海德格尔行动已箭在弦上,她对他就格外耐心,一脸笑模样,往他碗里夹排骨,轻声细语地让他多吃。落地镜映出餐桌和餐桌旁的两个人,她瞥了一眼,见镜中的自己正在微笑,只觉得别扭,镜中笑容蓦地消失了。她夹起几根豆皮,掉了一根,又瞥一眼镜子,心里有点发毛,怎么越来越不认识自己了,越来越拿不准自己了。说不清楚,真说不清楚。

他好像知道她是谁,眼神里没有茫茫的不安。她收拾碗筷时,他突然拉住她的胳膊,让她坐下。

她只好坐下,他慢慢从裤兜里掏出来一个什么东西,放在她手心里,郑重地压了压。她低头一看,竟然是一张皱巴巴的50元钞票。

丈夫脸上带着讨好的笑,像献宝一样,给了她50块钱。她想起了自己的母亲,母亲去世前的几年已不能走路,隔一阵子,歪在床上的母亲就跟犯了错一样地往外掏钱,她又急又气不知道该说什么好,母亲就讪讪地,把钱重新放回到枕头下面。

她把钱塞回到他手里,说:“你是不是害怕什么?害怕我不管你?钱你自己收着吧。”

他说:“给你的。”

她小心翼翼地问他:“给我的,你知道我是谁吧?”他低下头,攥紧了钱。

她叹了口气,说:“我是周素格,你爱人周素格。你叫乔兰森,科大的哲学老师。咱家还养过一只猫,白色的安哥拉猫,你起的名字,朋霍费尔。”

他认真听着,过了一会,他说:“知道,我都知道。”

周素格心里已然后悔,怎么又提起朋霍费尔了,万一他像上次那样拉着她到处找猫怎么办?她记得他遍寻不获的失魂样子。再度提起朋霍费尔,她心里是咯噔一下的,她忽然觉得有点不对劲,朋霍费尔是一只年届中年的猫,身手还算敏捷,经常上上下下地攀爬,五楼也不算高,它怎会落得如此下场呢?

不论如何,她都知道,博物馆是去不成了。一天天等着盼着,终于到了保洁日,她抓住钟点工来家里做清洁的机会,独自一人来到市博物馆。

一步就跨进了300万年前。这里是另一个世界了,离她的生活足够遥远。她从没像现在这样渴望遁世,一瞥见几个中老年妇女在屏幕里晃动,她就烦躁不安,她对所有的时装电视剧都过敏。

第一眼看到石核、石球、刮削器,她呆住了。跟精巧无缘,但也绝不粗陋,她观察着小小的石球,一侧是毛糙的岩石粒,一侧光滑。它起起落落,砸开过多少颗坚硬的果实,她想象着那个场景。刮削器更让她惊叹,那磨过的一溜薄石片边儿,那一点非天然的弧度,现在这样看着,既叫人心生谦卑,又不禁后怕,那惊心动魄的一磨,到底是怎么发生的,要是没有那道灵光闪过,此刻我又在哪里?

旁边的展柜陈列着蚌饰和牙饰。她仔细一看年代,石球和蚌饰,竟然相距了200万年,现在,它们只隔了一面玻璃。

她来到展厅中间的独立展柜前,里头是一块赭色的化石,它曾经是一只披毛犀的头骨。化石后面的背板上贴着披毛犀的复原图,还有一小段文字介绍。披毛犀是独来独往的猛兽,体长四米,鼻上一根长角,长毛垂地,皮厚得像装甲。

石镞、陶鼎、纺轮、玉琮,每一样她都看入了迷。最让她心动是一支骨笛,用鹤的骨头制成的笛子,笛子的一头已有些残破。她久久地盯着这根被制成笛子的鹤骨,鹤骨娉婷,担在两块肥圆的石头上。笛声如一缕轻烟从笛孔里飘出来,淡青色的烟,淡青色的笛声,升到穹顶处,顿了下,散开了。她的身体猛然一抖,灵魂归窍。

展厅里渐渐暗下来。最后,她重新回到披毛犀的化石前,她把手放在玻璃上,轻轻摩挲着。她真想骑着这头长毛垂地的猛兽,穿过一片空阔的草原,进入密林深处。

走出博物馆时,傍晚的光线,像一声声叹息,拉得长长地落在红砖地面上。

在地铁上,她看到一个小女孩,嘴贴住芭比娃娃的耳朵说着什么,女孩不时地觑看父亲,警惕,防备。周素格暗自揣度着女孩的心思,觉得很有趣。父女俩下车后,她也快到站了,蓦地,想起家里的他来。

他会不会也需要一个人独自待一会儿呢?就像小女孩偷偷跟芭比娃娃说话,其实并不想被大人听到。她胸口一热,是悲哀涌上来了,微微的灼烧感。他出神想事儿的时候,她总是在他身边走来走去,就算他真需要一个人待着,她也绝不敢再给他独处的机会。

她在小区门口就见到了张阿姨,张阿姨手里攥着个布兜,焦急地站在门口张望。一看见雇主,她就快步迎上去,说:“你可回来了,以后我可不给你看家了。你家老乔总问我是谁,告诉他了也没用,五分钟一问,他还,他还……你快上去看看吧。"张阿姨一脸上当受骗的表情。

周素格问:"你出来多久了?他跌倒了?"张阿姨说:"不是,你自己上去看吧。"

她没再多问,一路小跑上去,慌慌张张地把钥匙捅进锁眼,推门一看,他坐在沙发上,坐的位置跟她出门时一样。没有摔伤,不是脑出血,这场景远没有她想象的那么可怕,她暗自舒了一口气。再走近看,她"啊"了一声,知道张阿姨为什么忸忸怩怩了。原来他尿下了,尿液顺着沙发淌,淌到地板上,汪着一摊。

她皱皱眉头,埋怨道:"你傻啊,怎么不去卫生间呢?"

他气鼓鼓地看着她。沉了一会儿,他抬起手来指着她骂,第一句叫骂甚是响亮,接下来的几句却断续低弱,莫名地泄了气,很快没了声息。

她继续说:"你会用马桶呀,你不会连这个都忘了吧?"

她看到他半闭上眼睛,两只手掌放在大腿根处缓缓收拢成拳头。坏了,他开始运气了,他已经在运气了。她心里暗暗叫苦,根据以往经验,他这是在酝酿下一波疯闹。她说:"不要,不要,求求你乔兰森,你千万别闹。"

忽地急中生智,她大叫一声,先于他躺倒在地下,开始翻滚。她抢占了客厅中心的空地,一边翻滚,一边念念有词。她辨认不出自己到底在念诵什么,形势所迫不及深思,任由喉咙里滑出念咒般富有紧迫感的一串叠声词。

她翻滚之余,密切观察着他的表情,果然奏效,他痴傻地张着嘴,木偶一般,已不是蓄势大闹的模样。她这才感觉到地板硌得肋骨疼,又不敢马上停下来,她的气息逐渐变粗,滚动得也越来越慢,终至于仰面瘫软在地板上。

完全虚脱了,身子一直往下掉,往下掉,掉了半天,掉进一大片棉花般暄和的黑暗里,睡意袭来,但没有就此睡去,地板、沙发、他,都处在紧急状态中等她前去解救,理性悄然滋长逐渐主宰了她的世界。她不是真傻了,真什么都不知道了,翻滚完明确了这一点,第一个感觉是想哭。此刻滑畅地通往了彼刻,她看到自己站在讲台上讲庄周梦蝶的故事,初中语文课本里唯一的哲学寓言,讲过很多遍,从来不动情,直到现在,她才体会到那种深切的悲哀和无力,庄周与蝴蝶必有界限,庄周醒来后的第一个感觉,会不会也是想哭呢。

她侧过身子,鼻尖几乎贴上了茶几旁的书报架。她略支起身体,从书报架上拿出一本书,翻开来找扉页上的一段话。不用找,其实这段话她早就背过了,"林乃树林的古名。林中有路,这些路多半突然断绝在杳无人迹处。"大概是一年前吧,阿姨清洁书报架,她见抹布拧得不干就先把书拿下来,摞在沙发上,她偶然翻开一本书读到了这句话，愣怔了半天，心里有股说不出的惆怅。架上的书都是他曾经频繁取阅的，尼采的《论道德的谱系》，福柯的《疯癫与文明》，这些让她畏惧的书如今他也看不成了，但她始终没有把书收走，就陈列在架子上，常不等阿姨动手她自己就会细细掸去书上的薄尘，她幻想着，说不定哪天早晨醒来，就又见到他拿着铅笔在书上写写画画呢。

总算调匀了呼吸，她站起身来，挨着他坐下，轻声说："屁股湿得难受吧，走，换条干净裤子去。"

他神情呆滞，没理睬她。她看看窗外，自言自语道："那我先来拖地吧。"

她先用报纸把尿吸了吸，吸得差不多了，就去阳台上接了半桶水，一手提着水桶一手拿着拖把走进屋。他抬起脚来，她赶紧来回拖，然后涮拖把，换一次水，再拖两遍。

她使劲儿闻闻确实没什么味道了，便直起腰来，走上阳台归置拖把。放好拖把，她反手扶住身体站了一会儿，看到对面的楼上，灯一家一家地亮了，一群麻雀像树叶一样从半空中落下来。

以前，周末的时候，乔兰森喜欢坐在阳台的藤椅上跟学生聊哲学，他说话不紧不慢，很随意地引述原典，一派闲逸迷人的风度。恩柏多克利、休谟、老子、陆象山、维特根斯坦、人、独立、道德、自由、辩证法、绝对精神，全是高级话题。她在屋里准备茶水和糕点，听到这些宏大高深的词就摇头咧嘴。现在，她忽然能理解了，这些词一点都不大不高深，对尘世生活来说，也一点都不隔阂。到底要不要把自己的丈夫绑起来？这也是一个哲学问题。

她记得很多美妙的瞬间。那会儿，他才40出头，圆寸发型很精神，身材又瘦高，站起来在阳台上踱步时，一步一步，像风吹动起铜管风铃，连脚步声都是清脆的。即使当着学生的面，她看他的眼神里也掩藏不住爱意。他的爱徒是一个从西北来深圳读研的男孩，他们共同爱好着哲学和围棋，两样都是测试智商的东西。别的学生谈谈天就走了，西北男孩会留下来吃晚饭，再陪他下盘棋。她始终记得，丈夫食指在下、中指在上拈起一颗棋子的模样，还有棋子落在楠木棋盘上的声音，玎玲落子的一瞬，忽然生出寂静来。让她想起，半夜下起绵绵小雨时天地间的空明寂然，半夜醒来，听到雨声，只觉得寂静，听着听着又睡着了，睡得很沉很沉，再醒来时，心里全是满足。

他在屋里喊了一句，她听不清，先混答应着。转身进屋时，她又想起了博物馆里的披毛犀化石。她遐想着自己的结局：骑一头披毛犀，无声无息地，从五楼阳台走上天空，消失在淡金色的天边。

看着饭菜，周素格有些心虚，切成粗条的黄瓜码在盘中，木耳炒鸡蛋，六个脆皮肠，虽然脆皮肠仿照《深夜食堂》的做法，颇为花巧地煎成章鱼须的形状，但明眼人一看就知，这是一顿风格敷衍、只图省事的饭。她盼着能把这顿饭蒙混过去。他对菜肴的鉴赏力时高时低，有时什么都不挑，有时却是老辣的评鉴家，三言两语正中要害。

他嚼了一口脆皮肠，她感觉空气很紧张，像一面鼓，绷得紧紧的。

他说："没有肉，吃不饱啊。"她说："脆皮肠不是肉呀。"他说："要炒的荤菜，荤菜。"

她翻翻眼睛，说："吃吧。"她知道他想吃炒的猪肉片，青椒炒蘑菇炒土豆都可以，如果他还是他，她多想对他尽情宣泄，她对生猪肉的痛恨，她再也不想切生猪肉了，死去多时的肉，冰凉，滑腻，淡淡的腥气，会让人生出细小而具体的绝望感。

他又说："菜太少了。"她说："三个菜呢。"他说："炒鸡蛋不能算一个菜。"

她很想闭着眼大叫，发脾气，话冲到嘴边却觉得没意思，吵架也要势均力敌才痛快，他理解力和反应力都跟不上了，哪里吵得起来。她只能生闷气，挑衅地问自己，人为什么每顿饭都必吃？她总是被自己到点就来的动物般的饥饿感到羞辱。他肯定不知道，这两年，一日三餐带给她多大困扰，她把冰箱冷冻室里塞满各种半成品食物、速冻包子和饺子，以便特别不想做饭时应个急，她也叫过一阵儿快餐，吃快餐竟吃得轻微厌食，又承受不了经常出去吃大餐的罪恶感，一看信用卡账单，钱基本都吃了，一顿饭连着一顿饭，难以置信，心如刀割，最可恨还吃胖了，接下来就开始处处俭省。为了省钱，也为了换个口味，她盘算好一周吃什么菜，带着他，拉着折叠车，跑农批市场。

说起来，她也算个热衷于家事的女人，兴头上跑几个超市买材料就为做一道程序烦琐的新菜。但现在大部分时候，她提不起兴致来，日子一天一天失去了柔韧性，心绪没来由就是恶劣无比。她听到了日子发出的声音，规律得让人听久了会发狂的声音。如果是她一个人，她更愿意将就，饿就饿，不严格按时吃饭，而且，用馒头夹一块豆腐乳也可以是一顿饭。幸好还有桂格麦片，用水泡泡，早晨就不用开火了。她煞有介事地说，高纤维，降低胆固醇，健康食品，糊弄着他喝一碗。她暗暗感激着麦片罐子上的那个老头，他看起来真亲切，红润的好气色，微卷的银发在脸侧蓬蓬着。

虽然他指责这一桌"不算菜"，但这顿饭吃得还算顺利。她在心里默默感谢着各路神仙，并随即生出奇妙的预感，晚上的演唱会，她能成行。

一进门,张阿姨就强调:“我是来打扫卫生的,半个月一次,合同上写得很清楚。”

周素格心里一凉,本来还想诱之以利,看阿姨的样子,是早有防备的坚决。

她只好说:“我那不是有事要办吗,不然不会麻烦你的。”

阿姨眨着眼睛,说:“办什么事? 神神秘秘的。办事也可以带上他呀,他又不是小孩,也不会拖累你。”

她也眨着眼睛,一字一顿地说:“就是不方便。”

阿姨没往下争辩,说:“我在你家做了三年,也没见过你家的孩子,让孩子周末回来,你不就能出去,能出去办事了吗?”

她说:“孩子在加拿大,做飞机维修工程师。”

阿姨拖着长音儿,“哦”了一声,说:“孩子吗,孩子吗?”

周素格想起,每次电话里,亲耳听着儿子说话,也还是觉得那么远漠,儿子的呼吸声很粗重,他生活在一个严寒的、空气稀薄的地方。她越想越觉得黯然,真想摸起电话来,对儿子说,你回来吧,不指望你什么,就回来住上几天。

她到底没有摸起电话,而是摸起遥控器打开了电视。

阿姨俯低身子擦踢脚线,嘴里还跟她闲扯着,问她护工请到第几个死心的,她说:“请过两个就断了心思。”阿姨又问:“老乔认家吗?”她说:“搁板上的小物件该擦擦了。”

阿姨不再说话,默默地干完客厅的活计,进了厨房。

周素格偷偷看了他一眼,他在家里呢,好好地坐着呢。她时常会吓出一身冷汗,他明明就在身边,她却担心他终有一日会失踪,在一个她不可能找到的地方流浪。

阿姨在厨房里喊:“周老师,你过来检查检查,行了吗?”

阿姨叫她进去看,多半是这次做得彻底,想展示保洁的成果,烟机锃亮,锅具焕然一新,连盛放香料的玻璃瓶都挨个擦了一遍。她在客厅里说:“肯定行,不看了。”

送走了阿姨,周素格准备陪着丈夫,在回放里一集一集地找《天天饮食》看,看烦了就换成《西游记》。感谢电视,要是没有电视这几年她真不知道该怎么熬过来。谁知他说不看,没什么好看的。

她说:“要不,就睡会儿觉去?”他茫然地摇摇头,说:“我想做个木匠。”

起病后,他说话就没头没脑的,但今天这句话还是让她愣住了。木匠? 草青草黄做了30年夫妻,她还是第一次听他说起,他想做个木匠。

她说:“不对,你是学哲学的,你从小就喜欢哲学。”

他说:“我从小就喜欢做木工。”

她看着丈夫,此刻的他,是裸露的,诚实的。借由脑部的萎缩退化,他再度成为十几岁的少年,那段幽密的记忆突然开始放光,纤毫毕现。

她点点头:“我知道了,知道了,原来你是想做个木匠。”

她看看表,已经五点多了。这些天,她的脑海里,总是时不时地浮现出公园花墙下的画面。老太太们把哭闹的孩子抱在怀里,“噢、噢”地哄着,声音里有一种不过脑子的机械感,表情是老猫般的漠然,还有一丝属于人被理性管理着的情绪,管理后剩下的,至多算是无奈了。她们跟她一样,服着天地间古老而平凡的役,平淡无奇的劳累,理当如此的安排,没人觉得这其中有何难以忍受之处,更不会察觉到她们可能正身处绝境。她们活了这么久,铁做的一样,哪还有什么细致幽邃的感情呢。

她从来不敢细细地算,沦在这样的生活里,得有一千天了吧,还是更久?

她说:“兰森,我等着给你买点做木工活的材料,眼下,我也……”她犹豫着,到底要不要说出口。他一次次地回到过去并停驻在某个特定的场景中,他并不真正在这个房间里。

不管他是不是真正在房间里,能不能听明白,她还是说了:“眼下,我也有自己想做的事,我想一个人出去待一待,放个假,放几个小时的假,你能听懂吧?”

乔兰森点点头,他说:“马颊河的木匠最好。”

演唱会八点开始,她第一次看演唱会不熟悉情况,想着还是早去为好。她从暗格里取出麻绳,捋几圈挂在胳膊上,又搬出木椅子,跟沙发并排放好,确保椅子跟电视机之间的距离合适。

他看到崭新的木椅子,很欢快地坐上去。她赶紧抻着麻绳,把他拦在椅子上,先系上一道。接着捆胳膊,木椅子棱多,很容易穿梭打结,最后是绑住两只脚踝。打结的扣是死扣,但绳子绑得松,怕勒疼了他。

熟练,迅捷,闪电行动。她半张着嘴,脑子里一片空白。所有的动作似乎都带着肌肉的记忆,所有的动作无须大脑参与,自己完成了自己。

看着她忙活,他一直笑,说:“你先绑我,一会儿我还要绑你。什么时候换?”

乔兰森终于被她绑在了椅子上。海德格尔行动,筹谋多时,大功告成。

她低声说:“我寸步不离地看护你,时刻提着心,在超市里买袋盐也担心,往购物车里放完东西,一回身你已经不见了。我真的受不了,受不了了,让我先做下,再找个小房间告解吧。”

她拿起皮包,检查了一下演唱会门票。挎上包,换鞋,开门,她听见他的声音从身后传过来:“你要走?”

她说:“我出去一下。”他继续问:“去哪里?”她背对着他,说:“你看电视吧,《猫和老鼠》。”

她迅速关上门,乘电梯来到楼下。经过天井时,她的步子慢了下来。她控制不住地想象家里的画面。也许,乔兰森正低着头,身子往前挣,想从木椅子上挣脱出来。就算他从麻绳里挣脱出来又如何,他被幽闭在一个奇怪的地方,显出一脸蠢样子,不能思考,不能独立完成任何一件小事,经历过的往事也逐片剥离,弃他而去。

她猛然睁开眼睛,白猫侵入她的行程,这次白猫出现的方式跟以往不同,它不是被抱在怀中的,也没有躺在地上的光斑里。白猫朋霍费尔从五楼纵身一跳,摔死在小区的天井内。这幅画面如此真切,就像她亲眼看到过一样,画面里,白猫没有回头,一跃而下。

上楼,打开防盗门,冲进客厅,站在椅子前面。她惶惑地站着,根本不知道自己怎么会出现在家里。他笑了,说:“这么快就回来了?”

她愣了一下,忽然想到什么似的。她回答道:“好玩吧?今天就到这里,先不玩了,晚上我带你去看演唱会。”

她俯下身子先解他脚踝的绳扣,解了一会儿,麻绳磨得手指热热地疼。她从茶几抽屉里扒拉出剪刀,冲着绳子剪下去,剪刀刚一接触到绳子,她突然停住,放下了剪刀。

她坐在地板上,把牙和指甲都用上了才把绳扣一个个解开来,解完呼哧呼哧喘了半天气。休整片刻,她捡起地上的绳子,团起来,放回到储藏间的暗格里。

在体育场前的广场上,周素格把手里的票贱卖给黄牛,又从同一个黄牛手里买到两张奇贵的连号票。她牵住乔兰森的手,两人一起安检、进场、找座位。

钴蓝色的光笼罩舞台,拱形金属灯光架在夜色中发酵出浓浓的科幻感。体育场上方敞着口,露出一块椭圆的天,月亮靠过来,倚在树枝般的钢架旁,越发温软了。舞台上表演的是一个外国乐队,她听不懂唱词,但她明白了一点,在演唱会上,亲吻是一件容易的事。大屏幕不断闪现着情侣亲吻的镜头,那么自然,那么动人。主唱忘情,观众也就忘情,蹦跳,拥抱,喊叫,欢呼声潮涌般赶着,赶着赶着就从开口处飞升上夜空。她伸手搂着身边的人,云遮住了月亮,夜色渐深,恍然间,她有点怀疑了,是他吗,你把他放出来了吗?

主唱的声音不是从低到高慢慢攀升的,而是突然炸响,带着爆烈的毁灭感直达顶点,并不破不裂地停留在那里,高亮而宽广。她感觉自己被声音托起,在空中悠悠荡荡。此后的几天里,这种感觉始终不曾消失。

她记得她亲吻了丈夫,她记得亲吻时,半是沉醉半是痛楚地闭上了眼睛,那一刻,万人体育场空旷无比,仿佛就剩下她一个人了。

你　姑

秦锦屏*

一进门,厨房里飘出的油香味儿迎头罩脸,哈,肯定是来客了。

我站到窗户下,透过一张裂开的窗花纸单眼偷瞄:厢房内的炕边上,除了我婆那双三寸金莲的绣花鞋外,还搁着一对"解放脚"鞋子,大小如七八岁的童鞋,又比童鞋肥厚些,鞋的顶当鞠端端正正绣着红艳艳的大牡丹花。穿这种鞋的一般是乡间老婆婆。我推开门,掀起门帘儿,果然,舅奶奶头顶一方驼色的帕子,穿灰蓝色的大襟袄子,袄子前胸上方别着一方晴擦汗、雨擦水,吃喝之后再擦擦嘴的帕子。她和婆两个盘腿坐着,一床花团锦簇的大花被子直盖到她们腰部。

"舅奶奶来了呀,舅奶奶好!"

"咿呀!"舅奶奶双手一拍,哈哈直乐,像是见到了喜鹊一样!她往炕里面挪了挪,拍拍热炕,招呼我上去坐,一只手又飞快捣到我婆的腰眼上:"你姑,你看看,你看看,你们指教的娃娃咋这么乖呢?嘴也甜、脸也圆,看着就心疼!"

我双手反贴后腰,靠墙而立,牙齿轻轻咬住因为开心想笑的嘴唇,颇为害羞地望着婆。

婆听了赞扬,身子挺了挺,骄傲地笑着说:"嗬,都是娃她爸她妈指教的,娃娃伢本身也是个灵性娃娃哩!"

"对着咧,对着咧,这娃娃眉眼看着都格外灵性,完全像你呀,你姑!"舅奶奶笑容可掬,初相识一样端详我婆。这回是我婆有些害羞不自在了,她笑着拍了拍并没有灰尘的衣袖,又拍了拍。

我突然一个激灵:"哎,舅奶奶,你刚把我婆叫啥呢?"

---

* 中国作家协会会员、剧作家。曾获冰心散文奖、曹禺小戏小品奖、中国戏剧文学奖、《人民文学》全国征文奖。作品被译成俄文、英文。

舅奶奶一愣:“叫啥呢,叫她大姐呀!”

“不是不是,刚刚你好像叫——你姑。我婆的名字叫‘你姑’?”我喜出望外,“呵呵,婆呀,这下子我可知道你的名字了,叫——你姑!”

婆和舅奶奶相对一望,像是两人合力赶飞了一群鸽子“哦,嗬嗬嗬,哦,嗬嗬嗬……”笑声朗朗。

“你姑!你姑,你姑哎!”舅奶奶的手不断拍拍我婆的瘦肩,大声唤,很调皮的样子。

“对,你姑……呵呵呵,我的名字就叫‘你姑’!”婆算是笑眯眯地承认了。

呀!我一蹦老高,飞跑出去,满头大汗在村头那根白胖的电线杆子前站定,随手在地上捡了个黄土坷垃,一笔一画写下“我爱杨你姑!”写完后,忽然怕别人看见了给名字上打叉(有那么几个同学不管三七二十一,只要看见照壁、砖垛子等地方有人名字,就会用红粉笔骑上去画个大叉叉,除了学校黑板报上老师的名字可以幸免),我又用手把名字涂抹得影影绰绰,然后再在这个“底色”上浓墨重彩地画了一朵花!

兴奋的我把这个消息告诉了弟弟妹妹,告诉了伯父伯母。弟弟妹妹啥表情不记得了,反正伯父伯母都笑了。伯父摸摸我的头:“谁给你说的?”

“我刚刚听见舅奶奶叫她——‘你姑’!我一下子就知道她的名字了!”我咧开尚缺门牙的嘴,仰头望着伯父。

“哦嘿!呵呵。”伯父双手背后,古铜色脸上每一条褶皱里都是笑意。

那年,婆已近70岁,堂兄的儿子,她的曾孙子正满地乱爬。婆常常在饭前饭后一手抓着柺棍儿,一手拦腰“拎着”这个白胖的曾孙子满村子转腾。别人都夸婆好福气,恭喜她活到“四世同堂”了!也有同龄的老婆婆看到后,急巴巴挪到婆面前,左看看,右望望,猛然拉住婆的手,神秘兮兮压着嗓门:“老姊妹,你都这么大年龄了,还能看得住娃嘿?”

婆抽出手,朗声笑道:“能行!”

不甘心的人,再问:“那,孙子和孙媳妇给你钱不?儿和媳妇给你吃得可好?一顿吃几碗?”

“嘿,给啥钱吗,亲当当儿一家人嘿。吃得好,好着呢!早上一老碗玉米榛子,晌午半大碗干面,再加一碗汤面……”

“干面!咿呀,福大得很,你还能喋(吃)干面?两碗!啧啧,两碗!”老婆婆伸出两根指头,像斩去半壁的“V”形凤爪久久竖着,啧啧不已!

婆幸福地笑笑,将拐棍儿在地上敲敲:“喂,蛮儿子哎,狗娃子哎,不要了噢,走，咱回呀，回家去看看你妈妈从地里回来了没！”那小孙子咧开嘴，露出米粒一样两颗门牙，泥猴似的爬过来了。婆撇下拐棍，使劲儿逮住他，捏掉他流过嘴唇的长鼻涕，撑开衣服，掀起他裤裆里绑着的尿片子看一眼，哈哈，好样的，目前还“平安无事”！婆半跪在地上，弓起腰，喊那话痨婆婆帮忙把孙子骑放到她背上。孙子爬上去了，婆试了试，似没有把握站起来。她终于打消了背着走的念头，又像先前那样，一手抓着楞棍儿，一手拦腰“拎着”白胖的曾孙子，带着他东看西转，直到他的父母、爷婆俱都结束辛勤的田间劳作鱼贯归来……如此，日复一日。

婆不知道，当她还算硬朗的身子刚一走开，先前伸出两根指头，久久竖着做“凤爪”造型的话痨婆婆就大摇其头，叹息声声外加自言自语了：“我滴个神呀，比我年岁还大，一顿喋两碗，还有干面！”一遍遍念着说着，声音就无限放大了，像陈述也像疑问，黑而皱皱的脸转向周遭的四邻八乡：“你们可都听到了哈，秦家大娘，她一顿……”立刻有人截了她的话：“两碗，干面！”那人没有配合手势，众人“噗”一声，笑喷了！

婆是14岁许婚，16岁嫁到秦家的。订婚两年后，爷家里的老人依照婆娘家人提供的八字一掐，婆有16岁了，便命爷去找老舅外婆讨亲，老舅外婆不舍，说女儿才刚16岁，出嫁尚早。实际婆只14岁，依照乡里不成文的规程，女娃定亲时，夫家得按照年岁给算财礼，老舅外婆因此给婆虚报了两岁。

爷又等了两年，再去找老舅外婆议婚讨亲，老舅外婆依然说女儿太小，才16岁。这次，婆那未过门的阿家（婆婆）生气了，差媒人去问：“该女子又多长了两年了，咋个还是16岁？”老舅外婆就不好意思了，含泪把女儿“启发”（嫁）了。

婆一来秦家，她阿家（我的祖奶奶，按当地称呼我们叫她“老爸婆”）就很不乐意，因那虚报两岁多赚财礼的事。

婆心知，但不说破。放下姑娘身段儿，开始了她煎熬的媳妇生活——起得比鸡早，睡得比牲口晚。白日和家族的男人们一起到田间地头收禾、扬场、打连枷、摘豆；抽空又和邻居的女人们结伴去洗衣、拔草。回到家后喂猪、喂人，夜里挑灯缝补、织布、绣花……婆件件不含糊，样样都拿下。好多个晚上，一家老小劳作一天都歇乏了，婆跪在炕头孝顺老爸婆给她点大烟。对，老爸婆当时抽大烟，且烟瘾很重，一天不抽就呵欠连天眼泪不干，情绪暴躁。

婆后来说：“呀，那时候，你们的老爸婆就蓬着满头毛（头发）斜靠在炕背墙上，腰部垫着棉嘟嘟的我娘家陪嫁来的厚棉花被子，她偏着头、眯着眼‘吧嗒、吧嗒’咂嘴儿吸烟，受活得很哪！”

“那你呢，婆，你干啥呢？”

“呵呵,你婆我呀,大气不敢出,不言不语跪在她面前,该点烟泡就点烟泡儿,该吹灯就吹灯,把你老爸婆侍候得美美儿地!”

呵呵,谢天谢地,老爸婆那戒不掉的烟瘾把我们老秦家抽穷、抽垮了,土改时家里的成分后来定性为“贫下中农”,要感谢我老爸婆的杰出贡献!

话说回来——婆在夫家谨小慎微,多干少说,让心里憋气的老爸婆大瞪着眼窝愣是没挑出她啥毛病。老爸婆是个心宽量大的人,她立刻就把婆的娘家人虚报两岁赚财礼的事在心里摆平了!但是,婆的小叔子可没有忘记。大家族过日子,人多眼杂,处处斤斤计较,父母给哥哥娶嫂嫂时花了多少钱,弟弟们在心里有本账呢,往后轮到自己订媳妇“没行事、有比事”,可以有理有据要求父母亲把“一碗水端平”。

一天,婆和家人从田里耕作回来,像往常一样,众人或卧,或蹲在窑里、炕头、檐下喝茶吸烟歇乏。只有她一个人,循环往复围着案板和锅台,柴起刀落,烧锅、擀面、凉拌白菜。可能是那天的柴草不干吧,面条下锅后火力没跟上,锅里的面没有及时翻滚起来,有几根面煮成了“沓叶”(叠在一起)。

饭一做好,婆照例把头探出厨房:“饭熟了,老娘、兄弟们都来吃饭了!”言罢,她双手捧起头一碗面,端给家里最大的长者——我的老爸婆(老爸爷早逝)。然后她忙着摆放碗筷、清扫案板、收拾刀具。爷爷的几个弟弟围上来,各自伸出长筷子围着锅台捞稠的、撇稀的。弟弟们捞完了,爷爷端着碗往锅边走,他飞快朝腰系围裙的婆看一眼,婆也会看一眼他,两个人不说话,但心里有感觉。

婆说,如果他俩人像现在年轻人那样不遮不挡,在人前腻腻歪歪,我的老爸婆肯定会指责她没有妇德,弟弟们也会笑话哥哥和嫂嫂……夫妻嘛,人前是君子,人后才是亲人。

等爷在锅边捞面时,锅里的长面已经被众兄弟打捞得差不多了。爷用筷子把所剩不多的长面挑到碗里一部分,又从碗里扯出几根丢回锅里,他朝婆飞快望一眼。婆知道,爷心疼她呢,知道她每餐都是最后一个端碗,锅里剩下啥是啥,而剩下的从来都会不多,大多时候是汤多面少,甚至只是汤。婆做饭前,舀几碗面粉是要请示老爸婆的,她从不敢擅自多做,那是女人不会持家过日子的表现。家里男人们多,粮食欠缺,顾了年头也得顾年尾呀。婆看见爷的筷子捞起了面,忽又从碗里扯出几根放回锅里。她不言不语快步走近,迅速将锅里那几根面划捞起来,钩扯到爷碗里。爷不肯接,两双筷子胶着着,爷的眼里分明有焦急、心疼,还有几许责备。婆水灵灵的眼窝越发水灵了,她抿住嘴唇,眼窝瞪大,用楚楚动人的眼窝瞪着爷。终于,爷让步了,护碗的筷子撤了,婆得逞了。此时,有个弟弟在大声擤鼻涕,咳嗽,是提醒式、不满意的咳嗽。婆一惊,飞快走开……爷一愣,也飞快走开,走时,那根长面又被他扯回到锅里了。

婆端着碗走到锅前,呀,清凌凌的面汤水里飘着根白生生的面！婆一下子感动了,她使劲儿扬起头,使劲儿吸住鼻子看天花板,把一串串酸酸涩涩搅拌着甜甜蜜蜜的泪水狠命吞咽到肚子里,那些没刹住闸的,灌浇到脖子领里的,全当它是汗水吧!

婆刚刚端起碗,就听见另一个小叔子在院子里叫骂:“喂,杨二岁,你给我过来!”

整个家里除了婆没有第二个姓杨的。杨二岁——这当然不是婆的名字,小叔子摆明是在提醒她。每次他生气了就会提醒嫂子:不要忘了,你对这个家里有两岁的亏欠!

“杨二岁,你麻利来看,你这弄的啥饭？亏人的东西,现眼的货！爷累死累活干了一天了,你给爷吃的是七生的沓叶子面!”小叔子劈手将一条面朝她脸面摔砸过来！她侧脸躲开这份愤怒的发泄,心里知道,小叔子最近正在议亲,女方开出的财礼数,家里嫌高。

婆低着头默默受着小叔子的责骂。秦门是大家族,除了老人,家里最有发言权的是男人,然后才轮到媳妇家家。

一只鸡围绕着他们,在地上东游西逛散步很久,也盯梢很久了,它先是被这突如其来的摔砸惊飞了,在树杈上站了几秒稳定了惊魂后,才发现地上躺着一条诱人的面条,它喜出望外,飞扑下来……几乎是同时,爷也扑向了那条面!

志在必得的爷当然战胜了理亏气虚的鸡——笑话,也不看看这面条是谁的老婆做的!

爷扑向面条的原因还有一个,那不是面,是弟弟给大嫂子列举的有力“罪证”,他绝不能让自己的老娘看到,不然,它将成为媳妇一辈子的“铁证”,压制着她,在这屋里无法立足。

他们在院子里的举动惊动了正在窑内用膳的老爸婆。她老人家“啊哼”一声,掀起门帘,从主窑里威严地移出来,恰好看到我爷抻长脖子、哽着喉咙,把沾了草屑、灰尘的七生沓叶面条大嚼着咽下。老爸婆二话不说,走到那挺起肚子给嫂子挑理的儿子面前,以风一样的速度从容地甩了他一耳刮子:“老嫂子比母,你给我记着！这个家我在,我最大。我要不在了,除了你大哥就是她!”

老爸婆走过来,牵起噤若寒蝉的婆:“媳妇儿,有啥事,你给娘说,娘来辖制他们！哪由得他们弟兄们闹翻天去,敢在自己嫂子面前找茬？少教得很!”老爸婆又高声宣布,“往后,谁得罪了你嫂子就是得罪了我!”婆的大眼窝里再也盛不下泛滥的河流了,唉,索性一泻千里吧!

1942 年,河南大灾,家园被冲毁的难民蜂拥入陕。每天一开门,门口坐着、躺着、游走着讨吃的都是可怜的河南人。先前村民们还施舍救济,后来难民实在太多,蝗虫一样一茬又一茬,村民们聚集议定,今后得硬起心肠,谁喊也不开门,要不然大家都得跟着一起去要饭了。

婆食言了。门环叮当响时,婆先不理。再响,婆就坐不住了。爷拉住婆说:“这门一开,往后你在这村里没法做人了!”

婆说:“我吃斋行善不为名。今日这门要是不开,我一辈子没法做人了!我自个儿就先容不过自个儿!”

门开了,一个年轻妈妈带个妮儿,那妮儿饿得躺在地上只有出气没进气。那位妈妈求婆给口吃的。婆给了。一会儿婆又把门打开一条缝,招招手,她专门给小妮儿熬了碗糊糊,让她妈妈灌她。

第二天她们又来了,没办法,其他的门都叫不开。婆偷偷摸摸又给了。

隔了两天,她们又来了,那小妮子摇摇摆摆能走了,一见到婆就哭得山响,她妈妈病了。婆将她们带到家里放柴的拐窑里藏起来,天天供吃的。那位妈妈的身体渐好些了,带着妮子要走,说是再不能连累婆,她们已经知道现在的情况。婆给她们装上干粮,含泪送别。

数日后的一个清晨,婆荷锄将去田间,大门一开,一老一少并排跪地磕头……是先前那对母女。妈妈已经找到接收的人家(嫁人),但人家不肯收下这满身疖子已溃疡发炎的妮子,怕她活不旺死在家里晦气。无奈间,那位妈妈带她找回这里,求婆收留她:“从此俺权当没有生过这个妮儿,生死由命,就看她个人的造化吧。”

婆心软,虽然家里一大家子人,口粮非常紧,半年糠菜半年稀,可不能见死不救呀。婆费心为这妮子问病求医、清创治伤,一天天喂她、背她、教她,从恓惶难活的三岁抓养成含苞待放的一枝花。她便是婆的养女我的小姑姑。婆爱她,不许任何人议论她的身世,她尽全力去保护这个被亲生母亲遗弃的孩子。

这位姑姑跟着婆学刺绣、学织布、学做人。后来,婆给她找了一门好亲,夫妻和顺,儿女成群。有趣的是,诸多姑姑中,唯这位姑姑长得最像婆,而且越老越相像。1988 年,姑姑来我家,盘腿坐在那里喝茶吃烙饼,俨然就是年轻版的婆。

姑姑嚼着茶梗说:“像,对吧!你们说怪不怪呢,不论我走到哪儿,认识与不认识的,我也不跟人说我是谁,只要和娘坐在一起,人家看一眼就说我们是母女俩。说明我和老娘注定有母女缘呢!是老天爷照着娘的模样刻了一个我嘿……”

可惜这位姑姑命弱,不到60岁就去世了。报丧的人上门,言一毕,我爸眼圈红透。他嘱咐那人及诸位已知情的友邻千万不要告诉我婆,怕她白发送黑发受不了。婆还是知道了,她那几天总按着胸口说“心疼”,又说老是做梦梦见姑姑,眼皮子也跳得厉害……她跟我爸说:“娘怕是要死了,一连几天,心身都不卧也(舒坦、平妥)。”我爸好言安慰她,她却执意要我爸快快给她穿上老衣(寿衣),以防来不及。

我爸急了,冲口而出:“好了,好了,甭节绊(纠缠)了!娘,不是你,你好着呢!”

话至此打住,婆却脸色骤变:“咋,你姐?你姐咋了?”

安葬姑姑那天,众人都劝婆不要去灵堂,婆不听,近80高龄的人了,挪着三寸金莲走了几十里路……她说,当娘的要为女儿壮一壮胆,送她一程。灵堂前,婆手拍新棺哭得肝肠寸断:“可怜的你,我的儿,千里万里逃不出的你的命,你咋心肠这么硬!红尘路上走一遭,你把你老娘都丢下了,叫我娃儿声叫不应,娘想你时谁跟老娘我说话呀?欸欸欸……”

“烧一张纸来我哭几声,叫不回娘的小娇生,阴曹地府你去走,有了难事你喊几声,老娘给你做个伴,让我的儿黄泉路上好做人!”

人人泪奔。

回想起我的老爸婆去世后的一个酷夏,婆的小叔子去河里戏水,淹死了。尸体捞起停在村口外,不让进村。村里人说,年轻人死了煞气重,进了村子要缠人呢!婆好说歹说请了一个德高望重的老人去给小叔子穿寿衣,老人前一天满口答应,第二天却变卦了,理由是:近身太年轻的逝者,不吉利。问遍一屋子的亲友及帮忙人,谁也不愿意去干这事,可大家都振振有词地抱臂发言:“天爷爷呀,这总不能让咱兄弟光着来,光着走吧!”……你推我让间,婆站出来说:“我去,我不怕,自家兄弟,怕啥!”

亲人们立刻掉头一起劝她:“不行不行,你是嫂子,不合适!”

婆说:“我老娘在世时说过,老嫂子比母。我是最大的嫂子,也算得是老嫂子,如今老娘去世了,我不去,谁去!”

阿弥陀佛!小叔子的尸体最终在婆的游说和强硬“闯关”下抬进了村,停放在村里的龙王庙中。满族近亲合伙把婆这位不足18岁的小叔子深深埋葬了。婆的声名和威望同时高高竖起了!

随着年月的推移,婆由先前的“秦家的大嫂子”变成了“秦家大婶子”“秦家大婆”……

婆的青丝上落满了岁月的霜花。没有人问她的姓和名,或者有人问过,她像“对付”我一样“对付”了他们。我一直好奇,婆为啥不说出自己的名字?婆去世后,我和兄弟姐妹一起探讨过原因:以婆那代人的思想,后人们只要记住家族里老辈男主人的名字就行了,女人的名字不重要,因为族谱里也不写,一般以“秦某氏”代称。或者,在婆心里,那虚报的两岁始终没有放下(报的是另一个人的名字?)。再或者,婆更喜欢人们称呼她为“秦杨氏”?又或者,婆的名字是她爹娘随口起的,难登大雅?还有一种说法就是婆思想守旧,又有些害羞,也谦虚,不愿意让后辈儿孙知道她的名字及她默默做过的善事,怕扬大(显摆)出去。持这个观点的依据是,婆在世时,如果问到一些她和爷及辈分高的族人的旧事,她总是不肯说,尤其问到她做的那些好事,动员再三,她就半眯起眼,晃着两只老手,或者一手半掩口鼻:“咿呀,神很!(害羞地很),不说了,不说了!甭问了,甭问了!”要逼问得狠了,她就有些顽皮地两手合揖,笑嘻嘻地一下又一下地拜你:“好我的娃娃哩,你把婆饶了吧,昂!婆谢呈(谢谢)我娃你哩!”

讨论了诸多的可能性,我们一致偏向第一种或最后一种猜想,这似乎更符合婆的性格。

婆是个犟人,凡是她决定了的事,谁也改不了。对名字,她选择了保守、拒言,她把永远的猜想留给了后人。我已明白,舅奶奶叫“你姑”是依着孩子的辈分称呼自己的大姑姐。伯父和父亲在婆的名字问题上,和婆保持了高度的一致。

婆去世三周年时,我们几个孙子合力为婆立了一块厚重的墓碑。碑文由我拟稿。碑子正面的名号当然没有写“杨你姑”,写了“秦门杨老孺人之墓”。立碑前几天风雨凄凄,立碑当天,风和日丽。我们挖土、和泥,将碑子扶正、埋深、砌稳。但是我们都在隐隐担心着,现在土地流转这么快,说不定到哪一天我们就找不到它了。

没关系,我已经把婆的厚德丰碑种在我心灵的沃土上了,永远!

跑吧，丫头

郭海鸿*

德兰又跑了。一大早，河唇街市场管理员阿七在肉菜档口发布消息。

“阿七，你可别乱说。”正在买肉的贵生停下正在引导肉贩刀路的手，及时制止阿七。这个肉丸店老板有足够的依据反驳阿七的危言——德兰走多少次了？不都回来了吗？这怎么算是跑？

“这次情况不一样，”阿七停下手中的扫帚道，“伤她的不是海成，而是他阿姆。”

“哦，”贵生感到了事态的严峻，看着阿七，陷入了短暂的沉思，“那德兰不回来了？”

“贵生，你真是奇怪，”好像受到无端的怀疑，阿七瞪了贵生一眼，差点儿就要举起扫帚给他一家伙，“我怎么知道她今早要跑？我怎么知道她要跑去哪里？我怎么知道她回不回来？”

在此之前，德兰跑过几次，最长的八个月，最短的五天。走的时间最久那次，还带回来一台洗衣机。她说是在深圳花两百元从旧货市场买的，好心的长途大巴司机免了她的托运费，捎带回了县城。在县城路口等车往河唇街的时候，河唇街加油站的老板马六正好办完事回家，看到德兰，惊喜万分，把车停在她跟前，跳下车，差点儿就要把她抱住。八个月没见河唇街的人，德兰差点儿尖叫起来。马六的面包车拉人没问题，可洗衣机装不进去。马六一拍脑门，从工具箱翻出扳手铁钳，拆了第一排座椅，把德兰的洗衣机塞了进去。趁去旁边店里洗手的当儿，马六给阿七打电话，告诉他德兰回来了。

---

* 中国作家协会会员，“打工文学”领军人物之一，曾获深圳市青年文学奖。代表作《工人诗篇》被中央电视台拍成纪录片并播出，著有长篇小说《银质青春》。

阿七不相信，说："阿哥你吹牛吧，你说你见到德兰，海成听到弄不好把你杀了。"

马六一笑，道："爱信不信，人在我车上，不仅人回来了，德兰还带了台洗衣机。"

阿七信了，高兴道："那一个钟头后，我在高桥头迎接德兰和她的洗衣机。"

高桥头是从县城方向进入河唇街的地理标识，和矮桥头互相对应。只有高桥、矮桥两座桥，才证明河唇街是因临河而得名的。如今，桥下的河水差不多都要断流了，河里没有流水，这是大自然对河唇街的嘲讽。马六给阿七打了电话，就等于给整个河唇街打了电话。阿七说我去高桥头迎接，意味着将有大半个河唇街的街坊们将簇拥在那里，迎接这个悄然离开八个月之久的四川媳妇。

盛况果然空前。马六像英雄一样被赞扬，街坊们拉着德兰的手，摸着她带回的洗衣机。有人关心地问马六，是在哪个地方碰见德兰的，真是太巧了。

不愉快的事情也如阿七预言的一样，德兰的老公海成冲进迎接的人群，抖住马六的衣领，眼睛瞪得像牛眼，狠狠道："马六，我们找了八个月没找到，差点儿把地都翻了一遍，你倒这么巧就碰到了？"

马六打开海成的手，道："海成，我不跟你计较，德兰回来，我替你阿姆高兴。"

海成剜了风尘仆仆的德兰一眼，悻悻地走开了。有街坊追着他喊："海成，从今往后，你就做个人样，好好跟德兰过日子吧，你瘫床上不干活光吃饭都行，可不要再打她！"

德兰说："不管他，大家回家吧。"

那天晚上，海成照例搜德兰身上的钱，没搜到，疯狗一样闹了半个晚上，不见了人影。

离开八个月，自己回来了，部分河唇街人一面被德兰感动，一面也都不解，到底这个四川妹子图的什么。也有些人表面赞扬德兰，心底却另有想法，觉得德兰的行踪有疑问的地方，这一次次的跑掉，到底去了哪里，去干了些什么？

德兰文化不高，但她有一颗敏感的心，像温度计一样，感知人情冷暖。那次回来，她一住就是一年半，没再离开过河唇街一步。如今听说德兰又跑了，而且是被海成母亲亲手赶跑的，许多人感到蹊跷，不敢相信。按阿七的话说，结合这家人的不同性格，理论上是可能的，只是逻辑上不太让人接受。贵生当然也不敢相信，但他可以接受阿七的说法，在河唇街上，像他们一样怀疑与认同并存，也是一种逻辑存在。

德兰读完小学，就死活不愿上学了。村里很多女孩都这样，有的是家里穷不让上,有的是自己不想上,总之,只要是女孩子不上学,没有人觉得有什么不平等,跟重男轻女半点关系也扯不上。德兰是老幺,上面三个哥哥,后来都读了大学,德兰离开村子那年,她大哥大学毕业,分配到成都工作了。村里一个姐妹说要去深圳打工,鼓动德兰一起去。德兰的心就像油灯被拨亮了,丝毫没犹豫。如何走,什么时候走,她都听姐妹的。等了半个多月,姐妹终于说要出发了。为了让父母放心,德兰撒谎说去成都找大哥。父母拗不过,正好地里也没什么活,就答应了她。

说好两个人出门,结果到了县城,又加入了两个妇女,到了成都,又来了两个女孩子。德兰没读什么书,却不傻,这个时候,她就明白自己可能遇上些麻烦了。一路上,德兰都在想,要是她们真敢乱来,自己该怎么办。不过,18 岁的女孩子,掩藏不住的好奇心驱使她继续往前,她太想看看外面是什么样子的了。她想,从小一起长大的姐妹,即使她再坏,也不可能把我怎么样吧。

到了深圳,睡了一天觉,同村的姐妹终于摊了牌,说:“我是跟她们来歌舞厅做事的,你是做还是不做,自己看着办吧。”

德兰的一丝侥幸心和好奇心一瞬间全部没了,看着同来的人一个个化妆化得像鬼一样,她就料定,接下来肯定没什么好事了,但是她没有发作,一时间还不知道怎么来决定自己的行动。德兰没一件时尚的衣服,也不会化妆,他们说不用,今天你就这样出台,我们会给你找个大老板,人家就是要花大价钱找你这样的鲜货。

后来,河唇街上有人看过类似的报纸新闻,于是自作聪明地编造出一个故事:洁身自好的德兰身陷灯红酒绿的歌舞厅,面对无良之徒的威逼利诱,她誓死不从,纵身从窗户上跳下,被人搭救,而后介绍给海成,于是来到了遥远的河唇街。这个故事塑造的是一个刚烈的贞洁女子形象,其实,德兰听了,自己都难以置信。她亲口反驳这个一厢情愿的传说:“胡说八道,要真的遇上那样的事,我可不是傻瓜,走一步看一步嘛,一定要跳吗?活活摔死了怎么办?”

实际上,那天晚上,在同来的女人们软硬兼施下动身到歌舞厅去的时候,德兰根本还没形成逃跑的想法,更没有路线计划什么的。她只是心乱如麻,浑身不得劲,从来都没体会过这种自己不能为自己做主的无奈。只是到了酒店门口,下车时一个姐妹因为找零钱的事跟的士司机吵了起来,德兰先下了车,看了酒店一眼,念头骤起,撒腿就跑。没有人打她,后面也没有人追她,她只是一路狂跑。

跑出来了,她才意识到,人海茫茫,自己连一件衣服都没带,口袋里只有几十块钱。德兰的胆量从小就不差,遇事不慌。时间还不晚,她一边走一边琢磨,是想办法回家呢,还是找地方打工。她路过了派出所,看到很多警察蹲在地上吃盒饭、抽烟,她也压根没有什么报警、求助之类的念头,这不符合她的性格。

不知走了多久,看到一个“客家腌面店”的牌子,旁边写了“招小工”三个字,于是德兰走了进去。就这么一步,扭转了德兰的人生走向。在这个店里,她遇上了海成这个来自河唇街的男青年。那年,海成 28 岁,比德兰大整整十岁。

腌面店的生意不大,老板自己做厨师,老板娘又是洗碗洗菜又是收钱,店里只有海成这个帮工。实际上海成也不能算是帮工,只是老板一个朋友委托他收留一阵子的。海成不想打工,又不想回家,寄住在这里,不好意思白吃饭,客人多的时候帮手传传碗筷,没事就在那里玩扑克牌。他的专长就是打牌,天下没有比打牌更能吸引他的事。他从河唇街打到县城,打到比邻的福建省,打到潮州、广州,打到深圳,就在老乡熟人圈子里混。海成父亲死得早,在家里母亲管不了他,全河唇街的人都拿他没办法,这么些年来,就是一个神出鬼没的角色,没几天待在河唇街。

“腌面”并不大众,来吃的都是讲客家话的一个地方的人,实际上都是大范围小范围里的老乡,海成嘴巴很油,穿得又像那么回事,搞得他才像个老板。老婆骂客人催,真正的老板累得像条狗,迫切需要找个能干的服务员来,把海成挤走。

德兰一踏进店门,老板老板娘就看上她了,德兰没开口,他们异口同声抢着问:“是来找工作的吧? 马上可以上班吧?”

德兰说:“可以,我现在就上班。”

老板老板娘压根就没有怀疑德兰来历的意思,而海成放下手中的扑克牌,自作聪明地问:“现在就上班,你莫不是从哪里逃出来的吧?”

德兰镇定了一下,看了看眼前这个玩牌的男人,笑了,回答他:“是,我是逃出来的,就在前面,他们叫我去歌舞厅,我不去,就跑出来了。”

老板“哦”了一声,望望外面,若有所思。老板娘则问道:“是你的老乡吗? 要是他们追过来怎么办? 我这里一到晚上,很多小姐来吃消夜的,打打杀杀的我可惹不起。”

“怕他个鸡巴,他们敢来我搞掂! 来一个我捏死一个!”海成把扑克牌呈扇形铺在油得发黑的桌面,头也没抬,顺口道。

德兰心里头一震,看了看这个玩牌的人,一股暖流涌了上来。就像找到一个避风的角落一样,她的心放了下来,开始在店里忙起来。“来一个我捏死一个”,实际上,老板也搞不清楚海成有没有这个本事,如果真的有人上门纠缠德兰,他是否应付得了。倒是一个星期后,老板狠狠吃了海成一壶——这家伙竟然带着德兰跑了,而且将老板藏得好好的两千五百块钱弄走了。

时隔多年后,这个老板因为家里发生系列变故,盘掉深圳的店子,回到了与河唇镇相邻的老家。有一天，七拐八弯找到河唇街，来到海成家，德兰才知道当初海成偷钱这回事。“那不是偷，是顺手拿走，”也许是为了给德兰面子，老板娘改变了定性。实际上也有一定的道理，因为他们藏了三千块钱，海成没全拿走，留下五百元，“要是偷，留下些干什么?”

“这样做，拿跟偷有什么两样！”德兰道。虽然是海成当年造下的丑事，德兰这会儿恨不得有个地洞让自己藏起来。那时，海成离开家有大半年了，谁也不知道他去了哪里。德兰东家西家借，凑齐了两千五百块钱还给老板。老板从中抽出五百元，说：“德兰，你那时走，我也没给你工钱，也是的，你怎么也不该听他的，不声不响就跑了，要知道你愿意嫁到我们这里来，我们还该给你送礼才是啊。”

一个“跑”字，把德兰说哭了。可不是吗，她就这么跑啊跑啊，跑到了今天。

曾经有人传说，德兰在深圳遇上好吃懒做、嗜赌如命的海成，被他占有了，才不得不跟他跑回河唇街的。实际上并非如此，在深圳，海成规矩得很，根本没有碰过她，甚至是回到河唇街，不知过了多久，他们才有那回事。如果硬是要德兰说清楚，当初为什么会跟着海成跑，而且一跑就到了离家更远的河唇街，成了他的老婆，这个问题只能没有答案。对于一个女人来说，为什么会跟一个男人，很多时候完全就是鬼迷心窍。德兰也是。德兰的大姑婆当年不就是跟着一个土匪跑到山上去，直到生了六个小土匪，才下山回家的。

海成一点都没有骗她，比如他说河唇街有多偏远，比如说他家临街的房子有多黑，一点都没有假。不过，海成说他母亲性格凶狠，她倒没什么感觉。她只是鬼迷心窍，跟着海成来到了遥远的河唇街，住进了黑乎乎的屋子里。

对德兰这个外省女子的到来，河唇街表现出特有的人情味，让德兰很受感动。他们家也在小镇上，可那地方人尖酸刻薄。父亲叮嘱她的三个哥哥，好好读书，考上好学校，再也别回这个人少鬼多的地方。

最初在德兰的心里，河唇街有两个人对她不友好。一是河唇镇派出所的黄所长，二是海成的母亲。黄所长表面和善，他当兵时在四川待过，会说一些四川方言，见面会跟德兰呱哇上几句。但是，敏感的德兰第一眼就感到了所长的异样。这没办法，职业要求一个所长对外来女子的警惕。所长怀疑德兰有两点，一是骗婚的，二是在外面做小姐，跟海成狼狈为奸。这都不是空穴来风，报纸电视上报道过太多，加上比邻的福建类似的情况太多。

因为海成不成人样，所有对他的疑虑都是师出有门的。海成母亲辈分高，整个河唇街的人都叫她顺招婆婆，叫着叫着简化为婆婆。实际上，德兰到来那年，婆婆才55岁。婆婆守寡20多年，“在新社会，没有多少女人可以做到。”这是来自男人圈子的评价。这一点让她的辈分威严更具有了不可动摇的分量。海成没带好，13 岁开始跟她斗，跟她打架，这让她伤透了心，也成为河唇街的一块集体心病。婆婆被海成打了，大家共同声讨海成，海成偷钱跑了，大家荒工废业替婆婆找儿子。

海成跟德兰一样，只读了个小学五年级。字识得不多，歪心事却多得不得了。黄所长说，海成的存在，是河唇街上一个小瘤子。这个说法很形象贴切，只要海成不在的日子，整个河唇街的和谐指数马上上扬。海成十三四岁开始习惯外逃，出去个把月、半年不等，开始大家找，后来不找了，因为在一次次的出逃中，海成长得牛高马大了。在出逃的路上，他学会了抽烟、喝酒、赌博。他每次回来，要么是小赚了点钱，要么是身无分文，或者挨了打。直至这一次，外出半年后现身，有了新内容——带回来一个外省老婆，让河唇街震动不小。

顺招婆婆对德兰的到来开始是不冷不热的，她怀疑德兰在外面控制了海成，将他的钱拢到了自己的口袋。起了这个疑心，婆婆把自己藏匿物品钱财的习惯做了一次修改，从现在开始，她要防两个人了。藏钱她是藏怕了的，有时候她自己都忘记了新的藏匿处，而海成眨个眼就给她弄走了。婆婆一辈子没离开过河唇街，不知道外面是什么样子，却生了一个自小就习惯逃跑、走南闯北的儿子。如今，又给她带回一个讲普通话的外省媳妇。四川在哪里，她当然搞不明白，她连地图都不会看。显然，婆婆对德兰的估计是过高了，甚至是错误的。她以为自己这个天王老子都不怕的儿子，这个世界上不会有任何人能够降服他，你这个 18 岁的小姑娘，凭什么就管住了呢。

海成带回德兰后，老实了没几天，就故态重萌了。他又开始赌博，开始三天两头离开家，甚至开始了打老婆的历史。

当第一次看见德兰被海成打得在地上乱滚，像个可怜的小母鸡，婆婆傻眼了，同情心顿时替换了她过去持有的观点，不再怀疑德兰。第二次，海成赌光了钱，半夜回家，把德兰从被窝里拖起，逼着她拿钱，德兰拿不出，海成把她的乳罩、内裤全撕掉。婆婆听不下去隔壁的惨叫，破门而入，把一沓钱塞到儿子的手里，吼道：“你这个短命鬼，拿了你阿姆藏着吃药的钱，滚一边的去吧，你给我放过德兰，就算为你阿姆积点阴德吧……”海成拿了钱，转身就跑了。婆婆给德兰穿上衣服，又塞给德兰一沓钱，说：“天亮了你也走吧，回你的四川去，我们家造了孽，欠你的，下辈子再还你了……”

德兰抱住顺招婆婆，喊了一声“阿姆”，说：“我不走。”

后来德兰回忆，本来那天她是决心天亮就走人的，可是心被婆婆说软了，哪忍心再走。

从严格意义上来说，海成跟德兰不算合法夫妻，德兰没有户口所在地的证明，他们打不了结婚证。这让黄所长大伤脑筋，只有他们合法了，他才可以解除对德兰的警惕提防。他试探性问过德兰几次，为什么不跟家里联系，是否可以写信叫家里开个证明过来。每一次，德兰都不置可否。黄所长找民政办主任商量，是不是由派出所发个函给德兰的家乡，试试看怎么回事。此时，所长又有了一个新的疑点：德兰会不会从家乡逃婚而来？姓名、年龄全是假的？这个日渐受到河唇街人喜欢的德兰，根本就是另外一个人？

民政办主任抢白所长："不如怀疑德兰的性别也是假的？"

主任的意思很明确，海成是个问题青年，好不容易牵扯起一个家庭，我们不要太教条主义，只要他们家没出什么大的动荡，就是对河唇街的最大贡献。

后来，所长想通了，如果是骗婚来的，或是带着问题来的，德兰还会等到今天吗？海成家值得如此打主意吗？

从此，所长撤除了对德兰的警惕、监视。

这一点，德兰很快就感受到了。所长以其语言上的天赋，慢慢成为德兰最喜欢接近的人，而所长也因为德兰的到来，得到了温习四川话的机会，尽管这是一种对他毫无意义的方言，这辈子恐怕再也用不着它。德兰的语言天赋远远强于所长，她很快就学会了河唇街的客家话，一些常用的感叹、夸张性质的词汇，完全承袭了她的方言导师顺招婆婆的风格。半年不到，这个四川女孩就成了地地道道的河唇街女人了。

那一回，海成准备和他的福建赌友去厦门搏一把，出发前跟阿姆产生了激烈的冲突。海成死活要阿姆将家里的"老物件"给他。阿姆火冒三丈，骂他："你祖公传下来，你阿爸生病那阵子，家里够苦了，他都不敢动，你这个好吃懒做的短命鬼有什么脸面要……"海成恼羞成怒，操起灶膛里的铁火钳就朝阿姆扔去。说时迟那时快，正在洗衣服的德兰扔下手里的衣物，一个箭步冲将过去，挡在了阿姆面前。结果，火钳不偏不倚插进了德兰的左手臂，留下了一个大大的血口。

把德兰送到卫生院后，顺招婆婆亲自到派出所报告黄所长，请求严厉处理她那个短命鬼儿子。当天下午，公安就把海成送进县看守所，拘留了 15 天。看守所出来，人影也不见了。

德兰的伤口渐渐好了，顺招婆婆再次央求她，趁那个孽子不在家，你走吧，走远一点儿，离开了这里，你赶紧找个好人家过日子，别回想这里，想起你会做噩梦。

德兰答应顺招婆婆，这回要走了，不过，既然海成不在家，让她多陪她几天。

这几天，德兰把被子枕头蚊帐席子全部该洗的洗，该晒的晒，把黑黑的屋子里外清扫了一遍。街坊们都看到了，也都意识到，这个在河唇街待了两年多的四川妹子下决心要离开了。路过家门口的人都会停下来，跟德兰说两句话，又不便话别或挽留，心里酸酸的。

就在德兰忙完这一切之际，海成回来了，而且做了一件轰动河唇街的事——把德兰的父亲从四川带到了河唇街。

海成的本事就在这里，没有人想到的他想到了，而且敢于做到，好事坏事做了再说。这家伙只身到了四川，找到了德兰的村子。他编造了一个壮举，跟德兰的父母说，两年前，他在深圳遇上德兰，那时德兰在歌舞厅里做小姐。一次，黑社会在酒店闹事，德兰被打了，他想办法救了她，两人有了感情，于是回到河唇街一起过日子。现在，德兰不安心了，想抛下他回四川。"我说，如果你过得不开心，我同意你回去，但是，村里人的态度怎么样，我先去探探。"海成的一脸真诚，让德兰父母深信，人在他的手里。

确实，如海成所料，因为有先前老乡回去散布谣言，不仅村里人，就是父母亲都把德兰往那方面想了。德兰父亲对海成说："我跟你去广东，去河唇街，我去打她一巴掌，就不算白养了。"出发的时候，德兰父亲把海成带到派出所，请所里做了登记，拍了照片。随着三个哥哥先后考大学、安排工作，德兰家在镇上算是有名声的家庭，偏偏出了她这个事，父母可以不信，但是人言可畏。德兰父亲有两手准备，顺利的话去会会离家两年的女儿，看看到底是怎么回事，若是遇上个骗子，派出所可随时保留追捕线索。

实际上老汉多虑了，德兰既没有做小姐，也不是被拐卖的，海成也不是骗子，只是撒了个谎而已。女儿落成今天这个样子，只归一个字：命。

父亲来了，德兰不高兴，她没想到海成会使出这么阴毒的一招。老汉在河唇街待了一个星期，海成鞍前马后陪同，得到了老汉的原谅。好客的河唇街街坊抢着宴请远道而来的客人，实在没办法，只好按报名的先后顺序，一连七天轮着请，像当年的下乡干部吃派饭一样。走的时候，每家每户出份子钱，给老人买特产。而老人也给河唇街留下了一笔重要的道德赠礼——那就是以德报怨，叫三个儿子每人出资五千元，支持妹妹妹夫把临街的房子改成一间小食店，期待他们实业兴家，把彼此的心都安定下来，都不要再跑了。

顺招婆婆被这个远方来的亲家弄得不知所措。整个河唇街的人都寄希望于这个老丈人能够拯救浪子海成的时候，顺招婆婆不相信，或者说将信将疑，她实在太了解自己的儿子了。果然，老汉回去半个月后，一万五千块钱也到了，可不出一个晚上，就被海成卷跑，一分也不留。

过了两天，德兰也走了。

仿佛是一次为了体验河唇街人挂念的小小演习，德兰哪里都没去，就躲在县城车站对面的旅社。透过房间的窗口，可以看到车站的出入口。开头三天，德兰看到几个熟悉的面孔，在车站周围走来走去，她想，他们一定是来寻找自己的吧。第四天，德兰看见了市场管理员阿七的身影，差点儿就叫出声来。只见阿七从随身的包里抽出一张纸，摊开巴掌刷到了车站出口左边的墙上，弄完疾步走开，似乎一刻都不敢停留。阿七走出去老远，又折回来，四下看了看，再抽出一张，刷到了右边的墙上……德兰感到一阵心酸，在河唇街威风凛凛，唯一敢跟派出所黄所长叫板结仇的矮个子阿七，到了县城，却像个胆小怕事的人，让人一眼就辨出他来自山旮旯里的河唇街。等到天黑，德兰跑下楼看阿七贴的纸张，只晃了一眼，她的眼泪就咕噜咕噜往外冒，这是河唇街的邻居们寻找她的启事。她熬不住了，想念顺招婆婆，想念河唇街，感到对不起街坊们。

第二天上午，德兰回到了高桥头。一下车，德兰真的就产生了那种贴在母亲怀抱的感觉，蹲在地上嘤嘤地哭了起来。看到她的街坊，都来搀扶她回家。顺招婆婆接过德兰的行李，叹了口气，说："怨命吧。"说完，对着天空，骂海成："生了这个短命鬼，哪里的公安局拦住他，问都不要来问我，快拉去打靶算了！"

不怨命，怨什么呢？德兰也这样对自己说。天下太大了，她反而觉得哪里都去不成。她没想过要回四川去，从确认自己受骗那一刻，她就知道自己回不去了。

父亲离开河唇街的时候，给德兰留下一打写好地址、贴好邮票的信封，私下里教她，有空就写几个字装进去，寄回家来，不会写就少写几个字，"你怎么写，父母都看得懂，看到你的字，就像看到你的人，古人说，见字如面就是这个意思。"

从县城回来，德兰给父亲写了第一封信，告诉他，如今的海成变好了，他们家的小食店开起来了，街坊们都很关照，生意一天比一天好……

很快就收到了父亲的回信，他很高兴，说家和万事兴，人虽然有命，但命是可以改的，勤快一点，家庭很快就会好起来。

这边寄出，那边寄来，河唇街与四川小镇的绵密往来，很快让河唇邮电支局的职工们留意到了，他们内心的视野也随着开阔起来，那几个轮流值班的投递员，似乎都各自有了私人的期盼，仿佛每个人都与四川有了关联。

德兰感觉到，拿起笔来，就像面对面跟父亲说话一样。父亲告诉她，大嫂生了孩子，二哥也到成都工作了，三哥很快也要调到成都去，以后一家人就在成都见面，再不用颠颠簸簸回那个破落小镇了。每一次，父亲都跟她讲家里的好事，德兰也不想讲不好的，但是，她哪里有什么好事情呢？因此，她开始编一些。自己希望发生，却没有发生的，她就在信里编成真的，越编越多，越编越像。在她的信里，河唇街每天都上演层出不穷的富于人情味的事情，写得活灵活现。河唇街上的大部分人父亲都见过，都一起喝过酒，有一些印象，看了信，老父亲一定身临其境，就像看见了市场管理员阿七，以及阿七的死对头、会说四川话的黄所长，寿材店的阿德，肉丸店的贵生……

海成时不时跑掉，又神不知鬼不觉地跑回家来，一次次把钱卷走了，把她打了，她还是写海成的好。后来，她自己接着也离开过几次，人到了县城，到了东莞，到了深圳，家里还是会源源不断收到她的信。因为她写好了，叫婆婆半个月一封，投进河唇邮局的邮箱里。邮局的人注意到这个现象，故意逗顺招婆婆，说："德兰叫半个月寄一封，您那么听话啊，您可知道德兰信里写些什么？"顺招婆婆回答他们："我不要知道，我知道它干什么呢？我宁可相信德兰，也不相信我那个短命鬼。"

有一次，德兰大胆地编造说，我有身子了，多么希望和大嫂一样，生一个男孩子，长得像海成，在河唇街上做个听话、能干的男人。

这个希望不是她一个人的，是顺招婆婆的，是父母哥哥们的，也是河唇街的，大家都在期待德兰的肚子早日隆起来，她生了，意味着她和海成的婚姻也将进入一个实质的阶段。河唇镇民政办的李主任甚至说过，"德兰哪天生孩子，我哪天用乌纱帽担保，给他们补办结婚证"。

那天晚上，海成在外面赚了钱，高兴，破天荒买了肉回来，也破天荒没喝酒。德兰觉得像过年一样，心里高兴坏了。他们很早就回了房间，很早就关了灯。

按理说，面对此情此景，顺招婆婆要比谁都高兴，因为她的期待比谁都更迫切。可她还是不愿意相信，今晚会有什么好事降临他们家。她不相信儿子，已经到了怎么样一个地步啊。

果然，半夜，传来了德兰的哭声，接着传来了海成的号叫，再接着传来了德兰更大的哭声。

"你这个死狗！你这个死狗！"顺招婆婆边喊边踢开门，把灯摁亮，看着两个光身子的人扭打在床上。

德兰这次遭到了严重的身心侵害，听说下身被海成咬破撕裂。河唇卫生院妇产科的周医生处理完伤情后，专门去了镇政府一趟，愤慨地向妇联作了反映，强烈要求妇联介入调查。当天，海成就又进了派出所，可经过一整天的调查后，黄所长决定放了他。

妇联不同意，河唇街上不少居民也强烈抗议，认为黄所长这样做不应该，分明是在纵恶,放虎归山。

“拘留!拘留!大家只知道把海成送去拘留,好像我是专门干这个的,你们对公安工作的理解太片面了,”面对强烈的质疑,所长说,“具体情况要具体对待,我征求过德兰的意见。”

至于细节、原因,黄所长绝口不谈,这是一个人的职业素养。他不说,那就是德兰和海成之间的隐私,留给河唇街更大的想象空间。

德兰出了院,急着给父亲写信,告诉他一个不幸的消息,说自己去河里洗菜,不小心闪了一下腰,孩子流掉了。“看来,缘分不够,他还不是我的,”她这样安慰父亲,“等身体好些了,我们一定尽快再要一个。”她一再鼓励父亲,对她要有信心。

寄出这封信后,德兰也走了。她错过了班车,在路口等待过路车。正好县城来的邮车要返程,河唇邮电支局的局长王木坐在上面,热情地问德兰去哪里。德兰撒了一个谎,说去县里检查身体。王木热情地邀请她上了车。德兰感觉很不可思议,自己的人和自己寄出的信竟然在一辆车上,一起离开河唇街。这样奇妙的经历,恐怕全世界都没几个人能碰上。

这是德兰出走时间最长的一次,整整八个月。她没准备那么多信,往四川的信件中断了。这次,德兰去了深圳,她找了一个工厂,干了八个月,后来因为当地政府要搞产业转移,工厂要搬迁到外地去,德兰不想去,于是结了工资走人。她没有再继续找工作,她想河唇街了,她挂念整整八个月音信不通的婆婆。她想起了顺招婆婆那双皲裂的手,于是去二手市场买了一台洗衣机。当卖洗衣机的人听说她是弄回家乡的,笑她:“这不值钱的东西,何必如此辛苦呢?如果客车不愿意托运,你扛回去啊?”德兰也后悔了,实在没这个必要嘛。但是,她嘴硬,回敬卖家:“我老公有车,自己运回去。”

为了满足洗衣机用电的电压要求,市场管理员阿七专门帮他们家重新走了一条线,装上一个牢固的插座。洗衣机带给家里的便利感,没几天就消失了。起先是顺招婆婆说算了吧,我们几件破衣服,没必要机器倒腾,街上也没几家用这个,别让人家说我们娇气。接着是海成嫌洗衣机的噪声太大,吵死人。德兰想起了深圳卖家对她的嘲笑,再次后悔自己的一时冲动。但是,她没跟他们抗辩,不用就不用了吧。

德兰敏感的心哪里会不明白呢?洗衣机确实弄得不合时宜,更主要的是自己回来得也不合时宜。八个月,整个河唇街都适应了没有她的事实,她回来一看,连床上她的被枕都已经被扔掉了,她用过的那些什物也都不见了踪影,幸亏她把工厂里用的一套日常用品都带回来了。她有点生气,但仅仅是一瞬间,她就想通了,你有什么资格生气呢？你自己跑掉的，怪谁呢？她甚至大胆地想过，要是你跑掉的八个月里，海成再找了个女人回来，睡在你睡过的床上，甚至当你的面睡在那里，你又能怎么样？

实际上，在德兰离开的第四个月，海成从福州回来，屁股后面跟着一个比他大得多的女人。进了家门，一杯水还没喝完，那个衣装暴露，嘴巴涂得发红的女人就被顺招婆婆赶了出去。

海成说："她救过我的命，我不留她就不是人！"

阿姆说："你爱报答她就报答吧，阿姆今天就去死，给你留地方！"

也许是海成还差一点胆量，没敢继续胡来，也许是这个女人还有点自知之明，头脑清醒，没再纠缠。

女人当场嘲笑海成，说："你这个废人，还报答我？"

"你给我滚远点！"顺招婆婆气得脸色铁青，将手里的扫把狠命砸向了这个来历不明的女人。

那个女人连滚带爬地跑了，以致不少河唇街人根本不相信有过这回事。

尽管八个月后自己归来的德兰感受到了河唇街稍微降温了的热情，听到这个描述，她还是深受感动，对自己说，今后对阿姆好一点，再也不跑了。

她不跑，海成还在继续跑，仿佛一到那个时间，不跑就要疯掉。不过，这回德兰学精了，懂得藏匿自己的钱财，不论海成使用什么手段，她都不松口，没让他得手一分一毫。海成拿她没办法，也不再像以前那样动手了。他不想跟德兰睡一张床，要把杂物间清出来自己住，顺招婆婆制止了他，说："等我死了，我的房间让给你。"海成这才作罢。

德兰知道，婆婆有所期待。不过，即使他们睡在一个房间，睡在一张床上，也没什么实际意义了。

在后来的一年半里，海成照常跑他的，德兰和往常一样，有活干的时候跟邻居们一起去干活，没活干的时候在家忙家务，她学会了很多河唇街人所能够做的活。她甚至学会了酿黄酒、蒸糕点这些客家女人特有的本领，她酿的黄酒比婆婆酿的还要醇，还要甜，让婆婆好不嫉妒。这期间，婆婆得了一场急性肾炎，德兰把她送到县里的医院，住了一个多月的院。病治好了，婆婆回到家，人刚养起精神，又摔了一跤，手骨骨折，又弄了两三个月。这么一折腾，德兰悄悄存在河唇信用社的钱一分都不剩了。"人没事就好，钱财本身是堆草"，德兰领会了河唇街式的人生哲学，看到婆婆身体健康起来，自己也格外开心。

谁知道，两场病痛下来，婆婆的性格大变，或者说，终于露出了她儿子海成当初描述的凶狠的本色。她开始看不惯德兰，骂她粗话，在她面前摔东西，发展到最厉害的时候，还像海成一样，撕烂她的内裤和乳罩。

阿姆变成这样，德兰不愿意相信。她想弄明白阿姆发脾气的起因是什么，可是一无所获，老太太不给你丝毫机会，只顾愈演愈烈，似乎是她遗失多时的一项特权，现在要变本加厉地行使。这个转变实在太快了，街坊们都搞不懂，这个顺招婆婆过去对德兰的同情，甚至内疚到哪里去了？

那天一早，早起的阿七撞上德兰出门，背着一个小包，手提着一个大包。阿七问德兰："你这是要去哪里？"

德兰说："不去哪里，去上班。"

德兰不愿意跟阿七多说话，加快了脚步往高桥头走去，两条河唇街的狗偶然相逢，一阵交头接耳后，跟在德兰的后面一路前行。

阿七看着德兰和两条狗远去，没有挪动脚步，他陷入了沉思，像目击一段重要的历史镜头，身不由己成为唯一的证人。那些年来，河唇街人习惯了被海成的家事所折腾，太多的同情和正义都耗费在他们一家身上。阿七也一样，他也算是参与海成家事最多的人，时至今日，他越来越难于确认自己的立场，他自认为见多识广，但海成的家事让他穷于应付。

"德兰不会再回来了。"阿七心情异常沉重，发表他的最后推论。

这次，德兰没有去深圳，而是去了广州。二哥工作调动到了这里，广州成了成都之外，他们家的另外一个坐标。

比起父亲和大哥来，二哥显得要亲近很多。在车站接到离家多年的妹妹，二哥倍感失职，痛哭失声。德兰笑着安慰二哥，说："别哭，我不是好好的吗？"

二哥说："你骗鬼吧，你写回家的信，全家人没相信过一个字！"

德兰一听，像骨头里有一座大厦轰然坍塌，朝二哥大发怒火："既然你们没相信一个字，还回什么信？既然你们知道了我的死活，为什么没一个人来救我一把？"

二哥不敢继续跟妹妹说什么，任她宣泄。

没过几天，大哥大嫂带着小侄子和父母一起从成都飞到了广州，让德兰惊喜不已。相聚了几天，哥嫂和侄子回去了，父母留了下来。二哥开玩笑说："幺妹，当年我们没看住你，让你跑了，现在，咱爸咱妈哪里都不去，专门看管你，看你还跑！"二哥做了一个衣袖抹鼻涕的动作，在哥哥的眼里，德兰还是那个大大咧咧，不怎么讲小节的黄毛丫头。

"跑？还能往哪里跑？！"德兰笑出一脸的泪水。

二哥在一个政府机关任职,通过内部渠道,帮德兰找了一份后勤的工作。工作环境太好了,就在大院里上班,窗明几净,绿树繁花,纤尘不染。德兰每天的工作就是端端茶水,分发报纸,抹抹桌椅,这是她过去做梦都想不到的事情。德兰勤快,忙不够似的,很快就受到同事领导的喜欢。当大家都统一起口径,叫"兰姐",她才想起自己的具体年龄似的。从 18 岁那年离开老家,转眼就是第九个年头了。

德兰渐渐从河唇街的影子里走出来了,二哥看在眼里,高兴得很。虽然在机关里有一点小职务,但他从来不回避他们的兄妹关系,很乐意向熟人朋友介绍自己的妹妹。但是,介绍时必定发表声明似的,先这么说:"这是我妹妹,刚从四川老家过来。"有一次,二哥带德兰去朋友家喝酒,二哥喝多了,对朋友夫妻讲起了妹妹的经历,说,当年家里经济困难,三个兄弟读书,妹妹主动辍学,帮家里做事,供哥哥们上学,耽误了前程,也耽误了个人幸福……女主人听了,抱住德兰,像抱住一个感天动地的人一样,说:"德兰,你太了不起了,今后,你的事就是姐姐的事!"

德兰为此老大不高兴,回家的路上,兄妹俩吵了起来。德兰不喜欢哥哥这样故意美化她,她受不了。当初河唇街的街坊们也编造了一些美好的传说来美化她,她也不喜欢。

那天,母亲帮德兰整理衣物,从她的一件冬衣口袋里翻出两个手镯,和一枚大戒指,一对耳环,被吓了一跳。德兰下班回来,看到这一堆贵重之物,也被吓了一跳。她立马明白过来,顺招婆婆为什么一反常态,要赶她走,为什么海成每一次逼阿姆拿"老物件",就要发一次疯,而今,老物件被阿姆塞到了自己的行李里,到底是什么用意呢?

德兰的心就要跳出来了,似乎整个魂魄一下子被扯回了河唇街。不过,她很快克制住了自己,对母亲说,这是河唇街那个老婆婆硬是要送给她的,她不能不收,但自己也把身上的钱留给了她。

"你能给她多少钱?这可是有年头的老物件,也可以说多少钱都换不了的,哎,"母亲将信将疑道,"那好吧,来得正我们就心安了。"

"那好吧,来得正我们就心安了",母亲这句话像一条鞭子,狠狠地抽打在德兰的心间,一阵阵刺痛。

那天晚上,德兰辗转反侧,一夜没有入睡。

第二天上班,德兰精神显得很差,主管照顾她,给她放假,让她回家休息。可是,德兰没有回家,她顺着机关前面的马路一直往前走,走到了珠江边上,从这个码头走到下一个码头,她感觉到,就像回到了河唇街,从高桥头走到了矮桥头。听着珠江水拍打堤岸的声音,她似乎看到了一个个熟悉的身影,听到一声声熟悉的招呼。平坦的广州马路,竟然让她趔趄了几下,差点儿摔倒。天黑了,她不想回二哥那个家,不想听到母亲说“那好吧,来得正我们就心安了”,也不想听到二哥说“这是我妹妹,刚从四川来”。她也不清楚自己究竟要走到哪里去,就像以前每次从河唇街走出来,她事先都没有明确的去处,都是临时决定落脚点。此刻,德兰有点后悔,这次不该怀着投奔二哥的目标离开河唇街,因为违背了自己心里的意愿,所以才有了今天的难受。珠江太长了,足够让德兰走下去,习惯了离开、奔跑的双脚,一点也不觉得疲惫。直到她走不动了,在岸边一个石头凳子上坐下来。一挨到凳子,人就睡着了。

等德兰醒来,天都快亮了,她的两旁,竟然坐着母亲和二哥,母子仨的头发和衣服都被广州的夜露打湿了。

珠江水沉实地撞击着城市的堤岸,一声声灌进德兰的耳鼓,她像从一个悠长的梦里醒来,一时分不清东西南北。

“幺妹,回家吧。”二哥拉过德兰的一只手,起身道。

“家?哪个家?”德兰眨着惺忪的双眼,仰望着旁边那丛跟天空一同旋转的大王椰。

像看一个怪物似的,母亲惊恐地盯着梦中醒来的女儿,仿佛直至如今,仍然不相信找到了她,或者说她不愿意承认,找到的是自己当年18岁的女儿,眼前这个只是来自河唇街的勤杂工。

类似的出走后来又发生过几次,不过,德兰都没有把自己走丢,一个晚上,或者半天,又回到了母亲和哥哥的眼前,回到了工作岗位上。她的目的从来都不是为了消失,怎么会走丢呢。

很快就到了年底,部门举行隆重的年终表彰,德兰受到了高度的好评,得到了很高的荣誉和奖励。当同事们疯狂沉浸在晚会的欢乐和喜庆之中时,德兰悄悄地走开了。她没有回家,而是坐上了事先打探好的夜班客车,她要回河唇街,心情是那么迫切,一刻都不想停留。她说不清楚,心里是不是有一团火在燃烧,她甚至有一个很不好的预感,河唇街那个黑黑的屋子里,正在发生什么事情。坐在大巴上,只要她闭上眼睛一迷糊,就会出现很多幻影,好像能够看到很多人在阿姆的屋子里忙进忙出。

果然,德兰回到河唇街,黑屋子里正忙成一团。顺招婆婆正处于弥留之际,河唇街的街坊们按照不同的分工,正在忙碌着。德兰的突然出现,让整个河唇街沸腾起来:这太神奇了,的确是太神奇了。有人甚至惊呼道,莫不是德兰一年里根本没离开,就躲在后山上,家中发生什么事她都一目了然?德兰丢下行李,半蹲在阿姆的床前，将手绢包好的老物件捧到她面前，说："阿姆，我带不走它，这是你的。"

"你的……带走……"似乎已经走出老远了，突然被叫了回来，阿姆睁开了眼睛，嘴角动了动，呼出一大口气，就像跑了大半个中国的火车到站了，停下来松开了气阀。

没过多久，死神定格了阿姆脸上含笑的表情。河唇街人被如此神奇的事情惊呆了。老太太已经迷糊两天，大家说她走不成，难道还要等谁？除了海成一个儿子，她没有其他子女了，他们家亲戚少，该来的也都来了。专门请来的巫师给她说了整整一个下午，要她放下世间的所有顾虑，都没起作用，一点合眼的意思都没有。整个河唇街的街坊，包括富于预见的阿七，没有一个人想到，顺招婆婆要等的竟然是德兰。

海成已经跑不动了，因为在潮州设局赌博，遭到伏击，他的腰被打伤，只能坐在轮椅上了。

这次回来，德兰也不跑了，他们的小食店正式开了张。

河唇邮电支局的人又留意到了悄悄恢复的通邮，德兰的信件有的寄往成都，有的寄往广州。如今已经是电脑网络的时代，没多少人写信了，这样给他们增添了一点小小的麻烦，为了保证通邮，他们不得不恢复每天按时开箱的工作惯例。

大梅沙

陈再见[*]

一

从酒店的阳台，刚好能看到整个大梅沙，说它大，其实就一小段沙滩，蚂蚁一样爬满了人。海里也泡满了人，花花绿绿的泳衣和救生圈，把大梅沙装扮得有些鲜艳。怎么有这么多人？顾清站在阳台，望着大梅沙，还有更远处的海，当然看不太清楚。他对海不感兴趣，大概便是因为他从小在海边长大。上午刚到时，一个同行问他，会游泳吗？晚上去游一下。他便谎称不会，是只旱鸭子。他哪能不会游泳，他游腻了，好多年前就腻了。

再说，他更不喜欢人多，密密匝匝的人。大梅沙出入口，有大屏幕时刻播放着海滩的人数，一直在四万上下。才多大的地儿，竟容纳了四万多人。他想着就有些可笑。他小时候在家乡的海里游泳，十几公里的海岸，有时都难见几个人。房间的阳台偏对着海，他倒宁愿是对着后面的大山，山上有巍峨的东部华侨城。他没事翻了一下台面的资料，才知道自己住的是最贵的海景房，一晚上要 890 块，而面向山的便是山景房，都是双人房，便宜一半多。也是，来大梅沙，为的便是观海，非看山。他之所以加钱要了一个单人房，真不是为了看海，而是害怕跟别人同房，尤其是陌生人——他想借此机会清净几日。

顾清大致了解了一下，这次培训来了有 60 多位同行，都是各行业的内刊主编或编辑，来大梅沙，交钱培训。所谓的培训，在顾清看来，就是闹着玩，主办方是为

---

* 中国作家协会会员，广东省文学院签约作家。在《人民文学》《当代》《小说月报》等发表作品多篇。短篇小说《回县城》获第七届“茅台杯”《小说选刊》2015 年度新人奖。现居深圳。

了赚钱,而既然选择来参加的,便是抱着来玩几天、休息一下的心态,反正交的钱也是公家的,不来白不来。顾清在一家街道杂志当编辑,事业编制,多年混下来,野心不大,一直原位不动,也不是没机会动,是他自己不想动,想着就干到退休吧,反正也就这么点本事,写写文章,编编稿,倒也落了个清闲,没压力。

人群里是有几个熟人,都是一个圈子的,顾清就是再不屑于交际,这么多年下来,也总该有几个文友或同行。培训的第一堂课,大家轮着作了自我介绍,轮到顾清,他站起来,一大会儿不知道说什么,脑子一片空白。人们都以为他紧张,说不出话来了,有些窃窃地笑。他尴尬,脸红了一阵,可以肯定的不是紧张,他还没胆小到这地步,他只是真不知道说什么,有什么好说的,他本来就很反感这样千篇一律、枯燥无味的培训形式,与其说是培训,还不如幼儿园里的小朋友玩得更具智慧。他那样站了一大会儿,人们都感觉莫名其妙了。突然,他的身后,一个声音响了起来:“他叫顾清,是个老诗人、老编辑了。”声音是个女的。趁着人们目光转移,顾清顺势坐了下来,仿佛那女人的话便是他的话。他这一坐,人们终于哄然大笑,都有点肆无忌惮了。顾清这会儿倒坦然,回头看了女人一眼,笑了一下,算是打招呼。

二

这其实就是一个熟人。女人叫张燕,好多年前,他们是同一个诗社的成员,他是诗社的骨干,张燕刚开始是他的粉丝,后也加入了诗社,是诗社里年龄最小的。那时是玩得疯狂,很要好的朋友。后来诗社解散,大家各奔东西,慢慢也便没多少联系,有人当了大官,自然不敢高攀;有人发了财,更不能轻易接近,怕人家误会有所求,他虽没混出个大富大贵,但一个政府单位多少还是给了他体面的生活,自尊自然也是有的;也有仍是个落魄诗人的,到处借钱过日子,他更是不屑于接触,一是看不起,那么大的人,还相信文学能改变命运,更多的是怕被缠上……这些年下来,顾清跟文学的距离倒是一成不变,不远不近,能写就写,闹着玩,有时也靠人情发表一些稿,他已经不看重了,还是闹着玩的心态。而跟诗友的距离,却几乎找不出一个保持联系的,偶尔在不同场合见了,点个头握个手,倒还有。要说张燕,当然,他们曾经还弄过暧昧的“绯闻”。暧昧不是他们自己弄的,是诗社的其他成员瞎起哄,说他们是一对,其实他们没啥关系,但被人说多了,两人看对方的眼神便有些不自在,像真有关系似的——那时的人相对还纯洁。即使是后来,顾清见了张燕,还是那样。如今他已年届中年,张燕也30开外了,想暧昧也没了暧昧的精力，要的话宁愿花钱找小姐。顾清知道张燕混得还不错，在一家大房地产企业当内刊主编，那家刊物在内刊界影响颇大，张燕自然也是一个内刊界的风云人物。张燕这些年似乎也没怎么老，似乎比以前更具女人味，穿着打扮颇为波西米亚。原来有些女人是可以越活越好看的。只是再怎么样，在内刊这么一个小平台，依然是这个城市一个不起眼的角色罢了。

反正顾清是不鸟这一套了，所以在他眼里，张燕还是张燕，比自己强不了多少。当别人都争先和张燕合影说话时，顾清早早离开会场，上了自己的房间，站在阳台上看人山人海的大梅沙。他实在不喜欢，但眼前便是这样的景象。夏天的白天很长，七点多了天还亮着，游泳的人陆续离水，穿着泳衣湿漉漉地朝酒店走回。这些人大多是一家三口，很开心，他们和顾清同住一个酒店，可他们不是来培训的，他们是来大梅沙玩的。顾清有些羡慕，他想自己也有一个完满的家庭，那时也会在节假日找地方到处去玩，那时女儿还小，女儿还喜欢勾着他的脖子，说："爸爸，我要永远勾着你。"他哈哈大笑，说好，永远不分离。妻子在一边，也笑。多少年前的事了，似乎也没几年，但怎么感觉很遥远似的。顾清多希望也像楼下的他们，一家出游，即使是来大梅沙，即使还是游泳——他也是愿意陪的。

好不容易等到天黑下来，顾清给家里打电话，问了一些情况。妻子的声音刚开始很虚弱，说没什么状况女儿在房间里。顾清问："她吃饭没有？"妻子说："没吃饭，她自己泡了包方便面。"顾清说："怎么能让她吃方便面，你不会把饭菜端进房间给她呀……"顾清不觉语气就加重了，他本要好好打这个电话的，可最后还是加重了语气，他实在控制不住，近来老是这样。妻子说："你自己跑出去玩，现在倒怨我了。"说完妻子挂了电话。

顾清叹了一声，立马掏手机，上女儿的微博。为了关注女儿的微博，本不知微博是何物的他竟然也学会了玩，用了很久的手机也换了，换了 iPhone，时刻关注着女儿的微博。不仅如此，听从心理医生的劝告，他在家里连一句大声话都不敢说，面对女儿，几乎做到了低声下气。好几次，他察觉到女儿那种胜利者的骄傲神情，便知道事态的发展其实不理想，他真想打电话把那个夸夸其谈的心理医生臭骂一顿。什么狗屁心理学啊？自己的孩子不能打，还不能骂，甚至不能说一句重话，不能强迫，不能威胁，就那样任着她的性子来，能把孩子教育好吗？他想自己小时候，家里兄弟五六个，哪天不是在父母的棍棒下轮着揍，揍了还被轰出家里，被威胁永远都不让回，当时怕得要死，生怕父母真不要他了，最后还是乖乖地回来，趴在门边看父母的脸色……也不见得就去走什么极端做什么傻事了，也不见得就教育不了孩子，如今兄弟们不也都有模有样，对父母不曾有半点怨恨。现在的孩子怎么啦？说不得，骂不得，更打不得。顾清跟同为父亲的朋友谈过，他们都归咎于独生子女的缘故。其实，顾清想，也不全是孩子的问题，更是大人的问题，他，和妈妈，其中也包括老师，和那个收费颇贵的心理医生，都是女儿走向今天的推手。顾清有时心一横，真想把女儿从房间里拽出来，狠狠地揍一顿，他心里有气，似乎只能通过揍人才能解气。他向同事打听，深圳有没有那种花钱找个人揍的服务，他愿意出这个钱。语气是开玩笑的。同事说有啊，新闻上不是也播过吗。也是开玩笑的样子。谁知顾清还真的去找出那条新闻来看，终究没有再进一步行动。

三

床头的电话响，顾清吓一跳。一接，是张燕。张燕在电话里还是娇滴滴的声音："顾清哥哥，出去海滩走走啊，几个熟人，在楼下等你呢。"顾清本要拒绝，转而又想，出去走走也好。再说人家在楼下等，他也不是那种清高到怎么样的人。要不是女儿的事情烦着他，他也是一个可以表现出热情来的人。

几个人来到大梅沙海滩，人还是不少。因是夜晚，好多女孩有些不管不顾，乳房都露出了一半，就那样在男人面前晃。顾清提着鞋站在海滩，不打算沾水，此刻沙滩上细沙的清凉给了顾清一种熟悉的感觉，他用力把双脚戳进沙里，埋到脚踝处。身边有一对情侣在玩埋人的游戏。这样的游戏顾清在老家没少玩过。身边的小伙子被埋得只剩下头颅，胸口处还被女孩用沙子隆起两个乳房。女孩哈哈大笑。看了顾清一眼，突然有些不好意思，赶紧把"乳房"抚平了。——多美好！顾清心里一咯噔，年轻原来可以这么美好。他看那女孩，没多大，似乎也就是个学生，和女儿差不多吧。

没一会儿，几个人都走散了。顾清四顾，发觉自己孤身一人。实在没趣，顾清想着还是回房间吧。他提着鞋子，踩着沙滩往回走。没走几步，张燕突然跳到了他的眼前。他又吓一跳。看见张燕已经穿着泳衣，浑身是水。别看张燕已经30有多，身材看起来还挺凹凸。张燕说："怎么走啦?"顾清说："没见你们。"张燕说："下去游一下嘛。"顾清摆摆手，说不会，再说也没带泳衣。看着张燕娇娆扭捏的样子，顾清突然头皮一阵发麻，莫非，眼前这个曾经暧昧过的女人，在向自己暗示着什么？刚到酒店订房间时，他要了单间，身边就有人开玩笑："夜里有戏?"他笑笑。似乎一个男人，脑子里一刻都离不开性，他的主编，把参加培训的通知拿给他时，也说了一句："说不定有艳遇哦。"他说："我也想啊。"是，哪个男人不想。男人一安逸，脑子里更是被女人和性充斥得满满的。顾清最近真没这样的心思。但看着眼前的张燕,他却莫名其妙地想到他们俩在那个向海的房间里做爱的情景,那情景美好、难得,估计入住那个房间的人,不做爱,都对不住那个房间设计者的苦心似的。

顾清看着张燕再次下水,他坐在沙滩等她。他怎么这么有耐心?这也是他不能理解的事情。等着张燕上来。张燕说喝一杯吧。他也没说什么,就那样跟着走。去了酒店一楼的小酒吧,坐了一会儿,张燕嚷着说没感觉,太静了。又拉着顾清走,说带他去一个刺激的地方,看来她对大梅沙熟得很,没少来吧。他们又去了另一间酒吧,在一个巷子里,建筑都是欧式的,很风情。来的路七拐八拐,顾清都不知道入住的酒店在哪个方位了。第二间酒吧果然热闹,简直有点吵。顾清有点受不了,毕竟人到中年,尽管心里一直在强调自己要与时俱进,可身体也吃不消。张燕却兴奋异常,看起来像个小女孩,不时跳到舞池里,疯狂地甩着头发。这期间顾清接了一个家里的电话,他不敢在酒吧里听,跑出去躲了好远才按了接听。顾清劈头就问:“怎么啦?”妻子说:“晚上的新闻你看了吧?”顾清说:“没有,不习惯在酒店里看电视。”妻子说:“海滨中学一个女生跳楼自杀,听说就和父母吵了几句,我怕……你看,回来了要不要给她房间的窗口装个防盗网?对,还有阳台……”顾清沉了一下,说:“等我回去再说,这几天你要经常和她说说话。”妻子说:“门整天关着,敲了也不应。”顾清想了一会儿,说:“你打电话给她同学,那个小女孩叫什么,上次来过我们家,她们很好的,你拜托她保持联系,有情况随时汇报……”妻子“哦”了一声,突然问:“她有发新微博吗?”顾清说:“没有,我注意着呢。”末了,妻子问:“你现在干吗?”顾清说:“没干吗,洗澡睡觉。”

四

顾清一进入张燕的身体,张燕就喔喔直叫。张燕说:“哥哥,你知道吗,好多年前我就喜欢你了,喜欢你的诗歌,写得真好,都写进我的身体里了。”顾清觉得张燕的话就像诗歌。顾清的身体像一张网,几乎要把张燕盖住——顾清早就发福,这时候越显出张燕的娇小。顾清铆足了劲,一下一下地朝张燕砸去,像是满怀着仇恨,报复似的。洁白的床激烈地晃动着,此刻,倒像是海里遇到风雨的孤舟。张燕叫得有点肆无忌惮,她说:“哥哥,你看,大梅沙都被你搞翻了。”张燕侧脸看着阳台外的大梅沙,天高气爽,大海深处有轮船闪烁的灯火,灯火本是静止,在张燕眼里却左右晃动。顾清有些兴奋,他感觉自己都飘起来了一般,似乎所有烦恼事都不记得了,他只记得做爱,只记得身子下这个任他玩弄的女人,虽然年纪不小了,但也风韵犹存。他想之前想找个人揍一顿的想法愚蠢至极,找个女人做爱,其实是最好的减压方式。他这么想时,突然觉得自己有点恬不知耻,简直有点禽兽。他曾经到女儿的学校,当着师生的面骂那个比他长得还要高的男生:“你怎么就那么无耻!”因为那次的失态,才让事情越来越坏。女儿已经半个月没去学校了。女儿正读初三,很关键的一年,弄不好,一生的前景就这样毁了。顾清只要把事情想远了,心里便堵得慌。

顾清躺着,举着手机,看女儿的微博。张燕站在阳台,唤顾清去看,月光下的大梅沙好美哟,适合男女拍拖,超浪漫。见顾清不动,张燕进屋,问:“后悔了?还是怕了?怕老婆?”顾清摇头,看着她,他说:“不是,是因为我女儿,她早恋了,今年才 14 岁。”话一出口,他便后悔,他怎么就把这些本该隐秘的家事说给一个外人听呢?说什么都不能说这个。他为此愤怒、羞耻,甚至有些不敢面对。他一想到才 14 岁的女儿,那么漂亮可人的女孩躺在另外一个男孩的怀里,还不知道发生性关系没有,他便心如刀绞。事情败露后,女儿还不知悔改,竟然为了男孩和家人对峙,扬言要死给谁看。怎么能这样呢?他多么疼爱这个女儿,和前妻离婚时,他费了多大的劲才把女儿留在自己的身边。后来,所谓的后母,对女儿的好甚至比亲爹还要纯真。

顾清给张燕看女儿的照片,存在手机里。已经是很大一个女孩了。

“很好看,看起来不像 14 岁的样子。”张燕说。

“现在的女孩都发育早,已经一米六八了,但再怎么高,也是个孩子,不好好读书,谈什么恋爱?”

张燕表示同意,张燕说她儿子也十几岁了,要是她儿子也早恋,她倒不怎么担心。

张燕这么说似乎是在顾清面前炫耀自己,的确,在早恋问题上,男孩和女孩的区别太大了。说到底,顾清最最在意的也不是女儿的学习,他更在意女儿的身体,不要这么早就被男人进入。这个他一时接受不了。他相信世上所有的父亲都会接受不了。他这么想,便为自己找到了正当理由。

顾清顺势问问当下该怎么办,他也知道张燕说不出有效的办法,遇到这种事情谁也说不出完美的办法,既能让女儿结束早恋,又能让她回到学校,好好读书。张燕夸夸其谈,说的和那个心理医生差不多,什么不能逼迫要疏导,不能威胁要和谐,怎么听怎么像是城管如何对待街头商贩。顾清没兴致再听下去,但他还是说:“嗯,你都可以当心理医生了,谢谢。”张燕听到夸奖,笑着,又倒在了顾清的怀里。就这样,他们又做了一次。尽管顾清已经有点乏力。

五

第二天的培训依然索然无味。顾清一直看着手机,还被讲台上的讲师不点名地批评了,说现在不但是年轻人玩苹果入迷,连中年人也被苹果迷住了,是不是都像那被咬了一口的苹果,心眼也缺了一角呢?顾清懒得理,继续看手机,在旁人看来,他像是在玩游戏,实际上他一整天就看女儿的微博,一条条,反复地看,看评论和转载,一条都不放过,遇到奇怪的仔细琢磨,也不时进入别人的微博,他们多是女儿的同学,看看他们是否说了和女儿有关的信息。他像是一个刑侦员,一点线索都不放过。

女儿已经两天没有发新微博了,这点让顾清很担心。情况反常,要在平时,女儿一天的微博不少于十条,吃个饭逛个街,甚至是喝水上厕所,都要发个微博告知世人,生怕世人忘了她的存在。那样也好,至少顾清知道女儿一天都干了些什么。没发现女儿早恋前,顾清不知道女儿整天抱着手机在玩什么,后来一条条看了女儿的微博,才知道女儿早就在微博里公开了她和那个男生的恋情,他们周围的同学和朋友都知道,唯独顾清夫妇不知道。顾清便决定,也买部手机玩微博,他要知道女儿的一举一动,女儿不知道那个关注她的新粉丝是谁,还是什么话都往里面说,其中也有骂爸爸怨妈妈的话和极端的话。顾清一看,着实吓出一身冷汗,原来女儿表面看起来依顺听话的样子,心里却隐藏着那么大的怨恨。

是不是女儿已经知道父亲在关注她的微博了?否则怎么可能两天一个字都没有。

顾清急切地希望看到女儿最新的只言片语,猜测她当下的心理,也好像心理医生所说的那样,对症下药,要把话说到女儿的心坎里去。顾清作为一个诗人,或者说曾经的诗歌爱好者,他自信写出来的每一首诗都用了感情,都说到了别人的心坎里去。如今他面对女儿,这个自己身上掉下来的肉,却感到了从未有的自我怀疑和否定。他黔驴技穷,简直到了山穷水尽的地步。本来事先想好的一番话,甚至还打了草稿,真正面对女儿,面对这个无论是心理还是行为都让人把握不定的女孩,他一下子,一句话也说不出来,所有之前所熟知的词语,能轻易驾驭的感人的句子,推心置腹的做人道理,一下子,全都苍白无比,全都落荒而逃,一无是处。他在女儿面前败了下来,彻底地,他眼看女儿高傲着神情别过头去,踏着铿锵有力的脚步离开,把父亲,这个曾经能把她高高举起并奔跑的男人,抛弃了,不再理他,不再怕他,不再尊敬他,她走进房间,嘭一声把房门合上。整个房子似乎都为之一震。他突然垂下脸来。突然又站了起来,暴跳如雷,大声呵斥旁边的妻子:“你看你看,这都是你惯出来的,都是你——”他的妻子吓着了,可房间里的她应该在窃笑吧,她完完全全是个胜利者,任他再怎么样,他唯一能战胜的,似乎只有那个属于他的妻子,而女儿,注定会渐行渐远。

他也不是没说过重话,女儿没去学校的第二天,他便说:“你自己决定的事,你自己负责,不要怪我们就是。”可就是这么一句话,在心理医生那里竟然也成了威胁。这怎么就成威胁了?再说,难道,自己的孩子就不能威胁一下吗?如今这社会,无处不存在威胁。去找心理医生,并非顾清的意思,他一直不相信能起多大的作用,是妻子坚持要去——就这点,作为一个后妈就应该值得称赞。本来顾清还没感觉到事情有那么严重,顶多也就再找关系帮女儿转校,或者照老家的做法,打一顿,关上个把月,事情也就过了。谁知被心理医生那么一说,倒像是处于千钧一发的状态了。顾清还是怀疑,心想医生总是会夸大病情的,心理医生便更不靠谱。顾清想放弃,还是妻子坚持,并安排了女儿和心理医生聊了几次,听说还聊得来,每次聊过,女儿的心情都有好转,回家也会说会笑了,可就是不愿意转学,还放不下那个男生。顾清心想女儿和父亲聊不来,倒和一个陌生的医生聊得来,这算什么?但他还是放松了一些,时不时打电话给心理医生,问下一步该怎么办。心理医生这时反倒担忧起来,告诫顾清越是在这时候越应该警惕,女儿的突然好转有可能是暴风雨之前的平静,有报恩父母的意思,实际上心里已经做好了坏打算。医生嘱咐顾清这段时间要关注女儿的一举一动。顾清都快在电话里破口大骂了,有这么严重吗?怎么现在养一个孩子需要这么复杂,这么费精力?还得这么警惕,这生的是女儿,还是定时炸弹啊?

六

晚上,培训班举行晚会,在酒店的最顶层,烧烤、唱歌、联欢。顾清本不想参加,是被张燕拉着上去的。张燕说:“放松,放松,有什么大不了的事。”一上去才知道,楼顶真是个好地方,大海、灯火、群山,一览无余。风很大,有人在唱歌,一会儿歌声被风吹得很近,一会儿又吹出好远,像是从山里传出来的。顾清的心情好了一些,他打算跟这些同行们尽情玩玩。他喝了点啤酒,酒一上脸,红扑扑的,然后他就想唱歌了。他其实是挺喜欢唱歌的,唱蒋大为的歌,一首一首追着唱,那时多流行,谁都爱听,他的前妻便是他用歌声娶到的,后来就不怎么唱了,从什么时候开始,人们不爱那样的歌了,和前妻离婚后,他似乎就不唱了,家里的唱片也都扔的扔毁的毁，不是他不喜欢，而是他现在的妻子不喜欢，再后来是女儿不喜欢。妻子不喜欢，他还可以坚持，女儿一不喜欢，他便永远在家里噤了声，女儿说："你土不土啊，唱这样的歌？"

他一口气唱了《北国之春》《牡丹之歌》《在那桃花盛开的地方》，首首表现良好。在场的人都鼓掌了，甚至还站了起来，张燕几乎抱着他不放。人们这样倒不是因为他真的唱得那么优秀，而是他这几天一直与同行们冷漠、格格不入的样子，突然表现出热情来，歌也唱得不错，自然就倍加惊讶。

他高兴，多喝了几杯。他和他们一样快乐。他真正玩起来其实更像个大男孩，或者说，更像一个诗人。他的诗人气质一直收敛着，被生活包裹着，只有在这样的夜晚，他远离家庭、家人，面对这些陌生的、半陌生的人们，他竟然就那样放开了，像是敞开了一扇关闭多时的柴门，哗的一声，所有的阳光都照了进来。也就这一刻，他突然明白为什么女儿跟自己说不了话，跟陌生的心理医生却能一诉衷肠。

是什么原因？顾清突然安静下来。妻子的一个电话，他一首歌才唱到一半。"什么事？"他喊。妻子断断续续，说她听到了女儿房间里的哭声。这一个电话，如一把绳索，又把顾清拉回了现实。他立马掏出手机，上女儿微博，心里一激，女儿发新微博了，新微博只有五个字：倒计时两天。什么意思呢？他一时弄不清楚。当一个最坏的结论跳上脑袋时，他慌了。倒计时？两天？女儿是在给世人暗示吗？他立马回拨妻子的电话，叫她马上找人帮忙，撬开女儿的房门，时刻看着她。妻子也被弄得紧张，声音都开始发颤，问顾清怎么啦？顾清吼着说话，可是身边唱歌的声音太大了，一个男人正在唱《春天里》。顾清突然大喊："别唱了，好不好？"歌声戛然而止，只有旋律还在继续，所有人都回头看着顾清，不知道发生了什么事。顾清意识到自己失态了，他一边快步离开，一边向众人说着不好意思。张燕追过来，可他钻进电梯，立马按了下去。

他怎么就来到了海边，他也不知道。他一边打着电话，一边走，走着走着，一抬头，已经站在沙滩上了。海边游人已经稀少，海水哗一下上来，又唰一下下去。他不管那么多了。他急切地交代好妻子需要做些什么，立马又拨打了好几个电话，给女儿的心理医生、老师，和女儿的同学。这么晚去打扰人家，他也觉得不礼貌，可真的就什么都不管不顾了。心理医生提醒他，是不是她两天后就答应你们转校，又或者，两天后，她要和同学去哪里玩？或者她的学校两天后举行什么活动、考试之类？他第一次觉得心理医生的话有理，比自己冷静，于是他再给她的老师和同学打电话询问，得到的答案，却一点都不能让他惊喜，哪怕是丝毫的放松。

他真的揣摩不透女儿那五个字的意思？尽管他曾经还是个诗人，善于玩文字游戏。可如今，女儿简简单单的五个字，却让他如此狼狈和慌张。他握着手机，看着灰蒙蒙的海，他想得提前回去了，尽管培训时间还有两天，而女儿也只给了他两天的时间。他在女儿的微博下面评论，也是五个字：等爸爸回来。他第一次暴露了自己潜伏的身份。他一屁股坐在了沙滩上，大梅沙的沙滩，已经开始发凉。

D 男与 A 女

林小染 *

择偶市场里有个冷酷的标准,按条件把人分为 ABCD 四等,而中国人习惯男攀低户女嫁高门,于是单下的往往是 A 女和 D 男。我的三表哥毫无争议地是 D 男,一个成功的渣男。当他面我也说这话。

家穷人丑,一米四九。这是三哥经常跟小姑娘调侃自己的话,结果却总能得到另眼青睐。一米四九虽然不至于,目测他比我矮是肯定的,这在男人当中算三等残废了,中年时三哥发了点福,更像个蹦跶的冬瓜。打小就是学渣,偷东西、打群架、抽烟喝酒、留级记过,走哪儿都有一堆过命的兄弟,如果不是姨父硬把他塞进部队,估计我得有个牢犯哥。三哥结了三次婚,前两次都因为他寻花问柳而散场。都说农村出来的孩子孝顺,可三哥在 40 岁时还把他 78 岁的老爹打了一顿,说要替受了一辈子家暴的我姨出气,为此姨父经常骂他是个迟早遭雷劈的杂种。

三哥的成功在于踩对了人生的每一个关键点。在消防部队时他不怕死敢冲锋立功累累,没读过几天书的他居然编得一手好故事,当年军旅文学风行时他就小有名气,于是顺理成章提干上军校,38 岁以正团级别转业时他可是身上挂满勋章的,如果不是在女人问题上总犯错,他还可以走得更远。转业后的公务员岗位三哥一天也没去过,他开饭店开歌厅又办起了影视公司,而他手中的笔也没闲着,最早的架空穿越剧就是他的创意,比《古今大战秦俑情》还来得早,当然是赚得盆满钵满。从战斗英雄到文坛奇才到商界精英,三哥把他一手烂底牌的人生玩得风生水起。

---

* 女,湖南人,自由撰稿人,深圳市盐田区作家协会名誉主席,中国作家协会会员。出版多部长篇小说,多被改编成影视作品。现居深圳。

遇到第三任三嫂时他41岁，那时他刚结束第二次婚姻，又关停了一家生意红火的卡拉OK厅，踌躇满志地去北京参加他的新剧首映式。补充一下，那个电影他只拿到三万块稿费，军人和编剧时期的三哥还很穷，哭着说爱他却又咬牙骂恨他的前妻和前前妻搬空了所有家当，连个脚盆都没给三哥剩下。

我三哥其实是个很天真的人，别人说什么他都信。反正我是不信他的前妻们爱他，不然为啥一点不考虑他怎么过，我也不信制片方真心为三哥打算，不然怎么让三哥结束赚钱的生意当个穷北漂。

令三哥沮丧的是首映式上他就是个打酱油的，观众和媒体的焦点全在演员身上。不过他还是连看了三场自己的电影，最后那场时身边一个姑娘引起了他的注意，在一堆打电话嗑瓜子骂电影烂的嘈杂声中，只有坐在他身边的姑娘看得那么入神，悲情的剧情甚至令她哭了，直到散场灯亮，观众开始朝出口涌动，姑娘还坐在那里拭泪，显然这电影触及了她的泪点。

三哥左右四顾，这妞是一个人来的。看到一个人高马大的漂亮妞为自己的作品落泪，三哥的心都化了，他递了包纸巾过去："别哭了，电影都是假的。"

姑娘白了三哥一眼，没接纸巾。

"真的，这电影就是我写的，我最清楚不过。"

姑娘拉着脸站了起来："神经病！"

三哥一路追了出去："我没骗你啊！这个真是我写的，不信……不信你看这海报！"

三哥把头靠在过道贴着的电影海报旁，龇着大白牙笑着，那海报上有着一张和他一模一样的笑脸，尽管一众演职人员中他是排在最边缘的角落。姑娘停下来诧异地比对着，良久，给了三哥一个尴尬的笑容。

三嫂不是个普通的粉丝，这个地道的北京大妞曾是北京市的高考理科状元，时任某著名美企大中华区市场部经理，当年月薪税后三万，收入顶我三哥十个。三哥总是笑称三嫂很主动，而且每次都要犯贱地加上一句："30岁还是处女，她得是多么没人要啊！我娶她是给祖国减轻负担！"

哎，如果他不是我哥，一定是个人渣。

后来他们这段电影院情缘成为媒体的兴趣点，添油加醋编成了一段传奇。但后来，三嫂也跟我说了真话，那天哭是因为刚被大老板K了，在电影院这个别人看不到的角落来发泄下。我想身为学霸和金领的三嫂最初也没想嫁个南蛮吧，只是身边愿意高攀她的男人太少，而我三哥好歹也算个才子，另一个行业里的佼佼者，勉强不让她太没面子。所以和三哥结婚她也是有条件的，第一，不去湖南，第二，不生孩子,第三,不做家务。

去北京发展本来就是三哥的目标,何况跟两任前妻已经有两个孩子,而他向来中意下厨,于是这三个条件照单全收。

带着几大箱旧书投奔三嫂后,三哥的事业开始突飞猛进,大家都说三嫂旺夫。不过在三嫂空中飞人忙工作时,三哥也在给莺莺燕燕送关怀。如果说风流是男人的本性,那更要命的是三哥的真心,关键他还喜新不厌旧,前前妻欠了赌债他要负责还债,前妻的现任男友犯了事他也要帮忙捞人,初恋情人一夜欢情露水夫妻,只要跟他有过关系的女人有难,他都两肋插刀赴汤蹈火,因此几乎所有因为他滥情而离开的女人,最后都送他一个评价——是个好人。

我那优秀的三嫂,英语日语说得跟京片子一样溜的女汉子,高傲的女权主义者,在面对丈夫花心的问题上,表现出了高科技和超速度的反应。

我三哥的手机和电脑是雷区,不仅平时看管严密,而且聊天通话记录随到随删。不过这在我理科状元的三嫂面前还是太小儿科,她能把三哥重装系统五遍的电脑复原如初,一切罪证都不动声色地尽收眼底。秘密的败露是在一次三哥谎称去开会,其实去看生病的初恋情人,三嫂通过手机 GPS 定位到了三哥与女友见面的酒店,天降奇兵地出现在他们面前。

据三嫂说当时那女人衣冠不整地被三哥搂在怀里,三哥的版本却是他不可能跟一个得了癌症的女人干点什么,反正人前一贯大方得体的三嫂那天一直又哭又闹,差点儿没当场把三哥阉了。

这之后有一段日子水深火热。三嫂经常半夜刑讯逼供,三哥这头顺毛驴当然不肯就犯,没完没了的争吵,直到筋疲力尽。三哥有时会说原来天下的女人都一样,跟学历和能力没啥关系,嚷嚷着要出家。当然这也就一说,没有酒色兄弟的生活他哪能过。

再后来他们的关系进入了一个冰河期。平时大家各自忙碌,偶尔在家见面,三嫂不再正眼看三哥,不过他们并没有分居,但三哥说那之后三嫂就没再让他碰过。三哥是不会道歉的,但是他会装病,本来就有的季节性哮喘发作得比平时更厉害,三嫂仍然不理他,只是家里不时会多出一些新特药。

那时我不懂两个不般配也没感情的人为什么捆在一起。三哥叹气说三嫂不是不想跟他离婚,只是离了上哪儿再去找一个配得上她的人,悲哀的 A 女想要个名分,也就只能将就他这种鸡肋的 D 男。

反正日子就这样冷冷淡淡地过了下来,直到那一场劫数到来。

2008 年 5 月 12 日,三哥正在都江堰的一个山沟沟里,为了一个他认为一生中最重要的作品寻找拍摄地。那两天他住在一个度假村，一栋建在悬崖峭壁旁的孤楼，由于这个度假村还没正式开业，整栋楼就住了三哥一人。

大地震来得那样悄无声息，正酣睡的三哥还没来得及分清是梦境还是他的电影，就被埋在了一堆断壁残垣中，强震让孤楼塌了一半，而且不断的余震让残楼逐渐向悬崖倾斜，掉落下去是迟早的事。所幸床铺和倒塌的衣柜给三哥留出了一个容身之地，没有让尘土封住空气，但笨重的衣柜也压住了他整条右臂，三哥就这样动弹不得地被困在了黑暗之中绝壁之上。

三哥当时并不知道，度假村的工作人员全部罹难，进山的路被震塌不可能有大型机械进来，虽然离都江堰只有 80 公里，虽然很多关心三哥的人通过各种渠道求助救援部队，但得到的答复都是，在黄金时间必须先救更多有希望救活的人，三哥只能靠自己了。

时间一分一秒流逝，每一分钟都可能是三哥停止呼吸的时刻。

这其实是我不愿意去想象的经历，我不知道三哥在等死的时间里都想了些什么。在电视上轮番播放灾情的震撼里，在和所有人一起等待他消息的煎熬里，我写好了给三哥的悼文。我从来没有像那样理解三哥，他也许犯了很多错，但他只是个长不大的孩子，他真心地爱所有信任他的人。

而我的三嫂，此时表现出了她雷霆战士一般的能力。她集结了三哥的死党和旧部十余人抵达了四川，在余震不断中向山路挺进。

救援组花了 24 小时翻山越岭到了面目全非的度假村。他们说三嫂当时一看到那堆残砖烂瓦就脚软了，她声嘶力竭地呼喊着三哥的名字，回答她的只有风雨的呼啸和山谷的回声。风雨、悬崖、余震，离三哥出事已经过去了 70 个小时，其实大家都觉得三哥没救了，但活要见人死要见尸，这是我三嫂的回答。

他们用背进山的锄头开始了无甚希望的挖掘，一小时两小时三小时……三嫂突然停下来，她听到了一种微弱的敲击木器的声音，她趴在地上听了一会儿，泪流满面地抬起头："他没有死！他没有死！"

出事后的第 79 小时，三哥被他们挖了出来，虽然在脱水半昏迷状态，半边身子暂时失去知觉，但这个老东西创造了生命的奇迹。

第二天我打电话给三哥："你怎么又活了？我连悼文都写好了。"

"靠！为了发你的破悼文就想我死吗！"

"你是喝自己的尿撑过来的吗？"

"靠，老子想喝来着，够不着，隔我半米远有一箱牛奶，可惜我也够不着！"

像往常一样我们互骂了一通，挂上电话我才发现自己热泪盈眶。

结局？我不想再用太多煽情的话语去描述三哥三嫂的故事，只能如实地告诉你们：三哥三嫂回湖南定居办了个农场，生产的有机农副产品供不应求，农家乐也经常宾客盈门，三哥把烟酒都戒了，不过兄弟们一个也没少。最重要的是三嫂生了个女儿，小名叫小乖，跟三哥特别特别亲。

我看到他们家门口贴了一副对联：择一居相守，伴一人白头。

艳　丽

林小染

十年前认识艳丽的时候，我们都在一家黑出版公司打工，她是出纳，我是会计。

艳丽来自四川大凉山，人却未如其名，虽然大眼高鼻五官周正，但不到一米六的个子和130斤的体重，兼之双颊总飞着些快乐的雀斑，在深圳这个美女云集的城市，她只是沧海一尘。不过，在一群花枝招展却庸庸碌碌的同事里，艳丽是特立独行的。那时她的工资不过2500块，却能花每个月1500块去高档小区租单间住。当年大家都很穷，每天饮食都以痛恨的快餐打发，只有艳丽连一碗桂林米粉也能吃出她的美味，每次听她绘声绘色地描述哪家东西好吃，全公司便会一窝蜂地跟着她去找吃的，直到她发掘出下一种美食。好吃的艳丽不光会找美食，每次同事聚会都是她掌勺，连从来不吃隔夜菜的我都抢着吃艳丽做的剩菜，可见她厨艺了得。

我们喜欢乐天的艳丽，也悄悄为26岁的她找对象发愁，不过很快发现隔三岔五有人送白玫瑰给艳丽，原来她已经找着了一位证券行业的男友，年轻、帅气、多金，是当之无愧的高富帅，最要命的是对艳丽那个体贴入微、言听计从，在大部分同事还在租房的时候，高富帅已用艳丽的名字一次性付款购置了一套复式小公寓，同居的日子让艳丽心宽体胖，天天把男友挂在嘴边。这叫大家怎么不眼红和感叹，原来艳丽花大价钱租房是有目的有收获的啊！

那时我和艳丽亲密如姊妹，不过公司一场变故成了亲密关系的分水岭。那是一个春节前夕，几个已离职的同事因对老板不满在出版局告了状，老板收到风声，慌不迭地提前放假，因怕公司被查封，便将公司的电脑主机尽数藏到了我家，在慌乱的搬迁里，我和艳丽成了老板的心腹帮手，别时老板满怀感激又不无担心给我们各封两千块红包，承诺风波过后一定给我们升职。年后风波摆平，公司财物尽数复位，老板一扫落魄，大家都议论着这次我最忠心，一定会第一个升职。然而我很快接到了调往业务部门打杂的通知，与此同时，艳丽升职为行政部主任。后来我得知，艳丽在老板面前只说了我一句，在财物存到我家时，我说过就算老板还没结算工资也不用怕了。

语言无法形容年轻的我有多愤怒，我和艳丽大吵了一架，此后很长时间在公司相互不搭理。两年里我在业务部门从打杂升到策划总监，开启崭新的职业生涯，得到了我当会计不可能奢望的薪水。因工作关系我虽不得不和艳丽以礼相待，我却没有感激艳丽的无心成全，对她始终敬而远之。艳丽的工作和感情似乎越来越顺风顺水，只是在公司人缘越来越差。

艳丽表面光鲜的生活止于那个深夜。那晚我突然接到她的电话，她在电话那头虚弱地呢喃："我不想死，救我……"我赶到了她的复式小公寓，只见平日精致整洁的公寓乱七八糟，艳丽拿着菜刀坐在一摊血迹中，腕间已割开一道口子。在医院，艳丽泣不成声的诉说里，我半听半猜地明白了：艳丽和高富帅同居三年，准备好今年结婚，前段时间高富帅突然说自己投资失败，要艳丽将当年给她买的房产去抵押按揭，以筹到资金东山再起，艳丽埋怨又无奈地顺从了高富帅，只求早日领证给个名分。但按揭之后高富帅摊牌，其实他现在有了别的女人，不可能再和艳丽结婚，如果艳丽赖着不肯搬走，就得自己交房贷。艳丽的薪水不可能还得上每个月一万多的房贷，可不还就得上银行信用黑名单，所以艳丽只有一条路，分手，且把房子转给高富帅。艳丽崩溃了，三年的青春，她怎么能人财两空！越想越不甘心，艳丽半夜拿着菜刀逼婚高富帅，她没能打赢高富帅，在他愤然离去后，艳丽把菜刀划在了自己腕间。

在艳丽最困难的时候，站在她身边的还是我们这些对她一肚子意见的同事，大家忙着照顾她并张罗给她找房，出院后艳丽却执意要住回公寓。她和高富帅谈判了一次，结果是房子转给高富帅，但让她再白住一年，当是这场感情的补偿。我们想不通艳丽为何要在这满目疮痍的旧爱之地待着，可艳丽说至少她住在这里还有些身价资本，她不想住出租屋嫁穷光蛋，除非风光嫁人，否则她不会从这里搬走。

艳丽这时已经 29 岁了，除了腕间伤疤、一身肥肉和剩女称号，她在这个城市一无所有。关于高富帅的一切她不再提起，我则计划要带她入行做销售，艳丽对自己赚钱始终提不起兴趣，却拉着我去一家针灸减肥机构入会。三个月过去，我一斤也没减掉，艳丽却瘦了 30 斤！她把所有积蓄都拿来购置美裳，还做了激光去雀斑，原来那个素面朝天的艳丽悄悄变成了彩妆达人。我对艳丽的变化熟视无睹，直到一天去逛街，接连几个帅哥来找艳丽搭讪，我才惊讶艳丽原来也可以如此美艳动人。她这个灰姑娘，在经历了感情的浩劫之后，脱胎换骨浴火重生了。

只是，在这个以年轻和美貌著称的城市，变美了的艳丽也还是一叶浮萍。她开始到处托人给她介绍对象。作为最好的朋友，我对她内心的焦灼充满了怜悯。我不断游说艳丽要女儿当自强，艳丽却充耳不闻，她对读书充电毫无兴趣，勤奋工作也是做做样子。她花蝴蝶般穿梭在各式相亲对象中，宁可杀错不可放过地周旋，目标渐渐锁定在三个优秀男人当中培养，一个是长她 18 岁的离婚车商，一个是单身贵族前途无限的 IT 精英，一个则是虽非富贵但职业稳定的央企工程师。艳丽开始有了各式名牌衣物和首饰，而她与同事们的关系又再度拉开了距离。艳丽在男人们昂贵的礼物中重建自信，我却觉得那些男人都非艳丽的好归宿。

一年之后，我已跳槽，大家认为艳丽一定会嫁车商或 IT 男，要知道他们的经济实力足够艳丽出口恶气，她却嫁给了央企工程师，理由是车商多金也多女人不利婚姻，IT 精英工作太累没有人生乐趣，工程师有单位管制做事会顾忌。她扬眉吐气地从前男友的婚房里嫁了出去，婚礼据说很热闹，但我没有去。我突然明白了，艳丽其实自己可以过得很好，我们的人生观是南辕北辙的。

此后几年，我和艳丽断了联系，当然，这个故事在我们在超市重逢后得以延续。毫不夸张地，重逢时我们都红了眼睛，在经历了世事浮沉和人心变迁后，我突然体谅了艳丽。我们像老人一样追忆着共同的青春岁月，惊喜地发现同爱败家同是吃货，我们仍然可以做朋友。我们对自己尚有无法接受的毛病，朋友怎么可能齿轮吻合丝丝入扣，只要某些方面臭味相投已经是难得的缘分。

艳丽还保持着瘦后的身材，她家在黄金路段有套不算小的住房，儿子尚小她也不用上班，看来嫁了央企工程师的确生活康足如意。虽然千帆过尽，虽然思穷力竭，也总算结果得偿所愿，我由衷地替她高兴。艳丽热情地为我下厨，我则四处参观，直到推开了她的卧室，墙纸上写着的两排大字狰狞地扑面而来：打女人的男人不得好死！死了没人埋！

艳丽慌乱地赶来遮挡，但我已经看清楚了。

短暂的沉默后，艳丽的笑容变得苦涩，从她零乱的诉说里我拼凑出了她婚后的生活。

艳丽嫁给工程师不过是表面光鲜，工程师的钱自己控制只给少许家用，房子也是婚前财产，怀孕后工程师父母驾到美其名曰照顾媳妇，实则是大肚婆当一家人的保姆女佣。只要艳丽与工程师闹别扭，公婆一定来围攻，渐渐工程师张嘴骂、伸手打成为家常便饭。艳丽心凉决定反击，在一次激烈的全家争吵后，艳丽拿起菜刀在自己手臂上划了两刀,并打电话报警,声言要控告全家虐待殴伤孕妇,公婆吓慌求情,工程师甚至下跪了,艳丽仍坚持去派出所备案,只是答应暂不上诉。卧室里那两排大字就是艳丽当时写下的,她说要留着让老公每天一睁眼就意识到不可再对她动手。

艳丽打了个漂亮的反击,工程师再也不敢打她,很快她又给工程师生了大胖小子,但这些并不能改善艳丽的家庭地位。公婆始终当她是个局外人,艳丽在这个家仍是女佣和乳娘。艳丽咬牙下了决心,一天带着孩子关机出走,在酒店住了七天。工程师报案才找到他们母子,这次把他吓傻了。就算不把艳丽当回事,儿子也是他的命根啊。出走的战果,是艳丽成功地把公婆请回了老家。

现在剩下一家三口,艳丽就能过好了?不,她还没掌握工程师的经济大权,工程师为儿子可以一掷千金,对老婆却是挤牙膏,艳丽连老公薪水多少职业前景如何都摸不到底。艳丽决定曲线救国。她会买东西会打扮在单位家属里是出了名的,凭着买手的本事,她成为单位老总太太的心腹,交换得来的是工程师每月的工资单和晋升希望。艳丽开始在老公面前显露她与夫人的关系,且对工程师的职业状况加以点拨,令工程师大为惊讶,于是艳丽有了老公提供的活动经费,而工程师也恰巧在此时调到了项目经理的位置,他开始相信艳丽真的旺夫,夫妻关系达到了前所未有的和谐。

只可惜好日子过了没两年,项目经理突然被请去喝茶,上头在调查一起领导的经济案,项目经理没见过此等场面,没能给经济案供出什么有用线索,倒是慌得自行交代了一起供应商请他嫖妓之事。对于这样一个愚蠢又不忠的丈夫,我其实很想知道艳丽在想什么。因为丈夫被调查的日子,艳丽没有过丝毫的埋怨,只是到处托人找关系,她捎给项目经理的只有一句话:“我会捞你出来。”

七拐八绕地,真给艳丽找到一条线,那个人掌握着项目经理的前途去向。艳丽去找那个人那晚,我在家帮她看孩子,艳丽直到天亮才回来,她疲惫又沉默地把自己扔在了床上。那晚发生了什么我始终没能知道,但结果是项目经理保住了工作,只是又降职成了工程师。工程师回到家,将他的工资卡交给了艳丽,从这以后,艳丽掌控了家里的经济大权。

我问过艳丽一个问题:在这么困难的时候你选择帮他,是因为很爱他吗?艳丽的回答只是一声叹息。

平淡平安的日子不是想要就能有的,艳丽以为控制了老公的收入就至少能让他没机会乱来,但事实是不久她得知老公在外有了情人,对方是个事业成功的富姐。

这样一个屡教不改不知感恩的丈夫,一定要一脚踹开!艳丽对我的愤慨只是沉默而不表态,她突然对出国很感兴趣,放下老公出轨不管,倒没完没了地咨询出国事宜,而且还有了进展。我对艳丽又一次失望了,她肯定是幻想离开此地就能拉回老公吧。

这时,艳丽突然向法院上诉离婚,她呈上了老公出轨的证据,声称将和儿子赴美求学,要求老公一次性支付儿子到成年的抚养费300万。工程师措手不及地败诉了,他不得不卖了婚前购置的住房支付孩子赴美所需的抚养费。这时我才明白,如果艳丽不走出国这步棋,最多只能拿到婚后共同财产,工程师婚前的房子她是没份的,孩子日后的抚养费也只能要求工程师工资的30%~50%,无论如何拿不到300万之多。办手续时,工程师不甘心地恳求:"我是错了,可我没想和你离婚,你不也想好好过吗?当初你这么费力捞我,不也是因为真心爱我吗?"

艳丽大笑:"爱?我的爱情在29岁就死了,我从来没爱过你!"

和工程师一样瞠目结舌的,还有我。

那一刻我突然懂了艳丽。不管她是真心还是假意,她都是一个战士,至少,她的生命之战如此艳丽。

胜利离婚后,艳丽哪儿也没去,她重新购房,出来工作,优雅从容地当起了单身妈妈,她身边又开始有了优秀的男友……

一个女人的史诗

林小染

芹表妹:“姐,我这辈子只求你一件事,明天帮我端我爸的骨灰盒。”

小小染:“我这辈子什么都可以答应你,只有这件事不行。”

1990 年那个闷热的夏季,留在我记忆里的,除了那个第一眼就暗恋上的男孩,三姨那红肿的泪眼,就是在“夏天夏天悄悄过去留下小秘密,压心底压心底不能忘记你……”的嗲声伴唱中,我和芹躲在灵堂后争得面红耳赤,到底第二天出殡时由谁来端那个可怕的盒子。

三姨是妈妈的堂妹,家中姐弟十三个她排行老三,实际上前两个夭折她算是老大,农村户口、家贫如洗、小学文化曾是她深深的烙印,与众不同的是她那双黑如点墨的眼睛,村里人都说她长了双会勾魂的桃花眼,长得漂亮也罢了,地里家里也是一把好手,插秧打禾煮饭洗衣带弟妹,就俩字,麻溜。记忆中有一幅画面,我和表妹们在跳皮筋,三姨在晒谷坪里帮叔婆晾衣服,斑斓的阳光下床单在她手中抖扬着,空气里有好闻的马头肥皂的味道,三姨和叔婆在说着什么,开心地发出勺儿撞击瓷器般的清脆笑声。

在那个年代,漂亮是一个农村姑娘改变命运的全部资本,三姨幸运地嫁给了在城里搬运社开车的姨父,生了两个粉妆玉琢的女儿,虽然只是家属身份在社里借住,三姨的小家还是成为了全社最热闹的去处,热情的女主人,可口的饭菜小酒,都是吸引来客的理由,姨父在别人的艳羡中推杯问盏,酒到杯干。没人问过姨父那点微薄的工资是如何维持这宾客盈门的,反正三姨脸上从来都没有过愁事,直到姨父被诊断为肝硬化,深度酒精中毒。

应该说姨父是个有福之人,夫妻感情好,一生醉生梦死,临了也没受太大折磨,没多长时间就去了,只是苦了三姨哭天喊地,欲死无门。父亲托了无数关系将三姨母子办了农转非,三姨顶职在搬运社食堂掌勺,日子在苦涩中变得平静下来,三姨家的门前开始转悠着一些想入非非的男人，有夜里往窗户上趴着看的，有神出鬼没往家门口放布料的，也有不知谁往门上泼粪水的。没了男人的女人日子难过，没爹的孩子们更是凄惨。三姨咬咬牙，改嫁！

姨父老家是贵州安顺，虽然姨父没了，三姨跟婆家还一直有走动，看孩子们可怜，婆家给三姨在当地说了个对象，巴望能把孩子们的担子接过去。对象是个鳏夫，早早干个体户赚了不少钱，那时家里还一直请着个保姆，虽说原是为了照顾曾经病榻的亡妻，这在当时也属于有钱人了。男人对三姨一见钟情，对孩子们也疼爱有加，第一次见面就送了三金。

“姐，我真没想到还有这个命，你不知道他对我有多好……”三姨跟我妈汇报的时候我在场，至今我仍记得三姨那天一身改良白缎旗袍，长发烫得风起云涌，她摸着手上的戒指，声音低沉而娇羞，眼神是男人看一眼就要泥足深陷的醉人。年少的我曾经执拗地认为女人三十豆腐渣，只有我的三姨是例外中的例外。

人人都夸三姨时来运转，孩子们已经改口叫爸了，结婚似乎水到渠成。半卖半送了家私，辞掉了搬运社的工作，带着开始新生活的憧憬，焕然一新的三姨母女在举家欢送中上了火车。

可是，不到半个月，三姨失魂落魄地带着孩子们回来了。除了哭还是哭，还有愤怒的七表舅嚷嚷着要带领一帮小青年去踏平安顺。当时我并不知道三姨是死里逃生回来的，就在她满心幸福地筹备婚礼时，一天夜里新房的门被踹开了，家里保姆拿着把菜刀冲了进来，把刀架在了三姨脖子上，歇斯底里地问她要结婚还是要命。看着男人那颤如筛糠的模样，三姨立刻就明白了，难怪他条件这么好却要到外地找对象，难怪前妻病逝那么久还留着保姆不辞，敢情这男人和保姆一直有奸情……

三姨绝望地从男人家离开时什么也没拿，婆家闭门不肯面对三姨愤怒的质问，没脸回家的三姨差点儿去投河，后来她说是芹的哭声留住了她，不明真相的芹一直在哭：“妈妈，为什么不要爸爸了？”

芹已经从情感上接受了那个只当了她半个月的爸爸，却如何能让她知晓这人世间的不堪和丑恶？三姨突然明白了她做母亲的责任。她把两个孩子安顿在茶室，然后捏着拳头去了那个她发誓再也不迈进的门槛，这一次她要拿回的，除了她们的衣物还有男人送她的三金财物，那是她上当一场应得的补偿。

终究还是回了家，在别人的耻笑声中。辞去的公职是不可能再恢复了，送多少礼都没有用，倒是最后一次领导笑眯眯地捉住三姨的手：“小何啊，有些问题还是可以再研究研究的，那……就看你怎么做了……”

三姨听懂了,啪地一巴掌甩在了领导脸上,同时甩掉的是她最后的机会。

三姨的艳帜高张大概是从那之后开始的。

其实大家都议论三姨不是正经女人倒也没什么捉奸在床的凭据,只是没人能琢磨得透,就凭在饭店当临时工那点工资,她还能在城里租房,穿得光鲜齐整,把俩孩子养得细皮嫩肉?听说谁家男人在三姨家蹭饭时被他堂客找上门揪回去了,听说大操坪有俩小青年为了三姨斗得头破血流,还听说夜里总是有些不三不四的男人敲三姨家门……就凭那妖里妖气的卷发,就凭那丰韵撩人的身段,就凭那放肆张扬的笑声,就跟那乌龙山剿匪记里的四丫头一个德行,骚货!

成天给人骂着,三姨母女的生活没比人差,倒是时代的云谲波诡让人措手不及。搬运社经营不善关门大吉,社里唯一值钱的东西只有这占据市中心位置的地皮了,在政府征为他用前,给职工们盖上了梦寐以求的居民楼,发放了遣散费,作为停职但仍在册的三姨,理所当然也得到了她的那份。

搬进新家那天,三姨放了一挂长长的"神鞭",我知道她是想让喜庆的鞭炮驱散多年的阴霾。有了房子,妹妹们也上职高了,生活恩赐地给了三姨一个笑脸儿。她的脚步开始放缓了,夜里不再去摆地摊了,白天也不再跑两个场打工,有空还能打个小麻将了,给她说对象的人也开始上门了,只是大家都说现在人家有钱了,心气可高,只怕是想要找个市长书记。

三姨谁也不见是因为心里有了一个人,麻将桌上认识的老赵,水电局的一科长,和本地一上年纪就自暴自弃的邋遢男人不同,他永远一袭白衫洁净干爽,脸儿乖嘴儿甜,麻将桌上斗斗嘴,麻将桌下碰碰腿,一来二去,情意在两个人心里就发酵了。这老赵不抽烟不嗜酒不乱搞女人,又有个正式单位,可就有一门不好,还有个分居了五年的老婆。

分居这么多年不离,感情固然不好,不离也有不离的理由,那就是三个坚决拥护母亲的孩子。为了这场离婚拉锯仗,三姨再一次被拉进了舆论的旋涡,当然,最后老赵儿女断绝净身出户地离了那个婚。和三姨结婚那天,老赵涕泪齐下:"为了你我可是一无所有了……"

老赵得到的是情投意合的妻子,还有承欢膝下的新女儿。说来也怪,芹表妹跟老赵特别亲,爸前爸后叫得比他亲儿还甜,芹职高一毕业老赵就安排她进了水电局,把唯一一个顶职的指标给了芹。

在叔公的寿宴上我见到过老赵,白西装红领带意气风发,双膝下跪给叔公拜寿敬酒,三姨那双一动情就闪着泪光的黑眸此刻定是喜极而泣吧,于面子于里子,我都认为三姨找到了最好的归宿。

生活美好，只欠烦恼。

因为南迁，多年之后我才再听到他们的消息，却是一个乐极生悲的噩耗。芹嫁给了一个生意人，家业昌顺感情甜蜜，只是多年未育，30岁那年芹决心要做人工授精，当得知她怀的是一对双胞胎时，狂喜之下的芹却倒下了，那时才知道素来喜荤的芹有严重的高血脂，情绪激动引发了脑出血。

六天六夜的抢救，孩子没了，芹的命保住了，却成了一个瘫痪在床的病人。

起初照顾芹，夫家还是尽心尽力的。虽然芹在慢慢好转，努力重新学习走路和说话，可丈夫看她的眼神越来越嫌恶，芹说不出苦只有抓狂地哭，三姨流着泪把芹接回了家。在三姨和老赵的照顾下，芹的半边身体恢复了，可她的丈夫有等同于无，人很少来也无钱财援助，在一次偷看到丈夫手机里和另一个女人的亲密照片时，芹彻底崩溃了。

我和母亲去看他们时，三姨在楼下远远迎来，双臂张开搂住母亲，声音压抑地颤抖着："姐，我的命怎么这么苦啊……"

芹得了非常严重的抑郁症，自闭到又不会说话了，在此之前她还有过很长一段时间的大吵大闹，发泄的对象除了三姨就是老赵，这个她口口声声叫爸的人，成了她宣泄仇恨的耙子。老赵在家度日如年，幸福晚年成了噩梦地狱，他也开始借酒麻痹自己了，三姨只能把芹安置到另一套房子里，自己大部分时间守着她，得空还得回来照顾老赵。这情况一拖就是五六年。

三姨在提到老赵的离开时一直喃喃着："我不怪他，他对得起我和芹，这都是命，这都是命，可我不能丢下女儿不管。"

再次见到三姨时是在法庭上，芹丈夫起诉离婚，芹像只受惊的寒号鸟一直躲在我怀里颤抖，平时一和人吵架就先眼泪崩盘的三姨那天没有流泪，而是一字一句地向法官悲喊着："如果我的女儿还好好的，他不起诉离婚我们也要跟他离，现在小芹这个样子，他要离婚就是遗弃罪！"

官司赢了，但律师说二审结果很难说，夫妻之间没有照顾到底的义务。

三姨只是苦笑："就算打赢了官司也没办法再给小芹赢到真心了……"

拉着芹的手，我有说不出的难过："你们以后准备怎么办呢？"

三姨轻轻地抚摸着芹的头发，已经混浊的泪眼里有无限的温柔："只要我还在，她就会好起来的……"

这话我信，就凭这份母亲的坚定。

酒托之花

费思量*

一

当别人问起闫娜的工作时，她总是开玩笑地说，钓鱼。钓鱼也能成为工作？当然可以，而且是轻轻松松就能赚大钱的工作。她钓鱼不用钩，却用网。只是此网不是彼网，乃电脑网络之网也。利用网络钓馋嘴之鱼，待鱼咬钩，带入“渔人码头”KTV，以酒灌之，这就是闫娜每天的工作内容。

闫娜的QQ网名起得很讲究：“那些被遗忘的小时光”，有小资情调，有怀旧情怀。而且巧妙化用了当下流行元素——台湾九把刀导演的卖座电影《那些年，我们一起追的女孩》，以及郭敬明的畅销小说《小时代》。“不要小看网名，好的网名是成功的一半。”从名牌大学中文系毕业的KTV老板赵诚经常这样教导她们。只是初中没读完就跑出来混社会的闫娜，理解不了这网名的妙处，嫌这网名又臭又长，还不如自己原来的网名“娜娜”来得直接、响亮。QQ签名也很重要，闫娜的签名是：小女子刚到深圳，寻一免费导游。看似简单，其实暗藏玄机。“小女子”表明性别的同时，显得弱不禁风，楚楚动人；“刚到深圳”说明自己对此地不熟，将威胁和攻击性降到最低，让对方放松戒备；“免费导游”将范围一下子缩小到熟悉深圳的人群上面，同时将自己放在被“导”的位置，吸引力很高，再配上闫娜精心挑选出来的娇羞妩媚的头像，杀伤力可想而知。

在宰客这行当里，一般都是杀生不杀熟，杀的都是外地客，欺你人生地不熟，

---

* 广东省作家协会会员，《特区文学》编辑。主要作品有长篇小说《猜谜女》、诗选集《金木水火土》等。曾获樱花诗赛和“12·9”诗赛一等奖。

求告无门,强龙压不过地头蛇,就算闹起来也不怕。但赵诚却反其道而行之,偏要杀熟,杀在深圳长待的人。他自有他的道理。杀生,最多让你杀一回,没有回头让你再杀的可能;杀熟,杀了一回,还可以杀下一回,杀得巧妙,可以一直杀下去。就像割韭菜,割了一茬又一茬。赵诚觉得宰客的最高境界,就是宰回头客。可惜在他经营的"渔人码头"KTV 里,几乎没有人能领会他的意图。往往第一单就做绝了,把顾客宰得五内俱焚,绝尘而去。

闫娜就是其中的翘楚,对于上钩者,绝不手下留情,用她的话,要"宰得够本,宰得他蛋痛"。和闫娜一起上班的还有五个女孩子,有中专毕业的、高中毕业的,还有一个是正规的大学本科毕业生。相对来说,闫娜学历最低,但她的业绩却是最好的。她们在公司专门有一个上网的办公室,名曰:市场拓展部。她们六个是专职的,还有为数众多的兼职,平时不用来公司上班,如有鱼上钩,带来 KTV 消费就行。待遇区别是专职的有底薪、包吃住,而兼职的只拿提成。

赵诚不鼓励她们主动加别人 QQ 好友,而是要让别人主动送上门来。用他的话说,"制造一场完美的邂逅,更需要等待"。所以他才费尽心机替她们取网名,设计签名。不用担心无鱼上钩。他早就替她们在各个交友论坛、社交网站把消息散布了出去;替她们注册和打理微博、校友录、开心网,把她们包装成刚大学毕业,不谙世事,来深圳旅游散心的纯情少女。于是,从网络上各种渠道会聚而来的鱼儿,接二连三地找上门来了。其中绝大多数是一些心怀鬼胎的中年男人。他们普遍缺少耐心,没聊几句就要求视频,打听名字及电话,提出见面等要求。视频聊天是提倡和鼓励的(除非自己长得对不起观众),这是把对方快速约出来的有效手段;真名是不会告诉对方的,闫娜取的假名是陈飞儿;电话当然需要告诉对方,但有技巧,不是简单地告诉,而是有所设计,比如说自己刚到深圳,还没有换手机号,待会买了手机卡再告诉你号码,过半个小时左右,再告诉对方号码,这样一来,对方更相信她伪装的身份了。

每天上午九点,闫娜以"那些被遗忘的小时光"准时上线,等待那些怀有不可告人目的的鱼儿主动游来。电脑前的闫娜,穿着大开领的紧身 T 恤,露出白晃晃的胸脯,这样活色生香的饵料往视频里一抛,那些跃跃欲试的鱼儿岂有不上钩之理? 基本程序如下:加好友——打听对方工作、身份——试探对方——玩暧昧——调情,主动挑逗——约定见面(见面地址当然是设定在 KTV 附近),整个过程快则十几分钟,最慢也不超过一个小时。效率就是生命,时间就是金钱。见面后,闫娜往往跳过逛街、吃饭的环节,直奔主题,装作天真、撒娇状,提议去 KTV 唱歌。此时"渔人码头"KTV 就在眼前,男人当然不好拂了美女的兴致。

上贼船容易,下贼船难。进了包房,一看单子,贵得吓死人。随便一杯水都要几十,但美女在前,不好意思露怯,硬着头皮,听任美女点单。闫娜看似随意地点了几种零食,还加了个果盘,两杯冷饮,这就三四百了。不好意思,还是先买单,后消费。没办法,虽然花得肉痛,但为博美人欢心,还是得掏呀。闫娜开始选歌,问男人唱什么,男人随口答,来一首信的《死了都要爱》。真正的鬼哭狼嚎。闫娜却听得如痴如醉,一曲终了,巴掌都拍红了。她适时提出合唱,来一首《知心爱人》,情意绵绵。这时男人的手不老实了,摸索着搂住了闫娜的小蛮腰。闫娜娇嗔着打掉男人的手:"你好坏呀。"

果盘上来了,闫娜喂了块西瓜给男人,饱满而富有弹性的胸脯有意无意地擦碰到男人,男人不免有些春心荡漾。闫娜好像看破了男人的心思,提议喝点酒,正中其下怀。酒的价格更离谱了,随便一瓶啤酒都要六七十,管不了那么多了,先来半打吧,又是三四百从荷包里流出去了。一喝酒,气氛就上来了,划酒令,摇色子。不知不觉,半打啤酒见底了。当然男人也有所斩获,他的手可以一直待在美女的腰部了。看来还差点儿火候。男人主动提出来瓶伏特加,一千就一千,今天要喝个不醉不归。伏特加上来,空气都要燃烧起来了,男人发现自己的手可以上下游移了,美女的屁股和胸脯都能抚而摸之了。男人心花怒放,美女的手机却不合时宜地响了起来。

闫娜不情愿地接起电话:"喂,思诗,有什么事吗?我在唱歌呢……什么,你没钥匙进不了房,那可怎么办……要不,我给你送过去。你等我一下。"闫娜回头跟男人解释说,"我不是跟你说过,这几天是借住在大学同学家里吗?没有去配钥匙,她将钥匙放在我这,现在进不了门。"眼看煮熟的鸭子就要飞了,男人有点急眼了,大着舌头说:"你……你怎么就……这样走了,把我丢在这里,太他妈不够意思了吧,让你同学过来取,打的过来,打的费算我头上……"闫娜很是左右为难,想了一下还是打电话过去,让她同学过来取。

没过多久,闫娜的同学出现了,不承想是个大美人,相貌、身材、气质一流,比闫娜强了不止一截,看得男人眼睛都直了。闫娜介绍说:"李思诗,我的大学同学、闺密,名副其实的大美女,我们那所大学公认的校花。"男人主动端起酒杯:"很……荣幸,能一睹校花的风采,干一杯!"李思诗举杯沾了下唇,半推半就地加入了酒局。俩美女助兴,男人更加飘飘然了,放开了豪饮。一瓶伏特加是打不住了,那再来瓶 XO,两千,怕老子没钱,刷卡!

一顿大酒喝下来,宰了六千多。看时机差不多了,俩美女将醉得一塌糊涂的男人弄进出租车,打发了事。按老板规定的提成百分之二十算,一千多就这样到手了。想到这,闫娜很是兴奋,说:“思诗,我们去大排档吃消夜吧。我请你。”李思诗却兴味索然,说:“我困了,想早点回去休息,你去吧。”

真是不识好歹,不是老娘照顾你,你就等着喝西北风去吧,闫娜心里这样想,口头却一点也没显露出来:“好吧,那你早点回去休息,我约裴艳她们去吃。”

二

李思诗是她们六个人中唯一的大学生,也是长得最漂亮的一个,但业务却做得最差。她的心思根本没有放在上面。她说自己是来应聘市场部文员的,根本没想着是做这个。要不是手头上的钱用得差不多了,这个工作又包吃包住,她早就拍屁股走人了。

裴艳她们私底下都说老板赵诚对李思诗有意思,闫娜也觉得他们之间有猫腻。要不然凭什么养着个闲人白吃白喝?而且安排她和自己住在最舒适的主卧里面,还一再叮嘱要多照顾她,在业务上多带她。赵诚给她们六个女孩租了个三室一厅,其中主卧是带阳台和洗手间的,一直是安排业务排名前两位的闫娜和裴艳住的,结果李思诗一来,就把裴艳挤出去了,搞得裴艳心里老大不痛快。但不看僧面看佛面,打狗还得看主人呢,有老板这样罩着,她们也不敢轻易开罪李思诗。

李思诗得了这尚方宝剑,更是我行我素,上班时间在宿舍睡大觉,陪客人喝酒也爱理不理,甚至有一次还泼过客人的酒,甩过客人的耳光。要不是老板黑白两道有些朋友,强压了下去,这祸就闯大了。闫娜就看不惯她这样子,做了这一行,还装什么清高呀?搂你几下,摸你几把怎么啦,又不是挖你一块肉,还发什么小姐脾气,闹得鸡飞狗跳的。不过男人也是贱,越是给冷脸子,还越往跟前凑。闫娜的酒局,只要请动李思诗这尊“大神”,消费基本上都破五千,奔一万而去了。所以名义上闫娜是在照顾李思诗,让她加入自己设好的酒局,实际上是占了李思诗不少便宜。

但要说赵诚对李思诗有意思,那是她们误会赵诚了。赵诚是典型的“妻管严”,他家的母老虎是当地村主任的女儿,他赵诚能在这块地面混得人模狗样,全靠老婆娘家人所赐。有了这层关系,赵诚哪敢在外面拈花惹草,用他老婆的话说,“借他一百个熊胆也不敢”。赵诚之所以对李思诗厚待有加,是因为他觉得李思诗是可造之才,他有意将她培养成他的一棵摇钱树,专宰回头客的“酒托之花”!

且不说李思诗长得漂亮,身材一流,单就那种冷艳高贵的气质,对男人就能构成很强的杀伤力。最重要的,她有一颗善良、单纯,还没被物质蒙蔽的心,她不愿意去骗人、去宰客。到现在为止,她没有主动去做过一单,都是帮闫娜撑场。而在这个行当,善良、单纯和良知都是足以致命的缺点,就像野狼怀有一颗绵羊的心,它是无法在弱肉强食的荒原中生存的。但赵诚却不这么认为,正因为她善良、单纯和良知未泯,才能宰客于无形,才能吸引回头客。赵诚观察到,只要是李思诗上了酒局,都是客人主动点单,有时点得太多了,她会说服客人,消费一些酒水。这样一来,客人没有觉得被宰,十有八九,下次还会送上门来。

然而,李思诗的消极、被动、抵制,导致她的业绩一直上不去。赵诚需要做的是,耐心引导她,打开她的心结,让她不再对从事的工作感觉到厌恶,从内心真正接受它,直至热爱它。就像发动一场侵略战争,只有披上正义的外衣,才能驱使三军用命。赵诚要想说服李思诗,就得对宰客赋予正面、积极的意义。把黑说成白,把肮脏升华为洁净,全靠他那三寸不烂之舌了。

李思诗又一次旷工之后,赵诚把她约了出来。一间幽静的茶室里,两人相对而坐。"你是不是觉得做我们这一行很下作,尽用些下三滥的手段去坑蒙拐骗?"赵诚开门见山,一落座就把关键问题抛出来。李思诗不屑地笑了一下,反问道:"你说呢,赵总?你可是这行的专家。"赵诚猜到她会如此,端起茶杯,抿了一口,不慌不忙地说:"当初你来应聘,我看过你的简历,你是江城大学毕业。说起来,你不相信,我也是江城大学毕业,只是早你五届,算是你的师兄。"李思诗说:"是吗?这我倒没想到。我们学校真是人才辈出。"言语中充满讥讽。

赵诚不为所动,把玩着茶杯,继续往下说:"只有在毕业后,才真正体会到那句话的意义:百无一用是书生。读了个万金油似的中文系,似乎什么工作都可以找,但又什么工作都做不好。做过市场调研、广告策划、小报记者、内刊编辑,也不知道是自己倒霉,还是能力问题,做一家,倒一家,没有一家做得长的。混得最惨时,居无定所,吃了上顿愁下顿。经多次碰壁,自己心灰意懒,就在那时认识了我现在的老婆,人长得丑了点,但家境富裕,我们很快就结婚了。我穷怕了,就像掉在水里将要淹死的人,有人伸手拉你一把,肯定是要死命抓住。结婚后,她大哥就将'渔人码头'转给我来经营。一开始,规规矩矩做生意,一天 24 小时趴在上面,人累得个半死,却亏了几十万。直到快关门大吉了,她大哥才将他宰客的那一套生意经和盘托出。我是走投无路,死马当作活马医,没想到立竿见影,当月就实现了盈利。其实当初我心底也有抗拒,谁也不想昧着良心开黑店。但一是形势所迫,必须让'渔人码头'起死回生,才能让我在老婆及她家人面前,保有男人的尊严和体面;二是我认识到这行业,并不是如自己所想的那样黑,那样下作、肮脏……"

李思诗打断他说:"但我就是觉得下作、肮脏!"赵诚叫服务生再添一壶茶水,他心中对说服李思诗有了更大的把握,不怕她反感,就怕她没反应。赵诚说:“很好,我欣赏你这种性格,不拐弯抹角。我们这次谈话,开诚布公,想什么就说什么。我承认‘渔人码头’是黑店,但我们黑的是些什么人呢?我敢说,来我们店里消费的,都是冲着你们这些美女来的。醉翁之意不在酒,他们各怀鬼胎,出来鬼混、猎艳、找一夜情。他们很多有体面的工作,有贤惠的妻子,有幸福的家庭,却还不满足。他们背着家人,为了满足自己那见不得人的欲望,盲目地奔赴陌生女人的约会,他们被黑、被宰,值得同情吗?”李思诗说:“照你那么说,他们都是咎由自取?”赵诚说:“难道不是吗?那次你帮一个客户勾销了几瓶洋酒,他还大发脾气,说你看不起他,嫌他没有钱。你不宰他们,他们还不高兴了。这样的男人,为什么不给他们一点教训,出出他们的血?”李思诗说:“话虽这么说,但宰客总是不对的。黑店就是黑店,你的这套理论也不可能让它漂白。”

赵诚微微一笑,说:“好吧,我无法说服你。但我们可以做个试验,让你认清我们所黑的,都是一些什么货色。”说着,他让李思诗用手机登上QQ。从几十个要求加好友的请求中,随便挑一个加上。没聊几句,男人要求视频。视频不成,转而要求见面。李思诗在赵诚的示意下答应了,这算是她主动做的第一单。

来人是一个叫张轩辕、秃顶的50来岁男人,腆着啤酒肚,一双金鱼眼,混浊不堪。身材高大,面皮糙黑,脖子上戴一小指粗的黄金项链。张轩辕见到李思诗,从头到脚仔细打量了一遍,看得她浑身起毛。然后咧嘴笑了:“真是大美女,没想到我张某能修来如此艳福!”

KTV包房里,张轩辕一上来就点了两瓶轩尼诗XO。歌没唱几句,手就上来了。李思诗左躲右闪,勉强招架。喝酒,玩骰子,张轩辕一双发绿的眼睛死盯在李思诗身上,恨不得随时生吞活剥了她。玩了几局,一瓶洋酒还只下去一半。张轩辕起身调暗灯光,朝着李思诗老鹰抓小鸡似的扑过来。李思诗哪能让他得逞?瞧一个空子,躲进厕所,打电话叫闫娜来救场。

闫娜毫不含糊,一上来就坐在张轩辕大腿上,来了个交杯酒。然后三人玩骰子,李思诗气张轩辕如此行径,在骰子上玩些技巧,和闫娜串通起来,张轩辕十开九输,一张黑脸喝成了猪肝色。越是这样,越不服输,又叫了两瓶轩尼诗XO。直到喝瘫趴下,那手还不老实地环在闫娜的腰间。钱包从他身上掉下来,李思诗拾起,钱包里夹着一张全家福,张轩辕身边依着一个满脸幸福的妇人,旁边站着一个英俊非凡的小伙子。其间,张轩辕的手机响了无数次,每次来电显示都是“老婆”。

后来是赵诚接了手机,张轩辕老婆开车过来接了他回家。赵诚意味深长地冲着他们离去的方向,对李思诗说:“你信不信,他下次还会过来。”李思诗说:“那可不一定。”赵诚说：“要不，我们来打个赌。”李思诗说：“怎么赌?”赵诚说：“如果他下次还来，算你输，你就在我这安心做下去；如果他不来了，就算你赢，你可以在我这免费吃住，直到你找到自己满意的工作为止。”李思诗说：“一言为定!”其实对于结果，李思诗心里没谱，但赵诚是胸有成竹。为了保险起见，他在消费单上玩了花样，只收了张轩辕一半的钱。三天后，张轩辕这个冤大头，果然又一次主动送上门来了。

这场赌局，赵诚大获全胜，李思诗留了下来，并迅速在业务上赶超了闫娜，而且回头客越来越多，成为名副其实的“酒托之花”。赵诚杀熟、宰回头客的梦想，终于在大放光彩的李思诗身上得到了完美实现。

三

李思诗对“酒托”工作越来越厌倦，她厌倦于赵诚在不同场合肉麻地称她为“酒托之花”，厌倦于周旋在乌七八糟的男人中间，厌倦于无休止的酒局、强颜欢笑，厌倦于醉酒后的头晕呕吐，厌倦于突然袭上心头的愧疚与迷茫，厌倦于对人性的参透与看穿红尘后的悲凉……这不是她所要的生活，但她却在其中越陷越深，无法自拔：一个月轻轻松松就能进账好几万，她可以买她想买的化妆品、衣服、首饰、包包，甚至是一些奢侈品牌，她可以给家里寄去可观数目的钱，她可以负担宝贝弟弟的大学费用……不知是谁说过，生活，就是在深深厌恶的同时，而又沉迷其中。这话用在她身上再贴切不过了。

这种夜生活是有毒的，它用暧昧、狂欢、欲望、酒精、金钱酿成一剂艳俗的毒药，一点点麻醉身体和思想。灯红酒绿、纸醉金迷的背后，是一地狼藉，满怀悲凉，是对男人、对爱情、对自己的绝望。李思诗不乏追求者，有一个大学男同学为了她，甚至来到深圳工作，但是她无情地将他拒之门外。在“渔人码头”见识到太多男人的丑恶嘴脸，使她的心变得无比冷酷，对真真假假的爱情一概敬而远之。她成了爱情的“绝缘体”，不仅无法接受别人的爱，也无力去爱别人，而她才 24 岁不到。这朵“酒托之花”在夜场开得越妖艳，身心就腐败得越厉害。在她最美好、最光彩的年华，她隐隐约约感觉到死亡冰冷的气息。

在深圳这座城市，李思诗没有亲人，没有朋友，除了赵诚这个所谓的导师，甚至没有一个亲近一点的人。以前亲近过的，现在还同住一房的闫娜，已将她视为最大的竞争对手，时时刻刻都在想着怎么来打败她。

闫娜不明白，为什么自己那样努力，没日没夜地做，却还不是李思诗的对手?

她投怀送抱,她喝酒喝得胃出血,她不择手段,心狠手辣,恨不得将客人钱包里每一个子儿都榨出来,但业绩却被李思诗越拉越开。李思诗可以给客人脸色看,可以像个仙女似的端着架子,可以不高兴一走了之,却还是挡不住犯贱的男人一窝蜂地涌过去,拿热脸去贴人家的冷屁股。闫娜有一次在女厕里,发现一个醉得不省人事的男人,后来才知道是李思诗的客人,因为李思诗不肯陪他喝酒,他就一个人喝闷酒,结果把自己灌得大醉。贱!太贱了!现在连老板赵诚都成天将李思诗挂在嘴上,把她捧为高高在上的“酒托之花”,靠边站的闫娜们只有仰视和膜拜的份了。

闫娜不服气,她不信李思诗比她强。人一较劲,就容易走极端。闫娜在半推半就下,开始跟一些她看得上眼的客人上床。她不惜用自己年轻的身体,去赚取额外的钞票,同时吸引尝到甜头的客人下一次前来。她闫娜终于也有了属于自己的回头客,虽然付出的代价是那样巨大。但开弓没有回头箭,就算是条不归路,她也要走下去。她相信很快就能超过李思诗,很快所有人都会知道,她闫娜才是真正的“酒托之花”!她完全没有想到,自己所有的努力和付出,换来的只是更大的失败和屈辱,只是为了衬托对手更大的成功。当李思诗攀至神话似的顶峰时,她闫娜正朝着万丈深渊跌去。

那个晚上一开始没有什么特别的,和许多别的晚上一样,闫娜在陪客人喝酒。大约 11 点钟左右,“渔人码头”KTV 门前传来巨大的跑车轰鸣声。闫娜从二楼窗户望下去,一辆造型超酷的兰博基尼停在大门前,车门朝上推开,从里面走出一个西装革履的帅气小伙子,这场景就像是青春偶像剧里“高富帅”主角的出场一样。闫娜感到心跳突然加速。来 KTV 消费的富人不少,但像这般豪阔、拉风、帅气的,闫娜还是头一回见。闫娜找了个借口,跑了出去,她想看看这样一条金鱼是谁钓来的?当然是李思诗,除了她不会有别人。其实闫娜没出来前就想到了。但她还是不死心,直到亲眼看着李思诗把“高富帅”领进了包房,她才恨恨地转过身,眼泪突然止不住地流了下来。不知是因为委屈,还是嫉妒。

李思诗也很意外。加那个网名“窒息”的男人时,她就将对方设想成一个肠满脑肥、出来寻找刺激的中年男人。而他在 QQ 上的第一句话更加印证了自己的想法。他说:“你愿意陪我喝酒吗?”这话过于直白,没有任何掩饰,如果不是从事“酒托”工作,李思诗早就被吓跑了。她说:“为什么不呢?”李思诗这样回答,完全是出于职业的需要。他说:“那好,你在哪儿?我来找你。”李思诗告诉他地址和自己的手机号,过了半个多小时,外面就传来跑车轰鸣声,同时她的手机响了,她接起来,一个富有磁性的男低音说:“我到了。”

看到男人的一瞬间,李思诗眼睛不由一亮。一米八左右的身材,合体的高级西装,淡雅的男士香水,修饰得一丝不苟的发型,特别是那张英俊到让人不敢直视的面孔,让李思诗脑中出现短暂的空白。无可挑剔的白马王子,他从天而降,只为了一场完美的邂逅？他的打扮不像是来泡吧喝酒的,倒像是赴一场高级的宴会。

男人几乎没有正眼瞧李思诗,他点了两瓶度数很高的烈酒,没有兑水或绿茶,只加冰。他喝得很快,几乎可以用暴烈来形容,一杯接一杯,看样子他只想将自己尽快灌醉。李思诗不知道他为什么要找个人来陪他喝酒,找到了却又对她视而不见。一瓶见底,男人从沙发上蹦起来,提上另一瓶烈酒,说:“走,我们去海边喝!”李思诗鬼使神差地没有拒绝。那一刻,她整个身体和思维好像都不属于她自己了。

兰博基尼超大马力的轰鸣,使大地都颤抖起来,就似野马脱缰,飙出绝对的速度和疯狂！眼前一切都在快速后退,肾上腺素急剧上升,李思诗感到头晕目眩,也许下一秒,就可能车毁人亡。她只有闭起眼睛,听天由命了。

再睁开眼时,月朗星稀,海天一色。没有了狂暴的轰鸣,只有海浪的轻叹。男人将烈酒递过来,用命令的口吻说:“喝一口!”李思诗灌下一大口,辛辣的滋味,从喉咙一线烧下去,直烧到脚底,终于将她从梦魇的状态烧醒。她说:“你是个疯子!”男人听了,苦笑了一下,接过酒瓶,猛灌了一口说:“我就是个疯子!”李思诗说:“第一次见到这么体面的疯子。”男人说:“过奖了。有一部电影叫《落跑的新娘》,而我,是落跑的新郎。丢下如花似玉的新娘,丢下千万身家,丢下豪门声望,选择做个逆子,做个穷光蛋,这样的人不是疯子是什么?!”李思诗试探着问:“你该不会是从婚礼上逃跑的吧?”

男人又喝了一口酒,滔滔不绝地讲了下去:“我不得不逃,我感觉待在那里,再多一秒我就会窒息。周围的人挤压得我喘不过气,家人、朋友、领导……所有人都兴高采烈,好像是他们的婚礼一样。而我只感觉到窒息。从小到大,我所有的路都被爸爸提前安排好了,读什么样的学校,学什么样的专业,交什么样的朋友,直至和什么样的女人结婚,我没有一点自己的空间。我感觉自己生活在一个量身定做的铁桶里面,待在里面是安全的,外面的世界与我无关。他们忘了我也是一个人,一个有呼吸、有血肉、有思想、有灵魂的人。我也想支配自己的人生。所以我逃了。我跳上车子,开上高速公路,一路狂飙。我不知道怎么就开到了深圳,忘记跟你说,我家在广州。我不知道去哪里,打开手机上网,想约一个陌生人出来喝酒,男的女的都行,我需要一个听众,我要把所有的委屈都讲出来。但加了十几个人,不是骂我神经病,就是干脆不理我。直到你答应我。从小到大,这是我干过最疯狂的事了。”他又喝下一口烈酒，似笑非笑地说，“从明天起，我他妈就是一个彻彻底底的穷光蛋了，我爸一定会冻结我所有账户，他会跟我断绝父子关系，连我开出来的这辆兰博基尼都会收回去。我让他丢尽脸面，他对我绝不会手下留情。”

那天晚上，李思诗陪这个变得一无所有的男人喝光了那瓶烈酒。他们在海滩上睡去，直到海浪涌上来，打湿他们的身体。借着朝阳的光辉，男人才发觉身边躺着的竟然是一个绝色美人。他怦然心动，涌起想要亲吻她的冲动。李思诗醒过来，碰上男人灼热的眼神，她脸红了。男人说：“我叫郝帅，能知道你的名字吗?”李思诗说：“别人都叫我李思诗，但不知道我的真名，我现在告诉你，我叫李岚。我希望你能记住。”自进了“渔人码头”KTV，赵诚替她取了李思诗这个艺名，李岚这个名字就再也没有人提起了。

李思诗被郝帅送回宿舍时，发现衣衫不整的闫娜醉倒在宿舍门口，李思诗把她背到床上时，听到从她牙缝里漏出几句模糊不清的咒骂：“……不得好死，臭男人……全他妈是王八蛋……”李思诗不知道闫娜在那天晚上，出去和客人开房，完事后，那家伙竟然拿出一把刀，将她身上所有的钱财洗劫一空。

四

李思诗突然提出辞职，打了赵诚一个措手不及。要知道他给李思诗的待遇已是他们这里最高的了，而且对她实行的是“人性化”管理，比如哪天她想休息时，他一般都会准假，平时也是关怀备至，就差没把她供起来了。

赵诚不解地问：“做得好好的，怎么突然不想做了？一个月给你的几万块，可都是真金白银，没少你一个子儿。”李思诗说：“我就是不想做了，心累。”赵诚沉吟了一下，伸出五根手指头说：“我再给你加五个点的提成!”李思诗说：“不是钱的问题，是我真的不想做了。赵总，请你看在我们是校友的分儿上，就放我走吧。”赵诚见一时说不动她，就想先拖着，嘴上说：“这样吧，你等我招到一个合适的人，你再走。”李思诗只好答应了，毕竟赵诚对她不薄，她不能一走了之。

李思诗前脚一走，赵诚后脚就打电话，招来当地一个善于打探消息的小混混，让他查查李思诗最近的动向。没过几天，小混混就来汇报消息了。原来李思诗在和一个富二代谈恋爱。赵诚一听，恍然大悟：“怪不得要辞职，原来是找到金主了。”小混混说：“金主个屁！那家伙因为逃婚被他老爸扫地出门了，现在是个不折不扣的穷光蛋，身无分文，全靠你这里的‘酒托之花’出钱养着呢。”赵诚说：“老子平生最看不起小白脸，竟然跑到老子的地盘来撒野，不给他一点教训，不知道天高地厚了。他要是识相,赶快离开,要是还敢纠缠,就废了他。”赵诚交代小混混约几个道上的弟兄教训他一顿,只要不弄出人命,怎么下手都成。先付一万定金,事后再付一万。

在遇到郝帅前,李思诗以为自己是爱情的“绝缘体”,心如止水。没想到郝帅的出现,就像一枚石子投进她的心里,一下子掀起层层涟漪。而郝帅,在他最落魄的时候,有如此佳人,走到他身边,帮他分担风雨,他焉有不受之理? 两人就这样很自然地走到了一起。李思诗对郝帅坦白了自己在黑店的工作,郝帅让她尽快辞职。他们相信,凭他们的能力,去哪儿都能找到一碗饭吃。

李思诗那天下班,回到出租屋,吓了一跳。屋里被砸得一片狼藉,郝帅被人揍得鼻青脸肿。李思诗一看情形,就怀疑是赵诚找人做的,当下就去找他理论。谁知他装作一问三不知,打死不承认。李思诗见他如此嘴脸,更坚定了离开的决心。为了不打草惊蛇,她还是正常在赵诚那儿上班,暗地里收拾好了行李,买好了去云南昆明的机票。早在上大学时,李思诗就对那块神奇的土地充满向往。

当天晚上,他们分头行动。郝帅先去了机场,李思诗照常上班,在下班后她将直接打的去机场会合。他们订的是第二天早上七点最早一趟飞机的票,等到赵诚九点来上班发觉时,他们早就在千里之外了。但郝帅在机场等了整整一个晚上,直到眼睁睁地看着他们订票的那趟飞机起飞,直到天边发白,太阳高高升起,他都没有等来李思诗。他们通的最后一次电话是凌晨 1 点 35 分,是李思诗在赶往飞机场的出租车上打的。如果不出意外,最多一个小时,她就能赶到飞机场。是的,如果没有意外,现在他们应该在昆明享受早餐了。

李思诗在挂掉郝帅的电话没多久,意外地接到了闫娜的电话。她在电话里断断续续地抽泣着说:“……思诗,快来救我……快来救我……”李思诗一听,头皮发紧,她第一个念头是,闫娜遭歹徒绑架了。她说:“闫娜,别着急,你在哪儿?”闫娜说:“我……我在派出所里……”李思诗长舒一口气,说:“你吓死我了,我还以为你被人绑票了呢。”闫娜说:“我是被……抓进来的,我身上没有钱,你带五千块过来保我,求你帮帮我……”李思诗一听,对事情的原委猜出个八九分。她私下里听裴艳她们说过,闫娜除了陪酒,还跟客人出去开房。

那天晚上,闫娜的确是和客人出去开房了,客人就是李思诗主动做的第一单——张轩辕。那家伙一开始是冲着李思诗来的,碰过几次钉子,又加上闫娜的多次献媚,就将目标转移到闫娜身上。闫娜陪他喝酒时,任他上下其手,抚而摸之,摸而抠之。其实闫娜很讨厌张轩辕,他长得五大三粗,行为粗鲁,从不懂得怜香惜玉,兴奋起来还喜欢掐人,弄得她身上红一块紫一块。但闫娜自上次遭劫后,急于扳本，不管什么样的男人，都尽力往床上拉。看到火候差不多了，闫娜提出去外面开房，叫了个两千的高价。张轩辕毫不在意，说只要让老子耍高兴了，别说两千，三千五千老子照给。两人一拍即合。

闫娜庆幸自己做了笔好生意，谁知会撞到扫黄行动的枪口上呢？嫖资还没收到，身上只有几百块钱，一时没有钱交那五千罚款。不交罚款，就要被拘禁半年。拿起电话，竟然不知向谁求助。老板肯定不行，他只让她卖酒，没让她卖身，没有理由，也没有义务来保她；裴艳那些姐妹私下好像关系不错，但落到实处，大约也是分文不拔的；那些知道她底细的朋友、亲戚更不行，这种丑事怎么能让他们知道？思来想去，最后想到李思诗头上，死马当作活马医，权且一试。

李思诗没有让她失望。虽然是在赶往机场的节骨眼上，她还是让司机掉转了车头，在路上取了五千块钱，去派出所把闫娜保了出来。派出所位置比较偏，从派出所出来，走到繁华的大街上，还有一段僻静的小路要走。

两人并肩走在路上，显得从没有过的亲密。闫娜说："那五千块钱我会尽快还给你的。"李思诗说："不用了。我们相识一场，也是缘分。"闫娜这才注意到李思诗手里推着一个行李箱，问："你这是……"李思诗说："我也不瞒你，我要离开深圳了，明早第一趟飞机。"闫娜大吃一惊，说："你要走了？该不会是和那个开兰博基尼的一起离开吧？听老板说，你们在谈恋爱。"李思诗点点头，说："是的。他现在机场等我。"

闫娜只觉得眼前一黑，好像有重锤在她心口砸了一下。她喃喃道："你们走了，那我怎么办？"李思诗觉得莫名其妙，说："我们走了，又不会影响到你的生活。你还是可以继续在'渔人码头'做下去，或者换个工作。今晚的事情，你放心，我不会说出去，你知道我不是喜欢嚼舌头的人，何况我马上就去外地了。"

闫娜心里反复翻滚着，她要走了，她要跟着"高富帅"远走高飞了，那我呢，我成了一个卖淫的婊子，我被人打劫，我的胃喝坏了，我被那些男人传染上性病，我还差点儿要坐半年牢狱，老天为什么这样不公平！同样是酒托，同样是坑蒙拐骗，凭什么，她可以上天堂，而我只能堕入地狱？按理说，她骗的钱比我还多，受惩罚的应该是她，为什么老天却如此厚待她？我不能放她走，不能！

闫娜大喊一声："你不能走！"李思诗一脸惊愕地待在那里，直到闫娜凶神恶煞地将她扑倒，直到闫娜的手拼命地卡住她的脖子，她才知道危险临近，但一切已经太迟了……

同　学

王玉祥*

为什么现在想起同学？因为大家老了。为什么老了以后想同学？因为这些年经济发展了，网络时代，人与人之间联系方便了，一个视频，就近在咫尺，但心却隔远了。商品经济社会，人与人的关系，物化为利益关系。正所谓："人生熙熙皆为利来，人生攘攘皆为利往。"人心浮躁、社会薄情，同学之间没有利益的杂质，没有利益的浊流，只有共同走过的一段黄金岁月的纯真之情就显得弥足珍贵了。俗话说："十年修得同船渡，五世修得同窗读。"那段没有钩心斗角，没有敷衍利用的岁月，真的成为我们一生中不可再来的梦。多变的社会，唯有同学的关系不会变，也不可能变。于是，各种校友会就像雨后春笋一样，到处冒头。就是没上过大学的，也整个高中同学会、初中同学会，甚至在我老家老虎沟，一帮七八十岁的农村高小毕业生也成立了小学同学会。现在，连留学生都有中国校友会。悉尼大学，在中国有4000多名校友，仅深圳就有400多名。悉尼大学从中看到了商机，在苏州专门成立了"悉尼大学中国校友会服务中心"。

这年头，没个同学圈，那在社会上简直没法混！同学相聚，成了嘉年华、庆典、节日、盛宴。正像原文化部部长、大作家王蒙先生《同学颂》描写的那样：

"找一个理由，和同学见一面，不为别的，只想一起怀念过去的岁月，一口老酒，一声同学，热泪盈眶。

找一个理由，去和同学见一面，不管混得好还是混得孬，只想看看彼此，一声同学，一份关切，情谊绵长。

---

* 深圳市文学内刊专业委员会副主任、深圳市作家协会理事，《盐田文艺》执行主编。在《青年文学》《曲艺》《中国文化报》《深圳特区报》等发表作品多篇。出版短篇小说集《爱是你我》、文集《自言自语》。《文化骗子》获《小说选刊》全国征文奖，《儿孙》获中国小说学会举办的"文华杯"全国短篇小说大赛奖。

找一个理由,去见一见同学,时间一年又一年,青春已逝,年华已老,一声珍重,一句祝福,感同身受。

找一个理由,去见一见同学,这是我们最信任的人,用碗喝酒,大声唱歌,一声兄弟,一生朋友,地久天长。

有同学的地方,无论是闹市还是乡村,都是景色最美的地方。大家坐在那里,说着过去,拍着胸膛,搂着肩膀,如同看到了彼此青春的模样。因为同学,让我们找到了过去的万丈光芒。

有同学的地方,无论是大鱼大肉还是小菜小汤,都是让人沉醉的地方。你我端着酒杯,不说话,头一仰,全喝光,那种感觉只有你我能够品尝,因为同学让我们忘却了工作的繁忙和慌张。

同学是前世的债,这世的情,常来常往,格外芬芳。

有同学的地方,就是景色最漂亮的地方。"

说得多好哇!道出了我们共同的心声。当我第一次读《同学颂》时,激动得热泪盈眶,感同身受。人们提起同学,大多是美好的回忆。我却因为一些说不清、道不明,或者不能说清、不能道明的事儿,远离了同学。

一

2014 年 8 月 8 日,30 年同学会晚宴已经进入高潮。那厢女同学们离开酒桌,开始胡乱地唱起改编版的《年轻的朋友来相会》:

"亲爱的同学们,我们来相会,鬓毛已经灰,形象也憔悴。叫帅哥,喊美女,其实是互吹,家里家外事情一大堆。

啊,亲爱的同学们生活的压力我们背,多努力,勤运动,酸甜苦辣人生才是真滋味。

再过 20 年,我们来相会,拐棍添条腿,轮椅儿孙推,你颤巍,我摇晃,痴呆更狼狈,哆哆嗦嗦说话不入味。

啊,亲爱的同学们,现在的身体好珍贵,别贪睡,别嫌累,有空常常逛逛网络也陶醉。

再过 40 年,我们来相会,大都在荒野,没准做化肥,你一堆,我一堆,谁也不认识谁,面子里子统统化作灰。

啊,亲爱的同学们,今生缘分别浪费,你一杯,我一杯,潇潇洒洒齐呼一声万万岁!"

这厢,男同学继续推杯换盏,谁也不服谁。

我已经酒涌喉口,随时会喷薄而出,我拼命地忍着。当梁一天再一次举杯敬酒的时候,我使劲儿地摆手。梁一天有些不高兴:“祥子,不给大哥面子?”我还是摆手。梁一天有些喝高了,嘴上没有把门的:“咋的?深圳人牛逼呀?不就多两个臭钱吗?有什么了不起的?真他妈的不地道!”

我很恼火:“同学聚会,别整那用不着的啊!”我吃了个馒头,把酒劲儿压下去,又补充了一句,“钱多,那也是老子堂堂正正地挣的,关你屁事?不是我问你,老子哪他妈不地道啦?”

“非得让我说出来呀?”

“说呀!不说是孙子!”

“这可是你逼的。我问你,为啥夏媛媛叫你帮她妹妹在深圳介绍个工作,你介绍人家去当小三?咱班长张宝到深圳投奔你,没站下,家里工作又丢了,混来混去,命都混没了。你说,你办的是人事儿吗?”

“你!我……”我有些气结。

同学们赶紧劝架:“都是亲同学,何必为喝酒闹不愉快?”“大家好不容易聚在一起,提那些陈芝麻烂谷子干啥?”

我想解释一下,但唱歌、喝酒的地方,乱哄哄的,根本没有机会。同学劝架似乎中立,但不少同学是站在梁一天一边的,都用批判,甚至鄙视的眼光看着我,似乎我真的不地道,说了也没用。没人想去探明事情的真相,大部分同学宁愿相信“为富不仁”——深圳那个大染缸出来的,能有几个好人?我和谁也没打招呼,就连夜离开了。

二

我是从农村考上大学的,我们班唯一的农村考生。在校期间,因憨厚、勤奋、肯干,老师、同学都昵称“祥子”。

到深圳后,做过教师,当过杂志社记者、电视台导演、公务员、公司总经理等,结交了一大批朋友,不少是铁哥们。在朋友圈里,我以仗义、豪爽、热心肠著称,人送外号“关东大侠”。

我在市委机关工作,老家的人就觉得我神通广大,不少人找我帮忙。大到县里招商引资,小到办理中英街“通行证”,最多的还是帮孩子找工作。

小小的“通行证”叫我苦不堪言,又要求人,又要花钱。虽然一个证也就二三十块钱,但我那时的工资才 200 来块钱 ,确实是一笔不小的开支。

东北人实在,从来不把自家当外人,给孩子找工作,空着手就来了。害得我自己掏腰包,跑到吉林省驻深办事处的天池大厦的东北特产店,买人参、鹿茸、木耳、榛蘑等,用来感谢那些帮忙找工作的朋友。为此,我老婆讥讽我"打肿脸充胖子"。

同学来了,更是高接远送,陪着吃好、喝好、玩好。

梁一天到香港大学进行现代汉语教学交流,来来回回好几趟,都是在我家吃住。那时房子小,没有客房,梁一天来了,我老婆和女儿挤小床,我睡沙发,把我们夫妻的大床让给他睡。

梁一天教学交流结束,他老婆来深圳接他,我整了一大桌子菜,给他们俩接风、送行。所以,我怎么都没想到姓梁的会骂我"不办人事"。我跟同学,差一点儿把心都掏出来了,关键时刻,却没有一个人帮我说句公道话。

至于说夏媛媛妹妹、班长张宝找工作的事儿,我是比窦娥还冤哪! 好心不得好报,"送人玫瑰,手留余刺!"

三

1991 年底,我从市委机关副处长的位置上,调任到一个处级的市属企业任党支部书记兼副总经理。虽然是平调,但工资待遇却大相径庭。机关一个月工资五六百块钱;副总经理,一个月工资五千多元,差不多十倍,年终还有奖金。配专车,每个月还有几千元接待费签单权。

当时是全民经商的时代,从机关调往企业,叫"出生",从企业调入机关,叫"入死",所以大家都往企业挤。能被派往企业做总经理、副总经理的人,更是让人羡慕嫉妒恨!

我到企业工作半年后,有一天忽然接到大学同学夏媛媛的电话:"祥子,我是媛媛,听说你当总经理啦?"

"副的。"

"副的,也够牛的啦! 咱们读书的时候,我就看你是个潜力股。咱们那一届,你是第一个入党的,学生会干部,还是全校长跑冠军,大学期间就在咱学报上发大块文章,我老崇拜你了。哎,你说,那时你咋就不追我呢?"

"得、得、得,你可别忽悠我啦! 咱班就我一个老屯(农村人),土包子一个,你是咱班花,你都不正眼瞧我一眼。"

这夏媛媛,嘴像抹了蜜一样,虽然是忽悠,也很受用,甚至有些"受宠若惊",但我并不糊涂。俗话说:"无事献殷勤,非奸即盗。"夏媛媛这是有事要求我呀!

四

夏媛媛是大家公认的美人。面容姣好,说书人描写美人的那些词,什么"柳叶弯眉、樱桃小口",什么"杨柳细腰、婀娜多姿",就好像都为她准备似的。夏媛媛一进校,就成了众多男生的女神。我们班男生不少追求过夏媛媛,不少男生暗恋过夏媛媛,我也是暗恋者之一。夏媛媛和班上几个家境比较好的男同学的恋情都无疾而终,最后嫁给了数学系的一位男生。听说那个男生的父亲是省里的一个什么厅长。毕业后,我再也没见过夏媛媛,也没联系过。

夏媛媛果然是有事求我。

她妹妹离婚了,心情不好,不想在老家待了,让我在深圳帮忙找个工作。我一口答应下来。

我看她寄过来的工作简历上,她妹妹做过酒店大堂副经理,就安排她到公司属下的音乐酒吧做部长。她妹妹很高兴,夏媛媛也千恩万谢的。

夏媛媛的妹妹叫甜甜,比媛媛小一岁,个子比媛媛还高,有一米七。甜甜和媛媛一样漂亮,并且漂亮中还带有三分野性,古灵精怪的,特别撩人的那种妹子。上班的时候,穿工装,西服裙,还挺端庄的。可下了班儿,和我在大排档喝酒,脚着一双"人字拖",穿着一件V字领的T恤,露着深深的乳沟,一条牛仔短裤,短的屁股都快包不住了。两条白白的大长腿更是让人有些心惊肉跳。过往路人都行注目礼,搞得我浑身不自在,还有些燥热。我提醒她衣着太暴露了,她哈哈大笑:"王哥,你都进城多少年啦?咋还这么土老帽啊!"

我被她整得哭笑不得。

甜甜敬了我一杯酒,说:"王哥,你知道女人什么时候最容易投怀相送?"

我看着她,等待下文。

"酒桌上、海边浴场。在酒桌上喝醉的女人,都是对你不设防的。其实,有时也未必真醉,只不过是为同男人上床找个借口:昨天喝多了。"

甜甜喝了一杯酒,接着说:"去大海里游泳,本来就是一件浪漫的事儿。在大海里,身上就那两片破布,几乎赤裸相见,女人是很容易春心荡漾的。"

我一竖大拇指:"高见!"

甜甜一挥手:"不要打断我!我告诉你,要不咋说女人是水做的呢?遇水则软,遇水则化,海水、酒水,都是水。"

甜甜的话叫我有些震惊,她 30 岁不到,来深圳不到半年,怎么像一个情场老手呢?

甜甜酒量惊人,一瓶高度白酒下去,外带四瓶啤酒,照样给你走直线,一点不打晃。

过后,甜甜再约我喝酒,都找借口推了。和她喝酒,是一件挺令人兴奋和享受的事情。拒绝她,一是因为她酒量太大,喝不过她;二是她那身打扮让我差点儿流鼻血,我怕把持不住,别再弄出点啥事来,不好收场。我不是柳下惠,我对自己的定力没有信心。

甜甜工作上真是一把好手,眼里有活儿,勤快、嘴甜、豪爽,酒量又好,为酒吧赢得了很多回头客。

五

张宝,大学时我的班长,比我大五岁,一米七二的个儿,人长得黑瘦,嗜烟如命。上学时,每天醒来第一件事就是围着被子抽烟,然后,才起床、洗漱。他下过乡、当过铁路工人,是我们班两个带工资上学的人之一。大学期间,没少蹭他的酒喝。张宝当过下乡知识青年,对农村很了解,经常和我聊天,把我当成好朋友,是给我温暖最多的人。张宝毕业后留校,现在已经是校行政办公室副主任了,副处级、副教授。

张宝到海南省参加教育部一个高校工作会议,会议结束后,顺道到深圳看看。

我在蛇口码头接到张宝后,直奔旺角海鲜大酒楼,甜甜在那里订好房等我们。

我请张宝吃饭,打电话让甜甜作陪。因为她几次约我喝酒,都被我推了,她有些不高兴,所以一口就拒绝了。我说了不少好话,才请动这尊神。她说去可以,但得答应她个条件:不要提夏媛媛,她叫王甜甜,是我的秘书。我不知她搞什么鬼,但我还是答应了,并提醒她注意着装。

进了包房,甜甜已经泡好茶,热情地招呼我们坐下,斟茶,叫服务员起菜。甜甜今天穿了一身职业装,我松了一口气。酒席间,甜甜倒酒、布菜,招呼客人,还真像一个尽职尽责的好秘书。

这美食、美酒、美女,把张宝喝得有点高了,说话有点酸溜溜的:"行啊!祥子,这都有秘书了啦?还这么漂亮!"

甜甜微微一笑:"谢谢张教授夸奖!"

"王秘书哪里人哪?听口音也是东北的吧?"

“牡丹江的。”

“老乡,那得喝一个!”

“我不会喝。”甜甜嘴上拒绝,眼睛却看着我,好像我不让她喝似的。

张宝也看出门道:“祥子,快下令,让甜甜喝一杯。”

我想看看甜甜戏怎么演,就劝她喝一杯。

甜甜思考了一下,似乎做出了一个重大决定:“好,我这辈子最敬佩的就是教授,那些当官的、做老板的,在我眼里就是垃圾。”说完,发现我坐在旁边,赶紧解释,“王总,我说的不是你。”

我说:“没事,当官、做老板,我都算不上。”

“你不走心就好。来,张教授,为了表达我崇敬的心情,咱们用大杯喝。”说完,倒满四两杯的“飞天茅台”,双手递给张宝,然后,端起自己面前的杯子,一饮而尽。张宝傻了,这一大杯下去,肯定得趴下。于是端着酒杯,顾左右而言他:“哎,祥子,你看王秘书像不像夏媛媛?”

我故意逗他:“哪个夏媛媛?”

“咱班花,你可真能装,当年你可是暗恋过人家的。”

“像也好,不像也好,这酒你喝不喝?你要不能喝,我替你喝。”

张宝被我逼到墙角,再加上甜甜一直双手举杯在那候着,只能一咬牙,把一杯酒灌进去。然后,就往桌子底下出溜。

我和甜甜把张宝送回酒店。回来的路上我问甜甜:“你和我们班长第一次见面,你为啥装神弄鬼,灌人家?”

“你说我姐是班花,我不信。我姐能成班花,那你们班的女生颜值也太低了吧?你可能是‘情人眼里出西施’,我姐还没我漂亮呢!我想你们班长应该靠谱,想印证一下。”

“就为这,你就把人家灌趴下啦?”

“酒后吐真言嘛!”

“你呀!”我又一次被她整得哭笑不得。

六

第二天,上午九点钟,我去酒店接张宝喝早茶。敲了半天门,张宝才睡眼惺忪地爬起来开门。我说:“班长,快刷牙洗脸,我带你去喝早茶。”

“喝啥茶呀?昨晚光喝酒了,也没吃几口菜,空腹喝茶伤胃。”

“我这茶养胃,走吧!”

路上,张宝揉着太阳穴说:“你的秘书太厉害了!不过,说实在的,她还真的长得和夏媛媛挺像的。”

“能不像吗?那是她亲妹妹。”

“怎么回事?”

我就把夏媛媛托我帮她妹妹找工作,我安排她到音乐酒吧当部长,我说她姐是班花,她不信,找他印证等一五一十地都告诉了他。

张宝上去给了我一拳:“啊!原来是你小子和夏媛媛妹妹合起伙整蛊我?”

“不是怕你闷吗?”

“我去!”

七

当一大堆精美小吃,什么虾饺、烧卖、凤爪、鲜竹卷、牛肉丸、皮蛋瘦肉粥、柴鱼花生粥、白果粥等摆上桌子,张宝才知道广东的喝早茶,就是吃早点。喝茶是为了解腻。

吃完早茶,我又领张宝到公司看看。张宝坐在我老板椅上,摇晃着说:“当老板就是好哇!”当他听说我一个月工资五千多元,还有年终奖、请客签单权,配有专车等,更是羡慕得不得了。

我带着张宝去了“锦绣中华”、民俗村、世界之窗、中英街等地,也引荐了一些朋友。

临回家前,他同我讲了此行的目的:他想来深圳,这次就是来考察的。

我问他:“想去深圳大学吗?这个我可以帮忙,我以前在市委工作时的老领导现在是深圳大学党委书记。”

“去啥深圳大学,人家不缺政工干部。教学咱也不行。别看我顶着副教授的头衔,其实,大学毕业后,我一天课都没教。”

“那你有什么打算?”

“我就是奔着你来的。我在老家听说你下海了,我就动心了,正好借着这次到海南开会过来看看。”

“结论?”

“结论:一、深圳是个好地方;二、你人没变,待人还是那么实诚。”

“可我这庙太小,装不下你尊大菩萨。”

“你这是拒绝呢，还是客气？拒绝，我再另想办法；客气，那你就随便给我安排一个活儿，让我来深圳有个落脚地。你也别再把我当班长，也别再把我当成副处级干部、副教授，我和夏甜甜一样，就是一个来深圳找工作的。”

“真的下决心啦？”

“下决心啦！”

八

半个月后，张宝给我打来电话，说已经办好停薪留职手续，就等着我召唤。个人简历和一些证明材料、获奖证书复印件等，已经特快专递寄给我，让我注意查收。

张宝走后，我就开始琢磨如何在公司给他找个位置。按照他的工作经历，当办公室主任最合适，但办公室不缺主任。

办公室主任叫白灵，未婚，二十八九岁，毕业于中山大学国际贸易系。她的分数，作为北京考生是完全可以上清华大学的，但她想到中国改革开放前沿体验一下，所以选择了中山大学，毕业后又来了深圳。

白灵，父母都是清华大学文学院教授，一个在清华园长大的女孩儿，人如其名，白净净、水灵灵的，一个很文艺范儿的女孩儿。思想单纯、很有正义感。我一来公司，她和我很谈得来，她虽然是学经济贸易学的，但受家学影响，文学底蕴深厚，尤其是谈起“蒲苇纫如丝，磐石无转移”“在天愿作比翼鸟，在地愿为连理枝”“山盟虽在，锦书难托”“愿得一人心，白首不相离”“情不知所起，一往而深”“愿天下有情人终成眷属”等诗句和故事，如数家珍。唐诗、宋词、元曲、明清小说无不涉猎，让我这个文学专业毕业的人自叹不如。几番唱和，我们已成为知己。她在工作上给予了我最大的帮助。

公司前身是挂靠企业，后来变更成为市属企业。主要目的就是为了拿地。拿到地后，公司以此为股本投资，成立了合资企业公司，占百分之三十八股份，控股的是合资公司董事长，他和他兄弟、朋友占百分之六十二的股份。而我们公司总经理又是董事长的前妻，人事关系错综复杂。除了白灵，公司和合资公司的大大小小领导都是合资公司董事长的弟弟、前小舅子、亲朋好友，典型的家族企业。市里派我来，就是“掺沙子”，加强党的领导和正规化企业管理。所以，我人未到，已成为他们防范的对手，天生就充满了敌意和戒备。公司召开中层以上干部会议，商量如何对付新来的党支部书记兼副总经理。白灵马上站出来，义正词严地指出，搞小圈子，对上级阳奉阴违，是错误的。如果他们一意孤行，她就去市委告他们。这种事情，本来就是见不得光的，有人站出来反对，谁也不敢顶着干，会议不欢而散。

我到公司后，白灵旗帜鲜明地支持我。公司大大小小的事情没有我签字，或者我表态，她都顶着不办。在强敌环伺、处境艰难的时候，有一支友军救援，该是一场多么大的幸事呀！

总经理是一个自尊心很强的女人，和白灵是闺蜜，但白灵现在让她很不爽，所以想把她调离办公室主任的位置。当她和我试探地说出她的打算时，我想都没想就投了反对票。

张宝的事情让我伤透脑筋。张宝对影视业务、广告宣传、文案策划、舞台演出等都是门外汉，张宝能进入公司的唯一渠道就是当办公室主任。

我收到张宝的材料后，一直压在办公桌抽屉里。我知道，只要我推荐张宝，总经理一定会让他取代白灵。

我无法割舍白灵，更不想当白眼狼。为此，我备受煎熬。但在张宝十二道金牌催促下，我想，友军再好，也是外人；同学才是青年近卫军。我一咬牙，把张宝推荐给了总经理。

张宝的调令发出后，我无颜见白灵，就借着一个可出可不的出差的机会躲了出去。我不知道出差回来后如何面对，只能祈祷船到桥头自然直。

白灵根本不相信我会同意把她调离办公室主任的岗位，所以一定要听到我亲口说才相信，但总经理一句话就击垮她了："接替你的是王总的大学同学。"

白灵像被子弹击中了一样，浑身一阵颤抖，眼泪唰地一下流了下来。什么都没说，转身默默离开。

九

我出差回来，白灵已经回北京了。办公室黄娟给了我白灵留下的一个信封，打开，里面是一张便笺：

王总：

"轻轻的我走了，正如我轻轻的来，我轻轻的招手，作别西天的云彩。"

徐志摩的诗，一下子把我整到云里雾里，我继续看下去，

"在您到来之前，我已准备向公司辞职。家里已经帮我联系好到经贸部上班，一直催我回北京工作、结婚，我男朋友在外交部工作。我看到您刚来，处境艰难，

就决定留下来帮您一段时间再走。

在我印象中，东北爷们以豪爽、仗义著称，可以为朋友两肋插刀。没想到，也有插朋友一刀的人。‘我心向明月，明月偏偏照沟渠。’感谢您给我上了人生宝贵的一课，让我懂得了江湖险恶、人心叵测。今后，我再也不会轻易相信任何一个人了。

临别之前，小妹赠您一句话：做人要厚道！这句话，用四川话读起来更有味道！”

知名不具。

我无地自容！一声王总，一个个“您”字，犹如一根根钢针，扎在我身上，痛在我心里。一直标榜自己是一个顶天立地的爷们，还人称什么狗屁“关东大侠”！你就是一个地地道道的小人，真不是个东西！我只想找一个没人的地方抽自己两个耳光子。

白灵走了，不但给张宝腾出了位置，还腾出了住房。公司给白灵租的是单身公寓，一房一厅，空调、床、沙发是租房时就有的。彩电、冰箱、热水器、厨具、餐桌等是白灵后来购置的。白灵回北京结婚，新房里新购置的全套家私、家电，这些东西都用不上了，就委托黄娟帮她处理。归堆，八百块钱，多出的，给黄娟。我打电话问张宝要不要。张宝说：“要，你把钱先垫上。”我给了黄娟一千二百块钱。这张宝人还没到，我就把位子给留好了，家给安好了。想一想自己当初来深圳费的那个劲儿，我都有点儿嫉妒张宝了。

十

大学出来的人素质就是高。张宝上任后，在我的帮助下，做了几件漂亮的事儿。

公司成立以来，资料一直没人管理，胡乱地堆在文件柜里。有时找个材料，费老劲儿了，还经常找不着。张宝来了后，按照档案管理的规范要求，把所有资料，包括成立公司的原始资料，都重新整理，分类、立卷、归档，并设立专门的档案柜。所有东西都一目了然。

张宝做的第二件事，就是按照现代化企业管理制度，建章立制。重新修订了包括公司章程、奖惩条例、请假、休假制度、财务报销制度等，使公司管理水平有了较大的提高。

以前，公司里的人的名片五花八门，想怎么印就怎么印，经常被别人当作皮包公司。张宝专门请人为公司设计了形象标识,对名片的规格、版面、内容都做了统一规定。业务员再出去谈业务,名片一递,一看就知道是大公司的。

张宝又亲自掌控公司食堂采购环节,节约成本。在经费一分钱都没增加的情况下,饭菜质量有了明显的提高。张宝又提议:每个职工生日那天,公司送一个蛋糕。公司采纳了他的建议。

节假日,张宝组织大家一起爬山、包饺子,让公司那些只身闯深圳的人有了家的感觉。

张宝得到了公司上上下下的认可。总经理指示人事部门,提前结束张宝的试用期,正式调入公司,并尽快解决户口问题。公司正在盖的职工宿舍也有张宝一份。

十一

我真为张宝高兴。工作上的大事小情,我都愿意找他商量。但我发现,张宝在公司站住脚后,开始刻意地和我保持距离,还和公司的人说:"我和王总就是一般的同学关系。"在总经理面前,更是一副公事公办的样子。他的用意我明白,他是不想让人说他是靠关系来公司的。他来公司,完全是因为他有能力,公司需要。

周六,他来我家喝酒。酒至半酣,我和他推心置腹:"班长,让你当个办公室主任委屈你了,但老弟就这么大点能耐。在公司,你和我保持距离,我理解,这对我有百利而无一害,但对你没好处,因为有一天别人想动你的时候,根本不用顾忌我。"

张宝拍拍我肩膀:"祥子,你想多了,我那是做给外人看的,咱俩啥时候都是亲同学、铁哥们。来,我敬你一杯。"

十二

我正在办公室看一份合同,音乐酒吧的李经理敲门进来:"王总,忙着哪?"

"是李经理呀?请坐!"我一边招呼,一边烧水准备泡茶。

"您别忙乎,我说两句话就走。我刚从总经理那屋过来,是来汇报夏甜甜的事儿的。"

我心一紧:"夏甜甜怎么啦?"

"夏甜甜没怎么地,是要提她当音乐酒吧副经理,总经理同意了,让我和您说一声。”

“不是看我的面子吧?”

“当然不是啦！是人家干得好,我走啦。”

“再见。”

这个夏甜甜还挺争气,我心里很高兴。好长时间没见到她了,就到宿舍去找她,想当面把好消息告诉她。她们晚上上班,白天休息。到宿舍扑了个空,同宿舍的人告诉我,夏甜甜自己租房子在外边住。

什么情况？我赶紧打她呼机,想问个究竟。

见面后,夏甜甜告诉我,有一个30多岁的“本地仔”一直在追求她,给她在外边租了个两室一厅的房子。我不找她,她也正想找我,她要辞工,准备和“本地仔”结婚。

“他是单身?”

“不是,他有老婆,还有两个孩子,他现在正在办离婚手续。离了,就娶我。”

“甜甜,你这是犯傻。这都是有钱人泡妞的套路,当不得真的。我劝你别辞工,最好搬回集体宿舍。”

“我觉得他是真心的,他每个月光租房就花好几千元。你看我穿的、戴的、背的,都是名牌,他在我身上花钱从来不心疼。”

“那是当地人钱多得没处花,出来找乐子的。”

我的话有些刺耳,夏甜甜有点不高兴,我也不好深说下去。赶紧把李经理要提她当副经理的消息告诉她,以为她会回心转意。甜甜没什么反应,淡淡地说:“谢谢李经理的好意,也谢谢王哥这么长时间的照顾,我意已决。”说完,头也不回地走了。

我赶紧给夏媛媛打电话,让她劝劝她妹妹。夏甜甜对我背后告状,很生气,骂我小人！从此不理我。

张宝的宿舍和夏甜甜的宿舍在一个院儿,也劝过夏甜甜。他老婆来探亲时,两个人闲唠嗑,就把夏甜甜的事说了。张宝说完就后悔了,一再嘱咐她不要外传。他老婆也是我们同学,她这个人嘴不严,很快同学全知道了。夏媛媛挂不住脸,她完全知道怎么一回事,但她总不能说是妹妹自己要当小三的,拦都拦不住。所以,只能让我背黑锅,在同学面前骂我不是东西。那些不明真相的同学,真的以为是我把她妹妹送入虎口的。

说夏甜甜是小三有点冤枉她,她没有勾引“本地仔”,插足人家家庭,是那个“本地仔”一直在追求她。最后,被“本地仔”痴情所感动,才同他交往的。

那个“本地仔”也不是只想和夏甜甜玩玩儿。“本地仔”21 岁就由父母做主结婚了。年轻时不懂爱情,遇到夏甜甜,认为找到了真爱,所以就要轰轰烈烈地爱一场。只是婚没离成。首先,遭到了父母的强烈反对:男人逢场作戏也就罢了,玩到家都散了,就太离谱啦!真要敢离婚,就断绝父子、母子关系,净身出户。他老婆的态度也很鲜明:我不管你在外有小三、小四,反正是打死不离婚。

“本地仔”觉得对不起夏甜甜,看到夏甜甜不想在深圳打工了,就出钱帮助她在老家开了个规模挺大的服装店。还帮助她从深圳、广州、虎门进货,听说挺火的。整个服装城,都唯她马首是瞻。

夏甜甜和“本地仔”两个人最后成了“铁子”(知己),一直保持着联系。

这个结局让我很意外。这同我们常见的小三道德败坏,破坏别人家庭,最后,原配打上门来,落荒而逃;或者,无知少女上当受骗失身,男人始乱终弃的结局完全不同。“本地仔”也不是那种玩弄女性的情场高手。这里既没有两败俱伤,也没有反目成仇。我忽然想起夏甜甜有一次和我喝酒时说的一段话:“王哥,凭什么说男人和女人上床就一定是女人吃亏呢?这女人第一次和第二次有天壤之别,但第二次和第一百次没啥差别。像我这种离婚的女人,我也需要性,我要是碰到对我好的,我也能看上眼的,我不管他啥目的,我都会和他上床。”

这夏甜甜,总能整出一套歪理邪说来。我不想和她谈这么敏感的话题,赶紧把话岔开。我可能真的落伍了。忽然想起一句歌词来:不是我不明白,是世界变化快!

十三

夏甜甜的事余波未平,张宝又出幺蛾子。

我从北京出差回来,特意给张宝带了一些果脯、稻香村糕点等北京特产。送到办公室,发现广告部的管华坐在主任位置上。

“张主任呢?”

“在广告部。”

“你去把他叫回来!”

管华从广告部回来:“张副经理出去了。”

“等等,张副经理,什么意思?”

“啊,张主任调到广告部任副经理,总经理让我暂时负责办公室工作。”

我腾地一下火从心头起,气冲冲地推开总经理办公室的大门:“总经理,公司调动中层干部这么大的事都不同我打声招呼,是不是把我当透明的?”

“王总,你回来啦?啥事发这么大的火?”

“张宝的事呗!”

“张宝的事不是你同意的吗?”

“我同意啥?”

“张主任主动要求到广告部去,说是同你商量过的,你同意的。我告诉张主任,广告部经理干得好好的,公司不可能轻易撤换,要去,也只能当副经理,张主任愿意。我想找你商量一下,电话打到你住的酒店,没人接。我看张主任去意已定,怕影响工作,就先安排管华先把办公室这摊管起来,任命文件还没发。我也觉得张宝去广告部不合适。你同他谈谈,如果他还愿意回办公室,就接着当他的主任,如果他还是坚持去广告部,那公司就发正式文件,任命他为广告部副经理,管华为办公室主任。”

张宝赶回公司,我开门见山地表明我的态度,不同意他去广告部,理由有三:一是来深圳时间太短,没什么人脉,也就没什么客户;二是不懂广告业务,你不会出创意、不会写广告文案,怎么和人家谈?三是公司计划盖的职工宿舍,公司中层干部正职90平方米,副职70平方米。

张宝不为所动:“王总,我知道你是为我好,你说的这些情况都确实存在,但我对自己还是有信心的。我还是想试试,不试,怎么知道行不行呢?至于说房子,到现在还在纸上,不知道猴年马月才能盖起来。再说,那房子也没房产证,也就住住人。我这不是一时心血来潮,是想好了才做的。我知道你会反对,所以才趁你出差,想造成既成事实。”

“是不是前阶段广告部邓经理业务提成二十多万,刺激你啦?”

“有这方面的因素,但更主要的是我来深圳的目的就是想赚钱,要不抛家舍业干啥来啦?有个事我一直没跟你说,我办停薪留职的时候,校党委书记找过我,说可惜了,本来要提我做党委办公室主任的。”

“铁心啦?”

“嗯。”

“我还是要提醒你一下,公司的规章制度你是了解的,广告部是业务部门,三个月没有绩效,就要主动辞职。”

“我有这方面心理准备。”

十四

张宝果然三个月没谈成一笔广告生意。闲着没事就各个办公室乱窜，既影响了公司的办公环境，又成了“公司的涣散剂”（总经理语）。三个月到了，张宝没有主动辞职。我知道，他等着公司解聘。公司解聘，补偿一个月工资。我请示总经理后，办了解聘手续，叫财务部给张宝补了一个月工资，并允许他在公司租给他的房子再免费住一个月。

张宝走后，有一次我和总经理谈工作，不知怎么就聊到张宝。总经理说：“王总，你对同学太够意思了，什么都给考虑到了，但也埋下了祸根。一切来得太容易了，他根本不知道珍惜。当年，咱们来深圳，谁不是折腾半死，才站住脚的。另外，你这个同学也不厚道，你跟他掏心掏肺的，他却对你有所保留。我是最恨对朋友不忠的人，对朋友不忠，就可能对公司不忠，这是我解聘他的主要原因。当然，也有规章制度的因素，但制度是人定的嘛！要不，这么大的公司，哪地儿还没他碗饭吃。我把话放这儿，像你同学这么急功近利的，在深圳肯定混不下去。”

十五

张宝解聘的第三天，东北中小学校放假，他在吉林市一中当老师的老婆带着孩子来深圳探亲。我尽地主之谊，请他们全家吃饭。席间，我拉着张宝去洗手间，问张宝他老婆知不知道他离开公司的事，他说还没说，等过一两天再告诉她。我问他下一步怎么打算的，是回学校上班，还是继续在深圳干下去？张宝肯定地回答：“我就这么灰溜溜地回去，怎么有脸见江东父老？一定在深圳干出一番事业来！我相信，偌大的一个深圳，一定会有我用武之地。”

我爱人在福田中学当语文老师，最近，调到深圳电视台工作。张宝他老婆不也是语文老师吗？多好的机会呀！我让爱人把张宝老婆推荐给他们的校长。我爱人是他们学校的金牌教师，在全区、全市的大大小小的语文教学比赛中成绩优异，为学校争得不少荣誉。所以，她推荐的人校长很重视，又听说是省重点中学教师，就当场表态：准备工作简历及相关材料，只要试讲没问题，马上调进。

我兴冲冲地跑到张宝家，把好消息告诉他们俩。他俩没什么反应，他老婆木木地问了一句：“福田中学是什么级别的学校？”

“福田区重点中学。”

“区重点，不去！我是省重点的。”

我苦口婆心地劝她：“学校里大把省重点中学来的老师，甚至还有黄冈中学、清华附中的老师。先别管是什么级别的学校，调进来再说。事业单位可以分房子，房子有了，你有了稳定的工作，班长在深圳打天下，也就没有后顾之忧了。”

我嘴唇都差点儿磨破了，张宝他老婆也没点头。

嘿，这两口子，真是一对棒槌！

十六

张宝家的事我是真不想管，但亲同学，又是冲我来的，又不能不管。我每次问张宝工作找得怎么样了？他都回答正在找。我看他老没下文，就求到深圳商业总公司（原商业局）属下的一个二级企业——高科公司李总的门下。

李总，哈尔滨人，哈工大毕业研究生。李总一点也不像东北人，身高只有一米六五，一对小眼睛在眼镜后滴溜溜地乱转，一看就知道是一个心眼活泛、鬼主意特别多的人。不过，李总人还是挺讲义气的，特别看重老乡情分。我把张宝郑重地推荐给李总，详细地介绍了他的长处和能力，都夸出花儿来了。

李总开玩笑地说：“这么好的人才，你们公司怎么会舍得放啊？”

“咳，他年纪比我大，大学时又是我的班长，在我手底下工作，他和我都尴尬。”

“那我明白了，让他来我这儿吧！做行政总监，分管行政、财务、后勤。我们公司没有副总，他基本上可以行使副总的权力。”

“太感谢了！我连敬三杯！”

我没想到李总给我这么大的一个面子。第二天，我赶紧带着张宝去见李总。

过了一个星期，李总给我打电话，说是张宝一直没来报到，还来不来？现在他们又物色了一个人，叫关琪，黑龙江省牡丹江市政研室的副主任。

我赶紧联系张宝，问他为什么没报到？他说他还想自己找找看。我说你去不去，都给李总一个回话。他说：“好。”

过了两天，李总打电话给我，说是张宝来报到了，怎么安排他职务？我一听就来气，前些天你不去，不和我说一声；现在去了，也不和我说一声。我可是介绍人呀！

本来说好的做行政总监，现在又问怎么安排职务，说明李总已经对张宝有看法了。我心里有气，就回答说：“看工作需要吧。”李总心里有数，就任命关琪为行政总监，张宝为行政总监助理。

十七

张宝的工作落实了,我总算松了一口气。没想到,麻烦又来了。星期天下午,我在家正辅导孩子作业,张宝老婆打电话到家里,说是张宝和我们公司的人打起来了,让我快点过去。

和张宝打架的人是公司影视城的孙经理。打架的原因是因为张宝住的房子办公室已经分配给了孙经理。孙经理是从新疆生产建设兵团调来的,报到后,一直和老婆住在招待所,等张宝搬走。一个月到了,张宝没搬。半个月又过去了,张宝还是没搬。孙经理找办公室管主任,管主任找张宝让他给人腾地方。张宝嘴上说搬,但一拖,又是半个多月过去了,还是没搬。今天,孙经理和几个新疆老乡喝酒,说起这事,越说越来气,在老乡的撺掇下,就打上门来,让张宝马上搬走!再不搬,就不客气了!

张宝说:“不客气你能咋地?我不信,你还敢把房子点着喽?”

“我点房子干什么?房子我还留着住呢!我把你东西扔出去。”

“你扔一个试试!”

我赶到的时候,两个人吵得正凶,差点儿动手。我把看热闹的人驱散,让孙经理的几个朋友先回去,然后把他俩人带回公司。同时,通知管主任也到场。

在会议室里,我问张宝:“为什么不搬?”

张宝:“王总,我不是不想搬,房子我也没少看,像我现在住的这种单身公寓,租金两千多,租房子,一个月租金,再加上两个月押金,七八千元钱,我上哪儿弄去?我想到新单位后,有了房子马上搬。”

“那你没房子,就永远不搬啦?”孙经理插了一句。

“老孙,不要插话!老张到期不搬,是他的不对,但你也不能打上门去呀!有话不能好好说吗?干吗要吵架?吵架能解决问题呀?你们看这样行不行?老孙,你再忍耐两天,三天后,老张一定搬,这个事管主任监督执行!”

孙经理:“行,我给你王总面子。”

张宝:“行。”

十八

三天后,我问管主任:“张宝搬没搬?”管主任说搬了。张宝老婆和孩子第二天就回东北了,张宝除了空调、床留下,其他东西都卖了。

让张宝他当行政总监都不积极,让他做助理,他肯定干不长。果然,张宝在高科公司只待了一个星期,就辞职了。李总说,张宝还在他们那栋大楼里,不知是哪家公司,大家在电梯里有时还能碰面。

张宝离开李总公司后,再也没同我联系,他住哪儿我也不知道。大约过了三个月,张宝出现在我办公室,向我借两千块钱。我拿钱给他,告诉他不用还了。问他最近忙什么?他说在和几个朋友注册一个公司,叫“深圳市天人财务有限公司”。

“公司主要业务是什么?”

“帮别人追债。”

我啼笑皆非:“班长,就你这小体格,风大都能把你吹跑了,你还帮别人收钱?”

“我是不会干那些打打杀杀的事,手底下有一帮兄弟,他们原来都是省拳击队、柔道队的。祥子,在深圳谁敢欺负你,跟哥说,我收拾他!”

“谢谢,我可不想沾他们的边。我劝你也别和他们搅和在一起,这毕竟不是正路。”

张宝正在劲儿头上,我的话他根本听不进去。他留下新的呼机号码,饭也不吃,就走了。

十九

我虽然不赞成张宝干收钱这一行,我还是给他介绍了他们公司成立后的第一笔业务。

有一个朋友,叫牟明,是中央金融机构深圳特派员办公室主任。牟明,毕业于武汉大学,家庭条件优越,父亲是湖北省财政厅厅长。牟明有一个同学,叫刘强,是从湖北咸宁农村考上来的。刘强家境贫寒,读书期间,牟明在生活上没少帮助他,送钱、送衣、送物,还经常带他回家吃饭。毕业时,又帮助他分配到深圳。刘强现在是一家公司的副总经理,收入很不错。

深圳发行“股票抽签表”时,牟明从内部拿到一百张抽签表送给刘强。抽签表原始股票抽中率百分之十,抽中了就能赚大钱。所以,一张身份证限定只能买十张,一张一百元。一百张,就意味着刘强有一百次发财的机会。地球人都知道买原始股赚钱,因此,全国四面八方的人就都跑到深圳抢购抽签表,有的人背一麻袋身份证,有的人提前两天就排队了。抢疯了,最后酿成震惊全国的“深圳股票风波”,市长引咎辞职。

刘强向牟明借了27万元炒股,但手气不佳,亏了。三年过去了,钱一直没还。牟明这钱是从单位挪用的,现在单位清账,窟窿必须堵上。牟明告诉刘强,那一百张抽签表就算他送的,也不算什么利息了,只要把27万本金还回来就行。20世纪90年代初,农业银行的年息是百分之十四,27万,三年,放到银行赚利息都十多万哪!这牟明,是真大方!有同学当如牟明啊!

刘强还了21万,剩下的6万,怎么催都不还。态度还特别恶劣:“要钱没有,要命有一条!逼急眼了,把你父母家的房子点着了,你家住哪儿我可知道。”

牟明气得浑身发抖,话都说不出来。敢情,我当年领你回家吃饭,是给你领道让你今天烧房子!

嘿,我这暴脾气!世上还有这种混账同学?我实在看不过眼,就打电话让张宝来一趟。

二十

第二天一早,张宝就派白鹤带着五六个兄弟,拿着牟明的委托书,去刘强公司所在地——电子科技大厦17楼。到了17楼门口,白鹤一个人先去找他。

刘强见了牟明代委托书,又看到几个站在门口的如狼似虎的东北大汉,马上明白了怎么一回事。怕在公司影响不好,拉着白鹤一干人到楼下的街心公园。当场,还了3万元。剩下的3万元,一星期内指定还,写了保证书。

张宝带着三万块钱来到我办公室,让我通知牟明来拿钱。剩下的3万元归天人公司,他们负责向刘强收取。按照道上的规矩,财务公司帮助你追债,他们是要收取百分之五十的手续费的。

牟明接到我电话说:“这3万元就先给兄弟们吧,等刘强还了剩下的3万元我再要。”

晚上,十点多了,牟明给我打电话,让我通知张宝,那3万元他不要了,让他们不要再追讨了。怎么回事?牟明告诉我:“刚才,刘强跪在我面前,又哭又号,扇自己耳光子,骂自己不是人。求我放过他,说自己实在是没钱了,家里为了帮他还债,把牛都卖了。看他可怜,我决定钱不要了。”

这个牟明啊!让我说什么好呢?我说那我让张宝他们退你一万五千元。牟明说不用了,送给兄弟们喝茶吧!

“折腾了半天,你不是一分钱都没收回?”

“但我高兴。谢谢王哥替我出了这口恶气！明天我请你吃饭。”

过了两天，张宝把一个信封扔在我桌上。我打开一看，是五千元钱，业务提成。

“班长，搞什么搞？这种钱我可不敢要，再说了，这叫牟明知道了，把我当成啥人啦？”

“你应得的。”

我坚决不要，张宝坚持要给。

我说：“咋地？班长是不是想体验一下当老板的滋味？要不这样，我收两千元，当你还我的。”

张宝勉强同意：“好吧！我请你喝酒。”

二十一

张宝的公司出事了。他手下的小兄弟为了多挣钱，就私下出去找活儿，因为争场子（为夜总会看场收保护费）得罪了“潮州帮”，被追杀。几个小兄弟来深圳没多长时间，还成不了气候。“潮州帮”是深圳第一大帮，惹毛了他们，简直是找死！一帮人只能作鸟兽散。人跑光了，几个合伙人也撤了，公司也就黄摊儿了。

公司倒闭后，张宝又跑到海南，帮别人搞一个什么“佛学院”项目，最后也没成。然后，再也没有他的消息了。

知道张宝已经回老家，是几年以后的事了。张宝在吉林市开了家“留学生国际服务社”，听说生意还不错。

张宝终于当老板了，我打心眼里高兴。只是我不明白，张宝既然已经回老家了，为什么不回学校呢？后来，一个同学告诉了我原委：不是不想回，是回不去了。

二十二

深圳团市委举办全市青年演讲比赛。张宝主动联系组委会，说是能把我们母校的邵教授请来当评委主任。邵教授是我们上大学那会儿教写作的老师。邵教授是中国当代演讲学的创始人之一，全国大学生演讲比赛评委主任。能把他老人家请来，团市委当然求之不得。

邵教授一生致力于推广演讲学，听说深圳经济特区搞演讲比赛，心里非常高兴，接到邀请函后，马上表态：去！就是自己出来回机票，也去。一字没提钱的事。

张宝想,老师是自己请来的,老师不提钱的事,自己不能不提。团市委批了八千元,张宝给了邵教授五千元,自己留了三千元,皆大欢喜。谁知,团市委在邵教授那说岔了,把邵教授的劳务费说成了八千元。邵教授非常气愤:我最信任的亲学生,竟然和我玩心眼? 人品太差! 看来,他是不打算回学校啦!

邵教授做评委主任这事我知道,我请他吃过饭,但我不知道中间还有这么一段小插曲。

邵教授从深圳回去后不久,就从副校长提拔为校长。

二十三

我和张宝再一次见面,是在20年同学会上。张宝西装革履,意气风发,举手投足之间,颇有几分老板的味道。其间,张宝非得拉我单独出去喝酒,我不太想去。同学好不容易聚在一起,有的同学毕业后就没见过面,在一起热热闹闹多好哇! 我几乎是被张宝两口子绑架走的。他们请我到当地最高级的酒店吃饭,还专门开了一瓶XO。真是下了血本!

席间,张宝感谢我在深圳期间对他的照顾。说自己不知道深圳水有多深,就敢乱扎猛子。不信邪、瞎折腾,最后只能铩羽而归。张宝的老婆也说当年那么好的机会自己不知道珍惜,现在肠子都悔青了。

"干吗? 你们让不让我吃饭啦? 咱们不是亲同学吗? 说这不就外道了吗? 班长,你的事始终是我的一块心病,看到你今天这样,我是打心眼里高兴,来,我敬你!"

我和张宝大醉而归。不知张宝他老婆咋把我们两个大男人给弄回酒店的。

张宝功德圆满,我也没什么牵挂的了。没想到,几年后,竟传来噩耗。

张宝的"留学生国际服务社"一开始挺红火的,规模也不小。张宝手底下有一个助理,叫小莉,三十二三岁,一个离了婚的女人。小莉身材高挑,长相甜美,不笑不说话。表面看着柔柔弱弱的,其实是个人精,公司一半的业务都是她拉来的。张宝谈生意、应酬,都离不开她。两个人成天出双入对的,张宝的老婆不干了,说他们是"狗男女",让张宝把助理开了。张宝很恼火,纯粹是生意上的合作伙伴,非得往男女关系上整,这不瞎胡闹吗? 不理睬他老婆。他老婆态度也很坚决:她不走,我走! 两个人僵住了。冷战半年,婚姻宣告破裂。离婚后,张宝和助理住在了一起。这对"狗男女",愣是让张宝老婆给撮合到一起了。

东北过去是中国的重工业基地,是共和国的长子。到了20世纪90年代,随着市场经济的发展,大型国有企业开始衰落,大批工人纷纷下岗。为了生活,人们做零工、当保姆、摆地摊、做生意,寻找一切可以赚钱的机会。看到搞出国留学赚钱,就都一窝蜂去搞出国留学的生意。由于恶性竞争,最后谁也没钱赚。张宝的服务社效益越来越差,最后入不敷出。人都走光了,服务社只剩下个空架子。

张宝烟抽得更凶了,一根接一根,一天抽四包。一顿喝一瓶白酒,整天醉醺醺的。脸也更黑了,猪肝一个色儿。

他那个助理对他不离不弃,出去找工作,挣钱养活他。她的小伙伴嘲笑她:这是找了一个爹呀!

这样浑浑噩噩的日子过了半年。有一天张宝上厕所时摔伤,送到医院治疗。一检查,却发现已经是肝癌晚期,癌细胞已经全身扩散。今天摔倒,就是肝昏迷造成的。

医院通知:准备后事吧!

一个月后,张宝去了天国。

我在电脑键盘上码完最后一个字,夜已经很深了。我思绪万千,我写这篇小说模样的东西,初衷是想自证清白。写着、写着,却变成了对同学的追思和追忆。与金子般的同学关系相比,我那点委屈,又算得了什么?!王蒙先生说得好哇,同学是前世的债,今世的情。

夏甜甜骂我小人后,再也没见过面,但我同她相处的那段时间的点点滴滴,我还时常想起。张宝的音容笑貌更是经常出现在我的脑海,同学时的、同事时的、20年相聚时的,都那么清晰地出现在我面前。

班长,来世我们还做同学!

背　粮

王玉祥

“眼瞅着‘大烟泡’(暴风雪)就要来了,明天再走吧!”父亲走过来和我商量。

吃完午饭,我整理背包(背包里是我下个月的口粮),准备返回学校。

天阴沉沉的,彤云密布,朔风渐起,确实是要下大雪的样子。

“不了,趁着现在脚印还没有被雪埋住,我赶紧走。”

我叫李勇,是家里的老大,下面有两个弟弟、两个妹妹。大弟弟、大妹妹在大队(现在的村)小学戴帽初中班读书,小弟弟、小妹妹在村子里读小学,我在公社(现在的乡)所在地——靠山镇中学读高中,住校。

对于住校生,学校规定:每个人每月要交35斤皮粮(带壳的玉米粒),换30斤精粮(加工好的玉米渣子、玉米面)。其实,35斤皮粮,最多能磨出25斤精粮。为了照顾住宿生,不足部分由学校补齐。那时农村中学都有试验田,种蔬菜、种粮食。

我的家老虎沟屯,在公社的最北边,离中学有20多里地。老虎沟,长白山余脉,山高沟深林密,苍苍莽莽,连绵起伏。一条弯弯曲曲的山路通向山外。冬天大雪封山,起码有两个月与外界隔绝。

大雪没封山的时候,生产队每个月都有一两回派马车或者驴车到公社办事的时候,买种子、买化肥、买农具、交公粮等。家里就托人把我的口粮捎来。大雪封山了,只能自己回去背。

父亲想给我送来,我死活不同意。在城里,供孩子读书,似乎天经地义。现在,实行九年义务教育,让孩子读书,成了父母必须履行的责任。但那时没有实行义务教育,农村孩子多,日子穷苦,很多孩子小学都没念完,就回家干活了。像我们这七口之家,五个孩子都读书,吃饱肚子都困难,再供一个孩子读高中、考大学,那简直就是给家里压了一座大山哪!十六七的大小伙子了,本来应该是家里的壮劳力、顶梁柱了。现在,不但不能为家里出力,还要烧钱读闲书,我咋还好意思烦劳老父亲。

我走出家门,雪光刺得我有些睁不开眼睛。脚踩在雪地上,咯吱、咯吱的。冬天的老虎沟,银装素裹。房子是白的,田野是白的,山是白的,有点像安徒生的童话世界。树枝上,结满了霜花,真有点“忽如一夜春风来,千树万树梨花开”的味道。

山路静悄悄的,不闻犬吠,不见鸟影,只有一溜脚印逶迤延伸。我顺着脚印往山外走去。山里人都知道,在没膝深的雪中行走,是最费劲儿的事。独自跋涉,就是空着手,走不了二里路,就累得呼哧带喘的。所以,有了第一个人的脚印,后边所有的人就都会踩着这个脚印走,如果对面有人来,就会有一个人站在雪地,等对方通过后,再继续沿着脚印走。

本来,如果不是暴风雪要来,这大雪天正是狩猎的好时节。老虎沟人大部分都是猎户的后代,六七十年代还保留着冬天打猎的遗风。老虎沟是一个民风剽悍、崇尚武力之地。早年出土匪;小鬼子来了,出抗联;解放战争出将军,就是不出文曲星。所以,当我接到大学通知书时,村民还打听:“大学生是什么玩意儿?是不是和工农兵学员差不多?”“不是,大学生全凭真本事考,和过去的举人差不多。”“那老李家的大小子全县考第一,那不就是咱们县的状元了吗?啧、啧,了不得!”

老虎沟人狩猎,虎、熊那时还不是保护动物,但这些以农耕为主的二杆子猎户,还是不敢招惹的。猎户的老祖宗刘二,带着两个儿子去猎虎不成,最后爷仨都被老虎吃掉了。老虎沟也因此而得名。

狩猎的对象多为野兔、锦鸡、獾子、狼,最多的是狍子。平时,大人狩猎,我们小孩根本挨不到边。只有围猎狍子时,才把我们拉去“喊山”。狍子长得有点像鹿,也有犄角。“喊山”,就是用猎狗把狍子赶到一个深沟里,留一个缺口,站一个人,手拿着一个大棒子等候,三面人拼命喊,驱赶狍子冲向缺口。狍子跑到缺口,忽然听到一声大喊:“哪里跑?”狍子傻愣愣地看着对面的人,忘记了逃跑。当头一棒,狍子应声倒地。傻狍子、傻狍子就是这么得来的。

这样猎到的狍子,皮毛完好无损,肉里还没有铁沙子硌牙。

当晚,老虎沟屯家家烀狍子肉,哎呀,满屯子都是肉香啊!

我吞了一口口水,感到有点渴,但我忍着,没去吃雪。我知道,翻过八道沟,那儿有泉水坑,水可甜了。

说起八道沟,那可是个有说道的地方,八道沟,不论是山形地貌、高矮、大小、植被等都一模一样,就像八胞胎。人在八道沟走,老有一种原地转圈的错觉。不少外地人在此迷路。

说起泉水坑,那就更神奇了,下多大雨,坑也不满;多旱的天,水也不少。多热的天,水都冰凉刺骨;多冷的天,水面也不结冰,还冒着热气。

我赶到泉水坑,发现比我小半岁的生产队的牛倌田学忠正在坑里搬一块大石头,棉裤湿了半截。石头太大,他一个人搬不动。我埋怨他:"瞎折腾什么呢?搞得水都没法喝了。"

"算你有口福,我找到蛤蟆冬眠的洞了。"

"真的?"我一听马上来劲儿了,赶忙放下背包,过去帮搬石头。

蛤蟆,学名叫林蛙,是一种营养价值极高的补品。据说,蛤蟆油价比黄金,但我们那个时候,也就把它当成河里的鱼一样,也没觉得怎么金贵。

夏天,走在林间,满耳都是蛙声,此起彼伏。霜降一过,就听不到蛤蟆的叫声了。蛤蟆秋天养了一身膘,为冬眠做准备。这时的蛤蟆最肥,产的蛤蟆油也最多。蛤蟆冬眠的地方很隐蔽,轻易找不到。田学忠小学没毕业就给生产队当牛倌了,这小子整天在山里转悠,有着比狗还灵的鼻子。

搬开大石头,后面是一个两尺多深的洞,手伸进去,热乎乎、滑溜溜的,全是蛤蟆。我撑着口袋,田学忠两个手往口袋装。有些蛤蟆蹦到岸上,我们也不理会,在雪地上,跑不多远,蹦跶两下子就冻僵了,等把洞里的抓完,再去捡它们。

我们拢起篝火,用树枝扦子穿蛤蟆烧烤。蛤蟆烤得嗞嗞直冒油,撒上点盐面(田学忠是有备而来),哎呀,咬一口,满嘴都是油,香极了。我吃了四五个,田学忠还用铁丝穿了一串,有十多只,让我带上,啥时馋了,烤两只。

我吃饱喝足了,养足了精神,该继续赶路了。田学忠用雪把火堆压上,背着大半面袋子蛤蟆乐颠颠地回家了。

天空开始有雪花飘落。一会儿,雪越下越大,犹如鹅毛一般,纷纷扬扬,卷下一场漫天大雪。这时,又起风了,一阵紧似一阵,吹得树梢呦、呦直叫。"大烟泡"不但把脚印埋上了,还吹得沟满壑平,连路都找不着了。风吹得人睁不开眼睛,我试探着往前走,生怕掉进雪坑。掉进雪坑,人倒摔不坏,像棉花堆似的。就怕坑太深,爬不出来,活活冻死。好在这条道我跑了两年了,才没行差踏错。

背上的背包越来越重,背包绳勒得双肩生疼。背 30 多斤东西,平时玩儿似的,现在却像一座山一样,压得我喘不过气来。即使这样,我也没动过丢掉粮食的念头。粮食就是命根子,人在粮食在!雪深到大腿根,双腿像灌了铅一样,每迈一步,都得使出吃奶的力气。

我大口喘着粗气,浑身上下没有一丝力气,真想坐下来歇会儿,但我不敢,这

“大烟泡”天,就跟红军过夹金山时一样,一坐下来,就再也起不来了。

我一步一步地往前挪,背包背不动了,平地、上坡的时候就拖着走;下坡的时候,就抱在怀里,往山下出溜。我背一阵、拖一阵、溜一阵,趺趺撞撞地往学校走去。

在累得快要虚脱的时候,支撑我走下去的,既不是像英雄那样,背诵毛主席语录:“下定决心,不怕牺牲,排除万难,去争取胜利”,也不是用孟子的“故天将降大任于斯人也,必先苦其心志,劳其筋骨,饿其体肤,空乏其身,曾益其所不能”的格言来励志。而是那不停在眼前晃动的,弟弟妹妹期盼的双眼和父亲那长满老茧的双手、母亲那布满皱纹的面孔。

我不能退缩,更不能倒下,因为我深深地知道,要想走出大山,要想改变自己的命运、家庭的命运,对于农家孩子来说,自古华山一条路——只有读好书。这条路走通了,不但能改变我的命运,也能引领带动弟弟妹妹继续走下去。弟弟、妹妹没有辜负我这片苦心,各个争气,都考上了名牌大学。为了供他们上大学,我接过了父母的担子,尽一个长兄的责任。为了弟弟妹妹,我一直拖到35岁才结婚,我女朋友足足等了我八年,赶上抗日战争了。当我向她表示歉意的时候,她却笑着说:“安啦!多亏你还要我,要不,我真嫁不出去了。”

从我家开始,老虎沟的孩子,陆陆续续地走出了大山。至今,我还是老虎沟那帮黝黑孩子生命的灯塔。

路过一个向阳坡,雪比较薄,我拨开积雪,薅了几把“乌拉草”垫在肩上,肩膀马上轻松了好多。我吃了几口雪,又用雪使劲儿搓了搓脸,抖擞精神,继续前行。曙光在前,翻过前面那道山岗,就到学校了。

登上山顶,我看到了学生宿舍和食堂的灯光,心里那个激动啊!

其实,我们住宿的条件很差,东北人都住炕,冬暖夏凉,但我们住的是大通铺床,夏天闷热、蚊叮虫咬;冬天,前半夜,烧炉子,还凑合。下半夜,炉子火熄了,屋子就变成了冰窖。准备的一盆洗脸水,第二天早上变成了冰坨。本来是住南北通铺的,为了抱团取暖,大家都挤在一边住。睡觉冻脑袋,大家就戴着狗皮帽子睡觉。早上起来,帽子上、枕头上,结了一层霜。

吃的,只能说还能吃。主食是苞米面发糕子,发糕经常半生不熟,难吃死了。偶尔吃顿苞米渣饭,那就是过节了。菜只有一样——盐水大白菜,见不到荤腥。我们做饭用的是压井水,冬天压井阀冻住了,水引不上来,大师傅就到门外端几盆所谓干净的雪做饭。蒸出的发糕牙碜,熬出的白菜,锅底一层泥沙。

这些看起来平常特别不待见的东西,对于从“大烟泡”里挣扎出来,又累又饿的我,那简直是天堂。我顿时浑身来劲儿,一溜烟跑下山岗……

迁 坟

王玉祥

一

1952 年的春节马上就要到了,老虎沟村家家户户蒸黏豆包,做干豆腐、冻豆腐,杀猪,整个村子热气腾腾的,年味十足。杀猪必定要吃杀猪菜。猪下水、血肠、大骨头和酸菜,加作料,放到大铁锅烩三个多小时,哎呀,那个香啊!一家杀猪,全屯子过年,各家的男主人都被请去坐席。吃不了的,东家送一碗,西家送一碗,小孩子解馋。

村主任徐贵正在家里杀猪,赵会计的儿子大奎跑来,说是村委会有两个大官找村主任。徐贵一听,赶紧放下手里的活儿,赶到村委会。一辆吉普车停在了老虎沟村委会门口。车上下来两个人,一位首长、一位秘书。迎出来的村主任徐贵一看首长,认识,这不是原来县大队的杨排长吗?但看眼前的架势,又是小轿车,又是秘书,至少是个县团级。果然,秘书介绍这是县委新来的杨书记。

杨书记打断了秘书介绍:“我们是老熟人儿了,徐贵,民兵排长。”徐贵惊叹:“哎呀,首长真是好记性,十来年没见了,你还能记住我的名字。走、走、走,进屋。”

老虎沟村是一个四五十户人家的屯子,以徐姓为主。坐落在大青山深处,是一个离县城最远的村子。大青山是长白山余脉,山高林密,苍苍莽莽,绵延数百里。

山里人从来没见过小汽车,不知道是个啥东西。不用马拉,不用人推,那么大个铁家伙,自己呜呜跑,跑得比马还快!孩子、大人围着吉普车瞧稀罕。

“首长,不知来我们村有何公干?”徐贵一边倒水,一边扭头问。

“我是专程来看徐小宝的。”

“徐小宝？我们村里没有这个人。”

“怎么没有？他爹叫徐才。他小名叫二子。”

“二子，你是说那个‘小叛徒’？有、有。”

“‘小叛徒’?! 他现在人在哪儿?”

“死啦。”

“死啦?”

二

东北人除了把兄弟排行第二的人叫老二外，还把脑袋不灵光、脑筋不够用的人叫“二子”，二傻子的意思。

徐小宝出生时，他娘难产，大出血死了。徐小宝虽然小命保住了，但因为在娘肚子里待的时间长了点，脑袋进水了。长大后，傻里傻气的，办事一根筋，认死理。大家都叫他“二子”。时间长了，大名倒没人记得了，连他自己也忘记叫徐小宝了。偶尔有人叫徐小宝，他会转圈看，谁是徐小宝?

有一回，二子和小伙伴们去河里游泳，大家叫二子看衣服。二子就老老实实地守着那堆衣服和鞋。大家正玩得高兴，“狗剩子”远远地看到他爹走过来，吓得一溜烟跑回家去了，连鞋也没顾得上穿。

“狗剩子”上面有七个姐姐，家中就这么一个男丁，娇贵得不行。平时，家里什么事都依着他。只有一样，不许玩水，他爹怕他被“水鬼”拽去当“替死鬼”。若是去河里玩水被抓住，那是往死里揍。

太阳落山了，小伙伴们都回家吃饭去了。只有二子守着“狗剩子”的鞋不敢离开。他爹徐才在河边找到二子让他回家吃饭，二子说等“狗剩子”。徐才说把鞋给“狗剩子”送家去不就行了吗。二子说不行，那“狗剩子”他爹就该知道他下河了，他就要挨揍了。徐才哭笑不得：你到底是真傻还是假傻呀？只好悄悄地把“狗剩子”叫到河边来。二子把鞋交给了“狗剩子”，才高高兴兴地拉着爹爹的手回家吃饭去了。

三

时间来到 1942 年，二子 13 岁了。

这一年秋天，抗联在老爷岭伏击了日本鬼子的运输队，缴获了不少枪支弹药和战备物资。抗联大部队撤退后,留下来16名伤员,由县大队的杨排长带领一个班的战士护送到老虎沟养伤。准备找机会送他们去根据地。

日本鬼子吃了大亏,便疯狂地寻找抗联的伤病员报复。由于汉奸的告密,日本鬼子“讨伐队”包围了老虎沟村。鬼子搜遍了全村和附近的山头,也没找到一个伤员。就把全村男女老少都赶到村头的打谷场,追问伤员的下落。

老虎沟村是有名的抗日堡垒村,村里的青年汉子大部分都参加抗联去了。剩下的男劳动力也都一大早下地收庄稼去了。所以小鬼子抓住的大都是老人、妇女、孩子。但就是这帮老人、妇女、孩子,不管是用鞭子抽、枪托打,还是“三宾地给”(打耳光),愣是没问出一个字来。带队的龟头正雄中队长恼羞成怒,手一挥,鬼子架起了一圈机关枪,准备把老虎沟村的人全给突突了。

龟头队长手高高举起,全村人命悬一线。但龟头眼珠子一转,手又轻轻放下。从裤兜里掏出一大把花花绿绿的糖果,脸上堆满笑容,凑到小孩面前:“小朋友,说出伤员在哪里,糖果大大的。”

哼! 孩子们都扭过脸去。

糖果在当时可是稀罕物,很多人别说吃过,就是见都没见过。如果谁手里有一张包糖果的“玻璃纸”,那足可以在小伙伴面前炫耀半个月。

看来这帮支那人是“王八吃秤砣铁了心了”! 龟头杀机顿起,抽出指挥刀,要大开杀戒。

这时,二子从人群中走出来,盯着龟头手里的糖果:“我知道伤员在哪疙瘩。是不是我说了,这些糖果就都给我了?”

龟头高兴坏了:“哈伊、哈伊。”

“二子!”人群中有人试图阻止二子。翠花妈伸手想把二子拽回人群。

“你的良心大大地坏了!”龟头左手推开翠花妈,右手把糖果递给了二子。二子手小抓不过来,就用大襟兜着。龟头剥开一粒糖果,塞到二子嘴里,随手把包装纸扔在地上。二子赶紧捡起来,揣到兜里。

“伤员是我爹藏的,和乡亲们无关。”

“你爹是谁?”

“我爹是村主任徐才。”

“你爹在哪里?”

“在我们家的地道里。”

“要西、要西,带路!”

畜生! 孽障! 人群中传来一片骂声。

四

徐才被带到打谷场，头上、身上有伤口，走路一瘸一拐的，一看就知道是经过一番激烈搏斗的，但他似乎并不生二子的气。

日本鬼子把徐才绑在打谷场旁的老榆树上，继续拷问。

二子看日本鬼子打他爹，受不了了。就同龟头说："不要打我爹，我知道伤员藏在后山的山洞里。"

"要西、要西，带路！"

"那不行，你还要给我糖果，要不我不带你们去。"

"要西、要西。"龟头又抓了一把糖果给二子。二子兜着一包糖果想和小伙伴们分享，但小伙伴们都不搭理二子。二子往"狗剩子"手里塞，被"狗剩子"使劲儿一甩，糖果掉了一地。

望着地上花花绿绿的糖果，小伙伴们虽然馋得咕噜、咕噜咽口水，但没有一个人去捡。有的糖果滚落到脚下，被一脚踢得远远的。

五

二子领着日本鬼子来到后山山洞。山洞隐藏在一片灌木丛里，洞口被一大坨缠缠绕绕的粗大的藤条遮掩。要进洞，必须使劲拉开藤条，人才能钻进去。如果不是有人指引，就是走到洞口也发现不了。

洞里一个人都没有。地上散乱地扔着带血的纱布、绷带、破军帽和一个掉底的红十字药箱。看来确实有伤员待过。

龟头问二子："伤员呢？"

二子："走了。"

龟头："什么时候？"

二子："昨天晚上。"

龟头若有所思："看来昨天晚上跑了的那伙人还真是伤员队伍。"

龟头见二子傻傻的，为了糖果连爹都可以出卖，觉得他不像说谎的样子。确信伤员真的离开老虎沟村了。"讨伐队"押着徐才，离开了老虎沟村。日本鬼子的封锁线也撤了。杨排长带领战士连夜护送伤员回到根据地。

六

二子成了全村人的公敌。大人不搭理他,小伙伴们侧目而视。二子在村子里待不下去,就一个人在野外到处游荡。饿了,胡乱吃一点东西;困了,有时回家睡,有时山洞、草垛都能对付一晚上。

徐才牺牲后,徐贵接任村主任。徐贵和徐才是叔伯兄弟。当叔叔的,看着二子可怜,觉得和一个傻孩子较不得真儿。他爹又是为了保护全村人牺牲的,咋说也是一个烈士的遗孤,乡亲们有义务帮助徐才把二子养大。

徐贵就请爷爷——徐家的族长出面,召集村里有头有脸的人,把二子叫来,让他当着大家面认个错,村里人就原谅他了。

哪知,二子小脖一梗:"我没错,是我爹让我这么做的。"

什么? 全村人气坏了:你前面冒傻气,现在又瞪眼说瞎话。你爹能让儿子出卖老子? 当叛徒? 真把全村人都当成傻子啦?! 全村人更加不待见二子了。小伙伴们还编了一段顺口溜,讽刺二子:

小叛徒,心肠坏,

为了糖果把爹卖。

认鬼作父不要脸,

羞死祖宗十八代!

二子再傻,也知道老虎沟村是待不下去了,就到处流浪,靠要饭过日子。

冬天来了。那年冬天特别冷,地都冻裂了。族长徐老太爷怕二子冻死在外面,就派人去找二子。出去的人把周围的十里八村都找遍了,也没见到二子。

过了两天,有外村人报信儿,说是在西大地的苞米垛里发现了二子的尸体。

徐老太爷深深地叹了一口气,二子祖坟是进不了了,但也不能暴尸野外,让恶狼野狗掏了。赶紧派了族里的两个年轻人去把二子埋起来。两个年轻人走到村口,一想这数九寒天的,一镐下去,地上只有一个小白点。要想挖一个坑,要先把地上的雪扫干净,再笼一堆火,把冻土烤化了,才能开挖,老鼻子费劲了。再说了,去给叛徒收尸,晦气! 两个人转身回家了。

后来,还是一个云游的道士"我佛慈悲",用席子把二子卷起来埋了。

七

“真的是他爹让他这么做的。”当年的杨排长、现在的杨书记忽然插嘴道。

什么情况？村民们本来是围着吉普车看西洋景，听到说起二子的事，就都挤了进来了。

日本鬼子包围老虎沟村的头一天晚上，杨排长急匆匆地找到徐才，告诉他，根据内线传来的消息，鬼子已经知道了伤员藏在老虎沟村，明天就派“讨伐队”来。

徐才：“那咱们今天晚上就把伤员转移。大青山藏个几十号人，鬼子别说来一个中队，就是一个联队，保证叫他连个人影儿都见不到。”

杨排长：“问题咱们这大部分都是重伤员，行动不便。最头疼的是，有几个伤员伤口已经感染化脓了，再不及时救治，有生命危险。”

徐才：“那能突破封锁线去根据地吗？”

杨排长：“过不去。我已经带人侦查过，鬼子封锁得太严。咱们这不是战斗部队，打开缺口，一个冲锋就过去了。咱们就不能和鬼子碰面。”

杨排长的话让徐才陷入了沉思。徐才吧嗒、吧嗒抽着旱烟袋，辛辣的烟气把杨排长呛得直咳嗽。

“老徐，别抽了，快想办法呀！”

忽然，徐才一拍大腿说：“有了。”

徐才让杨排长派几个山里长大，熟悉地形，能跑山路的战士晚上硬闯日本鬼子封锁线。同时，沿途故意丢弃伤员用的纱布、绷带、医疗器械等，给日本鬼子造成伤员队伍已经冲过封锁线，回到了根据地的假象。

鬼子搜村、搜山的时候，伤员躲在后山的山洞里不要出来，鬼子肯定找不到。等鬼子搜山结束后，出来躲到附近的林子里。等鬼子封锁线撤了以后，赶紧把伤病员送到根据地。

杨排长：“怎么才能让鬼子撤？”

徐才：“山人自有妙计。”

徐才说出来自己的计划。鬼子对付老百姓，一般有三招：打、吓、诱。当鬼子拿糖果诱骗孩子时，叫二子举报自己，让鬼子找到自己，然后，叫二子领着鬼子到后山山洞找伤员。伤员早躲出去了，二子就会告诉鬼子说伤员走了。鬼子看二子连亲爹都能出卖，又是一个没什么心计的傻孩子，他的话鬼子一定会相信。

杨排长：“我不同意！你这不是去送死吗？”

徐才:“那你有更好的办法吗?再说了,鬼子来了,能放过我这个窝藏抗联伤员的村主任吗?我这样做,不但能保护全村的人,还能给我老徐家留个种。杨排长,二子我就拜托你了,最好能带到县大队去,帮助部队养马、养猪,干点后勤啥的。”

杨排长:“反正我是不同意你送死。”过了一会儿,杨排长又说,“二子的事包在我身上。”

徐才心里的一块石头落了地。他把二子叫到跟前,告诉他,当鬼子拿出糖果时,你就把爹藏的地方告诉鬼子。当鬼子把爹抓起来,要打爹时,你就领鬼子去后山山洞。

二子虽然不知爹为啥让他这么做,但他知道帮鬼子干事,那可不是什么好事,坚决不干。

徐才就耐心地跟他解释:“咱们不是帮鬼子干事,是在糊弄鬼子。爹故意让鬼子抓住,然后爹再找个机会逃跑,他小鬼子不是白费劲吗?你带小鬼子去后山山洞,伤员早走了,让小鬼子白挠毛,你说好玩不好玩?”

二子:“好玩。我听爹的。”

八

徐才不愧是对敌斗争经验丰富的老党员,鬼子一路都按徐才设计好的情节走下去。

当夜,杨排长挑选了五个战士,在班长的带领下,冲过了鬼子的封锁线。沿途故意丢下伤员用品,迷惑鬼子。鬼子追了一夜,连伤员的影子都没见到。鬼子纳了闷:不都是伤员吗?咋跑得这么快呢?!

鬼子虽然怀疑抗联的伤员跑了,但第二天还是派了鬼子一个中队到老虎沟村搜查。

杨排长护送伤员到根据地后,就留在了主力部队。后来,跟随四野一路打到海南岛,杨排长变成了杨团长。最近,刚调回来做县委书记。杨排长在二子的事上是向徐才拍了胸脯的,这事一直挂念着。杨书记上任的第一件事就是看望二子,并想对他做一个妥善安排。

乡亲们面面相觑:看来咱们是冤枉二子了,二子原来是全村的救命恩人哪!可怜的二子啊!

九

徐家的祖坟左青龙、右白虎、前朱雀、后玄武,是一个靠山临水的吉地。是当地有名的风水大师张半仙帮助选的。坟地占地七八十亩,遍栽松树、柏树,树荫蔽日。草木葳蕤,经常有狐狸、山猫、野兔等野兽出没。

徐才就埋在这里。徐才死在了鬼子的监狱,根本没见到尸首,是个衣帽冢。坟前立有一块碑,上书:抗日烈士徐才之墓。

杨书记面对越围越多的乡亲们说:“二子虽然没有死在鬼子的屠刀下,但也是为救乡亲们才被误会为叛徒而死的。日本鬼子没有屠村,多亏了徐才,也多亏了二子。这样的好孩子,我们能把他扔到荒郊野外吗?”

这时,徐老爷子站出来:“杨书记,不要说了,愧得慌!其实,大家不是不知道二子是一个不会说谎的孩子,但这事太匪夷所思了,他说的话让人没法相信。徐才这招‘瞒天过海’计,不但骗到了鬼子,连我们也被骗了!二子是我们徐家的骄傲,不但要进祖坟,认祖归宗,还要厚葬!用我的棺材给二子下葬!”徐老爷子读过私塾,说起话来,满嘴是词。

徐老爷子的寿材是他老人家73岁那年预备的,上等的红松木材。老爷子今年85岁,12年间,徐老爷子每年都叫人刷一遍漆,黑亮黑亮的,发着幽幽的青光,是老爷子的心肝宝贝。

大家伙儿带上锹镐,去寻找到当年道士埋二子的地方。扒开厚厚的积雪,小坟包已被岁月蚀平了,坟上的草木已经和荒地野草连成了一片。乡亲们含泪挖开小坟包,收敛二子的遗骨。

村里搭起灵棚,请人给二子画了遗像,设了灵堂。请来道士做法事,还请来二人转演员演唱“小寡妇上坟”“杨五郎探母”等悲情苦剧来寄托哀思。全村哭声一片,哭得最厉害的是妇女和二子的小伙伴。村主任徐贵亲自主持葬礼,出殡时,全村人都出动了,队伍浩浩荡荡,花圈排了几里长。这阵势,连徐老爷子都没见过,真的是空前绝后!

二子的坟紧挨着徐才,新坟前立着一块木牌,上写着:抗日小英雄徐小宝之墓。杨书记带领全村人给二子三鞠躬,然后亲自烧纸钱、烧纸扎的三牲,让二子在那边不再挨饿受冻。祭奠完后,掏出100块钱,说为了应急,先立木牌吧!等春节过后,帮二子买最好的大理石刻碑,自己明年清明节过来验收。

100块钱像一个烫手的山芋,徐贵不敢不接,接了,又觉得烫手。老虎沟村的人觉得脸上火辣辣的。

当晚,老虎沟村家家户户的油灯一夜都没熄。

儿 孙

王玉祥

“服务员,买单!”张强看大家喝得差不多了,就喊服务员结账。

周末,深圳著名食街之一——乐园路海鲜大排档,人声鼎沸,客似云来,到处都是胡吃海喝的人。我和丁志诚等几个哥们也是其中的一伙。丁志诚已喝趴下了。坐在我对面的张强说:“王哥,今天你买单。”我说:“行。”张强问:“知道为什么吗?”“知道,东北人呗!”哈、哈、哈,桌子上的哥几个都笑起来。只有小武一脸茫然,傻乎乎地问,为什么?为什么?

我告诉了他缘由。有一天,我们也是在这儿喝酒,邻桌是一帮东北人。喝着喝着,不知什么原因,打起来了,为首的还被捅了一刀。有人着急忙慌地想把刀拔下来。丁志诚当过兵,懂得一点战地救护常识,刀拔出来,会大出血,有生命危险。忙上前制止,找了两块餐巾堵住伤口,让赶紧送医院。

过了一个多月,我们与那帮东北人再次相遇,被刀扎了的那位,忙转过身来,一把握住丁志诚的手,喊救命恩人。拉着我们一块喝酒。杯斛之间,弄清了事情的原委。

那天是“猴子”请客,“猴子”大名叫侯有德,此人不但姓侯,长得也瘦瘦的,三分猴相,再加上一遇急事,就抓耳挠腮的,所以大家都叫他“猴子”,时间长了,真名倒没人记得了。“猴子”是东北帮白老大的小弟,一直跟老大混。乐园路海鲜大排档是白老大最喜欢来的地方,每次吃完饭,都是老大买单。一次,“猴子”买彩票中奖,得了三万元。心中高兴,请老大吃饭,并事先声明,今晚一定他买单,老大高兴地答应了。白酒、红酒、啤酒一顿猛灌,大家都喝高了。买单的时候,老大习惯性地掏钱,“猴子”拦住:“大哥,说好的,我买单。”“买什么单,别有几个臭钱就嘚瑟!”“大哥,你不让我买单,就是瞧不起我。”“我就瞧不起你,小样,敢和我争?滚蛋!”“我操你妈!”“猴子”借着酒劲,火“腾”一下就上来了,眼珠子血红,操起旁边的水果刀，一刀就扎在老大的肚子上。

白老大伤好后，“猴子”上门请罪，并奉上三万块钱。白老大知道那天大家都喝多了，也没深究，把三万块钱又还给“猴子”：“大哥能要你这个钱吗？孝敬你家老头老太太吧！”“猴子”感恩涕零，转身去了邮局，回来继续跟老大混。

这件事上了《深圳晚报》。以后，大家伙再出去吃饭买单时，就拿东北人打趣：“都别和东北人争，不然，他拿刀捅你。”哈、哈、哈……

酒酣情浓，大家都喝得摇摇晃晃的。分手时，白老大给丁志诚留了自己的电话号码，一再嘱咐，有事别客气。丁志诚嘴上表示感谢，但并未往心里去。

时间过了半年。有一次吃晚饭，刘小琳和丁志诚说学校门口最近来了一帮小混混，抢同学零花钱，拦漂亮女生要谈朋友，搞得学生人心惶惶，家长意见也很大。报警吧，警察来了，他们早跑了。就是抓住了，既不够劳教，也不够拘留，顶多训斥一番。从派出所前脚出来，后脚又来了，更加肆无忌惮。刘小琳头痛得要命。丁志诚听了，心里一动，忽然想起白老大来，说我给你找个人试试。

白老大接到电话，“大哥，小事一桩。”第二天派“猴子”过去。“猴子”见到那帮小混混，上来就骂：“活腻歪啦？不知道白老大的大嫂在这儿当校长啊？滚、滚、滚！”一听白老大的名号，小混混们尿都吓出来了，“哄”的一声作鸟兽散。从此，天下太平。

事后，丁志诚本想请白老大一干人吃顿饭，但不想和黑社会的人走得太近，就派人给白老大送去两千块钱，请弟兄们喝酒。后来虽然和白老大再没什么来往了，但笑话留下了。

我正在和小武白话，忽然，喧闹的食街一下子安静下来。食客都伸长脖子向东望去。一个超模身材，天使面孔，美得令人窒息的绝色女子，婀娜地摇曳过来。有的男人都看傻了，涎水流了半尺长。女子一路走来，身上挂满了眼珠子。姑娘过来，一屁股坐在老丁的旁边，稀里哗啦，眼珠子掉了一地。姑娘推了推丁志诚，丁志诚没反应，姑娘转过头来逼视我：“王叔，是不是你把他灌趴下的？”我顾不得分辨，而是惊奇于她认识我。在我印象中，这个姑娘我没见过，不然的话，这么“飒”的女子，肯定过目不忘。听喊叔叔，也不敢造次，小心翼翼地问：“姑娘，你认识我？”“你不是王玉祥叔叔吗？在宣传部工作。”得，全须全尾端出来。嘻、嘻、嘻，姑娘看我冥思苦想的样子，非常得意，抓过白酒瓶，四两啤酒杯斟满，哐的一声放在我的面前：“王叔，敬你！”一口干掉，还亮了亮杯底。我暗暗叫苦，但被逼到悬崖边上了，不跳也得跳。我一咬牙，也干了，但后边的事，包括怎么回家的，就什么都不知道了。这哪是压倒骆驼的最后一棵稻草，简直是半车砖头。

过了两天，我碰到丁志诚，问那个女孩是谁，丁志诚说："妮妮呀！""什么？是你女儿妮妮？""是呀，她小时候你见过呀！"老丁一副骄傲的神情。提起妮妮，我一下子想起当时在红岭小学五年级读书，两次被同学推荐当班长，因没有深圳户口，两次都没当成，因而吵着要回贵阳的那个瘦瘦的黄毛丫头。都说女大十八变，可这变化也太大了。

丁志诚是1992年作为人才引进的。老丁当时来深圳，两个原因，一是想到特区闯一闯，二是老婆闹离婚，想两个人分开一段时间，冷静冷静。丁志诚的爱人刘小琳是贵州省省属重点中学校长。省教育厅觉得培养一个重点中学校长不容易，尤其是女校长，因此，卡着不放。刘小琳本来就和丁志诚闹离婚，借机留在了贵阳。

刘小琳是个工作狂，要不，也不会十年间干到贵州省属重点中学校长的位置。整天忙乎别人家的孩子，对妮妮的教育根本顾不上。从幼儿园到小学，接送上下学，开家长会，督促孩子做作业，都是丁志诚的活儿。妮妮自小和爸爸亲，因此，老丁调到深圳工作，妮妮死活吵闹着跟到了深圳。妮妮人是来了，但按当时的户籍政策，孩子的户口随妈妈，户口留在了贵阳。这才发生了妮妮吵着回贵阳的一幕。后来，还是我通过市公安局户政处的朋友，利用引进人才政策，才把妮妮的户口随迁到深圳。

丁志诚和刘小琳两个人算得上青梅竹马，两小无猜，这咋要离婚呢？全是酒闹的！

1978年丁志诚部队转业后，向单位请了三个月的假，参加高考补习班学习，金榜题名，考上了武汉大学。

9月7日，风和日丽，贵阳火车站人头涌动。丁志诚在火车站工作的战友从职工通道直接把他带到乘坐的贵阳—武汉火车第九车厢，送他到武汉大学报到。车厢内，丁志诚放好行李，悠闲地翻阅着一本杂志。这时，对面来了个女孩儿，吃力地往行李架上放行李。丁志诚站起来，帮助女孩儿放好，女孩儿表示感谢。忽然，女孩儿一把抓住丁志诚胳膊，兴奋地叫起来："志诚哥哥，你是志诚哥哥？"丁志诚狐疑地问："你是……""我是小琳，刘小琳。""小琳，你是刘大林的妹妹？长成大姑娘了。你这是去哪儿？"刘大林是丁志诚的发小和战友，都住在省银行家属大院。小时候，小琳是他们的"小尾巴"，走到哪儿跟到哪儿。后来，丁志诚当兵去了，刘小琳也上中学住校，回家探亲时也没碰上。丁志诚转业分配到省广播电视厅，给厅长开车。住单位宿舍，搬出了省银行家属大院。这一晃有三四年没见刘小琳，没想到已出落成大姑娘，还是个靓女。

“我考上了华中师范学院,今天去报到。志诚哥哥,你去哪里?”“咱们同路,我去武汉大学上学。”“太好了,我第一次一个人出远门,正犯愁呢,这下可好了!”刘小琳有些手舞足蹈了。看刘小琳兴高采烈的样子,丁志诚也很高兴,这也算他乡遇故知了。

“志诚哥哥,我可好几年没见着你了。听我哥说你给厅长开车,多牛啊!怎么又想起上大学啦?”刘小琳和别人换了座位,坐在丁志诚对面。当年知识分子是臭老九,而司机、副食品售货员、纺织女工是当时最令人羡慕的职业,更何况丁志诚还是一个高级司机。“生活的理想是为了理想的生活。”丁志诚用了一句格言回答了刘小琳。“深刻!”刘小琳竖起了大拇指。说说笑笑中,武汉火车站到了。

丁志诚,党员,在部队代理过排长,又在省直机关工作过,因此,入学后,被同学选为班级团支部书记,校学生会社会活动部部长。

那时,人们都有英雄情结,女孩子找对象,当兵的是首选。当过兵的大学生,那更是万千宠爱集一身。会开车,更是加分。父亲是省银行行长,妈妈是中学校长。本人是学生干部,为人又出手大方(带工资上学,在同学中是个款爷),按今天的说法,绝对的高富帅。因此,成了众女生进攻的对象。

刘小琳虽然和丁志诚不在一个学校,但一有空就往武汉大学跑。开始,是到志诚哥哥这儿蹭吃蹭喝。后来发现自己一天不见志诚哥哥,心里就空落落的,刘小琳知道自己爱上志诚哥哥了。她问过刘大林,知道丁志诚没有女朋友。她又发现,志诚哥哥已经被武汉大学的妖精们盯上了,赶紧先下手为强,挎着志诚哥哥胳膊在校园招摇。

天上掉下个琳妹妹,丁志诚自然喜欢得不得了,但怕琳妹妹的热情只是兄妹感情,不敢造次。现在,妾有情,郎当然有意了。两个人在大学一年级就确定了恋爱关系。两家家长也很满意,门当户对,知根知底,孩子都是看着长大的。毕业后,刘小琳分配到贵州省实验中学,丁志诚被原单位——省广播电视厅要去了。

一年后,两个人结婚。一年后,有了妮妮,小日子过得和和美美。

20 世纪 80 年代初,刚刚经过十年动乱,人才青黄不接,大学生供不应求。像丁志诚这样名牌大学毕业,党员,当过校学生会干部的大学生,更是被当作宝贝。丁志诚被分配到省广播电视厅团委工作。两年后,任团委副书记(正科级),三年后,升任团委书记(副处级)。团委书记当了两年,调任厅办公室副主任。办公室副主任做了一年,又被提拔到厅直属正处级事业单位——东方音像出版社任法人、总经理。丁志诚事业做得顺风顺水,一路凯歌。照这样发展下去,完全有可能弄个厅长、部长干干。谁知道,这小子放着阳光大道不走,却跑到深圳这个让人又爱又恨的地方来了。

丁志诚喝大酒是从做办公室副主任开始的。以前在团委工作,基本上是领着青年人唱唱跳跳、说说笑笑、打打闹闹、搂搂抱抱。办公室管接待的副主任,这家伙,面对的是全省、全国广播电视系统的兄弟单位的迎来送往,哪能不喝?贵州是个穷地方,但出好酒(主要是白酒)。别说茅台酒,就是习酒、甄酒、赖茅酒……哪一个拿出来不是响当当的?朋友来了,不喝趴下都显得不热情。什么"感情深,一口闷;感情浅,舔一舔;不深不浅赏个脸。感情铁,喝吐血,宁肯伤身体绝不伤感情"。喝酒要喝出五个阶段来:第一阶段,好言好语;第二阶段,花言巧语;第三阶段,豪言壮语;第四阶段,胡言乱语;第五阶段,不言不语。其实,这些酒语录,同老祖宗的"醉中乾坤大,壶中日月长""五花马,千金裘,呼儿将出换美酒,与而销万古愁"相比,那都是小儿科。

丁志诚到东方音像出版社当总经理后,更是天天围着酒桌转。这帮生意人也是,谈生意不好好在办公室谈,非得到酒店、夜总会谈。丁志诚只能随波逐流,混迹其中。

天天能在高档酒店请人吃饭,或被请吃饭,那是一个男人成功的标志。刚开始时,刘小琳对丁志诚喝酒,还是挺理解他人在江湖身不由己的苦衷。丁志诚喝多了,还端茶倒水,敷热毛巾。喝吐了,清洗、擦扫,跑前跑后伺候着。但时间长了,就有些受不了。刘小琳最烦丁志诚喝多了,摇摇晃晃进来,衣服也不脱,澡也不洗,往床上一躺,呼呼大睡。酒气熏天,酒臭满屋。搞得刘小琳大冬天也把窗子全打开。再有就是打呼噜。丁志诚不喝酒时偶尔也打呼噜,但推一下,翻个身,就不打了。但喝酒喝多了,就是趴着,也鼾声如雷,吵得刘小琳无法入睡。

有一次,丁志诚喝多了,又是澡也不洗,就想上床睡觉。刘小琳逼着他去冲凉,他赖在床上不动。刘小琳推他,劲儿用大了,丁志诚一下子从床上掉到地上。丁志诚困得眼睛都睁不开了,忽地一下子给整到地上,心中恼怒,爬起来,回手一巴掌打在刘小琳身上,又狂吼了几句,趴在床上呼呼睡去。

刘小琳伤心、憋气、痛苦、无奈,五味杂陈,默默流泪到天明。丁志诚早晨醒来,看到刘小琳红肿的眼睛,心中愧疚:"对不起,又喝多了,嘿、嘿、嘿……"看到刘小琳依然一副不依不饶的表情,丁志诚也很懊恼:"不就是喝点酒吗?""喝点酒?那你打人骂人的事咋不说呢?"刘小琳爆发了。"我什么时候打人骂人啦?"刘小琳看到丁志诚满脸无辜的样子,一下子气结:"你!"拿起自己的包,摔门而去。丁志诚摸不着头脑,我什么时候打人骂人啦?丁志诚昨天的事都不记得了,喝断片儿了。

其实,丁志诚也不想喝多,谁喝多都难受。每次喝酒前,都告诫自己要少喝,悠着点。但喝到七八成,就失控了,开始抢酒喝了。最后,轰然倒下。喝大酒的人,头晚宿醉,第二天早晨起来,头痛欲裂,就赌咒发誓:我再喝酒就是王八蛋;到了中午的酒桌上,看到了酒,就自我解嘲:王八蛋也得喝;到了晚上,开始逼宫:谁不喝谁是王八蛋;最后,给自己开脱:人是好人,酒是王八蛋!

酒成为刘小琳、丁志诚家庭战争的导火索。只要看到丁志诚一喝酒,刘小琳就气不打一处来,这日子没法过了,这个家非让你喝散了不可!离婚!离婚!闹了几次,丁志诚也尽量减少出去喝酒的次数,但就是不敢说戒酒,哪怕因此离婚。丁志诚有自己的道理:做不到的事不要说。刘小琳讥讽丁志诚不是个爷们,人家张学良大烟都能戒,你一个酒戒不了?一点毅力都没有,能成什么大事?再说,老这么喝,身体喝出毛病来,谁伺候你?但世风如此,丁志诚也没办法。再说了,都知道你丁志诚能喝酒,不喝,那不是明摆着不给面子吗?

刘小琳和丁志诚两地分居后,又想起丁志诚的种种好处。觉得老丁除了喝大酒,别的还真挑不出什么。家里啥事都刘小琳说了算,钱也是刘小琳管着。老丁虽然在滚滚红尘的官场、生意场摸爬滚打,但一直洁身自好,没有什么情人、小三那些乱七八糟的东西。当年,还是自己主动追的志诚哥哥呢!这可能就是常说的"距离产生美"吧?也可能是丁志诚都是在没喝酒时给她打电话的,让她产生了错觉:丁志诚不再是酒鬼了。再加上日夜思念妮妮,两年后,刘小琳再也熬不住了,强烈申请调往深圳。省教育厅也觉得老让人家夫妻两地分居,太不近人情,就痛痛快快地放行了。刘小琳调到深圳一个区的重点中学任校长。

妈妈的到来,妮妮高兴坏了。刘小琳一心扑在工作上,对妮妮疏于照顾。妮妮从小学二年级开始,周一到周五都住在爷爷、奶奶家,生活、学习都是奶奶照料。周六,丁志诚和刘小琳回父母家吃饭,晚上把妮妮带回家。星期天,就是皇上赐御酒,丁志诚也不会喝,全身心地陪妮妮。反倒是刘小琳经常跑到学校去加班。后来,妮妮跟爸爸到深圳,刘小琳更是两年多没在身边。多亏了对门邻居方老师的照顾。方老师的女儿晶晶和妮妮是同班同学,又是邻居,丁志诚忙不过来时,妮妮吃饭、做作业,都是方老师一手包办。丁志诚发自内心地感谢,方老师不在意地说:"不就是多双筷子吗!一只羊也是放,两只羊也是放,两个孩子在一起,还有个伴儿。"丁志诚也就不客气了,单位分的大米、油,老家朋友送的土特产、腊肉、竹荪等,索性拎到方老师家,反正自己也没时间做。妮妮和晶晶处得像亲姐妹一样,方老师也把妮妮当亲女儿一样看待。方老师的老公张强也成了丁志诚的酒友。

刘小琳来深圳后,丁志诚换了大房子,两家不再做邻居了,但来往频繁,当一门亲戚处。

妮妮六岁开始由奶奶带着学钢琴，很有天赋，三年顺利地考过五级。正在刘小琳做培养钢琴家的美梦时，妮妮忽然宣布她不想练钢琴了，她要学跳舞。不管刘小琳是发火也好，苦口婆心也好，她就是油盐不进。骂急眼了，她往钢琴上泼茅台酒，要一把火把钢琴给烧了。吓得刘小琳赶紧改口："小祖宗，怕你了！"

妮妮在贵阳学跳舞，只学了一学期，就转学到深圳了。不过，跳舞倒没耽误，不但成了学校的台柱子，还被选入市青少年宫舞蹈队。刘小琳又看到培养舞蹈家的希望。但妮妮又一次让刘小琳美梦破灭，舞蹈又不跳了。刘小琳很恼火：这又怎么了？跳舞可是你自己选的！这回倒不是妮妮做事没常性，而是妮妮这两年个子蹿得太快，长到一米七二了。在舞蹈队跳双人舞找不到男伴，跳群舞鹤立鸡群，影响群舞的整体性。舞蹈队的老师只能忍痛割爱。

妮妮钢琴不弹了，舞蹈不跳了，精力全部放到文化课学习上。高考放榜，考中深圳大学。刘小琳一颗悬着的心总算放下了。谁知道，大学读了一年，又出幺蛾子，休学，报考"丝路模特公司"当模特。妮妮练过钢琴，学过跳舞，大学生底子，气质、悟性、修养、素质，在同龄人中出类拔萃。一年后，已成为公司头牌。刘小琳身为中学校长，自然不会对模特这一行业有什么偏见，但放着好好的大学不读，总不是个事。最可气的是丁志诚，对妮妮总是采取纵容的态度。这也是妮妮敢跟妈妈叫板的底气和支撑。

这妮妮也真奇葩，在公司站住脚跟后，又拿起了书本，半工半读，继续自己的学业。虽然比同学晚毕业了一年，但也拿到了毕业证。当大家以为她要在模特界大展拳脚时，她却一个华丽转身，投身房地产界，几个回合下来，已经成了"国际鸿图房地产有限公司"董事局秘书，享受副总裁待遇。

妮妮家里有两个校长，爷爷、爸爸都是当领导出身，从小耳濡目染，通晓人情世故。从小学到高中一直当班长，培养了领袖的气质。T台上的几年磨炼，洞悉了人性的隐微，不论是同政府打交道，还是生意场上谈判，都长袖善舞，游刃有余。既可以气干云天，一口干掉四两高度白酒；又可以柔情似水，弹一曲《献给爱丽丝》。妮妮的钢琴水平玩专业不行，蒙这帮土财主绰绰有余。这只是小试牛刀，跳舞蹈、走猫步的看家本领还没拿出来呢！

在工作上，有点像刘小琳，喜欢追求完美。工作之余，又读了经济学研究生。是那种智商、情商都非常高的人。妮妮现在工资、奖金，加上期权奖励，年薪达百万元。

妮妮事业干得风生水起，刘小琳校长再也不敢对妮妮指手画脚了。现在家里遇到什么难事,都是妮妮出面搞掂。

丁志诚来深圳还有一个重要的原因,听说广东人不善饮,喝酒不劝酒。到了深圳才发现,这哪是广东的深圳,深圳一千多万人,绝大部分是外地人。北方人到了深圳,很多生活习性都改了,就是酒照喝。广东人能喝的也不少。丁志诚周围一帮东北人,你我之流,不喝才怪呢?现在,又没有老婆管,丁志诚酒喝得更凶了。

妮妮从小住在奶奶家,刘小琳和丁志诚在妮妮回家时,都克制自己。妮妮一直不知道因爸爸喝大酒,妈妈闹离婚这件事。在深圳,虽然目睹了爸爸喝酒,有时还酩酊大醉,但是,她并不像妈妈那样,深恶痛绝。这孩子可能《水浒传》类的书看多了,觉得男人就该大碗喝酒,大块吃肉。气得刘小琳骂她是“小叛徒”。

刘小琳来深圳以后,丁志诚喝酒的事是能推的推,可去可不去的,一定不去。喝酒也不像以前那样往死里喝,尽量节制。再也没出现喝吐了,醉得一塌糊涂,或者,喝断片儿,耍酒疯的情况。但刘小琳已落下毛病,只要看到丁志诚喝酒喝稍微多了点,或者她认为喝多了,就大吵一场,也不避讳妮妮。搞得妮妮夹在父母之间左右为难。

丁志诚也很委屈:我一个大男人,一不抽烟,二不赌博,三不泡妞,就这点爱好,你怎么就不给个空间呢?再说,在喝酒这件事上,我比以前节制多了,最多酒后打呼噜。怕影响你,我都睡客厅沙发了,你怎么还不依不饶的?人家有的女人听不到老公的呼噜声还睡不着呢!动不动就拿离婚说事儿!离就离,谁怕谁?现在满大街都是离婚的女人,还有挖空心思找“成熟男”的小姑娘。要不是为了孩子,谁天天受这个气?两个人形成了死结,刘小琳认为,丁志诚不戒酒,就是不在乎自己,不在乎这个家。丁志诚觉得刘小琳小题大做,不就是喝点酒吗?两个人吵吵闹闹的日子又过了几年,这婚也没离成。没离成的原因是两个人谁都不肯对妮妮放手。但丁志诚做不到彻底戒酒,刘小琳也做不到容忍丁志诚喝大酒。两个人就这么一直僵着,直到妮妮上了大学,在刘小琳以死相逼的情况下,丁志诚才被迫分手。吵架吵得天昏地暗,但真离婚时,两个人倒很平静。丁志诚把现在住的大房子和家里所有的东西都留给了刘小琳,下步庙那套小房子归丁志诚。存款一人一半。妮妮上大学的费用,丁志诚说全部负责,但刘小琳坚持一人一半。说是一人一半,两个人都争着给钱。后来,妮妮做模特自己挣钱自己养活自己。

丁志诚把下步庙的房子简单地粉刷了一下,添了几样家具和生活用品,就搬进去了,又过起单身汉生活。

丁志诚离家那天,丁志诚收拾东西,刘小琳把自己关在屋里,默默流泪。丁志诚出门后,刘小琳跑到窗前,看着丁志诚渐行渐远的背影,心一下子空了。

婚姻是围城,里边的人想冲出来,外边的人想走进去。但真的从围城走出来,新鲜劲儿一过,你就会觉得家庭虽然是个束缚,就像红绿灯的红灯一样,看着招人烦,但却能保证不堵塞,更畅快地通行。不吵闹不是夫妻,夫妻相敬如宾,不是伪君子,就是假招子。俗话说没有舌头碰不到牙,只有舌头和牙经过无数次的摩擦,最后才能和谐相处。夫妻之道也是如此。其实,吵吵闹闹正像赵薇唱的,那是“甜蜜的负担”。

刘小琳离婚后,在热心大姐、同事的裹挟下,也相了几次亲。刘小琳对自己还是蛮有信心的。四十二三岁,面容姣好,身材依然保持苗条,最主要是气质好,知识女性。刘小琳对自己未来的丈夫只有一个要求:不喝酒。结果令刘小琳大失所望,不是比自己大十多岁,就是长得歪瓜裂枣。倒是有一个长得英俊,又年轻的后生,但是,那是个骗子。和自己年纪相当的,目光根本不在自己这个年纪女人身上,各个都想“老牛吃嫩草”。说来也气人,那些“嫩草”把自己整得水灵灵的,心甘情愿地等着老牛来“啃”。

深圳的男人被女人宠坏了。深圳男女比例 1: 6,是中国男女失衡最严重的城市之一。深圳堆积了一帮 30 岁左右的单身“白骨精”(白领、骨干、精英),她们结伴逛街、看电影、做美容、做瑜伽,AA 制品尝美食、泡吧。偶尔客串一下陪酒女郎,但“卖艺不卖身”,只是陪陪酒,跳跳舞,最大限度搂搂抱抱。12 点前一定回家,从不接受客人消夜的邀请,一是不能影响第二天上班,二是怕胖,最主要的是守住自己。当然,遇到特别投缘的,“一夜情”的事也不会拒绝。

这类女人大概分三种,一种人是在内地离婚后,听说深圳大款多,自恃有几分姿色和手段,跑到深圳钓“金龟婿”来了;一种人是恃美装逼,误把自己当成公主,睥睨天下男色,最后红尘滚滚,滚出了红尘,成了“剩女”;一种人是从农村出来的,走在通往白领的路上打拼。农村人看不上,城里人又不待见,两不靠。终于在城里站住了脚,蓦然回首,已成了“大龄女”。

三种女人虽然经历不同,但目标一致,都锁定 45 岁到 55 岁离异的男人。因为她们深知,三四十岁的男人不是她们的“菜”。三四十岁的男人不是别人的丈夫,就是离婚找 20 多岁小姑娘的主儿。要想建立家庭,还是 50 岁左右的男人靠谱。她们看着潇洒,其实,她们比 20 多岁的小姑娘还渴望家庭。

刘小琳本来想换一个不喝酒的男人,没想到,“狼多肉少”,满街都是眼睛冒着绿莹莹光,等着捕获被推出家庭男人的小“母狼”。江湖险恶,刘小琳再也不去蹚这摊浑水。从此,刘小琳心如止水,以校为家,把学校工作当成自己全部的生活内容。

丁志诚心中充满了深深的忧伤。觉得愧对刘小琳,愧对妮妮,虽然妮妮看得开。不能给她们母女一个完整的家庭,是自己做男人的失职,丁志诚因此谢绝了所有想给他介绍女朋友的好意。两年了,丁志诚一直没有走出离婚的阴影。身边只有一帮酒友陪着他,轮流请他吃潮州菜、粤菜、淮扬菜、湘菜、川菜、鲁菜、东北菜、千味涮……除了满汉全席,吃了个遍,吃得丁志诚提起饭局就想吐。

这世道变化真快,20 多年前,有一个饭局,十里外,搭公共汽车也赶过来。那时,到酒店吃饭,那绝对是一件可到人前显摆的大事。现在倒过来了,只有最尊贵的朋友才请到家里吃饭。

一干酒友在外边吃饭吃腻了,就买点下酒菜,把丁志诚家当成聚义厅,大碗喝酒,大块吃肉。吃得高兴,喝得痛快。就是吃完后,杯盘狼藉,一帮臭男人谁都不爱收拾。最后抽签,谁倒霉谁做清洁工。有一回,张强抽中了,他把公司的办公室主任张小菊叫来帮忙。

张小菊进来,丁志诚就认出来了,是张强的表妹。表妹在张强家进进出出,早都见面点头了,只是没说过话。

到底是做办公室主任出身的,干活利落,一会儿工夫就把房间收拾得干干净净,清清爽爽的。接着,给大家沏茶、斟茶,切好水果盘,插上牙签,放到茶几上。然后,退到房间,安安静静地看书,时不时出来看看有什么需要,或者给茶壶加点水,给大家添点茶。

这女人也太贤惠了!大家如获至宝,再到丁志诚家聚会,一定叫张强把小菊请来。即使张强没空来,也要把小菊派来。小菊来了,二话不说,里里外外忙活着。有时还亲自下厨给大家做菜。最拿手的是“河南烩面”,用河南话说:“那是真不赖!”

小菊家在河南平顶山,是个“半边户”,父亲是煤矿工人,母亲是农村人,小菊跟随母亲在农村生活。小菊五岁时,煤矿发生瓦斯大爆炸,父亲不幸遇难。母亲靠着抚恤金和政府救济,将两个孩子拉扯大。小菊 18 岁那年,考上郑州大学,但看看一贫如洗的家,只能含泪告别自己的大学梦,揣着大学录取通知书,来到深圳,加入打工大军行列。

小菊有个哥哥,小时淘气,模仿电影上的骑兵战士,领着一帮小孩骑毛驴冲锋,从驴背上摔下来,头被驴踢了,人就变得有些傻里傻气的,只能在家里干一些出力气的农活。

小菊凭着“准大学生”的底子,在特区关外一家书城找到一份工作。利用读书便利的条件,边工作边学习,几年下来,学完函授大学企业管理专业的全部课程,圆了自己的大学梦。后来张强公司招办公室助理，小菊考取。两年后，成了办公室主任。

小菊每个月的工资，除了留下最低的生活费，其余的全部寄给妈妈。妈妈和傻哥哥靠种地维持生存，把小菊寄来的钱全部存起来。攒了几万块钱，翻新了房子，还给傻儿子娶了个哑巴媳妇。小菊在和嫂子接触中，发现哑巴嫂子虽然不会说话，但人很精明。因此，小菊在和丁志诚结婚时，和老丁商量，能不能只添张大床，两套床上用品，请几个铁哥们喝顿酒，其他仪式就不搞了，省下钱帮助家里建个小超市。丁志诚本来就觉得二婚不是什么光彩事，只是怕委屈了小菊，才勉为其难要搞一个结婚仪式。现在，小菊一说不搞仪式了，正合他意，爽快地答应了。

哥哥忙田里的活儿，够吃喝了。嫂子经营小超市，生意还不错。后来又生了个大胖小子，谢天谢地，小子既不哑，也不傻，聪明健康。小日子有点滋味了。当然，这都是后话。

丁志诚家的饭局，有了小菊这个不要工资的服务员，大家更是时不时地聚一下。小菊每次都乐呵呵地张罗着，从无怨言。大家戏称她女主人，她非但不生气，好像还很高兴的样子。而且，老偷偷摸摸瞄丁志诚。丁志诚一抬头和她眼光接上了，小菊脸唰地一下子红了，赶紧跑去做事。这年头，会脸红的女孩可不多。大家看出端倪，有一次趁着酒兴起哄："老丁，你就把小菊收了吧！小菊，你就从了吧！"小菊脸像块红布，低着头不敢看大家。

小菊从小缺乏父爱，一直渴望找一个比自己年纪大，知冷知热的男人。见到丁志诚，小菊知道遇到自己的"真命天子"了。但丁志诚对自己一直是一副正人君子模样，也不知道他有没有看上自己。有时客人都走了，小菊留下来陪丁志诚，孤男寡女共处一室，丁志诚也是规规矩矩的，对小菊的橄榄枝视而不见。自己大姑娘一个，总不能投怀送抱吧？只能默默等待。

丁志诚是过来人，对小女子的心思心知肚明，也觉得小菊是个不错的姑娘。主要是觉得自己比小菊大十五六岁，年龄上不合适。最主要的原因是丁志诚一直等着刘小琳回心转意，复婚。试探了两次，无奈，刘小琳心意已决，丁志诚彻底死心了。

通过接触，发现小菊不但贤惠，看问题、人生观和自己也很合拍。最让丁志诚动心的是小菊不但不讨厌男人喝酒，好像对能喝酒的男人还很欣赏。用小菊的话说："喝酒才够爷们儿！"高兴了，还陪大家喝两杯。小菊她们村就没有不喝酒的男人，能喝不醉乃英豪。喝醉了，不打老婆、孩子，那就是好丈夫、好父亲。都是女人，刘小琳和张小菊对待男人喝酒的看法差距咋就这么大呢?！丁志诚开始认认真真考虑与小菊成家的事。今天,趁大家起哄,丁志诚借酒盖脸,说出真心话:“我没意见,就不知道小菊同意不?”“小菊,快表态!”“过了这个村可没这个店了”,大家七嘴八舌地让小菊表态。“同意。”小菊嗓子挤出蚊子样小声。啪、啪、啪,大家鼓掌表示祝贺。众人皆大醉。这一次,小菊也未能幸免。

丁志诚和小菊婚后生活幸福。第二年,小菊给老丁生了个儿子,取名亮亮。刚生亮亮时,小菊的妈妈曾来深圳帮忙照顾。按丁志诚的想法,老太太就不要回去了,辛苦一辈子了,在城里享享福。但小菊的妈妈放不下孙子,也放不下儿子。亮亮满月后,又回了河南老家。

老年得子,又是丁家唯一男孩,自然宝贝得不得了。惯得不成样子。丁志诚下班,儿子要骑大马,丁志诚就满地爬给儿子当马。50多岁的人了,爬两圈就气喘吁吁的。小菊喝令亮亮下来,丁志诚摆摆手,继续在客厅驰骋。气得小菊骂他“贱骨头”。

到酒店吃饭,看到大人喝酒,亮亮也要喝,不让喝,就要掀桌子。小菊要揍他,被丁志诚拦住:“他想喝就让他喝嘛。来,儿子,喝酒!”亮亮不知深浅,拿过白酒杯就一大口,噗,好辣!亮亮将满口的酒吐在地上,伸出舌头吸溜着,再把酒杯递给他,扭头就跑。

一会儿,又钻到桌子底下捣乱,叫他出来,一脸坏笑。吃完饭,小菊站起来买单,一个趔趄,差点摔倒,原来亮亮把她两只脚的鞋带系在一起了。小菊哭笑不得,拽过亮亮,照着屁股打了两巴掌。丁志诚哈哈大笑,欣赏的目光看着儿子。

过后我说丁志诚太溺爱亮亮,简直把儿子当成孙子养。丁志诚却振振有词地说:“只要儿子高兴,我当孙子都行。”无语。

妮妮非常喜爱这个弟弟,每次来都买玩具和一大堆好吃的零食。最夸张的一次,给亮亮花三千元买了一辆电动小汽车,跟风景区的电瓶车差不多,能坐两个小朋友,开起来满小区跑。亮亮和姐姐非常亲,每次告别时都拉着手不让走。

妮妮和继母小菊处得像姐妹一样。两个人逛街,妮妮恶作剧,趴在小菊耳边喊一声“小姐妈”,然后跑开。小菊满街追打她,两个人嘻嘻哈哈闹成一团。路人看了说:“这姐俩,真能疯!”妮妮送给小菊一个路易·威登包,价格两万元。太贵重了,小菊死活不要。妮妮换个方式,拿了一个八九成新的香奈儿旧包送给小菊,小菊这回要了。

刘小琳刚和丁志诚离婚时,感觉和当年两个人深圳、贵阳两地分居差不多,家里有什么事、什么活儿还找丁志诚,丁志诚也没二话。直到丁志诚建立了新家庭,才少了来往。但由于有妮妮这个情报员,丁志诚家的情况,刘小琳还是门清。由于刘小琳一直没有再嫁，大家，包括她自己都还把她当成丁志诚的女人，丁志诚的兄弟们见了，还是习惯性喊大嫂，刘小琳答应得也很顺溜。刘小琳见到丁父、丁母，还是喊爸妈，丁爸、丁妈答应得也很顺溜。刘小琳和丁家属于那种打断骨头连着筋的关系。

一天，丁志诚正在参加一个招标会，手机振动，来电显示是小琳的号码。老丁到走廊接通电话："喂。"手机传来刘小琳微弱的声音："志诚哥，我不行了。"啪，手机摔在地板上的声音。丁志诚大惊，顾不得招标会了，跑到停车场，开车一路狂奔。路上，也顾不得交通规则了，打电话给副手，让他全权代理，并向主办方说明情况。

冲到原来的家，大门洞开，一溜血脚印从客厅通向卧室，刘小琳躺在地板上的血泊中，人已经昏迷了。

下午，刘小琳觉得不舒服，就向学校请假回家休息。到了家楼下，发现裤子上有血，就想换一条裤子去医院。没想到，血越出越多，勉强挪到卧室，连爬到床上的力气都没有了。昏迷前，靠着残存的意识，给丁志诚打了个电话。

事情紧急，来不及打 120 了，丁志诚抓起床上的被子，裹好刘小琳，驾车驶往就近的妇幼保健医院。同时，通知医院做好急救准备。到了医院，医护人员已等在门口，马上推到急救室抢救。主治医生是个老医生，经营丰富，一看是子宫肌瘤破裂导致大出血，马上对症医治，一通忙活，出血止住了。好险呀，血色素已降到 5.0 了，只有正常人的一半。如果再晚来半个小时，就有生命危险了。

丁志诚给小菊打了个电话，然后一直在病床边守护刘小琳，一夜未睡。主治医生过来和丁志诚商量治疗方案，先补血，血色素达到 8.0 以上后，做手术，把肌瘤和子宫一起切掉，根除后患。医生想当然地把丁志诚当成刘小琳家属，丁志诚也没把自己当成外人。"一定要把子宫切除吗?"丁志诚问，"没有再好的医治办法了吗?""子宫肌瘤摘除后还会复发，根除不了。只有把子宫切除，才能一劳永逸。"医生回答。接着又安慰丁志诚："想开点，这把年纪了，反正也不再生孩子了。你放心，这样的手术我做几百例了，我可是权威哦!"

丁志诚和刘小琳商量，刘小琳也同意。丁志诚不死心，觉得一个女人没有了子宫，无论是生理上，还是心理上都不完整了。因此，到处打听，到处托人。皇天不负有心人，市人民医院介入科治疗子宫肌瘤不用切除子宫，通过"栓塞"手术可以除掉子宫肌瘤。子宫肌瘤是靠鲜血存活和生长的，"栓塞"是通过微创手术，把通向子宫的毛细血管全部扎死，子宫没了血，肌瘤也就没了生存土壤了。

手术由科主任亲自操刀，长达六个小时。手术非常成功，丁志诚一颗悬着的心,终于落了下来,回家昏睡了一天一夜。从刘小琳住院,20 多天,丁志诚没睡过一个囫囵觉。

刘小琳大出血,身体虚弱,需要大补。丁志诚就今天乌鸡人参汤,明天冬虫夏草炖水鱼,变着花样给刘小琳进补。刘小琳知道,东西虽然是丁志诚拿来的,但都出自小菊的手。小菊虽然一直没露面,但煲汤熬药,洗洗涮涮的活儿都是她干的。丁志诚天天在医院跑前跑后照顾自己,哪有时间干别的。刚开始时,心里也有些别扭,但刘小琳多年当领导,是个见过世面的人,拿得起、放得下,不会拒绝丁志诚和小菊的好心。虽然没当面感谢小菊,但心里记住了这份情。出院后,把自己戴了多年的老坑出产、水种纯度很好的一个玉镯子送给了小菊,小菊高兴地收了。

时间过得真快,一晃刘小琳已经退休了。亮亮也六岁了,该上小学了。开学那天,亮亮在爸爸妈妈的陪同下,兴高采烈地走进了实验学校小学部的大门。但第二天死活不让爸爸送,只同意妈妈送。问为什么,也不说。小菊到学校问老师,才明白原委。昨天丁志诚走后,有的小朋友问亮亮送他来的是不是爷爷,亮亮说是爸爸。小朋友不信,哪有那么老的爸爸?! 就取笑亮亮管爷爷叫爸爸,亮亮气哭了。但亮亮没有想到,今后想让爸爸送也没机会了。

丁志诚等小菊送完亮亮回来后,和小菊驾车到盐田区保税区谈一笔生意。谈判进行得很顺利,签完合同后,谢绝了对方请吃饭的盛情,驱车赶回福田区。在罗沙路新一佳十字路口等候红灯。绿灯亮了,丁志诚刚启动轿车,另一车道同时启动的泥头车忽然侧翻,一车厢的石头全部倾泻到老丁的车上,丰田轿车一下子压瘪了。等消防队员将石头扒开把人救出来时,两人已经没气了,直接送殡仪馆。

办完丁志诚的后事,如何安置亮亮成了妮妮头痛的事。小菊家里,寡妇妈、傻哥哥自己活着都困难,别说养亮亮了。爷爷、奶奶都 80 多岁了,白发人送黑发人,身体一下子就垮了,现在还得靠姑姑伺候。爸爸就姑姑这么一个妹妹,照顾爷爷、奶奶,操持自己家,已经忙得恨不得再生出两只手来。送人? 那更不可能! 亮亮是丁家唯一的香火,可不能叫爸爸死不瞑目啊! 再说,亮亮已经大了,这孩子鬼精鬼灵的,也送不出去。妮妮思前想后,只有一条道可走,那就是自己抚养亮亮。

爸爸、妈妈骤然离世,亮亮虽然还不完全明白对自己今后意味着什么,但他知道,父母不在了,姐姐就是自己唯一的亲人和依靠了。因此,寸步不离地跟着妮妮,妮妮上洗手间都在门口等着。妮妮泪眼滂沱地看着苦命的亮亮,心都碎了。

丁志诚走了,刘小琳心里彻底空了。刘小琳这一生除了丁志诚,再没爱过别的男人。和丁志诚吵也好,闹也好,都成了值得追忆的往事。

从丁志诚的葬礼回来,刘小琳就病倒了。自己悄悄住进医院,没惊动任何人。

在住院期间，刘小琳回忆起自己和丁哥的点点滴滴，止不住热泪长流。由丁志诚又想到亮亮。一想到亮亮，刘小琳躺不住了。亮亮爷爷奶奶以及外婆家的情况刘小琳很清楚，谁也没能力抚养亮亮。按照妮妮的性格，一定会自己抚养弟弟。我可怜的妮妮哟，自己还没成家，你咋会养孩子？

刘小琳从医院直接去了妮妮住的红树湾公馆。按响门铃，妮妮眼睛红红地开门。怎么啦？前些天忙丁志诚的后事，亮亮的学习没人管，作业很多都没做，妮妮让他补上。亮亮不听话，一会儿喝饮料，一会儿跑去看电视，连当天的作业都没完成。妮妮气得要揍他，亮亮就哭着找爸爸、妈妈。提到爸爸，妮妮也悲从心来，姐俩抱头痛哭。

刘小琳拉过亮亮，帮他擦干眼泪，哄着："亮亮最听话了，来，阿姨看着你写作业。"刘小琳省特级教师，重点中学校长，强大的气场把亮亮给镇住了。乖乖地写作业、乖乖地冲凉、乖乖地睡觉。妮妮由衷地敬佩，向妈妈竖起大拇指。

亮亮在写作业时，没头没脑地说了一句："你不是阿姨，是奶奶。"刘小琳愣住了。扑哧，妮妮被逗笑出声来。

亮亮睡下后，在妮妮的房间里，刘小琳问："你真的抚养亮亮？"妮妮："不养怎么办？爷爷奶奶、亮亮外婆家的情况您都知道。"刘小琳试探着："要不，把亮亮交给我？"妮妮提醒："这可是爸爸和小菊生的孩子。""那又怎么样呢？""您真的不恨爸爸和小菊？""是我把你爸赶出家门的。你爸除了喝酒这一条，在深圳还真难找像你爸爸这样的好男人。"提到丁志诚，娘儿俩又眼泪汪汪的。刘小琳擦擦眼泪接着说："小菊我更没有理由恨人家，她又不是'小三'，我和你爸爸离婚时，她还不认识你爸爸。我住院期间，多亏了小菊。""你是大，她是小，就该伺候您。""死丫头。又没正形。"刘小琳轻轻地打了一下妮妮，气笑了。看女儿没有爽快地答应，刘小琳又补充说："你妈你还信不过？我能把你养大，就能把亮亮养大。""妈，"妮妮扑过去，搂着妈妈的脖子，"你真是我的亲妈！""行啦，多大了，还撒娇。妮妮，你和我说实话，你把亮亮领回来，是不是知道你妈一定会接着？""妈！"妮妮不好意思地笑了。说实话，妮妮当时万般无奈地把亮亮领回家时，脑袋里曾经有过一闪念。

刘小琳是一个精力特别旺盛的人，退休后，闲得难受，天天盯着自己找对象、结婚、生孩子，嚷嚷着要抱外孙子。干脆让她抚养亮亮，自己也落个清静。不行、不行，妮妮马上否定自己。叫妈妈抚养爸爸和别的女人生的孩子，这对妈妈太残酷了！现在，妈妈自己主动提出要抚养亮亮，妮妮乐得顺水推舟。

刘小琳觉得自己一生中最失败的事情就是和丁志诚离婚，尤其是丁志诚想要复婚，自己一根筋犟到底。后来想复婚，丁志诚已做了她人夫了。这时，又想起丁哥的千般好来,恨不得抽自己两个耳光子。住院的一个多月时间,仿佛又回到刚结婚的时候,温馨、甜蜜。出院后,眼巴巴看着丁哥离去,他是人家丈夫。

丁志诚出事后,刘小琳深深自责:要是不和丁哥离婚就好了,也许就躲过这一劫了。丁志诚的葬礼上,刘小琳才第一次见到亮亮,简直是和丁志诚一个模子刻出来的,一看就喜欢得不得了。看到亮亮,刘小琳又想起小时候自己跟在刘大林、丁志诚屁股后玩耍的快乐时光。

亮亮这孩子虽然顽皮、任性,但聪明、心地善良。小朋友到家里来玩儿,他会把所有的玩具拿出来与小朋友分享。在路上碰到乞讨的,总是拉着妈妈的手,往乞讨罐里扔几块钱。上课不注意听讲,作业总完不成,是老师家访的重点对象。但是,考试经常是98分、99分。要是不马虎,就100分了。刘小琳当了一辈子老师,知道这样的学生最有培养价值。妮妮自己还是个孩子,哪懂这些?要是放任自流,那就毁了。

刘小琳在亮亮身上千转百回思量,最后认定,把亮亮抚养长大,不论是对丁家、对亮亮、对妮妮,还是对自己,都是功德无量的事!那还犹豫什么?我这个妈当定了!

刘小琳退休后,有好几家民营学校高薪聘请她做校长。有的不但给高薪,还给股份。刘小琳谢绝了所有人,把全部精力都放在亮亮身上。刘小琳只有一个心愿,替丁志诚把亮亮抚养成人。刘小琳坚信,亮亮虽然现在喊奶奶,过不久,就会喊妈妈的。欲知后事如何,请看姊妹篇——《亮亮成长记》。

(发表于《青年作家》2014年3期,获中国小说学会举办的“文华杯”全国小说大赛二等奖)

杀猪菜

王玉祥

一

我看见20岁的我,大学放寒假回到老虎沟,坐在热炕头上,正和一帮屯亲喝“苞谷烧”,下酒的是“杀猪菜”。屋子里乳白色的热气弥漫,看不清对面坐的是谁,也不知道是谁家。

那时家家的粮食人都不够吃,猪能吃一顿糠就算过年了,所以只能吃野菜,想不绿色都不行。谁家杀个猪,炖“杀猪菜”,半屯子都能闻到香味。

我喝多了,迷迷糊糊地睡着了。忽然,有人叫我:“喂,醒醒,吃饭了。”

我睡眼惺忪,茫然四顾,这是哪儿呀?这不是家吗?可我分明闻到了“杀猪菜”特有的香味。我起身来到客厅,餐桌上还真摆着“杀猪菜”。

想起来啦,昨天周末,和一帮哥们在“东北人家”喝酒,光干杯了,菜没吃几口。“杀猪菜”最后上来的,一口没吃,小曼打包拿回来了。

二

我住在一个老旧的住宅小区,海沙盖的房子,质量很差。我的生活倒是和小区很匹配,呈倒退之势。50多岁的人了,才混到一个区里的副局长(副处级),这马上又要改成调研员了。老婆因为烦我喝大酒,跟我离婚了。有一个女儿,澳大利亚留学后,嫁给了老外,在澳大利亚定居了。因为我一直反对她妈把女儿当成公主养,都高中了,还车接车送的。所以,女儿跟我不亲,基本上没什么来往。跟她妈倒是母女情深!

来深圳奋斗了30来年,女儿出国留学,花光了所有积蓄,只剩下两套房子。离婚了,那套75平方米的老房子归了我,总算还有栖身之地。

有一个30多岁的同居女友小曼,壮族,来自广西边境的一个小城市。是个画油画的,兼修国画。她是一个专栏作家,偶尔也写诗。生活上同我AA制,一年有大半年时间写生和旅游。她的画作由一个画廊包销,听说卖得还不错。

家,家没啦;仕途,也到头了。权力越来越小,车却越坐越大。以前,当副局长时还有小轿车开;当了调研员,和大家挤单位的面包车上下班;后来,机关事务局为了节约能源,取消了各单位的班车,专门开设了几条线路接送大家上下班,我又改乘大巴了;现在,车改了,连大巴也取消了,我只能改乘地铁上下班了。真是王小二过年,一年不如一年!

三

何以解忧,唯有杜康。一夜宿醉,第二天早晨起来,头痛欲裂,又后悔,觉得真不该喝这么多。

小曼从来不管我喝酒,因为在她们那里,是个男人就喝酒。喝醉了,不打老婆、孩子,就是好男人。

"杀猪菜"我没吃几口,不是我记忆中的"杀猪菜"的味道。但却勾起了我对故乡的回忆。

四

我的家乡老虎沟,是长白山余脉,山高林密,苍苍茫茫,连绵起伏,是野兽的乐园。村子30多户人家,一条弯弯曲曲的小路通向山外。冬天大雪封山,起码有两个月与外界隔绝。老虎沟崇尚武力,民风剽悍,我是老虎沟考出去的第一个大学生。至今,我还是老虎沟那帮黝黑孩子的生命灯塔。

五

来到深圳后,两件事为我蒙上了一抹传奇的色彩。老虎沟几个侄子辈的年轻人经常跑长途,为长春第一汽车制造厂送车到深圳。他们开的都是20多米的长车,不让进特区。只能在宝安区,或者龙岗区交车。有一次,在宝安交完车,时间还早,几个人想到特区内见识见识。几个“老冒”不知道进关要办证,硬闯。就被南头特检站的武警给扣下了。他们电话打回老家,通过我父母找到我的电话。我赶紧找人,把他们放了。要请他们吃饭,因为车队要开拔了,他们谢绝了我的盛情,踏上了归途。

几个人回去后,就把我的事在老家传开了:“这李勇在深圳也不知道当多大的官?连部队都管。你不知道,刚开始,特检站的人可凶啦。李勇一个电话,态度来了个180度大转弯,站长亲自道歉,还要请我们吃饭,还要派车送我们去罗湖、福田。”

另外一件事是几个家乡父母官在深圳参加完“东北土特产展览”后,要去香港。手续在家时就办好了,想找辆车接送一下。我找人把他们送到香港,过两天,又接回深圳。他们看到我的名片上有“深港文化交流协会副秘书长”的头衔,回去就说:李勇深圳、香港平趟。其实,深港文化交流协会就是深圳、香港几个文化人瞎起哄,玩玩儿的,没什么含金量。

事情说穿了,再简单不过了。特检站的事我找的是我们局下属单位刚刚转业的小崔,她老公是特检站总站副站长兼政治部主任,管干部的。我是科长,是小崔的领导,小崔是她老公的领导,因此,小崔老公给南头特检站站长打电话时不好说是老婆的命令,就变成了领导的领导的亲戚。站长一听这么大的来头,赶紧亲自去放人。

香港那件事更简单,开车的是我的小舅子。他在深圳市总商会当车队长,是他们单位往返香港的专职司机。他们单位的办公室主任是我哥们,我送了两瓶好酒,帮帮忙啦!往返香港的费用,都是我个人掏腰包。我也是第一次求我小舅子,平时我去香港,还不是要到海关排长队去。

我就这样莫名其妙地被摆上了高台,还不好下来。

六

“李大能人”这么神通广大,找帮忙的人自然不少。大到县里的招商会,小到去中英街“特别通行证”,最多的是给大学毕业的孩子找工作。

小小的“特别通行证”叫我苦不堪言。一个证五个人,持证人十元,其余四人每人五元,一个证就要30元。那时,我在市委机关一个月工资才200多元钱,一个月办两回证,我半个月工资就没了。我又是那种没任何根基,从农村考出来的大学生,靠死工资过日子的人。

老婆最烦我打肿脸充胖子:“做男人有情有义,我欣赏。为老家人帮忙,我也没意见。但影响咱们家的正常生活,就有些过了。”

七

“欧巴(韩语大哥的意思),想什么呢?”小曼洗完碗筷,一屁股坐在我身边。这小娘们,还说上韩语了!

我一下子来了兴趣:“你不是写生吗?啥时我带你回老家,那才叫美呢!”

春天来了,冰雪消融,万物复苏,一派生机。梨花、樱花、李子花竞相开放。绿草如茵,野花遍地,满山遍野花团锦簇,尤其是生长在崖畔上怒放的桃花,更是迎风摇曳,美不胜收。

深秋,万物霜天,层林尽染,山野开始“五花山”了。“五花山”,顾名思义,就是五颜六色的意思。红了枫树,绿了松树,黄了橡树……整个山野色彩斑斓,景象万千。任何高明的画家描绘这幅图画,都会挂一漏万。

雪后初霁,白雪皑皑,刺得人睁不开眼睛。林海雪原上,一株山里红树傲然挺立,经过风吹雨打,树叶已经落光,那些瘪粒、蚊叮虫咬的山里红也已跌落。树上只剩下颗粒饱满、充满质感的硕果,在阳光下,像红玛瑙一样,熠熠生辉。树上,小鸟喳喳地叫着,地下,小鸟一蹦一跳的,走出一个个“个”字形的脚印。空旷、寂寥的雪地一下子生机盎然起来。

“你等等!”半听半瞄着电视的小曼忽然跳起来,跑到书房拿来画夹子唰唰地画起来。你别说,这小娘们功底还真不错,作品挺有表现力的。一会儿工夫,《老虎沟春山图》《五花山图》《雪后初霁图》跃然纸上。

八

看到小曼把我的家乡画得那么美,我的兴致更高了,又给她讲起了我们村口那棵老榆树。老榆树,200多岁了,树干三人合抱不拢,树冠直径有三四十米,像一把巨伞,投下浓浓的绿荫。是村里人们聊天、唠嗑、聚会的好地方,更是孩子们的乐园。

春天来了,老榆树上,挂满了一串串榆钱,又大又嫩又甜,个头真的快赶上铜钱了。可以打牙祭,也可以摘回去凉拌、炒鸡蛋、包面团子。

春光明媚,布谷鸟飞落到老榆树上,催促人们春耕:“赶快布谷!赶快布谷!”熊孩子们回应:“光棍好苦!光棍好苦!”气得布谷鸟更大声喊:“赶快布谷!赶快布谷!”我们接着喊:“光棍好苦!光棍好苦!”最后布谷鸟气得不唱了,嗖地一下子飞走了。

最好玩儿的是捉长得有点像鹦鹉,叫"臭咕咕"的鸟儿。"臭咕咕"鸟儿,咕咕的叫声有点像鸽子。头上有花冠,一身绚丽的羽毛,非常漂亮。这么漂亮的鸟儿,却能释放出熏得人掩面而逃的臭气,因此而得名"臭咕咕"。这也是一种自我保护的本能。

大部分的鸟儿都在树上做窝,但"臭咕咕"的窝在树根下。人们常说"狡兔三窟","臭咕咕"是狡鸟儿三口,一个入洞口,一个出洞口,一个逃生口,很难捕捉。捉这种鸟儿,必须先找到出洞口和逃生口。"臭咕咕"进洞后,把入洞口和逃生口堵上,在出洞口扣一顶帽子,然后猛敲树洞,鸟儿受惊,往外一飞,就撞进帽子里,双手捂住,捏着鼻子,放到笼子里。然后挂在老榆树下,等待人们观赏。

人们在村口走过,看到有漂亮的鸟儿,都要上前看一看。"臭咕咕"一见有人走近,马上放出一股臭气,熏得人落荒而逃,我们一帮小伙伴被逗得哈哈大笑。一个鸟儿的臭气囊毕竟容量有限,两天后,"臭咕咕"就放不出臭气了。我们就把它放了,再找下一个"臭咕咕"。

夏夜里,山里的孩子们爱玩逗蛐蛐。蛐蛐是靠喝露水长大的,夏天露水多,蛐蛐长得健壮,爱斗。孩子们就去捉蛐蛐来斗,赌注通常是一支铅笔、一个作业本、一块橡皮。虽然是一两分钱的东西,但输了的孩子回家挨顿揍是免不了的。

山里没有逗蛐蛐罐,都是把喂猪的泥盆子洗干净了逗蛐蛐。夜幕降临,老榆树下,一群穿得破破烂烂的熊孩子,在皎洁的月光下,围着泥盆子,嘴里喊着"杀、杀、杀",看着蛐蛐争斗,直到一方落败。败下阵来的蛐蛐没什么用了,被丢到草丛里,自生自灭。胜利者,傲视群雄,等待下个对手。挑战者上来,又是一场厮杀。孩子们玩得忘乎所以,不是家长叫,都忘了回家。

最能战斗的蛐蛐是生长在坟地里的蛐蛐,那里的草木通常都比别的地方茂盛,露水也特别多。我在坟地里捉到一只蛐蛐,体形比别的蛐蛐大一倍,打遍全村无敌手。我给它取了一个名字,叫"孙悟空"。这个家伙可能沾了死人的阴气,每逢决斗,都用阴森森的目光盯着对手。不少蛐蛐一打照面 ,就感到身形不对等,在"孙悟空"凌厉的目光下,不寒而栗,不战而逃。"孙悟空"对示弱者,从不追杀,只是冷笑一声,颇有王者的风范。

十里八乡,都知道了"孙悟空",有人出两块钱购买,我虽然万分不舍,但架不住两块钱巨款的诱惑,还是忍痛割爱了。

九

"呵,够奢的,提笼架鸟、逗蛐蛐,那可都是以前京城贝勒爷、公子哥玩的花活儿。没想到,你们老虎沟这帮山炮倒玩上了。”小曼半是羡慕半是嫉妒地插了一句。

“那是!我跟你说,我们那儿好玩的东西多了去了。”

夏天,清溪河河水丰盈,浩浩渺渺,是山里孩子们的天堂。大家在河里打水仗,比潜水谁潜得远,打水漂。打水漂可是一个技术活,不会打的,石头“嗵”的一声掉到水里头;会打的,手臂使劲一甩,石头在水面上不停地跳跃,击打出一串水花。我们中最高纪录的,击出 17 个水花。

然后是抓鱼比赛。清溪河没什么大鱼,但青鳞子、刀条子、泥鳅等杂鱼可不少。我们抓到鱼,用柳条儿穿起来,一串一串的。有时,鱼太多,就把裤子脱下了,裤脚用柳条儿扎起来,用裤子装鱼。

抓到的鱼晒成鱼干,用酱蒸着吃,或青椒炒着吃,都是上等的佳肴。

到今天我也不明白,冬天,清溪河水冻绝底了,这些鱼躲到哪儿去了?因为这些鱼肯定不是当年生的。一尺多长的野生泥鳅,起码要三五年,才能长这么大。

冬天,千里冰封、万里雪飘,山里孩子最爱玩儿的是滑冰、溜雪。至于电影、电视上的堆雪人、打雪仗,那都是城里人矫情。

河水封冻,河面光滑如镜,冰刀雪亮,弯腰蹬腿,左右脚交替滑行,“嗖”的一声,就没影了,赶上哪吒踩风火轮儿了。

溜雪,就是选择一个陡坡,背着冰车爬上去,然后顺着陡坡往下溜,风驰电掣,带起一股雪烟,犹如腾云驾雾一般,爽呆了。

十

“真的假的?”小曼半信半疑。

“真的!我们那儿不但有好玩儿的,还有好吃的。满汉全席、熊掌、飞龙那些唬人的东西我就不说了。大家熟知的榛子、木耳、猴头菇我也不说,今儿给你整几样别的地方没有的。”

一场春雨过后,野菜就冒出来了。山坡上、草甸子上、路两旁到处都是。有曲麻菜、婆婆丁、小根蒜、豌豆苗、香椿、次老牙、苦苣菜、猫爪子、苋菜、野葱、野蒜……真正的绿色食品。采回去,有的用热水焯一下,有的洗干净了生吃。农家大酱特有的香味,伴着野菜的清香,让人胃口大开。尤其是吃了一冬天白菜、酸菜、萝卜、土豆,见不到一点绿色蔬菜的东北人,那绝对是人间美味!

蕨菜以前不大受待见。蕨菜有腥味,要用荤油,或者猪肉炒才好吃。那时,一年到头也见不到几点荤腥,谁有那闲钱?后来,供销社收购,出口日本,又听说能防癌,才身价倍增。

小伙伴们上山采野菜,先找一种长得有点像菠菜的,叫"酸沫浆"的野菜打牙祭。"酸沫浆"酸甜酸甜的,对降血糖、血脂、血压具有特殊的功效。据说《本草纲目》上有记载。

夏天,我们跑到山里掏鸟蛋,然后用湿黄泥包上,放到柴火上烤。黄泥干裂了,鸟蛋也就熟了。蘸点用小药水瓶装的大酱,嗬,香极了!

秋天到山里采野果子。山里的野果子很多,有山楂、山里红、野葡萄、山梨、榛子等。最多的是山梨,漫山遍野到处都是。山梨刚摘下来时,青、酸、涩、硬,不能吃。要捂几天,变软、变黄了,才酸甜可口。太多了,吃不了,就用凉白开水把山梨腌制起来,慢慢吃。腌制山梨不能用生水,生水腌制的生梨几天就烂掉了。

有的城里来的客人,和老虎沟人去摘山梨,发现地上有一堆一堆的金黄色的山梨不去捡,偏偏去摘树上的青梨,觉得很奇怪。捡起来尝一尝,嗯,味道还不错!老虎沟人笑而不语。等客人吃够了,才告诉他,那是熊瞎子的粪便。熊瞎子吃山梨囫囵吞枣往下咽,吃下的是青梨,在肚子里发酵,拉出来的还是整的,只是颜色变黄了。客人听了,恶心死了,蹲在树下狂吐。

冬天,北风怒吼,东北的"大烟泡"吹得人眼睛都睁不开。这种天气一般人都不出门,躲在热炕头上"猫冬"。只有半大小子闲不住,冒着风雪,顺着电线杆子寻找撞晕的鸟儿。风雪吹得人睁不开眼睛,空中的鸟儿更睁不开眼睛,凭着脑袋里的导航摸索着朝前飞。飞着、飞着,空旷的田野上,忽然出现一根电线杆子,一不注意撞上去,一下子就晕了,掉到地上,冻僵了。我们就捡这个"洋落儿"(东北话,意外收获的意思)。运气好的话,捡到一只大鸟,快赶上一只鸡了,正经八百能炖上一锅好肉。

蛤蟆,是一种营养价值极高的补品。蛤蟆油价比黄金。但我们那个时候,也就把它当成河里的鱼一样,没觉得怎么金贵。

霜降一过,就听不到蛤蟆的叫声了。蛤蟆秋天养了一身膘,为冬眠做准备。这时的蛤蟆最肥。蛤蟆冬眠的地方很隐蔽,轻易找不到。我的一个小伙伴田学忠,小学没念完,就不读书了,给生产队放牛。这小子整天在野外转悠,到底找到了蛤蟆冬眠的地方。

有一次,我在去上学的路上,正巧碰到了田学忠在岭西泉水坑那儿抓蛤蟆。于是我和他一起弄了两面袋子蛤蟆。他分了一点给我,临近春节,这回可过个肥年喽!

要说吃的,东北最有名的还得属"杀猪菜"。村子里,一进腊月,就陆陆续续有人家开始杀猪。杀完猪,好肉、猪头冻起来。猪下水、大骨头、血肠等和酸菜,加作料,放到大铁锅里烩三个多小时。哎呀,那个香啊！我觉得,“杀猪菜”是世界上最好吃的东西。当时我就发誓:等我有钱了,就天天吃“杀猪菜”！

十一

“哎哟,欧巴,这不是世外桃源吗?”小曼激动得两腮潮红,“你明天就请假,带我去老虎沟!”

我也被自己的讲述感动了,怀念起生我、养我的老虎沟,尤其是让我魂牵梦绕的“杀猪菜”。

一周后,我和小曼踏上了故乡的土地。第一站,先到县城看望父母,见一见县一中的老同学和一些朋友。看到故乡的山山水水,想到和家人团聚,我心中充满了喜悦。但我很快高兴不起来了。

以前,我回老家,请我吃饭的排不过来队。我是能推就推,能躲就躲。一是回家就几天,得多抽出时间陪陪父母;二是东北这喝酒“感情深,一口闷;感情铁,喝吐血;不醉不归”的规矩,我是真受不了。几天下来,像得了一场大病一样。

真正的亲朋好友,大家有时间就聚一下,没时间就算了。但有些半生不熟的朋友,或者在道上混的,就一定要请我吃饭。因为能和深圳大咖一起吃饭,是很有面子的事。

这次,我本来想趁着吃饭的时候,把小曼介绍给老家的朋友。奇怪的是,几天过去了,没一个人同我联系。他们不可能不知道我回来了,有好几个人都是我的微信好友。

我打电话给我一个当副局长的同学,想问个究竟。老同学一看是我号码,马上道歉:“哎呀,老同学,我现在外地出差,我知道你回来了,本来想明天回去后,请你吃饭,有些话饭桌上再告诉你,没想到你电话先打过来了。对不起、对不起,海涵、海涵!”

什么情况?老同学给我整得云里雾里的！听了老同学的一番解释,我才明白了事情的原委。

老同学来深圳,我请他喝酒。他看我有些失落,就问怎么回事?我就把改任调研员的事告诉了他。然后感慨:在深圳活得真累！也谈了想提前退休、回老家过田园生活的想法。哪知,这小子兜头给了我一瓢冷水:“你可拉倒吧！老家乡下一年都洗不了两回澡,你受得了?你从 16 岁到县一中读书,离开农村 30 多年了吧?茄子、辣椒、黄瓜苗能分清就不错了。你都多大岁数了,还真以为能和小曼嫂子搞兄妹开荒啊?”

“你可别忘了,我是农村出来的。”

“那只能说明你是在农村生活过,和真正的农村庄稼把式两回事。”这小子借着酒劲儿,越说越来劲了,“我还得再说你几句,你有什么失落的,你就知足吧!好歹也是个正处、七品。整个县里就四大班子头儿是正处,加起来才四个!我这辈子的最大理想,就是熬到正科,副处,我想都没敢想过。你,就是矫情!”

“你小子,我请你喝酒,你怎么开起我批斗会来啦?狗日的,罚你三杯!”

“你别打断我,我跟你说,一线城市,‘北上广深’,‘北上广’,自然环境无法和深圳比。人文环境,北京人,皇城根的,天生的优越感,看外地人都是下级;上海人,‘东方巴黎’,自视洋气,看外地人都是乡下人;广州人,领先时尚,腰包鼓,把韶关以北的人都看成‘北佬’(外地人)。只有深圳,搞五湖四海,不是有一句话吗?‘来了,都是深圳人’,你都深圳人了,还不知足?”

“点个赞!就得你老同学收拾你!”小曼在旁边叫好。

“去、去、去,瞎起什么哄?你忘了是谁媳妇啦?”

“我这是向理不向情。”

哈、哈、哈……

老同学回老家后,在一个饭局上,就把我不当局长的事说了。当时也就是闲唠嗑,没想到,三传两传,就走样了。一个版本说李勇退休了,成了平头百姓一个;一个版本说李勇犯了生活作风问题,老婆和他离婚了,局长让人一撸到底;一个版本说李勇摊上大事了,指不定判几年哪!

三个版本,大家更愿意相信第二个版本。

三人成虎!我真是哭笑不得,百口莫辩。

我纯朴的故乡人哟,啥时也变得这么八卦和势力了?

十二

回家的第二天,我的苹果 6 手机坏了,找遍全县城都修不了。手机修理铺的人说,老板,这不是深圳,苹果 6 这才推出几天呀?我们这儿别说修,就是见都没见过。

那些老江湖,一看我的电话号码 139029……就知道是深圳最早使用数字手提电话的那批人。这么多年,手机须臾不离手。半天手机不在身边,心里老是慌慌的,老觉得有什么事错过了,或者漏掉了。现在,手机坏了,我马上有一种与世隔绝的感觉。

我找来父母家的一个旧手机凑合用。只能接听、打出，连发个短信都费劲儿，更别说玩微信、上网了。

没办法，为了修个手机，我专门跑了一趟省城。

十三

我是一个有20年驾龄的老司机。曾经独自驾车，穿州跨省跑了几千公里。回到老家，不会开车了。不是技术不行，而是胆量不行。县城里的交通堵得一塌糊涂。堵车的原因，和大城市不一样，不是因为车多，而是因为大家不守规矩。车辆随便停放，也不收费，同时也就意味着无人管理。人行道上，停满了汽车，行人被挤到机动车道上。转弯的车不让直行的车；斑马线上，汽车不让行人；过马路，红灯亮了，行人不理睬，照闯。大家挤成一团，行人挤过，行人走，汽车挤过，汽车走，谁过谁赢。一挤，就容易擦碰。东北人火气大，擦碰了，不是首先报保险公司，报交警，而是先下车对骂。骂急眼了，拳脚相向。周围一帮人看热闹，人越聚越多，一条马路都堵死了。都闹成这样了，也不见交警来疏导。

人为造成的拥堵，比车多造成的拥堵更让人心烦。我再出行，就选择经济、实惠、环保、快捷的"倒骑驴"（三轮车）。"倒骑驴"一次收费两元，最远的地方才五元。"倒骑驴"可以穿小巷、走胡同，往往比开车还快。服务态度还好，直接把你送到楼下。只是有一点，这都21世纪了，中国汽车拥有量已达到发达国家水平了，而老家"倒骑驴"满街疯跑，总是让人觉得怪怪的。

十四

回来后，淋了一场雨，感冒了，我也没在意。但第二天，鼻口生疮，满嘴的大泡，吃饭都困难。啥感冒，能烧成这样？到医院一检查，鼻口生疮，不是感冒造成的，是因为水土不服。

什么？什么？我，一个土生土长的东北人，回到老家，怎么还整出一个水土不服来？故乡，不是这么不待见我吧？

更让我郁闷的是，老家县城的医疗水平、服务态度已经让我难以忍受，我的社保卡在这儿还不能用，看病得自己掏腰包。这让我这个习惯了公费医疗的公家人，十分不爽。

小曼倒没受我不良情绪的影响。她第一次来东北，处处让她感到新鲜，背个画夹子到处去写生。还老嚷嚷要去老虎沟。

十五

终于踏上了老虎沟的土地。远远就看见站在村口老榆树下迎接我的二表哥。二表哥今年59岁了,头发已经花白,紫红的脸膛,记录着一个庄稼汉子的雪雨风霜,身子板还很硬朗。

二表哥是村子里为数不多的一直在家种地,没有外出打工的地道的庄稼人。两个女儿都出嫁了,嫁得还不错,两个女婿都挺有钱的,还孝顺,老给家里寄钱。老两口衣食无忧,日子过得还挺美气的。

老榆树依然郁郁苍苍,绿荫如盖,只是树下冷清了许多。不见了三三两两唠嗑的人群,也看不到孩子们玩耍的身影,听不到孩子们无拘无束的笑声。过去树下坐得溜光的石头,长满了青苔,淹没在荒草中。

老榆树身上,缠了很多红绒绳,树上也挂了很多红布条。我问怎么回事?二表哥说,前几年修公路,从村口过,老榆树挡路,要把它砍掉。谁知,砍伐老榆树时,本来是大晴天的,忽然下起了暴雨,响雷围着老榆树炸响,让人不敢靠前,锯子刚锯两下,锯条就断了,用斧头砍,又流出血红的树汁,令人惊悚不已。大家都说老榆树是棵神树,给多少钱都没人敢砍。这事后来惊动了林业部门,说这是受保护的古树。超过200多年的老榆树,全县只有这一棵了,县宝级。为了保护老榆树,公路拐了一个弯儿。

十里八村都知道了神树,就有不少人跑来拜神树,有的求发财,有的求姻缘,有的求平安。那些红布条、红绒绳都是那些人挂上去、缠上去的。

我和二表哥感慨不已。

我想起了又大又嫩又甜的榆树钱。二表哥说:"早不结了。""怎么回事?""咳,这树也讲人气儿,村子里的人都去城里打工去了,树下整天也见不到一个人影,老榆树也就没了那个心劲儿了。"

嘿,新鲜,这树也有脾气!

去二表哥家,路过清溪河。这就是我魂牵梦绕的清溪河吗?河面瘦小了一半,两岸的垂杨柳也都不见了,光秃秃的,再也没有大河奔流的气势。河水还算清澈,可却看不到鱼的踪影。问二表哥怎么回事?二表哥指着河边一堆一堆翻白的鱼苗告诉我,现在农民都不用锄头除草了,普遍使用除草剂。除草剂是农药,下雨后,随田里的雨水流到河里,鱼苗都被毒死了。现在,同孩子们说以前清溪河鱼多得抓不完,孩子们还以为讲故事呢!

我无语。

让老同学说对了,农村果然没地方洗澡。本想到清溪河洗洗,但一想到一堆一堆翻白的鱼苗,我望而却步了。打了一盆水,躲在屋子里,和小曼胡乱地擦了擦身子,对付过去了。

第二天一早,我一个人在村子里转了一圈。农民确实富了,泥草房不见了,全是砖瓦房,有的人家还盖起了小楼。整个村子空荡荡的,大部分家里都是老人,有的家里干脆是铁将军把门。儿时的小伙伴一个都没见到。村里的青壮年都去城里打工去了。有的是正式在城里上班,过年才回家;有的是趁农闲,打短期工。用他们的话说,趁着能动弹,多挠扯点,啥时干不动了,再回家。

村里的小学因为生源太少,也撤了。孩子有的被家长带到城里读书去了,有的在中心小学住校。村里没有孩子,更显得没有生气。

下午,我和二表哥到他家的高粱地给高粱打杈(把多余的枝杈掰掉)。二嫂陪着小曼去老鹰崖写生去了。

干了一下午活儿,腰酸背疼的,躺在炕上,不想动弹。胳膊上被高粱叶子划出的小口子,一沾水,蜇得生疼。

小曼嘲笑我:“这才当了半天农民,就累得要死要活的。我要指着你种地养我,还不早饿死了。”

晚饭,二表哥特意烩了“杀猪菜”。可我,再也没有吃出儿时的香味来。相比较,深圳改良后的“杀猪菜”,似乎更合乎我现在的口味儿。

十六

下午,我接了两个深圳电话,山里信号不好,听不清。回到二表哥家,用座机打过去,一个是车行打过来的,说我预订的越野车到了,让我去提车;一个是拆迁办打来的,说我们那个住宅小区拆迁改造正式启动,政府统一安排租住房,三年后回迁,补偿比例1∶1.1。想住大房的,增加部分,按当年房价百分之七十优惠。让我们赶紧签手续。

我粗算了一下,按1∶1.1补偿,房子有80多平方米了。再添上几十万,就可以住上100平方米的大房子了。

房子、车子,都是大事,虽然假没休完,小曼也没玩够,我还是决定马上赶回深圳,心情比回老家还急切!

步步是坎

王玉祥

胖胖的张科长气冲冲地走进职评科科长办公室。在外边等候多时的王昌玉老师敲门进来,恭恭敬敬地送上自己的职评材料。张科长没接,没好气地说:“早就告诉过教育局不要送材料了,还给我们找麻烦。不收!”

“张科长,这不还没到截止时间吗?”

“我说到了就到了!”王昌玉老师的话把张科长惹火了,抢过材料,刺啦、刺啦几下子撕碎,丢到废纸篓里。一屁股坐在椅子上,呼哧、呼哧地喘粗气。

十分钟前,张科长,不,严格意义上来说,应该叫张股长。县里的部委办局都是科级单位,内设机构是股,但为了更像衙门,都叫科。科级单位内设机构还是科,显得不伦不类。为了作品的真实性,我们还是按照当地的叫法,称之为张科长。

张科长接到局长电话:“张科长吗?你为什么叫科里的同志不收黄岭子乡送来的职评材料?这不没到截止日期吗?”

“黄岭子乡评‘小教超高’的人选已经定了,送来也没用了。”

“什么叫定啦?局务会议还没研究,怎么就定了呢?少废话,赶紧回办公室收材料!”

啪,传来电话挂断的声音。

面对张科长的疯狂举动,王老师满脸惊愕,但也没说什么,到走廊给在检察院当副检察长的姐夫郝雄飞打电话:“姐夫,张科长材料不但没收,还给撕了。”

“什么?这么嚣张!你待在那儿别动,我马上过去。”

郝副检察长就在人事局局长办公室,一分钟就到了。郝副检察长走进职评科办公室。张科长满脸堆笑地迎上前去:“郝检,什么风把您老人家吹来啦?请坐,我给您沏茶。”

郝副检察长没给张科长好脸，指着王昌玉问："王老师认识不？"

"以前不认识，通过这次评职称认识了。"

"那你知不知道他和我啥关系？"

"这还真不知道。"

"他是我小孩的亲舅舅。"

啊！张科长开始冒汗了。

"听说你把他送来的材料给撕了？我想问一下，为什么？"

"对、对不起，误会、误会。"

"误会？哪里误会啦？现在，全社会提倡尊师重教，你身为政府官员就带这个头？说轻了，你这叫不尊师；说重了，是欺压百姓。"

张科长满头满脸都是汗。

"你不叫王昌玉报，指标是不是想留给高奇呀？这里面的猫腻，你瞒得了别人，能瞒得了我？别忘了我是干什么的！今天我把话撂到这儿，你要公平处理，便罢。若不然，王昌玉肯定告，并且连去年的张秀敏一块告。两年不上班，工资一分钱不少。这种吃空饷的人，还能评副高，查查，到底是怎么回事？"

张秀敏，黄岭子乡中心小学老师，张科长的亲侄女。请假两年在城市里陪儿子读高中。郝副检察长故意装作不知道。

张科长脸色惨白，赶紧把办公室门关上。想说点什么，又不知怎么接茬。郝副检察长话锋一转："张科长，你爱人在县医院挺好的吧？"

这又是张科长的一块心病。张科长的爱人原来在卫生局做副局长，利用职务之便，把自己不是学医的两个妹妹、一个侄子都走后门安排到医院工作。在药品采购中，又吃回扣，被人举报。纪委"双规"查实后，移交检察院，准备走司法程序，郝副检察长负责督办案件。张科长的岳父，县委副书记，亲自出面，找检察院领导，请求从轻发落，同时督促女儿退款，清退妹妹、侄子。最后，党内记大过处分，调到县人民医院任党委书记。虽然被贬，但县医院党委书记也是副科级，属平级调动，总算保住一点颜面。

郝副检察长步步逼近："张科长，最近，我们收到几封举报你的信，说你在评职称过程中，收受他人好处。我们相信你是清白的，但查总是要查查的。"

张科长几近崩溃，向郝副检察长打躬作揖的，差一点儿就跪下了："郝检，郝哥、郝爷，您饶了兄弟吧！王昌玉的事我马上办。您和教育局的张局长是同学，麻烦您给打个电话，让他们再补报一份材料。"

"这是你们工作上的事，我不好插手。"

“好、好、好,我打、我打。”张科长浑身筛糠,哆哆嗦嗦地打电话。

“喂,教育局人事科吗?我是人事局的张科长,王昌玉的材料填得有点不规范,需要再重新补报一份。”

“喂,张局吗?我是世平啊,您在办公室吗?在,太好了。我通知局里人事科重新报一份王昌玉的材料,要您签字,麻烦等一下啊!下班前一定要报来,今天星期五,是最后截止日期。”

整个过程,王昌玉都低着头坐在椅子上,一声没吭。

五天前

黄岭子乡中心小学会议室,校长刘军主持召开会议。会议在进行最后一个议题:研究 2014 年“小教超高”(副高)人选。刘校长在作总结:“今年符合条件的一共有五人,排在前三名的是邹晋、王昌玉、高奇。局里给咱们乡两个名额,如果大家没有异议,我们就按照排序,报邹晋、王昌玉。”然后,扭过脸,对坐在旁边的中心小学副校长高奇说:“高校长,不好意思喽,你比王昌玉少了 0.9 分,只能等明年了。”

高奇,曾在乡政府工作。身高一米八,浓眉大眼,长得有点儿像朱时茂。英俊潇洒、为人活泛、能说会道,谁家有个大事小情,他都帮助“支应”(土话,现场总指挥的意思),在社会上很吃得开。在学校也深得教师拥护,是中心小学的实权派。

看到大家没什么说的,刘校长准备宣布散会。这时,高奇站起来:“慢!我这儿有一份材料,麻烦大家传阅一下。”

拿到大家手里的是一份证明材料。

证明

高奇同志在乡计生办公室工作三年期间,属于乡成人教育办公室人员借调到计生办公室工作,编制仍在成教办。

特此证明。

证明人:陶凯

陶凯是时任乡党委书记,他的证明材料相当有分量。犹如一滴水滴到油锅里,一下子炸开了。大家议论纷纷:“既然编制在成教办,就应该算教龄。”“一年教龄 0.6 分,三年加起来 1.8 分,那高校长反过来比王昌玉还多了 0.9 分,应该报高校长。”“我怎么记得高校长当时编制就在计生办,还是应该报王昌玉。”

“大家静一静,”刘校长制止了大家的议论,“邹晋老师大家没什么意见,材料明天就报到教育局。王昌玉、高校长有争议,那就事情调查清楚后,再确定报谁。

散会!"

会后,马上有人把证明材料的事情告诉了王昌玉。王昌玉80多岁的老父亲,带着王昌玉找到当时的刘乡长。刘乡长已退休十多年了,在家养病。脑血栓后遗症——半身不遂。刘乡长哆哆嗦嗦写下证明材料,证明高奇当时编制就在计生办。身体行动不便,但还是坚持陪王家父子去找当时负责具体工作的赵副乡长,让他也出证明材料。

赶到赵副乡长家,高奇也在。赵副乡长把刘乡长安顿好,对高奇说:"高校长,对不起了,我老领导在这儿,我只能实话实说,你当时的编制确实在计生办。"

四天前

刘校长正准备派人把王昌玉的材料送到教育局。铃、铃、铃,电话铃响,电话是教育局纪委书记打来的,说是黄岭子中心小学的张秀敏老师把王昌玉老师告了,说是2013年评"小教超高"时,王昌玉收了她15000元,作为不和她竞争的代价。是不是有这件事?刘校长回答说不知道。

那就调查清楚!纪委书记下了命令。

刘校长虽然不清楚怎么回事,但他清楚,这肯定是高奇捣的鬼。张秀敏与高奇两个人关系暧昧,腻腻歪歪好多年了,这在黄岭子乡已经是公开的秘密。

刘校长把王昌玉叫到办公室了解情况。王昌玉讲了事情的始末。2013年,黄岭子乡有一个"小教超高"指标,由于有公开发表教育论文一篇的硬性规定,当时全乡符合条件的只有王昌玉和张秀敏两个人。张秀敏在中心小学工作,略占优势,但有一个硬伤,两年没上班。王昌玉一较真,不但"小教超高"评不上,说不定还会闹出点别的事来。

张秀敏请王昌玉吃饭,高奇作陪。饭桌上,高奇帮助张秀敏做工作时说道:"她叔是咱县人事局的职评科的科长,你把她挤下去了,你掂量一下,你能过吗?"

王昌玉觉得高奇说得有道理,没吱声,低头吃菜。

高奇继续循循善诱:"王老师,你不如做个顺水人情,今年让给张老师,你明年再评。你这么做,她叔也会感谢你的!你要觉得吃亏,叫张老师再给你补点钱。"

"我不要钱。"

扑通,张秀敏一下子跪在王昌玉面前,抱着王昌玉大腿摇晃:"王老师,我求你啦!你放心,钱,我一定给。"

王昌玉,身高一米八四的大个子,体重170斤,典型的东北大汉。但从小就有一个强势的哥哥罩着,养成了内向、不善于同外人打交道的性格。王昌玉是个好男人,吃、喝、嫖、赌、抽,一样不沾。平时,除了认真完成本职工作外,就干两件事,一是教育孩子,二是侍弄村里分给老妈的三亩地。庄稼长得好,孩子也争气,全县文科状元,现在南京大学读研究生。

王昌玉原来在中学教初三毕业班,后来被挤到小学。中心校也没留下,最后被挤到偏远的山区小学。每天六点半骑摩托跑十几里山路上班。酷暑寒霜,风吹雨淋,一跑就是15年,但从没怨言。

张秀敏这一跪,把王昌玉吓坏了,赶紧把张秀敏扶起,连声说:"行、行、行,你说咋办就咋办。"

高奇与张秀敏两个人目光一碰,会心地笑了。

结果,张秀敏如愿以偿,评上了"小教超高",成了副教授,每月增加了700元的收入。张秀敏对王昌玉也没食言,让小姑子黄小玲给送去15000元钱。送钱时,王昌玉没在,他爱人收的,还给打了收条。王昌玉回来后,埋怨他爱人不该收,第二天打电话叫黄小玲她老公把钱拿回去了。

刘校长:"钱退了没有?"

王昌玉:"退了! 这不,收条都有了。"

其实,张秀敏到教育局告王昌玉,第一时间就有人通知了郝副检察长。郝副检察长问王昌玉有没有这件事,回答有,还给了收条。郝副检察长气结:你们两口子真是猪脑子,蠢到家了!

骂归骂,小舅子的事还得管。郝副检察长告诉王昌玉把钱准备好,在家等着,他马上打电话让黄小玲老公去把钱拿回去。记住,要收条,日期要落在收钱的第二天。

王昌玉将信将疑,黄小玲她老公会那么听话吗? 没想到,黄小玲她老公还真按照姐夫说的做了。王昌玉事后才知道,当时,黄小玲儿子研究生毕业,报考检察院,笔试已经通过,就等着面试了。并且,报考的正是郝副检察长分管的部门。

一大早,相关人员就聚集在教育局的会议室,等待局里的调查处理结果。局领导还没来,两伙人又戗戗起来。王昌玉的姐姐王春玉讥讽张秀敏:"张老师,你忘了抱王昌玉大腿求情的事啦? 为了高校长,你是真豁出去了。"

张秀敏满脸通红,低着头,不敢看人。

高奇老婆出来打圆场:"张老师和我老公在一个单位工作,有事帮个忙,不是很正常吗?"

王春玉:"哎哟,高夫人,真是贤惠,你觉得他俩关系正常吗?"

高奇不耐烦了:"哎呀,你一个家庭妇女,啥也不懂,跟着瞎吵吵啥呀?"

王春玉退休教师,衣着随便,像个家庭妇女。

刘军校长忍不住了:“高校长,你这可就眼拙了,王老师退休前,可是一中的教研组组长,咱们县教育心理学第一人。”

高奇为自己犯了如此低级错误,懊恼不已。

只有王昌玉像一个局外人一样,一句话都没说。

教育局的结论:根据调查和双方提供的证据看,钱,不是王昌玉索要的,是张秀敏主动送的,并且第二天已经归还。教育局不予追究,也不影响王昌玉的职称评定。

高奇想站起来说什么,想了想,又没说出来。

大家散去。

刘校长看到高奇为了一个副高职称,方方面面做足了功夫(当然,在刘校长身上也下了功夫),一副志在必得的样子。而王昌玉有他姐夫撑着,也不是善茬。都是爷! 干脆叫教育局把指标收回去算了。

口头请示教育局,马上遭到局长的批评:“你刘校长就这么处理问题呀? 遇着矛盾绕着走。你以为过家家呢? 指标说给就给,说收就收? 妥善处理,不要留后遗症!”

刘校长硬着头皮准备报王昌玉。正在考虑怎么同高奇开口,高奇的电话来了,说是王昌玉主动退出。

这高奇又出什么幺蛾子? 刘校长满腹狐疑,打电话向王昌玉求证,想不到,还真是他自己不想报了。刘校长长出了一口气,马上把高奇的材料送到教育局。

教育局李局长给郝副检察长打电话:“老同学,王昌玉送钱的事不是摆平了吗? 怎么又退出了? 当初,我可是看在你的面子,才多给黄岭子乡一个指标,费了这么大的劲儿,怎么便宜了高奇这小子?”

郝副检察长:“老同学,少安毋躁,我问问是怎么一回事。”

电话打给王昌玉。王昌玉回答:“确实是我自己主动退出的。自己根本不是高奇对手。”

“到底是怎么一回事?”

“我刚从教育局出来,接到高校长的电话:‘王老师,你的钱,真是第二天就还回去的吗?’”

王昌玉一惊,但还硬撑:“就是!”

“那我请您听一段录音。”

电话里传来姐夫叫自己如何还款的录音。王昌玉瞬间崩溃:“高校长,为了一个副高职称,您犯得上费这么大的周章吗? 我退出不行吗?”

郝副检察长一惊,他万万想不到,自己堂堂检察长被别人监听了。但稍一探听,就知道怎么一回事了。高奇的女儿在电信公司实习,利用工作之便,监听王昌玉电话,并录了音。

郝副检察长打电话给高奇:“高校长,我想请教一下,录音是怎么一回事?”

“什么录音?”

“就是你给王昌玉听的那段录音。”

“还能怎么回事,你们做扣,被我抓到了呗!”

“录音是怎么来的?”

“秘密。”

“高校长,不要耍小聪明了。不就是你女儿利用工作之便,干些鸡鸣狗盗之事吗?高奇,我告诉你,你女儿这叫侵犯公民隐私权!我请你把录音公布,大不了,王昌玉副高不评了。你女儿可就不是丢工作那么简单了,小小年纪,也去尝尝牢饭的滋味。你是不是想毁你女儿一辈子?”

高奇心里憋闷,只有不停地捯气。高奇是个明白人,知道女儿的做法违法,好心办坏事。所以,上午,本来想把录音做撒手锏,但一想,不妥,就没拿出来。

郝副检察长打电话给王昌玉,高奇的障碍已经铲除,让他赶紧报材料。

王昌玉已经成了惊弓之鸟,身心疲惫。对姐夫所做的一切,表示感谢,但自己真的再也不想蹚这趟浑水了。

郝副检察长非常不高兴:“王昌玉,我告诉你,如果你这次被人拿住,今后你在黄岭子就没法混了,老王家在伊通县再也没法混了。不蒸馒头争口气,一定要报!”

父母、兄弟姐妹、亲戚、朋友,众口同声支持王昌玉一定要争这个副高职称。

王昌玉万般无奈,只能厚着脸皮请中心校报材料。

刘校长非常不高兴。

高奇更是一点不客气:“王老师,是不是爷们?说不报,又要报,你这不是耍我吗?为了评‘小教超高’我已经花了好几万块钱了。”

王昌玉:“那是你的事!高校长,咱俩谁耍谁?你心里最清楚!别把我惹急了,兔子急了,还咬人哪!”

两天前

高奇一看硬的不行,就来软的。一早,就伙同刘校长,和王昌玉爸爸当校长时的中心校长——老刘校长,到王昌玉父母家当说客。

一进屋,老刘校长首先表明态度:“我呢,今天主要来看看老朋友。大家都是乡里乡亲的，有什么事都好商量。”

刘校长：“王叔、王婶儿，我们今天来的目的，不说您也清楚。王昌玉老师已经说了退出，现在又要报，让我很为难。”

王昌玉母亲：“你公平处理，不就不为难了吗？”

刘校长：“王婶儿，我负责任地对您说，明年、明年，一定评王昌玉。”

王昌玉母亲：“刘校长，那谁又能对你负责呢？”

高奇跪在王昌玉父母面前：“王大爷、王大娘，我知道你家孩子都孝顺，你们说话好使，跟王老师说说，把这次机会让给我吧！”

王昌玉母亲：“高校长，孩子大了，我们也不好说什么，一切还是按照规矩办吧。”

高奇：“王大娘，只要您让王老师把这次机会让给我，我把您和王大爷当自己的父母养。”

王昌玉母亲：“那可不敢当！高校长，我的孩子个个都是大学生，北京、上海、深圳哪儿都有，您都说了，他们孝顺，所以，我还真的不用您养我们。”

正说着，王昌玉和他小舅子进来。小舅子姓郭，外号“郭老邪”，乡林场职工，是个混社会的人物。“郭老邪”这酒没少喝，满嘴酒气，眼珠子通红。一进屋，马上把王昌玉父母、老刘校长推到里屋。回过头来，照着高奇就是一脚，把跪着的高奇踹倒在地。指着高奇的鼻子：“高奇，我操你妈！你处处算计我姐夫。你以为老王家没人啦？我告诉你，我姐夫哥哥、妹妹的同学，在省委、省政府都是实权人物，找哪一个都随便收拾你！今天，谁都不用找，就你郭大爷这壶酒，就够你喝的了！”

刘校长过来拉架，“郭老邪”啪、啪两耳光子扇过去。怒骂：“你们是不是看我姐夫好欺负？你们不欺负老实人有罪呀？刘大脑袋，我告诉你，今天，你报我姐夫，咱啥也不说，今后，还是哥们；不报，我叫你吃不了兜着走！”“你还别不信，2010年，改造‘烧锅村’小学，包工头张老歪送给你五万元；2011年，购买校服，教育服务公司王老板送你两万元。还用不用我说下去？”“真的说出去，就不是你当不当校长的问题了，那可是要蹲‘笆篱子’（监狱）的！”

刘校长“泥菩萨过河，自身难保”，也就顾不得高奇了，搂着“郭老邪”的肩膀连声喊兄弟：“兄弟、兄弟，乡里乡亲的，不带闹玩下死手的。抽烟、抽烟！”

“郭老邪”一把把烟打掉：“别扯这些用不着的，你就说办不办吧？”

“办、办、办，咱们这就回黄岭子。”

王昌玉填好材料后，找校长签字、盖章。刘校长不见了。找遍整个校园，也不见踪影。打手机，关机。

玩失踪?

"郭老邪"轻蔑地一笑,对王昌玉说:"走,去他们家等,我就不信,他不回家睡觉!"

走到半路,刘校长骑摩托车追上来,解释说:"去乡里开个会,本来想跟你们说一声,手机又没电了。走,回去盖章。"

"郭老邪"心明镜似的,但也不去点破。

这么一折腾,盖完章已经五点钟了,送教育局已经来不及了,只能明天一大早送了。

当天

今天17点30分,是申报职称评定材料最后截止日期。

王昌玉的职评材料,在教育局走完所有程序,已经到上午下班的时间了。教育局人事科的人都不想碰这个烫手的山芋,就叫王昌玉自己把材料送到人事局职评科。

下午一上班,王昌玉就把材料送了过去。职评科的人说,科长下令,材料不收了。

王昌玉急了,赶紧给姐夫打电话。郝副检察长亲自到人事局找李局长。李局长当着郝副检察长面,给张科长打电话。这才发生了开头的一幕。

后记

高奇是偷鸡不成蚀把米,赔了夫人又折兵。用他自己的话说,真是他妈的光屁股拉磨,一圈一圈地丢人。受此打击,心脏病加重,到省人民医院做了手术,搭了四个支架。人,一下子从一个年富力强的中年人,变成小老头了。

王昌玉也落下一个病根,一遇什么急事,就手脚发抖,浑身冒虚汗,就像得了一场病一样。

刘校长被调往二道子乡,任中心小学副校长。一直称病,未到任。

顺带提一句张秀敏。张秀敏帮助高奇告王昌玉,等于公开给老公戴绿帽子。在家里,度日艰难。

黑　洞

孙　夜[*]

新安公园在我们医院对面，中间隔着一条马路，穿过斑马线，就是公园的东门。站在宿舍八楼的平台上，就能看到湖边的那张木质长椅，此时我就仰躺在那张长椅上看天，也不知会不会有人在楼上看我。时近中秋，荔枝已经采完落尽，但枝叶依然青绿，覆盖在我面部上空。一只灰色蜘蛛吐着丝，从枝叶间悬挂下来，悠悠荡荡地向我的鼻尖靠近。

我一直害怕那些小虫子，这只带着褐色斑点的灰色蜘蛛更让我心生厌恶，我本可以离开的，或者把蜘蛛弄出我的视线，可我没有那样做，我越是厌恶越是盯着它、看着它慢慢下坠，看着蜘蛛向我逼近。

蜘蛛那丑陋的灰色越来越大，连成一片压迫着我，一种恐惧从我的心里弥漫开来，可我还是一动不动，把自己丢弃在那张长椅上。

电话又响了起来。

我就让电话响着，我知道那是谁打来的，我把她的来电设置了特殊的铃声，就是为了不接她的电话，可我又不能把她的电话删除了，我和她之间的关系无法删除。

这个人是生我的人，是我的母亲，可我不联系她已经九年了，我读卫校三年，工作六年，九年中我没去看过她一次，我以为和她已经拉开了距离。

电话声停了，出现了短信的提示音，我知道她是不会发短信的，我拿出手机一看，是妹妹发来的：

姐，接妈妈的电话吧，这是怎么了？求你和她说句话吧。

---

* 深圳市龙华区作家协会主席，中国作家协会会员。作品散见于《人民文学》《诗林》《作品》《南方文学》等。著有诗集《我所需要的七》《新地址》。

妈妈？我在心里叫了一声，这依然是一个遥远而敏感的词，我闭上眼睛，思绪好像就沉入了水底，给妹妹回了个短信：我正在上班。

其实我也真的是在上班，因为和病人家属吵了几句，被同事推出来平静一会儿。

从早上开始，我已经工作十个小时，本来五点下班的，可手里的事情还没有忙完，每天都是这样，总是要自己给自己加班，总是有忙不完的事情。单位按规模还有七个护士编制，但就是不增加人，这七个人的工作量就分摊到我们身上。

六点，56 床正在办理出院手续。

56 床本来已经不是我班内的事情，我觉得等着住院的人不容易，为节省时间，我就开了收住通知，等到新的病人来了，要出院的人还在床上，说来接的车在路上堵着，我叫新来的病人等一等，没想到病人家属却突然咆哮起来：

"妈的没有床位你叫我们上来干什么？"

我一时间没反应过来，我回答说："等一等又怎么了？你喊啥。"

这个身材魁梧的病人家属，好像突然被激怒了，至于这样发火吗？脸都变了形，冲上前来，手指指着我的鼻尖，一步一步地上前：

"啊，你竟敢这样对我说话，不想干了？"

病区里通风本来就不太好，此时我感到胸闷，喘不过气来，有股气流在心底里积聚，积压了多少天似的，终于喷发出来：

"我就这态度，你爱住不住，不住立马退钱走人，你要退吗？"

"我告诉你，我们护士也是人，你能知道吗？你配知道吗？满嘴粗话的。"

"今天我就不让了，"我一股劲儿地反常地和他吵起来，不给他还嘴的机会。"你给我滚！"我喊起来了。

一片愕然。

一个年龄大点的同事，把我拉出了门外。

从公园回来，副院长在等着我。

他对我说了很多，我什么也没听进去，只记得一句话，大致意思是有份工作不容易，要知道珍惜。

医院食堂已经过了开饭时间，我也懒得做，其实是懒得吃晚饭。

深圳的夜晚已一片辉煌，我来到八楼平台，看不到公园里那条长椅，此时它在阴影里，就像我也需要在阴影里。我站在这个没有灯光的平台上，却看到了这个城市的灯光，一片辉煌的那种。

我越过这些光芒，想得更远。我多年没回故乡了，那里有着的是灿烂的星空。

又一个中秋节快到了,唯一的牵挂就是我那个妹妹,可是家乡的一切总是藏在妹妹身后,像一个巨大的黑洞,打着旋涡,一次次地要把我吸进去。

那一年我12岁,妹妹6岁。爸爸离开我们两个月了,不明白他为什么那么年轻就去世了。那么一个完美的男人,一个和蔼儒雅的老师,那可是我的无法替代的爸爸。

也是这样的一个季节,那天是中秋节,学校放半天假,我走在回家的路上,秋天的阳光明亮地照着大地,四处是一片丰收景象,天空飘荡着成熟的气息。我心里想着晚上的月饼和梨子,想着要给妹妹讲讲月亮上的故事,以往都是爸爸讲的,今年不行了,今年爸爸去了月亮上面回不来,故事开始要由我来讲了。

在穿过一片玉米地,一条排水沟的沟沿上,出现两道阴冷的目光。

我惊叫起来,浑身的汗毛根根倒竖,可那目光无动于衷,慢慢地向我爬过来,我想倒退,腿却不听使唤,我感到极度的害怕和紧张,被拧干的衬衣下摆又被我拧出水来,滴在我冰凉的脚面上。

这是一只巨大的蛤蟆,我从没有见过这么大的,满身暗红色的疙瘩,像一张宽阔的人脸,我不知道它为什么要如此丑陋,我不敢与它的目光对视,可我又忍不住要看着它,它好像把我看透了,它不怕我,它阴冷地注视着我,偶尔向前动一下,我不愿意它那丑陋的爪子向前动一下,可它就是要往前动一下,眼睛盯着我,让我绝望地恐惧。

我发疯似的用泥团砸它,玉米地里没有坚硬的泥块,更没有石头,我一下一下地把泥团砸过去,泥团碎了,蛤蟆被潮湿的泥土覆盖。

我盯着那个土堆,浑身颤抖,土堆动了一下,两道阴森的目光从暗色的泥土里又向我射来,我觉得自己轻飘飘的,肉身都不存在了,只有自己的魂魄在和它对抗,魂魄也不存在了,只是恐惧本身在和它对抗。

恐惧,让我产生更加残忍的力量。

我冲到沟底,抠来干硬的泥块,一块接着一块地向它砸去。

它的背上冒出了白浆。

它一动不动,它的目光里没有疼痛,只有无边无际的阴冷,潮水一样地覆盖我、穿透我。

你为什么不死呢?我哭了起来。

我支持不住了,我掉头拼命地往回跑,蛤蟆展开翅膀在后面追我,我也好像飞了起来,模糊中看到奶奶的家门,我一下子摔进去,就什么也不知道了。

等我醒来,仍是在恐慌中。我抄起门后的一把铁锨就奔向湖边。我不能容忍那两道阴森的目光存在,我觉得它总在看着我;我不能容忍那个丑陋的身子还能移动,我害怕总有一天它会找到我。我要把那个癞蛤蟆肢解掉、粉碎掉,把它深埋,让它从这个世界上消失。

可是那只蛤蟆已经不在了,它躲到哪一个我不知道的地方了。一种强大的不安和恐惧从心底袭上来。

我恍恍惚惚地往家走,经过妈妈房间的窗口,我听到里面有一种奇怪的声音,我猛地拉开窗户。

秋天明亮的阳光照进去,照亮了母亲的床。

床上,母亲光光地躺在那里,身上趴着一个光光的人,在窗户被拉开的时候,那个趴着的男人转过脸来,暴露在阳光里。

那是一张宽阔的脸,上面布满暗红色的蛤蟆一样的疙瘩,那个男人阴森森的,愤怒地瞪了我一眼。

我撕心裂肺地惨叫一声,就人事不知了。

等我醒来的时候,已经是夜里了,奶奶把我抱在怀里,昏黄的灯光照着奶奶满是泪水的脸。

我对奶奶说,我要回家一趟。

我把妹妹从睡梦中背了出来,来到奶奶家,我对奶奶说:"我要亲自把妹妹带大,奶奶,我有罪,是我的罪带来的报应。"

"傻丫头,你有啥罪呢。造孽啊。"

从那一天开始,我就没再和妈妈说过一句话。

平台上有了凉意,我仰望着天空,向天国望去,希望那里是干净的,奶奶和爸爸在那儿会生活得很好。

这个平台是我偶然发现的,别人一般不上来,好像是专门为我准备的。水箱的台阶上可以坐人,椅子一样,只是周围的栏杆很低,不可以趴在上面,鸟瞰这个繁华的南国都市。

我拿出电话,给妹妹打了过去。

"妹妹,你在哪里了?"

"我正要回老家呢,回去看看妈,不是要过节了吗。"

"哦。"

"姐,和妈妈和解吧!她现在一个人,老了,怪可怜的,毕竟是妈妈啊。她知道那些钱都是你给她的,我对她说了。"

我能怎么回答呢,对于母亲,我一开始是恨她,后来是怕她、回避她,总觉得她身后隐蔽着一双阴森的眼睛，隐藏着一种罪恶，不干净。我用尽办法，想离她越远越好，却弄得自己与自己越来越远。我在这个黑洞里挣扎多年，妹妹哪里能理解我的心呢。

“你要记得给我打电话就行了。”我说。

“姐，我都结了婚的人了，你为自己操心吧。”

“他对你好吗？在外面老实吗？”我问她，是希望他俩有着清清爽爽的爱情，平平淡淡地生活下去。

“哎呀，你管这些干吗啊，他对我很好的。我不是你的女儿，你永远是妈妈的女儿才对，你赶快找对象结婚，有个家庭就好了。”

我收了线，是的，妹妹不再是当年的妹妹了，她长大了，已经是结了婚的人，不再需要我呵护在手心里。

当年我依靠奶奶和奶奶的土地，像个成年人一样地做事，抚养妹妹，供她上学。我发了疯似的不让妈妈靠近妹妹，可是我阻挡不了的，后来妈妈跟着那个阔脸男人离开家乡，奶奶离世，妹妹才完全属于我一个人。

妹妹文雅，长得像爸爸，而我却像妈妈一个模子铸出来似的，连皮肤也是一样的白细，我怎么不像爸爸呢？我应该像他那样，淡薄、寡言，有白狐之静，不吃不净之物，像个典型的处女座人。我老会这样想。

新安公园的游人也越来越少了，我下了平台，回七楼的宿舍睡觉。

这是一间典型的职工单身宿舍，只有卫生间和阳台，没有厨房或客厅。房间里的主体是一张床，床前一张书桌，床头一个书架，书架的边缘卡着一盏台灯，台灯的光亮，会照着书桌上的一只晶莹剔透的水晶瓶。

瓶口插着一朵栀子花，又白又有着清香的那种。瓶里的水是我收集来的，我坚持每天早上都要去花朵或树叶上收集露水，时间充足了，我就去对面的公园，时间有限我就去八楼的盆栽上收集。开始时有人说我矫情，时间长了就见怪不怪了。

我喜欢看它在灯光下晶莹的样子，就是在这幽暗的一角，仍然有它的光芒。

我吃了两块饼干，喝了杯牛奶，顺便吃了颗思诺思。

我对思诺思已经产生了依赖，我害怕失眠，睡着了，我又害怕做梦，一次次的，那些噩梦老是缠着我，挥之不去：

总是那片靠近玉米地的湖边，总是在很热的天气里，热得我焦躁难安，我看到母亲在湖水里游泳，母亲赤条条的，母亲的裸体真是美啊，蓝色湖水里的一道白光，她鱼一样地越游越远，不见了。

我也走进湖水,慢慢地游着,不知怎么的衣服都不见了,我也赤条条地在蓝色湖水里,像母亲一样仰泳。天上的白云倒映在湖水里,白云从水底飘起来,软软地托着我,我在白云上舒展开四肢躺着,享受着阳光却看不到阳光。

这时母亲游过来抱我,母亲抱住我的时候,她的身体却变成了一个男人的身体,光滑而结实地靠紧我。我抱紧他,使劲地拉他,要把他拉进来。我全身心地舒展开来,我抱紧他。

后来我睁开眼睛,我怎么会睁开眼睛?

我看到的是一张宽阔的脸,布满暗红色的疙瘩,我惨叫一声推开了他。

我惊醒过来,摸摸身上,又是那样,身上的睡衣没了,我老会在睡梦中把自己脱光,自己却不知道。屁股下面一片潮湿。

我坐在黑暗中,羞耻地流泪。

第二天早上,我照常上班,我从宿舍楼出来,绕过停车场,从后门进入病房大楼,乘电梯到五楼,再步行下到四楼,就拐进我们的儿科病房了。

我不敢抬起头来,平视迎面而来的任何人,我因羞愧而没有了自信。

我们的办公室在各个病房的中间,玻璃隔断的,我们工作的每个步骤,都在别人的视线之中,好在我们每人都有着两个人的工作量,我们没有任何偷懒的机会,我们是护士,我们每时每刻都有病人要护理。

我和夜班护士交接完后,跟着当班医生去查房。快中午的时候,副院长叫我去他的办公室一趟。这个阔脸的男人,怎么又是个阔脸,我总是绕着他走路的。

“今天你去给56床道个歉。”副院长说,“他们家很有情绪,我们作为医护人员,要有明确的服务意识,无论什么情况下,我们都不容许和病人争吵。”

他看我没说话,继续说:“和病人争吵,影响医院的形象,就会影响就诊客源,那就直接影响医院的收入。去道个歉吧,不难的。”

“不去。”我说。

“很难吗?找工作更难。”副院长说。

“领导也是为员工服务的,要去你去,那更有服务意识。”我看着副院长说。

副院长刚要发作,办公区传来一阵嘈杂声,这在上班时间是不容许的。副院长起身去查看,我也跟着走出了他的办公室。

原来是同事小吴,在上班时晕了过去,这是她第二次晕倒在岗位上了。

一个多月前,由于长期工作负荷大,身心疲惫,又没能得到及时的调理,她在上班时晕倒了。得了强迫症,休假治疗,还看了心理医生。休息不到一个月,舍不得奖金和少拿的工资,又坚持来上班,这还不到两个星期,又晕倒了。

不知这一次,会不会引起医院领导的重视。

还真被领导重视了,下午下班前,护士长通知大家,晚上院领导请全科不当班的人吃饭,大家"耶"了一声,都高兴起来,瞬间增高了幸福指数。只是小吴不能去参加了。

金海湾,豪华宴会厅,应有尽有的海鲜,排了两桌。副院长讲了一番温暖人心的话,就带领大家吃起来。本来领导心细,为我们这些小姐女士准备了各种饮料,没想到我们都要喝酒,而且是白的。

副院长假装惊讶又佩服地看着我们,其实是对他们的员工的不熟悉,这些领导熟悉我们什么呢?

叽叽喳喳的女性喧哗,成了今晚聚会的主角。副院长寻找到一个机会,站起来高声宣布:晚宴结束后去港隆城卡拉OK,大家又"耶"了一声,都更加高兴起来。

我一直没说话,我不是故意的,有些氛围我就是进不去,我觉得自己被这快乐之潮,甩在了旋涡之外。我像是一条落在沙滩上的鱼,身上沾满了沙子,望着欢乐的海水无能为力。

我还想到了小吴,我会不会也会像她那样?

不过,等到唱歌的时候,我总是抢着唱,我唱了一首《卓玛》:

草原的风

草原的雨

草原的羊群

……

同事们都说我唱得好听,要我再唱一首,于是我又唱了一遍《卓玛》:

你像一只自由的小鸟

歌唱在那草原上

你像春天飞舞的彩蝶

闪烁在那花丛中

还是有人说,唱得真是好听,我还是唱了一遍《卓玛》:

你把美丽献给了草原

养育你的草原

……

直到唱得大家都不说话了,我才放下麦克风,默然走到窗边,望窗外繁星闪烁,热闹已经不再属于我。

结束的时候,已经是夜里快两点了,街上还是有许多行人和车辆,许多夜店还在营业，人总是有着可以挥霍的时间和生命，或者需要挥霍。

谁都不知道谁，谁都会在平常的表情下，掩藏着不为人知的生命黑洞。

我躺在床上，无论是喧闹还是安静之后，当黑暗降临，就会有魔鬼从我的生命里分离出来，主宰我的黑色时光，使我在黑色的深渊里欲罢不能。

我上班时老会走神，有同事问我为啥老是一个人在笑，高兴的事情干多了吧？

我不知道自己在笑，以往我一般是板着脸的，我心想也许是因为以往笑得太少了，现在要补一补，可我为什么要笑呢？

我有什么高兴的事？还干多了。我没有搭她的话。

也许是因为我的笑，病人包括病人家属，也对我热情起来，有的人还拿出水果一定要我吃一个，也许人与人交流本来就该是容易的，我把口罩往下拉一拉，把笑容的面积露出再大一点。

副院长又找我了，我朝他笑，并让笑容保持着，我说院长其实你是很帅的。副院长不搭我的话，严肃地对我说：

“你去给56床口头道个歉。”

我继续朝他笑，实际上我不知道我在笑，我说：“院长，我们的办公区通风不好，需要改造呢。”

“那不是你管的事，你现在要做的事情是协调好与病人之间的矛盾。”

“我和病人之间没有矛盾。”

“你和病人吵架了，事情还没有解决。”

“我没和病人吵，那只是个病人家属。”

“你要不服从领导，解决不好医患矛盾，你就准备辞职吧。”

“不辞，更不道歉，随便你。”

副院长语气缓和下来：“我是在帮你，他们是社会上混的，要找你麻烦，我给揽了下来，不听话你要吃大亏的。”

我向副院长笑了笑，我说：“院长你的眼袋又下来了，你要注意休息，酒色不要过度。”

副院长一脸疑惑地看着我，我在他门口停顿了一下，转身走了出去。

明天就是中秋了，别人都在谈论过节的事，我去哪里过节呢？八楼平台吗？这两天母亲的电话不打了，换着妹妹的电话短信接二连三地来，让我请假回家一趟，看望母亲。

妹妹，我把你拉扯大，你就不能拉扯我一下？

我回得去吗？

我离开家乡跑这么远来工作，为的是什么呢？九年了，我失去了母亲所有的温暖，就是她给了我关怀，到了我面前也是不洁的，我无法接受，我总觉得她伤害了父亲，伤害了我也伤害了你，妹妹，你能明白吗？

我和妈妈长得太像了，我不愿意这样，我愿意长得像爸爸，像别人也行，就是不想像妈妈，妹妹你能明白这些吗？

正在我胡思乱想的时候，两个光头冲进办公区，叫我的名字，我站起来问什么事，哪个床的，我还以为是病人家属，没想到他们也不说话，上前抓住我的衣领就往外面拖，拖到楼梯口才开始骂："妈的就是你啊，就你这鸟样也狂啊，我毁你的容，叫你想卖都卖不成。"

我的同事都吓傻了，远远地看着，没有一个说话。

我当然不会轻易就被他们拖走的，我有什么可怕的吗？没有。我抓住一个站稳的瞬间，对他们进行了疯狂的反击，我手抓腿踢，用头毫无顾忌地向他们撞去，狡猾的混混侧身一让，我的头撞到了楼梯上，我瘫软了下去。

等我醒来的时候，我却躺在宿舍自己的床上，那个年龄大点的同事在照顾我，我手上打着点滴，我奇怪的是我的头竟然没破。

她在我床边坐下，理了理我散乱的头发："受委屈了，丫头。"

我傻傻地笑了笑："出大洋相了。"

我想对她说：听人说，以前的男人是一般不对女人动手的；以前的单位是可以保护职工的；以前的同事是互相团结、一致对外的。可是我没有说，只是笑了笑。

她叹息一声，继续说道："活着不容易呢，丫头，你明白吗？"

她抬头看了看我的房间，上下左右地看了看，转身对着我说："这原来是办公楼改造的，房间是后隔的，不隔音。"

我说："我不知道呢。"

她唉了一声，接着说："你啊，你也不小了，该找个固定的人结婚了，那样闲话就没了。"

我说："你这是啥意思啊？"

她疑惑地望着我："装糊涂啊？"

我说："我真的是不明白，你说啊。"

她说："也不知道是何时传开的，同事都知道，说你夜里叫床的声音太大，又不知道你跟的是谁，都在瞎猜呢，是我们院里的吗？"

我明白她说的是怎么回事情。我感到乏力，不想说话。

这时有人敲门，没来及答话就听到来人在门外大声说："我代表院部来看望你。”是副院长的声音。

同事起身开了门,把副院长让进来就借故离开了。

毕竟是闺房啊,收拾得这么整洁。副院长在房间里四处看了看,我起身给他让了座,他还是站着。我坐回床边上,他转身对着我,问我身体感觉怎么样,他身体前倾,我仍然要仰着头回答他。

我心里想着同事刚才讲的话,我说:“感谢院领导关怀,我身体没啥了,请领导放心。”

他说:“你一个姑娘家,要学会保护自己。”

我说:“是的,我要保护自己。”

“你要是听我的话,去给 56 床道个歉,这件事就不会发生了。”

“我不道歉。”

我突然抬起头来,看着他的脸:“这就是你说的保护自己吗?我需要保护的是些什么呢?你能知道吗?你是不知道的。”

我感到虚弱,但我还是继续说下去:“你终究还是来了,你是怎么爬过来的?千山万水你还是找过来了。”

“你发烧了吗?你说啥啦?是不是烧糊涂了?”副院长说。

“你来就来吧,你终究要来的,你就开始吧,我任你处置。”我继续说下去,“你就来吧,你上吧,你这个阔脸的癞蛤蟆,你来吧。”

“哈!你是这个意思啊,我就是阔脸的,我就是癞蛤蟆,我就是想吃你这个天鹅肉。”副院长说着冲到我床边,伸手就摸我。

我说:“来吧,总之要来的,想要你就拿去吧,你这只癞蛤蟆。”

副院长呵呵地笑着:“好好好。你别再给那个什么病人家属道什么歉了,我一句话的事,他听我的。跟了我,以后在这个医院,方方面面我都能罩着你。”

我把头扭向一边,我轻声说道:“开始吧,闭上你那阴森的眼睛,他妈的想要你就拿去吧,你还能怎么样。”

他迅速地站起身,神情紧张。他说:“好,我回去安排一下,晚上过来,陪你。”

他急急地离开了。

我起身去卫生间冲凉,用凉水冲,花头雨水一样倾泻。湿了我头发,又湿了我的全身,慢慢地浸透下来,我的身子和水一起流淌,两岸都是盛开的鲜花和嫩绿的植物,白色的云再次从湛蓝的天空飘过。

我在镜子里看一看自己这雨后的处女之身,清晰而安静,让人想到一株带着水珠的植物。手指滑过肌肤,像滑过雪地一样没有声响,也没有痕迹。我来到这个世界，有没有惊动过什么？有没有留下轨迹或擦痕？像一片羽毛飘落人迹罕至的山谷？

我要给自己一个仪式，这是我最后的战斗。我累了。

我还是想到了妹妹，我想对妹妹说：别动那些小虫子小动物，那些长着眼睛的小动物，越是丑陋肮脏的越是不能动，否则，你就不要把自己的内心弄得太干净。

穿好衣服，感到疲劳，天已经傍晚了，心想是不是吃点东西？可是一点食欲都没有，于是关了灯，躺到了床上。

灯一关房间里就暗了下来，而且越来越暗。我在这黑暗中躺了下来，泪水像潮水一样一茬一茬地往上涌，总是揩不干净。

在房间里更黑的时候副院长来了，他也不开灯，好像是提了一大袋子东西，窸窸窣窣的。他在我的单人床边坐了下来，摸索着帮我号了脉，也摸了摸我的额头，手势顺着就进了我的领口，抓住了我的乳房。

我像死了一样一动不动。他很轻柔地有层次地解开我的衣服，慢慢地我的衣服都被脱掉了。我裸躺着，黑暗中呈现出一道白光。

我不出声，也不动，任他进行。

他应该是专门冲洗过的，呼吸中还带有牙膏的味道，没有冲洗尽的老男人的气味仍然让我感到恶心。

他向我压了下来，蜘蛛一样地压了下来。

那只大着肚子的蛤蟆爬了过来，那只满身丑陋的疙瘩的蛤蟆它爬上了我的身体。

下身撕裂着疼，他在这疼痛中抽动，并且越来越快，这让我更疼。这疼让我放松，我就应该承受这疼。我是疼了，你还能怎么样呢？

他终于坍塌下来，发出呼呼的怪声。他又突然起身，光着身子去开灯，我听到一声东西倒翻的声音。

被撞翻在地上的水晶瓶已经破碎，我那多年收集的露水在四处流淌，在瓷砖的地板上显现出痕迹，无声无息。

他翻看我的身子底下，“你还是第一次？”他问。

他开始穿衣服，一句话也不说。站起身，迟疑了一会，就转身去开门离开。

门拉开了，又回头问了一句：

“你的处女膜……是做的吧？”

穿过黑夜

余　劲*

你的是你的，我的是我的。

——题记

一

她，踢踏着醉步，摇晃着走出S市的天空娱乐城。她习惯性地看了看腕上的表：23点05分。

手表是块粉红底色、镶钻欧米茄，表链是哑光银。这块表是她的前夫送给她的，价格不菲。与前夫生活的两年里，她天天戴着它，就像整天手中拽着一个粉色的梦。那时的她，幸福安逸得想让时间停止。

记不清从何时起，她就基本不戴它了，只是晚上应酬时才拿出来。她总觉得透过表盖，那粉红底色看着看着便能渗出淡淡的血浆，仿佛是从她受伤的肌肤深处不断地涌出。这错觉令她不安。

23点05分，她嘀咕着：今天还不算晚。她记得是下班前打电话约的张先生。原来以为是两个人的简单商务餐，没想到断断续续冒出一桌子互不相识的人。就像老家村子里的红白喜事，不需要发出任何请柬和告示，闻着菜香，一袋烟的工夫就高朋满座了。她也不知道是哪个环节出了问题。从傍晚七点开始，这顿饭整整吃了四个小时，耳朵里塞满了不着边际的黄色段子；胃里莫名其妙被灌满了红的、黄的、白的液体，这些有色液体此时在她的身体里翻滚，产生了无法抵挡的化学反应，弄得她浑身燥热。再掐指算算，这顿饭又吃去了她这个月四分之一的工资，心

---

* 中国作家协会会员，盐田区作家协会理事。曾在《芙蓉》《小说月报》等发表多篇作品。

也就开始绞痛起来了。

她感觉头昏口渴。头重脚轻的她走到旁边的士多店买了一瓶冻的矿泉水。

已是深秋,风应该是很凉的才对。但迎面吹来的风却是咸湿、辛辣的。接近午夜,路边星罗棋布的烧烤店生意正酣,木炭吐出猩红的火焰,火焰上方的肉串发出吱吱的喘息声,东倒西歪的啤酒瓶,人们身上的短袖T恤……这是个狂躁得不分昼夜和季节的海滨城市。

她仰脖一口气喝完了整瓶水。冰水穿过灼烫的胃壁,顿时感到酒已醒了三分。她想起刚才那位做五金生意的张先生,答应明天来找她开户,说是先打80万元现金玩玩,看看她操盘的水平,好的话再追加资金;她还想起当时自己嗲笑着回应:“张先生,怀疑我的水平?只要你守信,你的资金一到位,我一定会全力以赴帮你操作,保你一个月内赚20%。到时,你会发现,数钱比数你店里的那堆螺丝钉强。”张先生用他那潮乎乎的手捂着她的手,对满桌的人说:“你们看,美女这是在挖苦我,我怎么听起来还那么舒服呢?嘿嘿,和我干完这杯,痛快了,什么都好说……”

她看见前方立着个垃圾桶,稍加瞄准,手中的瓶子飞入桶内。“Yes!命中,本小姐还没醉。”确认了自己还算正常,她拢了拢被晚风吹乱的长发,朝停车场走去。

打开车门,进入车内,她立马拿出湿纸巾,使劲地擦拭双手,一想起张先生那只肥嘟嘟的手,她就一阵恶心。打开车灯,光束捕捉到四五个穿着旗袍,打扮俗艳的小姐,只见她们一路小跑奔向一辆的士。瞅着叽叽喳喳快乐无比的她们,她心里徒然伤感自怜起来:他大爷的,读书有何用?白领又怎样?还不如她们。她们上班就能数现金,拿小费,喝酒还不用自己掏腰包。80万?喝高了,谁都可以张嘴说。

头疼,不去想啦,看明天的运气吧。借着酒劲,她踩下油门,瞬间消失在夜幕中。

她拥有财经学院经济管理和计算机专业双学位。计算机的编程和应用是她的强项,当时在学校也算是个异数。毕业后,她应聘过几家IT公司,在最后关头总是被男士挤出局。同等条件下,男人在IT业似乎更具优势。就像人们会固执地认为,男人的三维空间想象能力及动手能力一定会比女人强。开始她还怀疑过自己,几经折腾后她知道了,没有理由的理由就是充分的理由。

通过几番努力,她终于进到一家证券公司,一干就是四年。前两年还好,证券公司不多,竞争还不算激烈。如今,全国各地的证券公司和投资理财公司开得比米店、超市还多。今非昔比,这上上下下的各种压力就来了。她最怕的是星期一的例会。老总在上面口沫横飞:要业绩,要奖金,要想拿到全薪的就振作起来,走出去! 路边派单也好,晚上喝酒也好,我不要过程,要的是结果。干不来,回家!大把人等着排队进来咧。例会一结束,大家就跑到财务室领表,查看各自名下客户的交易量明细。紧张的气氛让人崩溃,交易量、成交量的多少直接和工资奖金挂钩,谁都急啊。

早晨她是被冻醒的。翻身坐起,才发现自己是连衣带鞋没盖任何东西睡着的。她早已习惯了这样无序的生活。就是猝死在房间,也没人知晓。一想到这儿就觉得自己很可怜。走到卫生间,把水温开到肌肤能承受的极限,她要让滚烫的水温暖快要冻僵的身体。此刻,她渴望温暖。边冲洗边提醒自己:待会儿去公司一定要给张先生打个电话,这80万不到账,真的会被踢出局了。

8点45分,她准时来到公司。先是上网查看当日新股发行、配股分红、热股推荐等信息,然后下载,将这些资料打印出来,拿上胶水把它们贴到交易大厅的信息栏上。这是她每天必做的工作。忙完这些,已差不多开市了。她拿起座机,拨打张先生的电话。话筒里传来"您拨的电话已关机"。她预感到,昨晚的酒又白喝了。

这时,旁边的同事小胡对她说:"姐,你这样不行啊,你看他们几个一拉就是机构户,少的也有四五百万,多的上千万。老员工又怎样? 老板只看业绩。你快想想办法吧,不然真要下岗了。"

她正为张先生的手机关机气恼着呢,一听小胡的嘀咕,火噌噌地就往上蹿,没好气地说:"那又怎样,大不了走人。别说了,烦着呢!"小胡有好耐心,也不生气,"别急躁啊! 姐,我也是为你好。不过,我看今天一定会有大喜事砸你的头。你看,你印堂发红,官运你是沾不到边的,那一定是财运。还有,你脸颊泛红,面若桃花,是什么好运,等着瞧吧。说中了请客哦!"她回答说:"请你个头呀,我昨晚喝多了,撞墙了。"说完,自知火气太大,于是从抽屉里拿出一包德芙香脆米,递给小胡:"这个能堵住你的小嘴了吧!"

说者无心,听者有意。人在自助无望的时候,只能想到天助了。她跑到洗手间,朝着镜子把自己仔细端详:真的,印堂发红! 听人们说,印堂发黑,是有凶兆。那印堂发红,脸颊红晕会有什么好事呢……

二

那天上午直到11点,张先生的手机一直关机。11点30,收市。她起身准备去打饭。突然,听到有人在外面喊:"朵朵!"

朵朵是她的乳名。除了家人,没几个人会她叫朵朵。同事们叫她陈丹丹,丹丹。她四处张望,透过柜台的玻璃窗,只见交易大厅那块醒目的“股市有风险,入市需谨慎”告示牌下,有一位衣着考究似曾相识的男士,朝她一个劲儿地挥手。朵朵迟疑了片刻,认出了他:付文哲。大学同学,初恋男友。他们分手后,六年没有见面了。

她走出柜台,朝付文哲走过去。如果不是他嘴角的那颗她熟悉的黑痣,她还真的不能确认这就是六年前和自己厮守在一起的那个身穿白衬衫、牛仔裤,脚踏一双球鞋的俊秀青年。眼前的这位男士,过早发福隆起的啤酒肚腩,宽宽的额头上斑驳稀松的头发,一套看上去质量上乘、熨烫服帖的西装,岁月似乎在他身上刻下太多的烙印。唯一没变的就是干干净净。在她眼里,他一直是个干净的男人。

付文哲迎过来,绅士地和她握了握手:“朵朵,几年不见,找到你真费劲啊!是小惠告诉我你在这里上班的。你还是老样子,我一眼就认出你了。”

“是的,有好几年没见了,我们都变了。你一直和小惠有联系?我倒是很久没见她了。你胖了不少。”

“是啊,胖了,老了。每天酒肉穿肠过,无法避免的灾难。呵呵,走,我们现在去吃饭,好好聊聊叙叙旧。”付文哲摸着他那圆滚滚的肚子,打着哈哈回应她。

“现在去吃饭?太仓促了!我中午只有一个多小时的休息时间。一点钟就开市了,一个萝卜一个坑,不好离岗的。还是改天叫上小惠一起吧。”她委婉地推辞他。

付文哲明显地感到她不是很乐意见到他。于是调整了一下说话的语气,很是诚恳地说:“朵朵,我今天来找你,是有事相求,给个机会,不会耽误你上班的。我们就在附近找家餐厅,你看如何?”听付文哲这么一说,她也不好再拒绝,于是跟着他走出公司。

只见公司门口停了辆黑色宝马745,付文哲加快了步伐,上前一步为她打开了车门。车子一溜烟就开到了不远处的一家酒楼。

进到酒楼,他们来到一间早已预订好的包间。她这时才意识到,付文哲是有备而来的。落座后,付文哲要了一壶菊花茶。

他把服务生手中的茶壶拿了过去,小心翼翼地帮她斟上了一杯。菊花茶是上等的杭白菊,一股淡淡的苦丁香味从付文哲手中的茶壶里飘出。“朵朵,秋干气燥,这菊花清火败毒,来,先喝点茶,我来点菜。”这时,她注意到了他手腕上戴的东西。左手是一块明晃晃的ROLEX手表,右手腕上挂着一串芸豆。这芸豆手镯她太熟悉了,那是大二那年,几个好友暑假相邀去厦门游玩,她在鼓浪屿岛上买下送给他的，十元钱。每颗芸豆上都刻着一个字，连成一串："勿忘我，心想事成，前程似锦"。中间最大的一颗芸豆上画着一颗心，心被一支丘比特的箭射中。

她不会忘记，鼓浪屿岛上的那些古老榕树。它们长着垂地的胡须，一脸的慈祥。浓郁的树叶圈起半遮半掩的绿色屏障，屏障遮住了她初吻的羞涩。

当年芸豆色泽鲜艳，现在看到的，明显已经风干变形了。

虽说是昔日的恋人，毕竟多年不见，就像是一道擦肩而过的风景，彼此早已是形同路人，突然面对面坐在一起，双方多少有点尴尬。她心想既然坐在了一起，还是不要搞得太别扭，她寻思着怎样搅和一下略显凝重沉闷的气氛，于是打趣地说："一身名牌，开着房车，这十元的残豆就不要戴了，和你那劳力士极不协调呀。不会是想到今天要来见我临时翻出来戴上的吧。"

"说我一直戴，你肯定不相信，没丢掉是事实。别小看了它的价值，它这几年可是给我带来好运啊。你看，一颗豆上写着一个祝福，能不带来好运吗？只是你看，这颗豆上面的心穿孔了。"

说完，两人都哈哈大笑起来。都是聪明人，拿捏自如。

"朵朵，这几年过得还好吗？我听小惠说你离了？现在是一个人过？"付文哲问。

"唉！不提了。你呢？有孩子了吧。"

"孩子四岁了，淘得很，现在和他妈妈待在美国，去年把他们办过去的。我一年来回跑两趟。"说完抿了口茶，扬了扬眉毛，颇为得意的样子。

"成功人士啊！把老婆孩子安顿好，自己打拼，你太太真有福气！在公干还是自己开公司？"

"和朋友一道开了家投资公司。主要做融资这块，还行吧。"

双方又是一阵沉默。包间外的大厅里，古筝传来的小曲，能感觉弹奏者玉葱般的手指抚平了最后的一个音符。付文哲抬起头来，认真注视着对面的朵朵，说："不闲扯了。今天来，一是叙叙旧，二来真的有事找你！"

"有什么事用得上咱，你尽管说吧。如果同学之间还不好办事，那这世道就太灰了！"她不无认真地回答。

付文哲从她这句话的语气里明显感到了对方把自己往外推。他调整了一下坐姿，让自己稍加放松。

"朵朵，你看你这说的什么话？'同学之间'这四个字听起来真的很冷漠。我们之间真的只剩下同学情分吗？我知道你怨恨我。我当时的确很无助，不想毕业后回到小小县城。她爸是副院长，她又那么黏我，我当时只有一个念头，先留校安稳后再说。”

“不要说了，我不想听你说这些陈芝麻烂谷子的事。”没等付文哲说下文，她就提高了声调，扬了扬手，果断地打断了他。她微微抬起的手，就像一道闸门，把付文哲挡在了回忆之河的堤外。她看到对面的他低垂着头，像是被她提审的一个战犯，她突然意识到自己有点咄咄逼人，于是喝了一口茶，放慢了语速，补充道：“付文哲，现在看来，你是对的。人不为己，天诛地灭。你永远是时代的弄潮儿。不是吗？当年留高校是一种时髦，你做到了；这几年下海创业，你又踏上点儿了，看来还非常的成功；如今有钱人又兴起了举家移民，你也没落下。我不恨你，真的，儿女情长的人干不了大事。”

他听她这么说，心里更不是滋味了，感觉像是被她脱光了衣服挂在太阳下晾晒。他知道，他无须再在她面前遮遮掩掩了。

“我有一笔闲钱，想拿来做点投资。朵朵，我计划在你这里开个户，想请你帮我打点打点。你的为人我了解，也听小惠说你投资理财这一块业务做得很好，交给你，我想我是放心的。”

听他这么说，她倒是来了兴趣。刚才还想催催服务员快点上菜，早饭只吃了两片葡萄饼干，早就撑不住了。听到付文哲说要开户，顿时饿意全无。闲钱？是多少？一定不会少于80万吧。

她坐直了身子，脸上终于挂上了点笑容，小心地探问：“你说的闲钱是多少？你是想以公司名义开户，还是以个人名义开户？”

“1600万。我就是想咨询你，公司和个人开户有什么区别？原则上公司也是我个人的。”

听到付文哲轻描淡写地说出1600万这个数，她真的怀疑是不是自己的耳朵听错了。

于是她双眼盯着付文哲，忍不住又追问了一次：“等等，你慢点说，1600万？”她那双清澈漂亮的眼睛，睫毛扑闪扑闪的，像是要从他眼里讨到确切答案，忽闪得对面的付文哲顿时坐立不安。

付文哲点了点头，算是给了她一个肯定的回答。

1600万！印堂发红，脸颊红晕，今天必有喜事砸头！此刻她想起上午小胡说的这句话，突然觉得浑身一阵发热，就像被灌了一口烈酒。她知道自己有点失态了，必须稳定一下激动的情绪。于是对他说：“菜怎么还不上来？你催催吧，饿坏了，我去洗洗手。”

她走进洗手间，拧开水龙头，洗了把脸，她心想：“他开投资公司，应该认识很多券商,为什么找我? 六年没联系,一来就砸这么多钱给我打理,是不是听小惠说我做得辛苦,真的想帮我? 同情我? 还是真的相信我? 还是有其他附加条件? 对,一定有条件,这个必须要问清楚。”洗完脸,她对镜一笑,算是为自己打了打气。

她洗完手,举着一双滴着水的手,落座前顺势把沾满水的双手使劲在裤子上来回揩拭。他笑了:“你这老毛病还没改,像个小孩,洗完手就爱往身上蹭。就凭这个毛病,能暴露你是假淑女。”

听他这么一说,朵朵感觉有少许的安慰和温馨。她心想,这么多年过去了,自己这细微的坏习惯他还记得,难道这就是人们常说的:难忘初恋情人。

有些东西是根深蒂固的。

坐下后,她接着刚才的话题对付文哲说:“通俗地讲,以公司名义开,叫机构户。操作程序上,这种方式的开户手续和资金进出都较烦琐;以个人名义开户,就叫个人户,凭自然人身份证即可,相对讲手续要简单一些。你选择哪一种? 当然,以个人户、现金进的方式,你存取更方便、灵活,就怕银行短期内不会让你提这么多现的。”

他立马做出回应:“那我肯定开个人账户方便啦。银行那边我有人,1600 万全部提现是不大可能,但我想提一半现金应该是不成问题的,小部分就用支票从银行出,再转到其他公司,有大把现金流量大的公司。倒腾一下,很简单。只是有个问题,我不想让人知道我投资这么多钱在股市。我想低调,你明白吗? 有什么操作上的建议?”

“怕树大招风? 这你就多心了。1600 万,对于我,是一个天文数字,但放在资本市场、放在我们证券公司,就只是一般的数字了。再说,你尽管放心,我们有我们的行规,会替我们的客户保密的。你如果实在不放心,也有一个办法:你把现金打进来,以你的名义开个户,然后再弄几张有效身份证。你是主账户,后面你可以挂十几个。拿我们的行话来说就是‘拖拉机户’。取款密码你自己设定,再写一份协议书,注明:非本人身份证,任何人不得取款。你如果要我操作,取款密码和操作密码必须分开设,操作密码告诉我就是了。没任何风险。”

“朵朵,这样做不违规吧? 别让你为难,给你带来麻烦。”

她回答:“我谢你还来不及呢。不怕你笑话,如果这个月底还拉不到客户,我就要下岗了。说实话,这拖拉机户,真要查,当然属违规。但其他公司都这么做,你不做,就没饭吃。只要不是黑钱,谁来查? 有老总顶着,我们小职员怕啥。”

他说:“那就好。这么一来我感到踏实了。就这么定了,明天一早我来找你。往后,我再帮你介绍几个大户。你这样的人下岗,岂不是笑话? 我不会见死不救的。"

菜早已上齐了。几番对话下来,陈丹丹手心的汗渐渐干了,眉心也舒展开来,全然没有开始时的防范和拘谨了。他们边吃边谈着,桌前的气氛早就变得轻松愉快了。她似乎想起了什么,微笑着补充道:"你还有什么别的要求?你这么大的资金,可以说是我的上帝了。我可以向老板申请一间单间,里面配备饮水机、电脑和沙发。中午休市,你可以在沙发上打个盹。印花税是死的,但手续费我可以帮你降低到最小额度。"

他往她的碗里夹了一尾竹节虾。"来,快趁热吃了吧。朵朵,房间你还是帮我申请吧。我不需要,给你午休。佣金返利你拿去买几件好衣服。你说我是你的上帝,这么说是要折我的寿。我知道,我欠你的是无法用钱来弥补的。不求你的原谅,只求你理解,再说,你这样做是在帮我,我该谢你才是。"

付文哲的这番话给六年后两人的重逢和聚餐画上了一个似乎是圆满的句号。

这顿饭吃了不到一小时,一没喝酒,二没摸手,简单痛快地就把事办成了。只是她还是有点诧异,他以前做事、说话没这么干脆啊!但转念一想:这可能就是成功人士的风格吧,财大气粗啊。

下午上班,她特殷勤地帮小胡泡了杯速溶咖啡,搂着她说:"等着,姐明天请你吃饭。你太神了!"

三

她不能确定付文哲的 1600 万能否如期抵达。在市场爬滚多年,开"空头支票"的人她见多了,这不,"五金张"的手机今天整日都不在服务区。想到那 80 万又随酒精挥发掉了,就觉得自己憋屈。下了班,她想让自己放松一下。不到 24 小时的时间里,她的心被那些看不到、摸不着的钱搞得七上八下,人被折腾得神经兮兮。于是,她心里揣着付文哲的这张巨额"空头支票",走进一家日本料理店,为自己要来一份烤鳗鱼、一份鲜虾乌冬面,外加一碟"蝶恋花"三文鱼。

她坐在临窗的一个卡座里,两眼无神地看着马路对面的公交牌。公交牌下是密密麻麻的人群,她心中默数着,1 个,2 个,3 个……他们就像城市森林里的一群忙碌疲惫的黑蚂蚁,背上扛着一天的小小收获,被拥挤、堆砌地塞进一个个缓慢移来的逼仄的铁皮罐里。夜幕下的蚁群们等着归巢。当她看到第 78 只黑蚂蚁被铁皮罐拖走,此时,她的"蝶恋花"三文鱼上桌了。

晚上回到家,推开出租房的门,她就闻到屋子里一股子霉酸味。吃剩的方便面盒、脱下的脏丝袜、内衣、堆满烟头的烟灰缸……一片狼藉。面对此景,难以想象离婚前她是个近乎患洁癖症的女人,也无陋习。

那时她的家是明亮宽敞的。落地玻璃窗,窗外是四季常绿的一片荔枝园。七月,夏日和风会传来玛瑙般猩红的颗粒碰撞的欢笑声。她和她的前夫经常会在晚饭后,手牵着手走进那片荔枝园,他们会躲开园丁们的视线,偷偷地摘下几颗荔枝,嬉闹着剥了壳喂给对方吃。那时的他们,有种少男少女偷吃禁果的刺激和满足。

自认是个聪慧的女人,但没想到做了件最愚蠢的事:拱手让出写着她大名的豪宅。当时,前夫明确提出,房子归她。但当时她一想到要在留有其他女人体味的屋子里继续生活,那岂不是很没自尊,很滑稽,便语气很肯定地拒绝了。现在想来才是真正的滑稽,跟谁过不去,也不能和钱过不去啊。恶心屋子里那股腥臊狐狸味,不会挂牌把房子卖掉啊,少说也有两百万,亏自己还是学经济管理的,把自己弄成这样就有自尊了?生活颓废,厚着脸赔着笑去拉客户,发誓一辈子都不想见、不想再有任何瓜葛的人,不还是见了,不光只是见了,还要感激他,还要帮他理财。想想真是失败啊。

她一边打扫清理房间,一边反省梳理思绪。打扫完毕,她走到卧室小小梳妆台前,翻出了好些日子没有佩戴过的一块玉。那块玉是块老坑玉,她出远门或有所企盼时就会戴上它,是种慰藉和安抚。

忙完了一通,最后她换上了一套干净的床单被套,钻进被子的那一刻,她闻到了被套上残留的洗衣液和阳光的气息。久违了的阳光的气息温暖着她的睡意。带着对明天的期待,她很快进入了梦乡。

第二天,付文哲一早就来到她的公司。她给他办的是个人户。她惊讶他的办事速度,半天时间,他竟然弄来九张身份证。有几张身份证过于崭新,无任何压痕,她本想问他,会不会是假的,话到嘴边又抽回去了。心想:公司又没有辨别证件真伪的机器,真要是假的,过不在我。事事要较真,事事走程序,别人凭什么来找你。还不是图个办事方便,甲方乙方,各需所求,互惠互利。

不到半个小时,一切开户手续办妥。付文哲说他还有急事,不能在此耽误太久。临走时留给她一个手机号,并交代:“朵朵,我很忙,不定时要去美国,这些就全权拜托给你打理了。你就当是为自己操作,买啥卖啥你不用和我商量。真赚了,我给你所赚部分5%提成。”

她忙纠正道:“提成我不要,公司也不允许。我会尽力帮你赚钱。但你也知道,股市是有风险的,你要有这个心理准备。谢谢你啦!”

他说:“这个我当然知道。你千万不要有压力负担。我相信你。今天只能进600万。三天内,将全部到账。待会10点钟公司还有个会议,我必须走了。再联系,朵朵。”付文哲说罢转身离开,在转身的一刹那,他看到了她脸上挂满了会心的微笑。付文哲仿佛看到了六年前校园里那张熟悉、天真的姑娘的脸……

她隔着柜台的玻璃窗,目送他走出交易大厅。然后她去到老总办公室,汇报了相关事宜,并顺便给了老总一个信息。她说:“这个客户是我大学同学,他会陆续介绍其他客户进来。”老总听后,喜形于色地对她承诺道:“陈丹丹,好好干,能有几个客户放心让我们全权操盘的?看来你真是不简单!干好了,中户室经理的位置给你。”

她走出老总办公室,自语道:“不让我下岗就阿弥陀佛了,经理?省了吧……”

四

自从那次付文哲办理好开户手续后,她就一直没有再见到他。有几次她打电话想和他商量是满仓操作还是半仓操作,可手机总是关机。她一直纳闷,有钱也不能这样整啊。按常理,就算是自己的老婆打理财务,也会时不时过问一下,何况,她和他说白了现在也只是甲方乙方的关系。联系不上,她就只能小心翼翼地操作了,原则是:绝不追高,低吸而不高抛,只要赚一点就跑,打一枪换一炮的短线操作。对于业务娴熟的她来说,这样的做法实在是种渎职。但仔细想想,毕竟不是自己的钱,终归放不开手脚,最棘手的是想和对方商讨一下的机会都没有,只能出此下策把风险降低到最小值了。还好,账面一直是盈利的。只是离她的期望值差远了。

不过,付文哲也算是个守信的男人。他虽没出面,但陆续帮她介绍了几个大客户。老总也没失言,把中户管理经理的职位给了她,她的专业水平本就不差,只是缺少人脉。原来她天真地认为请别人吃吃饭、喝喝酒,事情就十有八九,现在看来自己太幼稚了。这年头,很多事早就不是饭桌上碰碰杯就能解决的了,人们都在明里暗里找寻更多的利益。

工资提了,职位也有了,不用赔笑,也不用买醉了。当一切太过顺利时,陈丹丹心中反而有种莫名的不安。

付文哲就像在人间蒸发掉了一样,杳无音讯。

陈丹丹无奈之下决定去找小惠,或许她会知道付文哲的行踪。毕竟付文哲是通过小惠才找到自己的,再说也有好久没有和小惠联系了,心里还真有点挂念。

回想大学四年,小惠是个沉默不语、胆小怕事的女生,学习永远是60分万岁,无任何主见,大事小事都找她商量,整天跟屁虫似的跟着她甩都甩不掉。没想到出了校门,她整个人就像被打了鸡血一样突然来了精神。当年会计学考试左抄右看,好不容易作弊得来61分的她毕业后进了税务局。几年下来就混到了稽查处副处长的位置,也不知道是她的家里有何背景还是大智若愚的她真的很适应社会大学这个舞台。总之,她工作上如鱼得水,老公、孩子、房子、车子一样都不缺,缺的似乎只有时间。因为每次陈丹丹打电话约她,她总是有饭局,有应酬。陈丹丹真的拿不准小惠这次会不会抽得出时间和自己坐下来闲聊。

还好,小惠在电话里很爽快地答应赴约,并一个劲儿地说想死你了、不见不散、如果还不应约就死定了的诸如此类让丹丹感到起鸡皮疙瘩的话。她们约在陈丹丹所居的小区附近的一个茶馆见面。

待小惠落座后,陈丹丹指了指桌上的"工夫茶"说:"难得大小姐你今天有空。我是特意请你喝茶的,帮你清清肠胃,你看你整天白吃白喝,胖得都快不成人样了,你就不担心?"

小惠捧着小小紫砂茶杯,一仰脖子一咕噜喝了它,那架势就像往口里倒老白干。陈丹丹给逗乐了:"喂,又不是喝酒,干吗这么豪爽?工夫茶是要慢慢品的。这道茶的价格不比一瓶XO便宜,拜托你悠着点喝!"

小惠把茶杯狠狠一放,坐直了身子瞪圆了眼,开始反击:"喂!从我落座到现在,你有几句话是人话?什么白吃白喝?什么胖得不成人样?知道这茶贵,今天我来买单,你少废话,谁叫我是'爷们'。全世界都知道你斯文、知性啦,可我也没见你混出个人样?"

两个同在一个城市,平日里却很少见面、交流的女人只要碰在一起就会往死里磕。就像在六年前的女生宿舍,俩人经常会为一些鸡毛蒜皮的事争个你死我活。表面上水火不容,其实一路走来,她们的心最贴近。

几番相互恶毒的人身攻击后,陈丹丹把话题切入到了主题。

"今天约你出来,是有事找你,电话里一时半会儿说不清楚。"

"什么事?"小惠看丹丹一脸的凝重,也认真了起来。

"你最近和付文哲有联系吗?除了手机联系,还有什么途径可以找到他?"陈丹丹一脸茫然地问。

"哈哈哈!付文哲?你问我要你的付文哲?六年前我是你们的'电灯泡'、跟屁虫,现在还要我继续当?"小惠一听丹丹今晚找她来是问她要付文哲,她忍不住大笑起来。

陈丹丹一看她满脸的坏笑，就知道她往歪处想了，立马纠正道："什么我的付文哲！你别闹了！我是真的急着找他。小惠，我有种很不好的预感，说不上来，就是心很慌，很不安。"

小惠好不容易忍住笑："我还想问你呢！那天付文哲开辆宝马风风火火地跑到我单位，劈头盖脸地就问你的近况、工作单位及电话。你的电话我没给他，毕竟没经过你允许。我还一直在想，他找你是不是难忘初恋情人？想和你重温旧梦？男人在春风得意的时候，最大的愿望就是想在自己没有得到的女人面前显摆显摆。这和衣锦还乡同出一辙。"

陈丹丹听小惠这么一说，心里就犯嘀咕了。她暗想：看来，小惠真的不知道付文哲找她的真正原因。要不要和她说？说吧，违背了职业道德，不说吧，又解不开心里的疙瘩。正在犹豫之时，小惠逼问道："你这么急找他，真想他了？"

丹丹被小惠再次把她和付文哲往风花雪夜里猜设，搅得一时乱了方寸，心急之下就把付文哲找她的前因后果和盘托出了。唯一有所保留的是1600万这个数字。她只是含糊地说一笔不小的钱。

小惠听了陈丹丹的话后，马上作出了反应："丹丹，我看，事情没你说的那么简单，你别傻乎乎的。急匆匆找你开户，目的是在股市赚钱，可快半年了他却悄然无息的，还不见露面，这正常吗？你是他的谁？就算你是他的老婆，也不可能不过问一下账目，到底是赚了还是赔了？除非不是自己的钱，才会不在乎，不心疼！"

小惠还想接着继续剖析，陈丹丹止住了她："小惠，你再说一遍你最后的那句。"

小惠定了定神，重复道："除非不是自己的钱！"

沉默，两个女人同时陷入了沉默……

尽管茶馆里的灯光昏暗，但小惠还是看到丹丹被吓白了的脸。于是赶紧宽慰她："丹丹，都怪我这个稽查工作做久了，太敏感了，总是用怀疑的眼光看这个世界。也许是我多心了。早就听说付文哲生意做得很大，也许他是财大气粗，这笔钱对他来说是九牛一毛；也许是他听我说你压力大，要不断地拉客户，他只是在帮你。毕竟他原来伤了你，也许他在赎罪？"

陈丹丹往小惠的茶杯里续上了茶，两眼无神地说："如果不是自己的钱，那会是什么？高利贷吗？还是……"

"我看你就不要瞎猜了。原始积累是最说不清道不明的，从原始积累过程中最能看到人类的原罪。只要你不挪用客户的保证金，证监会又没有要求你们证券公司的职员审查客户的资金来源。再说，我们也没必要把付文哲往坏处想，我看你是敏感了。看来你还是担心他的,毕竟是相爱过一场啊。来,好好品茶!"

陈丹丹也觉得小惠的话不无道理,也许自己真是敏感、多心了,难道付文哲天天缠着自己才开心?想到这儿,自己都觉得好笑,紧绷了一晚的神经终于放松了。接下来,她们俩再也没有提及付文哲。

五

这天临近下班,她正在依次检查中户室的30台电脑是否关机,电源是否都已关闭。毕竟这年代暴发户多,素质高的客户还是很少,多半客户逢收市就抬屁股走人,举手之劳的事都嫌劳心费力,俨然一副王者至尊的模样。

这时,小胡跑进来告诉她大款在下面等她。大款?她不知小胡指的是谁。跟着小胡下楼,她看到了付文哲。半年不见,他明显消瘦、憔悴了许多。

付文哲疾步走过来,二话没说,攥着陈丹丹的手就把她拉出了交易大厅,直奔路边,伸开手臂拦了部出租车。

他对司机说:"去海悦酒店。"

她被他的举动搞蒙了。刚要开口,只听他说:"朵朵,对不起,今天你必须听我的。你不要出声。"

顿时,她感到了一种从未有过的恐慌。发生了什么?会发生什么?

车子开了不到五分钟,付文哲突然对司机说:"靠边停!"司机不解地问:"还没到海悦酒店呢。"付文哲说:"不好意思,我们不去了,请停车。"说完掏出20元,塞给司机,急速开门下车。司机离开时朝他丢了一句:"神经病!"

下了出租车,没走几步,他又拦了部车。不到十公里的路程,他带着她换了三辆出租。几经折腾才来到地处人民广场的海悦酒店。她被他这一路的怪异举止吓傻了,感觉是被劫持被追杀。

付文哲的手搭着她的肩膀,在旁人看来,他们像是一对风尘仆仆,远道而归的恋人进到了酒店。这时她才意识到,这是他们六年来第一次亲密接触。她想把他的手推开,但转念一想,也许他真遇到了麻烦,还是不要这么做吧,她隐隐觉得此时的肩膀对于他也许是溺水前抓到的一块浮木。

慌乱中她记不清电梯停在了酒店的第几层,出了电梯她随他进入走廊尽头的一间客房,走廊显得特别长,灯也昏暗暗。

他从小冰柜里取出两瓶水,递给她,说:"朵朵,对不起,让你受惊了。"

被吓得大气都不敢出的她,此时终于在只有两个人的空间内爆发了。她大声地吼道:“付文哲,到底发生了什么?快告诉我!”

付文哲说:“你不要问任何问题。知道了,对你没任何好处。你只要听我说,仔细听,好吗?”

他走到床边,掏出四部手机,并把里边的电池逐一取出扔到床上。

她疑惑地问:“你拿这么多手机干吗?电池干吗要取出?”

付文哲故作轻松地笑了笑,伸出手摸了摸她的额头,说:“朵朵,你知道吗?你最可爱的地方就是你的这双眼睛。傻丫头,叫你不要问你还问。”

被他这么一哄,她安静下来。

“是遇到了一点麻烦,所以一直抽不出身来找你。你别担心,只是公司与公司之间的债务三角纠纷。我可能要去美国一段时间,也可能会找个清静的地方休整休整。树大招风啊,没办法,放在你那里的资金,请你继续帮我打理。”

听他这么说,她的心放宽了些:“到昨天为止,我帮你赚了258万,你放心好了。如果能和你商量,绝对不止这个数。这波行情又稳又好,弹性空间很大,可惜了。”

他拉过她的手,轻轻地抚摸了一下,望着她的眼睛,说:“朵朵,你帮了我,就再帮我一次。好吗?”

她把他的手轻轻地移开,但还是非常诚恳地回应付文哲的话:“没问题,你说,于情于理我都得帮啊!”

他掏出一张卡和两把钥匙,对她说:“这是这个房间的门卡,这是衣柜和保险柜的钥匙。密码是1314888,一生一世发发发,好记。”

从付文哲看似轻松其实很慌张的语气中,她感到了事态在朝复杂的方向发展。她感到有些疑惑与害怕,想拒绝。他似乎感觉到她内心的抵触与不安。

他稳定了一下自己的情绪,接着说:“朵朵,其实没什么大事。是这样,我老婆孩子在美国,这里又没有值得信任和托付的人。想想还是交给你放心。我有个同父异母的姐姐,我从未和任何人提及过,我是用她的名字定的这间房。没人会知道。这间房我包下了,时间为半年,期限房卡上有。如果到期还没我的消息,就麻烦你来取保险柜里的东西。这里面也有你的东西,你到时会看到。其实也没什么值钱的,都是些私人信件,我没必要带着这些儿女情长的东西上路。这是我在美国的地址,到时请你设法把东西交给我太太。另外,这事只有你知、我知,拜托了!”

他一口气说完这些,容不得她插嘴。她越听越觉得不对劲,整个过程太突然,远远超出她的掌控能力,可她一时又想不出理由来推托、拒绝。看上去,别人这是信任你,你还能说什么呢?

付文哲交代完,本想拿起房间的电话拨打,想了想,又把房间的电话放下,提出借她的手机用用。她顾不得多想,将手机递给了他。

他用她的手机,通了几分钟话。通话期间,她去到卫生间。也许,她潜意识地在回避……

待她从洗手间出来时,他已通话完毕。

他把手机递给她,说:"差不多了。我还在这里再待几分钟。你先走,忙过这几天,我再请你吃饭。好吗?"

"你忙吧,被你这么一闹腾,我哪还有心思吃饭。"她回答说,"好,那我走了。你不要慌,遇事要冷静,不就是三角债吗?开公司的都会遇到。理顺就过去了。"

她离开房间,走进酒店电梯。电梯里空无一人,她在心中默念了一遍他说的密码:1314888,好记,就是太俗。她想:他真是幸运,遇到危机时,还有我这个可以信任、使唤的人。换成我,我还真找不来。谁可信?谁可相依?

那天和付文哲分手后,她也有很多疑问和担心。她几乎每天都会试着拨通他的手机,但对方都是处于关机状态。他越是安静、悄然无声,她越是焦躁、不知所措。她虽然猜不透他到底出了什么事,但心里有种很不祥的预感——他肯定出事了!

七天后的一天,她像往常一样准时来到公司。一踏进公司中户室,就见办公室主任老张神情慌张地走过来,悄悄对她说:"丹丹,你要有心理准备,赶紧的!待会老总会找你。"

老张和她是老乡,又是同期进到这家公司,平日里他们处得还不错。她看老张那脸色,感觉不会是有什么好事。于是好奇地追问他:"老张,怎么回事?要换老板了?"

老张说:"不跟你瞎扯了,快!你有大麻烦!具体的我也不知道。我是偷偷跑来给你提个醒,可能会出什么事,你快想想,我走了。"老张走后,她想了想,实在不知从何想起,干脆就不去想了,拿上一块抹布擦起办公桌来。或许是心不在焉,桌上的茶杯被她抹到掉到了地上。不用弯腰看,她知道,它一定碎了!看来霉运真的来了。

果然,十分钟后,老总来电话了:"你马上来我这里。有人找。扯淡!"听老总那口气,她意识到,可能出事了,而且事情与付文哲有关。

她几乎是小跑着去到老总办公室。推开门一看,里面除了老总、财务副总老萧、办公室主任老张外,还坐了三个不认识的男人。她刚进门,就听老张说:"来,介绍一下,这几位是检察院的同志。这,就是你们要找的陈丹丹。"

她尽量克制自己的情绪,显出一脸从容,大方地走过去,和他们打招呼。她本来想和他们一一握手,以示礼貌。但他们个个警觉、严肃,她感到空气里明显笼罩着一股火药味,只好尴尬地把手缩了回去。

她说:"你们找我?"

这时,有人开口了:"我是检察院的吴检察官,这两位是检察院调查员和市公安局经侦科的。这是我的工作证,请协助调查。"说着就掏出证件在她眼前晃动了两下。

这个场面她似乎很熟悉。想起来了,在电影里经常看到过:"我们是FBI,请协助我们调查。"只是面前的这几个人没有电影里那些美国男人高大帅气。他们的脸都很阴沉,身高体魄都不敢恭维。

她是个平日里小事懵懂惊慌,但遇大事又能淡定自如的女人。不然,她也不会一个人撑到今天。

她面带微笑地问:"你们要调查谁?是我吗?"

吴检察官没有直接回答她的提问:"陈丹丹,你认识付文哲吗?你和他什么关系?"她一听,恍然大悟。心想,一定是他出事了。她定了定神,回答道:"付文哲,认识啊。是我的一个客户。我是他委托的操盘手。"

吴检察官说:"操盘手?你们有协议吗?我指的是书面协议。"

她回答说:"没有,没有什么书面协议。他说全权交给我,叫我帮他打理。他很忙!"

吴此时加重了语气:"陈丹丹,你也看到,我们的同事在做笔录。希望你认真对待。没协议,他凭什么相信你?你的客户全部由你操盘吗?"

"我也不知道,他为什么相信我。"

没等吴再次问话,她听到公司老总高八度的声音:

"陈丹丹!请你严肃点!端正态度!事到如今,不是儿戏!"

她被老总这么一吼,也来气了。她憋红了脸,提高了嗓门,没好气地说:"谁儿戏了?你说谁儿戏了?我说的是真话。你天天叫我们拉客户,拉客户,好不容易拉来了,辛辛苦苦、劳神费力地帮他们操作。我到底惹谁了?做错了什么?你们凭什么像审犯人一样对我?有什么问题,可以问财务啊,我有贪过客户一分钱没有!"

被她这么一说,整个屋子的人都愣住了。少顷,只见吴检察官走到饮水机前反客为主地倒了杯水递给她。一反前态地缓声说道:"陈丹丹,你别激动,我们并没把你当犯人。只是正常调查,老总这么说,也是为你好。”

她没好气地说:“还有什么,你们尽管问。不要和我兜圈子。”说罢把水杯重重地放了下去,溅出的水洒了一桌。

“实话告诉你,付文哲已经进去了,涉嫌行贿、诈骗、洗黑钱。他可是在里面交代,你是他最好、最信任的朋友。”经侦科的那位说。

她一听付文哲进去了,瞬间还是有那么些感伤的。世事无常啊,但随即想到自己的处境也不容乐观,还是操心自己吧。

她喝了口水,非常冷静地说:“他说我是他最好的朋友,最信任的人？那是他的个人想法。我不这样认为！在这个城市,我几乎没有最好的朋友。我交友的原则是:君子之交淡如水。我认为,无人可信,无人可依,也许你们要说我消极。对不起,扯远了,你们继续问吧!”

另一位检察官说:“我们已将他在这里的股票和资金全部冻结了。你现在详细说说他的资金数额和股票明细。”

她回答:“他打入的资金是1600万。到昨天为止,账面的市值应该在原有基础上多出200多万。具体有哪些股票,太多了,我记不住。待会你们到前台去打个明细单就清楚了。”

吴检察官说:“明细单我们已打印出来。我们现在是要听你说。请配合!”

她一听又恼了,说:“那么多股票谁记得住啊！我管30个客户,如果他们都犯事了,你们是不是要我背出30个人的股票明细。开玩笑!”

“开玩笑的是你,陈丹丹！你不要耽误大家的时间。你是聪明人!”她的耳边又传来老总歇斯底里非人类的叫喊声。

她冷笑了一下,心想:我是聪明人,我今天才知道我他妈是最蠢的人。

陈丹丹突然感到自己是一只失途的麋鹿,跌跌撞撞进入了狼的地盘,眼前全是慑人的蓝光和只有自己才能听到的哀鸣。事到如今,她知道任何的反抗已无济于事。

她只好闭着眼,努力把电脑里他那些账上的股票复制、粘贴到她的大脑,然后复述给这帮人。她闭上眼的瞬间,感觉有泪要滑下。

她说:“有三万股000026、三万股000040、两万股000671、五万股000785、八千股600553、一万股600742……”

她断断续续背出了一大堆枯燥的数字。完了,睁开眼发现在场的人都在用吃惊的眼光看着她。她抬起头,用几乎是嘲讽的眼光看了老总一眼,老总立马把头不自在地撇开了。

吴检察官听她说完后，还想问什么，但终于忍了忍没有出声，只是吩咐助理检察官把笔录拿给陈丹丹，并让陈丹丹逐页签上名、按下右手食指指印。她一一照做，这时她的脑子一片空白。

待她做完这一切，吴检察官深沉地望着陈丹丹说道："你回去再好好想想，你和付文哲之间还有哪些牵扯，有哪些细节没有提到。想起了，可以打电话给我。这是我的电话。"说完，走到她面前递上一张名片。

之后，吴检察官走到老总跟前，握着老总的手说："打搅你们了！今天的调查就到这里吧。我看陈丹丹也累了。谢谢你们的配合。我们随时保持联系。"

临出门了，吴检察官又折回房间，向陈丹丹伸出右手："我们，我们相信你！"陈丹丹闻言下意识地伸出右手和对方握了握，三名办案人员走出了房间。她坐在那儿，也没起身，也没说话，她早已全身无力。整个过程，她感觉自己是个布偶，线在人家手里，任人牵扯。

她走出老总办公室就感到头痛欲裂，胸闷气短。于是她向办公室主任老张告了假，她非常想出去换一口新鲜空气。

她走出公司，没有搭车，只是一个劲儿地走，朝家的方向走。大约走了一个钟头，她看到了她住的小区。她不想回家。于是，她来到小区临街的一个茶馆。茶馆不大，有个挺怪的名字"烟花亭"。平时她经常会进去坐坐。

进到里面，她要了个小包间，叫了杯"青山绿水"，顺便叫了包烟，她烟瘾不大，包里从不装烟。

从未像今天这样暴走过，陈丹丹感觉双脚肿胀。于是，她干脆把鞋也脱了，吩咐服务生，没有叫唤，不得进入。抽完一支烟后，她把自己放倒在沙发上……

夜越来越深，她徒步走在一条山坡石径上，周围是黑乎乎的树林，有只乌鸦凄凄地叫了声后低飞擦身而过。此时，她又渴又累，她已经在这条路上走了很久很久，就是找不到可以回去的路。于是，她朝着乌鸦飞的方向走。看到乌鸦飞进了一个山洞，她也跟了进去。山洞里伸手不见五指，有滴答滴答的水在不间断地敲打着岩石，她非常害怕，不敢往前走，但她非常非常渴。黑暗中的她只好朝着清脆的水声摸索前行，终于感觉踩到水了，她弯腰掬起一把水使劲地喝，真甜啊！她抬头，看到了一线天，有微弱的几点星光泻入。于是她朝星光扑去，并大声呼叫："带我出去！带我出去！"这震耳的呼叫声在阴森的岩洞里回荡，惊飞了洞里的蝙蝠，它们黑压压地朝她扑来……

"喂，醒醒，丹丹你醒醒。"

她睁开双眼，惊慌地坐起。原来是茶馆老板娘阿英在推她。

“你怎么了,我听到你在呼叫,就赶紧跑过来了。你没病吧?看你满头大汗的。”

她说:“阿英,快把茶递给我,谢谢!我刚才睡着了,做了个噩梦!吓死我了。”

“你太累了,大白天做噩梦。唉!做你们证券这行就是伤神。你还是要注意调节自己,今天就不用再去上班了吧?”

陈丹丹睁开酸涩的双眼,满脸疲倦地说:“阿英,还是你好啊!有这个茶馆,不求大富,但也落得清静,饿是饿不着的。”

阿英说:“是啊,可我哪敢和你比。你是一人吃饱全家不饿。我还有两个孩子得照顾。惨淡经营,眼看孩子的学费都交不起了。我正准备把茶馆转让出去,生意如今真的难做啊。”

她抬头看了一下墙上的挂钟,对阿英说:“哦!不早了,我还是回家接着睡吧,好困啊。我们改天再聊好吗?”

她走出茶馆时,天已经黑了。“烟花亭”,她突然领悟到这其中的含义了:寂寞如烟花,如烟花般寂寞。只是她认为茶馆取其名还是不好。茶是雅物,烟花太过胭脂气,如果是酒楼,取其名,也许会带旺生意。

回到家,她打开冰箱,拿出鸡蛋和挂面。一天没吃东西,但她毫无饿意。只是想强迫自己多少也要吃点。这时,手机响了。

“喂,你还好吗?我,老张。老总叫我通知你明天去财务结算。你明白了吧?丹丹,我也没办法帮你,老总说你违反规定全权代理客户买卖,希望你能理解,别想太多,留得青山在,不怕没柴烧。你多保重!”

她也不知道,握在手中的鸡蛋怎么会贴到了墙上。那晚,她家厨房的墙上开满了花,黄澄澄的,如葵花般醉烂……

六

吴检察官对陈丹丹那天的表现其实是很不满意的。从证券公司调查取证后,他直接回到了办公室,拿出卷宗及笔录,进入了沉思。凭他办案多年的经验,他感觉遇到对手了。她太镇定,回话干脆且冷漠。他本想挑明了跟陈丹丹说:“付文哲已交代你们是初恋情人,而不仅仅是相互信任的朋友。”但现场看她那么决绝,只可能有三种情况:一是付文哲伤她太深,她想极力保护自己,既然他已经被抓了,你们要问去问他好了,她感觉付文哲不会出卖她;二是她做足功课有备而来,看她和老总顶撞的劲头,她是个非常有个性的人,再问下去他知道不会有多大的突破;

三是不排除还有一种情况:她的确与本案无牵扯,付文哲只是为了资金出入方便,为了洗黑钱,顺便也想帮衬她一下,一箭双雕,落个顺水人情。

那为什么和付文哲一起作案的在逃犯江柄全的通话记录里,会有她的手机记录呢?通话时间正是江卷款逃离的当天。还有,把付文哲证券公司及他办公室小金库的资金加起来还是与诈骗的金额有一个不小的缺口,付文哲一口咬定那一部分被江柄全言而无信地卷走了,而江潜逃又不能对质。如果付文哲说谎呢?这笔钱不会在境内银行,银行都已联网,手下也查过。如果是想转到境外,从时间和银行资料看,他也来不及。那不是秘密转出就一定是交给谁了?会不会是她,陈丹丹呢?他肯定是信任她的,不然也不会交给她全权打理,还是在无书面协议下!

按照他平时的办案风格,他当时肯定会乘势追击的,但他不知什么原因,一接触到陈丹丹那双既委屈又显倔强但同时分明是清澈的目光,他的心突然就莫名软了下来。还有后来他竟又折回身和她握别并说出那句鼓励的话语。"哎,我这是怎么了?"他在心里重复地问了自己几遍。

愣怔半天后,吴检察官慢慢收回思绪,认真思索半天后,终于做出决定:一是向上级申请监控陈丹丹的手机,这是唯一的一条线索了,不能断!二是对陈丹丹外松内紧,在不至于危及她的工作、伤害她的前提下再试试有无更好的突破方法。

砸完鸡蛋,她看着墙上开满了花后,整个人瞬间就松软了。

她洗了个热水澡。她喜欢用冲洗的方式来调整情绪。暖暖的水从喷头里喷出,温柔持续地抚摸着她的肌肤。她往身上涂抹很多饱含植物花香的浴液,抬起头,闭着眼,让水流梳理洗涤柔顺的长发和疲惫的心灵。植物花香萦绕着她,她像是站在深山瀑布下。那一刻,有种空灵的感觉。

洗完澡,她披上浴袍,给自己冲了杯立顿红茶,走到阳台。阳台很小,小到不能搁下一把躺椅。她把花盆一一端下,进屋拿来块抹布,把放过花盆的地方擦拭了一番,她要坐到阳台的凸台上去。

夜已深,天已很凉,她在浴袍上裹了件细绒披肩,爬上了阳台的凸台顺势坐下。阳台装有防护网,即使想跳也是跳不下去的。她仰望天空,天出奇地寂静,没星星也没月亮,她在想,怎么会有这样的天!真是倒霉的天!她只能看那万家灯火,她在想,每盏灯都会托映着一个家、一个人的悲与喜,他们有我这般悲,这般凉吗?30 多岁的人了,没婚姻、没孩子、没人疼、没人爱,如今沦落到工作也没了!

她点上一支烟,任由思绪在烟头上灼烧。她要在今晚想很多的事,明白的和不明白的,必须想!一包烟被她抽完后,她的脑子里清晰地浮出一个念头:改变自己!必须的!

第二天,她来到公司。在这里,她工作了近五年,没想到离开它只需五分钟。

人从出生到死亡,想必也只需五分钟。如果可以省略过程的话。

她去到财务室,财务副总递给她一个信封,语重心长地说:“陈丹丹,你的工资和提成都算好了,请核对一下。你要不要再和老总说说?这事闹得的确有点大,把检察院都招来了,影响多不好。老总这是在气头上,你去低头认个错,我想还是有转机的。毕竟你是老员工了,对公司的贡献不小。”

她笑了说:“你可算清楚啊,别给多了,到时叫我吐出来。我今天走出这门,就不会再踏进它半步。谢谢你,我走了!”

她无心和老总及同事们去打招呼。那样只会给自己添堵。她叫了的士,直接去到那家茶馆“烟花亭”。

她进到烟花亭茶馆。老板娘阿英还没来,只有一个小妹在做清洁。她对小妹说:“麻烦你给阿英打电话,叫她马上来,我有急事找她!”

不到半小时,阿英来了。阿英似乎已经预料到她会来找她,二话没说,把她领到一间小房。

“遇到麻烦了,辞职了?”

她喜欢阿英这点,直言快语,和这样的人谈事情比较干脆、爽快。

“是,辞职了,厌倦了。阿英,我也不和你客套了,那天听你说想把这间茶馆转手出去?你是随便说说还是真有此打算?”

“你有兴趣接?”

“是的,你开个价。转给别人也是转,我会一次性把钱付给你。阿英,我知道你急需钱,不是万不得已,你是舍不得这个茶馆的。我没做过这行,但看这里位置不错,你又有固定的供货商,不用我自己鼓捣进货。再说,我会品茶,也喜欢清静,开茶馆对我应该适合!”

阿英说:“你说得对,我真是舍不得转卖它。如果说两个孩子是我的心和肝,那这间茶馆就是我的肺。我闻它的茶香已经好几年了,它成了我生活中不可缺少的一部分。唉,不说这些了。你要有心理准备,这行当利润空间是大,但我们这个小区消费水平低,做起来很难。除非再开几间麻将房。我是没资金再投入,再说,弄了麻将房,还得和方方面面的‘土地爷’打招呼,要有人罩住才行,不然随时可以告你聚赌或上门强收保护费。总之,难啊,我先和你说清楚,你要考虑好。”

她对阿英表态,自己是想清楚了有备而来的。

陈丹丹以20万转下了这家茶馆。20万差不多是她所有积蓄的四分之三了。她没想太多,她只是坚定地认为自己不能没事做,不能一无所有。

七

接下来的半个月，陈丹丹全身心地把自己投进了这家茶馆。她的茶馆。

她找来了几个小工，把茶馆大厅的几张黑乎乎的、粗糙笨拙的四方茶椅拿掉，换成雅致的藤制桌椅，椅子上是有篆刻图文印花的软靠垫。她想又不是喝北京的大碗茶，要那敦实的木质方椅干吗？因为是平房，茶馆里光线自然很暗，她就把大厅中间的半个屋顶全掀开了，换成透明亚克力板材，自然采光；厅中间用鹅卵石围了个小小水池，放养了几条红锦鲤，水池边摆上了几盆绿色植物。有阳光，有水，有绿叶，这茶馆在她的拨弄下顿时有了生气。茶馆原有的五间小房，她保留了。她想，开业后如果生意真的不行，还是要考虑买麻将机的。最后，她把挂在门口的"烟花亭"木匾摘下，换成了"守望茶馆"。为什么叫守望？守望什么？她一时还说不太清楚，只是那天噩梦醒了后到下决心接手这家茶馆，这两个字就不时地闪烁于她的脑际。

半个月下来，她足足掉了五斤肉，但整个人看上去却神清气爽。白天的劳作让她筋疲力尽，奇怪的是，每晚一倒床便能立马熟睡，进入梦乡，第二天就像上足了发条的钟表又运转自如。

她的小茶馆，守望茶馆终于可以开业了。在开业前夜，她把茶馆所有的灯都打开，给自己沏了杯顶级碧螺春。她看着杯中卷曲成团的叶粒，在水中自由舒展地打开，最后伸展成了弯弯的月牙，散发出幽幽的清香……

守望茶馆静悄悄地开业了。

她本不是生意人，也就省了选黄道吉日的程序。她坚信：茗香出自幽谷。她接过此店时留下了原有的几个小妹。她们早已被阿英调教得个个手脚麻利，加上她在装修期间也没少发她们的工资，所以她们对新老板很满意，做起事来劲头十足。有时茶馆生意忙起来或她来了兴致，也会亲自给客人们斟茶服务。开业半月，生意比她想象的要好，更重要的是，她第一次体会到了做老板的成就感和做蓝领阶层的充实感。

但内心深处她知道，茶馆只是她的暂栖地、疗伤地。她不会让自己在此处停留太久。

于是，她报名参加了 CTEC ，微软认证高级技术教育中心培训。通过培训考核，将获得由微软总部颁发的有微软总裁亲笔签名的全球认可专家证书。也就是说，拥有此证，在全球任何一个国家都有望找到工作。她想离开这个城市，这个让她很受伤的城市，她更想在另一个层次证明自己、提升自己。

这天，她早早地来到茶馆，给红锦鲤投喂了鱼食，给花草浇上水，然后就进到她的房间，打开手提电脑，查阅资料。她不得不佩服微软公司的培训模式。有时，一星期只有一道习题，但就是这一道题会折磨她一周，查资料、编程、论证、推翻论证，工作量不亚于写一篇毕业论文。她正在冥思苦想，听到小妹唤她。

走到鱼池边，她看到了一个人。还没等她晃过神来，就听那人叫："陈丹丹。"

她定睛一看，原来是吴检察官。

说真的，就凭一个多月前她稀里糊涂被检察院问话，到稀里哗啦被踢出公司，她完全可以怠慢他，但不知怎么，那天他在公司临出门时的握手情景倏忽地呈现在脑海，再加上她职业惯性地把他当成了一个茶客，于是还是勉强把他迎了进来。

"啊，是吴检察官，这么早，不是来提审的吧?"

"呵呵，陈丹丹，别误会，今天来，不谈公事。想来喝杯好茶，不欢迎吗?"

她看他的确没有上次在老总办公室那么严肃，也没穿制服，多少让她感到几分轻松。于是，她领他来到一个原木树根造型的茶位，说："吴检察官，您请坐。领导来了，谁敢怠慢。我今天亲自为您上茶。只怕没有小妹们专业，不赶时间的话，来一道工夫茶，如何?"

"别客气，还要你老板亲自泡茶，不好意思，好，就来工夫茶!"

只见她：高山流水扬香，春风拂面温茶，若琛出浴洗茶，重说仙颜暖壶，游山玩水，关公巡城，韩信点兵，最后三龙护鼎。一杯茗香就递到了吴检察官手中。

吴检察官端起紫砂茶杯，先闻闻茶香，慢慢品了一口，说："好茶！茶好，陈小姐的茶艺可真了得。敲电脑的手，记股票的脑，你还有什么十八般武艺没露出来的？我真的好奇!"

"你这不是在嘲讽我吗？还不是被你们逼的。我本爱喝茶，常来这个茶馆坐，瞟学的皮毛功夫。实话告诉你，你们走后第二天，我就被老板炒鱿鱼了。正巧这个店要转，我就盘下了。说真的，也没什么遗憾的，现在挺好!"她尽量轻描淡写地说。

"陈丹丹，我今天来，是想告诉你，我们基本排除你和付文哲案件有直接的关联。当时找你，是履行办案程序。再说，通过近来对你的手机跟踪，目前我们发现你确实与他们没有再联系。"

"跟踪我的手机通话？为什么？怪不得你今天轻易就上门找到了我。我形单影只，深居简出，除了家人，没有几个人知道我开了这个茶馆。你们凭什么可以这样做?"陈丹丹觉得她的隐私在别人面前暴露无遗，心中羞愤交织。

“就凭你与这个案件的主犯通过话，在逃主犯江柄全的通话记录上有你的手机号。”

她听到吴检察官这么一说，才猛然想起，付文哲曾在酒店用她的手机通过话。她想，我真傻啊！

记忆闸门一旦被打开，脑子就变得活络了。她继而想起了那张房门卡和保险柜的钥匙。要不要和吴检察官交代门卡和保险柜钥匙的事？这房卡和保险柜与案件有关吗？付文哲不是说是私人信件吗？她迅速做出决定：在自己还没弄清楚一切时，还是不要提及那天和付文哲在海悦酒店见面的细节，再卷进去就真的说不清，逃不脱了。她真的被整怕了。

于是，她自嘲笑道：“哈，怪不得你们那么怀疑我。我真是被付文哲卖了，还在替他数钱呢。实话告诉你吧，那天在老总办公室，人太多，我就没提，其实他是我在大学的初恋情人。他当年伤我不轻，我曾发誓一辈子不要再见到这个人！不是他提着钱来，我又被公司的任务压得喘不过气，我才不会和他再有任何瓜葛。今天被你这一提醒我才想起，付文哲那天是借我的手机打了个电话，但我清楚地记得，通话时，我上洗手间去了。”

吴检察官马上追问道：“在什么时间，在什么地方？”

吴检察官急切地追问，令她马上警觉起来：“吴检察官，你刚才不是说今天只是来品茶的，不谈公事。你又没穿制服，我可以不回答吗？说真的，我不想再提到付文哲这三个字。你也看到了，我被他害成这样。当然，也怪我贪图利益。希望你能理解，你现在是我茶馆的客人，来，喝茶，请！”

吴检察官被她这么一说，也觉得自己在此时此景下似乎有点过分了。

于是，他接过她递过来的茶，说：“好，喝茶，喝茶。别介意，我是职业毛病，条件反射。哈哈！”

他们就这样扯开了话题。他们品着茶，聊着天，一直聊到茶泽淡然无色。

渐渐地，他们彼此都感觉到，只要不谈公事，他们也许是可以做朋友的。

那天，吴检察官走后，她才发现她和他竟然说了那么多话。她有种如释重负的感觉。但同时，她又隐隐约约感到吴检察官的这次来访又不纯粹是喝茶那么简单。回头品味，有两个情节让她印象尤为深刻，一是当时她望着正在酒精炉上煮着的水突然就感慨道：“我的以前就像这壶中的水，没有自己的形态，没有自己的特征，别人把我倒进方的杯子就是方的，倒进圆的杯子就是圆的，用来泡茶就是清香的，洒进垃圾桶就是酸臭的。”吴闻此言，似乎颇为动情地应道：“是啊，水本是纯洁的，真水本无香，只是能够影响它存在的人一定要慎待之、善待之啊！”另一个情节就是吴临走时伸出双手紧紧地握住她的双手:“我真的相信你,真的希望我不会错看!”她记得这是他们的第二次握手,那手掌之间的力度分明传递给她的是一种信息,像是信任也像是肯定但更像是一种大哥般的呵护与提醒……

八

自从吴检察官在守望茶馆喝了那道工夫茶后,一连几天,他总是会在办公室莫名其妙地放任自己的思绪。

从政法学院毕业后,他就进入了检察院。一干就是十几年。凭借他的干练成为检察院同级检察官里最年轻的一位。经他办理的大案无数,付文哲的这个案子虽很复杂,但关键的地方已经突破,接下来的工作完全可以让他手下去侦办。但他弄不清楚自己为何就是放不下这个案子。难道真的和对陈丹丹的感觉有关?

一方面,他凭着职业的敏感,固执地认为陈丹丹有可能涉案,需要进一步想办法突破;另一方面,他也承认,他从接触她时就产生了一种特别的感觉,这感觉很特别,说不清道不明,更掺杂着一种不愿、不忍相信她与此案有关的心理,当他听到陈丹丹被公司辞退了的消息时,他的心狠狠地抽动了一下,甚至有一种隐隐的痛。他本想去找证券公司的老总理论,责备他们行事的草率,但转念一想这样不妥,他也没这个职权,“家有家规”,老总完全可以这番自圆其说。他看过陈丹丹的履历表,一个离婚的女子,家人都不在身边,如今又没了工作,如何生存?一想到这些,他就开始自责,潜意识地认为是他害了她。

他在这种莫名的自责和莫名的牵挂中度过了无数个不眠的夜。他想确认一下陈丹丹被公司辞退后,她的心情和处境会不会很糟糕,同时身兼想办法突破案件的“任务”,他就是在这种“公私兼顾”的心态驱使下去茶馆找她的。

然而让他始料不及的是,茶馆见面后,她的形象就不断地啃噬着他的心。在办公室、在家,甚至在开着车等红绿灯的空隙,他都会想到她。他想她那双忧郁秀美的眼睛,那柔顺的直发,柔荑白嫩的手,特别是她蜻蜓点水般婉约的神韵。他想他是喝下了一杯罂粟茶,令他兴奋沉醉。他感到困惑。但是一旦他开始工作,他又会一遍遍提醒自己:她不能与付文哲的案件有关!千万不要!

好在这种矛盾和折磨在几天后终于得以消除。

一想到这些,吴检察官自己都觉得可笑。这算什么?在赎罪?想当救世主?这是个怎样的女人?把自己搞得如此慌乱,难道这是天意?

那是在兄弟们奋战抓获江柄全经一天一夜审讯完毕后。那时天已黄昏,结案收工后,他不顾兄弟们庆功的欢呼邀约,第一时间开车冲出检察院大门,他似乎闻到了茶香,朝它奔去……

他几乎是用每小时80公里的速度一路开到了守望茶馆。他只知道那一刻突然想起了陈丹丹,突然想陪她吃顿饭。她那双哀怨的眼让他心生痛楚……

他知道,她是孤独无助的,他给了她多少误解和委屈……

他进到茶馆,直奔小妹告诉他的房间。透过虚掩的门,他看到她专注地盯着电脑。他知道,她肯定还没吃晚饭。

他敲了敲门,她抬头看见了他。

"吴检察官,来喝茶?饭前喝茶可不是好习惯。"

"哦,不,今天不喝茶,走!我带你去个地方。"

容不得她推辞,他就拉着她的手径直往外走。那种冲动连他自己都被吓了一跳。

她被他不由分说地拉上了车。他把她安坐在副驾驶位上,俯身摸索着帮她系上安全带,他的头几乎碰到了她的大腿,她本能将身子往后移。她闻到了他身上淡淡的烟草味,男人的味道,她有一秒钟的眩晕。

车子起动了,他打开了CD,车子里顿时飘来Vitas的那首Opera2。她熟悉这歌。她是通过这首歌才知道海豚音的。轻快的波尔卡舞曲、Vitas淳朴的俄罗斯呢喃语、悠扬的手风琴、天籁般的海豚音。他们俩谁都没说话,车窗外华灯初起,白天直白、裸露的城市在灯光下顿时变得妩媚起来。这首跌宕起伏的歌多少遮盖了车内的一些尴尬和不安。

陈丹丹表面看似平静,其实一路都没闲着,她一路都在想:爱听爆破般海豚音的人,应该是飘浮在天空中的气球,随时都处在爆裂的边缘。属于边缘人物,非常危险。她提醒自己,还是和他保持一定的距离为好。也不知道他今天这么强硬地拖她出来会是唱的哪一出戏?我要不要配合他?

陈丹丹和吴检察官的关系从这一刻起,就和车外的这个夜、夜幕下的繁灯一起变得闪烁迷离起来。

这是一家江南风味的餐厅。他麻利地点了四道菜:油焖冬笋、醉虾、红烧小黄鱼、清炒豆苗,外加一壶女儿红。

陈丹丹惊讶地发现,这一路他竟然没和自己说一句话,甚至连想吃什么菜、喝什么酒都不和她商量一下。她认定,吴检察官即使不是个武断的男人但也是一个不懂人情世故的男人。

他终于开口说话了:“叫我吴浩。浩浩荡荡的浩。”

“名如其人,我看这一路也算是浩浩荡荡了。你们执法人员一贯都是这样莽撞吗?谁给你们这样的权力?”

他说:“陈丹丹,请别对我有敌意,我想,我们是可以做朋友了。你知道吗?江柄全被抓获了,他也承认他潜逃时卷走了付文哲的钱,哦,确切地说不是付文哲的钱,是账款。现在可以结案了,你我之间可以真诚交往了。我对你的相信证明是对的。”

陈丹丹听他这么一说,竟然半天接不上话来。

“但你还是一直警惕我的,我有看出。包括你来喝茶也是有目的的。”良久,陈丹丹幽怨地说出这句。

“那是,说得没错,我的职业告诉我,我必须理性。其实我的内心从来不愿意去想你与案件有关系。”

“你像是一个人生活?”吴浩也弄不明白,自己怎么会突然冒出这么一句。于是连忙补充道,“对不起,你看,我今天这是怎么了?太冒昧了。你可以不回答的。”

“哦,没关系,你刚才不是说我们是可以做朋友的吗?这也许是开始。是,一个人。我结过婚,离了。你一定认为我精明,其实我很迟钝,也很被动。”

“怎讲?”

“我曾经的卧室里有一支口红。但口红不是我的,它却一直在那儿。可笑的是半年后我才发现,晚了!刚才你把我塞进车里,付文哲来找我时也是这样。我总是很被动,所以不断受伤。你们男人都是这样自负吗?吴浩。”她没叫他吴检察官,这让他感到轻松。

他端起酒杯和她碰了碰杯。他相信,这温和的酒能缓和一下他们之间僵持已久的气氛。

“男人在两种情况下会不由分说拉上女人跑。一是太自信,一是太自卑。”

她连忙问:“那你是哪种?”

他没接她的话,指着桌上的醉虾:“你看,它醉了。可以吃了!”

他们慢慢品着“女儿红”,这江南的特色酒入口酒劲不大,但后劲十足。在酒精的慢慢渗透下,他们打开了心扉,聊这座城市,聊彼此的兴趣爱好,聊生活的苦与涩……渐渐地,他们发觉,他们是相通的。

吃过饭,吴浩建议去酒吧坐坐。他对陈丹丹说:“你太静了,年轻人有时还是要去感受一下喧闹的。”陈丹丹对他的提议没有反对。

上了车,她突然感到胃一阵痉挛。她不想扫兴,今晚也很想去酒吧热闹一下的。她希望过一会儿这胃痛会消失。

车开到一半,胃的反应越来越大,她用手捂住胃,轻轻压按着。这个细微的动作还是被他发现了。只见他放慢了车速,把车停在了路边,焦急地问:"怎么了?丹丹,哪儿不舒服?"

她故作轻松地笑着说:"可能是醉虾到我胃里酒醒了,在闹腾。胃痛。"

"哦,虾是良性。你可能胃虚。那就不去酒吧了,我送你回家!"吴浩像个老中医似的迅速做出了判断。

接下来的一路,她只能弓着背,蜷缩着身体坐着。他左手把着方向盘,右手不时地帮她推揉背脊,他认为这样理理气,她会舒服点。他边开车边不停地侧过头来看她,眼中的她此时就像一只受伤的猫,他心里原本就有的那个念头更加强烈了:他要去疼爱她。

车开到茶馆门口。他问:"丹丹,是回茶馆,还是回家?"

"回家!"

下了车,他搀扶着她,上到她住的三楼。帮她打开家门。她说:"今晚谢谢你,我躺一下就会没事的。你回去吧。"

"不行,你的手冰凉,待会洗个热水澡,我去下面买药。"

他把她放到床上,倒了杯热水,走到洗手间把热水打开。

"我把洗手间的热水打开了。丹丹,洗个澡,暖暖身子也许会好点。你别洗久了,冲热身子就出来。我买药去了。哦,把你的房门钥匙给我,免得你起身开门。"

陈丹丹竟然乖乖地把手中的钥匙递给了他。她开始信任他,对他毫不设防了。

她冲完热水澡后,钻进被子把自己捂住。她隐隐约约听到开锁的声音,看见他拿着水杯轻轻地朝她走来。他倒出两片胃舒宁,把她扶起,看着她把药吞下。

"丹丹,我先不走,你这样,我放心不下。你安心睡吧。实在不舒服,我们就去医院。"他的语气温柔而强硬。

她正难受着,实在无力把他往外推。迷迷糊糊中,她睡过去了……

那天晚上,吴检察官一刻也没离开她。他把床头灯调到最小光,柔弱的灯光下,他看到她是那样散漫懒惰地倦卧着,脸色苍白,像被遗弃的孩子;她宽宽光洁的额头不时渗出汗珠,他时不时帮她擦拭,像在照顾他的孩子。她不时翻转身子,显然很难受,仿佛要在梦中找到一个舒适的体位让自己踏实。于是,他干脆和衣躺下了,把她的头枕放在自己的臂膀。他能听到她均衡的呼吸,他侧过头,在她脸颊轻探了一下,如蝴蝶触动花瓣。轻轻地,一切都是轻轻地,充满怜爱。他不敢弄醒她。

凌晨五点,她醒了。她发现自己躺在他的臂弯里,他的手还捂着她的胃。她感觉胃部暖暖的,也无任何痛感了。她轻轻地挪开他的手,轻轻地坐起。替他盖上被子。

她看着床上的这个男人,这个她曾经怨恨,极力想回避的执法男人。她固执地认为,是身边这个男人的撞入,让自己丢了工作。看着他酣睡的模样,呼吸均匀,一脸无辜。她回想和他三次,仅仅三次的接触,严肃、干练、冷峻、体贴、很男人又很温存……他是怎样的一个男人?让自己这样屈臣?

男人。自从离婚后,她就没有如此近距离贴近一个男人。不是不想,只是一次失败的婚姻否定了她的所有,否定了她的青春、美丽、恬静和智慧。她知道,一切都不是她的错,但她就是不能原谅自己,总认为是自己的不够好,才会让前夫把其他女人带回家。这种自我否定杀伤力很大,几乎毁了她!

她知道,自己是一个非常正常的女人,一个心理和生理都非常正常的女人,都说30多岁的少妇是熟透了的酥桃。她不是没人爱。离婚后,展开攻势追求她的、要帮她介绍对象的大有人在。不知道是自己心境太高还是心太累,总之她一直是郁郁寡欢,维持在一个人的独立状态。

在无数个寂寞的长夜,她都会想到男人,想有一个男人来抱抱她,想有,哪怕是几秒钟的令人窒息的亲吻,甚至想突然来一场淋漓尽致的男欢女爱。每当自己特别想男人的时候,她就在心里发毒誓:管他是骡子是马,只要是活的,我明天都拖一个回来把自己给嫁了。但每次这个可怕的念头慢慢消退后,她就感到从头到脚的悲凉,下意识地把自己从上到下包裹得更严实了。她害怕自己再次受到伤害。

人们都说初恋是美妙青涩的,但由初恋发展到婚姻的成功率毕竟是很低的。尽管付文哲当时移情别恋抛弃了她,她还是能坦然面对的,况且那时的自己是个遇到不开心的事,哭哭鼻子后还能在春风里痴笑、不懂得伤感的少女。因此她对付文哲是包容和理解的。但她不能够理解的是六年后的他再次找到她,让她卷入困境。难道她和付文哲真是一对前世的冤家,一段远没有结束的孽缘?因为付文哲,冒出一个吴检察官,如今这个检察官就躺在自己的床上。这是怎样的一种因和果?他们和我到底有何相干?

如果说人生是一道复杂的方程式,那么该如何设置未知数?如何去求解?

此刻,陈丹丹感到怀里像是抱了一团乱麻,剪不断理更乱。睡意全无。她踮着脚走到窗前,撩开纱帘。天刚蒙蒙亮,楼下的街道很静,静得只听到清洁工扫地的声音。街边的落叶被横扫卷起,发出清脆的呻吟。

她重新回到他的身边。这个陌生而又亲切的男人还在酣睡。她用她的指腹,慢慢触摸滑过他。头发、额头、鼻梁、喉结、厚实的胸肌。她羞涩、贪婪地闻吸着空气中属于这个男人的荷尔蒙气味。轻轻地,一切都是轻轻地,充满柔情。她不敢弄醒他。

那个夜晚,他们就这样相依,相伴。

九

她每天还是优哉游哉地打点着茶馆,紧锣密鼓地倒腾她的 CTEC。她早些日子给在澳洲的姑姑发过信函。凭着她以前扎实的功底和她的用心,四个月后,她的 CTEC 竟然奇迹般地通过了。确认资格证书后,她随即给在澳洲的姑姑发法律信函和求职信,要姑姑在澳洲帮她代为求职。没几天,姑姑回信,已收到录用通知,正在办理有关手续。对方说对她在资本市场工作的经历很感兴趣,他们很需要计算机和金融方面的双料人才,要求尽快面试。顺便姑姑建议茶馆留给表弟打理,并一再强调时间和机会都不等人,特别是女人。她认为姑姑说得有道理。

自从有了温柔的那一夜,他们的关系就发生了微妙的变化。

接下来,他们有过几次外出。他们开着车,去郊外垂钓,去葵园观花,去海边烧烤。他们在一起,彼此感到舒适、和谐。她是他想要的女人,他是她理想中的男人。但她知道,他是有家的。她很乖巧,从不问及这个话题,这更让他心痛!心痛得不敢去触碰她,哪怕是给她一个拥抱。他们只是无数次牵着对方的手,那感觉很自然,就像是相握了许多年似的。

很多次,他们在一起时,她会不自觉地回想起她给他讲过的自己卧室里的那支口红。那支不属于自己的口红。

吴浩也想过他们不能再这样往下走了。一直以来,无论工作还是家庭生活,他都是有定性的,生活的轨迹永远保持在一种有秩序的状态下。这样的无序还是头一遭。

他意识到自己正在面临人们常说的中年危机。尽管他知道,如今的社会对男人似乎是很宽容的,法律似乎不再对婚姻外的你情我愿的男女关系严加约束,如果非要加以追究,那也无非是把非男女关系划分在道德准则的约束范畴。

什么是非正常男女关系？这个问题吴检察官在陈丹丹没有出现时从来没有去思考过。当他看到网上关于情感的论坛，论坛里把夫妻划为第一类情感、情人划为第二类、红颜知己划为第三类、蓝颜知己划为第四类……当他搜索到这些信息时，他越来越迷惑了，他冥思苦想也分不出红和蓝的区别。于是他像在试卷上答题一样，认真地把他和陈丹丹的关系逐一分析对照，想找出正确的答案，他和她到底是属于第几类？

不管属于哪一类，他知道他萌生出的这些想法非常危险，也超出了他一贯的道德准则，但他就是放不下她，不忍去堵死这个出口。是的，他们之间彼此都很享受在一起的每分每秒，可以毫无顾忌地说出心中想说的话，可以回到过去，可以憧憬未来。在他们面前，真的像是有一个宽敞明亮的出口，一个可以释放压力和放飞心灵的出口。

她发现，自己越来越依赖他。

她知道，她即将离开这个城市，她总想留下点什么。

他一直不理解。为何丹丹总是在外出时拿上一本电脑编程书，只要有点空隙，就拿出来翻上几页。难道这茶馆她不经营了，准备再去应聘？这样也好，毕竟她是聪明人，又正当年。有了新的工作单位，有一帮志同道合的同事，她的生活不会这么沉闷。他问过她的打算，她轻描淡写地回答他，过一天是一天，对将来没打算，看这种书纯属兴趣。

时间过得好快。她掐指算算，离开证券公司至今已快半年了。那天，她收到澳洲姑姑的复函。得知所有手续已经办妥。细心的姑姑怕她窘迫，还寄来了飞机票。时间是四天后。

于是，她把表弟找来，把茶馆的有关事宜做了交代。表弟让她放心，说会好好打理，哪天想回来了，完璧归赵。她稍许有些安慰。亲情并没抛弃她。

办完一些琐事后，她打电话给吴浩，邀请他来家吃顿饭。吴检察官接到她的电话后有点吃惊。那夜照顾生病的她后，他就再也没去过她家。每次游玩回来，他都是送她到楼下，她不曾发出过任何暗示或邀请。

他想，今天或许是她的什么特别日子。是生日？下班后，他去到花店，买了一束马蹄莲。马蹄莲洁净，花朵收敛，脱俗。在他的眼里，陈丹丹就像这马蹄莲一样素雅。

他进到屋内，递上鲜花。她早已摆好了红酒和菜。

“今天是什么日子，让我猜猜，猜对了你给我什么奖赏？”吴浩像个男孩一样调皮地问陈丹丹。

“没什么,就是想和你吃顿饭。是你第一次拖我共进晚餐的翻版。你怎么知道我最爱马蹄莲。谢谢！快洗手开吃吧,菜都要凉了。”

他们倒上红酒,开始边吃边聊。吃到一半,他们都觉得似乎少了些什么？怎么这饭吃得如此安静,安静中透着一份沉重。她想调和一下这样的气氛,她心里明白,这将是他们最后的晚餐,她想让他开心地喝完这瓶酒,往后的日子让他回想起他们的分别是平静、自然的。于是,她决定来点音乐。

她走到电视机柜旁,打开 CD 机,回到桌边。他们谁都没想到,CD 里飘来的是那样一首歌。一首回旋凄婉的:萨拉蔻娜的《Just One Last Dance》

I look in your eyes just don't know what to say

望着你的双眸 心有千言竟无语

It feels like I'm drowning in salty water

泪水已令我尽陷沉溺

Tomorrow will come an it's time to realize

明日终将到来

Our love has finished forever

爱情永远分离

how I wish to come with you (wish to come with you)

多想和你一起(和你一起)

how I wish we make it through

多想共同继续

这首凄婉的歌,似乎冥冥之中应中了她的心思。就像是催化剂,催下了她的泪,催下了他的情。吴浩看到了她眼角边滑下的两滴清泪,他的心被撕扯了一下。

他咚地一下站起身,碰翻了碗筷,撞倒了座椅。他把她狂揽在怀中。他们像是两只脱缰的气球,旋转着不断地往上升,往上飘,不断地膨胀,起伏。压抑太久的情感,如同塞在酒瓶里被存放多年的香槟,在开启瓶盖的瞬间,喷射而出,它们在空中爆裂,落下一地缤纷,满屋的迷醉……音乐在反复吟唱中结束,他记住了最后两句:多想和你一起,多想共同继续。

稍后,他对她低语:“丹丹,你还好吗？快盖上这条毛毯,别着凉了。”他其实是想在她身边多待一会儿的,他闻到了她身上幽幽的香味,他想把头埋进她的长发,想抚摸她光洁的背脊,想把她再次拥入怀抱,让她有稍许的停留。但他被这飓风般的激情击垮了。他想借用洗手间暂时躲避一下,他不敢直视她的眼,还有她的泪,他抵挡不了这份爱。是的,他想他是爱她的。

吴浩进到她的洗手间。他看到她的梳洗台上有个长方盒,里面放有发卡、檀香木梳、润唇膏……于是他翻找,想找块香皂。他一直习惯用香皂。香皂没有找到,倒是翻出了一张卡。拿起来一看,是张酒店门卡。上面写着:海悦酒店。

他走到喷头下,一边冲洗一边在想:她今天不大对劲啊。刚才两人在一起时,他明显感觉她拥抱他的力度。她紧紧地箍住他,像是怕他跑了,事后他发现她的脸上沾满了泪。是什么让她如此失态、伤感?海悦酒店的这张门卡是谁留下的?会不会是哪次住宿她忘了退还给酒店前台?待会儿问问她吧。

他出洗手间时,她也正要进去。于是他拿起那张门卡:"丹丹,这张卡是什么?"她拿过去一看,像是猛地想起了什么:"哦!幸亏你发现了。我差点忘了这事,你还要用洗手间吗?"

看她回答得如此轻松,他也就没去多想了。

接下来的时间,他们喝了会儿茶,气氛轻松,温馨。23 点 30 分,他要告辞了。她送他出门,顽皮地跳起来,趴在他的肩头,贴着他的耳垂说了句:"亲爱的,如果要离开,真希望带走你的心和我们的孩子。"

他捧着她的脸,亲吻她,低语道:"傻丫头,你说什么疯话。听话,把门关紧,早点休息。"

十

第二天,她就开始打包衣服。她想能带的尽量都带上,毕竟不是去旅游。忙乎了一上午总算收拾妥当。下午她决定去海悦酒店,只剩下这件事没办了。虽然付文哲有负于她,但毕竟是他托付的事。她也好奇,说是有她的东西,会是什么呢?

吃过午饭,她拿上那张酒店门卡和保险柜的钥匙。密码她不会忘:1314888,一生一世发发发。她笑,付文哲真是个精明的人,换上其他密码她肯定记不住。

她来到海悦酒店,径直走进门卡上写着的房间,朝神秘的保险柜走去。

打开保险柜的瞬间,她吓蒙了。

她慌乱地把里面的东西全都倒腾出来。有好大几捆人民币、美元,还有就是信件、照片。

她拿出一张写有陈丹丹三个字的信封拆开,是付文哲写给她的信:

"丹丹,当你读这封信时,我肯定是出事了。所以我早有准备,我一辈子都欠你。抱歉!人民币你拿着慢慢花。不要有顾虑,这笔钱是我早年挣的,是我的原始积累的一部分。‘合作方’是我哥们,他叫肖彤。不过他早已意外死亡,不信你可以去查问,当时报上都有报道。告诉你这些,是想让你知道这些钱与他们现在追我的案件毫无关系,这些本是我准备潜逃的费用,看来,我是用不上了。美元麻烦你想法汇给我太太。地址在他们母子相片的背后。信件是我和你相处时互通的,我保留至今,任你处置。你一定要幸福! 我有今天,是人在江湖身不由己,也是我膨胀的结果。所有这些后果早已想到,只是走得太远,无法回头。希望我没有给你带来麻烦,我当时把钱放在你那里,只有两个原因。一是钱太多,一时想不出更好的办法处理;二是听小惠说你工作压力大,整日疲于拉客户,我是真心想帮你。希望你相信我说的是实话,没有害你之意。别的不多说,保重!”

她拿出那些信件,是他们大一、大二时期寒暑假互通的信笺。纸张已陈旧斑驳,如同被他揉皱的心。一时间,她感到一阵恍惚,有一种咸咸的液体在口腔里蠕动,但她看到那对花花绿绿的钞票时她还是打了个激灵。

她估算了一下人民币和美元的金额,不是一个小数目。她要权衡一下,好好想想,不夹带任何感情和情绪认真地想,下一步怎么办?

信中说,这钱和案子无关,那就是说属于付文哲的私款了。自己马上要出国了,不是也很需要钱吗? 拿上它们真的可以? 大不了等付文哲刑满释放后再还给他? 付文哲怎么会有这么多钱? 这些钱真的干净吗……

她在房间来回踱步、苦想、挣扎、斗争……一小时过去了,终于拿起了电话。

“喂,吴检察官,你好! 你马上带上你的同事来海悦酒店 709 房吧。这里有情况,我想还是交给你来处理吧。你来了就会知道。”

吴检察官接到电话,火速叫上相关的办案人员。他一路都焦躁不安,不知道一夜间发生了什么? 丹丹刚才在电话里叫他吴检察官,她早就不这样称呼他了。听起来是那么急速,那么生疏。海悦酒店,他马上想到了昨天在丹丹洗手间里看到的那张卡。他越想心越慌,她不会有难吧?

她听到一阵急速的敲门声。房间是有门铃的,吴检察官已顾不上按门铃,几乎是在用拳头捶打房间的门。这让熟悉他的同事们感到有点意外。

她看他气喘吁吁地走进屋,伸开双臂似乎要来拥抱她。她镇定地往后退,吴检察官这才意识到自己的失态,马上调整了一下状态。急切地问:“陈丹丹,怎么回事?” 她指了指地上的一片狼藉,说:“你们先清点一下。这是付文哲留下的。这封是他留给我的信。”

吴检察官吩咐手下清点钱物。他接过她递的信。

良久,他们清点完毕。吴检察官叮嘱陈丹丹把今天的事写一个来龙去脉的经过。她照办。40 分钟后,她的情况说明材料写好了。陈丹丹在一张清单及这份材料上签了名,画了押。

吴检察官像是松了口气,温和地对陈丹丹说:“谢谢你。这些账款正是我们没有掌握的,但对我们侦破三年前的一宗案件是十分关键的证据,信中提及的肖彤的确死了,死后一切线索也断了……真诚地谢谢你!付文哲给你留的这封信我们必须一并带走,这也是证明你与本案无关的有力证据。那些原来的信件,属于你的私物,与本案无关,你可以拿走。”

陈丹丹说:“这里没有一样是属于我的。你们看着处理吧。如果没什么事,我先走一步。”

吴检察官立即应道:“对不起,还不能走,按规定,你必须和我们一起回去履行一些程序。”

略微迟疑了一下,他又补充了一句:“陈丹丹,你放心,很快,没事的!”

第二天一早,陈丹丹被检察院的同志非常礼貌地送出检察院大门。走出大门,她打开手机,给吴浩发了条信息:今天中午去茶馆,有东西交给你。

12 点不到,吴检察官顾不得去食堂吃午饭,如期来到茶馆,茶馆小妹交给他两个信封。

一个信封上写着:请转交付文哲。信封没封口。

一个信封上写着:吴浩亲启。

他首先打开吴浩亲启的信封,里面是一张碟,外加一张粉色小卡片,小卡片上写着:“我下午的航班去澳洲,这次去可能会定居那边,归来无期。谢谢你的‘信任’,我想我没辜负!不是所有的事都那么糟糕,至少让我学会了面对而不是逃避,至少让我遇到了你。吴浩,我以为不会对这座城市再留恋什么,其实还是有的,我会记住碟中曲《Just One Last Dance》,我会记住你牵我的手带我穿过黑夜的这些日子,你带我穿过黑夜,我还有什么理由不去拥抱黎明?但请你忘了我,你有你的生活,你的是你的,我不想把我的口红遗留在不属于我的房间里。希望你能理解我!祝你一切都好!”

他打开另一封信:“付文哲,你好。我没能按你的意愿去做。我的是我的,不是我的终究不会是我的。这样做,我一辈子心才会安宁。我想,你的太太需要的也不是你留下的钱,他们需要的是你。希望你振作,好好配合,为了你的家人,争取早日出来。出来后,请不要再找我,我已客居他乡……”

吴浩屏住呼吸一口气读完了这些信。他感觉有什么东西堵住了他的胸口,让他哽噎,令他窒息。他向茶馆小妹要了一壶绿茶。

窗外正午的阳光看上去暖暖的,手中的茶杯也是暖暖的。茶,明明是滚烫的,可吴浩喝着它却有丝丝寒意。

他神情黯然地捧着茶杯,心想:若是陈丹丹沏泡的,一定会是回甘、暖暖的吧……

请你来看黑格比

怀　玉*

李想一生中最精彩表现有两次，一次是2003年他获得县高考理科状元，县委书记到他家和他握手时，书记略显卑谦。另一次就是2008年5月23日下午5点黑格比台风在南中国大鹏湾海岸登陆时的那一刻，李想瘦小身躯彰显出的大无畏的精气神。

当时，深圳大梅沙海滨浴场的游客基本都撤到了离沙滩很远的地方，心惊胆战地观看黑格比精彩的表演，沙滩上只剩下一个人，他就是李想。

李想拿着个破山寨手机在大梅沙海边背对大海，面朝游客，一跳一跳，他一只手向大家挥舞，一只手把手机对着嘴巴叫得十分欢畅。

人们听不清李想叫的是什么，只觉得他像个小丑一样在那儿又蹦又跳。有人说：这小子疯了。

李想太激动了，就在两个小时前，他顺利通过附近一家国内知名的电信公司面试，明天就上班，工资三千多。失业两个月的李想再也不用看房东的脸了，毕业就失业的女友马莉也不用回到贫穷的小县城了。他告诉马莉："生活多美好，请你来看黑格比吧。看看黑格比厉害，还是我们的爱情厉害！"李想坚信马莉就在游客中。"看见没，看见没！"他还在不停地叫。

黑格比下令大海以五米高的巨浪向李想发起冲锋。两名高大的救生员奋力跑过来拖住李想，不出30米，身后几十吨重的瞭望塔就被海浪掀倒。李想回头一看奋力地笑道："看见没，黑格比还……"话没说完，李想就不见了。

李想的母亲从遥远的家乡第一次出门，就来到这样大的城市，但是她没能带上儿子的骨灰。两名救生员告诉她，李想被海浪卷走得并不远，只是深深地被埋

* 电视工作者，安徽省作家协会会员。

在海里的沙子下面,无法找到他。

半年后,马莉嫁给了一个比她大20多岁的人。因为这个人满足了她的一个条件,为她在梧桐山上的东部华侨城买了栋天麓珍藏独体别墅。这套价值近亿的别墅就建在梧桐山的悬崖上。

婚后的马莉,每天傍晚会准时坐在阳台上看书、写字。这位大学中文系的才女酷爱她校友的一本诗集。诗集里校友写道:

"从明天起,做一个幸福的人
喂马,劈柴,周游世界
从明天起,关心粮食和蔬菜
我有一所房子,面朝大海,春暖花开!"

马莉抬起头,面前的大梅沙海滨公园、香港九龙岛在夕阳的映照下美丽极了,海里走着的世界上最大的船"艾德里安马士基"号正缓缓地驶进李嘉诚旗下盐田国际码头。

黑格比到来的那天早晨,房东第五次来催房租时,她和李想大吵了一架,当时李想像个倔强小孩子,歪着他那光滑智慧的大脑袋气冲冲地冲出门就再没有回来,当天晚上的深视新闻《黑格比重创大梅沙一人失踪》画面中,马莉看到一幅五秒钟的画面,画面里李想拿着个破山寨手机在深圳大梅沙海边背对大海,面朝游客,一跳一跳地,一只手打电话,一只手向大家挥舞着,叫得十分欢畅。马莉知道那个电话是打给自己的。这天马莉关机了。我为什么要关机,想到这儿马莉泪水就止不住地留下来,在泪水湿透的书本上依然可以看清楚这样的诗句:

"愿你在尘世获得幸福
我只愿面朝大海,春暖花开"

马莉指着茫茫大海说:"看,那就是黑格比。"这时孩子在她肚子里猛踹一脚。

说好不分手

钟　芳*

阿杰

七月的深圳暑热难耐，白花花的太阳照得人睁不开眼来。芮文下了的士匆忙奔向路边的酒店，阿杰已经在大堂等她。两个人彼此对望了一眼，阿杰先坐电梯上了房间，几分钟后芮文收到微信：1105，她抿了抿略显干燥的嘴唇，快步走进了电梯。

这是一家位于城市中心区的品牌酒店，客房面积不大但布局颇为合理，床单枕头干爽洁净，这对于有轻微洁癖的芮文来说至关重要。来来往往的客人大多为商务公干人员，之所以选这家酒店，一是距离芮文公司不太远，二是酒店三楼是家开业不久的火锅城，就算遇到熟人也好解释。

阿杰冲了凉在床上等她，年轻的身体散发着沐浴露与 CK 香水混合在一起的怡人香气。芮文迅速脱了真丝连衣裙，仔细地用衣架挂好，裸身闪进盥洗室冲澡，然后用浴巾抹干身体，像头饥渴的小鹿般轻巧地跳上床紧挨着阿杰躺下。床单洁净干爽，她极力克制着就要决堤的欲望，就像自小家教甚好又饿了许久的孩子看到满桌的美食一般，虽然已经饿得前胸贴后背，但还是百般忍耐着装出一副不贪馋的样子来。阿杰与芮文是同行，是另外一家珠宝公司的设计师，比她小 14 岁。两人在公司的业务往来中相识，起初只是聊得来的朋友，有时大队人马约个饭、K个歌，阿杰坐过几次她的顺风车。去年圣诞时，都喝大了的两人鬼使神差地在一

* 女，深圳市作家协会理事，盐田区作家协会主席，广东省作家协会会员。出版散文集《流淌的岁月》，有小说在《深圳商报》连载。

起了,之后一直保持着特殊的亲密关系。

阿杰长得高大英俊,鼻子挺拔,酷似男星林更新,穿衣搭配甚有心得。他有一个漂亮的河南女友,只因那段时间两人冷战闹分手,所以才有了与芮文的这出戏码。

酒店墙上的空调机吱吱地冒着冷气,厚重的遮光窗帘阻隔了外面的强光与热浪,此时的他们沉浸在二人世界里,像与外界隔绝了一般。芮文侧身躺在阿杰旁边,欣赏着他轮廓鲜明的面庞。女人就是这么奇怪的动物,无论到了什么年纪,在自己爱的男人面前总是喜欢扮出一副惹人爱怜的小女孩模样。

再醒来时已经快下午三点了,芮文感到有点饿了,这才想起早晨只喝了一杯酸牛奶,心里惦记着与阿杰的约会还没来得及吃午饭,她决定去对面的商场吃点东西。她起身穿衣,凝望了一眼还在熟睡中的男孩,轻轻在他脸颊边吻了一下,把装了 2000 元的信封放在门口的洗手台边上,然后转身拉上了门锁。

外面是瓦蓝瓦蓝的天空,她春风满面地走进了食肆林立的购物商场,好像什么事情也没发生过一样。

海明

芮文的老公伍海明是她的大学同学,学的是海洋生物,在一家健康食品公司工作,因为业务的需要常年在外地出差,每个月在家的日子屈指可数。初时芮文对此还颇有微词,后来也就习惯成自然了。海明是家中的独子,父亲去世早,他与母亲的感情深厚,与芮文商量之后他把老母亲从北方老家接到深圳来,可惜老人家言语不通,无法适应城里的生活,每次住上半年就吵吵着要回老家去,芮文也乐得轻闲,每月按时寄去生活费,还大包小包地寄去各种吃食衣物和生活用品,她只是尽儿媳妇的本分,却不知道这样给足了婆婆面子,且树立了她在海明村里的绝佳口碑。当初结婚时芮文清楚海明的家底儿,两人只在谢瑞麟金店花了 1300 元买了枚小小的珍珠戒指就把婚给结了,没有婚宴,没有婚纱,更加没有婚房、婚车,完全裸婚。芮文认准了海明的善良、有责任心,相信他以后会是个好丈夫,同时她也无比自信上天的宠爱,就像列宁所说的:“面包会有的,牛奶也会有的。”她总是怀抱着对美好生活的向往,可能这与她自小在父母亲人们的爱中长大有关。她这么委屈自己当然是为了给海明节省,却不知道生活中必要的仪式感还是需要的,对于每一对相爱的男女来说,一场盛大的婚礼会在彼此的灵魂中留下深刻的印记,对彼此的承诺在那一重要的时刻被见证,这是举行婚礼最重要的意义所在,当时年纪尚轻的芮文并不懂得,后来这也成了她心中永远无法弥补的遗憾。

芮文虽然在城市出生长大,但也是小康之家,一切都靠他们夫妻两人自己打拼。海明踏实勤勉、刻苦耐劳,工作了十几年终于混进了公司的中层。芮文也因为出色的专业能力和良好的沟通能力成为了公司的首席设计师,每年由她设计的金饰总有一两件是热销产品,甚得香港老板的信任与赏识。芮文觉得上天待她其实已经不薄,她经常感到自己是幸福的,但她在欢笑的背后隐隐地感觉到生活其实就像波平如镜的大海,表面上风和日丽、波澜不惊,然而下一刻没有人会知道发生什么。

打击

在接到海明的电话时,芮文正在设计一款以小鸟为主要元素的金饰,她自小喜欢花鸟鱼虫、小猫小狗,设计的大多数题材都与此相关,展现了她内心童真有趣的一面。这些产品推出市场得到了热烈的追捧,其他珠宝公司也争相仿效,芮文甚为自得。急促的电话声惊醒了她,一个没有任何征兆的冬日清晨,婆婆病危,海明已经直接从外地飞回了老家,放下电话,芮文在心中梳理了下近期生活、工作中的急事,然后一一交办。虽然心里着急,但她还是有条不紊地填写了请假单,订好了机票,返家收拾好行李,然后开车去学校接上儿子伍威直奔机场。

海明已经安排了表哥来接他们娘儿俩,北方的天已经相当寒冷了,公路两旁的树木只剩下了光秃秃的枝干,傍晚的薄雾从天边倾泻而下,笼罩着不甚清晰的近处的田野与远处的村庄,让人心中莫名地忧伤起来。懂事乖巧的儿子安静地坐在后排座上,芮文呼吸着从车窗外飘进来的燃烧的麦秸秆味,恍然又回到了童年。

下了机场高速之后到了海明家的村口,距离上次回来已差不多有五六年时间了,芮文暗暗打量着这个与她联系不大的村庄。变化还是相当大的,村庄之间被宽阔笔直的公路连接在了一起,簇新的楼房一栋栋拔地而地,老人、孩子、妇女们满面欢喜地穿梭其间。便利的交通改变了村里的生活,人们的生活似乎都相当不错。独门独院的楼房千篇一律地用上了镶有铜制大泡钉的红漆大门,家家户户都差不多,欠缺了些个性与艺术感,芮文的职业病又开始泛滥。她左手牵着儿子,右手拉着硕大的行李箱,快步穿过长长的院落进到挂着棉布帘的房间。屋子里挤满了人,她看见海明面色憔悴地守护在婆婆身旁,眼底布满了红血丝,估计熬了几个通宵。土炕上的婆婆,脸色蜡黄显得越发瘦弱。意识还算清晰,看见芮文进来还挣扎着抬起头打招呼。芮文这才顾得上环顾下屋里的人,发现大多都不认识,海明逐一介绍了一遍，都是婆婆娘家的亲人，她也记不住，只是微笑着点头示意。

在她回来的第三天，一个大雪纷飞的清晨，婆婆在海明的怀抱里安详地咽了气，家族里的长辈们聚集在一起商议着后事操办的细节，芮文插不上手，像个局外人一样在村子里闲逛。等一切事情依照风俗办妥，随行在浩浩荡荡的送葬队伍当中，她感到人生的苦短，觉得自己并没有很认真地好好对待自己的婆婆，她有些自责并在心中暗暗告诫自己，要善待丈夫海明和儿子伍威，人生太短暂了，生命转瞬即逝，倾力以待自己所爱的人真是顶顶重要的事情。万物皆空，只有爱才是永恒，芮文深切地懂得了活着的意义。

黑狗

海明从老家回来之后就一蹶不振，他常常把自己关在书房里，整个人萎靡了下去。对工作、对家里的大小事务漠不关心，对芮文和儿子更加不闻不问，包括正常的夫妻生活也变得不正常了。他开始借酒消愁，与不知从哪里冒出来的成群的狐朋狗友们整晚整晚地流连于酒场。半夜三更醉醺醺地回家，经常衣服都不脱便倒头而睡。芮文手忙脚乱地处理完呕吐的秽物之后，还用热毛巾帮他擦手擦脸，她感觉自己已经尽到了妻子的本分。

自从染上酗酒恶习之后，海明回家的时间越来越晚，有时甚至整宿不归，习惯了等他回家才睡得安稳的芮文为此与他发生了激烈的争吵，海明还试图离家出走，有几次争吵过后还放出狠话来。第二天清晨，芮文在厨房阳台发现被扯得变形的隐形防盗网，她暗暗心惊，工作时无法集中精神，提心吊胆地过着日子。最让她难以忍受的是海明长期拒绝她的身体，他对她厌倦得厉害，别说碰她，连看上一眼的兴趣都没有了。屈辱和愤怒在芮文的心里如泼了油的柴火似的烧了起来，身体的饥渴与精神的紧张折磨得她像头即将爆发的母狮，她不知道这样的日子什么时候才到头。后来，她在他的裤兜里发现了几张可疑的名片，种种迹象印证了她的判断，海明通过酒精和纵欲麻醉自己，母亲的离世对他的打击太大了，原来在他貌似坚强的外表下包裹着如此脆弱的心。

芮文在网上查了关于抑郁症的种种表现，逐条逐条地对照海明的言行举止，原来这种可怕的心理疾病已经像条黑狗一样缠上了自己的丈夫。她特意找了医生咨询诊治的方法并试图劝说海明配合治疗，但都被他拒绝了。回想十几年来一家人相处的点点滴滴，想到他的各种体贴与欢好，还有儿子可爱稚气的笑脸，她不得不强迫自己收起满心满肺的怒火和委屈，遵从医嘱小心翼翼地对待海明，对他各种怪诞的言行一忍再忍，想方设法用柔情唤回他对生活的热爱。独自一人时，她常常对着浴室镜中日渐失去光泽的面孔和身躯悄悄落泪，那段时间的日子过得异常缓慢。

大维

出现在我们生命中的人、事、物，冥冥中似乎早已注定，然而时机却决定了胜败轻重，小则影响个人的命运，大则改变江山社稷的建立瓦解，芮文对此深信不疑。

大维，芮文真正意义上的初恋男友，初中时的同班同学。两人青梅竹马、彼此爱慕，可是人算不如天算，没等两人捅破窗户，纸大维就随父母姐妹举家搬去了北京，两人失联多年。直至去年他们才在中学同学组建的 QQ 群中惊喜又羞涩地相遇，两人相互试探，每天如热恋中的小情人般发些无聊的笑话、图片，感情慢慢回温。有天深夜，酒后有几分醉意的芮文无比幽怨地挑逗了大维，直接后果是大维立马订了机票，相隔数小时后出现在芮文的面前。她又惊又喜地带着他游遍了这座城的每个角落。多年未见的生疏让他们客气得像初次见面的陌生人，两人共处了 24 小时之后什么也没有发生，她就送他去了机场。回来的路上，她发现原来他一直留存在她的深心里，从来就没有忘记过。

现实生活中的压抑让她喘不过气来，她亟须寻找一个发泄口，让所有的阴郁消散开去。她思想斗争了许久，终于还是抵不过心里密密麻麻的欲望，她开始有意无意地借机去北京，事先并不告诉他。当他打开路虎发现者的车门，敏感又细腻的芮文立即捕捉到了他的傲骄与张狂，这让她心中暗暗不爽。

北京的冬天天寒地冻，大维在机场等了她两个钟头，好在航班准点到达，否则她会更加心疼。发现者的车踏比较高，身材娇小的芮文第一次坐这么高的越野车，当她有些吃力地把自己安置在副驾坐好，脸却不由得微微泛红了。大维没有发现她的尴尬，帮她放好行李箱后快速且娴熟自如地操控着这个庞然大物奔驰在宽阔的道路上，车窗外北京的夜色愈来愈浓，树影朦胧让她恍然若梦，不期然又回忆起上中学时两人之间的美好过往。她侧眼打量着他英俊专注的面庞，远去的爱意又一点点漫上心头，她想象着分别的这些年里他经历着如何的悲喜，才有今天的风光荣耀，她期待他告诉她分别之后这些年的故事，还有深埋在心中的对她的爱与思念。

沉沦

大维安排她住在自己公司集团开办的酒店里，来来往往的工作人员毕恭毕敬地向他们点头示意，这让她感到惬意且满足。细心的大维在她的房间里摆放着鲜花、水果，这些暖心的浪漫与细腻很得她的欢心，之前所有的不快如泄洪般退了下去，排山倒海的爱意开始奔涌在她身体的每一个细胞里。

她先去位于酒店五楼的桑拿中心洗浴、按摩，舒爽之后回到房间休息。躺在温暖的床上迷迷糊糊就要睡着之际，只听见外间的门锁嘀的一声，穿着浴袍的大维有些腼腆地走到她的床边来。黑暗中两人什么也没有说，一切自然而然仿佛顺理成章一般发生。大维极尽温柔之能事，芮文感觉自己快要融化在他无比热烈的爱之中了，她的防线全线决堤，那些与海明相守一生的信念也开始动摇起来。

从北京回来，芮文疯狂地投入工作之中，身体的疲惫让她暂时忘记了身体的需要，她变得越来越耐心了。夜深人静时，她会仔细回想出现在她生命中的男人们。那些激情热烈的场景如同电影般在她的脑海中无比清晰地一次次放映，她则如同一名观众，无比冷静地端坐在电影院的一隅观赏他人主演的故事，那些身临其境的悲喜似乎现在已与她没有任何干系了一样。

半年时间里，大维来看过她两次，一次是公干，另一次路经深圳借道去香港，匆匆地来，又匆匆地去，两个人连外出吃饭都免了，见了面就直奔主题。离开之后她就开始夜以继日地思念他，如同少女时代盼望心上人一样焦灼，巴望他的来电，甚至看到他的微信头像就会心跳加速，她感到自己对他的爱火越燃越烈，几乎到了无法把控的地步。阿杰约了几次，都被她婉拒了，她的心里已经装不下其他人了。

意外

秋天的时候，芮文才想起月事有一段时间没有来了。她在生完儿子之后放了节育环，同房时没有采取其他的避孕措施，与大维一起时也是如此，情至浓时芮文还曾冒出过为他生下一儿半女的念头。她在公司楼下的海王星辰药店买了验孕棒，躲在公司的洗手间里反复试了几根，结果每次都是两条鲜红的杠杠，这让她内心交战了许久。平时杀伐决断特别干脆的她思想开始激烈地斗争，这个无法预料的意外严重困扰了她。一整天她都在走神，晚上恍恍惚惚回到家中，海明竟然也在家。芮文极力回忆着有多久两人没有一起吃过晚饭了。看她面色不好,海明一反常态关切地问她哪里不舒服,她推说公司事情多,感觉有些累想早些睡。

回到房间,她偷偷发微信给大维。之前他告诉芮文曾经有位高僧测算他命中有两个孩子,一儿一女,他与出身大户人家的北京籍太太有个儿子,尚缺一个女儿,说时他还意味深长地看了芮文一眼。她表面不动声色,其实内心波澜已起,她甚至在网上查看了江西宜春地区的房价与小区环境,只因她的祖籍在江西宜春,她爱他,愿意为他生儿育女,她想为爱疯狂一把,为大维留下爱的结晶,孩子生下来之后她就回到海明与儿子身边,她开始为自己完美的设想而兴奋不已。

芮文发了语音之后没有多久,大维就回了,斩钉截铁的两个字"做掉"。她不甘心又躲进洗手间打电话过去,他没有听。等了许久都未打回来,黯然神伤的芮文心一点点凉下去,蜷缩在大床旁的沙发上睡着了。等她醒来时已经后半夜了,这才去浴室冲凉,她抚摸着自己柔滑平坦的小腹,想起大维与她爱至癫狂时的模样,那些话语像梦呓般回响在她的耳际,声音低沉但仍然十分清晰,她的记忆越清晰,心中刀割般的痛就越发真切。她感觉没有爱的世界里简直暗无天日,所有的人、事、物都变得了无生趣。

黑暗中,她如同一尾鱼般游向自己的睡床,她感觉自己是如此孤独,那些过眼云烟的爱情,那些因空虚而起的放荡、疯狂与欢愉仿佛浮尘般离她越来越远,恍惚之间,她不知自己到底是活着还是已经死去。

天亮时,她独自去了医院,一路上她都在想一个问题,世上一切的欢愉都要付出代价,所有的债终有清还的一天。她想起小时候看过的《醒世恒言》里的一句话:"淫人妻女者必被人淫之。"

她为自己曾经的荒淫与放纵感到羞愧,对海明的怨恨变得不再那么强烈了。

回归

半个月之后,海明出差回到家时,芮文睡得正香。他没有叫醒她,轻手轻脚去厨房煲了她爱喝的虫草花炖排骨,还洗晾了衣物。芮文醒来,一眼看见枕头边上的小盒子,是她喜欢的 APM 的珍珠手链,与之前的流苏戒指正好配成一套。久违的暖意与爱意奔涌至心头,眼泪不争气地流了下来。她跑去厨房从身后抱紧海明,像个孩子一样趴在他的后背上嘤嘤地抽泣,海明只当她撒娇,也不劝她,任她哭个够。

脸色逐渐红润起来的芮文开始忙着物色新的房子,她想把那段黑暗阴郁的日子卷在记忆里永远遗忘。她以为曾经的幸福再也回不来了,以为与海明的爱情也已完全消亡。恍惚间,她有些辨不清楚自己究竟是在梦里还是梦外。搬家的前夜,她翻出手机里那两个曾经让她爱得欲罢不能的微信头像,像剜掉心中的毒疮似的彻底删除。她知道前路依然会有黑暗与艰险,等待她的也许还有更大的风浪,然而她又退往何方呢?正如她最喜欢的那句话所说,最大的英雄主义就是看清了生活的真相之后,依然热爱生活。这需要多么大的勇气、智慧与胸怀呀!

海明安排了两个人的旅行,他俩去了济州岛的城山日出峰。多年之前他们曾经来过,芮文那次没有登上山顶,心中一直惦记着,原来海明都还记得。这次迎接他们的是白雪皑皑的冬季,寂静的山峰屹立在清澈见底的海岸旁,空气冷冽得让人无比清醒。海明与芮文手拉着手一路小跑儿登上山顶,两人的鼻尖冻得通红,哈出的白气交织在一起,大片大片的雪花纷纷落下,落在衣服上,落在睫毛上,落在他们的掌心上,然后迅速消融。远处的海看不清颜色,雾气把这里变成了仙境一般。

周围白茫茫一片,世界仿佛只留下了他们两人。

开士多店的女人

钟 芳

一

早春四月的深圳已经开始变暖,阳光明媚得如同夏天。这座城整年都是满眼的翠绿与花开,让人感觉不到明显的季节更替。

三春躺在手术床上紧咬着牙,尽可能把自己缩成一团,左右两边的床上一字排开躺满了各色的女人,下半身赤裸着,三春顾不得害羞更不敢细看,红着脸依着护士的要求安静地躺在手术床上。

宽敞明亮的手术室内并排放了八九张手术床,浓烈的消毒水味道加重了她的不安。与三春年纪相仿的护士用粤语叫了声她的名字,三春下意识地愣了下,然后支吾着应了一声,护士开始迅速且面无表情地清洗、消毒,用鸭嘴一样的妇检钳伸进她的体内,三春禁不住金属的冰凉打了个寒噤,她不知道等待她的将是怎样的痛苦与煎熬,就像一条丢在砧板上的鱼一样无助和凄惶。

邻床女人疼痛的呻吟声让三春越发紧张,她从心里开始原谅管虎的晚归,她突然觉得世上的每个女人都是如此可怜,她甚至在心中告诫自己以后要最大限度地宽容未来的丈夫,要学习广东女人的隐忍,从而保全家庭的完整与体面。三春记得某位年长的姐姐曾语重心长地告诫过:“男人犹如披在女人身上的袍子,就算再破旧也是可以取暖的。”灿烂的阳光透过玻璃窗洒在光滑的水磨石地板上,让人不禁恍惚岁月的流逝。多年以后,三春仍然记得初次做人流手术那梦魇般的疼痛,无力抵挡的痛。她听见手术剪钳碰撞的声音,感觉到有人拿着铁钩狠狠地扯着身体深处的某根线,撕心裂肺般的痛像海水般快速淹没了她,她咬紧牙没有呻吟半声,只是努力把身体的每一个细胞尽量缩小,以此来抵挡难忍的疼痛与羞耻。

年轻的女医生们一边手势纯熟地做手术，一边相互笑谑着，女人疼痛的呻吟声此起彼伏，较为年长的护士忍不住抢白那个叫得最大声的女人："不要叫了，舒服的时候你忘了，越叫越疼的！"三春越发地不敢发出声来，直到绷紧的肌肉僵硬如铁，攥紧的手心捏出了一把汗来。大约一个小时的时间却像一个世纪那样漫长，手术终于做完了。她觉得小腹下坠得厉害，身上开始出虚汗，天气热得不像话了，三春走路开始有些发飘。

管虎等在手术室外，看见三春出来连忙上前扶着她的手臂，脸上却无多少感动之色，送她回到家交代几句之后就回公司上班了，夜晚依旧很晚回来。三春的心里恨恨的，就像夏天山里的潭水，表面波澜不惊其实内里却是渗骨头的冷。

她总感觉眼前这个男人不会成为她日后的丈夫，三春自小眼毒，识人断事有主意，父亲把她当儿子养，家里的大事小事都会与她商量，自小她就是一个有主意的女孩，在这点上三春甚为自信。与管虎恋爱两年，她总是没有安全感，并且这种感觉越来越强烈，越来越清晰，三春不知道自己是否爱他，还是因为迷恋他的身体带给她极致的满足与眩晕而难以自拔。恋爱期间两人大部分时间分隔两地，相聚的时间不超过半年，认识三个月时三春就经不住他的软磨硬泡，在管虎公司老板那辆老款的奔驰 560 里手忙脚乱地完成了人生第一次亲密接触，自此三春就开始没日没夜地思念他，确切地说是思念他的身体，以至于让她错以为这就是爱情了。

二

三春记得初次与管虎见面的那个夏天的夜晚，七月的深圳热得让人喘不过气来，傍晚时整个城市就像一个巨大的桑拿房，到处弥漫着热腾腾的气浪。她汗流浃背上门给小区住户家里送啤酒，一般这些粗重的活儿都是店里的伙计负责，那些天有个伙计请假回老家，一个又去送货了，客人要得急三春只得自己亲自送货。来开门的正是管虎，他不错眼珠地盯着三春看，眼底那团火焰恨不能烤焦了她。

三春自小容貌娟秀，身材丰满，加上性格活泼开朗，上小学时已有不少的追求者，中专毕业后来了深圳，先在湖南老乡开的眼镜店里打工，后来积攒了点钱，又借了父母几万块钱开了这家位于关外住宅小区内的士多店。对于三春来说，深圳是她的福地，也是成就她梦想的地方。在这块神奇的土地上，天南海北的人来来往往，每天努力地寻梦、追梦、圆梦，有多少付出就有多少回报，只要努力、肯干、敢拼，梦想总有一天会实现，三春对此深信不疑。

光顾士多店的客人大多数都是居住在小区内的街坊熟客，这是座比较大型的小区,分为A区、B区,居住着近2000户的居民。三春对住户的情况了如指掌,与街坊邻居的关系也非常融洽亲密,住户们都认识这个利索能干又漂亮活泼的湖南妹子。当然,正值花季的三春遇到了不少涎着脸示爱的各色男人,从公司白领到私企老板,从湖南老乡到香港大叔,只可惜大多数都是已婚男人,三春有自己为人处世的信条,自小受到的教育也是"仁义礼智信"为核心,不仁不义的事情是万万做不出来。三春落落大方地与各色男人交往周旋,坦诚热情又不会让对方想入非非,既笼络了人心又不会显得过于卑贱。

三春心里明得镜子一般,她可不想成为男人的玩物,更不愿像其他小姐妹一样被人包养当二奶,与其他女人共享一夫。她只想找一个真正疼她、爱她的老实男人,安安稳稳地过一辈子小日子就好。她对生活从来就没有太大的野心,对自己有准确的定位。她喜欢浪漫有趣、稳重成熟的男人。管虎显然不是这样的男人,首先他年纪比她小,加之性格急躁、轻浮,还有暴力倾向,当然他有他的过人之处,比如说做的一手好饭菜,手脚勤快、头脑灵活、身体素质极佳,她心中犹豫纠结了许久,虽然明知这个男人不是自己要等的那个人,但终究还是没能抵挡住寂寞的侵蚀和欲望的诱惑,特别是两人有了肉体关系之后,局面已经基本超出了她的掌控。

三春的士多店生意蛮红火,每个月纯收入已接近两万元,这个数目相当于她打工时月薪的十倍,过年过节生意好时竟然有四五万元的收入。三春心里暗暗地算计着攒够了首付款就在小区里买套三居室,未来可以作为自己的嫁妆,也可作为长线的投资,她仿佛已经看到美好的生活就在不远处向她招手,那一刻幸福离她好近。

三

卧床休息了半个多月的三春被电话铃声打断了思路,是老陈打来的,约她晚上一起吃饭。三春沉吟了片刻答应了,然后打电话给管虎,还没等她说完他就不耐烦地挂了电话,说晚上要陪老板应酬。三春抬起身子瞥了下墙上的挂钟,时间还早。她开始慢条斯理地沐浴,从浴室里出来时,她对着镜子无比爱怜地欣赏着自己优美玲珑的曲线,闪着珍珠光芒的皮肤润泽且有弹性,高耸的双峰傲然挺立着,三春左右顾盼之后满意地去衣柜里左挑右选了一件水红色的真丝连衣裙,衬得脸色越发娇嫩了。虽然在小县城出生长大,但天生对时尚有着敏锐的触觉,特别会打扮自己,班上的女同学都喜欢模仿她的穿着,这点极大地满足了三春的虚荣心。来了深圳之后虽说这里美女如云,但她从不妄自菲薄,对自己的身材相貌相当自信。化好妆之后还特意喷了香水——COCO 香奈儿,她一直喜欢这种浓郁的香气,其实在常年比较炎热的广东,这个味道实在是太浓郁了些,但就是喜欢,老陈记住了,去香港时买了两瓶送给她。

老陈是潮州人,今年 40 多岁,长得高头大马,非常典型的南人北相,虽然说不上英俊,也算得魁梧体面,并且还有一副热心肠,是个场面上的人物。十多年前来到深圳时只揣着 200 块钱,开始时每天早晨四点钟起床帮早餐店和面炸油条,因为长期缺少睡眠叼着烟卷、闭着眼睛和面。说这些过去的经历时老陈一点也没有苦难之色,反而笑意盈盈,对生活充满了希望与乐观。其实这款男人蛮合三春的心意,她的心中是有些喜欢的,只可惜老陈早有老婆和三个儿子。来深圳多年,老陈开有两家外贸服装店和三家化工店,在镇上盖了几栋小洋楼自住、收租,家境富裕殷实。他对三春的心思不是一天两天了,从士多店开门那天起老陈忙前忙后托关系找人减免税款,到帮三春办好营业执照、计生证,再到安装电话等琐事,可以说三春这个小士多店能立足关外并安安生生赚钱,与老陈有莫大的关系。男人这么帮一个女人,除了爱她应该没有第二个原因。

四

三春心里什么都清楚,但她从来不捅破这层窗户纸,只是哥长哥短地叫着,逢年过节时给老陈送整箱的进口水果、高档烟酒,还经常买了衣物送给老陈的老婆孩子。老陈给她的小礼物她也从不推让,每次收下之后,她都会回赠基本等价的礼品,有时会更加贵重些。三春的所作所为很讨老陈的喜欢,可能也是两个人本来就有缘分,老陈对她的感情也从最开始的想尝口鲜变成了玩真感情。他觉得自己越陷越深了,一天见不到她心里就开始发慌,她若即若离、不远不近的态度让他抓狂不已,这让他感到相当挫败。有时他也想过放弃,但她的影子总是盘旋在他的眼前,让他剪不断、理还乱,这个女人已经勾走了他的七魂六魄。其实老陈身边从来不缺女人,以他的财力和人脉,整个镇上大把青春貌美的姑娘,只要他愿意,什么样的姑娘都唾手可得。老陈也是什么世面都见过的,去过泰国、澳门,也交往过几个外省的姑娘。只是三春却偏偏与这些姑娘们不大一样,她没有只盯着他的钱包,从来没有旁敲侧击明示或暗示他抛妻弃子,反而自始至终她都是发自内心地感激他、尊敬他、关心他,还时常提醒他要爱自己的老婆孩子,提醒他今天的幸福来之不易,家和才能万事兴。老陈知道三春是个善良有主见的姑娘,明白她想要的是什么,但自己却无法给她。他对她没有节制地好,只希望能软化她的心,终有一天心甘情愿地奉上全部的身与心,不求名分做他的小情人,最好再生几个儿子。这也许也是天下大多数男人的共同心愿吧,既不愿背负抛妻弃子的骂名与压力,又可贪享情人的新鲜愉悦与激情甜蜜。老陈的太太没读过几天书,更加不懂得化妆打扮,除了操持家务、节俭勤勉、生了三个儿子之外,在他的眼里几乎没有什么优点与魅力。久而久之连每周一次的夫妻生活也是草草了事,老陈早已经没有了青春年少时的那股子劲儿了。毕竟 20 多年的夫妻了,爱情、激情都早已退去,夫妻双方都已成为了彼此生命中的一部分。三春的出现,让老陈的激情又复苏了,从见到她的第一眼开始,他就发自内心地喜欢上了这个娇俏可爱的姑娘,随着两人交往的深入,他不断地发现她身上更多的优点,诸如风趣幽默、善良大方、聪明顽皮等,他开始无法自拔地陷入对她的迷恋之中,他感觉身体里那束小火苗再一次被点燃了,她的影子一直在他的心里晃动,有时还会入他的梦中,甚至有时他把身下的妻子幻想成她,这让他心中既满足又愧疚,种种不安与纠结让他仿佛一下子又回到了 18 岁那年青春躁动的夏天。

五

老陈开了辆香槟金色的宝马来接三春,一起来的还有镇上摩托车店的杨老板。毕竟认识老陈的人太多,带三春出门也要找个合适的电灯泡掩下人的耳目,杨老板是最适当的人选。看到精心妆扮的三春,老陈眼光灼灼地看了她一眼,快速地咽了口口水,三春浅笑着佯装没有看到。老陈熟门熟路地把车子开到了红岭中路的康泰娱乐城,里面有家巨龟庄,菜价贵得咋舌。三春看了下菜牌,转头递给老陈,只是说不要点多了,自己还要减肥。老陈知道三春是想给自己节省,无比爱怜地看了她一眼,然后噼里啪啦地点了一堆菜,还开了瓶法国红酒。

三春自从认识老陈之后,生活品质与眼界水平都提高了许多,打工时只知道哪里的桂林米粉最地道,哪家的麻辣烫最正宗,买衣服也都是东门老街的小摊儿货,偶尔奢侈一把也是在海燕大厦里磨破了嘴皮买上一条香港制造的裙子,还要节衣缩食几个月。跟着老陈,三春的生活简直发生了翻天覆地的变化,不仅学会了吃喝,还见识了社会上的各色人物,懂得了这个世界的精彩与丰富。是老陈让她从一个外省来的打工妹摇身变成了士多店的小老板,他就是她今生的贵人与恩人。她敬了老陈和杨老板几杯,脸色也因为酒气上升而变得更加红润迷人。真丝的裙子很好地勾勒出了她挺拔的胸部,柔软的乳房随着呼吸如波浪般起伏有致,三春感觉到老陈、杨老板的眼神已经变得游离与放肆起来，老陈借意凑近她的耳畔说一两句玩笑话，逗得三春哈哈大笑。杨老板却碍于老陈不敢有非分之想，只在一旁说些谄媚奉迎的话。晚饭后老陈提议再去不远处的酒吧喝啤酒，三春怕自己太晚回家管虎不高兴，就去洗手间给管虎打了个电话，响了很久管虎才接，电话里面传来震翻天的音乐声，管虎说还在陪客户，别老打电话，音乐声太大听不见，于是三春不想扫老陈的兴，决定再陪他去酒吧喝两杯。

三个人来到酒吧，打扮妖艳、衣着性感的姑娘们来来回回地穿插其间，三春对这样的场合既好奇又抵触，她觉得这些灯红酒绿与纸醉金迷让人特别没有安全感，像梦境般很难与真实的生活接轨。老陈凑到她脸边问："想啥呢？"三春红着脸慌忙掩饰。老陈点了两打冰啤酒，还帮三春点了杯漂亮的鸡尾酒。他体贴地问三春能不能喝冰的，三春当然没有告诉他做人流的事儿，只是小口小口抿着冰啤酒。酒吧里的冷气很凉，身体还没有完全复原的三春冷得起了一身的鸡皮疙瘩，她搓了搓手臂，细心的老陈马上脱下外套披在三春身上，三春心头一暖，却转头让服务生拿了披肩来，不肯披老陈的夹克衫。老陈讪讪地抽起了烟，心情有些低落。

三个人一边玩筛盅，一边听驻场歌手的演唱。唱歌的是个30多岁的男歌手，长得颇为帅气，他唱的是张信哲的《爱如潮水》，三春特别喜欢的一首歌。这样的环境氛围让人特别放松，三春不免也有些迷醉了。老陈的手气有点背，连续喝了好几杯，已经半醉的老陈忘掉了之前的不快，他看三春的眼神再次变得热烈痴情起来，三春转过头去并不与他对视，与杨老板继续摇筛盅，然后大呼小叫罚输家喝酒。喝得人仰马翻之际，三春的手机响了，管虎问她何时回家，他已到家了。识趣的老陈拿起酒杯又喝了一大口，然后抓起手包就往酒吧外面走。三春倒有些过意不去，紧追几步半挽着老陈的手臂，对于三春的亲昵举动老陈稍有些意外，又有些惊喜，他提议由三春把车开回去。三春没有推辞，上车打着火就把车开到了红岭路上。三春在老家拿了驾照，但从来没有开过车，老陈自己有辆哈里摩托车，平时开的车都是借朋友的，这辆宝马也不例外。老陈坐在副驾位上直勾勾地看着这个钟爱了几年的女人，就好似猎人看到掉入陷阱里的猎物一般，既有兴奋得意之色，又有饱餐占有她的欲望之心。杨老板喝多了已经如死鱼般晕倒在后排座上，车厢里酒味与情欲的气息浓烈，老陈醉眼迷离地看着她，手有意无意地挨近她穿着黑色丝袜的大腿。三春认真专注地开车，一副正义凛然、不可侵犯的样子，手臂紧缩小心地保护着自己的胸部。

十几分钟的车程很快就到她家楼下了，如释重负的三春忙与老陈说再见，老陈不说话，无比深情地看着她，眼里的火焰灼得三春几乎无法抵挡。她知道自己想要的老陈无法给她，她不想重复另一个女人无比的仇恨与痛苦。三春下车快步离开，仿佛一转身就要被老陈吃掉一般。

六

管虎冲了凉百无聊赖地躺在床上等三春，看她进门问她去了哪里，三春也不瞒他，告诉他与老陈吃饭、泡酒吧了。管虎知道老陈在这个镇上的能量与对三春的恩情，他也清楚三春的心思全部都在他身上，所以并不紧张，只是有些小小的不爽。三春快速冲好凉挨着管虎躺下，管虎一个翻身紧紧压在了她身上，三春记得医生叮嘱要 42 天之后才能同房，她夹紧了腿不让他得逞，三春拗不过他只能任凭他肆虐，身体的深处隐隐作痛，她的心中拔凉拔凉的。满足过后管虎呼呼睡去，三春趁着窗外的月色看着身边这个陌生又熟悉的男人，月光照在她象牙白色的皮肤上，莫名的伤感与恐惧涌上心头，她不知道老天将会如何安排她的命运，只是对眼前这个暴躁易怒的愣头男人既怕且恨。她在心中祈求老天保佑快点让他们分开吧，让属于她的真爱早日降临。

初夏的深圳，早晨七点已是骄阳如火了。管虎出门上班去了，三春被折腾了大半夜赖在床上想多睡一会儿。突然，大厅里的电话铃声急促地响了，三春迷迷糊糊之间不想去接，等了几分钟之后放在床头柜上的手机响了，是她妈打来的，声音颤抖着告诉三春："你爸出事儿了，赶紧回家来！"三春来不及多问，连忙收拾行李打了的士直奔罗湖火车站，电话里匆匆向管虎和店里的伙计交代几句后就跳上火车心急火燎地赶回家中。

到了家，满屋子的七姑八姨，她妈正无精打采地半躺在床上，像霜打的茄子一样唉声叹气。原来三春他爸被人举报贪污，举报信寄到市纪委，现在厂里已经成立了专案调查组，他爸被单位保卫处扣留了。三春虽说从小跟着父母见过些世面，但这种事情还是第一次遇上，她一时间也没了主意。正在焦急时，三春的手机响了，是中学同学大伟打来的，三春如溺水的人抓住稻草般连忙问大伟有没有时间，能否到她家来一趟。大伟人面蛮广，在学校时对三春就有几分爱慕之情，平时经常会打个电话问候下。大伟很快就到了三春家，问了情况之后就出门找路子去了。

三春定定神之后安下心来，坐了半日的火车，粒米未进，此时已经饿得前胸贴后背了。七姑八姨们也各回各家去了，三春拉着她妈去吃鱼汤米粉，这个是她的最爱，每次回家都要吃上几次才过瘾。她妈苦着脸吃不下，三春倒是吃得津津有味,把鱼骨头都嘬了个干干净净,还要了一根现炸的油条。

晚上十点多钟的时候,大伟打电话来,告诉三春事情相当麻烦,因为人证、物证都齐,恐怕她爸免不了这场牢狱之灾了,并且还要退回这些款项,否则判得更重。三春不敢把实情告诉她妈,只轻描淡写地说交给大伟去托关系,过些天就没事儿了。她妈果然信以为真了,回自己房里去睡了。

三春思忖着要怎样告诉管虎家里的情况,她思量再三还是决定告诉他实情。管虎听后沉默了几分钟,然后说我只是个普通打工仔,还没有深圳户口,手里头也没有钱,这件事情只能靠你自己搞掂了。三春听罢,默默挂了电话,心中难受得如同刀割。虽然她一开始就看出了这是个无法托付终身的男人,但却不知道在她危难之时,这个男人竟然没有丝毫的同情与担当。三春恨恨地在心里骂了句脏话,决定回到深圳就与管虎一刀两断。

七

大伟第三天才到三春家里来,他与法院、检察院的熟人儿已经联系过了,若是把贪污的 21 万元补上的话也要判个三年左右,若是补不上就要判十年以上,问三春如何定夺。三春不知道外表老实巴交的父亲竟然有这么大的胆子,她也从来没有见过父亲拿回这么多的钱,于是她问她妈家里的钱存在哪里?知不知道父亲的钱都去了哪里?三春妈一问三不知,只说她爸去年给过她五万元,她在中国银行存了定期,其他一概一无所知。三春知道她妈比较糊涂,她爸从来不和她妈商量家里的事情。她记起来当时她在深圳开士多店时曾借过家里四万块钱,但这几年早已还给父亲了。他要这么多钱到底干了什么?他这些钱又去了哪里?三春的心里堆满了问号,她整夜无法入眠。

辗转反侧了整晚的三春在凌晨时才迷迷糊糊睡去,醒来时她妈已经下班回来在厨房煮饭了,蒜苗炒腊肉、辣椒炒香干的香气飘散开来,她妈哼着小曲忙里忙外,饭好菜熟时才叫三春起床一起吃饭。朦胧间三春已经记不得自己身处何地了,几年的打工生涯让她已经学会了随遇而安,只有踏上家乡这片土地,小时候的记忆才会重新回到她的梦境里。对于故土的感情三春也是十分复杂,既有思念又有抗拒,三春从小就具有未卜先知的超能力,这让她既吃惊又害怕,也不敢告诉太多的人。事实证明她的许多判断非常准确,自小她就感觉自己不会长久地待在这个小城镇,果不其然事实验证了她的直觉,她感到冥冥中老天早已经安排好了一切,所以三春无比地敬畏神灵。

她猫在父亲的小书房里翻箱倒柜找线索，然而忙乎了半天也一无所获。书房门后挂了件穿过的男式外套，三春在外套的内兜里发现了一张叠得整整齐齐的收据，准确来说是张取相单，没有写内容，只写着金额 2680 元。三春心中既兴奋又难过，她知道父亲的秘密就要被揭开了，她不知道自己是否能接受这样的结果。

这是一套婚纱照，照片中的父亲笑得甜蜜且灿烂，可以说如沐春风。以小城镇的摄影水平来说这套照片拍得还是蛮不错的，三春甚至被她爸的幸福喜悦感染了。旁边的姑娘年纪应该不超过 20 岁，浓妆之下暴露了她的浅薄与俗气。三春轻而易举就弄清了这个姑娘的来历，一个贵州来的山里妹子，镇政府招待所的服务员，刚刚满 19 岁，名字倒是不俗气，叫兰凌凌，来镇上工作还不到一年时间。三春让大伟帮忙查到了住址，是一处名叫新世纪家园的花园小区，大伟开着面包车过来接上三春直奔目的地。

八

这是新落成的花园小区，房子是三室一厅的结构，来应门的姑娘长得倒是眉清目秀、皮肤细嫩，明眸善睐的样子颇有几分姿色，与照片上花枝招展的样子大相径庭。三春迅速环视了下屋内的装修，田园混搭宫廷风，布置得倒是蛮雅致整洁。兰凌凌不知三春的来意，只是慌乱地看着大伟，应该是有些面熟。三春单刀直入地告诉她："我是彭灿的女儿，他现在被公安机关抓走了，你要配合接受调查。"兰凌凌显然被三春的气势震住了，她嗫嚅着，手下意识地护着自己的肚子。敏感的三春出其不意地问道："几个月了？"兰凌凌的脸红到了脖子根儿，期期艾艾地吐出几个字："刚刚三个月。"三春感到喉咙发紧发干，那时那刻父亲如山般高大的形象轰然倒塌了，她心中的怒火腾腾燃烧。

三春妈嫁给她爸时连婚宴都没有摆，婚床的床板都是借别人家的。她爸是家中长子，下面还有兄弟三人，虽说她爸相貌堂堂，读过高中，在镇政府工作，但因为家庭负担过重，镇上的姑娘都不愿嫁他。三春妈算不上精明贤惠，但与她爸也算是自由恋爱的患难夫妻。特别是有了三春姐弟之后，他们的夫妻感情还是相当不错的，平时父亲的言语不多，回到家喜欢喝两盅小酒，对三春和弟弟也是宠爱有加。父亲也有一手好厨艺，从小带着三春吃遍了城镇、省城，出差时还带着三春去过北京、上海，在亲戚邻里之间一直是慈父良夫的典范。三春百思不得其解，不知父亲何时开始有了外心，竟然被一个山里的小丫头片子魅惑了心智。三春一边重新上下打量着这个比自己还年轻几岁的姑娘，一边思忖着应该如何处置这个破坏她家幸福的女人。

大伟拉着兰凌凌到房间里去问话，三春在客厅、厨房、阳台里外转了几圈，她想象着父亲与这个山里妹子云雨苟且的场景，心中不禁一阵恶心。她连吸几口气，让自己尽量平静下来，此时此刻三春的头脑超出寻常的冷静，这份冷静让她自己都感到诧异。

三春拿到了这套三居室的房产证，父亲还算聪明，只写了自己一个人的名字，但房产证里还夹着张纸条，是她父亲写给兰凌凌的保证书，保证在孩子出生之前离婚，并把这套房子过户给她。此外，兰凌凌还拿出了一张六万元的存折，她告诉三春在与她父亲交往的这段时间，她父亲还给了她八万元盖贵州家里的房子。三春的心一直往下沉，她长这么大，父亲还从未给过她这么大一笔钱，当年开士多店的四万元只用了十个月就还给了父亲，三春还另外支付了 8000 元的利息。三春的心里像是被刀片深深划开了一般，她曾经以为自己是父亲最疼爱的人，她感觉自己像个被人愚弄的傻子，这种亲情的背叛让她彻骨地痛。

九

半个月之后，三春回到了深圳，跟着她一起回来的还有兰凌凌，连哄带骗地带着她去医院做了人流手术，让她住在自己家里，每天煲了乌鸡汤给她补身子。三春决绝地把管虎的行李打包装箱送到了他的公司楼下，管虎涎着脸来到三春家里纠缠了几次，三春顶着门没让他进屋。他死皮赖脸每天打几十通电话骚扰三春，三春懒得听他唠叨，接通电话后就放在桌上任他讲到口干，然后该干嘛干嘛。她对他连看上一眼的兴趣都没有了，三春自己都难以相信几个月前竟还与这样一个人同床共枕，还让他任意地进入自己的身体，她心中升腾起一股深深的悔意和厌恶，她只想尽快把这个人的一切都从心里剜得干干净净，就像这个人从没有来过一样。

夜深人静时，三春仔细地回顾了 23 年来所经历过的人和事，她发现自己似乎还未真正爱过，对管虎只是寂寞和欲望让她暂时性地犯了迷糊，只是欲望的满足却并非真正的爱情。对于老陈的感情充其量也只是感激，却从未与爱有关。三春不知道等待自己的将是如何的悲喜，想得累了她终于沉沉睡去，梦里她又回到了小时候，父亲骑着那辆崭新的二八永久牌单车，带着她和母亲骑行在田间的小路上，两旁地里的玉米已经抽出金黄色的穗儿来了。

从梦中醒来，父亲刑满释放回到了家里，退了休的母亲早已经忘记了还曾发生过这样一茬子事,老两口每天钻研着如何吃,秤不离砣地开始了他们平淡悠闲的老年生活。弟弟考进了武汉大学,全家人喜气洋洋地欢送他入学,父母笑得合不拢嘴,生活又变得美好起来。三春觉得生活就像航行在海上的船,不知何时会经历怎样的风浪险滩,然后又再一次风平浪静,周而复始、永不停歇。

三春的士多店生意依然红火,她又在附近的小区开了几家连锁的士多店,统一了店面的装修,还引进了许多进口的精美货品。她有了自己的房产、私家车,还把父母接到了身边,唯一美中不足的是,三春一不小心就成了大龄女青年,父母开始不断地催促她的婚事,到处托亲戚给她张罗介绍对象。她自己倒是不着急的,有空闲的时候就外出旅行,生活过得还是蛮写意的。有次在泰国机场,三春远远地发现一对熟悉的身影,一男一女亲密地挽手前行,女方娇嗲无比地倚在男人的肩膀上,竟然是管虎与兰凌凌!虽然三春已经完全遗忘了管虎,但这两个毫不搭界的人走在了一起,真让三春心中不是滋味。遥望着他们渐渐远去的背影,三春百感交集,她觉得人生果然就如戏一般的,甚至比戏里更加精彩、更加跌宕起伏。那一晚她又仔细想了想,原来这些出现在生命中的人和事其实都是有渊源的,世上本来就没有无缘无故的恨,更加没有无缘无故的爱,所有的相聚离散自有它的道理。三春想通了这些事情,很快就忘记了那些缠绕着她的小情绪、小忧愁,呼噜呼噜睡得格外香甜。

十

29 岁那年,三春认识了 36 岁的乔,在加拿大出生长大的香港人。乔一口纯正地道的京腔很是让三春喜欢。因为用湖南话讲“我爱你”着实太怪异了,也没法开口。乔拥着她低声在她耳边一句一句地讲:“我爱你,我爱你……”三春咯咯咯地笑,然后乔的吻如雨点般落下,在她的耳畔、脸颊、唇边,那感觉就似春天的小雨打在脸上,麻酥酥地令人陶醉。两人爱得如胶似漆,一年时间内三春顺利脱单,还在马年添了个小小乔。

车子行进在流光溢彩的深南路上,簕杜鹃开得分外娇艳,三春的心里总是会有许多的感触纷至沓来,她回想着自己的童年,那座孕育了她生命的小城。还有脚下洒满青春汗水与泪水的深圳,收获了如此多的爱与温暖。这块土地是何等神奇,生发了多少的梦想,成就了多少爱的故事。

情 殇

李玉章*

奇 遇

清晨，林青开着她那辆二手桑塔纳，飞驰在通往文锦渡的北环路上。行进到泥岗路红岗新村路段时，她发现前面的路被封住了，几台警用摩托车横在路上，闪着应急灯，嘈杂的人声中夹杂着痛苦的呻吟越过黑压压的人群中传了出来。特有的职业敏感告诉她一定是发生了事故。她把车子停放在最右侧的路边，分开人群挤了进去。一辆黑色丰田车侧翻在马路中间，几位交警正试图从驾驶室拖出受伤的司机——一名30开外身形有些微胖的青年男子，疼得他大声地号叫着。

林青向前，大声说："停，快停下！"

"你是谁！闪开！"年轻的交警训斥她。

"我是市局的法医林青。不能这样硬拽，先让我看看他的伤情。"

"噢，是你。好的，大家让一下。"年轻交警的语气马上柔和了下来。林青虽说年纪不大，但已是警界名人，她在广州灰狗巴士系列抢劫案、罗浮山盗车杀人案等许多有影响的大案侦破中立下了汗马功劳。

林青上前，扶正胖司机的下巴，一边查看他的瞳孔，一边问他怎么翻车的，当时车速多少，现在哪里疼，怎么个疼法。

胖司机说刚才往外拉他时周身疼，现在不疼了。

林青转过头，以不容置疑的口吻"命令"看热闹的人群中一位手拿大哥大的男人，她清晰且迅速地报上号码，让他立即拨打了距离最近的东湖人民医院的电话。

---

* 广东省作家协会会员。

拨通后，男人连忙把电话递给她，林青说明身份，要求医院火速派120急救车过来。挂了电话她又回过身来，叮嘱交警们不要碰到伤者，把已经撞变形了的车门的角撬开，然后再轻轻把胖司机抬出来，平放在马路上。

好悬，过后大家才知道，胖司机的胸骨全部碎裂，有三段小骨碎插入左肺，若当时硬拖出来，骨碎会刺破肺部，人就完了。年轻的交警们经验不足，但清理现场的速度还是十分给力的，此路段是交通要道，车流密集，事故令当时的路段堵起了长长的车龙，急救车一开走交警们立即疏散人群、车流，不一会儿就恢复了交通。

林青抹了抹头上的汗，回到自己的车上，打火，“嗒嗒，嗒嗒”，怎么也打不着。她下车，正在懊恼，传呼机上又来了一条信息，是单位的电话号码，她开始有些焦急。

这时，她瞥见刚才那个手拿大哥大的男子，他的车子也停在旁边，正要上车。她不好意思地拦住他：“师傅，能否再让我用下你的电话？”

“没问题。哎呀，别说借用一下，送给你都成！”

林青先是一怔，然后接过了电话。单位领导说，林青先别去文锦渡了，罗湖区沙头角刚刚发生了一宗命案，几个劫匪假装兑换港币把女事主骗到宾馆杀害了，抢走了不少现金。现在面临香港回归，驻港部队要从沙头角入港，此案件的影响很大，市局要求她立即赶赴现场协助当地法医开展工作。

她道了声谢，把大哥大还给大个子，又一屁股坐进车里，还是打不着火，她急得用双手猛拍方向盘。

这时，车尾走来一个瘦高、白净的玉面书生，轻轻敲她的车窗。四目相对，林青的心猛然一惊，这个人长得太像弟弟林宏了。

“林警官好，我不是坏人，我是汽修厂师傅，我可以帮你看看吗？”

“好吧，谢谢你了！”

小伙子看来还真懂行，鼓捣了几分钟后就打着了火。

“给你添麻烦了，太谢谢了！”

“麻烦？我太荣幸了，能帮到你是我的荣幸，是我的福利！”

“福利？你真逗！”林青笑了，虽然是浅浅的，但她马上收住了，似乎不想太外露，又似乎猛然反应过来自己已经很久没有笑过了。

“你长得太像我姐姐了，可惜，她已不在了。”

“听口音，你也是山东人？”

“是，我是烟台的。”

“啊，这么巧！我是济南的。”

“林姐,方便留个传呼机号码给我吗?我叫陈远清。”

“当然可以。”

林青一溜烟往沙头角方向奔去,从后视镜里,她清晰地看到玉面书生还呆呆地站在原地张望。

一路上,她想象着沙头角案件的种种可能,法医总是在案件的背后默默承受着巨大的压力,只要案件没有侦破,便总会陷入无边的焦虑之中,总担心自己哪个方向出了差错导致案件侦破不顺。车子往罗沙路右转时,又“嗒嗒”了两下,她的心一紧,还好没有熄火。她突然想起刚才那个玉面书生,世上怎么会有长得如此相像的人呢?还有,他怎么说自己长得像他姐呢?是想套近乎呢还是真的呢?他还说帮她的忙是自己的福利,这个人真逗。想到这里,她竟把自己逗笑了,自从迎接香港回归保卫战打响以来,半年多过去了,自己真是好久没有笑过了,哪怕是浅浅的瞬间。

清　泪

车过梧桐山隧道时耗费了些时间,警察在设卡盘查,还有警犬配合。林青心急如焚,把警察证早早地从包里掏出来,单等车到跟前晃一下赶紧通过直奔目的地。过了卡,很快到了沙头角案件的发生现场,警察已经设起了警戒线。她一手握着工作证,一手迅速分开人群,来到核心现场。只见沙头角的民警正在紧张地忙碌着,三月春寒料峭,但蹲在地下的那几位警察已经汗透衣衫。林青正想询问案情,现场的胡所长一把拉过了她,说:“刚才市局刑警队来电话,让你到了这里后速去大鹏,这里的案件交给我们自己处理,大鹏那边有个案件侦破难度可能更大,影响也更大,家属已经往省里告了,还联系了境外的媒体。你直接去大鹏派出所找田副所长。你没有大哥大,就让我转告你,你赶紧过去吧!”

林青转身,突然想起车的事。

“能否借给我一辆车,我的车随时抛锚的。”

“好,你给我点时间,我看能不能安排辆警车送你去大鹏。”

林青跟着胡所长走出警戒线,抬头,啊,迎面走来玉面书生。

“林姐,刚才在泥岗路时我听到你打电话了,我怕你的车随时熄火,我就跟来了。刚才路过梧桐山隧道口被查了很久,我车后备厢有拍《黑色星期四》电影时的道具,手套、假发什么的,被警察盘问了半天,最后我说了你的名字他们才放我过来。”

“他是你朋友?”胡所长问。

“不,噢,是。”日夜奔赴血淋淋命案现场的林青,遇上这样的情况,突然有点不知所措。

“那正好,我这里也忙,警车不够用,就让他送你去大鹏吧,正好男女同行,干啥都行。”胡所长的小胡子一翘,露出了一丝狡黠的笑。命案,对于普通群众而言,是揪心、恐怖,但对于警察来说,天天接触的就是这些黑暗与血腥,所以无论在什么样的境况下,个个养成了处乱不惊、从容不迫的气概,队友之间还能谈笑风生。这至于死者似乎有些不恭敬,然而正是有了警察们出生入死地抓捕追逃、尽快破案,为死者洗冤才是真正的恭敬。

“那,那好吧。”不知道为什么,林青对这个刚刚认识两三个小时的山东老乡不再感到陌生,爽快地答应让他接送实在是对他莫大的信任,能痛快地说出这句话,她自己也感到意外。

林青把自己的车停进附近的停车场,打火时一次成功,她又开始迟疑起来。女人就是这样子,东边日出西边雨,情绪变化得比天气变化还快。她听到他在身后紧紧跟随自己的脚步声,心中开始摇摆不定了。

坐上车她才发现,他的车也是桑塔纳,只是比她的新净许多。玉面书生的车技非常好,从盐田海鲜街到背仔角一段全是双向两车道“S”形山路,他开得又快又稳,全程几乎没有急刹车,包括几次超越从福田到南澳的 364 大巴。林青发现自己第一次这么安静地坐车,第一次没有满脑袋都是案情。车厢里空间狭小,她用余光又仔细端详了一遍这个“陌生人”,鼻子、肤色、神态都太像弟弟了。她想起他说的那句“福利”的话,忍不住又微微笑了笑。她故意不去多看他,但趁着车子转弯时,迅速地瞄上他一眼,他的脸很干净,轮廓分明,鼻子挺直,头部棱角分明,是个相当帅气的小伙子。

车到大鹏,龙岗公安分局刑警大队的人马全在现场。龙岗地方大警力少,法医更少,又遇上这个离奇案件,他们正盼星星一样等着林青来救急呢。

那是发生在下坝村的家族内部案件。四个月大的男婴齐顺突然死在姥姥家中,事发时,齐顺的母亲马小玲正在香港探亲,家中只有齐顺的外公马战奎在家睡觉。齐顺的爸爸齐胜国是富甲一方的土财主,只是年龄偏大,与自己岳父的年纪相差无几。齐顺出生后夫妻就分居了,正在闹离婚。齐胜国结过三次婚,生的都是女儿,好不容易老来得子,并且是三代单传,儿子的死对他打击太致命了,闹得整个大鹏都要翻天了,他一口咬定是马家为了让他断子绝孙害死了他的儿子,发誓一定报仇雪恨。

林青了解了来龙去脉,心中已经有了大致的推测。据龙岗公安法医检验后拟定为肺炎急死(经切片证实确有肺炎)。她又去仔细查看了齐顺的尸体,突然想起有位邻居反映说婴儿在大声哭泣时,曾听到有响声,以后哭声停止。无语,独自关门,瞅了那个小尸体半个小时。她出来,大胆地向领导提了两点建议,一是开颅检查;二是做通齐胜国思想工作,开颅如果无获不得纠缠。

结果完全出乎意料,发现齐顺的头枕部帽状腱膜下有不规则出血斑,其下颅骨有纵行的线状骨折,骨板完全断裂,枕部、脑干、小脑间有凝血块,大脑两半球表面蛛网膜下有米粒大至蚕豆大出血斑,脑实质无出血。显然,头部曾受过暴力重击。案情至此已经非常清晰,四个月大的婴儿不可能自己摔成重伤,肯定有他人加害。

很多时候,找到了死因也就意味着案件基本告破。后据犯罪嫌疑人马战奎交代,他害死外孙齐顺的主要原因是为女儿离婚除掉累赘,当时女儿嫁给齐胜国时就极力反对,齐胜国年纪与自己差不多大,还是第三次结婚,女儿是初婚,并且齐胜国一直对自己不尊重。

案情水落石出之后,齐胜国设宴答谢亲友与办案的民警,警界有规定不可以接受此类答谢,齐胜国从广州搬来兵将救援,实在拗不过,达成妥协,只吃饭,不上酒。

破案民警们站成一排,接受齐胜国的握手感谢,派出所杨副所长一一介绍,齐老板的手一直伸着,如同演员,介绍一位握一下手,鞠一个躬。到了林青面前,杨副所长颇费了些口舌,毕竟能为齐顺昭雪她绝对是功不可没。齐老板频频点头,林青本能地伸出手去,齐老板却把伸着的手突然缩了回去。

林青心中一阵酸楚,表面上还是淡淡然的表情,转过头去她却流下了两行冰凉的泪。

重 逢

林青常说,自己办了那么多宗案件,目的并非是抓多少罪犯,而是通过自己的"手艺"使罪责相当,趋于公正,以洗冤沉物,自己也在孤独中感受向死而生的力量。记得刚来深圳时,她就接手办了一桩法网柔情般的案件,让她左右为难。一方是马上被判重刑的人,对他判重刑是在为同事报仇;另一方面,自己要恪守法医的职业操守,必须出具轻判的证据。很多人说忠孝两难全,但对法医来说,更多是法与情的纠结。

案件发生在第11届世界大学生运动会在深圳举办前，地点是在宝安区前进路上。陈叔是公安派驻到某家医院的门卫，他也是山东人，知道林青是单身，经常帮她点小忙，找个钟点工，或帮她收个快递之类。她的弟弟从广州过来玩时也是陈叔作陪，在举目无亲的深圳他可谓亲人一般。陈叔为人忠厚老实，对工作兢兢业业。某天晚上因阻止一辆乱鸣喇叭的小巴士发生争吵，被暴怒的司机在胸部推打一拳，陈叔立即脸色苍白倒地，半个小时后在医院抢救无效死亡。经法医剖验得出的鉴定结论是"外伤性心脏破裂死亡"，一审法院审理，被告人被判处死刑缓期执行。被告人不服，上诉，法院请求法医进行复核鉴定。林青接受了任务，她用职业操守写下了复核鉴定结论，她说，这个结论不是用笔写的，是用血写的，一方面是写给陈叔的道歉信，另一方面也是写给自己的良心，千言万语太少，结论浓缩成三句话：一是陈叔生前曾患脂肪心；二是外伤诱发原来心脏疾病发作导致猝死；三是心包积血系由心内注射所致与外伤无关。经二审法院重新审判，当事人改死缓为有期徒刑七年。

从表象来看，林青出一份鉴定那个司机就死定了，也合情合理。可能连他自己都认为是自己打死了人。林青说，法医这行，越干越不相信表象，干得时间越长，感觉越陌生，她越来越崇尚用切片化、细胞化的精湛"手艺"，找到案件的真正元凶，并把元凶绳之以法，否则，对恶的纵容便是对善的伤害。

此案过后，已是年终，林青又无可争议地再一次荣立个人三等功，市公安局年终表彰大会定在1月23日，通知她是20名上台领奖代表之一，表彰会那天必须去，而且前一天的下午有一个简单彩排。

1月22日下午5点彩排，下午4点她从梅林出发，由于是周日，这个点平时不会堵车，也就是20多分钟的路程。可是，她只想到了路，却没有想到自己那辆不争气的二手车。她的车刚上彩田路，一个上坡，雨天路滑，一个急刹，车子不小心熄火了，再打，怎么也打不着了。可能要迟到，这是她最忌讳的事。没有办法，过往的车呼啦啦而过，她想伸手去拦，但谁也不肯停下。

当她正拦住一个骑三轮摩托车的大叔时，"嘎"的一声响，一辆刚开过去的黑色凌志车停了下来，还打了双闪，车门一开，奔出一个人来。

林青还未来得及看清楚，那个人已经来到她跟前，双手猛然地抓住了她的双肩。

"可算找到你了！"

"咦，怎么这么巧？快放开我，这么多人！快放开我，你把我的胳膊快抓断了！"

当林青的车送进了附近的修理厂时,她坐上了"弟弟"的黑色凌志。

"姐,你让我找得好苦。这几个月,我呼了你儿百次,我去市局找你,人家说你办案去了,我向他们要你的电话号码,他们说保密。我又不知道你住在哪里,只记住了你的车牌号码,我还在市局门口等过你,也没有看到你的车。门卫还当我是小偷,查了我的身份证,硬给我照了相。"他像打机关枪一样,快速地说了一堆话。

"谢谢你。你那么急着找我,找我做什么呢?"林青问这句话,其实她的心里早已是有答案的。刚才,彩田路上的雨中相遇,当时她就想起了张学友唱过的那首歌:"总要在雨天,逃避某段从前,但雨点偏偏促使这样遇见。总要在雨天,人便挂念从前,在痛苦拥抱告别后从没再见。"歌词伤感,却很美丽。

"姐,我!"

他满脸通红。她低下头,脸比他的还红,心跳得那个快。

一路上再无言语。

别看刚才耽误了半个小时,但"弟弟"的车技实在了得,到了市局竟还没有迟到。

"你去开会,我在这儿等你。晚上一起吃饭可以吗?"

"好。"

这个好字,自己竟一时没有想清楚是让他接好呢,还是同意一起吃饭好呢,还是都同意了呢?

彩排的时间不长,她走出来时在大楼里换上了便衣,因为彩排还特意化了淡妆。一袭淡青色的麻质长裙,越发显得她身材的窈窕修长,乌黑油亮的头发柔顺且整齐,面容姣好的她其实是个不折不扣的美人。

他果然乖乖在门口等她,老远见她出来,急忙下车,在雨里站着等她过来,如同小学生在等老师来上课,那个毕恭毕敬劲儿,让她看着就想笑。

"晚上一起吃饭好吗,姐姐?"

"好。"

"吃什么?"

"去彭年酒店吃自助餐吧,正好我这里有几张餐券,都快过期了。"

夜幕降临了,天黑沉沉的。当他们在50楼坐定,"弟弟"才发现自己的穿着与环境极不和谐,他皱巴巴的T恤不仅陈旧,还有浓重的汽油味。他有些不太自在,局促地坐在她的身旁,像个犯了错的孩子。林青的心突然软了下来,她看着他淡淡一笑,帮他取餐台上的食物,试图打消他的不自在。

外面的天虽然黑了,但可能是雨停了,也可能是华灯全亮了,从50楼望下去,夜色中的深圳真是无比美丽。

“姐,这里真漂亮。我还是第一次来呢!”

“是很漂亮,我也不常来。你想喝点什么?”

“你喝什么我喝什么。”

“好,我们来点啤酒吧,感谢你一直救驾。”

“姐,有白酒吗?”

“你这家伙,不早说。这里哪有白酒!”

“弟弟”别看瘦,不仅能吃,还很能喝。他们开始用小杯子去倒酒,一次一次端过来,后来,林青一看供不应求,直接把大扎壶提了过来。

酒,有时候是好东西,能迅速拉近人与人之间的距离。平时林青滴酒不沾,一是因为她不好酒,二是平时突发事件多,不敢放开喝。今天特殊情况,她对自己说,难得放松下。开始时,她尚有几分顾虑,几杯酒下肚,也就放开了。

不知道为什么,她与这个从天而降的“弟弟”有一种天生的亲切感,自从第一眼看到他时。

夜已浓,酒正浓,情渐浓。

“姐,上次找不到你,我真急坏了。你当时用的传呼机是 9863 的,挺好用的,怎么停了?也不告诉我一下?”

“9863 是润迅的,还好用,但后来主要是服务不行了,一次欠费停机了,非要让去机电大厦交钱才行,服务点不收,你说多麻烦。还有,我们工作忙,大家都说换 126 的中文机方便,我就换了。后来,就买了手机了,传呼机当辅助品了。”

“姐,你可让我好找。这么长时间,总怕丢了你,你换了号码应该告诉我一声呀!”

“告诉你?你以为你是谁呀!”

“弟弟”突然低下头,表情有点沮丧。

“哈哈,生气了?我逗你玩呢。”

林青看他的表情,像个小孩子,一句玩笑话,就让他难过了,看来这小子不是装的,她心里泛起一阵甜蜜。

坐在她对面的“弟弟”几杯酒下肚之后,脸色也开始泛红,他干脆坐到林青身旁,之后趁她不防备抓住了她的手。他的脸涨得很红,语无伦次。

“姐,我,我,喜欢你!”他的声音很小,语调像是在哭。

林青吓了一跳,忙挣扎。可是他的手太有力了,挣不脱。

她静下来,从反抗到静静地感受他手的温度,心中狂跳不止。多年来她只谈过两次恋爱,准确来说是相亲。第一个嫌她是法医,八字还没有一撇就让她调动工作。第二个人还不错,就是性格太优柔,小男人气太浓,吃一次饭点菜就要花一个小时,反复比较菜式与价格,还要求店家打折。有次约会时,男的点菜时间太久,菜点好上桌时她竟趴在桌上睡着了。再后来,工作忙起来就蹉跎了。一转眼,就30岁了,不想无所谓,一多想,这个年纪有点可怕了,再嫁不出去就真成“剩女”了。

晚饭前,她并没有想过与他开始,在她的心里两个人最多是相互有好感,他长得像自己的弟弟,又几次出手相帮,长得还帅气,但绝对没有与他坠入爱河的期望。

然而,他这霸道的一握,乱了她的心,似乎沉寂了几十年的女儿心一下子被激活了。

她不敢正视他,把头扭向窗外,大楼正好旋转到深南路方向,地王大厦近在咫尺,路灯是串串橘黄,软软的,如轻舞的丝带,不均匀,却绵绵的,长长的,充满温情与希望。再往西,就是赛格广场了,色彩渐暗,后面被一张巨大的天幕笼罩。她第一次发现,鹏城的夜是这么的宁静,这么干净,这么美。

当他的手松开后,她脸上的红晕一直没有褪去。

“你坐过去,我不习惯。”

他很听话,乖乖坐过去。

“刚才不好意思,我太冲动了。”

“来,再干一杯。”

“姐,讲讲你的弟弟吧,你不是说我很像你的弟弟吗。”

“我的弟弟叫林宏,与你长得超像,年龄也和你差不多,现在去当兵了。我们姐弟俩关系特别好。记得刚到深圳时,周末弟弟会经常想找我玩,我也想他。他一来,我除了工作什么都放下陪他。但你知道,我的工作一直忙,经常临急出警,特别是晚上,我一走,他不敢一个人睡,就打开宿舍所有的灯,将电视开到最大声。等我回来,经常是黎明了,弟弟已经孤孤单单地蜷缩在沙发里睡着了。那个场景,让我非常难过。”

“对了,你介绍一下你吧,其实,到现在为止,我对你还是了解很少。今天能一起喝酒,算是彼此很信任了。”

“姐,我高中毕业就来深圳打工了,当时别人说深圳遍地是黄金,一过来才知道,世界上除了上天难就是挣钱难了,在哪儿都一样。我小时候跟着舅舅学过修理拖拉机,到了这边,也想学一技之长好有个立足之地,就又进了汽修厂。这不,一干就七八年了。我有一个姐姐,长得太像你了,家里就我们姐弟俩,她一个人先来了广州,被搞传销的人骗去了广西,后来我爸爸去找,找了两三年,找不到人,最后好不容易在广西北海才找到她,可是我姐被人洗脑了,连我爸都不认了。我爸没有办法只能回了老家,我姐后来染上了毒瘾,有次吸食过量死在了酒吧里,才刚刚30岁。"

说到这里,他的语速慢了,语气有点哽咽。

林青听罢无语,静静坐过去,把手放在他的手上,他的手很凉,她希望能给他一些温暖。

"其实,第一次见到你,我就喜欢你。期间我回了烟台,我爸不在了。上个月,我在广州买了套二居室,把妈妈接过来了。她在广州给别人家看看孩子,做做饭,一个月有一两千块的收入,我每个月再给她一些,她很知足。临回老家时,我去找过你,你知道的了,没有找到。"

见她一直静静地听,他突然停住,问:"姐姐,现在你了解我了吧,全是实话,不骗你的。"

"傻瓜,我又没有说你骗我。"

"你这么看着我,我心里就发慌。"

"怎么这么说?"

"我知道配不上你,你是女警官,我只是个修车工,没有办法给你体面的生活。"

"……"

如一场梦一样,林青不知道何去何从。对眼前这个人,说喜欢,说爱,这太突然了,甚至有点荒唐,才接触过几次,才了解多少,年龄相差多少岁,还有职业与社会地位的匹配,太多的不可能了。说不喜欢,怎么心扉蓦然被打开,和他在一起竟如此快乐,如此幸福,如此激动?仅仅是因为他长得像弟弟,仅仅是因为自己没有恋爱过?

两人都喝了酒,不能开车,他们商量后决定搭个的士先送林青回梅林,远清再回公司,他说就住在彩田路的汽修厂。

的士来了,一转身远清不见了。正找他,他猛地回来了,说:"你等一下,我去负一楼车里取你的礼物。"

"靓女,我不等了,对不起。"的士司机等了几分钟,不耐烦,走了。他一走,林青想起来了,远清一定是找不到车了,车不在负一楼,而是负二楼。她急急地下去,在负一楼找到了正在焦急找车的"弟弟"。可能是微醉了,他记错了楼层,还在那儿徘徊呢。

打开后备箱,是一大束鲜花,99 朵火红火红的玫瑰花。林青深深地吸了一口气,有点心悸。虽然,她已经过了憧憬浪漫的年纪,然而面对这 99 朵玫瑰时,她的心还是非常甜蜜的。对于她来说,这分明不是一束花,却是一片火海,一摊热血,一颗火红的心。

林青接过花儿,脸更加红了,她抬眼才发现,远清的脸比她还红。

"我爱你。"

他转身要关后备箱,她也跟着转身过来,那个刹间,她有一种小鸟依人的感觉,如果那个时候,他来抱她,林青认为自己一定不会拒绝,然而,他没有。

他盖好后备箱,见她就在他身后,那么近,说了一句:"拍电影的道具箱我抽空得还给他们,占了太多空间,差点儿连花儿都放不下了。"

抱着花儿上楼时,门卫已经流着口水趴在值班台上睡着了,这才知道已经快 12 点钟了。林青暗自偷笑,庆幸一整晚手机没有响,快乐的时光总是过得如此快,这个家伙送的这束玫瑰花太大了,自己的宿舍那么小,怎么摆呀,真是个傻瓜。

沦　陷

没有午休,再加上闹了整整一个晚上,那一夜,林青睡得特别沉,准确来说不是沉,是香,这是从来没有过的事情。若不是喝了很多啤酒早上被憋醒了,还不知要睡到何时呢!

她醒来时,手机上有几条信息,大部分是天气预报,她边看边删。余下的,大部分是远清的留言,开始几条,肉麻得很,可能是刚到家兴奋劲正浓时发的,后面的几条,都是很有理性的表白,什么"我会经得住你的考验""我要多挣钱、多攒钱""我要多学习缩小与你的文化差距"……

林青边看边笑,时不时瞄一眼窗台上那一大束红得似血的玫瑰花。

再往下翻就是单位的工作信息,第 26 届世界大学生夏季运动会 8 月份在深圳举行,主会场在南山、龙岗、盐田三个区,机关民警全部要分片增援这三个区,林青的任务是每周除了完成自己分内的工作任务,还要到盐田公安分局增援两个班次,听从梅沙派出所的安排。

到梅沙派出所增援的第一天,林青去得很早,本来是下午 4 点到 11 点的班,她 3 点钟就到了派出所报到。平时的梅沙,大家以为是旅游景点,是美丽的沙滩、蓝天、大海、水鸟、滑翔伞,风景如画。其实,盛夏在沙滩上执勤,除了黑压压的人群和一派嘈杂外,什么也看不到,什么也听不到。

派出所实行一带一的分组巡逻,是由派出所一名民警或巡防员带一名外单位来增援的民警。带着林青的民警叫罗林,年龄40来岁,是派出所的精壮力量,性格开朗。主要考虑到林青是女的,一方面要工作,另一方面还要保护她的安全。罗林是老民警了,是当地的"万事通",幽默风趣,与他一起上班一点也不寂寞,他不停地给她讲梅沙的警事,听得她津津有味,七个小时的班,很快就过去了。

"我想起来一件事问你,你们这里是否在拍摄一部电影,还是电视剧?"

"有这么回事,但没有拍成。当时是长春电影制片厂想在这里拍一部电影《黑色星期四》,最后由于与当地人价格谈不拢,没有拍成。当时,双方差点儿打起来,我们派出所还出动了警力调停。"

"一直没有开机?"

"是,租用场地的事就卡住了。"

天气闷热,但林青依然喜欢这样的上班,总比在现场检验尸体、在实验室比对证据好得多。她平时的户外活动太少了,以至于皮肤泛着不健康的灰白色,其实她喜欢那种透着阳光味道的小麦肤色。

下班前,海风渐爽,她靠在七彩鸟人中的红鸟人身上,深深地吸了几口海风,海水涨潮,轰轰作响,海风渐急,吹散了她的头发,下班了。

一天下来,一直在沙滩巡逻。回到家,她感觉好累好累,连冲凉的力气都没有了。她想先在沙发上睡一下,有力气了再起来冲凉。可刚一躺下,就感觉身上黏黏的,还似乎夹杂着海腥味,而且她隐隐地感觉肚子痛,应该是月事快来了。她强打精神站起来,到阳台上拿了一条大浴巾去洗手间冲凉。

她调好水温,站到花洒下面冲凉,忽然感觉有点头晕,差点儿倒下。她从来没有这样难受过。这么多年,一个人风里来,雨里去,习惯了孤单,习惯了什么事都一个人扛,这也练就了她的坚韧个性。可是,她再也站不住了,她怕摔在地下,急忙裹上大浴巾,冲进卧室。

头发是湿的,吹风机就在梳妆台上,离她的床不到一米,她想伸手拿,但半点力气也没有。她的头发湿着,这是她平常最不喜欢的感觉。她浑身像被抽了筋,只能仰面躺在那里,翻身的力气也没有了。

她现在能动的只有思维了。她想到了死,以前上飞机之前她都会没来由地冒出这样的念头。她想,如果自己真的这样死了,有谁知道?母亲早就不在了,弟弟在外当兵,父亲远在老家,自己在深圳一个人打拼,可以说没有一个亲人。她突然想到自己处理过的已死去多日才被发现的尸体现场,难道要发生在自己身上?原来以为自己足够坚强，今天才知晓，无论平时看上去多么坚强的女人，当疾病来临时，内心都是脆弱彷徨的。

想到这里，她的泪水夺眶而出，透过泪水看到天花板上的灯惨白而昏暗，默默地注视着她，如同一只巨大的眼睛。

这时，她想到了远清。他热情的表象下，是否是真，是否合适，是否缘分真的来临？嘴上不说，但学历、身份、职业、年龄有太大的差异，是否把自己定位成一个嫁不出去的老姑娘才有与他恋爱结婚的想法，她甚至想到了“下嫁”一词，是否自己太缺少爱才被远清做的这几件小事、说的几句情话打动？

一觉醒来，天已大亮，重感冒，发烧，头疼欲裂，眼皮千钧重，头发还没有干。踉跄站起来吹干了头发，她决定去医院。以前生病都是扛着，这回，感觉病得特别重。她想到评书上讲的古时战将打仗，周身铠甲，连续厮杀几天几夜不生病，一停下来，稍不注意就病了，这叫卸甲风，弄不好会要命的。她后悔当时在梅沙累了一天，还靠在那个红色鸟人身上吹了海风，加上月事要来了，这肯定是病因。

林青发了信息给头儿蔡队长请了假，出来叫了的士直奔清水河武警医院。那里不但离家近，而且还有个熟人刘博士，是同事的爱人，看病挂号方便些。到了医院，刘博士当天轮休，她只能自己去挂号。挂号排队的人很多，排了 20 多分钟，在这段时间里，她浑身说不出的痛，说不出的软，几次蹲在地下喘。

这时，远清的电话来了。她看看，没有接，她知道，接通了也没有力气说话。连续五六次，她一直未接。后来，远清发来了一条信息，说他近期要去广州，再回山东办点事，要十几天才回来，让她保重。

不知道为什么，自己面对远清，经常会做出一些与平时处理方法完全不同的事来。包括这次，她决定告诉他自己正在看病，本来是不用告诉他的。

远清像飞一样很快到了，还带来了一个大大的果篮。他说当时正好就在附近。有他在，她就可以坐在过道沙发上休息了。远清帮她交费，取药，排队候诊。

初诊结果出来，是急性肺炎，必须立即住院接受治疗。

出门时她什么也没带，现在让马上住院，她要回家取换洗衣服和用品。远清送她，这次他开的是一辆灰色宝马，林青不太懂车，坐进去里面空间很大。

“姐，如果有一天，我能送你一辆这样的车就好了。我在努力。”

“不用这么好的车，能代步就行了。”

中午，安顿住下来，她简单吃了点东西，就午休了，直到被吵闹声惊醒。

是远清与同病房的人在吵。一间房住两个人，那个人要出院，办出院手续，动静很大，远清说自家人在休息，可以等她睡醒再退房。对方有好几个人，说着急回家,就想马上退房走人。

那帮人终于走完了,房间只剩下他们俩。这时的林青,烧得更厉害了,脑门摸上去滚烫滚烫的。远清心疼地拧了热毛巾为她擦额头、手心降温。她因为发热脸色变得绯红,远清离她很近,彼此可以听到对方的呼吸声。他把她的手拉在自己的唇边轻轻吻了一下,然后紧紧贴在自己的脸上,轻声低语:“宝贝儿,我爱你!”林青佯装睡着了,心里甜蜜得难以自持。她浑身的细胞都在感受他的灼热一吻,像是吻在了她的心上。

枪 声

下午打了退烧针,到了傍晚,林青感觉好多了,突然想吃水果,她抬起身想叫远清,只见他脸朝着窗外站着,一直在不停地发着手机信息,她有些不高兴。过后林青想,人家并不是自己的什么人,能过来照顾自己已经不错了,人呀,总是有意无意在得寸进尺,从拒绝到接受,接受了就想管住他,不想被冷落。

如果当晚,远清说留下来陪床,林青也是接受的,这是她心里暗暗想的。然而,远清没有。

“姐,今天晚上我有点急事,不能陪你了。明天一大早我就过来,你想吃什么发信息给我,我给你带过来。”

远清去医院食堂打了饭,把热水瓶装满才依依不舍地走了。林青下床,站在窗前,借着灯光看他进了车子。几秒钟后,车门开了,远清又下车,抬头往四楼看,林青赶紧闪到窗帘后面,怕他看到自己。

远清拉开车门,右腿进去,扭过头,再一次往四楼看。此时她的电话响了,是远清打来的,反复叮嘱她多喝白开水,她心中又甜蜜又惆怅。窗帘后她看见他的轮廓很分明,鼻子很直很高,头部棱角分明,很帅气。

车子发动着了,“倏”地一下子就开走了。

不知道为什么,她心中竟有深深的失落与不舍。

白天睡多了,晚上睡不着。林青拿起一本书看,书名叫《人生有梦夜不长》,写得不错,都是小短文,有哲理性,有趣味性。这本书是去年到北京参加公安部的技术人才表彰会时在首都机场买的,一直没有看。

凌晨三点了,困意突然袭来,正想关灯睡觉,手机突然响了,号码显示0755110。

怎么这么晚单位还来电话?她有些疑惑地按下接听键。

“你好,我这里是深圳110,请问,你是市公安局法医室的林青吗?”

“你好,是我。”

“你认识陈远清吗?昨天晚上21点53分你与他通过电话。”

“噢……噢,认识。怎么了?”

“我们正在调查警察依法使用枪支案。刚才在龙岗坑梓有三名黑衣、假发、戴手套的犯罪嫌疑人盗窃了三辆汽车,便衣围捕时他们开车撞人,警察开了5枪,击毙一人、重伤两人,现场遗落的一部手机中有犯罪嫌疑人与你多次的通话记录,现在需要你配合调查处理。”

林青的头“轰”的一声响,随即失去了知觉。

等她苏醒过来时,已是第二天的中午,护士正在为她测体温,蔡队长半倚在病房的另一张床上等她醒来。病床头放着一大沓5R照片,照片上的男子侧躺在路旁的马路上,脸很干净,鼻子直且高,头部棱角分明,很帅气。

正是远清。

村妇联主席的心愿

蔡继东*

这天上午,天空忽明忽暗。国道公路上,一辆黑色小轿车由远而近,再由近至远向前开去。

车内,只有一位30多岁的中年妇女,她叫罗宋娣,是长春村有名的妇联主席。她,圆圆的脸蛋,浓浓的黑发,弯弯的眉毛,红红的嘴唇,白白的牙齿。只见她身穿一套黑色衣服,胸戴一朵白玫瑰,一脸期待,两眼有神。她移动了一下身体,手握方向盘,两耳静静地听着导航发出的“指令”——前方100米向左,直接到“风光墓园”。

“风光墓园”,坐落在祖国南方某城市,2013年清明节过后,更显得一片清静。殡仪馆、骨灰堂、祈求亭三座建筑物各占一座山头,成“品”字形,覆盖着这一块风水宝地。山上山下一排排墓碑宛若叠置层林。山底是一连片的清澈见底湖水,水中墓碑倒影装扮三平方公里的墓园,无论从空中,还是从地上每个角落观看,就是一幅山水画。有人称这是一道亮丽而又肃穆的风景线,到这里来观光别有一番滋味,有人说这“风光墓园”确是一块风水宝地,到这里来敬香香火旺,祈求心愿特显灵。

罗宋娣将小车停在指定的停车场。手提着“贡品”,向墓园半山腰东66区99号墓碑走去。

这个99号墓碑,外看像一座缩小的小门楼,全都是白色汉玉石雕刻而成。两旁门柱对联格外醒目。上联:光宗耀祖千秋在;下联:传宗接代万古存。罗宋娣先从袋里拿出毛刷,清扫墓地周围的灰土,再轻轻从篮子里取出亲手做的完整无缺的鱼(年年有余)、鸭(春江水暖鸭先知)和一块四方四正的猪肉(穷莫丢书富莫丢

---

* 作家、编剧。曾获文化部群文学会征文奖,曾创作电影文学剧本《中英街传奇》。

猪）放在三个瓷盘上，另三个瓷盘中分别放上三个苹果（平平安安）、三个橙（诚心诚意）、三个杧果（硕果累累），又斟满“高瞻远瞩”“运筹帷幄”“举世闻名”三样白酒，最后点燃三炷分别写有“邱家门弟”“光宗耀祖”“心想事成”高级檀香，双手将高香举过头顶，三次祈求道：“爸爸，你保佑我为你接个后吧！”然后，将3炷高香插进香炉里。接着，她把印有“天地通用银行”100万、1000万、10000万和100、1000、10000美金纸币，还特地请一位僧人画上一名高个子“保安”和一本“天地通用银行”存折，一并烧在旁边专用箱里。烧存折时，还默默告知存折密码最后六位数是“6363663”。确信禀告无错，像是办成一件大事。待高香烧至三分之二，罗宋娣第三次用她那双深情的手抚摸着那副对联，右手不停地在对联上抚摸，最后双手掌心在“光宗耀祖”四个字上停顿，脸上充满无限喜悦和没有过的期待与心愿……

罗宋娣在长春村当妇联主席已有好几年了。她爸爸邱世友还是一位烈士。每当罗宋娣工作遇到不顺心，家中碰到难题，或有什么愿望和期待，她都要到爸爸墓碑前摆酒敬一炷高香，还真的渡过了一道道坎子。这回本该是2013年清明节来扫墓敬香的，她有意选在“2013年6月6日”这一天，是特意策划和安排的。她想：2，在南方客家读音为“一”；0，读为“联”；1，读为“要”；3，读为“生”；6，读为“路”，“一联要生”“路路大顺”，有良好的心愿，就会有好的兆头。她想这是思路，有时候，思路就是出路，想到这些心愿，她暗中愉快起来。

俗话说，没有不透风的墙，若要人不知，除非己莫为！罗宋娣到“风光墓园”祈求心愿的第二天，长春村便有了风声：罗宋娣辞去了村妇联主席一职了。

罗宋娣不当妇联主席了，本不是大不了事，只是再选一个就是了。然而，村里却炸开了锅，群众七嘴八舌，议个不停：“你没看她肚子？”“肚子怎么了？”“有了哇！哎哟喂，还是妇联主席哪！”“好哇，干部能带头，我们还怕不敢生吗！”人的嘴就是两块皮，左说右说都有理。罗宋娣十分恼火。妈妈却说：“什么主席不主席的，讲那个能传宗接代？反正是人性化管理了，我们家也培养得起，不给别人增添负担。反正生个男孩比什么都强。你的两个哥哥要不是因公去世了，怎么会让一个姑娘在外面，日晒雨淋的。”直说得眼泪扑簌簌地往下掉。罗宋娣心软了，妈妈是个有贡献的人，为长春村集体致富，她失去了丈夫和两个儿子。只有罗宋娣是她唯一的亲人，不能使老人太伤心，她的现在这个名字，就是她妈妈帮忙改过来的，希望她送一个弟弟来啊。

她总算争了这口气，为了抓计划生育，罗宋娣前几年，跑破脚皮，磨破嘴皮，伤痛头皮，难怪搞计划生育的人说是“天下第一难”，真的是上面有压力，下面有阻力,抓得不力,就好比“老鼠钻风箱,两头受气”。不管怎么说,罗宋娣抓计划生育还是有办法的。曾一度也挂过这样的标语口号:“上吊不解绳,跳井不拉人,喝药不揭瓶!”先前她,你敢超生,她就敢罚,交不起钱的,搬家具、拆房子。那些怀胎的妇女谁见了她不躲躲闪闪?人称红椒辣的朱秀英,临产前,躲在娘家不回来,他们硬是开着车去,强行把朱秀英接回来,送进了医院做了引产。当秀英知道打下的是一个胖儿子时,又是哭又是骂:“你这个缺德的、刮毒的、绝孙的、断香火的,罗家怎么生了你这个丧门星,你老子绝了后,招个女婿又绝后,还想叫我们都绝后!”虽然挨了骂,但计划生育的先进单位总算保住了。搞工作哪有不得罪人的?唉!罗宋娣仰天长叹了一口气,自言自语道:“计划生育难,改变传统观念难,要冲破旧的习惯势力更是难上加难。”从此以后,每当罗宋娣走进村委会,她一见挂满“计划生育先进单位”的面面锦旗,凝眸张张奖状,心里总不是个滋味,将心比心,罗宋娣也是女人,也只有一个“千金”,她何尝不想生个儿子,又何尝不想张家李家有一个儿子呢!难道她情愿跟大家过不去,甘心做个恶人吗?不!这是一项国策,这是党员干部职责,她不能不那样做,一连几天,罗宋娣吃不下饭,睡不好觉,耳边时时响起,“老子绝了后,女婿又绝后”的咒骂声。她好几次跪到父亲墓碑前,痛哭流涕。

临近产期,村党支部书记罗定强三番五次上门,都被罗宋娣挡了回去。罗书记最后警告说:“说一千,道一万,你这个小孩没指标,是超生的,坚决不能生。你还是仔细地想想吧,你丈夫接到电报就会赶回来的。”

丈夫被一封电报追了回来。

夜,已经很深很静了,小两口躺着床上说了好多知心的话。罗宋娣生气地说:“你还不知道吧,朱秀英骂我们两代都绝后,难道你就忍心背这一辈子气!”夏烈把浴巾盖在罗美丽的身上:“宋娣,你看美丽长得多像你呀!”“丑的地方都是你的”“对对对,你不能说她是我们俩人的优点相加,才是这模样吗?”“……”“宋娣,你看我待你娘怎么样?”“什么怎么样?人家骂我们绝后,你说说我心里怎么样?”“宋娣,别和朱秀英一般见识,别和她一样狭隘!你是当过村妇联主席的,做过这方面工作的,什么叫绝后,美丽不是我们的后代吗?不是我们亲生的骨肉吗?她懂得多少?我给你说一个理听听:你知道我们为什么叫炎黄子孙?为什么称骨肉同胞吧!我给你做一道演算试题吧。我们俩人是 2 对父母共 4 人所生,4 人父母又是 4 对父母共 8 人父母所生,8 人父母又是 8 对父母共 16 人父母所生……如此上推,难道我们不是共一个祖先吗?现在我们家 1 个孩子,长大与另 1 家孩子成家,2 家孩子再成家生孩子,4 家孩子再成家再生孩子,8 家孩子再成家再生孩子,16 家孩子再成家再生孩子……如此下推,难道他们不是一个同胞吗?你想想:我国政界、科技界、文艺界的,以及世界政界、科技界、文艺界的女中豪杰该有多少?哪一个是没有文化涵养、没有素质的?儿女都是父母的亲骨肉,有用无用不在是男是女的性别上,而是靠基本素质,靠文化知识。生男生女真的都一样,按照现时计划生育政策生一个、依法生两个,都是执行《中华人民共和国人口与计划生育法》,这是法定的一项国策,我们每个公民贯彻落实就是了,服从就是了。没有小孩的,按规定领养也无妨。即使没有生,有血缘关系的、同一个祖先的、同是骨肉同胞的,还不是同一个中华民族大家庭吗?还不是称炎黄子孙吗?俗话说,没有规矩,就不成方圆。”

罗宋娣一直听着,不觉翻过身去,语气有些低沉:“不管你怎么说,别人生,我也生,别人罚得起款,我也交得起钱。”夏烈坐起来靠在床上,他点燃一支香烟,望着吐出去的烟雾,思索着:烟啦,烟,你不是有毒吗?大家都认为不抽好,可却就有人抽。都知道计划生育好,都知道男女要平等,可就有人非要生男孩不可,传统的观念,陈旧的习惯,为什么就这样根深蒂固?他温情地望着罗宋娣,抚摸着母腹中蠕动的胎儿,多可爱的小生命啊!夏烈望着泪水汪汪的妻子,劝道:“宋娣,实话告诉你吧,我也是巴不得生一个男孩啊!你的父亲,你两个哥哥都因公献出了生命,剩下你母女俩,里里外外,进进出出,要是真有个男孩,不说是接代,就是帮帮你们干点重活或怎么的,我心里也是个安慰。你是做过计划生育工作的,你知道十年内乱中,错批一人,误增三亿吗?要是从那时抓起,人口就不至于有现在这么紧,可惜太晚。但如果再下去,人口恶性膨胀,我们民族哪能振兴?现在计划生育的国策没有变,你我都是共产党员,都是当过干部、受过教育、通情达理的,怎么能……”“够了!够了!够了!你给我少讲这些大道理,我比你说得还多,讲得还好、还深刻哩!”“那岂不更好!啊,宋娣,你忘了,你抓计划生育工作的先进事迹还登过报,上过电视啊!你这样做,怎么再做别人的工作啊?”“怕什么?妇联主席我辞了,党员我……房子垮下来我挡,天塌下来我顶……不要你掏一分钱!”罗宋娣的眼泪一串接一串地直往下掉。

“你……你……你……,你怎么变成这样了?”

“我……我……我怎么样啦!还不是为了你!”

“为了我,你就听我的,明天跟我一起去引产!”

“引产?”

“……”

“你去当你的官,享你的清福去吧!你怕丢脸,我不怕!我不连累你,你去守官过一辈子。”罗宋娣从未发过这么大的火,她越说越气,声音越说越高,好像什么都不顾。

“妈妈！妈妈！”女儿被吵醒了。罗宋娣的母亲也爬起来了。罗宋娣深深地亲了亲女儿美丽的小嘴，紧贴了下热乎乎的脸蛋，猛一甩手，拉开门跑了出去。

“烈儿，天亮了，你们吵了一夜。你当我年老耳聋不管事？宋娣的主意是我给她出的，我有责任，你不能全怪她……我都听到了，你还不快去找宋娣，万一她……”

“罗宋娣——！罗宋娣——！”夏烈一边喊，一边寻找罗宋娣。村里的人都哗然了。

“出什么事了？”

“吵架了，罗宋娣两口子吵架了？”

“夏烈昨晚才回来，怎么就吵起来了？”

大伙儿都帮夏烈找罗宋娣。忽然，一位妇女提醒道：八成是到“风光墓园”去了。接着在“风光墓园”半山腰东 66 区 99 号墓碑的不远处，站满了带着各种心情和无限期待的乡亲。

夏烈心里一阵难过，两眶眼泪一颗接一颗地往下滚，他摇着罗宋娣的肩膀，颤抖着说：“是我对不起你，宋娣，你想开点。”

罗宋娣扯起衣襟，擦了擦眼泪，低下头。一串羞愧的泪水滴在她爸爸的墓碑上。

夏烈挽起罗宋娣的手，步履艰难地走进停在路边上的“计生专用车”，径直向市“计划生育手术中心”奔去……

港口纪事

许　评*

港口村是皖南赣东北的一座小山村。距离江西浮梁县60公里,距离安徽塔县8公里。港口村里有不少安徽媳妇,柴米油盐酱醋茶大多是安徽的牌子,更像是皖南的一座山村。邻县婺源在一夜之间爆红,号称是最美的乡村,吸引了大批游客。村里有人去了回来之后感叹:婺源坑口村算得了啥,不就是港口30年前的翻版。没想到老房子这么值钱,城里人也真是奇怪哦,小洋楼看不上,偏偏爱看老房子。村里人唏嘘一番,叹命运弄人。

港口村,两条小溪在港口交汇,也是徽商重要的码头。大山深处的木材、茶叶、竹子、山货沿着水路下来,顺流而下去浮梁、景德镇。走陆路,经过经公桥镇走九江、芜湖。中华人民共和国成立后,水运渐渐衰落了,尤其是206国道建成后,码头渐渐消失了。

一

初次来港口村是1998年的夏天。那个夏天整个江南沉浸在雨水中。那年我和单位同事纪老师拍拖,纪老师喜欢描述港口村里的大山,小时候在大山深处的生活,勾起我对港口的遐想。

“港口村周围的山很深很大。”她挂在口头。

“多大多深?”我好奇地问。

“你去了就知道了。”

感谢那年的大雨,放假了,可是水却阻挡了归程,也是她留下的最好的借口。

---

* 教育工作者,文学硕士,深圳市盐田区作家协会副主席。

湿漉漉的天空，弥漫着水的气息，同时也荡漾着细细缕缕的情思。我总是忍不住去单位分给她的那间小屋，窗外的雨的世界，小屋内说着不着边际的话。谈恋爱，我觉得这个谈用得很妙啊。恋爱是饶舌的，而恰恰是无意义的饶舌，日后才是最美的回忆。看看鲁迅《两地书》无非就是一些家长里短，情人间的那些琐屑的、无意义的话，却成为最动人、值得铭记的。可是没多久，家里电话把她召回去。她的外公病重。

她匆忙回港口了。三天后，我来到了港口村。

从景德镇到经公桥镇 60 公里。

班车就一直往山里走。206 国道在大雨的浸泡下，不少地方出现了塌方。山路盘旋，一座座山扑面而来，又扭头而去。远处的山迷蒙在烟雾中，笔直的杉树像卫士一样铁青着脸。车子不时缓缓地绕过山上滚落的巨石。60 公里足足走了三个钟头。抵达经公桥镇换上了农用的三轮车。三轮车突突地冒着黑烟，在山间的机耕道上艰难跋涉。双手紧紧抓着车斗里简易的棚，绿绿的稻田散落在山脚下，远远可见村庄的黑屋顶、白墙。三轮车喘着粗气慢慢爬过山坡，又颠簸着下山，坑坑洼洼山路，泥水四溅，司机已经习惯了，握着方向盘，也不避让水坑。经过近一小时跋涉终于走完了五公里。

抵达时候已经是下午。

纪老师的外公去世了，家里人都在忙碌着。她眼睛红红的，见到我忍不住笑了。

“你看，你脸也不擦擦。”她用手擦去我脸上的污渍。

港口村在经公桥镇算是大村，有 700 多户，两条小河在村子交汇，村口不久前建好了一座水泥桥。群山环绕，山脚下散落着水田，家家户户院子后有着大小不等的菜地。可能是电力不足，晚上村口桥上几盏灯忽明忽亮。纪老师不让我走远，说雨后蛇多。整个山村沉浸在暗夜中，四周黑黢黢的山，巨大黑影笼罩在山村。稀稀疏疏的灯光抵挡不了夜的黑，抖抖索索的。山村静静匍匐着，耳边是各种虫鸣汇成的声音洪流。

“这四周是叫什么山？”我问。

“不知道，从小大人就说这山很深。”纪老师幽幽地说。

不久，我离开了景德镇去西北读书，距离港口村 3000 公里。

但是港口的大山深深印在我的脑海里，谁能料到港口将成为我生命中一部分呢？

再次来到港口已经三年后了。

二

这期间纪老师去了深圳,我也在深圳落了脚。2001 年的暑期,我俩结婚了,我和妻子一起回到港口村。

夏天的港口村很宁静,港口静静卧在群山中。北山一条小溪欢快而下;西山另一条小溪蜿蜒而下,在村中汇聚,水势变缓、变宽,形成一条颇具规模的河,向南而去。村里人在下游修了一座水坝,蓄水发电。由于定期开闸、关闸,小河水流定时地涨落。纪姓、汪姓是村里大姓,此外还有不少是 20 世纪修新安江水库移民,一些黟县、歙县因自然灾害迁移而来的难民。20 世纪 90 年代改革开放的大潮席卷了全中国,偏僻的山村也被搅动,村里的年轻人大都南下深圳,东去上海、浙江,村里留下的是大都是老人与孩子。与三年前最大的变化是,村子里零星竖起了不少现代的小洋楼。

假期的生活是慵懒的。我一点点熟悉起这个山村。岳父家邻居有一对堂兄弟,才上一年级,哥哥叫陆伟。胖脸蛋,小眼睛。陆伟好吃,鼻子下总挂着两条长长的鼻涕。弟弟因头上有三个旋,大伙叫他旋旋,性格倔。兄弟俩每天总会到岳父家报到。

今天,村子里静悄悄的,村里养不住闲人,妻子和我却是难得的闲人。兄弟俩又来了。

“来给我抬抬脚。”妻子笑着对陆伟说,拿起纸巾擦掉挂在嘴边的鼻涕。他机灵地把妻子一条腿扛在肩上。小手还捏捏。

“给我五毛钱,我要吃冰棒。”他伸出黑黑的小手。

“姐姐,我也给你扛脚,不要钱。”旋旋抢着说。

陆伟瞪着旋旋,旋旋伸出拳头示威。两个小人厮打起来,扭成一团。

妻子倒是在一边看得有滋有味。

“谁先松手,钱给谁。”妻子抽出一块钱。

两个扭在一起的小手顿时放开了。

妻子给了一人一元纸币,两人欢天喜地跑到村口小卖部买冰棒去了。

我责怪妻子不该指使孩子。

港口村没有什么工业,小河清澈,由于河流被村民承包,乡下常见的电鱼、药鱼行为不多见,小河里鱼虾颇多。

我爱钓鱼,特别中意这里山清水秀,安静祥和。准备好渔具,每天上午寻得浓荫处垂钓,算是逍遥自在。几次下来发现乡下的野鱼爱吃蚯蚓,城里的饵料竟然不管用。每次钓鱼都为挖蚯蚓烦恼。

“给姐夫挖蚯蚓,给你五毛钱。”

“不行,要两块钱,小店好吃的冰棒要两块。”陆伟狡黠地说。

“那,你挖两次我给你两块。”

“那,一次我只挖十条。”他挠挠头。

“我给姐夫挖许多,只要一块钱。”旋旋骑小车过来。

陆伟又和旋旋厮打起来。

假期生活有了这对堂兄弟做伴,也是蛮有趣的。小兄弟总是缠着妻子,总是要她说说外面的世界。妻子说:“陆伟、旋旋你们以后谁的成绩好,我就带谁去深圳。”

他俩使劲点头,说一定要像姐姐一样考学出去,离开大山,去深圳。

三

2003 年暑期回到港口。这对堂兄弟,天天黏在岳父家。到了饭点,看着饭菜,陆伟挨在桌边不走。妻子说:“陆伟、旋旋,一起吃饭。”

陆伟很老练坐在条凳上,喊着岳母装饭。

旋旋不敢,说妈妈不同意。

一溜烟跑了。

陆伟的肚子总填不够。惹得岳父老是吓唬他,再吃就成小猪了。

2004 年暑期,我们没有回港口村。却意外地接到陆伟打来的电话,问我们什么时候回家。当时正忙着买房、装修,接下来是儿子出生了,儿子太小很长一段时间没有回港口。听岳母说,陆伟上学很调皮,语文数学考试也只有 70 来分。旋旋读书认真,语文数学均是在 90 分以上。我心里想,真是应了老人的话,旋多人聪明。

再次听岳母提起陆伟是在 2007 年春节后了。

岳母说他已经学会了抽烟、喝酒,甚至上课打老师。他在经公桥镇读书,经常逃学上网吧。家人、老师根本管不住,还生了一场病。

“村里不是有学校吗?”我不解地问岳母,“怎么到镇上去读?”

港口村小学原本在村中心,1 ~ 6 年级曾经有 400 余人。妻子领我参观过这所村小学,一栋两层楼的木楼。妻子说:“因为教学质量好,当时十里八村的孩子都在港口村小学读书,由于人多,20世纪90年代村里在桥头开了一块地,通过多方筹措20万元建了一所五层楼的新学校,可容纳25个教学班。我印象最深的是新学校里有棵树龄达500年的银杏树,村里人把这棵银杏树称为神树。每到夏天高大的银杏树上满是小伞般的绿叶组成一张巨大的伞。每次走在这棵浓荫四蔽的银杏树下,我总会肃然起敬。"

……

"新学校不是挺大的吗?"我问。

"这几年学校五、六年级都招不到人了,好一点的去了县上读,条件差一点的就去镇上读了。"岳母摇摇头说,"小小年纪就住校,花费比以前读书时候大多了。"

儿子四岁那年,我们带儿子一起回港口。

景德镇到经公桥已经通了高速,经公桥镇到港口也有了水泥路。岳父也买了一辆小车,载客,跑运输。岳父接我们回港口,只需要一个小时。路上,岳父絮絮说起港口村里的事情。某某在深圳发了财,某某在杭州开了工厂回来盖了洋楼,某某家娶了外面的媳妇。车子在新修的水泥路上急驰。我问起陆伟近况,岳父摇头说,陆伟已经不读书了,天天瞎混。

车经过经公桥,街头站着一群小青年,发型怪异。

岳母说:"你看那穿黑衣服的就是陆伟。"

透过车窗,陆伟身量接近成人,头发用定型水固定成"小贝"状,嘴上叼着烟,同一群青年聊天。

"陆伟,已经成为彻头彻尾的混混。不可救药了。"岳母摇头。

"旋旋呢?"我问,"小时候读书挺好的。"

"旋旋在镇上读书。"岳母说。

那年暑假,陆伟、旋旋忙着闯荡自己的世界,竟然一次都没见到。每次钓鱼,挖蚯蚓的时候,总会想起那只黑乎乎的小手。

四

回港口次数多了,慢慢喜欢上这座安静的小山村。

群山环抱,小溪潺湲。住久了,时间仿佛停滞了。绿树荫浓夏日,在巷子深处,放一张躺椅品茗读书,很惬意。一次读到古老的《击壤歌》时,"日出而作,日入而息。凿井而饮,耕田而食。帝力于我何有哉"。突然感到时光仿佛凝固,古老的先民自得自怡的神情就在眼前。

村里路面硬化越来越多,挖蚯蚓颇不容易,我对妻子说:“要是陆伟和旋旋在多好啊。”

2011 年,一个夏天傍晚时分,我们一家三口在村口桥头散步。陆伟的大伯在桥头建了小楼,一楼开了一间杂货店。每当夜幕降临,一天的暑气慢慢褪去,忙碌完一天农活儿的村民们摇着蒲扇,端条凳、拿躺椅,或躺或坐,三三两两地在桥头乘凉。桥这边人声咯咯,桥那头虫鸣喧嚷。夏天的山村是热闹的,更是闲散的。

凉风习习,水流潺湲。两岸的青黛色的连山沉静在水的世界。桥下有四只小鹅,悠闲地戏水,从容在岸头梳理羽毛。戏水的孩子早已回家,现在整个水面都是属于它们的。

夜色浓重,星星现了。大都市的灯光太明亮,看不到这样漫天的星星。萤火虫一闪一闪,轻盈的光简直就是曼妙的舞蹈。“轻罗小扇扑流萤”,这样美的境界久居城里的我是没有体验的,城市的空气太污浊,是不会有萤火虫的。

孩子们喜欢追逐萤火虫。虽没有轻罗小扇的优雅,但更有情趣。我突然想起了几年前夏夜,正是水稻灌浆的时候,岳父带我去家里的水稻田灌水。稻田的上空飞舞的全是闪着荧光的小精灵,我从来没看过如此多集聚在一起的萤火虫,我痴痴地想,莫非它们在开一场盛大的舞会。雄浑的蛙声是领唱者,千百种昆虫汇成各种声部的合唱,而它们就是闪亮的伴舞。我被这盛大而曼妙的美震撼了,这就是大自然,港口村的夏夜。

妻子、儿子、我在桥上慢慢走。

凭栏远眺,黑的山,平静的水面;亮的星,飘忽的萤火虫;依稀的灯光,咯咯的人声,一切和谐在美丽的夜中。夜隐藏了粗陋的小楼,横七竖八的电线,山村消融在黑色的夜里。

今夜远处的群山只剩下了黑魆魆的影子,小河弯弯消失在山的尽头。妻子说,以前是一座木桥,遇洪水木桥被洪水冲垮,村民进出要摆渡,终于建成了这座石桥联拱桥。两个桥墩上架着两个大拱,像张在水面的巨弓。在岸边各有两个小拱,便于排洪。平时水位很低,这两个小孔就成了村里恋人的圣地。妻子还津津有味谈起以前村里热恋中的男女在洞里情不自禁的趣事。

多美的夏夜。没有都市华灯璀璨,有的是漫天的星星;没有繁弦急管,有的是满山的虫鸣;没有灯红酒绿的夜生活,有的是悠闲而简单的生活。这时候你只要静静站在桥上,沉静在这个喧嚣而充满活力的世界。

一阵光束从桥头直射过来,一阵刺耳的刹车声,打破夜的宁静。一辆红色的昌河面包车“吱”停在桥头。哐的一声关上了车门,啪的,车窗碎了。“车钱,我的窗户。”司机是一名老者。

“陆伟,你做吗的?”乘凉的人认出了陆伟。

“少废话。”陆伟恶狠狠地说。

陆伟一脸怒容向家奔去。再回来的时候,手里拿了一把菜刀。

“别挡我,我要杀了他。”陆伟完全进入了一种癫狂的状态。

陆伟爸爸想拦住他,他一把推开,疯狂向村口跑去。

事后,我才知道是别人怀疑他偷了手机,并打电话向他爸投诉。陆伟一怒之下,拿刀砍人。

那一年的夏天陆伟好像很忙,总不在家,旋旋倒经常遇见。他身高已经超过1米75,很瘦,着短衫,牛仔裤,脚上是一双大大的拖鞋。我除了翻翻闲书,爱在村口小溪钓鱼。旋旋也经常拿着他爸爸的鱼竿,和我一起钓鱼。

我问他成绩怎样。

他支支吾吾不肯说。旁边的小胖笑着插嘴:“他考了倒数,老师劝他明年不要读了,昨天他老爸还狠狠揍了他一顿。”

旋旋满脸涨红,扬起拳头:“你找打,胡说。”

旋旋长大了,变得沉默了。

问一句,答一句,不过他喜欢钓鱼。还听岳母说,他有一次逃学,钓鱼。结果被他老爸狠狠揍了一顿,把鱼竿都打断了。

港口村就这样频繁走进我的生活。我特别喜欢她的宁静与闲适。每到暑假,心里总会感受到她的召唤。有时候妻子笑话我:“没见过女婿这么爱回岳父家的。”

虽然在景德镇生活了近30年,但是从来没有故乡的感觉。十年前,父亲、母亲回到了绍兴老家后,而我一直生活在深圳,人家问我是哪里人?

“深圳,绍兴,景德镇?”似乎都有联系,但是好像又……

何处是故乡?

“心安处便是故乡。”脑海里总会冒出这样的念头。

五

2013年暑假,我们如期回到了港口。

一个长得很像旋旋的小孩经常来到家里。

“杰杰,你旋旋哥呢?”妻子问。

他是旋旋的弟弟，今年五岁。骑着三轮自行车在岳父家门前的院子空地上玩耍。杰杰与旋旋很像，眼前有点恍惚，12 年前，旋旋也是这样骑着车。

“他去浙江打工了。”杰杰憨憨地说。

不知道他头上是不是也像哥哥一样有三个旋。

近几年，村里开展新农村运动，村容村貌有了变化。桥头的垃圾堆被清走了，家家户户用上了自来水，村里硬化的路面也专门请人清洁，干净了不少，甚至在村外还专门出现了一个焚烧垃圾的炉子。变化最大的是家家户户开展了造楼运动，村里的格式新潮的洋楼次第建成。村里的宅基地变得越发金贵，由于缺乏统一规划，出现了不少类似深圳的握手楼，小巷深处的青石板彻底消失了。

虽然有了自来水，可是村里人还是习惯到河边洗洗涮涮。桥下河边铺上巨大条石，方便村里人洗衣服、淘米、洗菜。天蒙蒙亮的时候，村里妇人就拎着满桶的衣服，桥下就响起了声音，村子是被捣衣声唤醒的。河边捣衣声，伴着潺湲的溪流流去，不觉想起“长安一片月，万户捣衣声。秋风吹不尽，总是玉关情”诗句来，万户捣衣声勾起诗人独在异乡无尽秋思，千百年来慰藉了多少游子的心。如果说诗人的捣衣声是充满诗意的、审美的，那么港口村民捣衣声是生活的、平凡的。村里的媳妇把衣服平铺在条石上，手持砧板敲打衣服。在此起彼伏的“捣衣”声中，女人们传递着在外务工亲人的音信，絮叨着琐碎的家长里短。

我去河边给妻子送肥皂。妻子叫上了在桥头发呆的陆伟。

“姐夫。”

陆伟静静坐在河边，掏出一包中华烟，递给我一支，我摇摇手。他慢慢点燃了香烟，深深吸了一口，吐出了长长的烟圈。

“不管你在外面怎么混，都不能打骂父母。”妻子一边敲打着衣服一边说。

陆伟嘴上叼着烟，抬头看天。脸上少了暴戾之气，稚气脸庞显示他还只是一个孩子。妻子絮絮叨叨地说着，他静静地听着。

“姐姐，我就是不愿在家里待着，我就想离开这大山，我要出人头地，不想别人看不起。”

一支烟很快燃到尽头，食指老到一弹，香烟划出一条弧线落在水面，发出了轻微的“嗤”声，慢慢随着水流漂。

“你的病，好彻底没有？一天到晚不着家，好好养身体也比你在外面瞎混强。”妻子劝慰道。

“现在管不到了，我要给那些看不起我的人还以颜色。”陆伟又点燃一支烟，愤愤地说。

妻子生气拔走陆伟嘴里的烟,扔在水里,大声说:"抽烟这么凶,要不要命啊。"

后来我才知道,陆伟初中时候感冒发烧没有及时治疗,得了肾炎,治疗了很久,也没有根治。

2014 年的春节岳母从港口返回深圳又说起陆伟。由于聚众斗殴,砸毁别人车子,被逮捕,判了一年。妻子深深地叹了气,他这样迟早是要进去的,想不到这么快。那一年的夏天,我们刚进港口村,陆伟就来打招呼。

"姐姐,姐夫你们回来了,我前两天刚出来,等你们回来,明天我就走。"脸庞白皙,小眼,小鼻子,脸上有点浮肿。

"陆伟,你出来就好好在家,不要惹是生非。"妻子说。

陆伟手机响了,接了电话匆匆走了。

后来听岳母说,陆伟被捕入狱后,家里人多方打点,托人情好不容易办了保外就医,前两天才回来。他一点也不愿意在家里,一出来就和这些狐朋狗友在一起,他妈妈以绝食相威胁,才回港口的。

第二天,岳父去市里送人,陆伟爸爸打电话给岳父,让岳父顺路捎回陆伟。

"陆伟现在一点都不乖,根本待不住,在家里住了两天就嚷着要走了。"陆伟的爸爸对岳母叹气道。

陆伟家今年在河对岸盖了新楼,赊欠了不少工程款,为了尽快还账,陆伟爸爸跑起长途,为浙江一个工地包工头开泥头车,没日没夜奔波在路上,为了陆伟,夫妻俩费尽了心思,可是这个崭新的家,并不能拴住陆伟那颗闯世界的心。

今年太热,延续了 20 多天的高温天气,整个港口村像一个巨大的蒸笼。由于村子里竞相建小楼,没有规划,各座小楼,比着色彩、样式、高度。通风、采光、朝向都让位于紧缺的宅基地,造出的小楼已经如同深圳的握手楼密不透风。至于古代村庄所讲究的前厅后院,树木环绕早已经让位最基本的生存,这加剧了的炎热。

不久,我出现了中暑的症状,身子恹恹的,乏力,食欲差。清晨太阳一出来,地上像下了火。炎阳炙烤着大地,闷热无处可躲。妻子从邻居家借了躺椅,让我躺在村巷道里乘凉。村子里密密麻麻的房子,巷道弯曲、逼仄,往往仅能容下一人。楼里热得厉害,巷道阴凉处还有些风。躺椅边有一条小白狗,横卧着,眯着眼,惬意得很。妻子有点怕,想赶走它。

"这狗真会找凉快,"我躺下说,"别赶走它,与它共凉吧。"

小白狗甚至连眼睛都懒得睁开,一动不动。

我和妻子说着闲话,陆伟穿过巷道,叼着烟,光着膀子,一件汗衫随意搭在肩上。

“姐姐，姐夫，这里好凉快。”

“坐下来，我们聊一聊。”妻子指了指身边的门槛。

陆伟坐在门槛上。

“我烦死了，每天在家里，都不知道以后做什么。”他深深吸了口烟，青烟一点点从鼻孔里冒出来。

肩上一道刺目的伤痕，大腿上也有同样刺目的两道疤痕。

“你这缝了多少针？”我指着他的伤口问。

“大概四针吧，记不清楚了。”他手指夹着香烟，淡淡地说。

“你是不是打架呀？”妻子摸了摸他的伤痕，恨恨地说，“你还能挨多少刀呀！”

“给别人看场子，留下的，现在不像以前那样傻。”陆伟说，“进过号子，沉稳多了。”

“号子里有人打你吗？”妻子问。

“有大哥罩着好多了，号子里认识不少好友。就是伙食太差，家里人花了很多钱，才吃上了小灶。”他轻描淡写说号子里的经历。

“号子里有好友，有好人？”妻子吃惊地问。

“当然都是坏人，政府不会冤枉一个人，我也不是什么好人呀。”熟练换了根烟，“啪”点上，深深吸一口。

电话响了，陆伟接着电话走了，远远还听见“号子里……接风，洗尘……”，声音慢慢消失在巷子的深处。

惧怕这样的高温，更没想到大山深处的港口也这么热。白天太热无处可以钓鱼。晚上在桥上乘凉，看见桥下有人在夜钓。银光漂在浓浓夜色里随着水波一漾一漾。下桥，夜钓者是村里叶村主任，聊起夜钓颇为相投。叶村主任也劝我夜钓，权当作乘凉。桥下凉风习习，桥头的灯光投射到平静的水面，显得有些迷离。村头的黑黢黢的山倒映在水面，随着水波弯曲、变形。

我喜欢这样的环境。

叶村主任劝我也试试，甚至热情地把夜光漂借给我。

晚上我也尝试夜钓。

入夜，八点半以后，河边洗浴的人渐渐散去。整个小河宁静了，我开始尝试夜钓。夜色沉沉，微风习习，夜光漂发出幽幽的荧光，站立在水中。人散去了，不时有鱼越出水面，搅动水面。周围是山野的虫鸣，宁静的夜，钓的不只是鱼，而是一夜的夏。

九点半左右，整个村子已经入睡，除了几家爱打牌的还在战斗。

妻子不放心，来看看我，后面还跟着陆伟，手上燃着烟，一短一长的影子下来。

“姐夫钓到没有？”陆伟看看水桶，“钓鱼无聊，守着多累呀！”

妻子示意陆伟坐下。

“陆伟，你要寻事做，不能总是这样。”

“我好烦，不知道做什么。”

“学学旋旋，打打工也是出路，听人说旋旋在浙江一家服装厂做事也挺好。”

“打工，三五千哪里够花，我打不了工。”他扬了扬手上的烟说，“还不够我抽中华烟的开销。”

接着又燃起一支烟。

“你烟抽得太狠，坐在我下风，熏得我难受。”妻子说。

陆伟换了位，慢慢说起自己这几年的经历。

“我就是要出人头地，乡下这个地方不狠，别人看不起。”深深吸了口烟，暗红的烟头在夜色里一亮一亮。

妻子问起今后的打算，他慢慢说：“除了做老本行，还能怎样？”

“你还替人看场子（赌场），你不要命了，听我的，找些正经的活路。”妻子劝道。

“那钱来得太慢，我现在还欠人家十几万。我打算开场子。”烟燃尽，他又拿出一根叼在嘴上。

“肾炎，现在好了吗？”

“现在顾不上了，也没检查，不管它。”哗，火光一闪，他点燃一支烟。

……

夜深了，浮漂很久没有动，我收工了，陆伟帮我提桶，一只手灵巧把香烟屁股弹出，香烟屁股带着一条弧线落进水里。

六

第二天，我们在吃早饭。

一个剃着马桶盖的小男孩，探头探脑。

“杰杰，等会儿我们一起打牌。”姨妹的儿子从椅子上跳下来。

小男孩，大眼睛，忽闪忽闪。脸上表情很丰富，杰杰已经长高了很多，比起前几年，他不再怕人。

“杰杰，旋旋哥哥回来了吗？”我摸着他脑袋，笑着问。

“回来了,在家里玩电脑。”他扭动身躯,歪着脑袋说,“姐姐,你回来玩?”

妻子笑着问:“杰杰你的脑袋谁剃的?”

“妈妈剃的。”他飞快跑了出去。

白天桥洞下清凉,我拿一张小凳坐在桥洞下钓鱼,甚是凉爽。一高个年轻人也时常在桥洞下钓鱼。

“旋旋,陪姐夫钓鱼啊!”妻子给我送西瓜,大声说。

“姐姐!”旋旋低头叫妻子。

“你不认识了,他就是旋旋。”妻子一边把西瓜递给我,一边说。

“姐夫!”旋旋羞涩地喊了一声。

旋旋的个子近一米八,瘦。妻子也拿了块西瓜给旋旋。旋旋低头拒绝,“给!”妻子塞在他的手里。

“谢谢姐。”他放下鱼竿接过西瓜。

我们陆陆续续聊了些读书的话题。旋旋说早已经读不进书了,成绩又差,去浙江打工,在一家服装厂里做普工。

“陆伟与你联系过吗?”妻子问。

“他看不起我,说打工没出息。”旋旋吃完瓜,双手合起,舀起水簌簌口,用手擦擦嘴说。

晚上,我们一家三口在桥上乘凉。

陆伟的父亲匆匆走过,妻子问起陆伟。

“陆伟在经公桥惹事,把人家场子砸了,他要自己开场子。”他焦急着说,“我让他去九江楠楠(陆伟的姐姐)家,避避风。陆伟是保外就医,一旦犯事还要进去。”

陆伟爸爸匆匆走了。

耳边又回荡起:“姐姐,我给你扛脚。姐夫,我给你挖蚯蚓。”

七

2015 年春节小舅子结婚,在港口过春节。

春节的港口是喧闹的,村里人从四处赶回来。村道上停满了小车。港口村里的旧房越来越少,几乎家家户户起了二三层的小洋楼。村里建设没有规划,颇似深圳的城中村,密密麻麻的小楼,割裂了天空。

在村口的桥头遇见多年不见的旋旋。

“旋,你怎么这样的造型?”妻子像发现新大陆般。

蘑菇头,头发还染成丝丝缕缕的金黄。外套着一间黑色的西装,一条窄脚裤紧紧裹住两条腿。

“还是爱马仕皮带,一身名牌啊!”妻子笑着指着他露出的皮带。

“假的,”旋旋露出我熟悉的羞涩笑容,“姐不要笑话我。”

“穿这么时尚,是不是太冷了?”我问。

“有一点点冷。”

如今他在浙江一家工厂做机修,收入还好,就是存不了钱,花钱地方太多。桥头上是不断进出的车,让人看得眼发瞭乱……

春节港口村是热闹的。

按照惯例,每年初四晚上要舞龙,迎财神。这是村里春节最隆重的文化活动。今年虽然空中飘着雨,但是阻挡不了大家的兴致。夜里九点后,随着锣鼓声响,两条金黄色的纸龙沿街穿巷而来,从不同方向绕村一周。每到一家必然是鞭炮响彻,烟花绽放。每条龙计十余人,每龙前面有一人持灯笼做珠子状,四五人敲打铙钹。叮叮当当的声音响起,两条龙随着节奏翻动,动作并不繁复。每到一家门口,鞭炮响起,每家似乎都在比谁的鞭炮响,谁的彩头就多。最后两条龙汇聚在村“文化中心”前的广场上,最兴奋的是孩子,甚至不顾雨,来到雨中摸摸“龙”身。龙做得并不精致,舞得也不精彩,但是观众还是很尽兴。

此时舞龙进入最高潮,村文化中心的夜空被烟火点亮着,伴随着呼啸声,烟花在夜空中次第绽放,引得村民一阵阵喝彩。

夜深了,烟花与鞭炮声渐渐零落下来。雨丝在昏黄的灯光下有点迷离。音乐声渐渐停了,烟花也消失在暗夜里。人群渐渐散去,巷子里依然是幽深、昏暗的灯光,村子里渐渐平静下来。

雨停了,浓重的硝烟味在村里弥漫着。鞭炮、烟花的红纸屑铺满了村道。睡不着,习惯性来到桥头。四周矗立的群山黑影压过来,除了远处零星的鞭炮声和腾空而起烟花,一切沉浸在夜的浓重影子里。桥头灯光穿透了夜雾,拉出长长的影子。

“下雪了!”

雪花慢悠悠地落下了,伸手,雪落入掌心即化。灯光下,雪花像飞舞柳絮渐渐紧了。

我想明天港口一定是银装素裹的世界。

阿　牛

许　评

搬进小区后，最先结识的是阿牛。

阿牛年近50岁，梳着广东人特有的大背头。很热情，在电梯里偶遇，他总是吃力地用一种港式的普通话与我搭腔，一开始我不太听得懂他说什么，只是咿呀咿呀地应付几句。

他住在我的楼上，经常看见他牵着一老妇人在院子里散步，我则牵着刚刚学步的儿子走，小路上不时相逢。他总会俯下身子逗逗儿子，用不熟练的港式普通话夹着手势。儿子往往被吓得大哭。

一次，儿子对院子里池塘里的青蛙兴趣正浓。阿牛突然敏捷地抓住青蛙，把青蛙放到儿子眼前，儿子大哭。阿牛哈哈地笑："青蛙，青蛙，给你青蛙。"

从此儿子见到阿牛扭头就走，伴着阿牛特有的笑声大喊："青蛙，青蛙，青蛙在哪里？"这样我们渐渐熟悉了。

我一直以为他是香港人，总看见他开一辆粤港两地牌的沃尔沃。

阿牛极为健谈。一次我在小区楼下看报纸。耳边传来阿牛特有的腔调："你好爱看书哟，我可是一点看不懂。"

虽然我不大听得懂他的话，他也听不太懂我的普通话。伴着手势，我大约知道，他是本地的暗径村民，以前一直在深港两地开大货车。现在在村里办的公司上班。

"你们读书人真好，能看懂这么多东西。"是他最常说的话。

他总爱与我聊以前的生活。在梧桐山植树造林、种田等艰苦的生活。说起以前梧桐山下的欢快的小溪，以及每次去山边种田，晃悠悠跨过两块巨大的青石板铺成的小桥种种冒险乐趣，总是眉飞色舞。

此时的他，颇为健谈。虽然我不能全听懂，但是我能感受到他对一种逝去的生活的留念。

一次,他突然来找我。

因为沙头角城中村改造,他家里的一栋自建楼在拆迁中遇到了不公平待遇,他要维权,村子里委托写材料。他来找我,花了近半个钟头,陆陆续续把事情讲清楚后,他要我给他写写材料。我按照他的意思,写了简短的材料,他千恩万谢。

一段时间后,他来找我,兴奋地说:“问题解决了。”又说了很多感谢的话。

他的妻子总是在晚饭后去区政府广场跳舞,人很年轻,长得端正。

我遇到他总爱与他开玩笑:“你的老婆这么靓,天天跳舞,你也不怕她跟人跑了?”他嘿嘿地笑:“我不喜欢跳舞。”

一语成谶,不久就听人说他的年轻妻子离开了他。

那一段时间他迷上骑自行车。

我开车在梧桐山路上盘旋时,总看见他吃力地在山路上蹬着自行车。山路上车道窄,他一人骑车,结果挡住了一溜小车,车子上喇叭不断,他倒是一副不管不问的架势。回来,我看见他汗流浃背扛着自行车,打趣道:“你的境界真高,你玩车的时候,我们骑车;等我们开车了,你就骑车,高呀!”

他露出特有的笑容:“嘿嘿!”

阿牛,他特别有正义感。

小区三期正在建设,每夜灌浆、浇筑,发出的噪声,真是挺折磨人的。

那一夜,建筑工地连夜施工。

阿牛彻底激怒了,据说他投诉到区长办公室。他还拉着政府同志来他家感受噪声,尤其是他年迈的老母亲,刚刚出院,被噪声折磨得整宿没睡。

这次以后,三期工地的噪声得到了控制,浇灌车也移到山脚。

我遇到阿牛竖起大拇指说:“阿牛,你真牛呀!”

他露出憨厚的笑容:“这些家伙,欺负我妈,肯定没完啦!”

后来我才知道,他姓牛,识字不多,大伙都叫他阿牛。近几年为了维权,得罪了不少人。

“青蛙,青蛙,青蛙回来了。”你听,他又在逗我儿子了。

老　王

许　评

我认识老王是在四年前。那是在一个暑假,他突然来找我。

“李老师,我这里有件事情,想麻烦你。”老王敲开我家门。

我只记得他住在我家楼上,平时也没有什么交往。老王是保税区物业管理公司的一个经理。中等个子,皮肤白皙,爱笑,一笑起来双眼就眯成缝。

原来保税区物业公司要进行改制,他的领导有私心,想买断这个公司,公司里员工委托老王写资料。

我根据老王的意思,把公司的员工意见写出了一个报告,他很满意。

几个月后,他拿了一箱饮料来我家。他们的意见得到上级领导的重视,最终公司划归国资委管理。

再次和老王打交道是在一年后。

在一个傍晚,老王敲开了我家的门,神情很严肃地说:“李老师,你一定要给我看看这份稿子。”

原来他敬重的一个老领导去世了,家属委托他写一份悼词。

老王语气很沉重,他对这位老领导充满了敬重。

“老领导为人正直、清廉,在领导岗位上,他从来没有给子女谋利。他退休后一直住在50多平的房子里。”老王慢慢地说了近一个钟头。

我深受感动。

斟酌语句,对一个共产党员的高风亮节敬仰浓缩在语言中,花了一个晚上写好悼词。老王看后很满意。

两年前,儿子要上幼儿园,而老王的妻子姓田,据说认识园长。

我带着儿子去老王家。

老王家在九楼。

老王很热情地招待我们入座。

客厅里堆满了石头,我很吃惊:“老王,玩石头。”

“那是玉石,”田阿姨端着水果说,“那可是他的宝贝,几十年了。”

一块架在支架上的大玉石十分醒目,我用手摩挲着玉石,温润而光滑,手感很独特。

“这块玉老王都摩挲了几十年了。”

老王给我介绍起他的宝贝,从散落在阳台上角落里的各种玉石说起,如数家珍。他自豪地说:“我是收藏不是投资,最主要的是我喜欢。”

“老王把石头都当成儿子了。”

“来来,喝茶。”老王熟练洗杯子,倒茶。

阳台上放着一架精致的茶具。

“老王喜欢喝工夫茶,这里靠山,没有太阳,喝茶方便。”

我笑着说:“老王借青山绿意入茶,有诗意呀!”

我不太会喝工夫茶,但是看着颇有古意的茶具,精致的茶杯,我还是能感受到中国人骨子的诗意。喝茶,喝的是一种情趣。

离开老王家,我很有感慨:老王有闲情雅趣。

以后,每次晨练,我时常看见老王架着鸟笼,在小区的院子里遛鸟。

两只画眉在笼子里腾挪跳跃,时不时卖弄婉转的歌喉。

后来妻子同我说,田阿姨经常埋怨老王,他近段时间又迷上了鸟。他与一帮鸟友斗鸟忙得不亦乐乎。

今天下午,我在天湖钓鱼。

老王架着两只鸟笼远远走来。

“李老师,钓鱼好雅兴。”老王把鸟笼架在湖边的树上,远远同我打招呼。

我在湖心亭钓鱼,他坐在亭子里,同我聊起了斗鸟的经历。

“我这只画眉,你看那体形,你待会儿听它叫声,那个绝。”老王一脸的得意。

原来,老王养鸟已经有几年了。说起鸟经,那可是滔滔不绝,从鸟的卖相、声音到斗鸟的姿态一一道来,让我大开眼界。

一阵高亢的鸟鸣传来。

“你听,画眉这才叫好听。”老王眯着眼和着鸟声手有节奏地拍打在大腿上。

远处山上传来了画眉的应和声,老王突然睁开眼:“不好,引来了画眉。”

一只画眉从湖对岸的树梢上飞了过来。

“我的画眉还没养好,我要全神贯注。两只鸟要打架。”老王神色紧张地看着他挂在笼子里的画眉。

山林里的画眉向湖边另一只画眉飞了过去。

画眉在树梢上婉转地叫了起来,笼子里的画眉停止了叫。

老王匆忙跑过去把鸟笼蒙上。

一会儿,天气暗下来,看来要下雨,老王架起鸟笼走了。

山林里画眉在枝头抑扬顿挫地叫着,可是它的伙伴已经走了。后来我才知道,画眉性高气傲,一座山林是容不下两只画眉的,斗鸟就是来源于此。

看着老王走远的背影,我突然想起了张岱的话:“人无癖不可交,此人用情不深也。”

放暑假,我和妻子急忙赶着回老家,在楼梯口遇见刚刚旅游回来的老王。

“你们回老家,听说你们是景德镇人,”老王放下行李说,“我刚从景德镇回来,那里真不错。”

妻子也忙着搬行李,随口答应着。

“你忙,以后电话里聊。”老王上了电梯。

假期里我们回了景德镇。大约在七月底,老王打来电话,说起了他上次看中的几个喂鸟的瓷罐,还发来了图片,请我们帮忙买。

老王对瓷罐要求很高。妻子专门找到了一家专业做鸟罐的铺子。精心挑选,看中了就发图片给老王。老王很挑剔,一直挑了百十个才算满意了。

等全部挑好已经是暮色西沉了,岳母在一旁嘀咕道:“你们城里人真奇怪,养一鸟够上我们养孩子了。”

八月初我们从老家回来了。儿子几次去他家,均不在家。

昨天晚上他打来电话说回来了。

今天晚上八点多,妻子和儿子把鸟食罐送上去。

老王早已经迫不及待。他戴上眼镜,取出放大镜,对鸟食罐上的图案一一鉴赏。“景德镇的瓷器就是好,这幅山水写意配得好。”他一边仔细看图案,一边点评。

“这可是专业做鸟食罐的,时间紧,没有一一挑完。”妻子说。

“这几个挑得不错,你看山水、花鸟颇有古意,手绘的线条还是很见功底的。”老王放下放大镜,满脸笑容,“配上这鸟食罐,我的鸟拿得出手。”

“老王就是喜欢提笼斗鸟的,这么多年,他在石头上、鸟上,花的心血多得去了。养儿子也没见他这么上心。”田阿姨嗔怪道。

老王笑着说:“谁教我们儿子乖了,儿子不要操心。”

“你啥时操心儿子,儿子去英国你一点也没管过。”田阿姨脸上一脸的笑意。

下楼时,我对妻子说,老王是有爱好的人,是性情中人。

妹夫海浪

许　评

进入腊月后，一种情绪经过一年的酝酿，在深圳的街头发酵，渐渐浓烈起来。早晨上班路过火车票代售点，长长的队伍，热切的眼神，意味回家的时候又到了。2004 年春节像往常一样不紧不慢地走来。我和妻子早已商量好了，春节回上海。

“林岚想来深圳。”妻子看着电视不经意地说。

2003 年底，我和妻子凑钱在丁村买了一间小房，房子很小只有 30 来平，朝向马路。时常有隆隆驶过的货柜车，阳台的窗户虽然关得严严实实，但是发动机低沉的轰鸣声，总能找到罅隙钻进耳膜。

“什么？林岚要来？”我觉得有点突然，“她不是在苏州打工吗？春节不回家吗？”

隆隆，隆隆，一辆货柜车从远处飞驰而来。

我起身，扔下书，狠狠地拉上窗帘。

“林岚要带她的男朋友一起来。”妻子大声说。

林岚是妻子的妹妹，不爱读书，早早出来打工。林岚左脚掌天生畸形，走路有点瘸。在初二的时候受不了同学的嘲笑，不肯读书，一赌气就跑出来，辗转在苏州、上海等地打工，说起来也有好多年了。

“我们后天就走了，她到深圳？”

“他俩已经买好了明天的机票，来深圳，就暂住我们家。”

“啊！”虽然不满意这个小家，但毕竟是新家。

“林岚也怪可怜的。”妻子说着说着眼圈就红了。

第二天傍晚。林岚和男友到了。

“他叫汪海浪，安徽泾县人。”林岚在苏州打工已有七八年，青春中的女孩总是美丽的，脸庞圆润，在爱情的滋润下，林岚比以前漂亮了。

小伙子很结实,国字脸,棱角分明,平顶头。

"姐夫、姐姐好。"小伙子有点拘谨,他急促不安地说,"走得急,也没带什么。"

由于临近春节,买不到车票,他俩从上海乘飞机来深圳。我隐隐为这莽撞的俩年轻人担忧。

春节后,回到深圳。他俩已经盘下丁村中一小店,准备在深圳开一小杂货店。

小杂货店旁边有一小学,生意倒是不错。林岚俩忙忙碌碌的,进货、卖货,维持两人生计问题不大。最难熬的是假期,假期学生放假,小店的生意明显差了很多。

假期里,我和妻子时常会去林岚店里坐坐。

海浪很热情,话也渐渐多起来。他四处找货源,说起南山的各个批发点,他如数家珍。

"深圳货源多,各地方批发价格有差异,要找最便宜的货不难,就是要跑。"常年在外打工,海浪普通话说得不错。

他爱笑,说着说着脸上笑容就在脸上溢开了。

"不过,我不怕跑。"他憨憨地笑着说,"就是深圳的偷自行车的太多。这都是我买的第二辆车了。"

小店外倚靠着一辆破旧的车。

"海浪买的二手车,花了100来块。"林岚说。

他俩还学会了制作奶茶,小店的生意不错。放学时店里总是聚满了一群"贪吃"的小学生。

日子过得很快,下班遇见海浪,常常看见他自行车后垒得高高的货物,吃力蹬着车,一点点消失在小巷的尽头。总觉得他像老舍笔下的祥子。

一年后我们搬到深圳的东头。

也许是小店的主人嫉妒,租金涨得厉害,林岚俩最终难以为继,海浪把全部家当放在自行车上,骑着破旧的自行车几乎穿过整个深圳,满世界找店面。最终在莲塘找了一处店面,也靠近学校,租金比城中村贵了近2000,海浪咬咬牙决定租下店面,继续经营他俩的小店。

周日我会去店里坐坐,海浪知道我喜欢钓鱼,他总说要约我去钓鱼。那是一个星期天,学生放假,小店没什么生意。海浪骑上他的破自行车,拉我去深圳水库,他抄小路走进水库,找到一隐蔽的钓点。水面很大,鱼也很多。

九月阳光透过树林,斑驳的影子洒在身上很惬意。

我俩正过瘾,突然另一钓点的钓友说:"你们胆子真大,巡逻船过来了还不收竿。”深圳水库是水源地，禁止垂钓。我俩慌张收拾好渔具，躲在草丛中。巡逻艇突突地转过弯走了。

我们钓了不少鱼，这里鱼多、傻。快乐的时光总是很短暂，太阳渐渐偏西了。突然听得山道上一阵嘈杂，原来巡山队员来了，我俩慌张收拾鱼竿跑路。我们钓的鱼连同海浪的破自行车被没收了。我很愧疚，这可是海浪的交通工具，夕阳下海浪疲惫的身影拉得很长、很长。

为了经营好小店，我和妻子为他俩出谋划策。劝他们搞多种经营，不能只经营杂货，最好把餐饮连着一起做。林岚准备经营早点，买来了很多笼屉，准备做包子。可是试着营业几次，她的包子、馒头并没有受到主顾的青睐，生意只能寄托在学生上。随之而来的假期，对这个盈利微薄的小店简直是灾难。最终做不下去了，只能转让，结果是一年的辛苦全打了水漂。

高昂的租金最终让他们离开了深圳。

林岚先回老家了，海浪暂住在我家。为了能学得一技之长，我给海浪介绍一摄影社让他学徒。这样就是回到乡下，开一照相馆也可以生存。家里有一破旧的自行车，就暂借给他代步。每天看着他骑着破自行车出门，深夜回家，心里总有说不出的滋味。那段时间，他的话很少，总在外面吃饭，晚上总是回来得很晚。他不愿打扰我们的生活，甚至连休息日也不愿意在一起吃饭。海浪沉默了。他就像一只悄无声息的小猫，静静地躲在墙角。

一段时间，海浪最终放弃了。

那是一个周末，妻子让海浪回家吃饭，饭桌上海浪低头吃饭，沉默着。我问他电脑一些绘图软件可学会了。

“姐夫、姐姐，我不想学了。”海浪放下碗，脸涨得通红说，“我学不会啊。”

“我太笨了，真的学不会，姐，让我回去吧，我，我……”

海浪声音越来越低。

我不知道该怎么说。

海浪的父亲死得早，他没上初中就辍学了，文化底子差，没有办法学。

事后我去问摄影社的老板，老板委婉地说，海浪老实，不说话。

当时我挺生气的，总以为他不愿学。后来慢慢理解他了，文化上的自卑彻底打败了他，他已经对深圳不抱梦想了。朱德庸曾说，人绝对本能知道自己是做什么的。经过一年的打拼，海浪突然痛苦地明白，城市的梦很美，但是不属于他，他知道自己该做什么。

几天后，他骑着自行车去火车站买票，在阳台上看着他骑着破旧的自行车消失在小区绿化带的时候，心里五味杂陈。

后来听妻子断断续续地说，林岚与海浪结婚了，岳父嫌海浪家太穷，小两口把家安在岳父家。再后来在岳父帮助下，海浪考了电工证，成为了一名乡村水电安装工。

再次见面已经是两年后了，暑假回到岳父岳母家——港口。

那是一个赣北皖南交界的一个山村。

港口村是经公桥镇下辖的一个较大的村庄，村里有700来户。两条小河在村中央交汇，以前这里水运十分发达，是皖南徽州货物中转的一个码头。随着水运的衰落，码头逐渐消失了。

港口村卧在群山中，两条河流在村中央交汇，形成了两条狭长的河谷，港口沿着河谷聚族而居。村里纪、汪是大姓，不少是20世纪逃饥荒的徽州人。我曾去过皖南的宏村，曾与当地人聊天，就说起当年很多宏村人逃难到浮梁。岳父家也是从浙江衢州逃难而来，岳父最后入赘在纪家，后改姓纪。像岳父这样逃难而来的人村里还有不少。

经公桥镇是浮梁县富庶的大镇，位置独特，位于浙皖赣的交界处，几条高速在此交会。北上婺源、徽州、杭州，东去鹰潭，西去芜湖都很便利。物产丰富，盛产木材、竹子、茶叶。这里的人有经济头脑，从事木材生意，收购各种经济作物，南来北往，家境殷实。虽然在深山处，可是比浮梁其他乡镇富裕。

岳父门口停着一辆崭新的大洋摩托。

“这是海浪新买的，5000多块。”岳父说，“海浪走乡串镇的需要摩托车，这车皮实。”

鲜艳的红缸罩与锃亮的排气管在阳光下熠熠生辉，后座上固定了一白色的帆布工具袋，里面放着一些常见的锤子、风钻等工具。早晨看着海浪踏上摩托车一溜烟消失在村口，总听见岳母在喊：“慢一点，海浪。”

如今海浪已经在港口立足。这几年正值乡下兴起改造新屋，老屋一一被推倒了，新式的小洋楼在村子里像雨后春笋一般冒出来。由于缺乏规划，村里的小洋楼像小学生潦草书写一样，一笔轻，一笔重，凌乱地在村里“涂抹”。他每天忙于开槽、铺设水管、电路。因为能吃苦耐劳，很快赢得乡里人的信任，接的业务日渐多了起来。

海浪很忙碌，尤其是七月里，村里新式小洋楼要趁着酷暑现浇、要开槽、要铺管线。早晚骑着大洋摩托奔走在乡村，好几天都照不了面。

我喜欢在村边的小溪里钓鱼。岳母、妻子怕我出意外，会叫海浪陪我钓鱼。

海浪趁着钓鱼的“借口”可以放松放松。他的话不多，平顶头上时常夹杂着水泥屑。他干活很利索，水岸边杂草丛生，便会从工具袋里拿出砍刀，不一会儿，灌木、竹子就被清理得干干净净。

清澈的溪流，微风送来山野的特有的清香，山鸡咕咕的叫声在山涧里混合着，心也就澄净下来。说说家常话，海浪已经不像以前那样拘谨了，聊聊乡村里短，说到好笑的事，笑容溢满了整张脸。

渐渐习惯了暑期港口的生活，特别忘不了海浪那张憨厚的笑脸。渐渐地海浪也盼望我回来，岳母常说，海浪现在也喜欢钓鱼。每到暑假，海浪会打电话问我什么时候回港口钓鱼。

又是一年的暑假，我回到港口。照例我和海浪钓鱼、聊天。

“经公桥还是比较富裕的，资源丰富。”我说。

“杉树值钱，竹子不值钱。”他一边抽烟，一边挂好蚯蚓，把蚯蚓扔向钓绳的尽头。

“家里没有劳力，一切都要靠你，岳母常年在深圳照顾我儿子。”我注视远处一动不动的浮标，歉然地说。

“上次我去看山头的杉木，发现叔叔在砍树。我打电话给爸爸，爸爸说让他砍。真是让人哭笑不得。”他说。

“老爸也是，今天砍七八根竹子，明天砍七八根竹子。这两天让我扛出山谷，你看我的肩头通红通红的。”他把鱼竿放在水面，一手指着两个通红的肩头。

我俩有一句没一句说着。

他说这一两年，他是接了很多活儿。但是农村结账很慢，有时候过了一两年都结不了账。

潺潺的溪流，水底是招摇的水草。自从港口的小溪流被村里人承包后，小溪里的鱼、虾、蟹也多了起来。乡村里常见的电鱼、药鱼少了。不时能收获二三两的大鲫鱼。可是今天估计是天气太热，鱼口不好，一上午除了几条小杂鱼，一无所获。但是我喜欢这样的野钓，这可是在大都市里无法享受的自由。古人认为樵读渔耕是四种让读书人神往的职业，甚至钓鱼也成了一种心境的写照。“独钓寒江雪”的孤独，“斜风细雨不须归”的写意，“一人独钓一江秋”的豪放。我不喜欢姜太公功利性的钓鱼，这种把钓鱼与职业规划联系在一起，怎能赏无边的风月？

海浪撺掇我去他的老家钓鱼。

“我家里的鱼多，随便用蚯蚓穿一钩，钓的都是大鲫鱼，还有那些大黄鳝，我半晌可抓半篓。我们村里祠堂前有一大水塘，一直不清塘的，里面的大鲤鱼可多了。”

海浪说起故乡，话很多，他的词汇也很丰富。茂密的山林，烟雾缭绕，静静的山村，深幽的池塘，还有呆呆的鳝鱼，蠢蠢的王八。说起上树抓鸟，下池子捉鱼，他手舞足蹈，脸异常生动，眼睛也放光。

“姐夫，这里鱼太少，要么去我家钓鱼。”

我的心思也被他撩拨得活泛起来。

因为时间的缘故，我终究没有去成他的老家。

今年，岳父母家的新房也盖好了。是一栋三层的小洋楼。我曾多次听岳母讲起盖楼海浪出了大力气。每次谈及盖楼的过程，他都不愿多谈及，只是淡淡地说：“这点苦对农家孩子算不了啥。”家里的居住条件也好了很多，岳父岳母住三楼，海浪夫妻住二楼。小夫妻的日子过得还不错。海浪为人踏实，活儿做得瓷实，十里八乡找海浪做活儿的人越来越多。每天骑着鲜红大洋摩托快乐地往来于乡村小径，像一团火焰在山野里燃烧。海浪骑着大洋摩托奔驰在人生道路上，他是快乐的。

2008 年暑假，我又一次回到港口。港口依旧宁静。这座赣东北典型的小山村，静静地坐落在群山中，树木葱茏。港口村有 700 余户人家，两条小河在村中交汇。村里的老人说，清澈的一条是母河，混浊的一条是公河。每年暴雨季节，公河水势湍急，混浊不堪，脾气暴躁；而母河温顺得多，水流潺潺终年清澈。村口有两棵古老的银杏树，据说树龄均在 500 年以上。港口还是徽商运送瓷器与木材的重要的水上通道，在村口的溪流里还能打捞到瓷器的残片。自从 206 国道贯穿后，这条水道渐渐消失了。山村失去了往日的喧闹。近几年村子更加安静了，村里壮劳力大都奔向了城市。妻子的外婆对城市颇为不满，总是抱怨：不知道城里有什么好，家里年轻人一到城里就丢了魂，再也不回家。离开喧嚣的都市，来到安静的港口，我喜欢。安静钓鱼，安静生活，简直就是山中无岁月，忘记城市的烦恼。

我更高兴的是海浪的生活——简单而充实。每天一早他要忙碌着浇筑、开槽。闲暇之余陪我在港口村口的小溪钓鱼，看看无边山色，聊聊家常。

一天我和海浪在岸边钓鱼。

海浪见长时间没有上鱼，提议去水库（养殖）钓鱼了，我拒绝了。我以为钓胜于鱼，结果自然重要，但是钓鱼过程中享受的湖光山色更重要。面对青山，山色幽幽，溪流潺潺，一人一竿，心渐渐沉浸在这山色湖光中，浮躁的心，顿时澄澈起来。

海浪感到无聊，拿出打火机来烧那些枯枝，火势顿时大起来，哗一声升腾起一尺多高的火焰，噼噼啪啪烧断了一队蚁路。枯叶烧完了，火势就黯淡下来，海浪轻轻地把未燃尽的枯叶踢进水里,嗤嗤,灰烬渐渐沉下去。

“你怎么把头剃光了?”我问。

“开槽时,风转搅起来灰尘飞到头发里,洗起来太麻烦。”他摸摸了光头,笑着说。

“妈要我戴上口罩。可是戴口罩实在不好干活。”

我心里想,岳母的提醒还是对的,长期在粉尘中工作,容易得矽肺。

“林岚又上班了?”我问。

“她在家做事不方便,去服装厂干活赚点零花钱。”

看得出,海浪是自豪的。他依靠自己的双手在港口扎根下来。他的儿子也快两岁了。记得一年前,他在电话里兴奋地说,林岚生了儿子,再三拜托我给他取名。

我选取《易经》中“地势坤,君子厚德载物”中“子坤”两字。海浪连连说好,这两个字有文化。

他爱抱着子坤,对村里人夸耀,他的孩子姓汪叫子坤。时间久了村里人渐渐接纳了这个倒插门的安徽女婿。因为林岚腿脚不方便,海浪还请他母亲来港口照料。

海浪也有苦恼。

我听岳母隐隐约约讲起春节的事情。

海浪在大年初二喝了酒,喝醉了。

他痛哭,抱起刚刚满一岁的儿子,跪在地上。求岳母放了他,他要带儿子回家,海浪显然是喝多了,竟然要摔自己的儿子,幸亏岳父手疾眼快,抱住了汪子坤。

我能感受到海浪的痛苦,这毕竟不是自己的家,农村养儿防老,海浪不能带妻子回家,反而入赘在港口,这对在农村长大的男孩来说,是一种深深的耻辱。

风波很快平息了。

海浪也向岳母道了歉。

岳父对海浪的抱怨也多起来,说海浪喝酒太多,抽烟太凶,打牌赌注太大,不会带孩子。更可恨的是,他如今也喜欢钓鱼,钓鱼对于一个农村人来说实在算不得什么雅好,简直就是好逸恶劳的代名词。岳父在港口算是头脑活络之人,早年开拖拉机,走村串户地收购废品,运到城里,贩卖各种日用瓷。再后来开三轮,放电影,最后买小车跑客运。妻子能读书出来,也是得益于他走南闯北,一直有条件支撑她读书,最终离开了大山。林岚不爱读书,来来去去最终还是留在了家乡。

常年的体力劳动,海浪身子骨越来越结实,条条青筋贯穿在肌肉中,村里人说,海浪有一副好身板。海浪力气大,碰到村里人帮忙,从不吝啬力气。

2010年春天,妻子生病,岳父岳母来到了深圳。

2010年的暑假再次回到港口,再见到海浪,我隐隐感受到他的变化。停在门口那辆大洋摩托覆盖上厚厚的泥垢,乡间泥泞的小路溅起的泥垢在大洋摩托车上结成了坚硬的“盔甲”。岳母每次打扫庭院说,海浪不爱惜车,不再像以前那样精心打理摩托车。

“他呀,带孩子也漫不经心,你看上次骑车回来,汪子坤在摩托车旁拉便便,他都不管,结果儿子的屁股被灼热的排气管烫起了水泡。”

“每天一回来就是打牌,打牌。”岳母边扫地边说。

海浪无动于衷,似乎已经习惯了岳母的唠叨。

我们约着一起钓鱼。

下午山这边,没有太阳,很阴凉。

“今年的活儿多不多?”我们支起鱼竿,静静等鱼儿上钩。

“差不多,现在活儿多了,我一般叫小工做。”海浪叼上一支烟,啪点着,深深吸了一口,慢悠悠吐出几个烟圈,烟圈袅袅地升腾在空寂的灌木里。

海浪带了个徒弟,忙不过来的时候,徒弟接活干。

“爸爸的客人多吗?”

“他赚不了多少钱。”他深深地吸了口烟,“现在跑客运的人太多了。”

“幸亏家里有你这个强劳力,可以帮忙家里减轻很多负担。”浮漂猛地沉了下去,扬竿,一条小鱼。我边取鱼边说。

“爸爸昨天砍了一大堆竹子,我的肩膀扛得通红。”海浪掐灭烟头,指着红红的肩膀给我看。

“一个上午就值100来块钱。”

“林岚还是在家里照顾孩子更好。”挂好饵料,把鱼漂甩向远处。鱼线在空中划出了一道美丽的弧线,鱼饵落入水中,一道涟漪荡开了。

“她在服装厂赚的500来块钱,还不够她零用。”海浪猛地一拉竿,一条巴掌大小的鲫鱼拉出了水面。

鲫鱼一挣扎,滑脱了。扑通落进水里了。

如今海浪也习惯用饵料钓鱼了,村里小洋楼越来越多,地面硬化越来越多,常见的蚯蚓也不见了踪影。

“她有时把别人欠的钱就收了,我都不知道。”海浪有点沮丧。

太阳坠入了山头。

溪边的凉风习习。

妻子送来了几瓣西瓜，要我们早点回家吃饭。

海浪抓了一瓣，几口就吃完了。

西瓜很甜，清凉可口。

鱼儿不多，我们收竿回家。

回家吃饭，海浪爱喝酒，尤其爱喝白酒。拿起一水杯，斟满了一杯。家里的菜很丰盛，岳父特地买来了一只半斤野生甲鱼，还买了野生的黄鳝，满满一桌。家里的菜很有味，我们吃起来很香。

海浪的妈妈总在一旁忙碌。

“奶奶来一起吃。”妻子招呼着子坤的奶奶。

奶奶接了一点菜，端着饭碗走开了。

海浪没几口，一杯酒见底了。

咕咚，咕咚，海浪又倒了一杯。

“海浪少喝一点。”岳母拿走了酒瓶。

海浪的额头已经有了酒后特有的红色。吃完饭后，我一般躲在房间里看看书，很早就睡了。海浪就默默地在客厅看电视，看到很晚。

第二天，海浪没有去干活，陪我钓鱼。

晨雾还没有消散，小溪边村妇在台阶上三三两两地洗衣服、洗菜。村头的桥下，水波随着捶打的衣物一漾一漾荡开了。远处的湖面上有两只水鸟，浮在水面。两条小溪汇聚的河面显得空旷而宁静。近几年村委会已经对村口的环境进行了改造，村口大桥洞下随意丢弃的垃圾已经不见了。在村口主要路段设置了垃圾桶，环境已经比以前好多了。

港口早已经醒了。

夏天，天蒙蒙亮，就开始忙碌起来。

岳母不到五点就醒了，生炉子，烧水，做早餐。有时候还趁着早凉在地里忙活。村口有一户人家，早就点起了炉子，开始炸油条，炸油饼。

小杂货店已经开了门，老板睡眼惺忪坐在门口的条凳上打着哈欠，昨晚牌打得太晚，睡意还未消。

几只土狗欢快地跑来跑去。几只小黄狗相互撕咬，一时疼痛，小狗汪汪叫起来。

母鸡带着一群小鸡在村口堆着的沙土上刨食。

村里又有人在盖新房，一台小型的搅拌机周围已经堆满了沙石。

天大亮了,每家都忙着自己的活儿。不时有后架着工具的摩托车,突突地驶出了村口,一辆30吨的载重货车稳稳地停在桥梁上,载客的蓝牌车不时进出村口。

村子里苏醒过来。太阳慢慢在山头探出了头,山林里雾气很大。

"这段时间不忙吗?"我坐在小溪边,支起鱼竿。

"活儿很多,就是收不了钱。"海浪绑好鱼线,搓好鱼饵。

"海浪,我去上班了。"桥头林岚大声地喊着。

海浪皱皱眉头,一声不吭。

太阳慢慢升高了,河对岸林子里的雾气渐渐散去了。太阳一出来就能感受到它的威力,地像下了火。

浮漂在水里一动不动,露出水面的鲜红与橙色相间的四目在碧绿色的水面异常显眼。远处两只水鸟扑棱棱跃出水面,平静的水面荡起一圈圈涟漪。

一个上午几乎没有什么收获,热气蒸腾得很厉害。

"没啥鱼,我去村口玩玩。"海浪走了,留下我一人。

中午,岳父岳母和妻子去了经公桥,海浪炒了两个菜,因为我不吃辣的,他特意炒了清淡的菜。

端上菜。

"姐夫,你先吃!"

一会儿厨房里又升腾起一阵油烟,刺鼻辣子飘了出来。

海浪端出了一碗热气腾腾的辣子。

"不吃辣子,没劲。"他在窗台上拿起了一瓶啤酒,用筷子熟练地撬开,酒沫升腾着倒入了酒杯。

"姐夫也来一杯。"

"你喝,你喝!我不喝。"用手挡住了他递过来的酒杯。

"姐夫,姐姐对你真好!"他一饮而尽。

"啥好不好,过日子就是油盐酱醋茶,习惯就好了。"

"林岚,唉……"海浪喝完啤酒,又倒了一大杯白酒。

"海浪,少喝点。下午你还要干活了。"

"没啥事,大不了不干,不行叫徒弟去干。"他一口白酒杯空了一半,"挣不挣钱差不多。"

他咂砸舌头慢慢地说。

以前我知道海浪能喝酒,这次回来我感到海浪变了。他不像以前那样明快了,心里像压着一座大山。

大洋摩托车也许用的时间久了,每次发动摩托车,不再是欢快的清脆的突突声,往往要蹬踏多次才能发动。海浪边发动边咒骂,什么车,才修过。海浪加大油门,用力一蹬,摩托车总算突——突——突转起来,像得了哮喘的病人一般。

我不知道哪里不妥。

2010 年春节,我们开车回去了,腊月廿四在港口村。

港口只有在进入了腊月后才逐渐苏醒过来。从浙江、广东、福建打工的主人回来了。家家户户忙着备年货,港口开始了一年一度的狂欢。海浪更忙,春节前有很多家要搬进新居,他忙着安装水电。冬天不能钓鱼,几乎没有机会与海浪聊天。海浪身体很结实,冬天穿得很少。骑着他那辆灰头垢面的摩托,终日忙活着。

儿子很兴奋,这是他第一次看见皑皑的白雪。他和汪子坤像两条欢快的小狗,在雪地上撒欢。

"林岚,你安下心来带孩子,你看汪子坤都成了野孩子。"妻子又在数落林岚了。妻子的性子很躁,对不善料理家务的林岚很不满意。

一早,汪子坤不肯吃早餐,林岚偷偷塞给汪子坤两块钱,买了一包零食吃。

"汪子坤天天吃零食,一点肉都没有。"妻子疾言厉色说林岚。我听不太懂妻子家乡的话。我拉拉了妻子,示意她态度要好点。

冬天黑得早,村口的灯光亮起来,晕黄的光透光效果很差,村头不时射过闪亮的灯光,一辆小轿车耀眼的光柱划破夜幕,疾驶而来,透过车窗,沉闷的重金属音乐声回荡在空中。

"开车回来的人越来越多,林岚,要带好汪子坤,别让他野到车道上。"妻子对林岚说。

海浪的摩托嘶哑的声音由远而近,一道白光射过来,海浪熟练停车,关发动机,白光消失了。

"爸爸吃饭了。"汪子坤在门口大喊。

一家人围着桌子吃饭。海浪照例喝白酒。

"海浪,你也要管管林岚,每天不着家,成天在外野。"妻子对闷头喝酒的海浪说。

"天天盼姐姐来,盼来姐姐骂你。"岳母夹了一块肉放在了子坤的碗里。

海浪低头喝酒,一声不吭。

腊月廿六,我们匆匆驾车去了浙江绍兴。

回来的时候已经是初五了。村头巷尾铺满了炸成碎片的红色。白雪融化后的肮脏的黑色，在阳光照耀下丑陋触目。村里横七竖八停满了车子，热闹得很，走亲戚的，回娘家的。鞭炮声此起彼伏，喇叭声与钻天猴的呼啸声交织在一起。村里洋溢着春节特有的气息。

家里的气氛很凝重。海浪黑着脸，沉默寡言。林岚不见踪影，只听见妻子和岳母低低地用家乡话说："初六我们必须返回。小舅子搭我们的车一起回深圳。"

一路上，小舅子、妻子、岳母用家乡话在说着林岚、海浪什么。我插话问："林岚怎么呢？"

车子里一片沉寂。

后来我才知道，2010 年的春节是岳母家里最糟糕的春节。

林岚在服装厂，有了外遇，海浪管不住林岚。

矛盾渐渐升级了。

岳父对海浪有了意见。家庭的矛盾，与林岚的龃龉让海浪渐渐消沉起来。海浪越发喜欢喝酒，家庭的不和，让他沉沦在酒中。生活是需要目标的，一旦目标模糊了，前途变得模糊起来。海浪沉湎在酒中，更染上赌博的恶习，日子中的争吵、纠纷多起来。岳父越来越看不惯这个女婿。

林岚心并不在农村，8 年的婚姻生活，28 年的农村生活，她对海浪，对港口倦怠了。林岚在村里有一个绰号"飞天拐子"，我不明白。现在明白了，林岚不愿守着农村单调的生活，她渴望城里的生活。

这时她遇到了一个城里人。

他叫高军。

2011 年的暑期回来不久，岳父就频繁打电话说，林岚到景德镇去打工了。

再后来林岚就不愿意回家了。

谣传渐渐成了事实。林岚跟上了高军，高军 2010 年曾在经公桥开服装厂，认识了林岚。

这段孽缘彻底改变了林岚的生活。

林岚就像老房子着火般，不管不顾地要离婚。

整个家陷入了混战。

我打电话给海浪。

"我不想离婚。"电话那头，传来低沉的声音，"我刚刚把户口迁到这里。"

岳母在深圳也没有心思，紧锁眉头，唉声叹气。

林岚在家里总是逼着海浪离婚。海浪不搭理林岚，林岚口里最常说的一句话是："你是不是男人，是男人签字离婚。"

不满在积累,矛盾在激化。

一次晚饭,海浪的母亲看不惯林岚咄咄逼人的情景,说了林岚,林岚破口大骂。海浪终于被激怒了,拿起皮带狠狠抽了林岚。

家在风雨飘摇之中。

一个夜晚,海浪再也受不了林岚的苦苦相逼,离家出走了。渐渐地纸包不住火,邻居知道了,连夜找海浪。海浪却在朋友家喝得大醉。

一个男人的痛苦,我能理解。妻子的看不起,岳父的"轻蔑",母亲的屈辱都像鞭子一样抽打在他身上。

端午节那天,他给我打电话说,他已经找好了一帮朋友,准备教训高军。

我劝他不要激化矛盾,如果想维系这段婚姻就不要这么做,冷静下来,分开一段。在妻子和我再三劝解下,他放弃了打人的冲动,决定先回家,他带着母亲还有林岚不要的儿子汪子坤回到了安徽泾县。

一个月后,岳父经常打来电话说,海浪没有出息。

一个月里海浪彻底消失了,联系不上他了。岳父在电话里大骂海浪一走了之,很多工程没有下文。

再一个月后,海浪突然出现在经公桥镇。

他要离婚,但是一个前提是要两万块钱,事情终于向最坏的方向转化了。

岳母再也没有心思在深圳了,2011 年 10 月国庆岳母回家处理家事。

两人终于离婚了。

岳母回到深圳说:"海浪骑着摩托车,把他所有的工具带走了。"

如今我已经有六年没见过海浪了,在暑期,我依然会回到港口,大洋摩托早不见了踪影,小楼门前停放着岳父年前买的红色的力帆轿车,再也没有人陪我钓鱼,我学会了一个人在村口溪边独自夜钓。

夏夜,满天星星,乡村的夜并不宁静,昆虫喧嚣。空中高速喷气飞机不时嗡嗡飞过,闪烁着消失在群星里。地面不时有灯锐利地划破夜幕,快速行驶,我不知道海浪孤独地驾驶那辆大洋摩托的灯光能否穿透夜的黑。

调解员的别样时光

王顺健*

一

张清清是我的女朋友。她从上海来深圳看我，晚上 11 点到。我在派出所干调解员，一个月才两千多块钱，她来了，我只能请她住招待所。

家里肯定是不能带的，这是和前妻约法三章的事，她也不能带男人来，当着孩子的面，我们是一家人，到晚上就是两家人，这不是演戏，是生活。半年前的一次，我实在憋不住，上了她的床，她和她的猫一起推我下床，我被推掉床下几次，最后甩给她 500 块钱，她才安静下来。奇怪的事，她的猫也安静下来了。她把钱又递给小猫，说："去吧，给自己找个搭铺。"小猫见钱眼开，叼着人民币溜出了卧室。前妻说："你占了猫的位置就得给它付费。"我知道我不如一只猫，这种傻事，仅此一次，再也没敢就犯。一个正常的男人半年就这么一次，还算她念起旧来，半推半就的，我都不知道我有没有开始，就完事了。

张清清的火车大约过了韶关，还有三个小时才到呢。晚上九点，我还在派出所值班，大厅里请过来验尿的发廊妹走得差不多了。有两个女孩子就是撒不出尿来，没有尿就不好做尿检，就不能排除她们吸毒的可能。保安开始要她们喝水，以便尽快排尿。杯子给小姐们都用完了，保安到我们民调室来借，总共借了六次，最后两个杯子给了这两个女孩。我问保安："一会儿她们有尿了拿什么接呢？"

小保安说："还是用这个接。"

是哟，我怎么没想到呢，真是木，杯子可以用来喝水当然也可以用来接水啦。

---

* 中国作家协会会员，旅居海外，盐田区居民。

我没事做,火车听说又晚点,我只好继续等,走到办案队办公室的窗前,看到两个女孩子,一边走路,一边喝水,喝光了再倒,一桶的矿泉水只剩下小半桶,她们还没有尿意。办案民警老刘急了,建议她们蹲下,站起,蹲下,再站起。就这样折腾了半个小时,一桶水见底时,两个女孩子小肚子也鼓起来了。

老刘看我站在窗口,就叫我:"老同志,你有什么办法,好让她们尿尿呢?"我想了又想,想起给女儿唤尿时用嘴发出的嘘嘘声。于是就说:"让她们一起到厕所去蹲着试试看。"她们进去了,我站在门外,我问蹲好了没有,她们说好了。于是我吹起哨声。吹得我两片嘴唇发麻的时候,就听到厕所里传出了哗哗的流水声,越来越急。过了一会儿,有一个女孩子喜极而泣走出来,小心地端着一满杯尿。老刘笑说:"只要半杯就够了,这么满杯,我们怎么拿呀。"他让这个女孩子倒掉一半。她转身又进了厕所,另一个女孩子出现在门口,手里捏着的还是空空的杯子,她怨我:"你怎么吹吹就断了呀,你只要再多吹一分钟,我就尿出来了呀,我的妈呀。"她捂着小肚坐下。

"饶了我吧,我都吹得眼冒金星,再吹我自己都忍不住了。"我把大伙都说笑了。20 分钟后,尿出尿来的女孩子也排除了,只剩下最后一个。可她就是毫无尿意。问她,她也无奈,说:"再喝点。"于是保安又扛一桶水过来。她喝了两杯就叫肚子痛,问她,她还不想尿。这下事情可就有点麻烦了。她痛得满脸苍白,下腹立起,老刘说:"害怕她的膀胱受不了,别搞出事来, ·定要帮她导尿。"

我说:"你们得征求人家同意才行。"

女孩子直点头,冷汗已浮在脸上了。老刘不知从哪里摸出了一条导尿管,向我招手,说:"所里女同志都下班走了,你来吧,你是老同志。"我赶紧摆手,我不干。不能干呀。我心想,他们知道什么呀,女朋友再过一个多小时就到了,别坏了我的美好期待。

二

可当张清清到了,却没有让我如愿以偿,她说她累了,她还不打算住我找的招待所,她说她有地方住的。甚至连碰也没让我碰一下。我急了:"你要去哪里呀!"

"你就让我走吧,我明天早上过来行不?"

我沉默了半天,知道事情不是我想的那么简单。在深圳等她的还有一个男的,尽管女朋友口口声声说是她的表姐,但我不信。我问她:"是不是跟你一起坐火车过来的?"

她说:“不是!”

“我能请你表姐吃一顿饭吗,认识一下。”

“不行。”

“你让我怎么想你呢?”

“你呀,你别以为你在深圳有多老实,你以为我都不知道!”

“我没怎么样,宝贝,你今晚要是走了,就再也别想见到我了。”

女朋友想了半天。突然改口道:“我就出去半小时行不,我跟人家说两句话就回来。”

“这还差不多。”

我站在招待所临街窗前,看着她咚咚地走在路灯下,不停地接打着电话,可能是对方找不到具体的位置,女朋友一会儿在窗前出现,一会儿就跑出了窗框。我盯着眼皮底下的停车场看,我的老爷车正处在灯光照不到的黑影里。我在想,它锁好了没有呀?

我把窗帘拉好,看了看时间,跑到洗手间,又洗一遍澡。刚才急得都出一身汗了。果然,在刚好 30 分钟的时候,张清清回来了。我不敢看她的眼睛,我怕发现了什么。不去多想,我猴急地往她身上扑,被她一推,跌坐在床沿上。她说:“你怎么一点也不会心疼人呢,我都坐了一天火车,还不让我休息。”

“你也要理解一下我呀,你不知道我有多想你。”

“想什么呀,就那事呀。”

“想你的眼睛,我在上海上学时,它把我征服。”

“别装了,抬起头来吧。”

“我不好意思。”说这话时,我都有点撒娇似的。

“哦,那双眼睛丢在上海了,没带来哟,那你得回上海去找。”

她这么一说,我才抬眼看她的眼睛,我看着看着,也有点困了,就跟着她的眼睛一起睡去了。灯熄后,我的眼睛才又慢慢睁开。我看了看另一张床上的她,感觉好像来了个替身似的。我想了想,门是锁好了。窗户有一扇关不上,这鬼招待所。我听到邻床传来微微的鼾声,才开始行动。我把裤子里的钱包和证件放在枕头下面,又把汽车钥匙放在鞋子里面。汽车钥匙抓在手里时发出了一系列碰撞声,我不得不用五个手指把几把钥匙分开抓,才把它们从鞋子里又转移到鞋子底下,还觉得不妥,小偷进来偷皮鞋时,还是会发现车钥匙的。于是我把鞋子移开,直接把车钥匙放进内裤里。这样一来,都睡得挺好,身体上只有那东西醒着,睡不着,正好有串钥匙让它守着。

第二天，女朋友就没有借口了吧。可是她又感冒了，这倒不是假的。她说怕传染给我，一天都挺过来了，再挺一晚上吧，于是，第二天晚上，车钥匙就又由那东西看守着，一夜过来，都睡得挺好。

第三天到了，这下可以酌情松一松她的运动裤了吧。坏了，她又赶上拉肚子，说起来还怪我，我请她吃广东早茶，人家长的是北方的肚子，早餐不习惯一杯一杯的铁观音，没办法，感冒没好尽，又拉起肚子来。吃药打针吧，第三个晚上，车钥匙又有看守的了，一夜都睡得挺好。起床后，手机就开始提醒，今天轮到我上班，我正寻思着怎么挤上女朋友的床呢，就开始忙着穿上衣服，提着皮包到派出所上班去了。招待所里的清洁工在走廊里叫上我，说："小伙子，你换个地方再试试吧！"奇了怪了，她怎么知道我没睡成女朋友的呢，换哪儿呀，这点工资，谁都知道四星级的大宾馆好，可人家一晚上最少也要500吧。我冲下楼去，掉转车头。

路过一家大宾馆，楼上打出钟点房二小时100块的广告条幅。我拨了他们的电话，知道一天的房价是500，我上楼订了一间钟点房。选好时段，交了100元订金。赶紧下楼。一加油门，赶到了派出所，迟到半小时。把包放进民调室，冲进食堂，还有一些剩饭，喝了两碗稀饭，叼着一个肉包子，移步到了派出所大厅。大厅里没什么人，询问室里几天前抓来的人全换了新的。我忙掏出手机，给女朋友发短信，跟她说明情况，希望她白天有空自己到外面走走，看看街景，我傍晚才有空回去陪她。

三

上午十点钟左右，我放下刚看了个头儿的《好兵帅克历险记》，从民调室出来到大厅里转转。十点钟路上的巡警一般都回派出所做一些交接工作。有人接班有人下班。

民警赵裕民正紧一步慢一步从树荫里走出来，走向派出所大厅。我多远就朝他点头，一看他的脸就知道又有故事带回来了。他猛看我一眼，算打了招呼，一步跨进大厅，往值班台面前的椅子上一摊，叫道："妈妈的，累死我，下班了还拖我十分钟，又不给口水喝！"

女巡警小茵发嗲地叫道："民，民，车钥匙给我。"

值班室民警小吉问他："那个夫妻打架的报警，到底怎么回事呀？"

赵裕民一甩手，把一串钥匙交给小茵，转头对着小吉说："嘿嘿，原来还是关外那个分局的，自己人，我一进屋看到衣架上挂着警服，就指着警服问：'这是怎么回事呀?’男的闷声闷气地说:‘哎,我的呀。’一问,原来老婆偷了人,小白脸也在场,抓了现形,女的怕他闹就报了警。他还不动手修理小白脸,我都替他着急,他还对那女的说:‘你选谁,选呀。’要我早一巴掌上去了。”

“那女的怎么说的呢?”

“她说男的平时暴力,她才在外面找人。”

我在一边插话:“把她带到派出所来调解调解嘛。”

“调你个头呀,男的还是我们所老森的朋友呢。那个小白脸站在一边发傻,我一开始不知道他是什么身份,就问他来干什么的。他指着女的说:‘你问她吧。’嘿嘿嘿嘿,原来他是来讲理的,长得跟卓别林似的。”

“那女的漂亮吧。”

“没有我们小茵漂亮。”

“切,民哥,你还差我一杯咖啡哦。”小茵把那串钥匙挂在对讲机的天线上,丁零当啷出了派出所。

“不丢人吗,这会儿怎么又不暴力了呢!”

“是呀,那女的还说把门关上,他们三个人好好谈谈哟。起因是女的要跟男的回家过年,那个小白脸也要跟着,对女的说:‘你到哪里,我就跟到哪里。’妈的,要我一脚把他踢到楼下去,跟我讲理,小鸡围着老虎转——找死嘛!”

“来真的呀,得了巧还卖乖,这个女的太傻了。”

“凭什么呀,这样女的才叫新潮!”

“你们都说错了,后来我才听明白,他们两个是离了婚的,为了孩子还住在一起,一边是孩子爸爸,一边是有感情的靓仔,那个女的关上门,三个人商量怎么办,让我走。我还不走,让人家嫌呀,真想踢那个男的一脚。”

……

四

大家一阵沉默,我往后悄悄退两步,转身走回民调室。啊啊,怎么这么巧呀,赵裕民说的事,怎么就像发生在我的身上啊,他是在说我呀,前妻和她的小猫,她的小猫不就是另一种小白脸吗。我要用一下小猫的床位还要跟我讲条件,一次500,天,我能打她一顿,赶她走人了事吗!我连想也不曾想过,我们又都习惯了离婚后的生活,她走了,孩子怎么办,她走了,我怎么办。女朋友可以代替前妻吗,怎么可能呢。女朋友是不是早就想透了,这种事,凭什么要她进来搅和,人家在你这里没有指望,凭什么不能在别人那里找希望,身体可以给你,思想却是自由的,身体可以给你,双脚却给了大脑。傍晚当我赶到招待所,接她去大酒店时,人家早就走了。她发短信让我在大酒店等她。我就傻傻地在酒店房间里等了她一个半小时,派出所值班室打我手机,说有一场纠纷要我赶回去,我只好走了,给大酒店又补了300元钱。我改住一夜了。

走进民调室,里面已经坐满了人。我让他们少安毋躁,有话好好说。有两个学生模样的女孩子挨在一起坐,其中一个女孩子叫佩然,身后站着三四个大人。他们是她的家长,佩然被打了,被她身边那个叫良子的女孩子打的。佩然先开口讲了事情经过。

她在自家附近一个学校补习,刚到学校门口,这个叫良子的女孩子就要她站住,说:"把你手机借我打个电话。"佩然就说:"我也不认识你,为什么要借给你手机用呢。"良子就翻脸了,问:"你到底给不给?"佩然在犹豫,良子上前一阵拳打脚踢,一把将佩然的手机抢了过去。佩然追上她,又夺了回来,跑进老师办公室,进去就跪了下来,大叫:"老师救我、老师救我!"老师傻了,赶紧跟她下楼,找到在学校门口正跟人说笑的良子,拉她一起到派出所来了。

这时,我们把目光一起投向良子,希望她能给我们一个合理的解释,是旧恨还是新怨,或者就是抢手机的。大家都等得有些不耐烦时,我却被良子的眼睛吸引住了,再也不想听佩然一家人的噪声。是的,我的一双眼睛始终盯着良子的眼睛,我一下子爱上了她的眼睛,就这么机巧,也不需要征兆。我知道自己内心的立场了,我转过头来,开始用心回应佩然一家人的诉求。挡开所有砸向良子的、会让她的眼睛黯然神伤的恶毒。

"她哪只手打我女儿的我就要她哪只手,哪只脚踢我女儿的我就断她哪只脚!"

"她的家长不来,你们也不用调解了,我们来解决!"

我回复他们:"这是派出所,请不要威胁别人。"

"那我看你怎么处理,我们不满意的话,我们再用自己的办法解决!"

"你现在就可以解决呀,你为什么不解决呢,因为你尊重法律,对不对?良子也是个学生,还未成年,她需要你们尊重。"

"调解员你有所不知,我女儿是越来越不听家长话了,前两天我狠狠打了她,打过以后,我心痛死了,今天我在东莞听说佩然被别人打了,我恨不得马上飞过来,咬死她,我开了三部车,带了十个人来,就是打人的,我倒要看看是哪个好佬敢动我女儿。"

我听到此,知道他说给他女儿听的,没理他。把良子叫到里屋,问她:“你的家长可以来一趟派出所吗?”

“千万不要告诉我家长,我妈知道,我就死定了。”

“为什么呀,你也看到了这个情况,他们非要你家长来不可的,再说,你也未成年,你自己也做不了主的呢,知道吗?”

五

“我真不是抢手机的,只是逗她玩一下,她也逗过我的呀!真的不能告诉我家长的,真的真的。”我相信她有难处,于是我陪着她的难处,一个人回到了我的少年,我在那里寻找着自己的难处,那千言万语也道不完的难处,谁人能一语道破,谁人又可以倾诉衷肠。于是有一个美丽的心事,托付给眼睛,托付给一次次毛茸茸的眨巴眨巴凄婉样,哦,少年的心事!什么都不再重要,用你的心灵来解读吧,用你的爱来接近,不要问她——少年良子是想抢还是想骗,我们接近她们的心灵了吗,你们要解决她,你们可以污辱她的身体,但你无力辱没她的心。我看着她的眼睛,突然想到了张清清那双留在上海的眼睛了,当初我亲吻它的时候,我真的懂得它们吗?它和良子的眼睛是多么相似啊!

它清澈,可以找到心灵;它平静,可以比作镜子;它俏丽,充满了亲和力。它每时每刻都想了解你,也期待着你的心灵,相拥你的心灵,它随时准备为你献出所有,不需要你的感激,不需要你的道歉。当你需要离开它时,它是多么无助,它还无法自处,它时不时想气急坏败,大闹一场,它希望你来打,来沾染,她抢了手机,她打了同学,她终于可以来到你的身边了,她要在你这里让心灵呼吸,她要你听它的,它向你索要爱呢,它不喜欢没有心灵的肉体,只有情欲的人,灵性不会相随,爱不会苏醒……

我突然拿起电话给女朋友打,张清清已经关机了。

我以为拨错了号码,又重新输入,当我站住时,已经走出派出所好远。黑夜无穷无尽,突然我放弃这种纠结,走回派出所,那双美丽的大眼睛在等着我呢,是啊,总还好,还有它在等着我!迎着门口被打女孩家人的强势和嚣张,我急冲几步上了台阶,让他们冷静,狠话都会说,没有人怕的。有什么好怕,你砍我,你坐牢呗。事情还解决不了!我急着要进民调室。

这时,一个高大的打手拉住我的膀子,提出要求,坚决要我让他带走那个女孩,半小时后就送回来。那女孩子笑笑,说:“随便。”她以为她是动漫里的无敌美少女！

我再次退出民调室，把门关上，把那个打手挡在门外。

突然，事情开始发生重要变化。

我正和那怒发冲冠的爸爸在门外交涉，听到室内两个少女有说有笑起来，咯咯的声音传出来，仔细听，她们在谈论一个男生。

她们两个少女竟意外地和解了。

三辆奔驰车呼啸着开跑了，他们都是经过派出所的，一直理直气壮的，谁都没输的，一样有面子啊。果然是无敌美少女！

想着白天的生活，浓浓的夜色像在包饺子，包着一个调解员一段一段的别样时光。

惑

尔　维*

鳏夫欧阳久夫是名哲学教师，当欧阳久夫三个月前在家护理患肺炎病的独生子时，他不堪烦闷，尤其是傍晚，他离开孩子，扔掉艰涩的《小逻辑》时不时走出来，坐在凉台上。而这时，十有八九总能听见那个弯腰弓背的卖麻花老头的叫卖声。他似乎是个盲人，左臂挽一只很大的覆盖着麻花的竹篮子，右手拄着一根探棍，右脚穿球鞋，左脚穿凉鞋，他低着头，全凭着只有他自己才能理解的黑暗世界的自我意识和那根探棍摸索前进。但引起欧阳久夫注意的不是他的外形，而是他发出的那种奇特的叫卖声。它不同凡响，令人惶惑。是聒噪？是难听？都不是。它既不难听，也不中听。它是死人咽气前逸出来的病吟，不是喊出来的。欧阳久夫不止一次被这种神秘的声调吸引着，或者不如说他的神经中的某一领域往往和这种特殊的声调产生莫名其妙的共振。在什么地方听过？童年？梦中？那些补锅的、卖报的、卖冰棒的天天在巷子里喊叫，唯独卖麻花老头的喊声动着了他的神经。老头子叫卖"麻花"二字又变成了降调，这降调又以同样方式用颤音滑了下来，犹如一线形炮烟，从空中弯曲着落下来，消失了……欧阳久夫听到这里，举首望天，像是想起了什么，看见了什么，可他什么也没看见。久而久之，就像楼下那群孩子一样，他也喊几声，虽然模仿得惟妙惟肖，但他知道，用这种方式来处理心理反应，只能证明自己的无知和无聊。不管怎样，他的患病的彬儿笑了，爸爸学叫，他也学叫。晚上，麻花老人只要进了宿舍大院，只要那特殊的声波一传出，楼上楼下的卖麻花声便不绝于耳。放学的小学生，从幼儿园领回来的幼儿便都叫着吵着围绕着老人。他对那仿声者以楷杖表示气愤，可调皮鬼一买到麻花就一溜烟地叫着"麻花"，跑掉了。

---

* 原名，魏一格。湖北省作家协会会员，原深圳市盐田区作家协会副主席，资深文学编辑。

尽管咫尺门口,欧阳久夫从没给孩子买过,不是孩子不吃,更不是没有钱,而是那股招魂般的声波,一飘进耳鼓,就会引起他心理上的失衡。那到底是什么?是一种自在的宗教观?是一种哲学理念?不必觉得有什么好笑的!他不是生在旧中国,长在红旗下?他从小学到大学,什么时候脱离过阳光的普照?他懂得政治经济学,了解人类社会的发展史,像普通人一样,他也把学来的知识作为一面镜子,并用这面镜子辨别生活中的是是非非。可也有什么都照不见的时候,那些扑朔迷离,发着光的,稍纵即逝的游思究竟是什么?那是留给他自己的吗?在课堂上,他是怎样清晰地给学生讲解唯物唯心两大史观啊!可他的意识扫描器却常常发现"Y"字路口。自孩子患病以来,他又发现一个"Y"字路口。就说儿子的病吧,他早就有预感,自从妻子病故后,他就怕碰到联想,不敢想到那些出乎逻辑又合乎逻辑的预感,特别是他发现他未能敏捷而果决地利用这种预感,而是被漫无边际的教务,身不由己地推着往前走。直到孩子第二次送进隔离病房时,直到这间空楼的寂静告诉他往后只剩下他孑然一身时,他才感到一般现实生活距离他多么遥远!他才感到常常把一个七岁的儿子扔在一起就像一根自生自灭的野草一样,想到他常悄没声儿地在荒园里挖土玩,倦了就悄悄回到家门口,无言地望着他,特别是当他不胜惊愕地发现,在一群顽童中那最瘦最黄的孩子竟是他的彬彬时——他感到天下没有比这更大的失误了。悔恨的拳头把他的心捏成齑粉。

现在,三个月的现在,一切都化成了灰烬,但一切都过去了,他不活着。这些天来也怪,那瞎子老头再也没有来大院卖麻花了。但那发颤动的"麻花——麻花"的叫卖声,依然在空中萦绕、飘荡。欧阳久夫恼恨地记得,就在彬彬最后离开家门的那天,麻花老人又圈了一群小孩在楼下堵着门口卖麻花。他真想摔碎他的篮子,折断他的拐杖,可大脑中的常规军干预了他。那与他有何关系呢?没关系,可他冥冥中悟到了一切事物的内容与形式的产生,它的表现。那麻花老人在现实中只是一个卖麻花的老人,但如果把生活的镜头推出无穷小,站在峰顶全方位地观察它,运用毕加索的构思,个体+交叉=整体,那结果又会如何呢?把他说成一种信使也不会错到哪里去呀!当初他若用殷实去填补灵魂中的空白,孩子就不会贻误治疗,或者,当初他若用凡夫俗子之辈的信条恪守生活规律,孩子也不致夭折。可他却没殷切扎实地生活,又没有恪守精神上的信条,他左手没抓着,右手又滑落了,他什么也没有了。在悲哀的思想灰烬中,小小的一星死火使他领悟到:人们对文体的公式、社会化生活的公式、数学公式都能够理解,可人类精神运动中的公式谁想过呢?色彩难道就只是色彩吗?声音难道就只是声音吗?医生能够根据面色断病,哀乐能催人泪下,这已经很了不起了,可还差那么一步:缺乏联想。当某种内容成形时，它会释放出它的形式，抽象的、未及料到的、不被理解的，可能是声音，可能是色彩，可能是一种力。气象学不也是观察星云吗？而它们不知道也不可能知道它们已经无意中被人类构成一种防卫灾害的信息。欧阳久夫每当沉入这种思考时就苦恼不堪，妻子去了，孩子丢了。他苦守在书斋里，干枯的、哲学家的手神经质地不断从空中劈下来，好像心快要划一条界线，他自语着：啊，当初什么都不知道该多好，如果开始只知道一种多好！我信，我有道理去信；我不信，我也有根据推翻它。真像一个网状，什么都一样，不走直路，走弯路，水中无路，可以驾舟。问题在于在干什么？他语塞了，没有捕捉到。“在于谙悉两种，而最终选择一种？自在地走左边，自在地走右边，或者自为地任走一边？”也许根本不存在任何固定意义上的生死斗争，全部奥妙就在于左右两个思维在外界规律作用下，进行自然活动的调整。正像科学家所说的：“灰尘虽然有害，但太空中如果没有灰尘，世界上便没有任何色彩。”

深夜的灯光下，他转过一副青铜般的面孔，巡视着书橱里的笛卡尔、康德、尼采、布鲁诺，他把目光停在斯宾诺莎上，长吁一声，摇摇头，旋过身子，凝视着卡尔·马克思的肖像：“是的，既然我知道了，既然我没荣幸成为那一无所知的一个，既然我懂得了‘自为’，我只能选择一个。”他的脑际似乎一下子晴空万里，他站起来，用颤抖的双手抚摸着肖像的镀金框：“啊，我没有错，何等黑暗的思想的大海呀！但竟摸不过来了。只有了解他们，我才更尊重你！”

几天之后，欧阳久夫饭后郊外闲步，他途经一个村落时，见一老妇正盘坐在地里，对着一堆新土泣不成声。纸灰飞扬着落在绿豆叶上，飘到路上。骤然间，他被身后赶上来的两个孩子的喊声吓着：“麻花——麻花！”

欧阳久夫心头一沉。暗语着：“啊，不是，不是信使，没有传递信息。他再也没有来卖麻花并非像星星一样完成了什么‘自在’的使命，而是他自己离开了人世。”他垂首登上一草坡，放眼望着西天，“不！倘使当初他能将那特殊的声波运用于预感并及早严加防范，那结果会不会有差异呢？没有联系……啊，最终似乎都一样，但我还是选择‘没联系’。”他截断思路，迈开大步走回宿舍，步子既坚定又豪迈！

“作家”郑重

子　衿*

郑重是看了网上的一则八卦才决定要当一个作家的。八卦说的是有一个美女作家,据说还是某省作协的会员,在一次上电视节目时,不慎将李白的名句“君不见黄河之水天上来”的下句对成了“恰似一江春水向东流”。当网友群起拍砖时,该女作家彪悍非常,大爆粗口之余还挑战“你丫把唐诗三百首全背出来听听”。这一下把郑重镇住了,自己还真背不全唐诗三百首,虽然如此,只不过《将进酒》是从高中起的挚爱,被如此“装点”,委实有点委屈,进而又有点好奇:这样的人也能当作家,我为什么不能?

很长时间以来,郑重都被周围的人称为才女,但郑重自己一点都不觉得。高中时,语文老师常语重心长地对郑重说:“你要好好练字呀,这笔字弄不好会埋没一篇好文章啊!”郑重于是就郑重地点头,待语文老师转身离去后就拿起自己的作文本开始了仔细地端详,然后疑惑不解地问同桌好友:“我的字很差吗?”同桌似乎也一头雾水,说:“不觉得呀,我觉得写得挺好的呀。”其实还有另外一重不明就里她俩都没提,郑重的文章真的写得很好吗?好像同样也没觉得。高二时,郑重获得全国中小学生作文大奖赛三等奖,拿着那个小本本翻来覆去地看,不像是假的,但怎么就觉得那么水呢?同学起哄着要拜读一下获奖文章,郑重就藏着掖着一副羞于见人的扭捏模样。后来二十几年郑重一直被人称为才女,却总是手忙脚乱地摆手,没有没有,差得远了。

郑重真的不是谦虚,她确实觉得自己距离才女还很远。直至有一天,网络红人凤姐横空出世,号称自己博览群书,往前300年往后300年无人能及,问她看什么书,她说看《知音》和《故事会》。郑重就想,噢,原来这就叫博览群书了,照此标

* 女,原名吴云。盐田区作家协会理事。深圳外企工作。

准,自己也称得上是才高八斗学富五车了。

郑重在一家大型外资企业工作了十几年,公司效益颇为可观。大约十年前,郑重的部门新老老板更替时,大有危如累卵之势,同事渐渐被分流到其他部门,最后只剩下新领导、郑重和另外一个女孩。虽然这种格局并非几个人自觉主动地选择,但不能否认,那段朝不保夕的日子他们还是肩并肩手携手艰苦度过的。于是后来部门渐渐发展壮大后,老板就总是喜欢和郑重及另外一个女孩开个忆苦思甜小集会,对郑重她俩说,他不会忘记过去那段艰苦创业的日子,除非有一天他也离职了,否则部门最后被炒掉的肯定是她们两个。还说现在这个人情淡薄的社会,锦上添花的都是假的,只有雪中送炭才是难能可贵的真情。郑重她俩郑而重之地点着被感动得稀里哗啦的头,决心与老板继续肩并肩手携手奔向新纪元。

于是郑重就这样听着老板雪中送炭的郑重承诺,看着老板不断地在其他锦上添着各色各样的花,斗志昂扬、激情澎湃地原地大踏步了十年。十年后的一天,郑重忽然觉得自己开窍了,虽说天有不测风云,但照公司目前的发展态势来看,在可以预见的未来还是难得有下雪的情形出现的。想通了这一点,使劲捶了几下自己的蠢脑袋。靠!老子不等下雪了,不干了!

冲动过后,郑重冷静了下来。毕竟早已过了愤青的年龄,少了当初那种雷厉风行的气概,上有老下有小,还有一大家子指望自己养活呢,就算不干也得先弄明白以后可以干什么呀。这个问题困扰了郑重很久,直到这一天,听到了美女作家那声惊天动地的“SX”,就像阴沉的天空划过了一道耀眼的闪电,撕裂了厚重的帷幕。对!就当作家!丫的以后谁敢挑战老子,老子也叫他背唐诗三百首!

激情过后,郑重又冷静了下来。作家虽然不错,但得有写作素材呀,每天公司家里两点一线的郑重完全不了解别人丰富多彩的生活,只好开始认真梳理自己波澜不惊的半生,期望着能寻出点儿闪光点来,演绎成精彩的小说。

郑重比姐姐郑好小一岁,确切地说是小 11 个月。所以郑好刚满月,肚子里已经萌芽了郑重的妈妈就断奶了。郑好从小说得最多的一句话就是喝点水加点糖,身体也一直不好。奶奶每念及此就把一腔不满都发泄在又高又胖的郑重身上,觉得郑重应该为此承担主要责任。那个年代,水果罐头可是奢侈品,郑好每次流鼻血都有一瓶吃,当然为了体现姐妹情深,郑好也会分给郑重一到两块。吃着甜甜的水果,看着郑好手里的一罐,郑重艳羡得不得了,终于有一次下定决心,躲在屋角轻轻地砸鼻子,希望达到既不算痛也能流血的良好效果。此举恰好被爷爷发现,问她干什么,老实地作了答。爷爷笑得前仰后合,说你不用砸鼻子了,给你一瓶吃吧。但是这一瓶还是分给了郑好一半。

郑重五岁半就上学了，妈妈说想叫姐妹俩一起上学好有个伴儿，就走了后门儿。于是郑重还没学会写名字，就匆匆背起了书包。还没等郑重初上学的新鲜劲儿过去，晴天就来了个霹雳。吃饭时，爸爸郑重地对小姐妹俩说，以前吃饭鸡腿都给你们，现在你们长大了，上学了，要懂得孝敬老人了，所以以后鸡腿要给爷爷奶奶吃。郑重为此一直想不通，虽然自己比郑好又高又胖，但毕竟比她小一岁呀，凭什么就两个人一起不能吃鸡腿了！这就是说郑好可比自己整整多吃了11个月的鸡腿呀！想不通归想不通，郑重也没抗议，从小不同款式或颜色的新衣服新鞋子都是叫郑好先挑，挑剩的才是郑重的，谁让自己欠了她的呢！在这个阴影的长期作用下，长大后的郑重发现了自己严重的鸡腿情结，单身生活那段时间，晚上不做饭，经常跑到超市买一个超级大鸡腿，狂风扫落叶般地啃个精光。

初中时，郑重还有点婴儿肥。每天放学的路上都会有一帮小社会青年在打扑克。远远地看到郑重，就齐声大喊，郑重郑重正是很重！每到这时，郑重就故作镇定、目不斜视地走过去，其实心里难为情得很。回家就埋怨爸爸，郑好的名字那么好听，为什么给我取了这么一个破名字。爸爸嘻嘻笑着说："你妈怀你时十个人有十个都说怀的是个小子，我们就把名字取好了，谁知一生出来又是个丫头，来不及再想名字，就这么的了！"郑重一听原来又是自己的错，暗自惭愧自己怎么就不是个小子呢，没能圆了爸妈的儿子梦。

高中时，郑重和三个女孩、四个男孩结成了一个小圈子，取名星星圈。三个女孩郑重对她们进行了简单的分类——美女、才女和玉女，只有自己定位不那么准确。才女是个武侠迷，给四个女孩每人取了一个绰号：酥手金妖、媚眼银怪、青面玉鬼、黑心翠魔，深得大家喜爱。此外，美女声称信奉共产主义，玉女和才女也分别声明信奉基督教和佛教，又剩了郑重一人惭愧地发现自己还没有信仰，又不想盲从其中某一位，于是果断宣布自己信奉道教，并迅速找出攻击其余的有效论点——那三个都是舶来品，只有道教才是中国土生土长，历史文化源远流长！为了提高理论水平，郑重找来大批道家典籍，勤奋准备仔细研读，翻开一看，90%不懂，只好拿起一张硬纸板，仔细画起八卦图，求个速成呗。图画好了，每天皱着眉头"乾坎艮震坤离巽兑"地埋头研究，共产主义美女看得有趣，问："哎小牛鼻子，你啥时成仙呀?"一语点醒梦中人，怪道当时自己没法定位，原来应该分类为仙女呀！

上了大学的郑重，像出了笼子的鸟，宿舍姐妹六个，嘻嘻哈哈臭味相投。经常穿着款式相同颜色各异的衣服，拎着暖瓶排成一队招摇过市去水房打水，引来行人纷纷侧目，并被冠以一个响亮的称呼：暖瓶帮。学中文的六个自然不爱听，熄灯后开起卧谈会，要起一个超凡脱俗的室名。首先确定各人的绰号，议论纷纷后根据个人的兴趣和特点从大到小依次排列定了下来：赖赖磨、六六六、嘭恰恰、番茄酱、闭门羹、嗦罗蜜。郑重最小，得到姐姐们的喜爱，于是另有一昵称：宝宝贝贝棒棒糖。接着是室名，七嘴八舌后，老二六六六提议“无轨风”，说寓意着随心所欲率性而为，立时获得大家的一致赞成。而后就开始周围宣传室名，孰料听的人千篇一律茫然的面孔，接着就小心翼翼地问：“你们不是六个人吗，怎么叫五鬼呀？”于是在姐妹六人齐声哀叹他人文化素养不高的不满声中，无轨风这个名字也随风散去了。

后来就工作，最初的四年，郑重马不停蹄地换了十个工作，用她自己的话说，涉猎了各个行业，用密友闭门羹的话说，经历丰富经验不多。再后来就到了现在的公司，经历了最初几年的顺风顺水后，开始了原地大踏步的职业旅程。

这半生就是如此。梳理过后，郑重发现自己的生活作为小说素材委实过于平淡，缺乏了悲悲壮壮、跌宕起伏的戏剧化情节。本想添砖加瓦添油加醋丰富丰富，却又有点黔驴技穷。唉！看来作家也不是那么好当的，郑重的作家之路，任重而道远呀！

爱的伤痛

巴　楠*

秋菊点燃一炷香,跪在佛祖面前,嘴里念念有词。秋菊很虔诚,因为她受不了被蔡一抛弃的冷落。秋菊嫁给蔡一五年了,还没有孩子,人们开始议论,说秋菊是一只不会生蛋的鸡,可惜了那身漂亮的羽毛。

蔡一是巴山的大户人家,三代单传。秋菊16岁一朵含苞欲放的花。刚刚嫁到蔡家,蔡一把她当花朵爱着。谁知肚子不争气,蔡一舍下她和巴山老宅院,住到城里,娶了二姨太。巴山老宅院便成了蔡一回来办事停留歇脚的地方。秋菊心里空落落的,不知道以后的日子怎么过,只有寄托神灵,烧香拜佛,求佛祖赐给她一个孩子。

"太太!"身后徒然响起的叫声,吓了她一跳。转眼一看,是长工吴二。吴二说:"今天我同管家去城里办事,管家说老爷今晚和他一起回来,让我先回来说一声。"

"哦。"秋菊掩饰着心中的欣喜,应了一声。

秋菊走出堂屋,环视了一眼老宅院,头上一阵鸟雀的欢燥,抬头一看,透过碧绿的桂花树的枝叶,只见满天落霞,一群忽聚忽散的归鸟,染着夕阳的余晖,闪闪灼灼。

秋菊早早地回了房。她看到梳妆台上镜子里映了一张俏丽的鹅蛋脸、两弯细眉,眉心一点胭脂痣,一双流淌着波光一样的眸子,他还会喜欢吗……

秋菊把捆绑住的头发散开,那一头浓黑的秀发,像自然的瀑布,换上一件粉红色且透明的衣衫,她要让蔡一见到她,就七魂销去三魂。女人哪,她有些自得又自怜地暗暗叹道,容貌和柔情不是她们征服男人的两样法宝吗?

---

* 盐田区作家协会会员。

夜很静,只有窗外的桂花树上偶尔传来宿鸟振翅的声音。这时,一股凉风送来桂花的飘香,她抬起头,一轮圆圆的月亮挂在中天,这时,她才记起今天是中秋节。

秋菊已经淡忘了这个节日。蔡一进城娶了二姨太后她就再没有过这个节了,这本该是一个月圆家圆心也圆的节日,没有了蔡一,她心里总是空落落的,还有什么心思过节日?然而,这个中秋之夜,蔡一要回来。

秋菊轻轻掩上门,吹灭灯,和衣而卧。不知过了多久,她在浓浓的桂花飘香中朦朦胧胧感觉到一个人的到来,轻手轻脚走近床边,她佯装熟睡。她知道,蔡一会先看她一会儿,看得他心里痒痒的,才和她亲热。所以,秋菊在等待这一刻的到来。

谁知,今晚蔡一异样地宽衣解带,撩开罗帐,径直朝她扑来。秋菊张开拥抱的双手被一股浓浓的酒气被迫停住,她知道蔡一滴酒不沾。秋菊睁开眼睛,瞥见一个高大的身影在晃动。惊骇的感觉攫住了她的心,她猛地推开那人翻身坐起,淡淡的月色中,一双大眼睛贪馋地望着她。

"你!"秋菊吓坏了,浑身发颤,盯着他,声音里透出恐惧和愠怒。

"嘿嘿!"男人讪笑着,一只手向她伸过来。

"你出去!"秋菊像被围逼的雌兽,低声地咆哮着。

男人却横蛮撕毁她的衫子。嘴里的酒气直喷到她脸上。她拼命躲开他的嘴,用尖利的指甲挖他的脸,"我要喊人了。"她说。

"你敢喊吗?"他毫不在乎,眼光在她光光的身子上阅读。

"你欺负到老爷头上,就不怕死?"秋菊本能地用双手抱住胸脯。

"怕个屁!"他手直向她胸口摸去,"要不是为了你,我会低三下四当这个管家?"

秋菊死命拽住他的手,急得快落泪了:"求求你……不要坏了我的名节……"她挣扎着说。

"啥名节,你为老爷守着贞洁,他可以娶姨太太,花天酒地,我为你打抱不平……"

管家的话,朝伤口撒了一把盐,她的心一阵战栗,碎了。

"哎哟,天啦——"她苦痛地呻吟一声。只觉得一座山倒了下来,要把她压成齑粉;一排汹涌的浊浪漫过来,淹没了她的全身……

那个让秋菊一想起来就发抖的中秋之夜发生的事,她感到羞耻,同时又被一种罪恶感牵引着,她一直躲着管家。

“太太,我是真心喜欢你,才那样……”管家碰上秋菊,急急地表白。

失贞的内疚像一扇沉重的磨盘压在她的心上,使她在人前不敢抬头,整日惊恐不安,连梦魇中也充满了叫她毛骨悚然的鬼影,使她夜半时分常常惊叫而起。

“你又做噩梦了?”管家像幽灵一样出现在她面前,吓得她直往床角躲。

“你放心睡吧,有我守在你身边,不会有事的。”管家看着浑身战栗的秋菊,很想走过去抱住她安慰她,“太太,我是真心对你好,要不是那天吃醉了酒,我是不会对你动粗的。我知道我伤害了你,可老爷心里有你吗?他一年半载不回老宅院来看看你,再美丽的花,没有阳光和水分,很快会凋谢,枯死。你又这么年轻,为啥非要吊死在一棵树上……”

秋菊知道,管家如果是一味地要横暴占有她,她会感到厌恶、恐惧和遭到蹂躏的羞辱。可是,管家用这种情切切的显出痛不欲生劲头的表白,却使她那颗竭力要挣脱诱惑的心,像被飓风吹动一样摇撼起来。这种挑逗让她在单调乏味的生活中品尝到了快慰和满足,恰如她在寒夜中愿意有一盆红红火炉不远不近地烘烤着,却绝对不愿在熊熊烈火中焚身一样。

“老爷如果心里有你,我有天大的胆子也不敢对你有想法,这是老爷让我怜爱你的心变成喜欢你,今生今世我要为你而活着……”

秋菊强忍着涌到眼眶的泪水,从蔡一身上得到少得可怜的恩爱因为没有生养而变得更少,嫁鸡随鸡的时代不可能让秋菊有想法,但一个女人缺少了男人的爱抚,正如管家所说的那样,一朵缺少水分的花朵,很快会凋谢,失去生命力,最后只有枯死。秋菊的心乱乱的,却感到四肢无力,摇摇欲坠的样子,这时,管家伸手抱住了她,管家感到她那柔和无骨的身子在他的怀中战栗不已:“老天为啥要折磨好心的女人,老天不公。”管家说这话时,已经抱紧了她。

直到这时,她才意识自己一直依偎在他怀里,急忙看了看紧关的门,她慌乱地像一只被抓住的鸟儿要挣脱开去。可是管家却更紧地抱住了她,将她轻轻托起,向里屋走去。

秋菊望着管家那双大眼睛里闪动着欲火,暗想:自己曾经为蔡一守身如玉,在那次失身之后也曾想再过清白的日子。可如今一看,这一切所为何来?这样一想,一个更为荒唐的念头猛地闪过:男人能养几个老婆,女人也可以找个男人。顿时,她感到一股热浪弥漫到了她的全身,心中的那道堤坝骤然间坍崩了……

秋菊和管家偷情的事,做得很神秘,心想不会有人知道,然而还是让长工吴二发现了。吴二半夜小解,看见一个黑影在前院一晃。吴二以为是贼,前院住的是太太,便蹑手蹑脚跟到前院,见那个黑影已到了太太的门前,黑影一闪身不见了。

吴二感到奇怪，明明看见有人，咋转眼就不见了呢？莫非太太房门没关？他来到太太门前，听见屋里发出一阵声音，他觉察到是两个人联合发出来的，难道太太她……吴二回头望了望，月光地里，斑驳的桂花树的枝影微微晃动着。吴二推门，太太的房门关着，他把眼睛贴在门缝上，看到太太床上两个人的轮廓……

太太美好的形象在吴二眼里彻底变形了。他没有想到太太会是那种守不住寂寞不知羞耻的坏女人。在吴二眼里太太是一个高贵、受人尊重的人物，就因为这事改变了吴二对待太太的态度。

吴二是一个眼睛里容不得沙子的人，再看到太太，吴二会狠狠朝地上呸一口，眼光轻蔑地扫她一眼，连声招呼也不打，就匆匆离开了。

秋菊是聪明人，下人对她这般，是她做了见不得人的事，让他发觉而看不起她的表现。这么说她和管家偷情吴二知道了？秋菊吓得脸色苍白。

秋天的脚步响得正欢的时候，冬风就大张旗鼓地来了，放肆地在巴山上空打着旋儿。

蔡一是昨天下午回来的。蔡一的马车刚进村口，就被等在村口的管家接住。管家看上去很焦急。他看到蔡一的马车，老远就跑前去，呵住马，扶着蔡一下车。管家说："老爷，你再不回来，我就得下山找你了。"

蔡一撣了一下胸脯衣服上的灰尘，抬头看了看老宅院，并没有回答管家的话。

蔡家老宅院屋宇高耸，门前两尊石狮子，门楼上高悬着县太爷题的匾额：荫泽乡梓。进得门楼，前院是主人的客房和太太的闺房，后院是管家、仆人、长工的住房和马厩、猪圈、鸡舍什么的。

蔡一悠悠进了堂屋，伸手拢一下暗花黑绸长袍，缓缓落座到那把朱红色的太师椅中。

太太秋菊柔柔地唤一声"老爷"，小心地捧上一杯香茶。蔡一微斜茶盖，轻轻呷上一口，挥一下手，说了声去吧。

秋菊知道，蔡一这大冬天回老宅院不是为她而来，而是来收租子。蔡一在巴山有很多田地租给别人，一年的收成该冬天结算，过完冬天该是另一年了。这阵他要和管家商议事儿。

晚上，太太在屋里早备了木炭火。蔡一烤着木炭火，喝了一碗热茶，觉得身子热乎乎的，解开外衣的纽扣。

"打发吴二回去吧！"太太想赶走吴二，"老宅院用不了那么多长工。"

蔡一有些吃惊地看了秋菊一眼。秋菊还是那么年轻漂亮，七八年不走样儿……

“吴二不守规矩,常往我们前院跑,看人色眯眯的,我怕……”

蔡一心里有数,做着沉思状。

“你睡吧!”蔡一说着,转身出了门,在大院转了一圈,才去了后院,脚步停在马厩前。吴二这时正在给马加料。吴二望见蔡一笑笑,算是打招呼。

吴二大蔡一 8 岁,13 岁到蔡家做长工,那时怕拉兵,故意毁了右手,为此干不了手上活儿,便给蔡家放马牧羊。吴二很忠诚蔡一,现在三十几了还没成一个家。蔡一搬进城就想带走吴二,但老宅子没他一个信任的人不行,吴二便留了下来。蔡一每一次回来,总要给吴二带点礼物,今天也不例外,他把一个制作精致的烟锅送到吴二手上。

吴二接过烟锅看了看,又还给了蔡一。蔡一不解地看着他。吴二说:“老爷,我觉得老宅院没有你住的时候清净了,干完这个冬天,我也该换个地方了。”

蔡一没有表示什么。

那一夜,蔡一睡得很晚,他回房时,发现秋菊竟然没有睡,还在等他。秋菊伺候蔡一躺下,又提起吴二的事。

蔡一有些烦,没好气地说:“你还有完没完?”

秋菊看蔡一有些不高兴,一呆,后边的话也就不敢说了。

蔡一心里有事,他一直在琢磨吴二话里有话。可吴二就是不告诉他真相。吴二是一个直肠子,心里装不住话的,他不愿说,就说明这里面有问题,要么是顾着他面子,要么是有人在威胁他,不敢说……

第二天,吴二被蔡一辞退走了。

蔡一白天忙着清理账目,秋菊只有晚上才有时间和蔡一在一起,说说话。蔡一突然冒出了一句:“管家的账目不清,还有几笔账悬着。”

秋菊惊呼一声:“有这样的事?”

蔡一说:“不行,换一个管家。”

秋菊说:“账目上的事,我不懂,管家可是你贴心的人,要换一个表面对你贴心,背后掏你墙角的人,你这老宅院就凶多吉少。”

蔡一不再说话,想必太太说得有些道理。

次日傍晚,蔡一突然决定回城里,他说他忘了明天要与一个商人谈一笔生意,让管家先把几笔账目上的欠账收了,过两天他需要一大笔钱。

蔡一坐上马车回城了。

管家派家丁早早关了大门,他说自己太累了,便闭门躺上床是假装睡着了,心里却像猫抓似的,一刻也安静不下来。估摸老宅院的人都睡了,他便蹑手蹑脚摸出了门。

他贴着墙,像一只行动悄然无声的壁虎,来到秋菊的门前。伸手一推门,房门没关,猫腰进了屋,径直朝床边走去。连日有蔡一在老宅院使他断了顿,便急不可待地宽衣解带想上床。撩开罗帐,忽然看到蔡一从床上坐起来。管家吓坏了!转身欲跑,发现自己光着身子,从地上摸起衣服,刚转身,早有准备的蔡一,却划亮一根火柴,把桌子上的油灯给点亮了。

“老爷,我喝醉了,走错了门。”

“是吗?”蔡一哼了一声。

就在这时,门外燃起了几个火把,管家“扑通”一声,给蔡一跪下了。

秋菊醒来,看到灯火明亮的屋子,管家光着身子跪在蔡一面前求饶,就知道他们的事纸包不住火,秋菊也叫蔡一骗了,要不,她说啥也要弄出办法给管家报信,不要闯入她屋子落到蔡一的手上。现在说什么都晚了,秋菊哆嗦着装糊涂,蔡一才不买她的账,掀开被子,把秋菊推下床。狠心地说:“你们真不是人。”

秋菊从床上起来,和管家双双跪在蔡一面前。蔡一一句话没讲。他点上手中的水烟袋,深深地吸了一口,又吸一口,单手背在身后,在地上跪着的一对男女前徘徊了两趟,忽而,转身走了!

可跪在地上的管家和秋菊没等到蔡一发话,还不知道蔡一要让他们怎样个死法,一时间,他们在地上吓得直打颤儿。

一袋烟工夫,吴二进门告诉他们:“老爷说了,今天放你们一马。但,老爷有言在先,从此以后,他不想见到你们。”

第二天,巴山迎来入冬以来的第一场雪。雪很大,从头天夜里开始下的。

蔡一把老宅院的租金和存银,都装入四口箱子里,分别放到两辆马车上。蔡一吩咐管家驾一辆马车前边开路,蔡一的马车刚出门车轱辘就坏了,蔡一让管家先走。管家负责驾车走了,他边走边想:蔡一这回怎么会这么大度,干了他女人都不追究,还派他送银子到城里,会不会蔡一在城里向他下手?要真是那样,他一不做二不休,趁蔡一没来,劫走这两箱银子,也够他生活半辈子了。于是他改变了行车计划,刚没走多远,因路滑,车轱辘掉了。马一惊骇,连车带人跌到悬崖下。

蔡一得到管家出事消息,他还在大宅院,秋菊也在身边。

蔡一问清出事地点,竟然与去城里的路是另一个方向。

蔡一摇摇头:“人呀,你对他越好,他越是背叛你。我让管家给我往城里送银子,他竟然敢驾着银车逃跑,真是遭天报应。”

蔡一像自言自语,又像是说给什么人听。

背山神

陈孝荣[*]

一

山套山，雾压雾，
猴子岩，老虎路，
山里人走险峰岭。
丁字打杵篾背篓，
早晨背出晚背进，
空肚背回空背篓。
爹把儿子背成人，
儿子把爹背下土。

这是流行在我们鄂西土家地区的《背篓歌》，也是写在历史深处的颂歌，更是刻在岁月里的丰碑。

鄂西山大，那些连绵的群山一座连着一座，尽管平日里都是一副平静、深邃、不动声色的模样，但它却有着狠毒的心肠，不仅挡住了通往山外的道路，而且吸干了山里一代又一代人的汗水和心血。住在山里的人，从一出生开始就注定得爬坡上岭。一旦长大，就与肩挑背驮结了亲。因而在大山里，男人便是一个家庭中的脊梁。那些为一家人的生存而在山里肩挑背驮的男人，被称之为“背山神”。

我父亲就是那样的背山神。他的一生与肩挑背驮结下了不解之缘。背篓、背架、打杵找上了他，几乎不让他放下。

---

* 盐田区作家协会会员。

年轻的时候,他在中南冶金地质勘探公司601队当搬运工人,把笨重的机器从这个山坳搬到那个山岭,又从那个山岭搬到另一个山坳。花出大把的力气与汗水,结果也只是换得了机器的行走,却留下了永久的疲劳。

后来因为碰上饥荒,超负荷的劳动却因为吃不饱,拿着钱也购不到粮食,就毅然地放弃国家工人身份,自愿回乡当了农民。也就是从这里开始,他就与背篓、背架、打杵结成了朋友,背柴、背草、背庄稼、背秸秆、背石头、背木料、背木炭等。如一蜗牛,爬行在大山之间,田野与农舍之间,爬落了日头又迎来了星星。日复一日,年复一年。

记忆里最深刻,也最撼动我的,则是他长达十多年背货的经历。

那是20世纪70年代至80年代的事情。当时,山里还没有通公路,山里人所需的日常用品得靠人力从山外运来,然后由供销社供应给农民。山里的粮食和农副产品也需要靠人力运到山外,换成钞票用于流通。但因为当时拖着大集体,各地的供销社并没有安排专人搬运货物,都由当地的农民利用劳动之余搬运,然后从中赚回那点可怜的力钱。这样,山里就自然形成了一个新的行业:背货。那些背货的人在当地就叫"背脚佬"。

父亲为了换回那点可怜的零用钱来补贴家用,就当上了那样的背脚佬。

因为是业余搬运,父亲就得把时间拧出水来,想方设法地挤时间去背货。时间往往是劳动一天之后,当最后一抹余晖挂在东边的山尖,生产队长刚刚喊收工,父亲就将手头的锄头交给母亲:"你把挖锄带回去,我得马上走了。"

说过,也不等母亲回话,就顺手拿起早已放在峁头上的脚背篓背上,大步朝杨家桥供销社奔去。

杨家桥属于另一个村,距我们家也是十多里山路,且全是上坡。父亲踏上路就一路小跑,矮小的身影穿越树丛、翻越山坳、爬上岩墩,赶到杨家桥供销社时,正好太阳被群山彻底吃下。供销社门前还有三三两两的人正在走来走去。营业员们也正在做关门的准备。

"领回货。"父亲一步迈进柜台,就对营业员说。

营业员看了父亲一眼:"跟我来吧。"就领着父亲朝那边山货仓库里走去。

父亲长期与他们打交道,彼此很熟。他们知道父亲来领货的时间。而且供销社主任向宗安正好是我们子娘园村支书的儿子,所以无论多晚,他们都得赶紧给父亲点货。即使是已经关了门,或是正在干别的事,也得赶紧放下那些事情给父亲发货、点货。直到把父亲打发走了,才能再干别的。原因就在于供销社需要这些人力给他们供应货物。他们的力气也实际上等于他们的饭碗。

走进仓库,给父亲点了货。父亲就把那些山货搬出来,放到磅秤上过秤。称好,再把那些货物一一搬出来,摆到门外的阶沿上,然后靠好脚背子,把那些货物一一码好,再捆牢实,父亲就背着朝家里赶去。这个时候,夜幕已经统治了乡村,正张开大嘴朝父亲扑来。

父亲回到家,天早已闭上眼睛,开始朝梦境里沉去了。各家各户的灯光也早已睁开眼睛,看着人们在灯光下忙碌生活。白天热闹的乡村安静下来,在夜幕的掩护下默默地守候传统。

母亲则在灯下做饭,或是喂猪。我们则在灯下做作业,或是给母亲帮忙。宁静就紧紧地围绕着我们。

就在这时,屋外传来了打杵碰击石板发出的声响。

"快,给你爹支亮去。"母亲吩咐的声音随即就从屋里传了过来。

我和弟弟就赶紧拿上煤油灯,从火垄,或是灶屋里出来,朝堂屋里走去。

走到堂屋,果真是父亲回来了。他的身影已到了门口,身后就是他背着的那脚山货。山货高高地堆着,就是一座山。只是那是些什么山货,因为黑暗挡住了我们的眼睛,我们看不清。

接着父亲迈进堂屋,我们就赶紧搬把椅子,或是板凳放到墙边。父亲直接就朝我们放好的地方走去,然后将那脚背篓山货靠下来。

这个时候我们终于看清了,那是一些药材、棕片,或是去桃山区社换煤油的油鼓子什么的。很霸气地堆在脚背篓上。

随着父亲靠下,脚背篓和那些货物也发出了轻微的叹息。这个时候,父亲才从背篓系里钻出身子,一边擦汗,一边默默地朝灶屋走去。或是问一声:"饭熟没有?"

母亲的声音又从那边传过来:"熟了。"

一家人便走上桌子吃饭。

吃过饭,母亲则把准备好的苞谷粑粑用一个包袱包好,交给父亲。父亲接过,又默默地放进脚背篓中,然后就洗澡上床睡觉。

二

第二天,当新的一天又摆到我们面前时,父亲并没有背着昨天领回的那脚背篓山货送往区社。吃过早饭,他照样扛着锄头,与母亲一起朝队里走去。因为队里的工不能误。我们则挎了书包朝学校走去。

这个时候，太阳已经在东山上露出了微笑。乡村在新的一天里又开始着新的梦想。

这样在队里劳动一天，当太阳再次落下西山时，父亲就得赶紧赶回家，打开门，背上那回山货朝桃山区社赶去。

桃山区社距我们家是30多里山路，尽管多数为下坡和平路，但那些山路的心肠比毒蛇都狠毒。因为这段山路中有长达20多里全是大沙坝水渠。

大沙坝水渠是条从半岩里劈出的一条水渠，岩上与岩下均是万丈深渊。下面的深渊深不见底，莫测高深。上面的悬岩飞扬跋扈，抬头只能看见一线天。

那是一条从山里引水，到桃山电厂用于发电的水渠。弯弯曲曲地不知转过了多少弯道。水渠里，泉水不知忧愁地流淌着，守护它的堤坝则狭窄得只能容一人通过。有些地方甚至只能放下一只脚。倘若碰上山上崩山，或是暴雨季节，堤坝常常毁于一旦。

而修这条水渠的时候，也不知有多少阴魂给丢失了在这里。那些山湾里、泉水涌动处，似乎就有阴魂随时守护在那里，寻找着替身。

但这是一条通往桃山集镇的近道。

我们子娘园村出山只有两条道路可以选择，一条就是走这条险道，另一条则是通过一个叫柿贝的地方。但那条道在给人平安的同时，却又多出了十多里路程。所以赶时间的父亲必须选择这条近道。

父亲背着百十斤重的货物从家里出来，还没有走出村庄，天就黑了，不愿意再给他提供一点光亮。天边的星星无力地眨着眼睛，爱莫能助。父亲只得点燃火把，或是拿出手电照亮。便走下龙子岭，拐上大沙坝水渠，向着桃山区社赶去。

峡谷里荒无人烟，寂静得比铁还重。唯一活着的只有父亲的脚步声和他粗重的喘息声。恐怖则无处不在，既蹲在下面的万丈深渊里，也悬在头顶的悬崖处。父亲一个人无声地、小心翼翼地走着，随时都得提防落下深渊，或是头顶有石头坠落。身边也只有黑夜与寂静包围着他，世界一律看不见。只有微弱的火把，或是微弱的手电光可怜他，环绕在他身边。

然而身上的货物却越来越狠心，一点一点榨出父亲的汗水。很快，父亲的衣服就全湿透了。豆大的汗珠一瓣一瓣摔下，吧唧吧唧落到地上。但父亲顾不上这些，只得一个劲儿地往前赶。直到脸上的汗水多得影响了视线，他才从背篓系上拧起毛巾摸一把汗。那条毛巾是提前就系好的，早已被汗水浸透。

就这样，父亲艰难地向前走着。每走上一段，累了，就用打杵歇下休息一会儿，然后又继续向前。也就这样，一段段险路就被他无言地甩到了身后，让它们在黑夜里自讨没趣。

实在累了,父亲就找一个岩墩靠下山货,然后从背篓系里钻出来,再拿出母亲为他准备的吃食,坐在某块岩板上吃着。苞谷粑粑尽管便于携带,但早已冷过性,干瘪,难于下咽。父亲慢慢嚼着,一口口吞下,直到吃饱了,便扑到水渠堤上喝口水渠里的凉水,然后又背上山货继续赶路。

这样赶到桃山就是下半夜时分,集镇还在酣睡。父亲就将那脚背篓山货靠在区供销社门口,然后找个背风的地方坐下,打个盹,等着天亮的到来。

三

天边还没有露出晨曦,集镇就醒来了。赶路的、卖菜的、开门的、做早餐的等,已经掀开了集镇的平静,各种声音在集镇里充斥起来。

父亲被这些声音弄醒,不能再睡了,只得继续坐供销社的阶沿上等着区社营业员们来上班。因为区社的营业员们长满了虚荣心,他们不到上班的时候是不会来开门的。即使父亲心里急得长出了手,也不可能去敲他们的门。他只能坐在风口和人们注视的目光里,继续等待。

这样等到八点,太阳爬上东山,把区社的房屋、大门一一照透,区社营业员才一一从宿舍楼出来,父亲就赶紧站起来,从背篓里拿出票据递给营业员。

营业员用没有睡醒的眼睛看过票据,就让父亲把山货背到后面的仓库里,一一照着票据验了货,发现斤数和件数无一差错,就又将他领到百货仓库里,指了百货:“那里,食盐一袋,白布二匹……”

父亲就按照营业员的指点,把那些百货搬到磅秤前,一一让营业员验货,过秤。

因为父亲领回的百货,也都是杨家桥供销社营业员开出的货物,区社的营业员也只能照单发货。那些货物都是山里急需的日常用品,包括食盐、煤油、布匹、火柴等。

验了货,过了秤,再打成一个一个包裹。父亲就把那些包裹搬出来,再绑到脚背篓上,然后带着它们朝家里赶回。

回程的路程就更加艰难了。那些弯弯曲曲的道路似乎长了一口尖利的牙齿,一点点咬住父亲的速度,并把他的力气、汗水大口大口吞下。因为回程的路程大多数是上坡,父亲付出的力气更多,喘息也更加粗重。背在身后的百货尽管没有了山货那么夸张,矮小了许多,但它们却更加娇贵,需要找父亲讨更多的力气。

这样父亲的打杵使用频率就更高了,每每走上二三十来步,就得歇上一歇。

“嗨哟——”

每一次歇下,父亲就喊一声号子。

这是一声劳动号子,能唤起更多的精神与力量。每一次把心里的气呼出,体内的力量就回来不少,精神也长大不少。同时它们也长着翅膀,每一声喊完,它们就穿越峡谷,朝着山顶飞去,直插云霄。

实在累了,父亲就找个岩墩将货物靠下,然后坐在货物前的岩墩上擦过汗,一边补充食物一边歇息。

吃食依旧是昨天从家里出发的时候,母亲给他准备的那些苞谷粑,全是昨天吃剩的。尽管父亲背货物是为了换回更多的力钱,但父亲从来都舍不得花那些钱。从集镇上过了一次又一次,没一次吃过集镇上的食品。他所吃的,也不过就是那些饭馆里飘出的饭香。

水照样是水渠里的那些水。

那是从山里流出来的清澈泉水,就从我家门前的那条叫纸厂溪里流过,然后在大沙坝汇集,流入水渠里,没有污染。

这样歇好了,父亲就背上百货再次出发。一点点把那些讨厌的山路、山峰、岩壁、险路甩到身后。

将那百货背回村子,正午的太阳已经悬在头顶望着村庄、山岭和农人。半天时间已经过去。

这个时候,母亲多半从队里回了家。打开的大门,望着他一步步走来。在屋里做饭的母亲,则早把炊烟赶上屋顶,让它们缠绕、向着天空奔去。饭香则从屋里飘出来,一点点塞满空间。

若是母亲没有回来,父亲则靠下百货,再掏出钥匙打开门,然后把百货背进堂屋靠好。便走进灶屋,点燃灶里的火,把炊烟升起来,开始做饭。

吃过午饭之后,父亲则不敢再背着百货去杨家桥供销社交货了。而是扛着锄头从屋里出来,与母亲一起朝队里走去。

“你到哪里去了?”刚一出现,队长向宗道总要黑着面孔问他。

“家里有点事。”

每一次,父亲总是找各种理由搪塞。因为背货误队里的工是当时的政策所不允许的。这种私人行为叫“资本主义尾巴”,是必须割除的。

“家里有事总得请个假吧。”

“哎,哎。”

父亲赶紧回答。因为在我们生产队,父亲长期背货是人人皆知的事实,队长这样过问不过是借坡下驴,推脱责任。

尽管如此,父亲还是得冒这样的风险。因为背一次货的劳动所得远远高于队里的半天工分,背一回山货每百斤可挣一块五毛钱,而在队里劳动一天,顶多值五毛钱。我们家家大口阔,生存的压力推动父亲必须那样做。

所以父亲的内心深处就特别盼望下雨天。因为每逢阴雨天,队里就要放假。这个时候,他的脸上反倒晒出了太阳,吃过早饭,背上脚背篓坦然地朝杨家桥供销社走去。那每一步踏下去,都是踏出的从容。身影一点点被树丛、山岭拉入怀抱,再也看不见在队里劳动后去背货的那种匆忙、奔跑的样子了。

但这样的时候不多,更多的时候,老天总是收起它的阴天雨,露出一张灿烂的笑脸。父亲就只得像过去那样,把时间一点点挤出水来,连夜赶跑,把一个男人的责任扛成一架架大山。

四

在队里劳动了半天后,第二天吃过早饭,父亲依旧没有把那百货送往杨家桥供销社,而是又到队里劳动一天,直到夕阳收去了最后的尾巴,队长喊一声“收工”,父亲才扛着锄头回家,然后赶紧背着那百货朝杨家桥供销社爬去。

爬到杨家桥供销社,天没给父亲机会,合下了它的眼帘。这个时候的营业员们已经吃过晚饭,或站,或蹲在屋檐下、阶沿上说着笑话。

父亲的到来自然夺走了他们的快乐,他们得赶紧派人进屋验收百货。

父亲背着百货走进柜台,先是将那百货靠下,再卸下来,然后拿出票据递给营业员。

营业员接过,照着票据一一验收后,就在灯光下拨拉算盘,然后报出数字:“一上一下,总共265斤,一共是三块九角七毛五分。”

“哎。”父亲这样回答。眼睛则长出了钩子,直直地钩着那把沉默的算盘。因为父亲不太会算账,尤其是数字复杂的时候,他就没能力整理清楚了。所以营业员说多少就是多少。

营业员没再说话,而是打开钱柜,找出一把零钱给父亲递了过来。

父亲接过,数也没数就装进上衣口袋,然后问:“下货背什么?”

“跟我来吧。”营业员说过,便拿了灯把父亲领到后边的仓库里,给父亲点了山货。那些山货也依旧是一成不变的药材、棕片等山货土产。

父亲再将那些山货搬出来，又过完秤，就捆好背着朝家里赶去。

就是这样，父亲背负着一个男人的责任，在那些崎岖的山路上来回地奔走着，也不知道磨坏了多少衣裤、披肩，背坏了多少背篓，用坏了多少打杵，流过了多少汗水，付出了多少心血，背过的货物也成了看不见的连绵群山。

那些用他巨大的付出换回的一点可怜力钱，就用于家庭开销，购买食盐、火柴、布匹等日常用品，让一家人的生活在时光里正常地朝前走去。

另外就是给我们付学费。尽管那时学费并不贵，一个学期也就几块钱，或是十多块钱。但那每一分钱都是用父亲的血与汗铸造的，比黄金还贵。它们被我一年年花掉，让我所学的每一个字都浸透着父亲的血与汗。也正是这样，他那种巨大的付出撼动了我的心灵，让我在成长的路上一点点将他那种锲而不舍的精神收藏进了灵魂深处，并让我在以后的人生路上大获收益。

天地间，爱如雪

[土家族]木子*

雪，洁白纯净，她像天使，用洁白的羽翼覆盖着大地上的尘埃。

爱如雪，澄澈美好，她用博大的胸怀化解了灵魂的丑恶……

扛着两只硕大的旅行袋，林志豪艰难地在狭长拥挤的车厢里迂回前行，经过不少的埋怨和白眼后，他终于找到了自己的座位。他长长地呼了一口气，刚把行李放好，列车便长鸣着缓缓驶离了上海站。

车上暖气开得很足，林志豪微微有了些汗意，于是他脱下外套小心翼翼地挂在窗边的衣钩上。这件深蓝色的羽绒服是结婚那年秀竹托人从深圳买回来的，很贵，所以他很少穿，只在过年时才从箱底里翻出来显摆几天。

林志豪不慌不忙地从随身拎着的塑料袋里拿出一只满是茶垢的大号搪瓷杯，又从口袋里摸出一个皱巴巴的信封，变戏法似的掏出一把茶叶，然后弯腰从茶几下抓起一只暖水瓶，这一连串的动作一气呵成，明眼人一看就知是个老江湖。

“哎，我们换个座。”一个娇美的声音，却硬得不带一丝商量余地。

林志豪疑惑地抬头，面前站着一个十七八岁的女孩，身材娇小，打扮入时，背着一只天蓝色的双肩包，右手拖着一个皮质拉杆箱。

“姑娘是和我说话吗？我好像不记得自己叫哎噢。”林志豪本不想搭理，却还是忍不住想教训她一下——没礼貌的小丫头。

“我是对面的上铺，换你这个下铺，给你200块钱和一分钟的考虑时间。”

林志豪对有钱人向来没有好感，对狂傲的有钱人他更是深恶痛绝，刚想一口回绝，猛然一个念头从脑海闪过，他自己都被吓了一跳，思路便被牵着走了……

“男人照顾女人是天经地义的事，要钱那就俗了，来，我帮你先把行李放好。”

---

* 中国少数民族作家学会会员，发表各类作品180余篇，著有诗集《土家情歌》。

林志豪站起来接过女孩的拉杆箱放在了行李架上。

女孩愣了一下,随即将双肩包取下,拉开包从里面掏出精巧的钱包打开,林志豪偷偷瞥了一眼,只那么一眼,就让他的眼睛放出了光。

“给,200,我不喜欢欠人情,怕……没机会还。”女孩将两张百元大钞扔在茶几上,然后就木然地坐在车窗边,不再看他也不再言语,只是将眼神茫然地投向窗外。林志豪没趣地坐到女孩的斜对面,微微闭上眼睛。

车轮与铁轨胶合撞击,发出铿锵有力的隆隆声,匀速而执着。

摇晃的车厢像极了童年的摇篮,林志豪全身松弛下来,有多久没有这样的感觉了?屈指算来到上海快一年了,白天在一家颇具规模的饭店厨房里打杂,晚上则由老乡介绍去一家物流公司的仓库值夜班。快过年了,思念逐渐泛滥,他开始盘算归期,可年关临近,饭店生意越是红火,店里规定不准请假,而且春节期间的加班工资老板也给得特别高。思前想后,情终于输给了钱。春节长假一过,他就迫不及待地动身返乡了。

林志豪睁眼时发现天色已暗,看看表,自己竟然迷糊了两个多小时。已是晚餐时间,人们开始陆续用餐,或盒饭,或泡面。环顾四周,他发现少了那个女孩。

女孩回来时,林志豪正就着茶缸里的茶吃着自带的馒头。

“吃饭没?”林志豪察觉到女孩除了不离身的双肩包,手里多了瓶矿泉水。

“嗯。”

“不舒服吗?脸色那么差?”

“没。”

我靠,真是惜字如金啊。林志豪在心里暗骂一句,脸上却依然不露声色。

那个夜晚林志豪睡得很不安稳,一是上铺摇晃得太厉害,二是出门在外得时刻保持高度警觉性。侧身时,他的目光无意中瞄了一眼对面的下铺,女孩正双手抱膝一动不动地坐在那里。有钱人就是毛病多,深更半夜发什么呆啊。林志豪不以为然地刚想转头,窗外一闪而过的灯光蓦然掠过女孩的脸,那脸上的表情让林志豪的胸口没来由地堵得慌:女孩微微发颤的唇显然在极力克制着自己,眼里的雾气却越聚越浓,终于凝结成一滴透明晶莹的泪珠,从眼角慢慢渗出,顺着白皙的面颊缓缓地滚落。

林志豪经过餐车时看见了女孩,一个人,一桌菜,却不吃,只是看着发呆。

切,和钱有仇啊?这什么世道,穷人吃不饱,有钱人却如此糟蹋粮食。林志豪攥紧手里发硬的馒头,心里极度不平衡。

“小姐吃不下?想情郎了吧。哈哈,哥们来陪你吧。”奸笑牵住了林志豪欲走的脚步,他站在餐车外静观事态的发展。

女孩却连头都没抬一下。

“哟,是个冷美人啊。嘿嘿,正合我们的口味。”

俩小青年一左一右坐下,将女孩夹在中间,高个子将手搭上了女孩的肩膀。

“把爪子挪开!”冰冷的语气,不容侵犯的神情,林志豪忍不住暗暗叫好。

“臭丫头,敢对大爷不敬,想找死啊!”

女孩的一再藐视终于激怒了俩混混,局势紧张,仿佛一触即发。

“小妹等急了吧,哥上了趟 WC,排队的人太多了,咦,两位是我家小妹的朋友吗? 来,一起坐下吃点?”

“啊哦,嘿嘿,我们认错人了,对不起啊。”俩混混灰溜溜地出去了,林志豪直想笑,为自己的足智多谋,也为这天赐良机。

回到座位,女孩开口说:“谢了。”尽管只有两个字,林志豪似乎看见了曙光。

“你去哪儿呢? 女孩一个人出门,可要多长个心眼。”

“哈尔滨。”

“太巧了,我们一路。我叫林志豪,家在哈市郊区。”

女孩犹豫了一下:“姓陈,名晓晓。”

“陈晓晓,呵呵好听,文化人取的名字就是不一样。我给闺女取名叫豌豆,嘿嘿,够俗吧。”

“豌豆? 呵呵,蛮可爱的名字。”女孩的一声轻笑,让林志豪感觉太阳也是可能从西边出来的。

“你长得肯定像你母亲吧? 我家小豌豆就像极了我家那口子。”

“我妈妈? 她死得很早,我出生那天。”

“呀,对不住啊,不该提起你的伤心事。”

“没事,当伤心事太多时,心就会麻木,就不会再伤心了。”

“你爸一定很有钱,也一定很疼你吧?”

“他很穷,穷得只剩下钱了,他能给我的也只有钱。”

果然不出所料,林志豪心里暗自得意。

“你去哈尔滨是走亲访友吗?”

“去哈工大看看,虽然我是哈工大的学生,却不知道自己学校是什么样子,嗬,因为我休学了。”

“哇,你还是大学生啊? 了不得。为什么休学啊? 不喜欢这学校?”

“那是我填报的第一志愿……很多事情,都是天意。”女孩的神情又开始默然,林志豪知趣地打住了话题。

“陪我去餐车用餐好吗?”

“这……好吧。”林志豪强压住内心的狂喜,装模作样地犹豫了一下才答应。

餐车内两人相对而坐,女孩又点了满满一桌菜,外加一瓶红酒。

“列车就要到达终点站了,古人云,百年修得同船渡,千年修得共枕眠。你我同车一程,也算是百年修得的缘分吧。”女孩顿了一下,“晓晓从没得到过母爱,也没有体会过手足之情,今生唯一的一次远行认识了你,虽萍水相逢,却得到你一路照顾,晓晓感激在心。哥,不知这样称呼你是否冒昧?”

“姑娘说哪里话?我是个粗人,能有你这么个水灵灵天使般的妹子,那是我的福气。”

“来,晓晓敬哥一杯。”

姑娘一扬头,一杯红酒下肚,咳嗽,剧烈地咳嗽,苍白的脸上微微泛起红晕,是因为酒精,还是因为咳嗽?

“晓晓,你一个女孩家孤身一人在哈市,哥不放心呢。妹子若是信得过哥,哥就陪你走一趟。”

“晓晓不想再给你添麻烦了。”

“我是你哥啊,怎么一会儿工夫就成了别人了?”

“好吧。哈工大之行也不急在一时半会儿,晓晓先陪哥回家,哥一定急着见小豌豆了吧?”

“真是个通情达理的妹子,那就这么说定了。”

林志豪的家位于哈市东南 23 公里处的小河畔,小小的村落幽静温婉得如情窦初开的少女,静悄悄地躺在一片山谷之中。当晓晓踏进林家大门的那一瞬间,她的脑海里立刻蹦出四个字——家徒四壁。

“爸,是爸吗?”一个怯怯的小女孩的声音从里屋传出,林志豪闻听,顾不上晓晓,扔下行李就往里屋冲去。

“小豌豆,是爸,爸回来了,可想死爸了。”林志豪一把抱起久别的爱女,在那粉嘟嘟的小脸上狠狠地亲了两口,眼眶微微湿润了。

“我家小豌豆又长高了不少啊,呵呵,快成大姑娘了。”

“爸为什么那么久都不回家?是不是不要小豌豆啦?小豌豆会很乖的……”

“你是爸的命根子,爸怎么会不要你呢?”

晓晓一直默默站在他们身后,被林家的父女情深感动了。看着看着,眼前的一幕在她眼里竟幻化成另一个场景:千里之外,也有一个父亲,正临窗远眺,老泪纵横,只为离家出走的独生爱女。

“对了小豌豆,爸还带了个客人回来。”林志豪转身看见了有些恍惚的晓晓。

“爸,你叫她妹子?那小豌豆是不是该叫姑姑呀?”

“小豌豆真聪明。”

“可是我想叫她姐姐,可以吗?”

“胡说,不可以这样无礼。”林志豪假装板脸是怕晓晓生气。

“呵呵,就让她叫姐姐吧,我也想有个妹妹的。”晓晓回过神冲林志豪笑笑。

“原来你就是大名鼎鼎的小豌豆呀,不仅有着可爱的名字,还长着一双漂亮的大眼睛,像个小天使哦。”晓晓的话虽有客套成分,但也有由衷的赞美。

“你一定是神仙姐姐吧,因为我们家好像从来没有客人来的。”

“呵呵,如果我是神仙姐姐,小豌豆有什么心愿想实现呢?”

“我想……我想看看姐姐长什么样。”

晓晓的心猛得咯噔了一下,她瞪大眼睛看着林志豪怀里的小女孩,大大的眼睛黑白分明,那黑黑的瞳仁仿佛一潭秋水,可仔细看却是一潭让人心悸、不会起丝毫波澜的死水,空茫,没有光泽。

“那是两年前,正月十五,既是元宵,也是小豌豆的生日。闺女乖巧,知道家里条件不好,所以从不提什么非分要求。那天晚上我心情不错,吃完饭便带上五岁的小豌豆去镇上看花灯。街上爆竹声声,花灯玲珑,小丫头从没见过那么热闹的场面,别提有多开心了。谁知乐极生悲,一只没长眼的爆竹横着飞过来,在小豌豆眼前炸开,当时我看见女儿满头满脸的血,都吓瘫了,在路人的提醒和帮忙下才把她送去医院。医生的诊断让我差点儿崩溃……接下来的三个月时间,我带着豌豆跑遍了市里大大小小的医院,所有的诊断都是一样的残酷——小豌豆将在黑暗中度过以后漫长的岁月。秀竹天天抱着小豌豆哭,我的心都快碎了。我发誓一定要让小豌豆重见光明,我要带她去全国最好的医院,请最好的大夫,可这都需要钱哪。于是一狠心我扔下她们母女去了上海,我要挣钱,挣很多很多钱……”虽然已经过去了两年,噩梦般的往事依然不堪回首,林志豪的声音有些哽咽了。

“爸不难过了,小豌豆已经习惯了,我现在都可以帮我妈妈干些活儿了。”小女孩的声音里透着自豪。

“哦,你妈妈呢?”林志豪如梦方醒。

“妈妈去镇上的绣坊交活去了,昨晚她赶了个通宵,今天又忙了一天,才把一批绣品赶出来,妈妈的手艺在镇上可受欢迎啦。”

“爸不在家,可苦了你们娘俩了。小豌豆,爸向你保证,一定会让你重新看见灿烂的太阳、美丽的花儿，无论付出什么样的代价我都愿意！”

晓晓悄悄转头，用衣袖抹了下眼角。

天刚蒙蒙亮，晓晓就起床了。窗户纸呼啦啦的响声，身上硬邦邦的棉被，她都不习惯。还有林志豪惊天动地的呼噜声，隔着薄薄的一层木板刺激着她的耳膜。兴许太累了吧，只有到了家才会睡得如此踏实。晓晓这样想着，又发愣了。

推开窗户，晓晓差点儿叫出声来，因为激动，因为惊喜，因为她看见了雪。棉絮一般的雪，芦花一般的雪，蒲公英带绒毛种子一般的雪，正在风中飞舞。山尖全白了，松树柏树上堆满了蓬松松沉甸甸的雪球，一阵风吹来，树枝轻轻摇晃，银条儿和雪球儿簌簌地落下，玉屑似的雪末随风飘扬，映着清晨的阳光，显出一道道五光十色的彩虹。

“是晓晓妹子吗，昨晚没睡好吧？”晓晓回首，身后站着个女人，齐耳的短发，皮肤黑里透红，五官很和谐，有种说不清的舒服感。人不高，偏瘦，但丝毫掩饰不了她的清纯和自然。对，菊花，她就像一朵白色的野菊花。

“是嫂子吧？”晓晓试探地问，昨晚休息时女主人还未归来。

“呵呵，就叫我秀竹姐吧。”

“姐怎么不多睡一会儿？昨晚回来那么晚。”

“我去菜市场转转，想让你尝尝正宗东北菜的风味。”

“晓晓冒昧来访，打扰了。”

“妹子不说这话，你这么娇贵的城里娃能来咱这穷山沟，是你看得起我们。”

“姐，我能出去走走吗？我想看看雪。”

“哦那不成，这山里地形复杂，妹子人生地不熟很容易迷路的。这样吧，一会儿我叫你哥陪你去转转。”

“谢谢了。”

秀竹出去了，晓晓回过头，又开始凝望起窗外飞扬的雪花，虔诚地，痴痴地。

踏着厚厚的积雪，看那白色的精灵沿着一定的角度飘落下来投入大地的怀抱，晓晓感觉无比安详和宁静。生在南国，却始终心系北方飘雪的季节，也许前世自己就是一片雪花吧，不然缘何如此爱雪，心心念念想到北方看雪呢。报考大学时，晓晓不顾爸爸反对，在第一志愿栏里毅然填上了哈工大，谁知天不遂人愿……如今这个愿望终于实现了，今生应该无憾了吧。

倾听着脚踏积雪发出的咯吱咯吱的声响，晓晓笑了，那是由心里洋溢到脸上的微笑。半年了，她都快忘记快乐是什么模样了，林志豪絮絮叨叨地解说此时已然成了这片景色的话外音。

不知走了多少路，绕了多少弯，晓晓感觉到了有些力不从心：“哥，我……”

“快看，野兔。”晓晓还没把话说完，林志豪忽然大呼小叫起来。

“啊，快把它逮住带回家给小豌豆，小豌豆以后就不会太寂寞了。”晓晓有点兴奋，虽然她连野兔的影子都没看见。

“好啊。晓晓你站在这儿别走开，哥马上就回来。”林志豪追着野兔而去。

一个时辰后，晓晓依然在原地等待，她根本记不清回去的路。晓晓开始感觉彻骨的冷，她搓着双手使劲跺脚。早就听说了东北的冷，离开上海的时候特意加了件鄂尔多斯羊绒衫，外面又套了件波士登羽绒服，她觉得这套装束哪怕去西伯利亚都不成问题了，谁知还是估计不足。此时孤身一人在这荒无人烟的冰天雪地里，一种从未有过的恐惧情绪正在晓晓心里一点一滴地囤积、蔓延，忽然两道温热的红色液体蜿蜒着从鼻腔里慢慢往下淌。晓晓习惯性地往背上摸去，背上空空如也。

她想起上午出发前，整装待发的她习惯性地将双肩包背上，林志豪说：“晓晓，包包就搁家里吧，带着不方便，再说我们转一圈就回来的。”

沉默，犹豫，她最终放下背包，那只如影随形的背包，那只维持生命的背包。天意吧！晓晓凄然一笑，假如今生在此伴雪长眠，那么来生是否也会化雪而来？

就在晓晓苦苦地等傻傻地想时，离她不远的一块岩石后，一个男人一直在默默地注视着她，他的灵魂也在苦苦挣扎：晓晓，你是个好姑娘，可惜不该生在富贵人家。我所做的一切都是为了小豌豆。晓晓真的对不起，愧对了你叫我一声哥。林志豪两行清泪，两行心碎，两行感伤！

“哥你在哪儿啊？哥……”“哥你没事吧？你迷路了吗？晓晓在这儿……”晓晓的声音顺风飘来，有点悲壮有点惨烈。林志豪背转身慢慢蹲下去，用双手捂住耳朵，他害怕听这声音，不，不要叫了，不要再叫了，我不配做你哥，不配。

“爸爸，爸爸……晓晓好想再见你一面啊……”绝望的呼喊传入林志豪耳膜时，他的心像被火烫了一般抽搐起来，晓晓和小豌豆的身影在他眼前不断地重叠交替。天哪，我做了什么啊？身为父亲，我完全能够体会失去深爱的孩子会是怎样致命的打击，而我竟然……我真他妈不是东西啊！林志豪再也忍不住了，这心灵煎熬比肉体的折磨更让人难以承受，他快要崩溃了，于是从岩石后冲出……

“晓晓，哥回来啦。”当林志豪握住晓晓的手时，他发现那双手纤弱而冰凉，大概连血液都凝固了吧。

“哥……”已经黯淡干涩的眸子重新有了光泽有了湿度。晓晓微晃着身子，说话都显得力不从心。鼻血点点滴滴坠落雪地，宛如梅花绽放。

“晓晓你怎么啦?晓晓,别吓唬哥啊,是哥不好,是哥犯浑,让妹子受苦了。”林志豪一把抱住摇摇欲坠的晓晓,内疚得无以复加。

“我……”晓晓努力地想挤出一个笑,可笑容还没成型就在唇边僵住了。她想说话,可是她根本无法思索,她费力地和自己的意识挣扎,终于挣扎出一句话来:“哥……救我,双肩包……绿色瓶子……两片……”话刚说完,她就整个瘫了下去,什么也不知道了。

林志豪闷头往炕里添加柴火,把土炕烧得很旺很暖和。

晓晓静静地躺在炕上,长发凌乱地散落在白色的枕上,眼帘安垂,长长的睫毛上似乎还有零星泪痕。窗外的阳光无声地泻进来,映在她苍白的脸上。

“爸,神仙姐姐怎么啦?她不会有事的吧?”一直趴在林志豪身边的小豌豆终于忍不住出了声。从昨天下午爸爸把神仙姐姐背回来的那一刻起,她就感觉家里气氛有点凝重,爸爸忙着烧水烧炕,妈妈忙着煮粥熬汤,谁都不说话。

“当然,好人自有好报,神仙姐姐是好人,一定没事的,她只是太累了。”其实林志豪心里也没底,因为炕上的人睡得实在太久太久,久得让人担心是否会长睡不醒。林志豪的目光扫到晓晓枕边那只绿色瓶子,那里面到底装的什么,他不清楚,只知道晓晓需要它救命,可为什么过了这么久她依然没醒来?

“哥,让你担心了,不要自责,与你无关。”这是晓晓醒来后的第一句话。说这话时,她的唇边居然露出了一丝黯淡的微笑,黯淡轻飘得像浮在空中的暮色。

林家人悬着的心终于落下了。林志豪天天进山打猎,冬天的山里很难遇到猎物,偶尔运气好时可以打到些山鸡和野兔。秀竹则搁下绣坊的活,全心照顾晓晓。

晓晓在林家住了七天。

那天上午,秀竹去井台边洗衣服去了,林志豪从山里回来时,小豌豆手里拿着个小布包哭着说:“爸,神仙姐姐走了。”这些日子晓晓闲着没事就给小豌豆讲故事,教她唱儿歌,小豌豆对她的神仙姐姐充满了敬佩和依恋。

林志豪打开小布包,里面是厚厚的一沓人民币,还有一张字条:“打扰多日,实在抱歉。这些钱留给小豌豆治病吧,也许微不足道,却是做姐姐的一份心意,请收下。志豪哥,秀竹姐,晓晓走了,今生,不会忘记你们对我的好。”

一年后的一天,林志豪正在院子里劈柴,柴火已经堆得像小山那么高了,他还没有罢手的意思。再过两天又要去上海了,他希望为秀竹多做一点家务。

“林志豪,你的信。”邮递员站在木栅栏外叫他。林志豪停下手里的活儿,站直身子疑惑着,他有点怀疑自己的耳朵。

“林志豪,你的信,上海寄来的。”邮差重复了一遍,并补充了一句。

上海？天哪，不会是打工单位出啥事了？林志豪忐忑不安地迎出去接过白色的信封，他来不及道声谢就迫不及待撕开封口："林先生，您好！今天冒昧地给你写这封信，完全是为了我女儿。虽然你我素不相识，但你一定不会忘记我女儿，一年前与你在北上列车上有过一面之缘的女孩——陈晓晓。那个蓝色信封里有晓晓给你的信，请你先看一下，看完后你就会明白一切了，明白我来此信的目的了……"

晓晓？晓晓！林志豪喃喃自语着，心里立即浮起一缕温情，怎会忘记，怎能忘记，一别就是一年，没想到你还惦记着我这个没出息的哥啊。林志豪迫不及待地根据提示打开了那封信中信——

"哥，我是晓晓，陈晓晓。相信哥一定还记得我。转眼一年又是冬季，此刻你们那里又该是雪舞纷飞的日子了吧？好想你们，想秀竹姐，想小豌豆，好想再去看看你们，再去看看多少次梦中飘舞的雪花，可惜，今生已经不可能了。

晓晓是个不祥之人，降临人世那天母亲就撒手人寰。爸爸很宠我，可除了钱，他无法满足我更多。在金钱和寂寞中长大的我渐渐迷恋上了北国的雪，幻想在飘雪的时候踏在雪上倾听那轻轻的沙沙声，用心去感受那份宁静与飘逸。高考时我填报的第一志愿就是哈工大，只为能与雪零距离地亲密接触，只想在四年的大学生涯里，和那些白色的精灵们结一段尘缘。

我如愿以偿地考上了哈工大，却在开学前夕被查出患上了恶性淋巴癌，俗称白血病，医生说化疗可以帮我延长生存期限，可我，不需要。对于一个濒临死亡边缘的人，时间就是痛苦，那时我已经没有求生的欲望了，支撑我活下去的动力，是因为还有心愿未了。转眼冬天到，万物冬眠了，我的心却开始复苏了，我不露声色地在家陪爸爸过完春节就带上简单的行囊离家出走，踏上了北上的列车。

没想到生命最后一次旅行中认识了你。哥，真的感谢你，你对小豌豆无怨无悔的付出让我感受到人世间最伟大最无私的爱，让我认清了自己的自私，让我重新燃起了生存下去的勇气和希望，让我懂得哪怕再痛苦的生命，也应该珍惜。

回家后爸爸几乎放下一切工作陪着我，这一年时间里，我们相处的时间比过去20年的总和都要多，然而幸福时光太短暂，最后的日子降临了，晓晓不再恐惧不再悲哀，而是心存感恩，感谢赐予我生命的父母以及给了我难忘记忆的你们。

小豌豆，神仙姐姐有件礼物要送给你，相信你一定会喜欢的。小豌豆，好想再听你叫一声神仙姐姐呀，你的神仙姐姐会在天上看着你长大，并且永远爱着你，祝福你！"

林志豪一屁股坐到门槛上，手支着头，额上青筋凸起，太阳穴在猛烈跳动。他紧闭了一会儿眼睛，仿佛被内心的闪电击得头昏目眩。半晌，他的眼睛和思绪才又回到第一封信上——

“林先生，相信你已经看完了晓晓的信。一个月前晓晓生日那天，她委托我为她办理了死后角膜捐赠手续，在受赠人一栏里，她郑重地写下了林豌豆的名字。

晓晓走了，永远离开了。她走得很安详很平静，因为她知道，在她走后她的眼睛会依然明亮，依然可以静静地注视着尘世中她热爱的每一个人。晓晓的这一决定给两个不幸的父亲带去了希望，让我们两个天涯相隔的家庭从此紧密相连。

林先生，钱的问题你不用担心，移植角膜的一切费用我承担。接到此信请速与我联系，我会尽快安排小豌豆来沪做手术……”

从拆开信封那一刻起，林志豪就一直觉得眼睛肿痛，有一种张力在牵他的眼眶，泪水在眼底如洪水与水坝抗衡，蓄势待扑。此时，忍了很久的泪终于溃堤。他哆嗦着从衣兜里摸出烟和打火机，烟颤动着，打火机的火焰也颤动着，半天点不着火。终于，火苗遇上了烟，他重重吸了几口喷出一大堆烟雾，烟雾扩大、弥漫，渐渐幻化成一幅朦胧的画面：一个天使般的女孩在厚厚的白雪上蹒跚而行，像只可爱的企鹅，她冻得红彤彤的鼻子和盈着雪花瓣的睫毛下的黑眼睛，那么清晰，又那么模糊。她一路走去，回头，微笑：“哥，我走了，哥，我会想你的……”

四月的旋律

淑　喻*

四月草长莺飞的季节，楼外世界一片绿，空气弥漫着清新柔和的气息。

丈夫出差已有些日子，女儿又去了奶奶家，难得的安静。而此刻的菲菲心情却很复杂，她本以为自己已平静如水，至少已身为人太太的她在外界人看来十分幸福，爱她的丈夫，乖巧的女儿。或许她也不能否认自己的幸福，只是内心里隐隐约约中还有个叫梦想的东西，轲的出现就犹如一阵春风吹皱一池春水。

那晚朋友的聚会，定在桥头的那间“忘情吧”。

好友青青叫她这次无论如何都得到场，否则就没朋友做了。

“该不是有重要人物出现吧？”菲菲知道她用词一贯夸张，故意揶揄道。

“总之，你要来，就这么说定了。”青青说话的口气不容人拒绝。

菲菲本是不喜欢热闹的人，可毕竟已有几次回绝了朋友的聚会，这回也不好再拂青青的面子，于是答应下来。

晚七点左右，她对着镜子略施粉黛，然后身着一袭白色连衣裙，出现在青青的面前。

“哇！妈妈级的人是否还可以这么靓丽。”青青十分夸张的声音。顿时，所有人的眼睛都集中到她身上，在座的人似乎都不认识，菲菲脸红了，好在里边的灯光朦胧，也免了过于尴尬。

青青招呼她坐下，服务生送上一杯咖啡。菲菲端起正要喝，突然耳边有人在说：“你还是那么爱脸红。”

她回头一看：是轲，竟然是轲！

他还是十年前那样，挺拔英俊，笑起来两眼弯弯的样子，只是更多了成熟男性

---

* 本名汤淑娟，新浪网、奥一网资深博主，盐田区作家协会会员。

魅力。

认识轲是在十年前,菲菲是一家公司的秘书。

有一天她出门办事,途中下起雨,她跑到附近的凉亭躲雨。当时就轲一人在凉亭里,看着她狼狈冲进凉亭的样子,轲笑了,两眼弯弯的,一副大男孩模样。她也红着脸笑笑作答。雨一直下着,一时半会儿没有停的迹象,于是两人不知不觉聊起了天。

金圣叹先生把“雪夜围炉读禁书”视为人生至大幸福。而在这淅沥不断的雨天与一个毫不相识的男孩漫无天际地侃大山,也不失为精神上的一次大放逐。

分手时彼此都没留下姓名地址,轲潇洒地挥挥手:“再见哥们!”

他把她当“哥们”?有意思,菲菲过后想起就好笑。

几天后,菲菲竟然在办公的楼下遇见了轲。

“嗨,哥们!”轲依然是笑起两眼弯弯的模样,她才知道轲的公司与她同在一个办公楼,她在七楼,他在三楼,而且他们的住处也就隔了一栋楼。

“ 巧了巧了!”轲显得有点兴奋。

“那真是叫巧。”菲菲也有点惊讶,所谓无巧不成书!

那晚,她接受了轲的邀请,到一家颇为幽雅的咖啡厅。

两人面对面坐下,服务员送上了两杯冻咖啡,她拿着勺子,慢慢搅着杯子里的冰块。当她抬起头,猛然发现他在定定地注视着她,她突感浑身燥热,她不习惯让人这么注视着。

“爱过吗?”没想到他这么问。菲菲愣了愣,下意识喝了口咖啡:“加过,减过,可没等于过。”

“那不是罪过,爱情多是握手言别的!”他很认真的神情,目光中带有更多的理解。菲菲感动得竟然想哭,因为她刚与男友分手不久。

那一晚他们聊了很多很多,东西南北、大小巨细,总之她也记不清啦,轲让她的生活不再寂寞。

轲时而会打电话上来,常常“嗨,哥们!”一声让她感到温暖。

轲从美术学院毕业,小菲菲两岁,在公司里是负责广告设计的,他的广告设计在全国还拿过大奖。轲性格开朗,阳光帅气,不时喜欢说个笑话,把菲菲逗得哈哈大笑。

菲菲喜欢文学,轲也喜欢文学。她喜欢听他朗诵徐志摩的诗:“轻轻的我走了,正如我轻轻的来;我轻轻的招手,作别西天的云彩……”浑厚的声音深深吸引着她,让她有了一种身心融化浑然忘我的感觉。

她喜欢音乐，轲也是。听着巴赫的小步舞曲，听着舒曼的第一次丧失，莫扎特奏鸣曲，他们时而兴奋，时而悲伤，整个沉浸到音乐声中……

幽默、有才气是菲菲对轲最初的印象。

“哥们，咋啦？”某天下午临下班轲打电话过来，菲菲刚好感冒发烧，因急于赶两份文件，便拖着没去看医生。听着菲菲有气无力的声音，轲马上挂上电话，跑到她办公室。

“走，上医院。”他不由分说硬拉着她上医院看急诊，挂号拿药，打吊针，全程陪着，她就像小孩子一样被他领着，一直到送回宿舍。那会儿不知为何她特想吃水果，而当时夜已深，可他还是说，你等一会儿。

也不知他跑了多少个夜市，回来时就像变戏法一样给她带来了各式各样的水果，那刻菲菲感动得想落泪！

青青得知她得病也赶过来看望。她是轲公司里的秘书，与菲菲在工作中认识并成了好友。她聊到轲：“现在很少有这样细心体贴的男生了，要珍惜。”

“瞎说啥呀，他是我哥们。”菲菲自然不承认。

“我啥也没说呀。”青青笑得暧昧。

菲菲脸一下变红了，到底有点心虚。

轲还是如常给菲菲打电话，彼此依然“哥们”相称。

那些日子经常是这样，与轲听听音乐，看看电影，时而也会叫上青青三人一起出外踏青，在远山的草地上看夕阳西下，颇为浪漫的情景。只是不知为何，却常常让她感觉不到真实。彼此间尽管是“哥们”相称，可菲菲时而会从轲的眼里看到一种不陌生的东西。轲的优秀与才气，体贴与温情让菲菲时时感动着。可菲菲偏是回避着，或许因为曾经的爱，她不愿再落入情网，对一些敏感的话题她常常以半开玩笑掩饰了。轲也时时故作潇洒的样子，其实都明白彼此间怎一个哥们了得？

终于有一天轲告诉她要出国时，菲菲突然感到内心有一线游离不定的淡淡的惆怅和悲哀。他紧紧地抓着她的手，眼睛默默注视着她，一股炙热的气流传遍她的全身，她不觉有些恍惚，她努力使自己镇定下来，她知道她永远跨不过那一步的，她内心有一种无法割舍的牵挂，那不仅因为父母，更因为那内心里无法言明的过去！

当轲离去时那一身的落寞让菲菲难过了许久，她极力想忘却，可忘却如同要去欣赏一幅残酷的画面需要坚强面对，她实在不是一个坚强的人。

青青悄悄告诉菲菲说轲现在回来开了一家广告公司，至今还没有成家，说罢还意味深长地笑了笑。

面对轲不知说什么好,好在音乐适时响起,是一曲很优美很抒情的乐曲:《友谊天长地久》。

轲请她下了舞池,音乐声中轲拥着她轻轻说着:“你还是原来的样子,只是更漂亮啦!”

这样的情景,这样的时刻,令人有点情不自禁,恍如隔世的感觉。

于千万人之中遇见你要遇见的人,于千万年之中时间无涯的荒野里,没有早一步,也没有晚一步,刚巧赶上了,那也没有别的话可说,唯有轻轻地问一声:“你也在这里吗?”

舞曲终了时,轲送菲菲回到座位。

轲问:“这些年你过得好吗?”

“好。”菲菲回答。

轲又问:“幸福吗?”

“还好。”她还是这么回答。

轲叹了口气:“幸福就好,好人不幸福那太万恶。”

整个晚上,她都感觉到轲默默注视的眼光。

晚 11 点多,轲开车送她回去。

轲打开音乐,还是那曲《友谊天长地久》。

车慢慢开着,彼此默默无语,唯有那抒婉的音乐在回旋着。

当车子路过一花店时,轲把车停下说你等一会儿,随即下车。没多会儿就见他捧了一束花上车,是玫瑰花!

菲菲脸红了起来,只好故作调侃:“今天是敬老节?”

轲啥也没说,只把花放到她手中,并紧紧抓住了她的手。

霎时间菲菲脑子一片空白,她不知道已拥有一份真爱是否还可以同时拥有另一份爱?

她迷糊了。

轲低沉地诉说多年来对她的梦想及在国外曾经的痛苦经历和艰辛的创业过程,好容易有了今天的成功,他特别希望有一个人能跟他分享,希望菲菲能给他机会。

菲菲清醒过来,她知道不可能,尽管她喜欢这种感觉,可毕竟自己有丈夫、孩子,丈夫与自己有近十年的婚姻。十年的婚姻磨合,或许已少了些许浪漫,生活变得平淡了许多,可彼此毕竟多了份亲情,那份亲情是如何也去不掉的。她不会忘记那全世界耳熟能详的婚誓“你愿意无论对方健康还是生病,富贵还是贫穷,都一直爱他,帮助他,直到死亡把你们分开吗?”婚姻是种责任,也是一种承诺。

她轻轻把手抽出,对轲道了声:“对不起!”

轲一脸的挫伤感:“菲菲,我们何必骗自己?”

她沉默了。车窗外,苍茫的暮色中是一街酒红色的灯光,那些相依相偎的人们,有多少能为今生今世的爱情无遗憾呢?

车继续缓缓地向前开,到了菲菲家楼下轲熄了车灯,黑暗中彼此默默无语。最后还是菲菲打破了沉默:“我走……”话没说完,轲便紧紧拥住了她,菲菲几乎要窒息,她使劲挣脱开来想把车门打开,轲一声叹息放开了她:“我不会忘记你的。”便给她开了车门。

菲菲上楼回到家中,从阳台望下去,轲的车还停在那里,不知过了多长时间车才启动,她整个人都抽空了的感觉。

轲是她尘封多年的一个梦,是梦总要醒的。四月的风依然是轻轻,内心里她不断重温着“你愿意无论对方健康还是生病,富贵还是贫穷,都一直爱他,帮助他,直到死亡把你们分开吗?”

是的,她知道是这样的。她爱丈夫、爱孩子,她拥有一个幸福的家,其实幸福的家何尝不是她的梦想!她需要的是对婚姻的责任及一份承诺,她不愿再去胡思乱想。

不管如何,菲菲都感谢轲曾带给她的快乐日子,只希望有一天能再听到轲“嗨,哥们!”的问候声,也衷心地祝福轲!

过山车

余立功*

一

刚刚过完23岁生日，奶牛蛋糕的香甜还在口中流连，幸福的喜悦还在脸上荡漾，镇花——尽管她自己不喜欢这个赞美，但人们还是不约而同地这么称呼——柳晓蕙突然遇到了麻烦。这麻烦不是一点点，而是非常大，是大麻烦，以至于这一年她都陷在麻烦里不能自拔。简直把她烦死了！

柳晓蕙一米六几的个头，虽算不得花容月貌，却也身姿绰约，肤如冰雪，在她那圆圆的脸盘上，恰到好处地配了两条弯弯的月眉、两只眶在双眼皮里会说话的丹凤眼、高挑的鼻梁和樱桃般的小嘴。小嘴下面的正中，点缀着一颗淡淡的小痣。尤其身后一对拖到脚后跟的黑油油大辫，随着她款款的行走，轻轻地摆动，更是羡煞了无数眼球，引来颇高的回头率。所以，尽管柳晓蕙着装朴素，举止端庄，行事低调，态度谦和，并不刻意打扮，却仍然难掩她那方圆镇第一美女的风范，以至于女孩们纷纷效仿，男孩们主动献媚，于是便赢来了"镇花"的美誉。

家有金凤凰，不愁梧桐树。自打她两年前从技校毕业，分配回方圆镇到棉花采购站工作起，家里的门槛都快被说媒提亲的人踩平了。主动送她梧桐树的，既有政界显赫背景者，比如镇长的宝贝疙瘩；也有家境殷实富甲一方者，比如精铸厂厂长的公子；还有自身条件优越发展前景美好者，比如税务所所长，都差人到家里来说媒提亲；更有一些自告奋勇者，也络绎不绝地亲自找上门来，当面向她推销自己。自告奋勇者中，一些人的条件也是极具诱惑的，既有大学毕业生，也有自学成

---

* 深圳市作家协会会员，深圳经济特区研究会常务副秘书长。

才者,还有生意做得红红火火的。闺密向荣帮她粗略算了一下,一个加强排的队伍都有了,问她心中的白马王子到底是个什么样子的?提醒她别把自己的年龄耗大了,熬成了黄脸婆,过了这些村,可就再也找不着更好的店了。

每当向荣用不解的目光盯着她,用夸张的语调警告她时,她都脸微微一红,然后很好看地嫣然一笑,并不作答。因为没法跟她讲,讲了她也不理解。高中毕业之后,向荣就顶了母亲的班,到采购站当制票,就是根据检验员的检验结果,专门给售棉的农民填写棉花的等级、重量、水分、杂质等,然后叫农民去会计那里复核金额,去出纳那里领钱。随后,她又急急忙忙地把自己嫁了,都快要当母亲了。向荣走的这条现成路,不是她的理想选择。

她也不是囤积居奇,待价而沽,想攀个什么高枝。如果想攀高枝,她早就攀上了,并不用等到回方圆镇。毕业之前,她是想留在县城的,也有条件,甚至都已经分到县粮食局了。之所以最后回了方圆镇,也是逃避一个无聊人的无聊纠缠。那个人是她技校的同班同学,县长的公子,比镇长公子的家庭背景不知要好上多少倍。县长的公子死活追她,甚至搬动他爹要校长帮忙做工作,她也没答应。为了让县长的公子彻底死心,她连县粮食局也不去了,主动申请回了这同学们都不愿回的距县城40多里地的方圆镇棉花采购站。

改革开放刚起步,到处缺人,基层要不到大学生,甚至大专生都凤毛麟角,都抢得打破脑壳,所以一些单位要不来高层次的人才,或者高层次人才看不上那些小单位,便只得退而求其次,把中专和技校生也当人才用了。这样,当年一同上技校的十几个同学,回方圆镇的只有三个。而柳晓蕙的单位最差,另外两个一个去了银行,一个去了税务。

她并不着急考虑婚姻大事,是她心中还揣着一个梦想,她要实现这个梦想。这个梦想是早就有的,就是读大学。可惜1979年高考发挥失常,连中专线都不够,好在她有城镇户口,又不愿给家庭增加经济负担再复读,便去上了个技校。两年技校读完,她实现梦想的愿望更加强烈,一有闲暇便抱着数理化课本啃,甚至在单位还搞了个自学小组,和一帮准备读“五大”的青年组织起来,互帮互学。所以,她觉得自己还年轻,她的当务之急并不在谈朋友,更不急于把自己嫁出去。

对走马灯般的说媒提亲者,她跟父母约法三章,任谁的礼都不收,任谁家都不能应。她甚至荒腔走板地说,谁答应了人家,谁跟人家过去!父母也是明白事理的人,只说女儿的事情她自己做主,家长决不包办代替,把来人客客气气地打发走。而对那些胸有成竹信心满满亲自找她的人,还没等人开口,她便巧妙地把他们的话堵在嘴里,避免了彼此的尴尬。

但这些都不是她所烦的。不断有人向她摇橄榄枝，虽说要花些口舌去应对，想些办法去化解，但终归她是有吸引力的，终归是他们白白送给了她挑挑拣拣的机会。高兴都来不及哩，哪里还会嫌烦呢？

她所烦的，是闺密向荣带给她的一个消息，或者说，是向荣受人之托，来穿的这根她根本不可能接、却又不得不引起足够重视的线。

二

虽然现在是农村大忙时节，但于采购站的大多数人而言，却是难得的闲散时光。当然，也是临战前的短暂休整。因为还没到棉花上市的时候，采购站只需外勤组的人奔波于全镇的棉田里，了解棉花长势，指导农民作拣摘前的田间管理。同时，另有一些人穿行于晒场上尚未上调的如小山一样的棉垛间，严防火灾发生，或者漏水受潮。比较忙碌的是轧花厂，要把去年入库、尚未轧完的籽棉抓紧轧成皮棉，打包上垛，一方面腾出仓库装新棉，另一方面随时准备上调。

统计员柳晓蕙属于事情不多的人之一。其实即便是大家最忙的时候，她也相对悠闲。她的任务，是每个月做几份报表，然后跑几趟县城，送给县棉花公司的统计股。而在多数人都闲的时候，她就更有大把的时间搞自己的复习了。当然，也要抽出些时间和精力，应付一些有目的或者没目的的来访者。

初秋的一个晚上，天还有些热，柳晓蕙直截了当地回绝了高中同学田秉生——大专毕业后分到镇高中当老师——的爱情表白，赶紧洗了个澡，然后就坐在宿舍的小写字台边，准备做几道几何题。

“哎哟！又挑灯夜战啦？歇会吧，可别把身体累垮了。”

柳晓蕙一道题还没解出来，门外先是响起一串银铃般的笑声，接着便听到了上述一番话。待她抬起头来，向荣已经捧着大肚子，进了门里，正笑眯眯地瞅着她。柳晓蕙只得打住，问她这么晚了来干什么？提醒她临盆大肚的，要注意安全，别黑灯瞎火地到处乱窜，窜出个啥事来，就不好交代了。

“没事！小家伙调皮得很，老是乱蹬乱捅，一刻也不让他娘安逸，要上小姨这儿来玩。”向荣仍然用手抚着肚皮，嘴里笑嘻嘻地应道，满脸荡漾着幸福，“你看！一到你这儿，他就本分了。”边说边扯过房间唯一的一把椅子坐下。

“唉！有个事，我知道不可能，但我又不能不讲……讲了，我的任务就完成了……至于最后的决定，还是由你去做……希望你能体谅我的苦衷。”两人东拉西扯了一会儿之后，向荣突然叹了口气，转入正题。她说得吞吞吐吐，面有难色，搞得柳晓蕙蒙嚓嚓,笑问她何事啊,神神经经的?

原来,她是受采购站主任王大民的委托,来给他宝贝儿子当说客的。柳晓蕙当即就皱起了眉头,脱口而出:“怎么可能呢?”

“是啊!我也觉得不可能,也是这么跟王主任说的。可王主任说你说都没去说,怎么就知道不可能呢?说不定两个人有缘有分呢?所以就只得来跟你传这个话了。”

“好了,你的任务完成了!你回头告诉他,我就是嫁个傻子嫁个残疾,也决不嫁他儿子。让他死了这份心!”柳晓蕙有些生气,心想既然你也觉得不可能,还来跟我提什么!尽管给了她面子,没在脸上表露出生气来,然而说出来的话,却斩钉截铁、掷地有声。

“我看你还是小心为好。就王峰那个德行,他可是什么事都做得出来的。”向荣提醒道,但她不敢把王大民说的“我儿子哪点配不上她呀”以及比这更狠的话转告给好朋友。

“你回吧!我知道怎么处理的,不用你担心。”

打发走了向荣,柳晓蕙却再也集中不了精神做几何题了。难怪脾气大得很的王大民对她亲切得不得了哩,原来是这个缘故啊!当初安排她当出纳,爹一听就吓得不轻,连忙叫她央领导换个工作。他说跟钱打交道,太危险了。“四清”运动、“文革”中为此挨整的人,爹见得太多了。这要出点差错,那还得了啊?她把想换工作的意思刚一表露,王大民二话不说,当即就拍板,让老主任的儿子曾涛腾位置,换她搞统计。

她理解向荣的苦衷。既然王大民选择她来跟自己递这个信,就算死了她不敢不来,也算死了自己必须掂量掂量,不敢轻易封口。这既在于他是采购站的最高长官,更在于他那个宝贝儿子王峰。王峰跟她们是街坊,又是同学,她们太了解他了。他自小就天不怕地不怕,偷鸡摸狗、打架斗殴是家常菜,好逸恶劳、游手好闲全街道都有名。这两年虽然在工商所上班,但却不务正业,经常纠集一帮狐朋狗友,寻衅滋事,凌强欺弱,已经到了肆无忌惮的地步,都期盼早点把他关进号子里去。嫁他,那还不是往火坑里跳啊!哪个良家的女孩肯嫁这样的人!

但是,向荣的话也不无根据。把他惹毛了,他可是什么事都干得出来的。

怎么办?到底怎么办?柳晓蕙冥思苦想,终也没思想出个辄来,心里如乱麻一团。随后的一段时间,她惶惶不可终日,时时提心吊胆,复习的事也只好暂时撂到一边了。她也不敢跟父母讲,怕他们为自己担惊受吓,只得自己小心谨慎,加强提防。比如,不再走夜路,不再一个人单独出门,回到宿舍立即闩好门闩,走路时常常揣把剪刀在怀里,等等。

还好!自从向荣提过一次,此事就再也没人提起,王大民也像没发生过那事似的,如往常一样该说什么还说什么,依旧和蔼可亲。就是王峰碰到了她,也客客气气,甚至都不敢正眼看她,并没生出令她担忧的事来。

柳晓蕙总算松了一口气,心里稍稍放宽慰了些。

三

转眼就要收棉花了。

这天站里开大会,部署收棉花的事。在宣布的下点分组名单里,柳晓蕙出人意料地居然榜上有名,且是到最偏远的石垴乡。

方圆镇是个大镇,方圆二三十里,下辖六个小乡镇,管理六七万人口,主产水稻和棉花。这几年棉花形势好,一些水稻产区也弃水稻种棉花了。所以,每到棉花收购季节,采购站门前便摆起长龙阵,甚至把县道都给堵上了。而一些偏远地区的农民,为卖一板车棉花,往往要赔上一整天的工夫,甚至赔上一整天还可能排不到采购站门口。不仅农民怨声载道,而且挨了被堵在路上的县领导好几次批。于是,县棉花公司要求采购站增设收购点,分散收购、集中运输。方圆镇便在每年的收购旺季,六个乡镇各设一个临时收购点。

众人之所以惊讶,是下到临时收购点的,都是下属单位的职工,没有采购站“机关”的,除了柳晓蕙。其他点都有两名女性,互相间有个照应,唯独石垴乡收购点只安排了柳晓蕙一个女性。

迎着众多诧异的目光,毫无思想准备的柳晓蕙当场就差点儿昏倒。她听人说过,在石垴临时收购点,蚊蝇成堆,临时搭的帐篷四面透风,晴不蔽日、阴不挡雨。单说用水,不仅洗澡,喝水都成问题,当地农民都是在牛脚板窝里舀水喝的。所以站里的男职工尽量躲开去那里。但凡去的,都是老实巴交、不敢拒绝的。她却是站机关第一个下点的,且一下就下到最难的那个点!她知道这是王大民故意给她脸色看,所以硬是咬紧牙关,没让眼泪跑出眼睑。

突然,有四五个年轻人站起来,申请替换柳晓蕙。柳晓蕙向他们投去感激的一瞥。他们都是她的自学小组成员,其实也是她的几个暗恋者,有的去年去过了,今年可以不用去,有的因为自身的工作没人替代,也不能派下去。年轻的副主任邱志忠也小声建议王大民再考虑考虑,说她手头还有统计工作哩!

“喂!我讲话的时候有你打岔的份儿吗?”王大民毫不客气地瞪了邱志忠一

眼,立马就把他培养的接班人瞪得羞愧难当,气得脸色发白,继而把头埋进两掌间。王大民站起来,指着那几个年轻人说:“都想下？好哇！思想觉悟够高的嘛！年轻人就应该这样,关键时刻挺身而出。这是好事！既然都想下去锻炼锻炼,那就在接官乡再设个点,你、你、你……还有你,你们都去新设的点！你们点的组长,是志忠!”点了七八个人之后,他把指头固定在身边的邱志忠后脑勺上。

在采购站,王大民的决定没人能改变。柳晓蕙清楚找人说情也是徒劳,除非她答应跟他儿子处朋友,而这又是毋宁死的事——即令是现在她答应,她也不敢肯定人家还要不要哩！便没找任何人,连跟父母都没过多提及,免得再受一次心胸狭隘的王大民的羞辱与伤害。她按王大民的要求,把统计工作交回给曾涛,然后又想当然地做了下乡的准备,比如买了新手电,备足了电池、灯泡以及清凉油、牛黄解毒丸等药品。石垴到镇里,有快20里地,她不可能老是两头跑,而且她也不准备中途回来,所以她备的生活用品和防蚊蝇、治感冒与拉肚子的药品,足足装了一个箱子。随后,便跟上十个中年男人,一起去了石垴。

到了石垴,她才发现,现实远比传说残酷。

石垴是个比较大的棉产区,加上三县交界,邻县农民图近便,也把棉花拖来石垴卖,他们又不敢不收,所以劳动强度非常大。每天早上八点准时开磅,直到把最后一磅棉花码进油布棚子里,中间连喝水和上厕所的时间都没有,午饭也是乡政府炊事员挑来的。

那水柳晓蕙还真不敢喝,那厕所也真不敢去上。他们的临时收购点并不紧挨乡政府,而是在距乡政府四五百米的一块高地,把地简单地平了一下,铺上几块专用油布,上面再用油布搭起来的。所以,去乡政府喝水和上厕所,路途也算遥远了,而他们五个人一个萝卜一个坑,没人可以顶替。稍慢一点农民都通娘骂老子,谁还敢花那么长时间去上厕所啊？收购点旁边倒是有条水沟,但到了这个季节,水已经浅得只剩一碗兜了,且系在沟坡歪脖子柳树上的几条耕牛,老是赖在沟里不起来,甚至欢快地打滚,不仅把身子涂上厚厚的稀泥,而且把水弄得龌龊不堪。耕牛都是直接在沟里拉屎拉尿的,水面到处漂浮着牛屎。水中稍有响动,蚂蟥也成群结队地蜂拥而来。这水不仅不能喝,柳晓蕙闻着都恶心。紧邻水沟,他们拿芦席围了个简易厕所,也分男女,但分隔的那张芦席太稀了,不仅相互间望得一清二楚,而且男人撒泡尿都会溅到隔壁女厕所蹲着的女人屁股上。胀得鼓鼓囊囊的拖尾巴蛆爬得到处都是,绿头苍蝇在粪便上趴了黑黑的一层。厕所的屎尿经高温蒸发,臭味随风飘逸,老远就闻得到。所以,尽管烈日炎炎,尽管大汗淋漓,尽管嗓子眼里冒青烟,柳晓蕙也尽量不喝水,以减少解手的频率,有时候一憋大半天。刚去时她水土不服，把肚子搞坏了，不得不往厕所跑。但每次都要瞅没人进男厕所的间隙，且捏着鼻子，屏息静气，快速而潦草地收场，然后逃也似的冲出来。

柳晓蕙的任务，主要是给农民发钱。她其实不光发钱，她是要在复核单据的基础上再把钱发给农民，把算账和发钱两个人的工作一个人做了。钱搞错了对谁都不好，这是父亲一再交代的。她甚至都没时间瞅一眼桌子前面排成长龙等着领钱的农民，不停地重复着接过单据——拨动算盘珠子计算——在单据上写金额——从抽屉取出钱来数——把钱递给面前的人——请农民盖上印章或者按上手印这么个简单动作，像打仗一样。晚上回到临时搭的油布帐篷，累得连腰都直不起来。

晚上回到帐篷，她便抓紧做账，把白天的每一笔支出详详细细地登录在账簿上。然后，她才能上床休息。她其实也不能好好地休息，而是开始一场新的战斗。不仅天太热太闷，而且蚊虫太多了！她带了一台小电风扇，可农村一到晚上就停电，电风扇根本用不上，只能用蒲扇。她很佩服那些蚊子的本事，明明是睡觉前用手电筒仔细搜查过的，连旮旮旯旯都没放过，蚊帐下摆也是小心翼翼地掖在凉席下面，入口处还夹了一排夹子，可每天早晨醒来，总有几只红彤彤亮晶晶快要被鲜血撑破肚皮、行动十分笨拙的蚊子挂在蚊帐上，或者停在凉席上，格外引人注目。蜈蚣也喜欢到帐篷纳凉，甚至蛇也不时光顾。有一天晚上，正准备上床的柳晓蕙习惯性地用手电往蚊帐里照，准备赶蚊子，突然发现一条蟒蛇不知何时偷袭进来，慵懒地盘桓在凉席正中，有筛子那么大，惬意地享受帐篷里的清凉，顿时就把她吓了个半死。她“啊”的一声惊叫，惊吓了那条蛇，“哧溜”一声迅速滑下床来，然后悄无声息地溜走了。这声惊恐的叫喊，也把隔壁左右住的男同事招了过来，向浑身筛糠样乱抖的她问究竟。那个晚上，她再也不敢上床，立在帐篷里欲哭无泪。

柳晓蕙真有度日如年的感觉。好在日不是年，并没有年那么长。三个月的下点收购任务，终于熬出了头，本来就身材瘦弱的她，以人瘦了上十斤、冰雪般的脸庞晒得黑里透红的骄人“战绩”，随大家一起班师回朝了。

四

一季棉花收完，站里照例进行总结表彰。石垴乡组的同事一致把先进工作者的票投给了柳晓蕙，但在最后表彰时，她却榜上无名。甚至，原来说统计工作是由曾涛临时代理的，也莫名其妙地没让她接回来，反而通知她去轧花厂过磅。不明就里的人都不知道她犯了什么错——这明显是“充军”嘛！所以议论纷纷。只有王大民、向荣和她本人心知肚明，却都不好声张。

柳晓蕙也管不了这些了，因为电大的招生考试很快就要进行，留给她复习的时间所剩不多。照王大民现在的这个搞法，她觉得就是要逼她就范，不达目的不罢休。她强烈地意识到，采购站她是待不下去了。而离开的唯一途径，就是考上电大，提高学历，然后想办法调出去。所以，她本来就是要考的，现在王大民这一逼，更逼得她把考上电大当作当务之急，当作头等大事。

去石垴乡，她是带了复习资料的，可是白天确实太忙太累了，且一到晚上就停电，蚊蝇又多，她根本没办法复习。回来之后，她白天在磅秤前面，不停地给进出轧花厂的棉包过磅、登记，晚上就和几个年轻人关在会议室里，一边讨论一边紧张地做各种试题。回到寝室之后，她仍然要坚持再做几道题，几乎到了头悬梁锥刺股的地步。

电大招生考试终于结束了，柳晓蕙觉得应该有把握，便一边继续在轧花厂门口过磅，一边放心等放榜的消息。

一天中午下班，柳晓蕙一边搓着一双冻僵了的手，一边跺着穿着棉鞋的脚回寝室，刚一进门，就看到了写字台旁的一个军用大提包，顿时便好生奇怪。采购站里面治安好，她出去从不锁门，但没朋友说要来呀，这是谁放的呢？

正在她盯着那只提包瞅的时候，门外响起了一声问候："你好！请问曾涛去哪儿了？"

她抬眼一瞧，这不是高中同学刘志刚吗？他考上了大学，在省城读书。于是抿嘴一笑，指着提包问："你的？"

"是的！"刘志刚也突然认出她来了，猛拍一下脑袋，说："你不是柳晓蕙吗？你怎么会在曾涛的寝室？"

"是啊！我就是柳晓蕙。"她莞尔一笑，说，"但这个寝室现在属于我，曾涛搬另外一个寝室去了。"

刘志刚说他放寒假了，刚下长途汽车，准备骑曾涛的自行车回家。进去提自己的提包时，尴尬地笑着说："不好意思，放错地方了。我以为还是曾涛的哩！"

柳晓蕙告诉他曾涛到县里送报表去了，要晚上才回。然后顺口说了句客气话："要不吃了午饭再走？"

刘志刚却不跟她客气，他肚子确实饿了，早餐还没吃哩！便随她去了食堂。

两个人打好饭菜，找了个僻静的角落边吃边小声地聊。高中毕业之后，两人有三四年没碰面了，便先聊分别这么些年彼此的情况，间或也聊高中的同学，但更多的是聊学习上的事。刘志刚是读财经的，高等数学一类的课程都学过，而这又是柳晓蕙在学习中经常碰到的问题。所以她逮住机会，便问得很详细，他讲得也不厌其烦。

望着刘志刚骑她自行车离去的背影，柳晓蕙的心突然有如小鹿乱撞般怦怦地跳，脸也微微泛红。这令她好生意外。她身边有许多追求者，却从未有人能像今天这样，让她心乱意迷过，就好像有人在冥冥中用一根红线将他们牵连。

按说，刘志刚不是她理想中的白马王子，除了唯一拥有的大学生身份还有点吸引力。对于家庭背景，她没纳入择偶条件，反正自己的日子得自己过，家庭条件再好，也是家庭的，不是她的。所以，虽然刘志刚只是个乡下的苦孩子，却不是她排斥的理由。他的问题在于他那长相也确实太一般了，一般得一般人都难以接受——跟她差不多一米六几的个头，瘦骨嶙峋，满口暴牙，年纪轻轻的就额头爬满了蚯蚓般的皱褶，跟七老八十的人没啥两样。

但旧时的好感又强烈地吸引着她，让她延续至今，且刻骨铭心。那就是他心肠好。读高中时赶上高考恢复，镇上的电却断断续续，为方便学生晚上自习，学校便给每个班配了两盏汽灯。可有的同学不会开，有的同学不愿开。刘志刚也不会，但他愿意，且很快就学会了，自觉担负起每天开六盏汽灯的任务。大家都是要高考的人，哪个不争分夺秒？上厕所都是小跑步哩！可他一开就开了两年！那汽灯没灯罩，有时蛾子扑上去，就灭了，大伙便又去喊他，从没听他抱怨过，都是随叫随到……

“哎哟！想哪里去了？简直是胡思乱想！”她猛地拧了一下脸蛋，把自己从痴痴的梦幻中唤醒，“那是不可能的事！上了大学的，有几个看得上乡下的？纵然你是一朵花，就是定了亲也毫不犹豫地退，谁还会再回乡下找个虱子到身上啊！”

柳晓蕙若有所失地看了看表，快到上班时间了，便从破旧的写字台旁站起，准备再去轧花厂大门口过磅。刚一抬头，便看到了腆着个大肚子，笑嘻嘻地跨进门槛的向荣。连忙过去扶住，调侃道：“怎么！拣了个金元宝啊，笑得这么开心这么甜？”

“喂，好消息！”向荣接住她的手，兴奋地把嘴凑到她耳边，小声说。

原来，曾涛的统计报表老出错，挨了县棉花公司统计股的几次批，殷股长甚至专门给王大民打电话，点名要求换柳晓蕙来做。今天随肖副主任来检查工作，又当面提了出来，说如果不换柳晓蕙，县棉花公司就不要方圆采购站报报表了。向荣喜滋滋地说：“肖主任也在帮你说话，这样你就又可以干回老本行，不必天天在轧花厂门口日晒雨淋了！”

这确实是个好消息，柳晓蕙顿时便有些兴奋。转念又一想，那王大民可不是省油的灯，哪能轻易就改变啦！便问她听谁说的。

“邱主任！”向荣说。

既然是邱志忠说的，那么这消息就应该是可靠的。邱志忠是自学小组成员，也刚刚参加了电大的招生考试，关系很铁，也很照顾她。县公司分管统计工作的肖副主任也在帮忙，让她对换回原来的工作，突然间信心陡增。柳晓蕙终于松了一口气，被刘志刚弄得有些郁闷的心情，又变得开朗起来。一看时间就要到了，连忙打发走了向荣，赶紧去轧花厂上班。

五

临近春节，电大的录取通知书就到了。本来节后去注册也可以，但柳晓蕙想给殷股长表示点感谢的意思，毕竟非亲非故，人家又是个领导，尽管事情还没着落。听邱志忠说，为了她的事，殷股长和王大民好一阵争吵，甚至都要翻脸了。她拎了单位分的两条草鱼和一壶麻油，搭长途汽车去县城，先到电大注完册，然后直奔殷股长家。单位都放假了，来之前打听好了他的住处。

柳晓蕙敲开门，正在灶前卤年货的殷股长连忙放下锅铲，脱了围裙，热情地唤她在客厅的木条椅上入座，然后泡茶。

话题很快便转到了她的事情上。

“这个老王也太不像话了！为了他儿子找媳妇，居然拿工作相胁迫。”殷股长气咻咻地说，“‘文革’都已经结束了，他却居然还搞这些下三滥的东西！”

原来，他搞不懂王大民为何突然调了柳晓蕙的岗，后来又死活不肯让她复岗，便去找邱志忠打听。摸清情况之后，他又找了一次王大民，王大民却矢口否认，反而说她常常半夜三更了还和一些不三不四的人关在办公室里鬼混，搞得乌烟瘴气，影响极坏。听得柳晓蕙目瞪口呆，半晌说不出话来。

“有那条疯狗在那里当家，我看方圆镇采购站你是不能待了。”殷股长若有所思地说。然后问她有没有兴趣来县棉花公司，“统计股还有个空缺，但要进干部，至少也是个中专学历。既然你已经考上电大了，也是学统计专业的，那就先借调过来，打两年工，拿到毕业证了再正式调。”

这个她当然是求之不得，因为不仅解了她的围，而且每个周末到电大听课也方便，当即就答应了。殷股长劝她别跟王大民一般见识，说他就是摊稀屎，糊不上墙的。他要不改脾气，肯定会碰到狠人，自然有狠人去收拾他。咱犯不着跟他一般见识。

千恩万谢地告辞出来，殷股长要她把东西带回去，说我收了你的礼，那调动就不是公事公办了。她当然死活不肯。殷股长只得回了她一条香烟和一瓶酒，说是让她带回去孝敬老人。

尽管有殷股长给的希望，但王大民诽谤她的事，还是令她不能释怀。殷股长是个明白人，没信他的胡言乱语，但他如果到处乱说呢？谎话重复一千遍，就成事实了。所以，这个春节柳晓蕙过得不爽。好在刘志刚专门上镇里来，在她寝室待了一整天，帮她讲解数理统计。这已经是他上次骑她自行车回去，第四次来找她了。看他那个样子，真有点追求的意思，虽然他还没挑明了说。

到了中午，吃饭便成了问题。站里的食堂没开，街上的小餐馆都关门，又不敢带他回家里去，怕惹人闲话。突然记起来向荣坐月子，生了个女孩，正好借看她的机会，两个人蹭口饭吃。反正都是同学，这个借口应该勉强说得过去。于是拎了早就准备好的几罐麦乳精、50个鸡蛋，揣了50块钱，一路上相隔老远地走到了向荣家里。

虽然扯谎说是在街上碰巧碰到了，他听说她去看向荣的小孩死活要跟着来，然而向荣宁死都不愿相信。所以，吃完了饭，把刘志刚先支走，向荣就逼着她追问。柳晓蕙不会扯谎，只得红着脸道出实情。

“喂！我跟你说，你千万别傻帽啊！别看他是个大学生，大学生有鬼用啊？又不能当饭吃！何况，追你的那些人里，又不是没大学生。他家里穷得要死，人又长得确实太差了，要长相没长相，要人样没人样。你可千万别糊涂，把好端端的一枝鲜花，插在了他那坨牛屎上！”听说并没确立恋爱关系，向荣松了口气，但仍以过来人的身份和口吻告诫她。稍停，又说，“再说了，现在的大学生个个都是陈世美，你别到时候哭都没有眼泪！”

“喂！人家就是到你这里蹭顿饭吃，你至于吗？说得那么不中听！人家又没开口，也只是我的猜测。看把你激动的，咸吃萝卜淡操心！”从她内心讲，她觉得自己是有感觉的，所以，并不把向荣的话当回事。

临分手前，向荣又警告她：“可别说我没提醒你呀！”

“月子里激动不得的，向荣，安安心心坐你的月子吧！我自有分寸的，啊！”柳晓蕙安慰她。

六

春节过后不久，县棉花公司的借调函就来了。虽然柳晓蕙没见到，不知道具体内容,但事情肯定是铁板钉钉的,因为借调函发出的当天,殷股长就给她打了电话,随后第四天,邱志忠也正式向她印证,说已经到了王大民手里。

既然到了站里,柳晓蕙便不急了,反正早几天晚几天也没什么关系。

这天站里开大会,部署春季工作,重点是做好库存棉的调运与防火防潮等安全工作、到各大队摸今年的棉花种植计划以及指导农民做营养钵。在分配下乡摸底工作时,王大民把柳晓蕙跟邱志忠几个人一起,又分到了最远的石垴乡。

邱志忠以为他忘了,小声提醒说柳晓蕙棉花公司要借调!

"他要借还要我同意给呀!站里是一个萝卜一个坑,你又不是不知道。大家都找门子搞借调,那些事你一个人做呀?动点脑筋好不好?别想一出是一出!"王大民不假思索地抢白道。拿余光瞟了柳晓蕙一眼,又借题发挥,"我说你们要有本事,就真调,也给我留个招工指标。别老是借呀还的,既占了我的职数,还要我开工资——声明一点啊,我这话是对所有人的,请大家都记住了!"

王大民的这番话,听得会场一片哗然,但很快又安静下来,鸦雀无声地听王大民一个人讲。柳晓蕙那张好看的脸庞,顿时羞得气得歪到一边去了,涨成了猪肝色。泪水也在眼眶里直打转,但她强忍着,坚决不让它落下来。

有关借调的事,柳晓蕙没找任何人去跟王大民说情,等于是自动放弃了。她默默无言地每天骑着自行车跑乡下,任风吹雨淋,任日晒夜露。虽然很辛苦,却把身子骨练结实了,人也长了几斤肉。

下乡摸底工作结束后,她又被编入外勤组,连在轧花厂过磅的事都不给她干了。外勤组是专门跑乡下的,天天跟农民打交道,天天蹲田间地头,了解生产需求,察看棉苗长势,然后向站里提出扶持建议。她毫无怨言地天天骑着自行车,随组长和技术员去乡下,记录各个大小队的棉花生产情况,以及干部农民提出的扶持需求,回来整理后上交。

一转眼,就到了四月。采购站接县棉花公司转发的县财办通知,为迎接全省财贸系统首届珠算比赛,县财办将于五月搞一次选拔赛,要求各部门组织三名算盘打得好的职工报名参加,确保优秀选手赴省参赛,为县里争光。为此,王大民投入极大的热情,先在站里搞了个选拔赛,凡是在会计出纳岗的、会打算盘的都要参加,他亲任主考官,亲自督促阅卷。

比赛这天,近20名"考生"分三排岔开座位坐在会议室中间,其他职工没见过珠算比赛,也来瞧热闹,所以会议室里挤得水泄不通。考生们的算盘五花八门,17桥、19桥、21桥,甚至27桥的都有。框、梁和珠子却都差不多,都是货真价实的实木,黑色的算珠硕大而圆润,四个角的包铜磨得闪闪发光,熠熠生辉。唯独柳晓蕙是个例外。她的算盘只有 15 桥，框、梁、珠都是棕色的，珠还是塑料的，且太过小巧，跟其他算盘比，只能算是巨大堆里的小不点了，寒碜得叫人心疼。还有更奇怪的，她算盘上的珠子边缘是棱角，梁上贴着一条点了几个红点的白胶布，算盘下面钉了一块薄薄的三夹板，三夹板下面还钉了四只脚。人们在纳闷的同时，也觉得好笑：就这么个小玩意儿，也来参加比赛？

但很快，他们就感到惊奇，并为柳晓蕙的聪明暗暗叫好了。随着主任王大民"比赛开始"的指令发出，整个会议室里霎时便只剩山响般的算盘珠子与框和梁的碰击声。为柳晓蕙捏着一把冷汗的邱志忠、几个暗恋者以及为她遭受不公待遇愤愤不平的人们，目不转睛地瞄准她。只见她把笔横握在右手掌心里，笔头夹在虎口处，笔类露出小拇指，试卷插进小算盘的底部，眼睛紧盯着试卷，十个指头都在算盘上轻轻地忽上忽下运动，根本听不到拨珠子的声响。一题算完，几个指头灵巧一转，就把笔握直了，顺势在面前的试卷上抄得数。其他职工则是把试卷放在算盘的左边或者右边，眼睛要两边不停地睃巡，抄写得数时也要把试卷移过来移过去。所以，尽管他们把珠子拨得啪啪山响，气势如虹，但他们有的人还没做到一半，柳晓蕙已经交卷了。

然而，尽管柳晓蕙用时最短，且正确率第一，但方圆镇采购站的上报名单里却没有她。王大民宣布结果时，说她投机取巧，不知道从哪里搞了个鬼算盘，还私自改装，又是双手拨珠，而不像其他职工一样用传统算盘，只用右手拨珠，这对其他职工不公平。王大民理直气壮地认为，投机取巧的成绩，当然要取消！

工作上故意刁难，给小鞋穿，柳晓蕙都忍了。但在大庭广众之下说她投机取巧，顿觉人格受到了污辱，她从来都不是投机取巧的人，也从未干过投机取巧的事，便终于没忍住，在会场上大吵起来。一个参加工作才两年、开口说话都脸红的小女孩，竟敢在大会上顶撞王大民，这是所有人始料不及的，更把王大民气得暴跳如雷，当场宣布要她停职检讨。说如果态度再不好，就将她开除！

见闹到剑拔弩张了，几个好心人便把她劝出了会场。

柳晓蕙这次是要犟到底了，一个字的检讨也不写，依然随外勤组天天下乡。

过了不几天，外勤组组长告诉柳晓蕙，王大民又同意她参加县里的选拔赛了。他说这次的情况不同于上次借调。上次借调是统计股股股长开的口，统计股没实权，王大民随便找个借口就打发他了。这次却是县棉花公司的一把手陈主任点的将，又是政工股长亲自打的电话，这两个领导他都得罪不起，所以不得不勉强同意了。然后鼓励她好好比，争取有个好成绩，说不定会成为一个转折。

晚上，将信将疑的柳晓蕙回到站里时，果见一张去县里参加选拔赛的通知放在她办公桌上。她激动得热泪盈眶,一把抓起来贴在了胸口上。

七

柳晓蕙果然没有辜负自己和帮助鼓励自己的那些好心人。县棉花公司和财办组织的两场选拔赛,她都是头名;而七月赴省参赛,她不仅为团体获得亚军立下战功,而且个人也取得了全能第二、传票算第三的好成绩。

比赛结束,高兴得手舞足蹈的领队——县财办副主任——自己带了奖杯奖状先回去报喜,放他们在省城好好地玩了三天。第三天游西湖,柳晓蕙没去,她请假去了刘志刚的学校。自从春节前的那次奇遇,两人迅速坠入爱河,往来书信每周一封。她所需要的电大辅导资料以及其他学习材料,有的县城买不到,也是她开了清单,由他在省城买了及时寄来。他马上毕业了,也不知道分配到哪里,这让柳晓蕙放心不下。

身着墨绿色柔姿纱衬衣和黑色哔叽料长裤,急于见面的柳晓蕙下了公交车,甩动身后两根粗黑的大辫,在快 11 点的时候迈进了大学校门。她撩了一下被汗水黏住的刘海儿,内心跟炎炎烈日照晒的皮肤一样燥热,脸上红云密布。无暇欣赏校园的如画美景,快速行走到期盼已久的 33 号楼下,她却突然停止了脚步。她猛地怀疑自己不打招呼就跑来找他,是不是太唐突?参加比赛前,因为不知道会是个什么结果,所以没敢告诉他,怕他笑话。现在有了这么好的成绩,自己一高兴,便想都没想就跑来了,他会怎么看?他的同学们会怎么想?

“晓蕙,晓蕙!哎呀,真的是晓蕙!”

正在柳晓蕙犹豫不决间,前面热热闹闹的人群里突然爆发出一声惊喜的叫喊。她抬眼一看,刘志刚已经跑到了跟前。

“班长!是嫂子吗?”

“嫂子,你好!”

“嫂子好漂亮啊,班长!”

……

两个人还没说上话,围在一处的那群人呼啦啦一下全转移过来,把他们围在中间,七嘴八舌地说个不停。他们火辣辣的言语,羞得柳晓蕙脸更红了,立在那里,手脚都不知道该怎么放。

“去,去!人家一个大姑娘家,哪像你们这帮土匪这么没教养?开口‘嫂子’闭口‘嫂子’,成何体统!”刘志刚生怕柳晓蕙不高兴,看着她的脸色,轰同学们走。

柳晓蕙来的正是时候，因为刘志刚他们班中午聚餐。聚完餐，晚上就有同学要乘火车去单位报到，然后各奔东西了。他们现在聚在门外，就是要去食堂的。几个女同学不由分说，拥了柳晓蕙就走。聚餐时，不断有同学过来敬酒，柳晓蕙没见过这么多人这么闹的，开始不太适应。但刘志刚一律替她挡了，两个人的酒一个人喝。好在刘志刚是班长，说话还能唬得住这帮哥们。

得知刘志刚明天就去省政府办公厅报到之后，她在打心眼里为他高兴的同时，心里边也暗暗地生出一丝悲凉——这落差也太大了！

回头仔细想想，柳晓蕙觉得只有抓紧充实自己，尽快缩短差距。即便将来两人走不到一起，这对自己也不是一件坏事。于是，参加完县财办的表彰会，便又一头扎进了给自己布置的任务之中——白天下乡，晚上学习，雷打不动。

转眼就进入九月，又到快要收棉花的时候了。

这天从乡下回来，天已经全黑了。吃了食堂留的饭，柳晓蕙又把自己关进寝室，学习电大的课程。刚坐下没多会儿，门外响起了敲门声，她嘴里说了一声来了，人就起身去把门打开。

令她惊讶得嘴巴都合不拢的是，站在门外的竟是采购站主任王大民！自打那次会议上顶撞了他之后，他再没跟她直接说过一句话，想不到今天却亲自找上门来。

“不请我进去坐坐吗?”王大民望了一眼惊愕不已的柳晓蕙，一边往里走一边说。

柳晓蕙不知他所为何事，但也不好把他堵在门外，便尴尬地笑着说请进！一边说一边让开了竖在门口的身子。

“这是你的调令！”王大民把一个文件放到她那破旧的写字台上，拖过寝室唯一的一把椅子坐下，和蔼可亲地说，“我已经同意了。”

原来，鉴于她在全省财贸系统首届珠算比赛上的优异成绩，由县供销学校申请、县财办和供销社党组研究，决定破格调她到县供销学校当老师，专教珠算。而她此前的试讲，也令领导和老师们非常满意，所以调令很快就经县人事局签发了。

“终究还是留不住啊！”望着激动得有些不知所措的柳晓蕙，王大民说。接着解释道，“我此前的做法，就是要逼你成才。我知道你是一块好钢，经得起锻打，所以故意磨砺你，并不是存心要跟你过不去，存心要害你。”末了又叹了口气说，“唉！我那儿子也确实不争气，确实配不上你！”然后就有些失落地起身离开。已经出门了，又回过头来，叮嘱她有空了常回站里看看，说毕竟是你的娘家。

待王大民的咳嗽声从平房的拐弯处消失,柳晓蕙猛地关上门,捧起那一纸调令,号啕大哭。这一年来,她像坐过山车一样,尝够了酸甜苦辣,受尽了委屈折磨,她却从未真正哭过一次,都咬咬牙坚持住了。但这一次,她终于没有坚持住。

这一天,是她 24 岁生日,也是刘志刚来县政府办公室挂职锻炼报到的日子……